第十三屆全國暨海峽兩岸
中國文字學學術研討會論文集

編輯委員會◎編

目　次

銅器銘文中的「同銘異範」及其類別與價值之探究
——以故宮所藏西周金文為例

游國慶

國立故宮博物院器物處

提要

本文由臺北故宮所藏西周帶銘銅器出發，尋找「同銘異範」的各種類型。在「蓋器」、「同類器」、「同組器」的同銘（近銘）共三十餘組件的追索中，儘可能參比了目前可見的相關銘拓（如《集成》、《總集》、《銘文選》等）與器型（各博物館藏品）資料，更藉由《故宮西周金文錄》所刊布的銘文彩照、X光透視片、銘拓摹本及個人目驗銅器鑄造與銘文範鑄痕義，對金文中的「同銘異範」現象，提出有「校漏字、知訛字、識變化、明真僞、補文義、增識讀、確名號、證書風」等價值。討論過程中也涉及了鑄、刻銘文的差異，並對容庚曾經致疑的幾件銅器，提出不同的淺見。

關鍵詞：故宮博物院、西周、青銅器、金文、同銘異範

壹、前言

現在座落於臺北外雙溪的「國立故宮博物院」，其所藏文物主要是合舊北平故宮博物院與南京中央博物院籌備處的藏品而成。故宮博物院所藏，皆清宮舊藏；中央博物院所藏，則除了清瀋陽奉天行宮（盛京）、熱河行宮（避暑山莊）、國子監、頤和園、靜宜園等舊藏外，另有購自善齋（劉體智）、頌齋（容庚）、雙劍誃（于省吾）之部分藏品及陳詠仁所獻之「毛公鼎」。在1958年出版的《故宮銅器圖錄》中，將兩院銅器分上、下篇編錄，並各別爲兩項：一爲正目，爲重器精品，選附照片，其有銘文者，並附拓本（多爲縮小版，無釋文）。二爲簡目，爲較普通或疑僞之件，總計正目3055件（含璽印、銅鏡）、簡目1270件。其中西周銅器300餘件，帶銘者近150件。來臺新收銅器200餘件，屬西周者近30件，有銘者10餘件[1]。

總計故宮舊藏及新收銅器總數約4500件（含璽印與銅鏡），其中商周禮樂器精品約1000件，帶銘者近半數。時代跨在商末周初至周末春秋初的「西周銅器」約350件，鑄銘者亦近半數。

個人於去年六月於故宮籌辦「文存周金——故宮所藏西周金文特展」之前，曾於院內小型學術研討會，就摩娑西周銅器銘文所得，提出「同銘異範的類別與價值」和「西周三百年書風流變」兩個題目與綱要，乞教於院內同仁，由於專業分科所限，反響不多，今特擇前者予以舖展，祈與會　先進不吝賜教。

貳、明義

1　游國慶，《故宮西周金文錄》，<凡例>、<導言>，國立故宮博物院，2001年7月。

同銘異範是指銅器上鑄的銘文有內容一致、字數相同（或相近），而不是由同一個陶範所翻鑄出來的現象。西周銅器銘文，經由書手於陶土內範上書寫，刻成反字陽文，再合範翻鑄爲銅器上的正字陰文[2]，雖銘文內容、字數完全一樣，卻都是由不同的另一次書寫、另行刻字範、再灌鑄而成，所以即使字數一樣、行款一樣、書風相同，仔細比對之下，仍可發現各筆畫之方向、位置有所差異。同一書手寫兩次文稿，雖然有可能極爲接近，但每個筆畫粗細與位置，則絕不可能一模一樣，更何況不同書手所寫，其間的變化與差誤就有許多當時用字省變或鑄造脫失的比對價值[3]。

參、類別

一、蓋器對銘

指一有蓋之銅器，其蓋與器上均有相同（相近）的銘文，基本上字數相同，行數與字之排列亦多一致（部分例外），主要器類爲卣、盉、簋。茲將蓋器皆存故宮者先列，其有一銘可疑者次之，而將院藏缺蓋（或缺器身）卻可與院外所藏者比對者殿之。

1、蓋與器均院藏

（1）小臣謎簋一（《金文錄》24）[4]
西周早期
中博：J.W.41-32[5]
銘文蓋器各八行六十四字。

⿱虍又，東尸（夷）大反，白（伯）懋父
以殷八𠂤（師）征東尸（夷）。唯
十又一月，遣自⿱𠂤𠂤（師），述
東陕，伐海眉（湄）。雩厥復
歸在牧𠂤（師），白（伯）懋父承
王令易𠂤（師）達征自五

---

[2] 游國慶，《千古金言話西周．書刻鑄的金文幻化》，國立故宮博物院，2001 年 7 月。
[3] 歷來金文學者未見有對此類器銘深入分析者，日本林巳奈夫曾將商周同銘銅器排比並列爲「同時作銘青銅器表」（見所著《殷周時代青銅器之研究，殷周青銅器綜覽一》，吉川弘文館，1984 年），惜未進一步研究其間差異與學術價值。
[4] 見《故宮西周金文錄》編號第 24 器。本書由游國慶文字撰述及圖版美編，收故宮院藏西周金文較長銘或銘文較佳者凡 124 件，分彩色圖版（銘文照片）、金文拓片與銘文著錄表三部分。著錄表中除該器歷來著錄書目外，間附考釋、書法書風與相關資料之說明。以下均簡稱《金文錄》。
[5] 此爲故宮藏品之編號，「J.W.41-32」其意涵爲：Jen Wen（南京中央博物院籌備處「人文館」）編號第 41 器，於民國 32 年納編。另外如「崑 172-22」，乃北平故宮博物院取「千字文」爲代號之第 172 器，於民國 22 年納編；「臺 9161」則爲故宮在臺灣新收之銅器科藏品第 9161 號。

鬲貝。小臣謎蔑曆眔
易貝，用作寶尊彝。（蓋器二銘同行款）

（2）小臣謎簋二（《金文錄》25）
西周早期
中博：JW42-32
銘文蓋器同銘各八行六十四字。

𠭯，東尸（夷）大反，白（伯）懋父
以殷八𠂤（師）征東尸（夷）。唯
十又一月，遣自𪧟𠂤（師），述
東陕，伐海眉（湄）。雩厥復
歸在牧𠂤（師），白（伯）懋父承
王令易𠂤（師）達征自五
鬲貝。小臣謎蔑曆
眔易貝，用作寶尊彝。（蓋銘行款；器銘行款與「簋一」同）

「小臣謎簋二」之蓋銘第七行行末之「眔」字，移至第八行行首，故雖同爲八行六十四字，其行款實與其他三件有異。二器四銘文字大小、結構位置差距頗大，全銘所佔篇幅也不同。「簋一蓋」13.5× 12 cm 最大，行列最疏；「簋一器」12.2× 10cm 最小，行列最促；「簋二蓋」12.6× 10.4cm，字小呈扁勢，字距寬；「簋二器」13.5× 11.5cm 字形大小篇幅與「簋一蓋」最接近，書風亦相似，但個別字體結構仍有不同。

逐字比對之後，更見出「懋」、「以」、「征」、「遣」、「眉」、「臣」、「謎」、「貝」，各字寫法都有不同。從書風判斷，可能有三個書手，同時爲鑄銘工作寫範，其中「遣」字之從「口」與不從「口」、加「辵」旁或不加「辵」旁之並存現象，可證「口」爲疊加偏旁，而「辵」旁之表行走義，於銘文亦可或省，以聲符代之，加「辵」旁的「遣」字，似尚未成爲統一規範的專用字，至少在同一群書手中的彼此要求都不那麼嚴格。

（3）𤔲卣（《金文錄》36）
西周早期
中博：J.W.60-32
銘文蓋器各二行八字。

𤔲作父甲
寶尊彝。單。

二銘字形大小、書風、筆畫位置、字距與線條粗細變化均極相近。但並列細校，仍可見出器銘行款較疏闊（第一行「父」「甲」二字間距尤大），字體也較大[6]。

（4）䚄簋（《金文錄》56）
西周中期
中博：J.W.46-32
銘文蓋器各七行五十八字重文二。

唯王正月，辰在甲午，
王曰：「䚄，命女嗣（司）成周
里人眔者（諸）厌（侯）、大亞，訊
訟罰，取賫（賸）五寽，易汝
尸（夷）臣十家，用事。」䚄拜
䭫首，對揚王休命，用
作寶簋，其子子孫孫寶用。

二器行款全同，書風不同。蓋銘篇幅略大（12.8× 9.7cm，器銘爲 12.5× 9.5cm），字體也較粗大而開張（如「王」、「曰」、「里」、「人」諸字）。個別字形寫法差距頗大，如「大亞」之「大」，器銘作「」，古文字中習見，蓋銘作「」，人形雙臂平直化；「用事」之「事」字，蓋、器分別作「」「」，器銘中豎筆直畫節縮，成爲一新異構。

（5）同自簋（《金文錄》62）
西周中期
中博：J.W.1689-38
蓋器同銘各二行九字。

同自作旅簋，
其萬年用。

蓋器二銘書風極近，而器銘篇幅與字體均略大，足證爲異範同銘之作。

---

[6] 容庚《通考》（《商周彝器通考》，大通書局，1973 年。）頁 223 以此器「提梁與《古鑑》（十五：十九）不合，蓋銘與《殷文存》（上四十）不合，疑《西清》與原藏「善齋」之本器爲不同之二器。除提梁一爲絢紋，一作變形獸紋外，器身與蓋上之環帶獸面紋亦有差異。

「同」字作「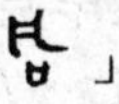」與甲金文習見作「」者有異，但「散盤」銘第八行「同道」之「同」作「」，第十一行「凡十又五夫」之「凡」作「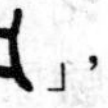」，第十三行「凡散有司十夫」之「凡」作「」，右畫均有向右曳引揚起之姿，當是毛筆書寫動勢的特殊表現。由此現象也可以用來說明器銘「同」字左直畫末端向右帶的踢勢（蓋銘無）。而「𣪕」字右下手形從慣見的「」變成「」（「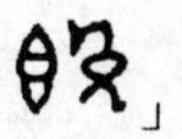」之右下方），逼近於隸楷的「又」字，則亦要歸因於這筆寫動勢與連筆的形體演變。

（6）靜卣（《金文錄》72）
西周中期
中博：J.W.61-32
蓋器同銘，蓋銘七行三十六字重文二，器銘四行三十六字重文二。

隹四月初吉丙
寅，王在葊京。
王易靜弓，靜
拜䭫首，敢對
揚王休。用作宗
彝，其子子孫孫
永寶用。
（蓋銘）

隹四月初吉丙寅，王在
葊京。王易靜弓，靜拜
䭫首，敢對揚王休。用作
宗彝，其子子孫孫永寶用。
（器銘）

蓋、器行款不同，字形大小與筆畫位置十分接近，蓋銘各行或五字或六字，而末行則只二字，容庚曾經致疑[7]，《集成》編者從之，故只收器銘（5408）。就字形而言，二銘仍多差異，由「隹」、「才」、「靜」、「彝」、「永」諸字的彩銘與

[7] 《通考》頁 223。唐復年附和容說，但也無新證據，見《西周青銅器銘文分代史徵影集》（中華書局，1993 年）頁 137。

拓片可清楚見出其差別。而卣銘末行字數驟減者雖較罕見，仍不乏其例，如「啓卣」銘五行三十字（《集成》5410）蓋銘末行由一行七、八字減爲五字，「競卣」銘八行五十一字（《集成》5425）蓋、器銘末均只二字，其他行則爲七字。經目驗原器，亦不見僞作痕，容說未必可信。（《金文總集》5488 收《西清》15.20 清宮舊藏之「靜卣」，然器形線繪與本器不同，知非一器，其下引容庚疑僞之說，亦爲誤植，因容庚所指乃原「善齋」所藏之本器。）

（7）伯定盉（《金文錄》78）

西周中期

故博：歲 172-11（《故圖》誤植，當爲崑 172-11）

蓋器對銘各二行五字。

白（伯）定作

寶彝。

蓋、器二銘書風差距頗大，器銘篇幅大（4× 2.8cm，蓋 3.2× 2.8cm），字亦較大，方折清勁處與「嬴季卣」相似，但較溫婉。蓋銘用圓筆多（尤以二「定」字方圓差別最大），是中期婉秀書風的代表。

此處同銘異範之蓋器二銘似乎訴說著西周中期前段方勁與圓柔二書風的並存及昭穆之交書法審美意識的消長，於西周金文書法史有相當的價值。

蓋、器二銘兩行間均有墊片，拓片上看來似乎已犯到銘文，從彩銘上看則實爲貼近銘文筆畫，並未犯字，「應公卣」蓋銘的狀況與此相同，值得留意。

2、蓋與器一銘可疑

（8）寠卣（舊名：寠父辛卣）（《金文錄》35）

西周早期

中博：J.W.2084-38

銘文蓋器各二行八字（蓋銘疑後刻）。

寠作父辛

尊彝。亞俞。

蓋銘線條扁側靡弱，字口有刀鑿痕，筆畫交接處亦不似鑄銘之渾圓（略似墨迹之漲墨感），應爲後世仿器銘僞刻者。

（9）蘇公子簋（《金文錄》97）

西周晚期

中博 J.W.1869-38

銘文蓋器各四行二十二字重文二（蓋銘疑後刻）。

穌（蘇）公子癸父
甲作尊簋，其
萬年無疆，子子
孫孫永寶用享。

蓋銘線條扁側，尖刀側入刻劃之痕甚明晰，當亦仿器銘僞作者，以器銘筆畫部分鑄失或銹掩，僞刻者不察，致蓋銘錯誤百出，如「穌」字少木旁，「公子」之「子」下多重文符，「萬」字蠍子頭內多一横，「彊」字「弓」旁誤爲「匕」旁，「永」字筆畫疏斷不成體等。

3、蓋與器一為院藏

（10）我方鼎（器）（《金文錄》13）
西周早期
中博：J.W.11-32
銘文六行四十三字。

隹十月又一月，丁亥，
我作御（禦），衆祖乙、妣乙、
祖己、妣癸，征（延）礿（禴）𡩜（燎），
二母咸服，遣福二，
□貝五朋，用作
父己寶尊彝。亞若。

「我方鼎蓋」藏中央研究院歷史語言研究所，同爲六行四十三字，行款亦同。二銘篇幅大小相當，字形、筆畫位置也多相近，但個別字如「祖己」之「己」、「礿」、「福」諸字，均有大小之別，明顯爲同銘之二範。器與蓋流傳時都經相當程度的綴補，所以有些學者曾予懷疑[8]，經目驗原器並X光的透視，蓋器二銘爲西周早期鑄造當無可疑[9]。

（11）䡅卣（《金文錄》73）
西周中期
故博：麗 871
銘文三行十八字。

---

[8] 姚孝遂疑器銘僞作，見〈禦鼎辨僞〉，《古文字研究》，第八輯；《集成》編者疑蓋銘僞作，見《集成》第五冊 2763 說明。

[9] 游國慶，〈我方鼎蓋器真僞考辨〉，第十一屆中國文字學全國學術研討會論文。又參李學勤，〈從亞若方彝談到我方鼎〉，《中國青銅器萃賞》，National Heritage Board，2000 年。

䡞不叔（淑），庚（賡）乃邦，
烏虖（呼），訙（誶、瘁）帝家
以寡子，作永寶。子。

「䡞卣蓋」現存上海博物館，同爲三行十八字，但行款不全同，第三行「以」字，前移至第二行末，族徽「子」字，器銘在第二、三行首之上，蓋銘則置於第三行行末。《西清》（16.6）著錄蓋器二銘時器銘左上缺摹，可知當時已遭銹掩，蓋器原存清宮，後散出經《三代》（13.37.5～6）、《攀古》（上 37）、《古文審》（4.14）著錄，厥後分散，器復入故宮，而蓋則迭經《恒軒》（68）、《愙齋》（19.21.3）、《綴遺》（12.30.1）、《奇觚》（6.13.2）、《周金》（5.92.1）、《小校》（4.58.1）著錄，現存上海博物館[10]。

器銘銹掩處經 X 光透視加上目驗比對描摹，已可清楚見知與蓋銘書風極相近，宜爲異範同銘之作。

（12） 周䜌壺（《金文錄》74）
西周中期
故博：水 53
銘文四行二十四字重文二。

周䜌作公日己
尊壺，其用享
于宗，其孫孫子子
邁（萬）年永寶用。㘡。
（器銘）

《集成》著錄「周䜌壺」二器四銘（9690.1、9690.2、9691.1、9691.2），9690.2 爲故宮現藏壺身，相對之蓋及另一器之蓋器，均僅存銘拓，原器已不知所在。蓋銘六行，亦爲二十四字，唯「孫孫子子」作「子子孫孫」，與器銘稍異，另一壺之蓋器銘文同爲四行、六行，二十四字。四銘書風一致，而字之大小位置部分不同，尤以「日」字之大小差距最明顯。宜爲四件同銘異範之作。

二、同類器數件同銘

指同一器類（如鼎或簋）數件同銘，當爲同時鑄造之同一組禮器。茲依院藏多件及院外同類器可與參比者。別列爲二項：

1、同類數件同銘均藏故宮

[10] 參《集成 》5392「寡子卣」說明。

（13）作冊大方鼎一（《金文錄》14）
西周早期
中博：J.W.12-32
銘文八行四十一字。

公來鑄武王
成王異鼎，隹四
月既生霸己
丑，公賞作冊
大白馬，大揚
皇天尹大保
宦，用作祖丁
寶尊彝。鳥冊。

（14）作冊大方鼎二（《金文錄》15）
西周早期
中博：J.W.13-32
銘文八行四十字。與上一器相比，少了第四行的「公」字。

公來鑄武王
成王異鼎，隹
四月既生霸
己丑，賞作冊
大白馬，大揚
皇天尹大保
宦，用作祖丁
寶尊彝。鳥冊。

二鼎銘同爲八行，書風一致，銘文內容亦同，「鼎二」少一「公」字，二銘從第二行起行款略異，字體大小隨筆畫繁簡自然變化，仔細逐字比較，發現不只同一字在二銘中長短寬狹不一，連字形偏旁都有不同寫法，如「霸」字左下旁、「馭」字左旁、「保」字左右部件位置與方向等，顯示同銘異範的極大變異性。

（15）小臣謎簋一（《金文錄》24）
西周早期
中博：J.W.41-32
銘文蓋器各八行六十四字。

（16）小臣謎簋二（《金文錄》25）
西周早期
中博：JW42-32
銘文蓋器同銘各八行六十四字。

「小臣謎簋」兩器，「簋一」、「簋二」均爲蓋器對銘，故於前面「蓋器對銘」項下已有討論，而二簋之間，復爲「同類器數件同銘」之例，故再申說之。兩件四銘之各銘內容、字數全同，行款則除「簋二蓋」有異外，其他三銘則同。此皆敘述於前，茲不贅。唯四銘之文字大小與結構位置差距頗大，茲逐行檢列排比，可更見出其間差異：「懋」、「以」、「征」（二見）、「遣」、「海」、「復」、「達」、「鬲」、「臣」、「謎」等字，爲其變化尤巨者。

（17）芮公鼎一（《金文錄》93）
西周晚期
故博：麗 770
銘文三行九字。

內（芮）公作
鑄從（從）鼎，
永寶用。

（18）芮公鼎二（《金文錄》94）
西周晚期
故博：潛 8
銘文三行十字。

內（芮）公作鑄
從（從）鼎，永
寶用享。

二鼎銘原鑄已多缺筆，復經銹掩，字形愈爲不清，然二銘銘文內容相同（「鼎二」多一「享」字），書風相近，行款與字形略異，知亦爲同銘異範之作。

2、院外同類器同銘（近銘）

（19）鄧少仲方鼎（舊名：豆尗仲方鼎）（《金文錄》10）
西周早期
中博：J.W.14-32
銘文四行二十五字，在內壁。

羿（鄧）小（少）仲隹（雖）友（有）得，
弗敢叡（沮），用作厥
文祖寶𪔂尊，
用尊厥丁□于□宮。

瑞士蘇黎世利特堡博物館藏另一件「鄧少仲方鼎」，器型、紋飾與本器全同，而保存較好，銘文同爲四行二十五字[11]，書風相近，字形結構亦近，只有在個別偏旁上下挪移的位置處理，見出同銘二範布局的不同巧思（尤以第三行「𪔂」字的「爿」旁）。

（**20**）𦐋父方鼎（《金文錄》11）
西周早期
故博：調 35-1
銘文三行十二字。

休王易𦐋
父貝，用作
厥寶尊彝。

傳世三器，原均清宮舊藏，二器已佚，僅存銘拓。《集成》錄爲 2453、2454、2455。三銘大小不一（依序爲 7.3× 4.5cm、6× 3.2cm、7.2× 3.6cm），字形亦多變化，「貝」字作「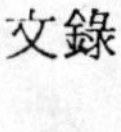」、「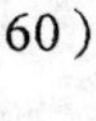」，爲西周早期、中期不同二形的俱存。作器者「𦐋」，向無明確隸定之字，經三銘比對，證實該字從「羽」從「矢」從「戶」[12]，而院藏本器銘文變異特多，如此不易辨識之字，經由同銘異範比對得以確釋，正徵驗了「同銘異範」銘文的不可忽視。

（**21**）賢簋（《金文錄》60）
西周中期
中博：J.W.40-32
銘文四行二十七字，在器內底。

唯九月初吉庚午，
公叔初見于衛，賢
從，公命事，晦（賄）賢百

[11] 見李學勤、艾蘭編，《歐洲所藏中國青銅器遺珠》（文物出版社，1995 年）圖 81，頁 336。個人對本銘隸定與句讀，與李氏略異，詳參《金文錄》頁 209、273。
[12] 參《金文錄》頁 273、274。

晦糧，用作寶彝。

《集成》4104、4105、4106 著錄「賢簋」三件（本院藏器未收），前二件蓋器對銘，共有五個銘拓（4104 蓋、4105 蓋器，現存上海博物館，餘均不詳下落），五銘篇幅不一，書風雖多相近，字形、筆畫則皆互有出入，爲不同範之同銘器。

故宮藏「賢簋」，原藏「善齋」，器身雙耳形制與西周簋式不類，銘文鑄作尚可，唯與上海博物館藏「賢簋」蓋銘（4104.1）相較，行款、結構與筆畫位置全同（同銘異範之各銘雖或極爲相近，但因是不同的書寫底本，筆畫位置終究會有差異），唯線條變粗肥而乏神采，可能即早年古董商依據上博「賢簋」蓋之銘拓翻鑄而成[13]。

（22）頌鼎（《金文錄》89）
西周晚期
故博：調 67
銘文十六行一百五十二字重文二合文一。

隹三年五月既死霸甲
戌，王在周康卲宮，旦，王
各大室即立，宰引右頌
入門，立中廷，尹氏受王命
書。王乎史虢生冊命頌。王
曰：「頌，令汝官嗣（司）成周貯廿
家，監嗣（司）新寤（造），貯用宮御。易
女玄衣黹屯，赤巿朱黃，緣（鑾）旂，
攸（鋚）勒（革），用事。」頌拜韻首，受命
冊，佩以出，反入堇（覲）章（璋）。頌敢
對揚天子丕顯魯休，用作
朕皇考龔叔，皇母龔姒
寶尊鼎，用追孝，旛（祈）匄（丐）康
虤，屯（純）右（祐），通彔（祿），永令。頌其
萬年眉壽，畯臣天
子霝（靈）冬（終），子子孫孫寶用。

傳世「頌鼎」三件，現分別存於臺北故宮（清宮舊藏，《集成》2828）、上海博物館（李香巖、費念慈舊藏，《集成》2829）與北京故宮（清宮舊藏，《集

[13] 參《金文錄》頁 60，《千古金言話西周》頁 38~40。

成》2827)。鼎身大小不一，臺北藏器通耳高 25cm 口徑 25.7cm 重 4935g[14]，北京藏鼎通高 38.4cm 寬 30.3cm 重 7240g[15]，上海的「頌鼎」或記載爲高 30.8cm 口徑 32.8cm[16]，或登錄爲高 31.4cm 口徑 32.9cm 重 9820g[17]，可知三鼎當爲列鼎中的三器，上海的「頌鼎」最大，北京次之，臺北藏器最袖珍[18]。銘文同爲一百五十二字重文二合文一，書風相近，但行款各個不同（臺北故宮藏器作十六行、上博藏器作十五行、北京故宮藏器作十四行)，顯然爲同一銘文內容的多次寫本，鑄造過程中造成的缺筆、缺旁現象也各有不同，上博藏器第六行「家」字誤作「豖」，尤爲特殊，其他諸殘泐字，均可以異範同銘參補之。

(23) 大鼎（《金文錄》92）
西周晚期
故博：崑 172-21
銘文八行八十二字重文三合文二。

隹十又五年三月既〔死〕霸
丁亥，王在糧張宮，大以厥友
守，王饗醴，王乎善（膳）大（夫）馭
召大以厥友入攼。王召走
馬雁令取誰（騅）鷳卅二匹易
大，大拜䭫首，對揚天子丕
顯休，用作朕剌（烈）考己伯盂鼎，
大其子子孫孫邁（萬）年永寶用。

傳世同銘「大鼎」三件，爲同組列鼎之三器，一爲清宮舊藏(《西清》2.19)，器最大，惜已佚失[19]。一爲曹秋舫舊藏，1959 年上海市文物保管委員會從廢銅中揀獲，1995 年北京故宮從上海收購，現存北京故宮博物院。器稍小[20]，與上一器同爲深圓腹、平沿外折、二立耳。另一件即臺北故宮現藏，原亦存清宮(《西清》2.17)，器最小[21]，敞口，深腹底略平，二附耳。

三銘同爲八十二字重文三（大、子、孫）合文二（三十、二匹合文)，雖同排爲八行，行款則皆不同，後二銘書風、字形結構相近，但筆畫位置仍有出入，

---

14 參《金文錄》頁 146。
15 參《故宮青銅器》頁 194。
16 參《銘文選》冊三，頁 302。
17 參《中國文物精華大辭典・青銅卷》頁 91。
18 《集成》2829「頌鼎」說明下備注稱「傳世頌鼎三器，此爲最大的一件」，以重最計，當無疑問，但上舉鼎高，北京猶勝於上海器，則二鼎尺寸之紀錄，應有一誤。
19 參《集成》2806 說明。
20 參《集成》2807 說明。
21 《西清》2.17 載爲「己伯鼎一」:「高八寸五分、深六寸、耳高四寸四分……重二百七十五兩」。《金文錄》頁 150：通高 31.6cm、腹深 19.5cm、重 9904g。

且北京藏器篇幅較大，布局較疏朗，知爲同銘異範之作。三篇銘文第一行「既死霸」均奪「死」字而作「既霸」[22]；第三行「善夫」，疑書銘者均依某一已有奪字訛字之底本抄寫上範，而書者對文字的認知水準又不夠高，遂造成接連三篇之訛誤，這種情形，可以提供銘文製作工序前起稿者與書手或非一人的可能思考。

（24）追簋（《金文錄》100）
西周晚期
故博：往 14
銘文七行五十九（六十）字重文一（二）。

追虔夙夕卹厥死（尸）事，
天子多易追休。追敢對
天子覭揚，用作朕皇
祖考尊簋，用享孝于前
文人，用旛（祈）匄（丐）眉壽，永
令，畯臣天子霝（靈）冬（終），追
其萬年子子孫（孫）永寶用。

「追簋」傳世共六件，一件現存臺北故宮（《集成》4220 器），兩件存北京故宮（《集成》4219 器，4223 蓋、器）。流散海外兩件：一件在美國舊金山亞洲藝術館（《集成》4221 器），一件藏日本東京書道博物館（《集成》4222 蓋）。餘一件清宮舊藏，僅存《西清》銘刻（《西清》27.18），原器下落不明。各銘雖皆作七行，但行款多不一，篇幅大小也不等；書風多相近，筆畫位置卻非一律，知爲多篇異範同銘之作。

臺北故宮藏器在末行「孫」字下無重文符，但比對其他各銘多有重文符，故可視爲失鑄此符。而西周中、晚期以後銘末吉語的「子子孫孫」，常見作「子=孫=」，若不是約定俗成的一種特殊省略形式，那便是書手或銘文範工不定性的漏書或失鑄了。

（25）史頌簋（《金文錄》101）
西周晚期
故博：鹹 107-5
銘文六行六十三字重文二合文一。

隹三年五月丁巳，王在宗

---

[22] 《銘文選》頁 270，馬承源據其自訂西周年表之推算，定「大鼎」當屬夷王，十五年三月丁亥之月相爲「既死霸」。

周，令史頌復（省）穌（蘇），瀾（湄）友里君、
百生（姓），帥（率）䪿盩于成周。休又（有）
成事。穌（蘇）賓章（璋）、馬四匹、吉金，用
作䵼彝。頌其萬年無疆，日
遅天子覭令，子子孫孫永寶用。

傳世八件，除臺北故宮藏一器外，日本存二器（東京書道博物館存蓋、器，東京出光美術館存一蓋），上海博物館亦存二器（蓋一件、器一件），餘已不詳所在[23]。「史頌簋」八器扣除《西清》翻刻二銘拓，尚有十一片（或爲十片[24]）墨拓流傳，各銘篇幅大小略等，皆作六行六十三字重文二合文一，各篇行款亦同，但各字結構位置與筆畫角度則均有差異，明顯爲相近書風下的不同銘範寫本。

（26）趞叔吉父盨（《金文錄》110）
西周晚期
中博：J.W.50-32
銘文三行十七字重文二。

趞叔吉父作
虢王姞旅須（盨），
子子孫孫永寶用。

《集成》收三器四銘（4416、4417、4418.1、4418.2，4417 爲臺北故宮藏器，餘二器現存上海博物館），篇幅大小與書風略近，均爲三行十七字重文二，但四銘字形頗多差異，如「趞」字之𠂤旁作「（4416）、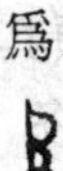（4418.1）」，或更加一口形（4416）；「姞」字女旁或訛減爲「」（4418.1）；「孫」字右旁作「」

[23] 各銘著錄參《集成》4229~4236：
《集成》4229 蓋、器，現存日本東京書道博物館。
《集成》4230 蓋、器，張廷濟舊藏（周金），現不詳所在。
《集成》4231 蓋，現存上海博物館。
《集成》4232 蓋、器，器在上海博物館，蓋不詳所在。
《集成》4233 器，現存臺北故宮博物院。
《集成》4234 器，陳承裘舊藏（澂秋館），今不詳所在。
《集成》4235 蓋、器，清宮舊藏，只存《西清》27.16 刻本。
《集成》4236 蓋、器（？），現存日本東京出光美術館。按：《集成》於 4236 下分 4236.1（蓋）、4236.2（器）二拓本，實則二銘筆畫位置角度全同，若非同一蓋銘之重出，便可依「同銘異範必有差異」之例判定器銘有問題。
[24] 參註 23。

（4418.1）或訛減作「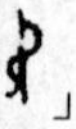」（4418.2），且其下之重文符或多省去（4416、4418）。經由比對同銘，可知故宮藏器銘文雖非最清晰，然字形偏旁結構與符號乃鑄作時最完整之一件，值得珍視。

（27）頌壺（《金文錄》116）

西周晚期

中博：J.W.2460-38

蓋器同銘，器銘二十一行，蓋銘三十七行，皆一百五十二字重文二合文一。

隹三年五月既死霸甲戌，
王在周康卲宮，旦，王各大
室即立，宰引右頌入門，立
中廷，尹氏受王命書。王乎
史虢生冊命頌。王曰：「頌，令
汝官嗣（司）成周貯廿家，監嗣（司）
新寤（造），貯用宮御。易汝玄衣
黹屯，赤市朱黃，緣（鑾）旂，攸（鋚）勒（革），
用事。」頌拜䭫首，受命冊，佩
以出，反入堇（覲）章（璋）。頌敢對揚
天子丕顯魯休，用作朕皇
考龔叔，皇母龔姒寶尊鼎，
用追孝，旛（祈）匃（丐）康虩，屯（純）右（祐），通
彔（祿），永令。頌其萬年眉壽，
畯臣天子霝（靈）冬（終），子子孫孫寶用。

「頌壺」傳世二器，蓋器對銘，一在臺北故宮（《集成》9731），一在山東省博物館[25]，二器約略同大小[26]，器蓋同銘，器銘二十一行（有陽線界格），蓋銘三十七行，各一百五十二字重文二合文一。兩件器銘的行款相同，陰鑄銘文基本放置在陽線格內，但又不謹拘於框內，銘文犯線越線之例甚多（臺北故宮器銘尤多），書風雖相近，臺北藏器銘顯然更為寬疏自由，山東藏器銘則較謹飭。

而二蓋銘雖同為三十七行，行款卻不盡相同（從第二十行起有異，至第三十二行復同。蓋銘基本上每行四字，臺北「頌壺」蓋第二十行五字，第三十一行三字，造成差異），銘文結體與筆畫位置均略不同。最特殊的是山東藏蓋銘第

[25] 《集成》9732 只錄蓋銘，未註明現存地。《銘文選》四三六（冊一，頁 275、冊三，頁 304）收錄山東省博物館藏頌壺，卻只錄器銘。均有缺陷。

[26] 臺北頌壺通高 63cm 腹深 44.4cm 口徑 21.2x 16.9cm 底徑 24.3x 31.7cm 重 32415g，山東頌壺高 51cm（當是未含蓋時，器身之高）口縱 17.2cm 口横 20. 9cm 底縱 24.4cm 底横 31.7cm。參見《金文錄》頁 187 與《銘文選》冊三，頁 304。

七行「引」字作「」，與臺北藏蓋銘作「」相較，「弓」旁反文，一旁鉤筆則爲倒文，究竟是書手之故，還是製範者翻作中的失誤，值得深入研究（第十八行「辭」字二銘方向亦相反）。

（**28**）芮太子伯壺（《金文錄》118）
西周晚期
中博：J.W.2759-38
蓋銘三行十四字，器銘四行十五字重文二。

內（芮）大子白（伯）作
鑄寶壺，萬
子孫永用享。
（蓋銘）

內（芮）大子
白（伯）作鑄
寶壺，
子子孫孫永用享。
（器銘）

蓋器同銘。傳世二器三銘（《集成》9644、9645 蓋器），皆清宮舊藏。9644 見《西清續鑑甲編》8.41，原器今不知所在，9645 現存臺北故宮，比較之下，可知 9644 亦爲蓋銘，與 9645.1 同爲三行十四字，但讀序一爲左讀，一爲右讀，「萬」下均漏「年」字。器銘之行款與字數和蓋銘不同，「子孫」下有重文符，卻少了「萬年」，尤以銘末「永用享」三字，讀序錯亂，正可用同銘（近銘）的蓋銘補正之。

三、組合器之同銘者

考古發掘中常見鼎簋或尊卣或尊彝等不同器類之組合。以同組器多涉及院外所藏，而銘文全同外，後有同主近銘（同製作者，而銘文相近）可資參比，故列爲此二項：

1、同組同銘

A、頌壺、頌鼎、頌簋
頌壺（《金文錄》116）

傳世二器，各蓋器對銘，共四篇銘文，均一百五十二字重文二合文一。

頌鼎（《金文錄》89）

傳世三器，皆一百五十二字重文二合文一，但器身大小與行數均不同。

頌簋

蓋器對銘，皆十五行一百五十二字重文二。

《集成》著錄「頌簋」凡八件[27]共十篇銘文，皆十五行一百五十二字重文二，總字數一百五十二與「頌壺」、「頌鼎」同，內文卻有異：於「成周貯」下少「廿家」三字（「廿」爲二十合文，計二字），於「萬年眉壽」下增「無疆」二字，於「子子孫孫」下增「永」字。十銘書風相若，仔細參比，同一字之筆畫角度與構形卻各有不同（「監𤔲新造」之「造」或作「艁」，從「舟」，或作「䢊」，從「彳」，而上博「頌鼎」作「廳」，爲異構同出之顯例），可與「頌鼎」三銘、「頌壺」四銘並置成同銘異範之最長銘也最多銘的典範。

B、史頌簋、史頌鼎

史頌簋（《金文錄》101）

傳世八器，有十件同銘異範之銘拓，皆六行六十三字重文二合文一。

史頌鼎

「史頌鼎」傳世二器（《集成》2787、2788），均藏上海博物館，甲器六行六十三字，與「史頌簋」行款同，乙器銘文雖亦爲六十三字，但以器身較小（甲器高 37.3cm、口徑 35.7cm，乙器高 29.4cm、口徑 28.7cm），內壁空間較狹，銘文排列成七行，行間亦較局促[28]。

「史頌簋」、「史頌鼎」合共十器、十二篇同銘異範之作，其書風與「頌壺」、「頌鼎」、「頌簋」合共十七篇的「頌」式書風又極相近，其量與質的既精且多，可以作爲西周晚期書風的典則與史籀大篆的代表。

C、彔尊、彔卣

彔尊（《金文錄》66）

西周中期

---

[27] 《集成》4332 蓋器，美國堪薩斯市納爾遜美術陳列館藏。
《集成》4333 蓋器，方蓮卿、王夢麟、姚觀光舊藏（從古、周金），今不知下落。
《集成》4334 器，山東省博物館藏。
《集成》4335 器，北京故宮博物院藏。
《集成》4336 蓋，現存日本京都黑川古文化研究所。
《集成》4337 器，存《三代》拓片，原器不詳所在。
《集成》4338 蓋，現藏上海博物館。
《集成》4339 器，現藏上海博物館。

[28] 參《銘文選》冊三，頁 300。

中博：J.W.66-32
銘文六行四十九字合文一。

王令䵼曰：「䖒，淮夷敢
伐內國，汝其以成周
師氏戍于玷自。」白（伯）雍
父蔑彔曆，易貝十朋。彔
拜䭫首，對揚白（伯）休。用
作文考乙公寶尊彝。

彔䵼卣[29]

蓋器對銘，各六行四十九字。原器現藏美國普林斯頓大學美術博物館 CH. 戴爾和 D. 卡特藏器。

「彔尊」舊藏「善齋」，容庚引介由中央博物院購藏後，復於《通考》中稱此銘原爲卣銘[30]，綴補於尊底而成，學者或承之而改稱「彔䵼卣」（如《集成》5419），然目驗原器與X光透視，並無補葺痕，而銘拓與現存「彔䵼卣」（《集成》5420.1、5420.2）蓋器二銘比對，雖同爲六行，而行列間距與字形筆畫均有差異，明爲三件同銘異範之作。而尊、卣爲常見酒器之組合器類（如「睘尊」、「睘卣」，「豐尊」、「豐卣」，「邢季𩰫尊」、「邢季𩰫卣」等），此「彔尊」或本即與《陶齋吉金錄》[31]所收之「彔䵼卣」爲同組禮器，容氏綴鑲之說未必可信。

D、夷曰匜、夷曰盤、夷曰壺

夷曰匜（《金文錄》81）
西周中期
臺 10245
銘文二行六字。

𠂈（夷）曰作
寶尊彝。

夷曰盤

「夷曰盤」銘文二行六字，現藏北京保利博物館，《保利藏金》頁 109 名爲「蛇紋盤」。銘文如下：

𠂈（夷）曰作

---

29 《集成》5420。
30 《通考》頁 44。
31 《銘文選》冊三，頁 113 引。

寶尊彝。

其說明稱：「這些銘文的文字存在著若干問題，如應寫作白（伯）字的卻誤作曰字。」

夷曰壺

「夷曰壺」銘文二行五字，現藏臺北國立歷史博物館（1995 年購入）。該館慶祝建館四十周年紀念所出《館藏青銅器圖錄》收錄此器，名曰「帶蓋貫耳銅壺」（頁 73），銘文如下：

ㄕ（夷）曰作

寶尊。

匜、盤、壺三器當爲近年出土之同組禮器，銘文內容近同，書風亦一致，《保利藏金》將「曰」字疑爲「白」字之誤的說法，在三銘參比下，已不攻自破，「夷曰」人名爲此組器之同一作器者，應可確定。

2、同組（主）近銘

睘尊（《金文錄》33）

西周早期

臺 8258

銘文四行二十七字。

在厈，君命余作冊

睘安ㄕ（夷）伯，ㄕ（夷）伯賓用貝

布，用作朕文考

日癸肇（旅）寶。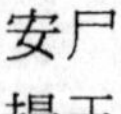。

睘卣[32]

蓋器同銘，各四行三十五字重文二。

唯十又九年，王在厈。王

姜令作冊睘安尸（夷）伯，尸（夷）伯

賓睘貝布。揚王姜休。用

乍文考癸寶尊器。

楊樹達〈睘尊跋〉[33]引「睘尊」、「睘卣」全銘，稱：「二銘所記事同，自是同時之器。」又稱：「二銘互校，知文考日癸與文考癸同是一人，決無疑義。」

[32] 《集成》5407

[33] 楊樹達，《積微居金文說・卷一》，頁 25。

擴而大之，更可知尊銘銘首省「隹十又九年」之紀時詞、「在庌」之主詞省略「王」字、而「君」即「王姜」，二銘參比，知「睘」乃爲「王姜」效命（安夷伯），受夷伯賞而鑄爲此尊卣二器，並以揚祖先（文考癸即文考日癸）之德。

尊、卣二器一爲二十七字，一爲三十五字，乃記同時同事之近銘，雖非如同字數同文辭之同銘器之可逐字勘比，但其人、事、地、物之相合，正足以說明當時鑄銘之互文見義與減省文詞的特殊現象。

肆、價值

一、校漏字

同銘異範的主要形式爲文字內容和字數相同之不同鑄範（字範），透過多銘比對，可以察覺部分銘文的漏字現象，較之單憑上下文義的擬補，有更堅確的證據說服力。如「作冊大方鼎一」、「鼎二」（《金文錄》14、15）。

二器銘文同爲八行，仔細逐字比較，發現自第二行開始行款已異，第四行「賞作冊」之前，「鼎一」有「公」字，爲賞賜之主詞，與銘首「公來鑄武王成王異鼎」之「公」相應和，「鼎二」則缺此「公」字，文義上顯然不及「鼎一」通暢，疑是書範時脫漏所致（當然也可以將此現象視爲類似甲骨成套卜辭的省略，但成組同銘金文中「省略」情形，尚不見如成套卜辭那樣的明顯規律，故寧可視之爲「漏字」）。「追簋」與「頌」器銘末「子子孫孫」，「孫」下或漏重文符，亦可視爲此例。

二、知訛字

西周金文多由書範再經鑄造而成，訛字的形成，有可能是原始寫本有誤（如「大鼎」之「善夫」作「善大」、「既死霸」作「既霸」），也可能是書範時書手一時筆誤（如「龖簋」之「大」字作「大」，參下文），也可能是範鑄銅器過程中，不小心將欲鑄的反字泥文（多爲陽凸）的部分偏旁筆畫碰失了（如「頌壺」器身部分銘文之缺筆）或反置、倒置（如山東博物館藏「頌壺」蓋銘「引」字），遂造成訛錯的現象。如頌鼎（《金文錄》89）。

傳世「頌鼎」三件，一在臺北故宮、一在上海博物館、一在北京故宮，三器尺寸重量不一，應爲列鼎中的三件。銘文同爲一百五十二字，但行款不同，依序爲十六行、十五行和十四行，諸銘文字書風一致，唯上海博物館藏器於第六行「女官司成周賈廿家」之「家」字，訛作「豕」字，透過三銘比對，其訛誤十分明顯。

三、識變化

異範之同銘文字，其書手或同一人，或不同人，部分書風相近者，其結構字形亦有不同，可能是同類書風的不同書手，也可能是同一人的不同筆迹。總之，在鑄成的銘文上可以清楚地看到字形、結構與用筆的變易，互相參比，可以幫助了解西周金文中存在的變化模式，並爲銘文識讀添助一臂之力。例如「小臣謎篹」、「䖒篹」。

1、小臣謎篹（《金文錄》24、25）

二器均蓋器同銘，總共有四篇銘文，字數相同，行款略有差異，逐字比對之後，更見出「懋」、「以」、「征」、「遣」、「眉」、「臣」、「謎」、「貝」，各字寫法都有不同。從書風判斷，可能有三個書手，同時爲鑄銘工作寫範，其中「遣」字之從「口」與不從「口」、加「辵」旁或不加「辵」旁之並存現象，可證「口」爲疊加偏旁，而「辵」旁之表行走義，於銘文亦可或省，以聲符代之，加辵旁的「遣」字，似尚未成爲統一規範的專用字，至少在同一群書手中的彼此要求都不那麼嚴格。另外「謎」字所從「來」字的變化更爲古文字演變律則，直畫上下與左右斜筆的節縮和加短横，造成「來」旁形體的多樣性，經由比較，舊釋此偏旁爲「束」者[34]，應可不攻自破了。

2、䖒篹（《金文錄》56）

蓋器同銘各七行五十八字。二銘行款、字數全同，但書風與字形結構頗多差異，似爲不同書手所爲。如「里」、「大」、「亞」、「取」、「賫」、「事」、「颺（揚）」等字，差別尤大。蓋銘「大」字作「」與習見之金文作「」形者迥異，參比器銘，始能確定其爲「大」字之一特殊訛形。「賫」字一從彳旁，一從辵旁，可證彳、辵於古文字中常常通作。「事」字蓋銘之字形習見，作「」，器銘上作「」，字上弧接之筆變成分岔歧出，中間豎畫貫穿處卻又節縮爲中空，這種分岔與節縮筆畫是戰國文字習見的文字變異[35]，竟可由金文如「䖒篹」者，追溯至西周中期，至於「事」下又旁的左右互作，則是商周文字常有的現象，不必贅述。

四、明真僞

西周之前銅器銘文多由陶範翻鑄而成，當時書手與鑄造，自然形成特有的書風與款銘字口，雖「同銘」之作，亦必異書異範，其字形筆畫角度位置必有差異，而線質則仍維持鑄銘的一定特色，由此原則，可以協助文字學者從銘拓上先發現仿鑄的差謬並釐剔後仿僞刻的銘文。例如「賢篹」、「審卣」、「蘇公子篹」、「毛伯㖸父篹」。

「賢篹」（《金文錄》60）銘文四行二十七字，原器舊藏「善齋」。《集成》著錄「賢篹」三件：4104的蓋與4105的蓋、器均現藏上海博物館（原爲「悳

---

34 白川靜，《金文通釋》，白鶴美術館，1964年。

35 游國慶，《戰國古璽文字研究》，國立中央大學中國文學研究所碩士論文，1990年。

齋」所藏，光緒 14 年河南出土，1956 年入藏上博[36]），4104 與 4106 的器銘則僅存《三代》拓片，原器已不詳所在。

「善齋」舊藏之「賢簋」，《集成》並未收錄，仔細比較故宮藏「賢簋」銘與《集成》所收之三件五銘，可以發現故宮藏器與 4104.1 上博藏簋蓋銘文行款位置與各字筆畫方向角度幾乎全同，只有線質略顯肥滯而乏神采。透過我們對同銘異範的了解，兩個異範銘文，即使書手同一人，在書範及鑄作過程均極力保持一致書風，但仍不免存在字距不勻、字形大小不同和筆畫方向角度不一的現象（如「鼄卣」、「靜卣」蓋器銘文等），藉由逐行、逐字的排比，不難見出故宮藏器與上博藏簋蓋（4104.1）二銘間太過雷同的詭異現象，有人認為「銘文拓本不足以辨識真僞」[37]，但在未見原器之前，由同銘異範的比對，確實可以先嗅得一些端倪。

故宮藏「賢簋」的器身雙耳形制與西周中晚期簋式不類，應是雜湊東西周銘紋飾和形制重組的後世僞品。經檢驗原器，器身過重而無墊片，器表有縮蠟現象，判斷可能是古董商在《憙齋集古錄》出版（1918 年）後，依其賢簋銘拓以失蠟法重塑一器而成，由於器型未見發表，只好擅自捏造，致漏洞百出。此器於 1934 年著錄入劉體智《善齋吉金錄》中，1936 年以後劉氏「善齋」陸續出售所藏，容庚「請傅斯年先生為中央博物館收其藏器，及以七萬元購得一百又七器」[38]，這些銅器均在 1943 年同時登錄入中央博物院，故其藏品編號同為「J.W.□□-32」，Jen Wen（南京中央博物院籌備處「人文館」），編號第□□器，於民國 32 年納編。則僞製賢簋的時間大約在 1918 至 1934 年間。

考古類型學和紋飾特徵可以說明一器應屬的時代與地域，從而證知器物型制、紋飾的合理性與真僞。文字學家一般專注於帶銘銅器的銘文拓本，卻對銅器本身不甚了解，以賢簋的僞製為例，雖在器影勘驗時真相大白，但同銘的蒐羅比對，卻可提供文字學界辨僞取真的先期訊息。

另外，西周早期「寰卣」、西周晚期「蘇公子簋」、「毛伯𠭯父簋」（分見《金文錄》35、97、98）均蓋器對銘，經過比對，可以明顯見出蓋銘的後刻痕跡，入刀斜側，字口銳利，筆畫縱深呈「V」字型，白文線條兩旁則因硬刀推擠使銅面凸起，筆畫交會處單薄且刀鋒交越痕跡明顯，不似鑄銘的渾厚而略帶漲墨的感覺。三器早著錄於《西清續鑑乙編》，其器銘、蓋銘均刊刻其上，至容庚編《寶蘊樓彝器圖錄》，則稱「蓋銘剔損不錄」[39]或「蓋銘泐剔損不錄」[40]，僅錄器身銘文，茲參比各銘，可知容氏所言，實指後世僞刻銘，非與器銘同時鑄造

[36] 李朝遠館長函告。

[37] 唐復年，《西周青銅器銘文分代史徵器影集》，中華書局，1993 年。

[38] 容庚，《商周彝器通考》（大通書局，1973 年據 1941 年燕京學報專號 17 本景印）頁 169。購得之西周銅器較重要者為勅𩰫鼎、屯鼎二器、史獸鼎、衛鼎、睪鼎、師湯父鼎、鄧少仲方鼎、作冊大方鼎二器、我方鼎、叔父丁鬲、作祖戊簋、縣改簋、辨簋二器、賢簋、伯簋、沓簋、作寶簋、小臣謎簋二器、毳簋二器、龖簋、遹簋、趞叔吉父盨、曶壺蓋、伯衛父盉、靜卣、鼄卣、彔尊、㘭士卿尊、矢令方尊、高觶等。

[39] 容庚，《寶蘊樓彝器圖錄》（台聯國風出版社，1978 年）頁 67、72。

[40] 同註 39，頁 98。

者。

五、補文義

同字數之同銘器可以參比而知訛字。有漏字之同銘器字數略異，卻可對比察知遺漏何字。銘文相近而同主、同時、同事之近銘，則可互補文義，構成完整篇章型式，此之謂「補文義」。例如「芮太子伯壺」、「睘尊」與「睘卣」。

1、芮太子伯壺（《金文錄》118）

器銘四行十三字，行款凌亂，銘式如下：

子 寶 白 內
子 壺 乍 太
孫 永 鑄 子
用 □

當讀爲「芮太子伯作鑄寶壺子子孫永用□」，末字形體奇怪，恐有脫範，不易辨識，而蓋銘三行十四字：「芮太子伯作鑄寶壺萬子孫永用亯」，經過比對，器銘末字應爲「享」字之訛形，而蓋銘「子」下缺重文符，「萬」字下奪「年」字（依文義補之），綜合二者，方能補足文義，其完整銘文當爲「芮太子伯作鑄寶壺，萬年子子孫〔孫〕永用享」。

2、睘尊（《金文錄》33）、睘卣

西周早期「睘尊」，清季以來藏家著錄甚多[41]，民國後除黃濬《尊古齋所見吉金圖》（1936年）著錄器影外，原器已佚，不知藏於何所[42]。1987年忽然出現並由故宮蒐購典藏[43]，爲院藏增添一件重寶。

「睘尊」銘文四行二十七字重文二。銘文如下：

在厈，君命余作冊
睘安尸（夷）伯，尸（夷）伯賓用貝
布，用作朕文考
日癸𣄨（旅）寶。。

舊傳有「睘卣」，蓋器同銘四行三十五字重文二。銘文如下：

唯十又九年，王在厈。王
姜令作冊睘安尸（夷）伯，尸（夷）伯
賓睘貝布。揚王姜休。用
乍文考癸寶尊器。

二銘所記事同，自是同時之器[44]。二銘參比，尊銘之「君」即卣銘之「王姜」，

---

[41] 《金文錄》第33器，頁276。

[42] 張光遠，〈故宮新藏周成王時睘尊〉（《故宮文物月刊》61期，1988年4月，頁104）一文，其時代訂於成王之說，學界並不認同，一般視爲昭王器。

[43] 同註42。

[44] 楊樹達，《積微居金文說》（科學出版社，1959年）卷一〈睘尊跋〉。

學者多視爲昭王之后[45]，則作器時間在昭王十九年，地點在庠（岸）地。尊、卣於酒器中往往同組同銘出現，類此「近銘」者甚爲罕見，或可視爲同銘異範中的一個特殊變例。

六、增釋讀

銅器銘文在正常狀況下可由拓本清楚見知，但由於鑄造過程的疏失，可能造成局部銘文陶範的筆畫或部件乃至全字的掉落缺漏（如「毛公鼎」銘的許多缺字與缺旁），鑄器完成後，自然形成銘文缺損現象，影響全銘的釋讀。另一種影響釋讀的原因則是銅器在兩三千年的埋藏中生附銅銹，掩蓋了原鑄銘文，拓本中不見其字，這種情形，以現代X光透射，部分可以完整揭開銹掩的秘密，有些因器形角度與器壁厚度、花紋等問題，仍無法透視，但在科技所不及處，藉由同銘異範的比對，補足缺銘部分，仍是增加銘文釋讀的一種良方。例如「鄧少仲方鼎」、「小臣謎簋」、「周㝨壺」。

1、鄧少仲方鼎（《金文錄》10）

院藏「鄧少仲方鼎」，全器銹蝕嚴重，銘文鑄在器壁至器底，其上半部銹掩不清，雖從X光透視片可見出部分筆畫字形，但在比較蘇黎世利特堡博物館藏同銘異範的方鼎後，則更能確認X光片上的字形筆畫，使摹本愈形精確。至於在缺乏X光透視技術的環境，採取同銘異範來增加釋讀率，應是更爲重要的了。

2、𦐖父方鼎（《金文錄》11）

藉由異範三同銘之「𦐖」字對比，證實此作器名爲從「羽」從「矢」從「戶」之字[46]。

3、小臣謎簋（《金文錄》24、25）

由「小臣謎簋」之「謎」字的同銘比對，查知「來」旁的演變規律，以確釋此字爲「謎」。

4、周㝨壺（《金文錄》74）

「周㝨壺」銘文銹掩，透過異範同銘比照，全銘始得清楚通讀。尤其是蓋銘與器銘在「子子孫孫」與「孫孫子子」的不同，非經比對，極易將故宮藏器銘誤讀。

七、確名號

故宮在臺新購（86年8月）之「夷曰匜」（《金文錄》81），銘文二行六字，「尸（夷）曰作寶隫彝」。北京保利物館收有一「蛇紋盤」，亦有二行六字銘文：「尸（夷）曰乍（作）寶彛彝」。二器紋飾、銘文相同，當爲同組盤匜禮器。二銘書風極近，字形筆法亦相若，但盤銘篇幅較大（9.2x 3.7cm），匜銘較小（7 x 3.2cm），應是同銘異範之作。

---

45 馬承源主編，《商周青銅器銘文選》（文物出版社，1986年）92器，「作冊睘卣」。
46 參見《金文錄》頁273、274。

《保利藏金》說者[47]稱盤銘：「這些銘文的文字存在著若干問題，如應寫作白（伯）字的卻誤作曰字；彝字所像捆縛雙翅鳥，鳥足方向相反且前面多出一個夕旁。這些，使一些人對銘文的真偽產生懷疑。」其實以「曰」爲人名的例子，金文中尚非罕見，「夷伯」雖爲習見之人名，卻不宜強將此「夷曰」改爲「夷伯」，以此扣合已知之名，更何況臺北歷史博物館亦於近年間購入「尸（夷）曰壺」，銘文二行五字：「尸（夷）曰作寶隫」。作器者名全同，檢視同銘異範之例，尚未見有人名或同一字誤書誤鑄三次之例，《保利藏金》說者恐誤。

經由同銘比對，「夷曰」之名，應可確入金文人名之列，其與「睘尊」中之「夷伯」有何關係，則尚待進一步研究。至於說「彝」字字形可怪，檢諸金文字表，同偏旁布置之例甚多，毋須置疑。

八、證書風

西周全期近三百年，其銘文書風約有三期之變，早期（武、成、康、昭）主要承襲晚商金文，主流是雄肆清勁[48]；中期（穆、恭、懿、孝、夷）逐漸出現風格改變[49]；晚期（厲、共和、宣、幽）似有美術工致與書寫隨意的分途走向[50]，而三期各有較特殊之字形與偏旁寫法。例如「伯定盉」、「㺇父方鼎」。

1、伯定盉（《金文錄》78）

「伯定盉」蓋器對銘各二行五字，盉的形制與西周早期「太保盉」（《中國文物精華大辭典·青銅卷》頁150）、「父癸臣辰先盉」（《商周青銅酒器》頁159）相近，這種四足盉也見於西周中期的「伯衛父盉」（《金文錄》頁131）。從銘文看，器銘清勁嚴飭，是早期書風的特色，蓋銘婉整秀麗，已是中期書風的展現，可知二銘書手可能不同一人，但爲早、中期之交，並存了舊、新兩種書風，驗證了西周早、中期過渡的書風流變現象。

2、㺇父方鼎（《金文錄》11）

「㺇父方鼎」傳世三銘拓，「貝」字寫法或作西周早期習見之「」，或作西周中期才普遍的「」形寫法（「貝」下二豎畫突出），可證此鼎鑄造時間應在西周早、中期之交（約昭王至穆王前段），而以形制紋飾衡之，則略近昭王時期。

伍、結語

本文由臺北故宮所藏西周帶銘銅器出發，尋找「同銘異範」的各種類型。

47 孫華，〈蛇紋盤〉，《保利藏金》（嶺南美術出版社，1999年）頁112。
48 參《金文錄》頁19。
49 參《金文錄》頁73。
50 參《金文錄》頁137。

在「蓋器」、「同類器」、「同組器」的同銘（近銘）共三十餘組件的追索中，儘可能參比了目前可見的相關銘拓（如《集成》、《總集》、《銘文選》等）與器型（各博物館藏品）資料，更藉由《故宮西周金文錄》所刊布的銘文彩照、X光透視片、銘拓摹本及個人目驗銅器鑄造與銘文範鑄痕迹，對金文中「同銘異範」提出一、校漏字；二、知訛字；三、識變化；四、明真僞；五、補文義；六、增識讀；七、確名號；八、證書風等價值。討論過程中也涉及了鑄、刻銘文的差異，並對容庚曾經致疑的幾件銅器，提出不同的淺見。

隨著金文銘拓與銅器圖錄的大量刊布，文字學者更能有效地掌握「金文」所倚附的銅器的形制紋飾及其時代性，在考古類型學的輔助下，建構堅實的「斷代工程」與更完整的「標準器」。但在書範與鑄銘的工序中，同銘的異範金文往往透顯了較不爲人注意的文字現象，許多戰國文字的異化情形似乎可推早至西周，銘拓的真僞與否及銘文的漏字、訛字、隸定與文義等，也可藉由同銘異範比對窺知大要。至於西周書風的流變和特殊用字現象，本文只能略舉一端，全面地討論，只能俟諸來日。

參考文獻

《保利藏金》編輯委員會　（1999年）　保利藏金　廣州：嶺南美術出版社

中國社會科學院考古研究所　（1984~1994）　殷周金文集成（本文簡稱《集成》）　北京：中華書局

方濬益（清）　（1976年）　綴遺齋彝器考釋（本文簡稱《綴遺》）　臺北：台聯國風出版社

王杰（清）　（1980年）　西清續鑑乙編　臺北：台聯國風出版社

王杰（清）　（1980年）　西清續鑑甲編　臺北：台聯國風出版社

白川靜　（1964年）　金文通釋　京都：白鶴美術館

吳大澂（清）　（1971年）　恒軒所見所藏吉金錄（本文簡稱《恒軒》）　臺北：藝文印書館

吳大澂（清）　（1976年）　愙齋集古錄（本文簡稱《愙齋》）　臺北：台聯國風出版社

李學勤　（2000年）　從亞若方彝談到我方鼎　中國青銅器萃賞　新加坡：National Heritage Board

李學勤、艾蘭　（1995年）　歐洲所藏中國青銅器遺珠　北京：文物出版社

林巳奈夫　（1984年）　殷周時代青銅器之研究　東京：吉川弘文館

姚孝遂　（1983年）　禦鼎辨僞　古文字研究　第八輯

故宮博物院　（1999年）　故宮青銅器　北京：紫禁城出版社

唐復年　（1993年）　西周青銅器銘文分代史徵影集　北京：中華書局

容庚 （1973年） 商周彝器通考（本文簡稱《通考》） 臺北：大通書局
容庚 （1976年） 善齋彝器圖錄 臺北：台聯國風出版社
容庚 （1978年） 頌齋吉金圖錄（本文簡稱《頌齋》） 臺北：台聯國風出版社
容庚 （1978年） 寶蘊樓彝器圖錄 臺北：台聯國風出版社
容庚 （1985年） 金文編 北京：中華書局
馬承源等 （1986年） 商周青銅器銘文選（本文簡稱《銘文選》） 北京：文物出版社
國立故宮、中央博物院聯合管理處 （1958年） 故宮銅器圖錄（本文簡稱《故圖》） 臺北：中華叢書委員會
國立歷史博物館編輯委員會 （1995年） 國立歷史博物館館藏青銅器圖錄 臺北：國立歷史博物館
國家文物局 （1995年） 中國文物精華大辭典・青銅卷 上海：上海辭書出版社
張光遠 （1988年） 故宮新藏周成王時睘尊 故宮文物月刊 61期
梁詩正（清） （1983年） 西清古鑑（本文簡稱《西清》） 臺北：臺灣商務印書館
陳芳妹 （1989年） 商周青銅酒器 臺北：國立故宮博物院
游國慶 （1990年） 戰國古璽文字研究 國立中央大學中國文學研究所碩士論文
游國慶 （2000年） 千古金言話西周 臺北：國立故宮博物院
游國慶 （2000年） 我方鼎蓋器真僞考辨 第十一屆中國文字學全國學術研討會論文
游國慶 （2000年） 故宮西周金文錄（本文簡稱《金文錄》） 臺北：國立故宮博物院
黃濬 （1976年） 尊古齋所見吉金圖 臺北：台聯國風出版社
楊樹達 （1959年） 積微居金文說 北京：科學出版社
鄒安 （1978年） 周金文存（本文簡稱《周金》） 臺北：台聯國風出版社
劉心源（淸） （1891年） 古文審 嘉魚劉氏龍江樓刊本
劉心源（淸） （1971年） 奇觚室吉金文述（本文簡稱《奇觚》） 臺北：藝文印書館
劉體智 （1972） 小校經閣金石文字（本文簡稱《小校》） 臺北：藝文印書館
劉體智 （1998年） 善齋吉金錄 上海：上海圖書館
潘祖蔭（淸） （1997年） 攀古樓彝器款識（本文簡稱《攀古》） 上海：上海古籍出版社
羅振玉 （1980年） 殷文存 臺北：台聯國風出版社
羅振玉 （1983年） 三代吉金文存（本文簡稱《三代》） 北京：中華書局
嚴一萍 （1983年） 金文總集 臺北：藝文印書館

⿰黹憂𣪘

蓋

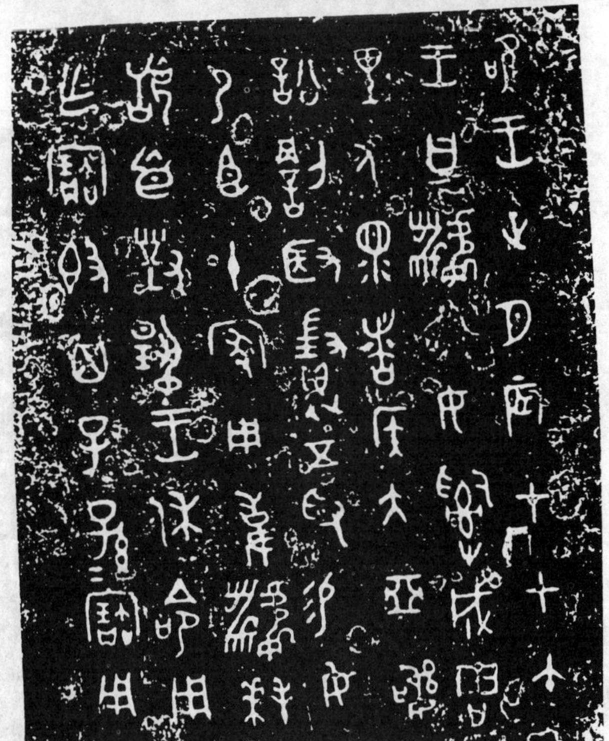

器

作冊大方鼎

作冊大方鼎二 40字 (第四行少一公字)

二

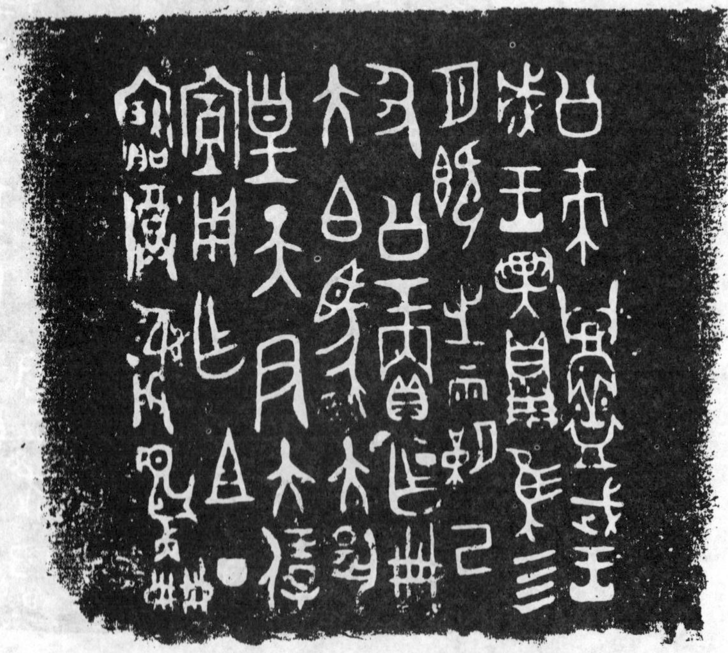

作冊大方鼎一 41字 (多一公字) 第四行

一

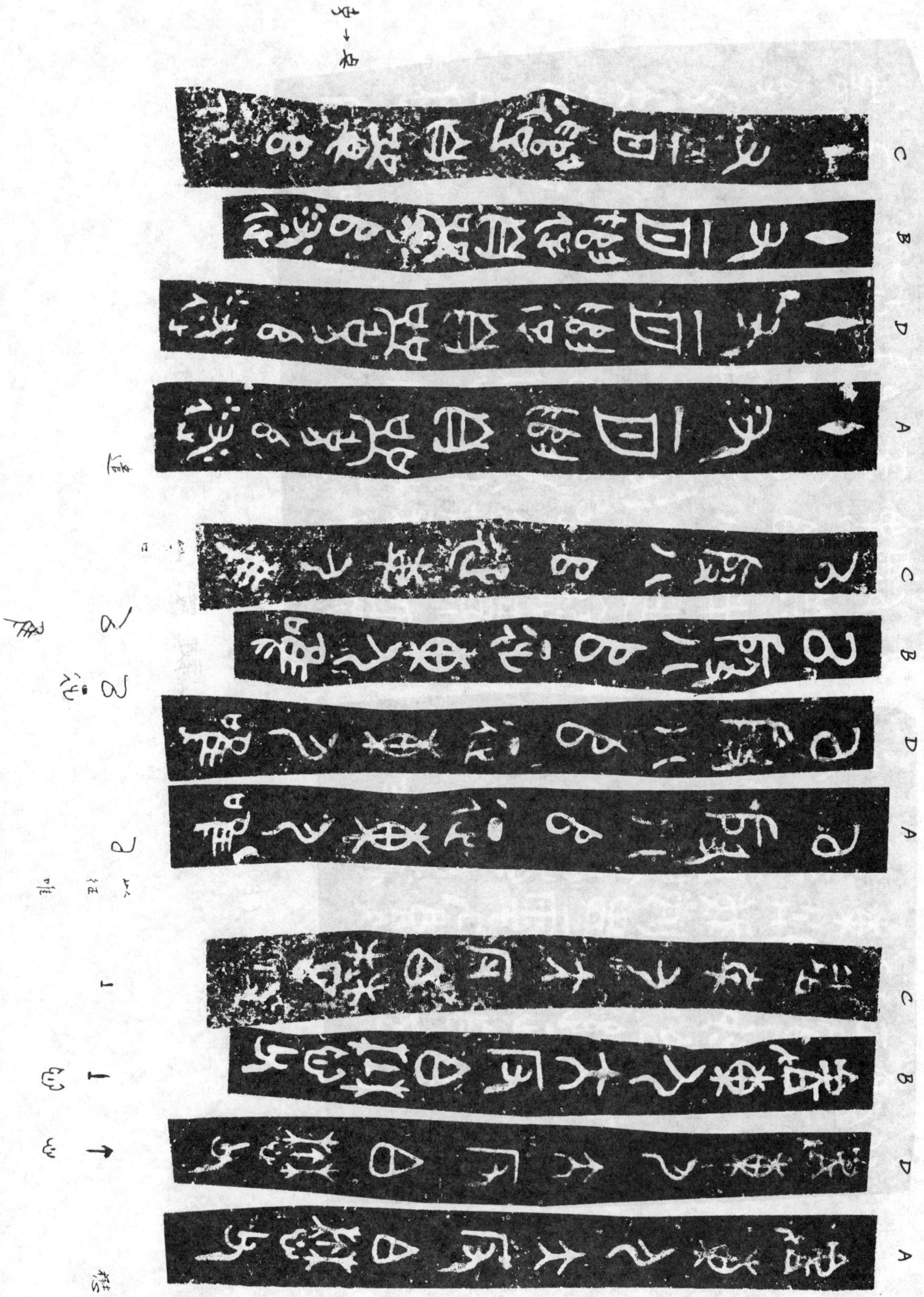

蓋（A）

器（B）

小臣謎簋 一

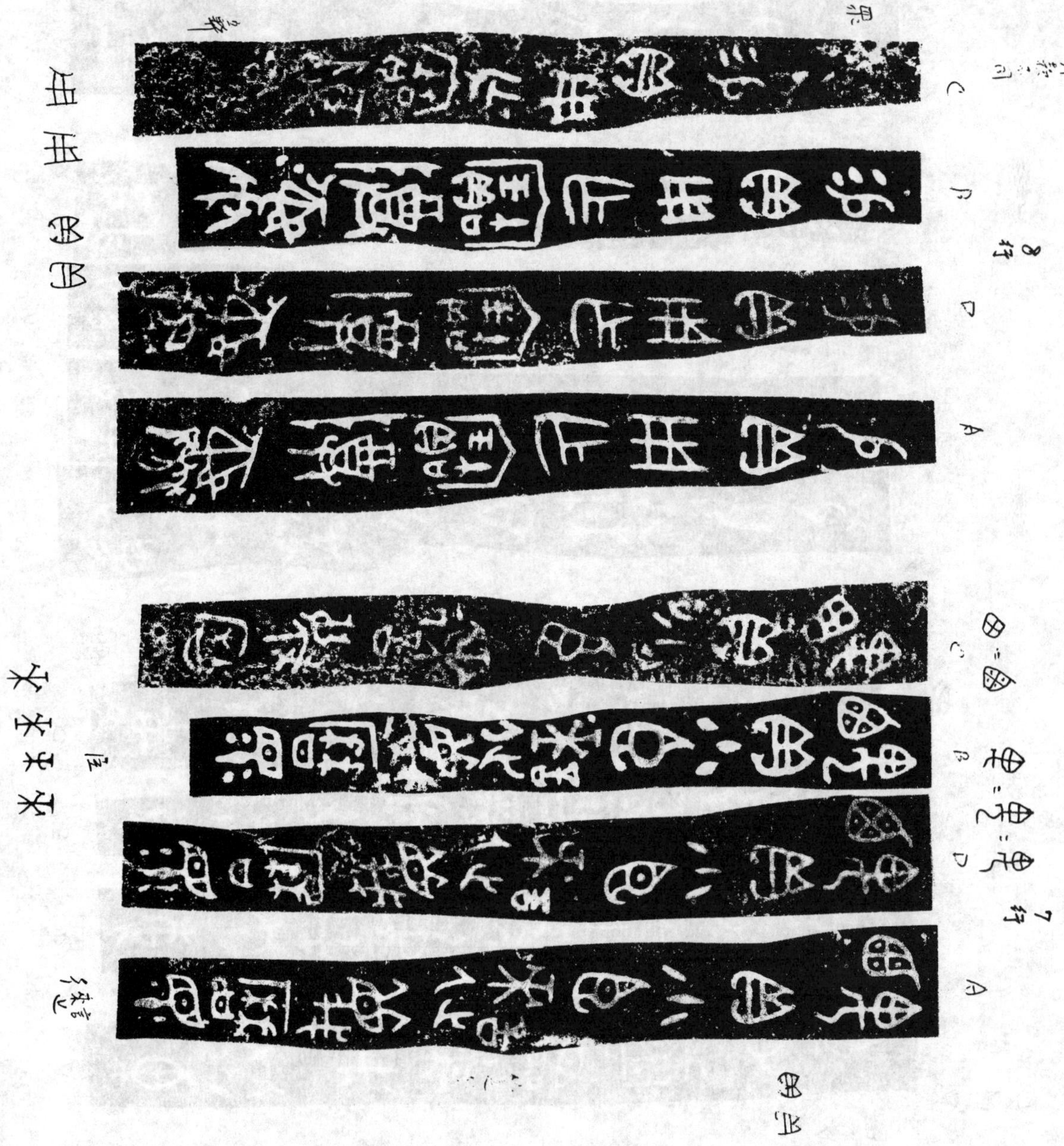

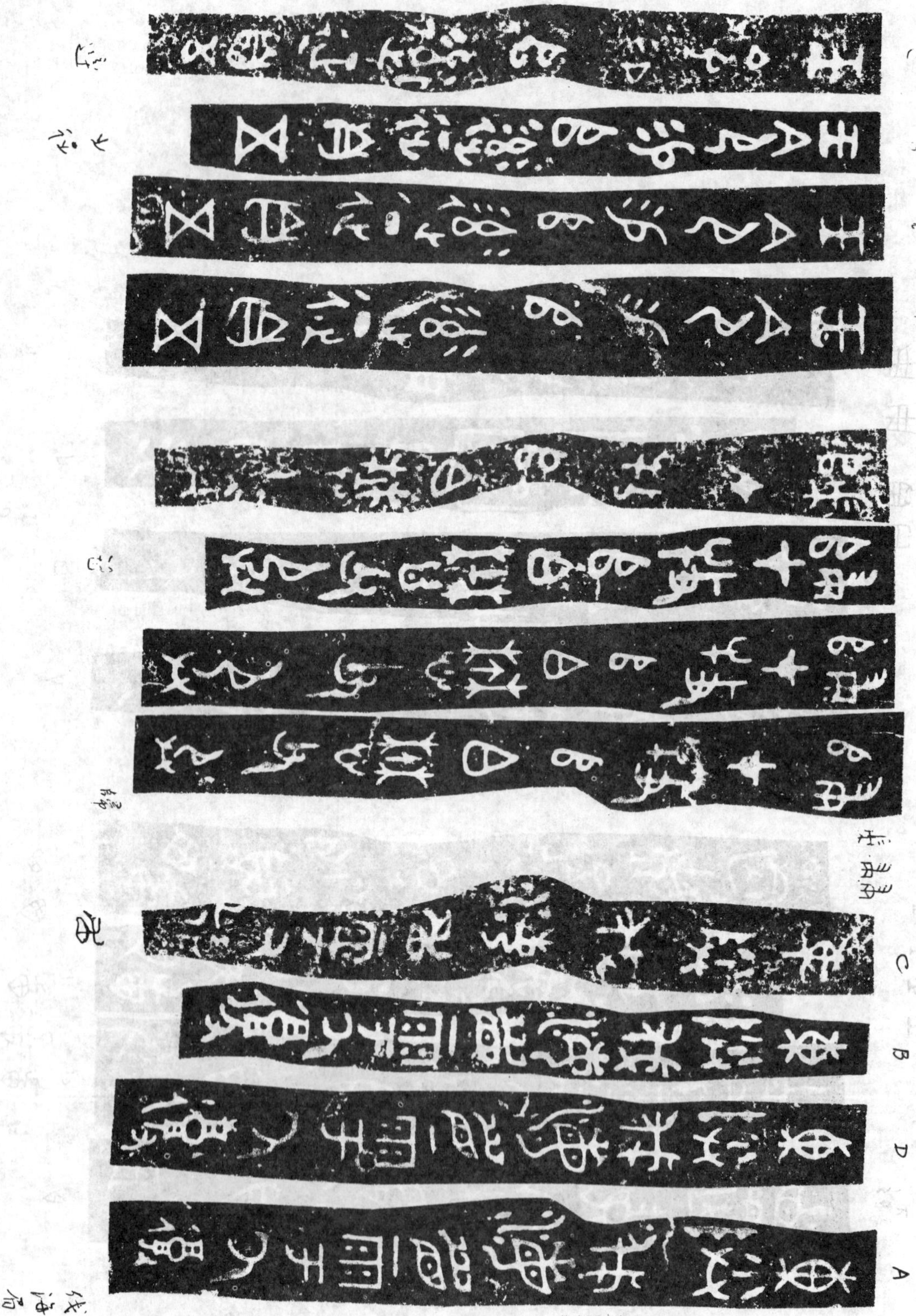

4106
4105.2
4105.1
4104.2
4104.1
故宮藏
4106
4105.2
4105.1
4104.2
4104.1
故宮藏

賢毀銘文比對(一)

集成 4104.1 蓋 (上博藏)

故宮藏

賢毁

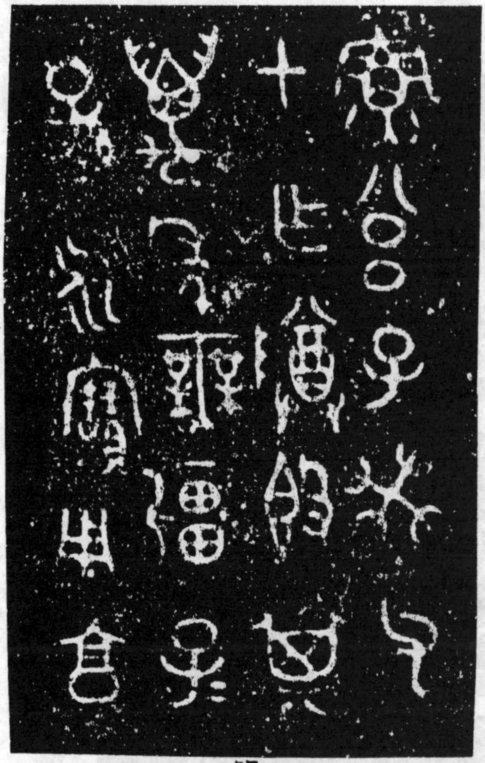
器

蓋

蘇公子段

蓋

器

靜卣

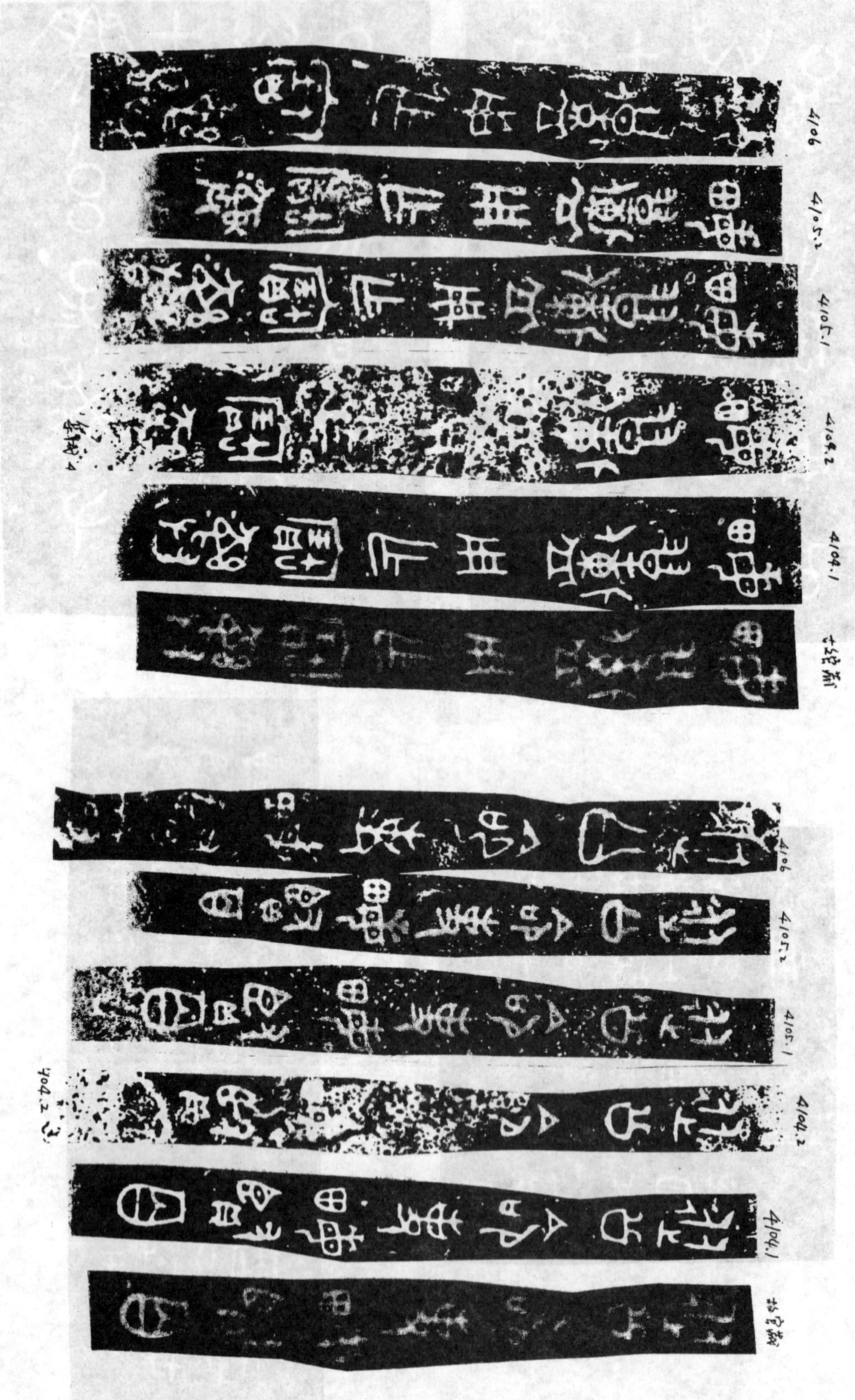

賢毁銘文比對（二）

鄧少仲方鼎

故宮藏拓本

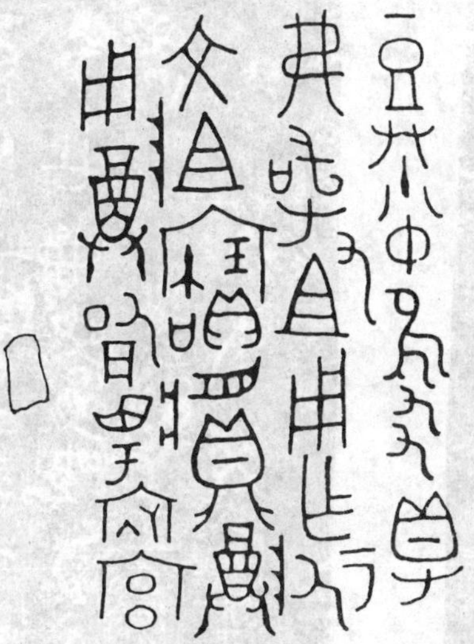

故宮藏摹本（參文光片）

歐藏遺珠

睘尊

器

蓋

[illegible]卣

器 (5407.2)

蓋 (5407.1)

作冊睘卣

[illegible]父鼎

2453　故宮藏

[illegible]父鼎

[illegible]父鼎

2455

2454

器（D）

蓋（C）

小臣謎簋二

周㝬壺

9691 · 1

9691 · 2

周䇜壺

9690 1

故宮藏

9690 · 2

兕觥辨

周聰俊

台灣科技大學教授

提要

觥，古之飲酒器，亦謂之兕觥。《說文》角部觵篆下云：「兕牛角可以飲者也。从角黃聲。觥，俗觵从光。」今《詩》皆作觥，《周禮》作觵。以其用兕牛角為之，故〈卷耳〉毛傳云「兕觥，角爵也」。其形制，蓋象牛角形，說者無異辭。逮乎汴宋，先秦古器大出，專攻斯學者，若歐陽修、呂大臨、薛尙功、黃伯思、趙明誠輩，皆有著述，蔚為專家，而傳世古禮器之名，亦皆出諸宋人之所定。但《考古圖》與《博古圖》俱無兕觥之名，《續考古圖》著錄兕觥二器，而著錄家並謂之匜。阮元《積古齋鐘鼎彝器款識》以器蓋作犧首形之角（酒器之角）為兕觥。王國維撰〈說觥〉一文，辨觥匜二器之別，以為有蓋作牛頭形者為觥，其無蓋者為匜。馬衡《中國金石學概要》則謂古之兕觥有二種：一為盛酒之觥，即蓋作牛首形者，一為飲酒之觥，即阮元所著錄者。今之古彝器學者，雖多以王氏所定觥名，不無疑問，但仍多姑從其說。驗諸出土古器，有形制與三禮舊圖所繪兕觥相合者，乃知漢儒之說，蓋有可信。若夫漢儒或以兕觥專為行罰之用，徵之詩三百篇，似無確證可據。《禮記・檀弓》言杜蕢揚觶，觶既可以行罰，則行罰之爵不必專為觥。兕觥既為飲器，則其縱未必是罰爵，但可用為罰爵，殆亦可說。鄭玄箋詩每以兕觥為罰爵，此本韓詩說，味詩意蓋不見其當為罰爵也。但若以毛傳無是說，遂以兕觥不能為行罰之用，亦未免失之泥矣。嚴粲《詩緝》謂觥不必專為罰爵，其說殆是。

關鍵詞：觥、觵、兕觥、飲酒器、兕牛角

壹、前言

觥，字亦作觵，或謂之兕觥，古飲酒器之一。其形制，蓋象牛角形，漢儒以下，研經之士俱無異辭。惟自汴宋，先秦古器大出，無名氏《續考古圖》著錄兕觥二器，蓋作牛首形，而兕觥形制及其施用，說者遂有不同。王國維撰〈說觥〉一文，辨觥匜二器之別，以似水器之匜，蓋作牛首形者，即文獻所見酒器之觥，其無蓋者為匜，考據精詳，學者翕然從之。致使文獻所見之角形兕觥，與出土蓋為牛首形，名稱定自宋人之兕觥，混然而無別。孔德成先生嘗撰〈說兕觥〉，據文獻與出土實物相印證，以《西清續鑑》所錄角形銅器名觥為是。其後屈萬里先生發表〈兕觥問題重探〉一文，踵繼孔說，質疑王說之非然。但研究古器物者，仍有以宋人所定兕觥，視為文獻所載之兕觥而無殊異者，而對兕觥是否作罰爵之用，亦有所質疑。因不揣固陋，搜檢文獻與出土資料，以及前賢時修之說，詳作探討，以見宋人所定與文獻所載之兕觥蓋爲不同器類，而兕觥或用以行罰，亦未必爲非云。

貳、觥為角爵漢儒說可信

觥，古之飲酒器，《說文》角部觵篆下云：「兕牛角可以飲者也。从角黃聲。觥，俗觵从光。」許說觵爲正字，觥爲俗字，今經典惟《周禮》作觵，見〈閭胥〉〈小胥〉等職，毛詩皆從俗作觥，凡四見，且皆與兕連言，曰兕觥：《周南・卷耳》「我姑酌彼兕觥」，《豳風・七月》「稱彼兕觥」，《小雅・桑扈》「兕觥其觩」（《周頌・絲衣》同）。是觥者，其初始或即用兕牛角所製，故《詩》並稱兕觥。夫以用兕角爲之，而觥者爵名，爲飲酒之器，故亦云角爵，〈卷耳〉毛傳云：「兕觥，角爵」是也。亦謂之兕爵，《左傳》昭公元年：「穆叔、子皮及曹大夫興，拜，舉兕爵」是也。又觥以兕角爲之，故亦通稱爲角，《禮記・少儀》：「不角」，鄭注云：「角謂觥，罰爵也。」此與「四升曰角」之角異。

《詩・卷耳》孔疏云：「《禮圖》云：『觥大七升，以兕角爲之。』先師說云：『刻木爲之，形似兕角。』蓋無兕者用木也。」〈閭胥〉鄭注亦云：「其爵以兕角爲之。」可知《周禮》鄭注以及孔疏所引《禮圖》之說皆謂觥係兕角所爲，亦與許愼《說文》同。惟孔疏又引先師說云「『刻木爲之，形似兕角』，蓋無兕者用木也。」孫詒讓以爲先師說於古無徵，疑不足據[1]。惟徵諸載籍舊說，知孫說恐未必然。蓋古代器皿，其形制既異，質料亦殊。同一器也，或以金爲之，或以瓦爲之，或以木爲之，其所用質料容有不同。如今所見犧尊，悉爲銅器，而《莊子・天地》云「百年之木，破爲犧尊」，《淮南子・俶真篇》亦云「百圍之木，斬而爲犧尊」，可知古之犧尊，亦有木製者。又如豆，《爾雅・釋器》云：「木豆謂之豆」，《太平御覽》卷七五九引《三禮圖》云：「豆以木爲之」，《周禮・旊人》爲豆，《儀禮・少牢饋食禮》有瓦豆，而今傳世所見皆爲銅豆。蓋木瓦之器，不能傳久，易致壞朽。故不能以今所見皆銅器，而謂經傳所云瓦木皆非事實也。錢玄〈三禮名物圖表・總說〉言之詳矣。

兕觥之形制爲角形之器，漢儒以降，說經者略無異辭。自阮元、馬瑞辰乃有觥爲酒器中「四升曰角」之角之論(詳後)。《西淸續鑑》卷十二著錄角形銅器一件，定名爲兕觥（見附圖一），與《三禮圖》所繪相合（見附圖二）。中研院史語所發掘安陽西北岡，亦得一件體身極似兕牛角之銅器（見附圖三），與《續鑑》所錄兕觥相同。惟多一蓋，形狀正象兕角，觩然而曲，並與〈桑扈〉〈絲衣〉所言「兕觥其觩」符合。1954 年江蘇丹徒煙墩山亦出土角形銅

[1] 《周禮正義・閭胥疏》標點本，第三冊，總頁 886。北京，中華書局。

器一件[2](見附圖四)，其前面尖端尤較上舉二器爲曲。孔德成先生嘗撰〈說兕觥〉一文，取文獻與地下出土實物相互印證，以爲《續鑑》所定爲是，其說信而有徵，可以確然無疑[3]。

或謂《詩・卷耳》「我姑酌彼兕觥」，與上章「我姑酌彼金罍」對舉，兕觥爲盛酒之器，遂疑兕觥不應是兕角形之飲器[4]。孔氏於此亦有詮釋，論定兕觥爲飲器，非盛酒容器，以釋人之疑。其言曰：

〈七月〉「稱彼兕觥」，稱訓爲「舉」。……《左傳》亦稱「舉兕爵」，爲飲器，故言舉也。至〈卷耳〉「我姑酌彼兕觥」，固與上章「我姑酌彼金罍」對言……但《說文》云：「酌、盛酒行觴。」段玉裁注：「盛酒於觶中以飲人曰行觴。〈投壺〉云：『命酌曰：請行觴。』觶實曰觴。」觶亦飲器也。「酌彼金罍」，可解爲取酒於彼金罍之中。「酌彼兕觥」，則應訓盛酒飲人，以彼兕觥也。則觥爲飲器，與爵、觶等同用。其非容器，彰彰甚明[5]。

其後屈萬里先生撰〈兕觥問題重探〉一文[6]，採用孔說，對兕觥之名形關係，有更詳細論述，而兕觥爲兕角形飲器，亦可以爲定論。

參、《續考古圖》所定兕觥與文獻所見器類有別

兕觥爲一種象牛角形之飲酒器，驗之實物，徵之典冊，可以確信無疑，已論述於上。

殷周彝器中，無自名爲觥之器。《考古圖》與《博古圖》亦皆無兕觥之名。《續考古圖》著錄兕觥二器（《博古圖》皆謂之匜）。二器形制似匜，有流，單鋬，圈足，其一有蓋，蓋象獸形（見附圖五）。此爲最早以似匜器，而蓋象獸形之銅器定名爲兕觥者。自茲而後，對銅器中此器類之名與形，說者歧出不齊，至今其真正器名仍難確知。稱兕觥者，不過沿自《續考古圖》所定而約定俗成耳。

降及有清，阮元《積古齋鐘鼎彝器款識》卷五著錄《子燮兕觥》一器，並記其形制云：

器制如爵而高大，蓋作犧首形，有兩角。首以下作蟠夔雷回紋，滿身作獸面蟠夔雷回紋。此器舊名爲犧首爵，元得之，考定爲兕觥。

又云：

---

[2] 見〈江蘇丹徒縣煙墩山出土的古代青銅器〉，《文物參考資料》，1955 年第 5 期，頁五八。

[3] 見《東海學報》，第六卷第一期，頁十九。

[4] 王國維以爲觥兼盛酒與飲酒二用，見〈說觥〉；容庚、張維持亦以爲觥爲盛酒兼飲酒器，見《殷周青銅器通論》。馬衡則謂觥有二種，一爲盛酒之觥，一爲飲酒之觥，見《中國金石學概要》上編，「觥」條。

[5] 同註三。

[6] 見《史語所集刊》，第四十三本第四分，頁五三三至五三八。1971、12。

《毛詩・卷耳》「我姑酌彼兕觥」，《傳》云：「角爵也。」按毛說蓋以兕觥爲似角之爵，其制無雙柱、無流，同于角；有三足，同于爵，詁訓甚明，非謂以兕角爲之也。

阮元認爲兕觥是一種形制似爵，無雙柱，無流，有三足，而蓋作犧首形之酒器[7]（見附圖六），且以爲毛傳以角爵說兕觥，蓋以兕觥爲似角之爵，而非謂以兕角爲之也。馬瑞辰《毛詩傳箋通釋》紹繼阮說，進而以觥爲酒器中「四升曰角」之角（亦即宋以來所定爵形器無流，無柱，而口兩端若尾者）[8]。按阮、馬二氏附會觥角（四升曰角之角）相同，其誤較然可見。其後王國維撰〈說觥〉一文，疏通《續考古圖》之說，辨觥匜二器之別。謂自宋以來，所謂匜者有二種，其一器淺而鉅，有足而無蓋，其流狹而長，此爲匜；其一器稍小而深，或有足，或無足，而皆有蓋，其流侈而短，蓋皆作牛首形，俗謂之虎頭匜者，此非匜而爲兕觥，並列舉六證以說明之[9]。王氏考據精詳，故自斯說出，學者多沿襲之，然疑之者仍不乏其人。馬衡《中國金石學概要》雖肯定王氏定俗稱虎頭匜者爲兕觥，但對王氏認定阮氏之器爲角，並不以爲然。馬氏以爲古之兕觥，蓋有二種，一爲盛酒之觥，一爲飲酒之觥，非如王氏說兼盛酒與飲酒也。其言曰：

> 《詩・卷耳》：「我姑酌彼兕觥」。酌謂以勺挹取之，是爲盛酒之觥。《詩・七月》：「稱彼兕觥」。稱，猶舉也，稱觥與舉爵揚觶同，是爲飲酒之觥。俗稱虎頭匜者，不可以舉，盛酒之觥也。阮氏之器，其形類爵，飲酒之觥也。二者之器形雖異，而其蓋皆作牛首形，且必在當流之處。其前後皆斛然而曲（與王氏所引《詩・小雅》〈周頌〉「兕觥其觩」之說亦合）。二者初無異也。其所以名爲兕觥者，亦以其蓋得名，非以兕牛角爲之也。《西清古鑑》之亞角，傳世之父丙角（此器形制及銘文全與《西清古鑑》亞角同，而花紋小異，不知即一器否），亦皆有流有蓋，蓋作雙角之牛首形，與阮氏之器同，惟無雙柱爲異。皆飲酒之兕觥也。[10]

按馬氏以王氏所定兕觥爲盛酒之器，其說是矣。但謂阮元所著錄者爲飲酒之觥，其誤與阮同，蓋以「四升曰角」之角爲觥也。容庚《商周彝器通考》雖亦踵述王說，但據〈守宮作父辛觥〉中藏一斗，說明此類器乃盛酒之器而非飲酒之器，與「稱彼兕觥」及罰爵之義不合[11]。檢諸容書所錄〈賁弘觥〉，亦附一斗，蓋亦爲自觥腹內挹酒之用，其非飲器甚明。

---

[7] 按此器據容庚《商周彝器通考》所記形制及拓本附圖，前有流，後有尾，上有二柱，下有三足，若去其蓋，與常爵無異，故入之爵；而阮氏《積古齋》所記此器，無雙柱而有三足，又比爵爲高大。其二柱與流之有無互有不同。檢之《揅經室四集・詩》卷七〈賦得周兕觥詩〉，云：「兕觥高似爵，有蓋制特強，蓋流作犧首，斛然額角長，……左右各有缺，雙柱居其旁」，則此器有流有柱，與容書所記同。不知《積古齋》所記者究爲何器？

[8] 見《毛詩傳箋通釋》，卷二頁十五，《續經解本》，藝文印書館。

[9] 見《觀堂集林》，卷三頁一三五至一三九，世界書局。

[10] 見《中國金石學概要》上編，頁一七至一九，藝文印書館。

[11] 見《商周彝器通考》，頁四二六。哈佛燕京學社。

就文獻資料所見，兕觥爲飲酒器，而據出土彝器，宋人定名之兕觥，蓋爲盛酒器，二者器類有殊，不容相混。1994 年，張增午發表〈商周青銅兕觥初論〉一文，既引容庚、張維持《殷周青銅器通論》說：「這類器是否應稱之爲觥，尚屬疑問。」又謂「這類被約定俗成稱之爲兕觥的彝器，至今尚無資料可證實其真正的器名，故今人仍把此種形似匜的青銅彝器稱爲兕觥」，但張氏又以爲「商周青銅兕觥源于兕牛角」，且引《詩》〈七月〉〈卷耳〉，《說文》及孔疏說明「兕觥是作兕角形狀的酒器」，「初爲兕角所制，以後或以木、以銅爲之」，並舉 1959 年山西石樓出土一牛角形橫置酒器（見附圖七），謂即觥之真實面目[12]。細味張說，似以爲宋人所定蓋作犧首形之兕觥，與石樓出土角形橫置酒器以及《詩》所言兕觥，乃一器之演變，初爲角形飲器，其後演變爲蓋作犧首形之盛酒器，其混二者而無別，亦較然明白。

近數十年來，古器物大量出土，研究者甚眾，著述亦日益繁富。容庚之《商周彝器通考》、容氏與張維持合撰之《殷周青銅器通論》、馬承源主編之《中國青銅器》以及朱鳳瀚之《古代中國青銅器》諸書，對宋人定名爲兕觥之此類器，是否可以稱之爲觥，均持保留之態度。蓋兕觥本爲兕牛角形器，與宋人所定兕觥器形不合。故知縱然此名稱實已約定俗成，沿用已久，但其與古制中之兕觥爲不同器類，則無可疑也。

肆、兕觥為飲器不必專為罰爵

《詩》四言兕觥，而詩文俱不見有罰義，故學者或疑鄭玄謂「兕觥爲罰爵」，乃泥於韓詩說，不足以據。蔡啓盛《經窺》云：

> 鄭注《三禮》時，已通三家詩，故每取三家學以說禮，及後箋《毛詩》，亦或據之以易傳，此毛鄭異義之原也。其得失未可概論，使必謂毛是而三家非，固不足以折鄭，但取信于賢傳不若取信于聖經。如鄭每以兕觥爲罰爵，大率皆毛傳之所無，而研審經文亦未見其如鄭所云也。如此詩（按指《周南・卷耳》）序言后妃志在求賢審官，知臣下勤勞，則宜有賞勸而無罰懲，況上章之金罍何謂乎？如鄭說罍觥皆饗燕所設，則一罰而一否又不倫矣。至謂罰之亦所以爲樂，是直以禮爲戲矣。他如《邠風・七月篇》「稱彼兕觥，萬壽無疆」，箋云：「于饗而正齒位，故因時而誓焉。飲酒既樂，欲大壽無竟。」案此雖未明言，其意固仍以爲罰爵。然詳味詩意，亦無誓戒之義。《雅・桑扈》與《頌・絲》並云「兕觥其觩，旨酒思柔」，〈桑扈〉箋云「兕觥罰爵也。古之王者與群臣燕飲，上下無失禮者，其罰爵徒觩然陳設而已。」案此序言刺幽王之動無禮文，鄭因說爲不用先王時之罰爵，幽王以暴虐聞今，不謂其濫罰而刺其不設罰，是又翩其反矣。〈絲〉箋云「繹之旅士用兕觥，變于祭也。

[12] 見《故宮博物院院刊》，1994 年第 3 期，頁 31、32。

」鄭蓋因祭無兕觥而燕有之，故謂之變，然使果為示罰之用，則祭之恐有失禮尤甚于燕矣。何以不設于祭而僅設于燕乎？凡此皆研審經文而同見其不當為罰爵也。

又云：

或謂《地官・閭胥職》云「觵撻伐之事」，《春官・小胥》云「觵其不敬者」，鄭即以詩說之。此經文果何謂乎？曰此即鄭以三家學說禮也。古原有以酒為罰者，但《周禮》止言觵而不言兕觥，而鄭君欲取《詩》之兕觥當之，且以為言兕觥者盡罰，爵則必不能信從矣。……因《周禮》有觵而謂必是兕觥，且謂兕觥專為行罰之用，雖經神亦未免失之泥矣。[13]

蔡氏以為鄭箋以兕觥為罰爵者，蓋本三家學，而其後注《周禮・閭胥》「觵撻伐之事」、〈小胥〉「觵其不敬者」，即取《詩》之兕觥當觵，因謂兕觥專為行罰之用。自蔡氏有是言，而學者或據以為說，而謂鄭取《詩》之兕觥當《周禮》之觵為非然。日本學者竹添光鴻之《毛詩會箋》即全取蔡說[14]。屈萬里先生亦以為「把兕觥說成罰爵，大概都是根據《周禮》」，且以鄭注為可疑[15]。朱鳳瀚亦謂「漢儒以觥為罰爵，有可能本自《周禮・地官・閭胥》及《春官・小胥》[16]。按兕觥為罰爵，鄭玄箋《詩》，固取諸韓詩，而許慎《五經異義》，實亦有此說。是兕觥用以罰，蓋非一家之言。其謂觥為罰爵乃本自〈閭胥〉〈小胥〉者，愚以為斯說殆有未盡然也。徵諸《禮記・少儀》：

侍射則約矢，侍投則擁矢。勝則洗而以請，客亦如之。不角，不擢馬。

鄭注曰：

角，謂觥，罰爵也。於尊長與客，如獻酬之爵。

孔疏云：

不角者，罰爵用角，《詩》云「酌彼兕觥」是也。飲尊者及客則不敢用角，但如常獻酬之爵也。

按此節「不角」之「角」，自鄭云「角謂觥」，孔疏以降，以迄清儒，若王夫之《禮記章句》、姜兆錫《禮記章義》、吳廷華《禮記疑義》、汪紱《禮記章句》、孫希旦《禮記集解》、郝懿行《禮記箋》、劉沅《禮記恒解》、朱彬《禮記訓纂》、莊有可《禮記集說》等，俱以鄭說為然[17]。蓋罰爵用觥，飲尊長

---

[13] 並見《經窺》，卷三頁一，「兕觥」條下。清光緒十七年刊本，上海復旦大學藏。

[14] 見《毛詩會箋・卷耳》，頁六七、六八，大通書局。

[15] 見〈兕觥問題重探〉，《史語所集刊》第四十三本第四分，頁五三七。

[16] 見《古代中國青銅器》，頁一０二，南開大學出版社。

[17] 王夫之《禮記章句》，卷十七頁四，廣文書局。
姜兆錫《禮記章義》，卷六頁四三，《續四庫全書》，上海古籍出版社。
吳廷華《禮記疑義》，卷三五頁十四，《續四庫全書》，上海古籍出版社。
汪紱《禮記章句》，卷六頁四五，《續四庫全書》，上海古籍出版社。
孫希旦《禮記集解》，卷三十五頁十，蘭臺書局。
郝懿行《禮記箋・少儀十七》頁三，《續四庫全書》，上海古籍出版社。
劉沅《禮記恒解》，卷十七頁三，《續四庫全書》，上海古籍出版社。

不敢用觥，所以示不敢施罰，故衹用平常獻酬之爵。兕觥曰角者，觥以兕角爲之，故亦名爲角，而非「四升曰角」之角（馬瑞辰以爲兕觥即「四升曰角」之角，亦即〈少儀〉「不角」之角，蓋混兕觥與「四升曰角」之角爲一器而無別）。是觥可用以行罰，佐以此節而愈明。陳祥道《禮書》說兕觥之用，云：

> 其用則饗、燕、鄉飲、賓尸皆有之。〈七月〉言「朋酒斯饗」、「稱彼兕觥」。春秋之時，衛侯饗苦成叔，而甯惠子歌「兕觥其觩」，饗有觥也。鄭人燕趙孟、穆叔、子皮而舉兕爵，是燕有觥也。閭胥掌比觥，是鄉飲有觥也。〈絲衣〉言兕觥，是賓尸有觥也。蓋燕禮、鄉飲酒禮、大夫之饗，皆有旅酬無算爵，於是時亦用觥。[18]

陳說兕觥之用甚詳，據此亦可知，兕觥固非專用以行罰之酒器，且《禮記．檀弓》言杜蕢揚觶，觶既可以行罰，則行罰之爵亦不必專爲觥。嚴粲《詩緝》云：「謂以觥罰之耳，不必專爲罰爵也。」嚴氏謂觥之爲用，不必專爲罰爵，蓋爲平允之論。

伍、結語

凡傳世古禮器之名，皆宋人之所定也。曰鐘曰鼎曰盤曰匜，皆古器自載其名，而宋人因以名之者也。曰卣曰罍曰角曰斝，於古器銘詞中均無明文，宋人但以大小之差定之（王國維語）。然漢世去周未遠，而學者對禮書所記禮樂諸器之認識，已不能無誤，則宋人對禮器之定名，欲求其名實相符而契乎古人之初意，是誠不易也。《詩》屢言兕觥，而傳世之器不能正其名。宋人以形似匜，蓋作犧首形者爲觥，王國維疏通其說，而學者宗之。然此器類與古制中之兕觥，器形迥然不同。斯蓋猶出土匡器與文獻匡器，其名雖同，而實則有異，二者殆不能混同。而宋人所定之名，是否契合先民之所命，亦尚待確證。若夫兕觥或用爲罰爵，漢儒師說以及經傳所記，尚有可徵信者，非鄭玄一家言也。

參考書目

毛傳鄭箋，《毛詩注疏》，藝文印書館。
王夫之，《禮記章句》，廣文書局。
王國維，《觀堂集林》，世界書局。59、1。
王　黼，《博古圖》，《四庫全書本》，商務印書館。
未著撰人，《續考古圖》，《四庫全書本》，商務印書館。

朱彬《禮記訓纂》，卷十七頁四，中華書局。
莊有可《禮記集說》，卷十七頁五，力行書局。

18 見《禮書》，卷九十九頁一，觥條下，《北京圖書館古籍珍本叢刊》，書目文獻出版社

朱　彬，《禮記訓纂》，中華書局。
竹添光鴻，《毛詩會箋》，大通書局。
吳廷華，《禮記疑義》，《續四庫全書》，上海古籍出版社。
呂大臨，《考古圖》，《四庫全書本》，商務印書館。
李　昉，《太平御覽》，明倫出版社。
汪　紱，《禮記章句》，《續四庫全書》，上海古籍出版社。
阮　元，《揅經室四集》，《四部叢刊》，商務印書館。
阮　元，《積古齋鐘鼎彝器款識》，藝文印書館。
姜兆錫，《禮記章義》，《續四庫全書》，上海古籍出版社。
孫希旦，《禮記集解》，蘭臺書局。
孫詒讓，《周禮正義》，標點本，北京，中華書局。
容　庚，《商周彝器通考》，哈佛燕京學社。
容　庚、張維持，《殷周青銅器通論》，文物出版社。
郝懿行，《禮記箋》，《續四庫全書》，上海古籍出版社。
馬　衡，《中國金石學概要》，藝文印書館。
馬瑞辰，《毛詩傳箋通釋》，《續經解本》，藝文印書館。
莊有可，《禮記集說》，力行書局。
許　慎，《說文解字》，藝文印書館。
陳祥道，《禮書》，《北京圖書館古籍珍本叢刊》，書目文獻出版社。
劉　沅，《禮記恒解》，《續四庫全書》，上海古籍出版社。
蔡啓盛，《經窺》，清光緒十七年刊本，上海復旦大學藏。
鄭注孔疏，《禮記注疏》，藝文印書館。
鄭注賈疏，《儀禮注疏》，藝文印書館。
鄭注賈疏，《周禮注疏》，藝文印書館。
嚴　粲，《詩緝》，廣文書局。

孔德成，〈說兕觥〉，《東海學報》，第六卷第一期，53、6。
江蘇省文物管理委員會，〈江蘇丹徒縣煙墩山出土的古代青銅器〉，《文物參考資料》，1955、5。
屈萬里，〈兕觥問題重探〉，《史語所集刊》，第 43 本第 4 分，1971、12。
張增午，〈商周青銅兕觥初論〉，《故宮博物院院刊》，1994、3。
錢　玄，〈三禮名物圖表〉，《國學論衡》，第五期，1935、6。北京圖書館藏。

附圖一　西清續鑑（卷十二）著錄兕觥

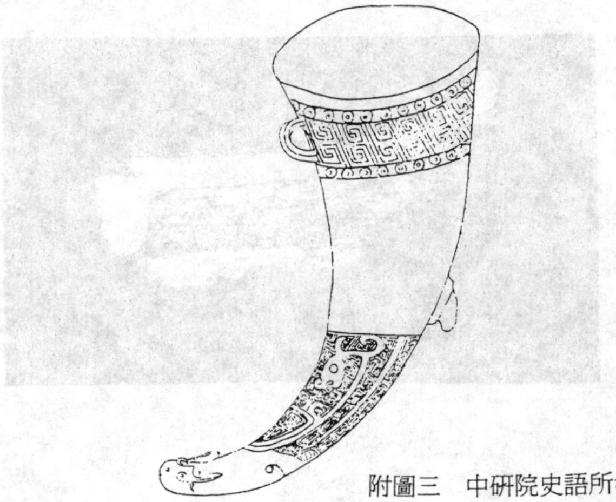

附圖二　聶崇義三禮圖所繪兕觥

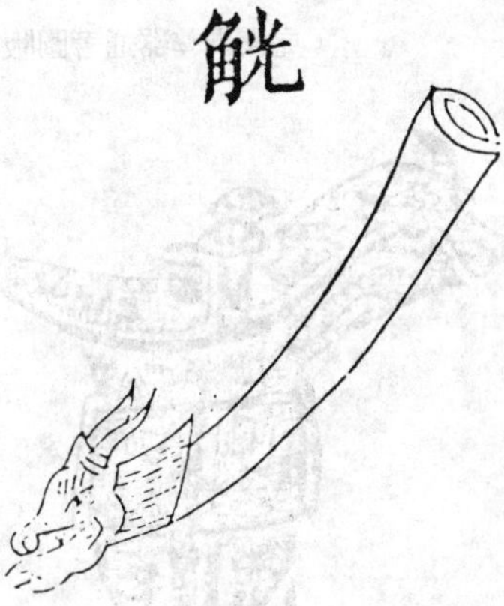

附圖三　中研院史語所發掘殷墟所得角形器

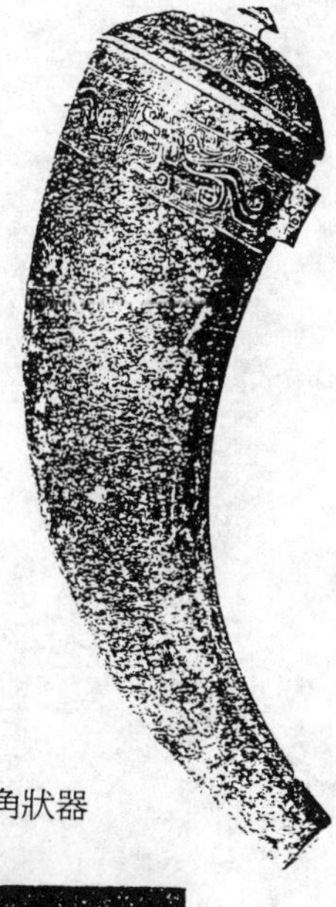

附圖四　江蘇丹徒煙墩山出土銅角狀器

圖版六　煙墩山出土的銅角狀器

附圖五　續考古圖（卷三）著錄兕觥

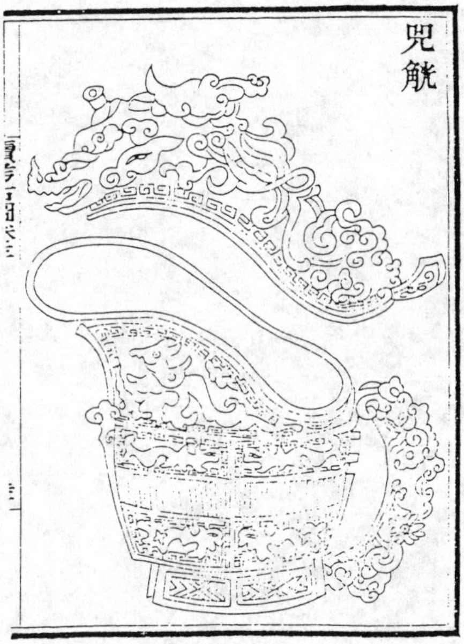

附圖六　阮元所謂子㸚兕觥

（見商周彝器通考圖版四三０）

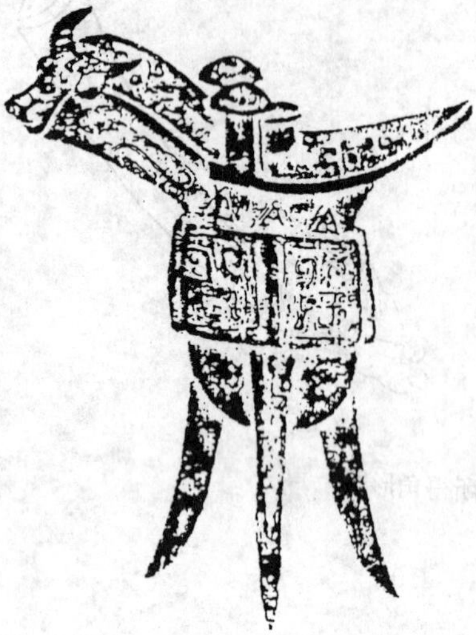

附圖七　山西石樓出土角形酒器

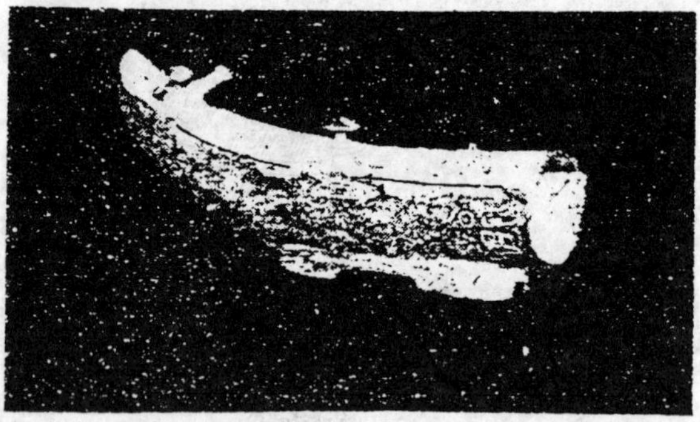

古文字釋叢

林宏明

政大中文所博士班

提要

本文以札記方式寫成七則讀古文字的心得，一爲甲骨綴合，補充了甲骨「王夢𣏟隹𣏟𡆥」的辭例，指出這是卜問𣏟會不會有𡆥的意思；二亦爲甲骨綴合，補充了甲骨「疾□」的辭例，意指人的「□」（部位）有疾；三爲師寰簋「弗叚組」的「組」當讀爲「沮」或「怚」訓爲「敗」或「驕」，有的學者讀爲「徂」是不對的；四爲陳純釜「□命左關師」的□字疑爲公字的異寫；五指出古璽「王敦狐」當讀爲「王純狐」，「純狐」爲古氏族名；六指出古璽「東陽戲＝」疑爲「東陽夷吾」；七指出「鄺齒信鈢」第一個字可釋讀爲「郚」。

關鍵詞：甲骨綴合　師寰簋　陳純釜　古璽印

前言

本文爲筆者近來學習古文字資料所得，以讀書札記方式寫就。由於在古文字材料方面涉及甲骨、金文及古璽；內容則一部分是字形的考訂，一部分爲文義的解釋，因此以「古文字釋叢」爲題，依古文字材料的不同分爲三項，依序書寫七則，以就教於專家學者。其中和甲骨文有關的二則爲筆者的新綴合，綴合後補充了甲骨文占夢及疾病的辭例；第三、四則爲西周金文的師寰簋的「今余不暇組」、戰國田齊金文陳純釜的「□命左關敕成左關之釜」；第五、六、七則爲於古璽文字的考訂。

壹、甲骨文綴合新例

一、王夢𣏟隹𣏟𡆥

甲骨文中的占夢卜辭中，有一類卜辭是卜問王的（惡）夢是不是由某人造成的，其辭例爲：

（1）貞：王夢，隹大甲？
　　　貞：王夢，不隹大甲？　　合一四一九九正

（2）王夢，隹妣己？　　合一七三七七

這一類的卜辭辭例不少，胡厚宣先生認爲：

殷人以爲所以有夢者，皆由於先公先王或先妣之作祟……他辭又曰：「貞王夢，隹大甲」，「貞王夢，不隹大甲」，「王夢不隹祖乙」，「貞王夢，不隹祖乙」，「己丑卜，㱿，貞王夢，隹祖乙」亦皆以王夢爲先祖作祟之義也。[1]

由於大甲和卜問的商王世代相差很遠，商王跟本沒見過，自然不會夢到大甲，這類卜辭卜問的內容，也就不會是卜問王夢到大甲會不會有憂禍，胡氏認爲這是卜問王的夢是否由於大甲的作祟是有道理的。

（３）丙寅卜，㱿貞：王夢兄丁隹囚？
　　貞：王夢兄丁不隹囚？　乙六四〇八

因爲兄丁已經死亡，所以這一類占夢卜辭是說王夢到兄丁，王會不會有憂禍？和上一類占夢卜辭不同。筆者最近發現一組五片甲骨殘片可以綴合[2]（圖一），綴合後的辭例可以補充以往關於「占夢」卜辭的不足：

（４）王夢㭁，隹㭁〔囚〕？
　　王夢㭁，不隹㭁囚？

「㭁」字在此似爲人名或地名一類的專有名詞，甲骨文有「婦㭁」（《丙》二一三），卜辭中有不少和（３）相同「王夢〇隹囚？－王夢〇不隹囚？」的對貞卜辭辭例，可是類似本組綴合「王夢〇隹〇囚？－王夢〇不隹〇囚？」的辭例卻極少見。這組卜辭是要理解成：王夢到㭁，是表示㭁將會造成王的憂禍？還是理解成：王夢到㭁，是表示㭁會有憂禍？也就是說到底這條卜辭是卜問王有憂禍還是㭁有憂禍？關於這個問題筆者覺得可以從一些卜問憂禍的卜辭中來說明：

（５）貞：其㞢戎，隹我囚？
　　貞：其㞢戎，不隹我囚？　丙二〇一＋乙四〇八四＋乙補二四七一[3]

（６）甲申卜，爭貞：茲雨隹我囚？
　　貞：茲雨不隹我囚？　乙四七四二

[1] 胡厚宣〈殷人占夢考〉《甲骨學商史論叢初集》四五八～四五九頁，台北　大通書局，民國六一年十月。

[2] 合七九〇六＋合七九〇七＋合一七四三二＋乙八二七一＋乙補六八一八。

[3] 丙二〇一可以加綴乙四〇八四及乙補二四七一，乙四〇八四爲鄭慧生先生所綴（《甲骨卜辭研究》二七三頁，開封　河南大學出版社，一九九八年四月），不過他將二版實綴，蔡哲茂先生改爲遙綴（見《甲骨綴合續集》，待出版），甚是。關於這個問題謝濟〈對綴合《甲骨文合集》的質疑〉中也指出此兩版甲骨不能實綴（《殷都學刊》二〇〇一年第二期）。乙補二四七一爲筆者所綴，見《殷虛甲骨文字綴合四十例》，國立政治大學八十九學年度研究生研究成果發表會，二〇〇一年五月。

這裡的「隹我𡆥？－不隹我𡆥？」顯然都是指「我」會不會出𡆥，所以「隹𣕵𡆥－不隹𣕵𡆥」恐怕也應該是卜問「𣕵」會不會出𡆥，這是屬於賓語前置的現象[4]。

二、「㞢疾□隹㞢害」

筆者最近綴合一組六片甲骨殘片（圖二）[5]，其中的合二九三六一嚴一萍《殷虛第十三次發掘所得卜甲綴合集》中將之與乙五八五九綴合（圖三）[6]，從本組綴合可以證明他的綴合是錯誤的，本組綴合後的辭例可以補充以往關於「疾〇」卜辭的不足：

㞢疾□隹㞢害？
㞢疾□不〔隹㞢害〕？

張秉權先生指出甲骨文「疾」字的受詞往往是人身的某一部分器官之名，並列舉出不少的辭例如，疾首、疾舌、疾耳、疾齒、疾目等等[7]。因此本組綴合「疾□」的「□」很可能也具有可以指人身體某一部分的意思，甲骨文中和□字比較接近的是合六六四八反（丙一三五）的「□」字，丙篇的釋文把「□」字當作兩個字處理，《殷墟甲骨刻辭類纂》則將之和字號九二「□」放在一起，具體釋文卻又將□釋爲二字，非常奇怪[8]。李宗焜先生《殷墟甲骨文字表》把□和□分作不同的兩個字，並懷疑□字和□是一個字。[9]

最近李宗焜先生撰〈從甲骨文看商代的疾病與醫療〉一文，對於甲骨文中和疾病及醫療做了全面的研究，補充前人的不足並且補正一些錯誤的說法[10]，這組綴合中出現「疾□」的辭例，可以爲甲骨中商代的疾病再補充一些材料。

貳、青銅器銘文考釋

三、師寰簋「今余弗叚組」

師寰簋中有一段銘文說（圖四）：

[4] 關於甲骨文中賓語前置的討論可以參考張玉金先生《甲骨文語法學》二一〇～二二一頁，上海　學林出版社，二〇〇一年九月。
[5] 綴合號碼爲合二九三六＋合一七九二二＋乙三七八二＋乙三七八六＋乙補三四四一＋乙補三四五一。
[6] 嚴一萍《殷虛第十三次發掘所得卜甲綴合集》九四頁，台北　藝文印書館，民國八十年元月初版。
[7] 張秉權《殷虛文字丙編》上輯二考釋一三二～一三三頁。
[8] 姚孝遂主編《殷墟甲骨刻辭類纂》七四頁，北京　中華書局，一九八九年一月一版，一九九八年四月三刷。
[9] 李宗焜《殷墟甲骨文字表》廿六頁，北京大學中文系博士論文。
[10] 李宗焜〈從甲骨文看商代的疾病與醫療〉，《中央研究院歷史語言研究所集刊》第七十二本第二分，二〇〇一年六月。

師寰虔不墜，夙夜卹厥牆事，休既有功，折首執訊無諆徒馭毆俘士女羊牛，俘吉金。今余弗叚（暇）組。余用作朕後男巤尊簋，其萬年子子孫孫永寶用享。

馬承源《商周青銅器銘文選》：

「今余弗叚（遐）組（徂）」，今余不再往征，說明征戰結束。「組」，亦即徂、退，《說文．辵部》：「退，往也。」[11]

趙英山《古青銅器銘文研究》：

弗叚組：不解除甲冑不用也。[12]

「弗暇」戎生編鐘：「今余弗暇廢其顯光」，晉姜鼎：「余不暇荒寧」。裘錫圭先生指出「暇」所代表的是一個意義比較虛的詞；去掉之後對句意沒有明顯影響。並認爲「不暇」、「弗暇」相當於現代漢語中的「沒」[13]。李學勤先生認爲「弗暇」意如「不敢」文獻上有「不敢荒寧」[14]。銘文的弗暇、不暇其後面講的都是一個比較負面的意思，如荒寧、廢其顯光等等，《尚書．酒誥》：「罔敢湎於酒，不惟不敢亦不暇」可知「不敢」和「不暇」還是有一定程度的區別，這裡的「湎於酒」也是負面的，因此，師寰簋的「今余弗暇組，馬承源讀爲「徂」訓爲往，和一般的通例不合。

金文耳卣有銘「耳休，弗敢且」（《殷周金文集成》五三八四．一），《金文詁林》七六八八頁：「且，孳乳爲沮，喪也。」按：耳卣的且及師寰簋的組，疑讀爲「沮」，沮有毀敗之意，《集韻．語韻》：「沮，敗也。」《韓非子．二柄》：「人主有二患：任賢，則臣將乘於賢以劫其君；妄舉，則事沮不勝。」舊注：「沮，毀敗也。」《淮南子．說山》：「故沮舍之下，不可以坐；倚牆之傍，不可以立。」高誘注：「沮，舍壞也。」[15]「今余弗暇沮」即是說他這次的任務沒有失誤，沒有敗壞使命。另外一種可能是讀爲「怚」，《說文》：「怚，驕也。」「弗敢怚」「弗暇怚」如此則是說「沒有驕矜之意」。

四、陳純釜「令命左關師䕠敕成左關之釜」

齊國銘文陳純釜銘文（圖五）：

---

[11] 馬承源《商周青銅器銘文選》第三冊，北京　文物出版社，一九八八年四月。
[12] 趙英山《古青銅器銘文研究》（第一冊）毀器，台北　商務印書館，民國七十二年七月。
[13] 裘錫圭〈戎生編鐘銘文考釋〉《保利藏金》頁三六五～三七四。
[14] 李學勤〈戎生編鐘論釋〉《保利藏金》頁三七五～三七八。《文物》一九九九年第九期。
[15] 參見《漢語大字典》一五八四頁，湖北辭書出版社、四川辭書出版社，一九八八年五月。

塦（陳）猷立（莅）事歲䜌月戊寅，於茲安陵（陵），命左關帀（師）䢅敕成（？）[16]左關之𨥑（釜），節于敷（廩）𨥑（釜），敦者曰塦（陳）純。

「陵」後一字作「」，學者考釋此銘多照原形摹寫而缺釋。郭沫若《周代金文圖錄及釋文》：

當是亭字之異，从高省，丁聲。舊釋爲余，非是。[17]

不過江淑惠先生認爲不是亭字：

案金文「丁」作●（師旂鼎，三代四、三一）、（王孫壽甗，錄遺一〇六），未見作之例…實非丁字…所从「人」亦無由確定爲「高」省，是郭說未的。字仍闕疑待考。[18]

筆者以爲字即是齊文字「公」字的異寫，茲說明如下。齊文字中公字或作如下之形：

1 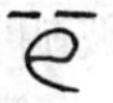 （《古璽彙編》三五五四）

2  （《古璽彙編》〇二六六）

齊文字類似寫法的「公」又見《古璽彙編》三六七六、五六四三等號，上引公字的下半部一作，一作，釜銘作，筆者以爲是將的末筆拉直而且寫得比較中間而已。齊文字的邑旁有作形者，也有作形；古璽「左宮」的宮字有作（《古璽彙編》〇二五八），也有作（《古璽彙編》〇二五四），亦有將豎畫寫得比較中間作的（《古璽彙編》〇二五五），此篇銘文字體的「左」字其又旁作「」，「帀」作「」，「節」的卩旁作「」，都有將筆畫拉直的傾向。

戰國時代「公」字上面兩筆畫有寫作和此字一樣比較接近密合的「」（燕《古璽彙編》三九〇九）、「」（「公豆」度量八六[19]），山東出土的陶文公字可以作「」（三・一〇七一，圖六）也可以作「」（三・一〇七四，圖七[20]），

16 這個字一般釋爲「成」，吳振武先生釋爲「宔（主）」，〈趙鈹銘文「伐器」解〉，第一屆國際暨第三屆全國訓詁學學術研討會論文，民國八十六年四月。

17 郭沫若《周代金文圖錄及釋文》（三）二二三頁，台北　大通書局，民國六十年三月。

18 江淑惠《齊國彝銘彙考》三二七～三二八頁，國立臺灣大學出版委員會，民國七十九年六月。

19 引自何琳儀《戰國古文字典》四〇七頁，北京　中華書局，一九九八年九月。

20 高明《古陶文彙編》，北京　中華書局，一九九〇年三月。

可見從陳純釜等齊系文字的特點來看，把此字釋爲「公」字異寫應該是有根據的，「公命左關師發敕成左關之釜」文從字順。

這句銘文句讀大部分學者斷句在𠆢之後，將𠆢釋爲亭；「陳猶立事歲」是以大事紀年，陳猶和銘文的內容未必有關。如此，則𠆢字之前均沒有任何一個人物出現，就直接有「命」的動作，這種情況應該是比較少見的。楊樹達〈陳猷釜跋〉說：敦，治也，《孟子．公孫丑下篇》曰：「前日不知虞之不肖，使虞敦匠事」，與此敦字義同。陳純爲製釜之人，《考工記》所謂「物勒工名」是也[21]。因此這個命左關師的人也不會是陳純。

參、古璽文字考釋

五、「王純狐」（《古璽彙編》〇六四六，圖八）

《古璽彙編》〇六四六著錄一枚古印，原釋爲「王敦狐」，劉釗先生在〈古文字中的人名資料〉一文中提到：

> 漢代對匈奴的戰爭曠日持久，造成國力衰竭，兵民疲憊。當時以「罷軍」爲名者很多，如「蘇罷軍」、「孫罷軍」等，反映了人民的厭戰心理。然而還有一些名字則體現了戰勝匈奴的決心和氣慨。如：丁破胡　郭破胡　焦滅胡　封斫胡　蘇屠胡　賈勝胡　張敦胡　王敦狐（胡）　廖皮（破）戎　張卻戎[22]。

劉釗先生顯然認爲狐字當讀爲「胡」，「敦胡」則爲討伐匈奴之意。筆者認爲璽印人名中的「敦狐」還有一種可能的讀法，《楚辭．天問》：「浞取純狐，眩妻爰謀。」說寒浞娶了純狐氏女，眩惑愛之，於是謀殺了后羿。「敦狐」也許就應讀爲「純狐」，《說文》：「敦，怒也…從攴䡴聲。」又「䡴，孰也…讀若純。」可見「敦」、「純」古音相近，古書中有不少「敦」、「純」異文的例子：如，《周禮．天官．內宰》：「出其度量淳制」鄭注：「故書淳爲敦，杜子春讀敦爲純。」《史記．孝文本紀》：「純厚慈仁」《漢書．文帝紀》純作敦，《淮南子．原道》：「其全也純兮若樸。」《文子．道原》純作敦。[23]璽印文中的「純狐」是以古氏族名爲名。《左傳．襄公廿五年》：

> 閭丘嬰以帷縛其妻而載之，與申鮮虞乘而出，鮮虞推而下之，曰：君昏不能匡，危不能救，死不能死，而知匿其暱，其誰納之？

---

21 楊樹達《積微居金文說》二一二頁，（北京　中華書局，一九九七年十二月），這個敦字也有解釋爲「監督」的，如湯餘惠的《戰國銘文選》。

22 劉釗〈古文字中的人名資料〉《吉林大學社會科學學報》，六〇～六九頁，一九九九年第一期。

23 高亨、董治安《古字通假會典》一二九頁（濟南：齊魯書社一九九七年七月二刷）。

方炫琛先生《左傳人物名號研究》說：

既稱申鮮虞，又稱鮮虞，則申，其氏也，鮮虞蓋其名。廣韻申字注引申鮮虞，以申鮮爲複氏，若以申鮮爲複氏，則傳不得稱鮮虞矣，故其說非[24]。

《古璽彙編》三四一一著錄一方印，釋作「□虘□」，此方璽印吳振武先生釋第一個字爲「分」[25]；朱德熙等先生釋第三個字爲「痵」，讀爲「痢」或「癘」[26]。印文「分虘」二字同刻在右邊，說明它可能是一方複姓私璽。「分虘」魏宜輝、申憲讀爲「番吾」，認爲「番吾」是以地名爲姓氏，漢印則有以「番吾」爲名的。[27]可見古書記載和古文字資料都有類似的現象。

六、「東陽夷吾」（《古璽彙編》三九九四，圖九）

《古璽彙編》三九九四原釋作「東陽戲」，東陽爲複姓，春秋時魯、齊、晉均有東陽邑[28]。「戲」字並不是「戲」字，古璽有「戲」字，和此字形不同（《古璽文編》十二·七）。戲右下有「=」符號。筆者懷疑「戲」當爲二字，左旁的「虘」字，由於郭店楚簡的發表，現在大家都知道可以讀作「吾」或「乎」；右旁一字可釋作「弟」：

郭店楚簡〈唐虞之道〉簡五

郭店楚簡〈唐虞之道〉簡廿三

《古璽彙編》一九八八

《古璽彙編》二四八九

此印的「弟」字因爲空間的關係，寫得比較簡化，古璽文字受限於方寸之間，字形一般字形簡化是常見的現象。因此「東陽弟虘」讀作「東陽夷吾」，「弟」

---

24 方炫琛《左傳人物名號研究》二五四頁，國立政治大學中國文學研究所博士論文，民國七十二年七月。

25 吳振武〈《古璽彙編》釋文訂補及分類修訂〉，載《古文字學論集》初編（國際中國古文字學研討會論文集編輯委員會編輯），香港中文大學中國文化研究所吳多泰中國語文研究中心，一九八三年，香港。另外吳振武先生在其博士論文《《古璽文編》校訂》五八八頁（吉林大學博士論文，一九八四年十月）。

26 湖北省文物考古研究所、北京大學中文系編《望山楚簡》一一五頁（北京，中華書局，一九九五年六月）

27 魏宜輝、申憲〈古璽文字考釋（十則）〉，《東南文化》一九九九第三期。

28 顧棟高《春秋大事表》卷六〈春秋列國地形犬牙相錯表〉，「魯、齊、晉俱有東陽」條（北京 中華書局，一九九三年六月）六九一頁。

可以讀爲「夷」[29]。不過，如果不從字形的簡省考量，右旁的字形釋爲「弋」也許更近些。古璽「弋」作「」(《古璽文編》二九三·三一二四)、「」(邙[30]偏旁一六〇·〇〇九六)，弋、夷可通[31]。

「=」符號代表習慣用的名字的標記[32]。《古璽彙編》二〇四一號印「相女(如)」的如字下有=符（圖十）；四〇八八號印「右車」的車字下有=符（圖十一），此印（三九九四）在弋字下的「=」符和此爲同類現象。「夷吾」在古代是常見的人名用字，如晉惠公、管仲均名夷吾，漢印有「賈夷吾」(《漢印文字徵》二·五)[33]。

七、「郚齒信鈢」(《古璽彙編》二二三九，圖十二)

《古璽彙編》二二三九有一方印隸作「□齒信鈢」，第一個字缺釋，筆者以爲此字可分析爲從邑從虘，當釋「䣜」，古文字在地名用字加「邑」旁而成專用字的情況常見。「䣜」字可以讀作文獻上的「郚」。《說文·邑部》「郚，東海縣，故紀侯之邑也。從邑，吾聲。」《姓苑》:「縣名，周封紀侯之邑，因以爲氏。」《春秋·莊公元年》:「齊師遷紀郱、鄑、郚。」

可知郚氏的活動區域當以山東半島齊、魯之境爲主，此璽印風格屬齊系[34]，和郚氏地望相合。

結語

本文一共討論了古文字的釋讀七則，其中有二組計十一片甲骨的綴合，及相關卜辭的釋讀，也有對金文、古璽個別文字的解釋及字形的考釋。這其中有些釋讀方式僅提供另一種考慮的角度，有些問題還沒有解決，比如甲骨的「疾」，字相當於現在的何字，以及「疾」具體指的是人身體的哪個部位有疾，都有待更多的研究。本文一定存在許多疏漏不妥之處，請專家學者不吝指正。

參考文獻

方炫琛《左傳人物名號研究》國立政治大學中文所博士論文，民國七十二年七

---

[29] 請參見王輝〈古文字通假釋例〉六〇五頁（台北，藝文印書館）及高亨、董治安《古字通假會典》（濟南：齊魯書社一九九七年七月二刷）五三〇～五三四頁。

[30] 「邙」字從李家浩先生釋，參見其〈戰國邙布考〉，《古文字研究》第三輯（北京　中華書局一九八〇年十一月）一六〇～一六五頁。

[31] 從弋聲的「忒」和從弟聲的「涕」可通，又弟、夷可通，因此弋和夷古音應相近。《書·洪範》「衍忒」《史記》「忒作涕」，高亨、董治安《古字通假會典》（濟南：齊魯書社一九九七年七月二刷）四一三頁。

[32] 請參見李家浩〈十一年皋落戈銘文釋文商榷〉，《考古》一九九三年第八期七五八頁。不過因璽印的空間有限，此印的「=」符，也有可能是要告知此處爲二個字的標記。

[33] 漢印又有「劉弟吾」印，疑亦可讀爲「劉夷吾」，見《漢印文字徵》二·五。

[34] 湯餘惠〈略論戰國文字形體研究中的幾個問題〉一文的附錄，《古文字研究》第十五輯（北京：中華書局，一九八六年六月）八四頁。

月。
江淑惠《齊國彝銘彙考》，國立臺灣大學出版委員會，民國七十九年六月。
李學勤〈戎生編鐘論釋〉《保利藏金》三七五～三七八頁；《文物》一九九九年第九期
李宗焜〈從甲骨文看商代的疾病與醫療〉，《中央研究院歷史語言研究所集刊》第七十二本第二分，二〇〇一年六月。
李宗焜《殷墟甲骨文字表》，北京大學博士學位論文，一九九五年六月。
李家浩〈攻敔王光劍銘文考釋〉《文物》一九九〇年二期。
李家浩〈戰國邙布考〉《古文字研究》第三輯，北京　中華書局一九八〇年十一月。
李家浩〈十一年皋落戈銘文釋文商榷〉，《考古》一九九三年第八期。
何琳儀《戰國古文字典》，北京　中華書局，一九九八年九月。
吳振武〈《古璽彙編》釋文訂補及分類修訂〉，《古文字學論集》初編（國際中國古文字學研討會論文集編輯委員會編輯），香港中文大學中國文化研究所吳多泰中國語文研究中心，一九八三年，香港。
吳振武《《古璽文編》校訂》吉林大學博士論文，一九八四年十月。
吳振武〈趙鈹銘文「伐器」解〉，第一屆國際暨第三屆全國訓詁學學術研討會論文，民國八十六年四月。
胡厚宣〈殷人占夢考〉《甲骨學商史論叢初集》，台北　大通書局，民國六一年十月。
姚孝遂主編《殷墟甲骨刻辭類纂》，北京　中華書局，一九八九年一月。
高　明《古陶文彙編》，北京　中華書局，一九九〇年三月。
高　亨、董治安《古字通假會典》（濟南：齊魯書社一九九七年七月二刷。
郭錫良《漢字古音手冊》，北京　北京大學出版社，一九八六年十一月。
張玉金《甲骨文語法學》，上海　學林出版社，二〇〇一年九月。
張秉權《殷虛文字丙編》上輯二考釋一三二～一三三頁。
裘錫圭〈戎生編鐘銘文考釋〉《保利藏金》頁三六五～三七四。
荊門市博物館《郭店楚墓竹簡》，北京　文物出版社，一九九八年五月。
湯餘惠〈略論戰國文字形體研究中的幾個問題〉，《古文字研究》第十五輯北京中華書局，一九八六年六月。
湖北省文物考古研究所、北京大學中文系編《望山楚簡》，北京　中華書局，一九九五年六月。
楊樹達《積微居金文說》（增定本），北京　中華書局，一九九七年十二月。
劉　釗〈古文字中的人名資料〉《吉林大學社會科學學報》，一九九九年第一期。
鄭慧生《甲骨卜辭研究》，開封　河南大學出版社，一九九八年四月
蔡哲茂《甲骨綴合續集》，待出版。
嚴一萍《殷虛第十三次發掘所得卜甲綴合集》，台北　藝文印書館，民國八十年元月。

羅福頤《古璽文編》，北京　文物出版社，一九九四年六月二刷。
羅福頤《古璽彙編》，北京　文物出版社，一九九四年六月二刷。
羅福頤《漢印文字徵》，香港　中華書局香港分局，一九七九年八月。
顧棟高《春秋大事表》，北京　中華書局，一九九三年六月。

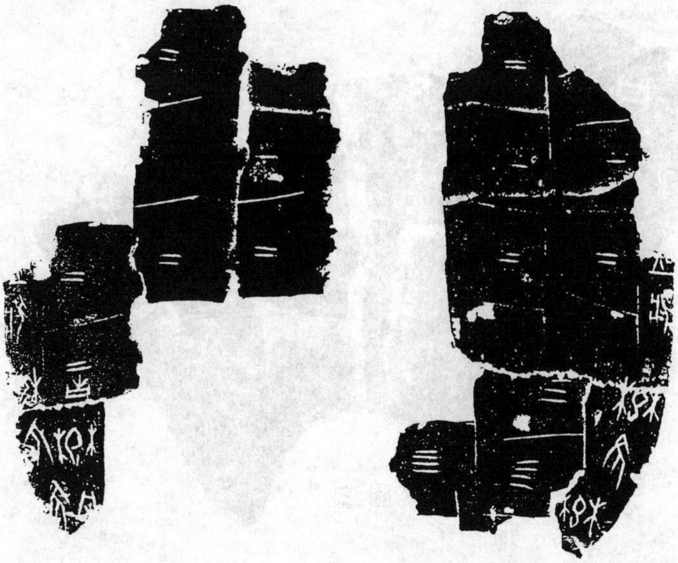

圖一　合 7906+合 7907+合 17432+乙 8271+乙補 6818

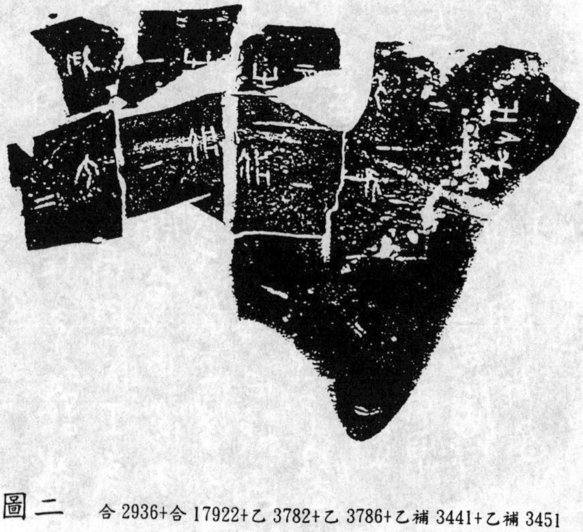

圖二　合 2936+合 17922+乙 3782+乙 3786+乙補 3441+乙補 3451

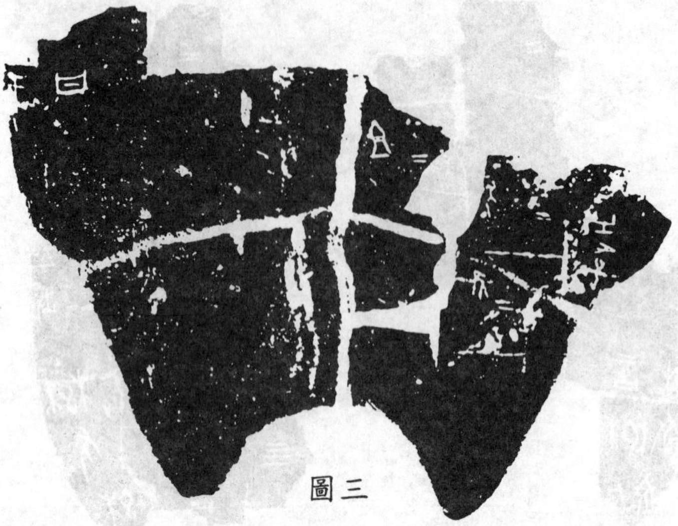

圖三

師寰簋

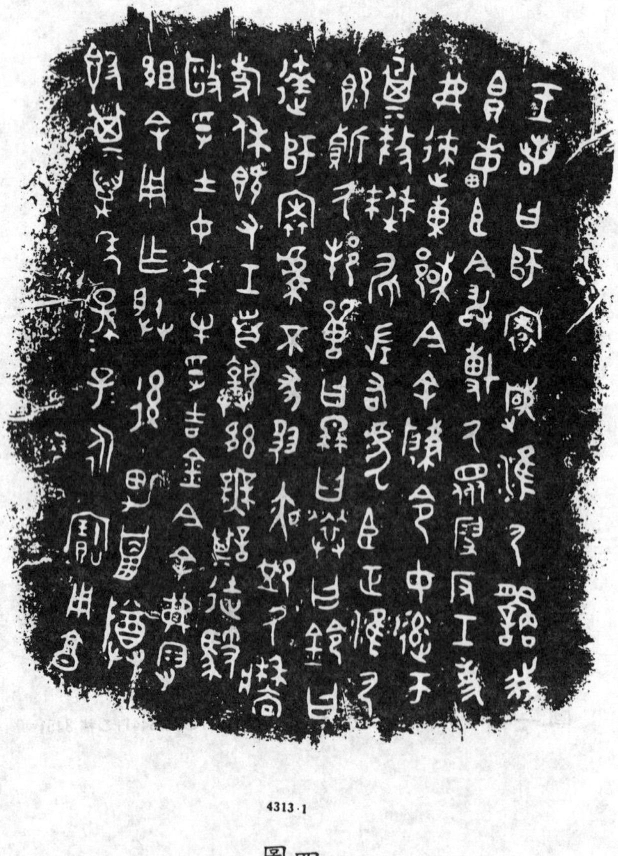

4313·1

圖四

陳純釜

10371

圖五

3·1074

圖七

3·1071

圖六

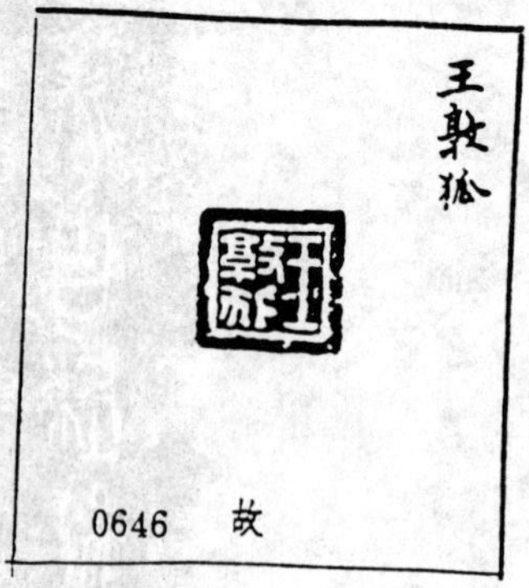

圖八

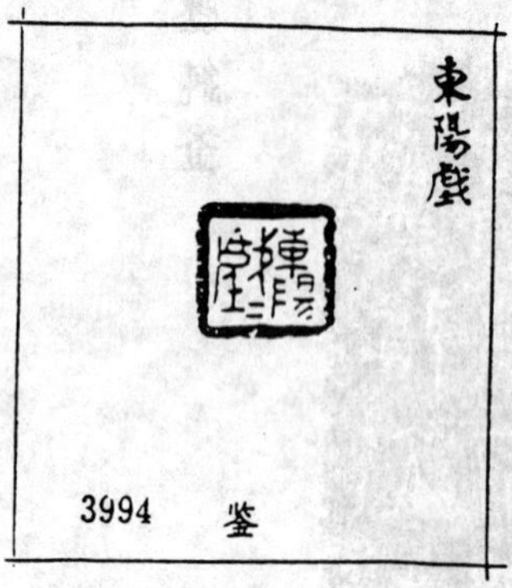

圖九

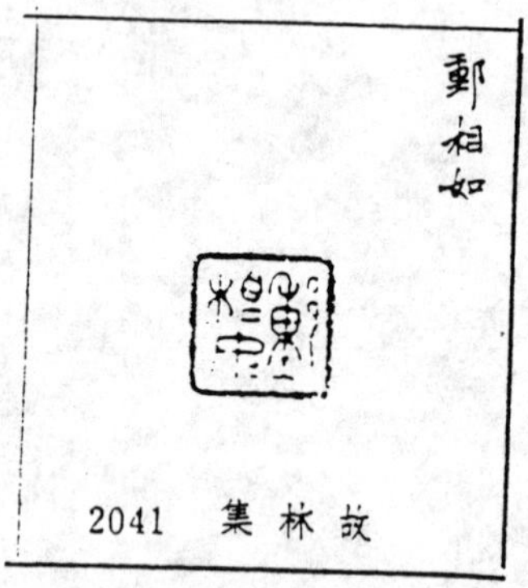

圖十

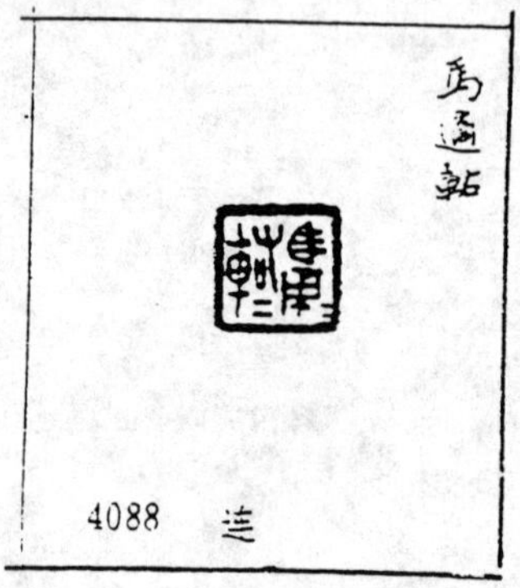

圖十一

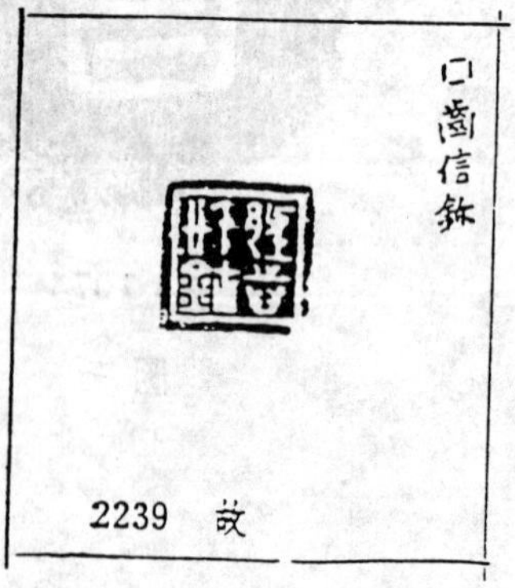

圖十二

試論布幣的單位

高婉瑜
中正大學中文所

提要

現今所見戰國布幣記錄的單位有四種，即釿、寽、兩、朱。釿 有時同見一幣，或各置一幣，兩朱則分記大小布幣，這味著它們之間有著兑換比例關係。魏橋足布的面文常以「地名+數量+釿」表示，《說文》云：「釿，劑斷也。」釿，原是斧斤，布幣面文有二釿、一釿、半釿，可見它是紀值單位。楚燕尾布有個 字，亦即釿字，楚用釿制，此表示楚魏兩地貿易的頻繁。魏遷大梁之後鑄當 布，大梁與楚十分接近， 是古代重量單位，釿 銘記一布，又是三晉與楚熱絡商業的一證。朱兩見於三孔布，大布銘兩，小布記十二朱，朱兩爲秦國之制，漸爲三晉布幣採用，後期秦國國勢之強，可見一斑。由釿 到朱兩，布幣單位的演變歷程，是了解先秦經濟史的最佳材料。

關鍵詞：布幣、單位、寽、鎰、釿、銖

前言

度量衡的萌芽十分古老，早在人類由穴居遷出而建屋，甚至氏族酋長分配糧食時，[1] 測量工作便展開了。《大戴禮記・五帝德》傳說黃帝「設五量」，《世本・帝系》記載少昊「同度量，調律呂」，《史記・夏本紀》亦記載舜「身爲度，稱以出」。雖然這些記載的真實性目前無法驗證，但是，隨著農業、商業、手工業、建築業的發展，商周時期的度量衡制確定已經成形。

商業的進步與度量衡有絕對關係，交易必須建立在公平基礎上，最佳的辦法即是透過公定標準進行買賣。早期人們價值觀較不嚴密，私有財產範圍愈廣，錙銖必較的心態愈嚴重，以貨幣計價，衡制便記在貨幣上。以布幣而言，寽、釿、兩、銖都曾銘記於錢身，寽用在兌換方面，因之，通常使用的單位以釿、兩、銖爲主。就典籍文獻、青銅器和度量衡器歸類，金屬稱量貨幣的單位可分成三組，一是寽，二是鎰、釿，三是鈞、斤、兩、銖。筆者討論的重點在於布幣單位，這個部分所費筆墨較多，其他單位由於同屬一組，雖有提及，不盡詳述。

[1] 參見丘光明：《中國古代度量衡》（台北：台灣商務印書館，1994 年 7 月），頁 4。

壹、寽

寽的起源很早，殷商甲骨文已經有寽字，黃德馨認爲寽在甲骨文當中有兩個義項，一作動詞，一作量詞，寽與爰是同一個字。[2] 青銅器關於寽的材料豐富，例如：

1、《金村銅鈁》：「四寽廿三冢。」（圖集頁 183）

2、《金村銅鼎》：「公左厶呂重再三寽七□。」（圖集頁 183）

3、《禽簋》：「易金百寽。」（三代吉金文存 6.50.1）

4、《左師銅鈁》：「十九再四寽廿九　。」

這裡的寽爲量詞，作重量單位用，而且，西周以後的寽通常指重量單位。

寽既然是單位，那麼一寽到底多重？這個問題從漢代困擾至今，兩漢學者試圖說出寽的重量，釐清寽與爰的關係，終究莫衷一是。蔡雲《癖談》對鋝與鍰有一番說明：

> 尚書呂刑其罰百鍰之鍰，即泉也。按夏侯歐陽說，墨罰疑赦，其罰百率。古以六兩為率，古尚書說鍰者，率也，一率十一銖二十五分銖之十三也，百鍰為三斤。又鄭注考工記冶氏云，許叔重說文解字云：鋝，鍰也。今東萊稱或以大半兩為鈞，十鈞為環，環重六兩大半兩，鍰鋝似同也。則三鋝為一斤四兩。又陸德明尚書音義：鍰，六兩也。鄭及爾雅同。說文云：鍰，鋝也。鋝十一銖二十五分銖之十三也。馬同。又云賈逵說：俗儒以　重六兩，周官劍重九鋝，俗儒近是。又晚出孔傳，六兩曰鍰。疏引馬融解考工三鋝云：鋝，量名，當與呂刑鍰同。俗儒云鋝六兩為一川，不知所出耳。合參眾說，率也，鋝也，鍰也，實一字也。…竊為六兩之說，既出俗儒，東萊之稱，尤非確證。[3]

由上可知，許慎、鄭玄認爲鋝鍰同字，不過，戴震、郭沫若則提出反駁。[4] 由文字上判斷，寽爰甲骨文均作兩手持一物形，兩字金文寫法已不同，它們可能殊途同歸，爲一字分化，此問題尚有質疑空間，在此略而不究。寽的重量見解不一，至少有十一銖二十五分銖之十三、六兩、六兩大半兩等說法。郭沫若《兩周金文辭大系考釋》卷六，解釋寽的金文作一手盛一物，以別手抓之。這樣說來寽似乎是小的重量單位。丘光明估算漢代一兩約 15.6g，《說文・金部》記載北方三鋝等於廿兩，一鋝僅 100g 左右，與青銅器所載差距過大。[5] 對於漢代學者指稱寽之重量所採用的標準，目前不得而知，故必須參考地下文物紀錄，這

---

[2] 詳閱黃德馨：《楚爰金研究》（北京：光明日報出版社，1991 年 1 月），頁 40-41。

[3] 蔡雲：《癖談》，收於《說錢》（上海：上海科技教育出版社，1993 年 10 月），頁 271。

[4] 詳閱戴震《考工記圖》、郭沫若《兩周金文辭大系考釋》卷六。

[5] 丘光明：〈試論戰國衡制〉，《考古》1982 年 5 期（總 182 期），頁 519。

些文物都是化石，最能反映當時情況。1931 年河南洛陽金村古墓，掘出六件銅鈁及一件銅鼎，這批古物爲東周器，按《中國古代度量衡圖集》(簡稱《圖集》)所記銘文與重量分別是：

1、銅鈁：四寽十一冢，重 4912g。

2、銅鈁：四寽十三冢，重 5220g。

3、銅鈁：四寽廿三冢，重 5103g。

4、銅鈁：四寽廿三冢，重 4876.2g。

5、銅鈁：五寽三冢，重 6350.4g。

6、銅鈁：四寽廿三冢，重 5450g。

7、銅鼎：三寽七冢，重 3247.5g。

林巳奈夫取 2、6 推算一寽大約 1230.3g。[6] 黃錫全以 5、6 算出一　當有 1259g。[7] 易言之，一寽約 1200-1300g。

另外，梁當寽布也是研究寽的材料。黃錫全《先秦貨幣通論》畫出「橋足布一覽表」，二釿的梁夸釿布通常重達 25.5-31g，同時的安邑二釿、禾二釿、山陽布也差不多 20-30g。一釿的梁夸釿布約重 12-13.5g，梁正幣布約有 10.5-15.8g。半釿的梁半幣布僅 7.5g。若以二釿計算，一寽重 1275-1550g；用一釿來算，一寽重 1200-1500g；[8] 就半釿而言，一寽達 1500g。配合金村銅器計算結果，一寽應有 1300g、1400g。當然，該結論有誤差範圍，加上考慮器物腐蝕、地域性、適用性[9] 等因素，寽的重量僅能估計大概。至於它後來增重或減輕，還得靠其他器物的出土了。

前面已提過梁當寽布著眼於促進商業而鑄造，至於魏國交易的對象，學界普遍認爲應是楚國。戰國中期後的楚國國強力盛，疆土日益擴張，大梁離楚國不遠，從梁有條大道直達楚境，交通便利，兩國存在頻繁的商業行爲應屬正常。魏國以釿布兌換楚國一寽的某物，蕭清提出此寽可能是一種大寽，或者指貴金屬黃金、白銀的單位；[10] 邱德修以爲是兌換楚爰金。[11] 通常寽是青銅的重量單

[6] 林巳奈夫：〈戰國時代　重量單位〉，《史林》1968 年 51 卷 2 期。

[7] 黃錫全：《先秦貨幣通論》(北京：紫禁城出版社，2001 年 6 月)，頁 77。

[8] 蔡運章實測 100 枚梁正幣百當寽布，平均重 13g 左右，一寽則重 1300g。蔡運章：〈"寽"的重量及相關問題〉，《中原文物》1982 年 3 期。

[9] 丘光明：〈中國最古老的重量單位"寽"〉(《考古與文物》1997 年 4 期，頁 48-49)說：「寽這個單位表現出來量值上的歧異，給了我們重要的啓示，即研究先周時期度量衡時，不應忽視其客觀條件，在尙未建立比較完整的單位制，許多情況下還以君主的意志爲法度的時代，除了徵收賦稅、劃分土地等需要一個相對統一的量値外，其他情況皆會出現同一單位因在不同時期、不同地區、不同使用方法而量値差異很大的現象。……也不能要求西周青銅器上以"寽"計重所涉及的各種事物如賞賜、懲罰、貢賦、支付等所使用的一寽的量値都絕對一致。」簡言之，適用性是我們探討先秦度量衡制需要留意的情況。

[10] 見蕭清：《中國古代貨幣史》(北京：人民出版社，1984 年 12 月)，頁 57。

位，無論是賜金、賜銅貝，抑或青銅器重量，均以它爲衡量單位。楚國通用的貨幣有爯金、蟻鼻錢、銀質貨幣、銅錢牌，楚之黃金採鎰兩銖制，當寽布不可能兌換爯金。青銅既然可做成各種貨幣及工具，表示當時產量增多，價值相對較低，用等量青銅換貴金屬銀，顯然不盡合理，假若真是交換銀幣，則楚國流通的寽將是很小的單位，這項猜測沒有任何證據支撐，因此，兌換銀幣的機率極微。比較有可能地是兌換蟻鼻錢，兩者皆爲青銅材質，等重兌換雙方都不吃虧。

貳、鎰釿

先秦鎰釿爲同組衡制，鎰又寫作益、溢，如《儀禮·喪服》:「**朝一溢米，夕一溢米。**」鄭注:「**二十兩曰溢。**」《戰國策·秦策一》:「**黃金萬溢。**」高誘注:「**二十兩為一溢。**」《文選·吳都賦》:「**金鎰磊砢。**」劉淵林注:「**金二十四兩為鎰。**」鎰的重量有二十兩和二十四兩之說。[12] 鎰重見解雖有不同，卻沒有釿的複雜。貨幣上的釿究竟是紀重，還是名稱，長期以來爭議紛陳。陳鐵卿認爲釿是幣名，即古錢字。[13] 張絅伯說釿乃記重。[14] 鄭家相支持由劑斷齊平意而來的幣名。[15] 這項爭議至今仍未獲共識，除了參考《說文》對釿的解釋之外，著眼於器物銘文相當重要。

透過上海博物館（簡稱上博）平安君鼎銘文，汪慶正視一釿爲 35g，一鎰則是 348.75g，爲十進制。[16] 同樣的鼎彝，丘光明則以用一釿 12.5g 計算，一鎰變成 377.125g，即秦楚的廿四兩。[17] 李家浩提出三晉的一釿爲 35g，楚國則是 34g，各國釿制漸趨統一。[18] 黃盛璋以武功信安君鼎、泌陽平安君鼎測算一鎰重 315.85g 和 297g，一釿重 25.95g 和 38.56g，依舊爲十進制。[19] 黃錫全將兩件

---

11 閱邱德修:〈先秦梁當妥布與楚妥金考〉,《國立編譯館刊》20 卷 1 期，頁 108-110。

12 按照先秦衡制，通常斤兩朱一組，鎰釿一組，不過，楚國實施鎰兩制，而且，一鎰相當一斤，鎰兩制與斤兩朱制異名同實。鄭玄、高誘、趙岐一致用兩注鎰，正表示漢代鎰、斤已經混和通用，斤兩爲普遍的衡制，所以才選用兩解釋鎰。

13 參見陳鐵卿:〈釿爲古錢字說〉、〈再說釿爲古錢字〉,《泉幣》民 31 年 15 期、民 32 年 18 期，頁 2、頁 3-4。

14 參閱張絅伯:〈說釿〉、〈再說釿並答陳君鐵卿〉,《泉幣》民 32 年 16 期、民 32 年 18 期，頁 1、頁 8-9。

15 見鄭家相:〈古布釿字之研究（中）〉,《泉幣》民 33 年 24 期，頁 9。

16 汪慶正:〈十五年以來古代貨幣資料的發現和研究中的若干問題〉,《文物》1965 年 1 期，頁 32。

17 同註 5，頁 522-523。

18 閱李家浩:〈試論戰國時期楚國的貨幣〉,《考古》1973 年 3 期，頁 195。

19 黃盛璋:〈新出信安君鼎、平安君鼎的國別年代與有關制度問題〉,《考古與文物》1982 年 2 期（總 10 期），頁 61。

平安君鼎與一件信安君鼎分別計算，得到一鎰約十釿，一釿約二兩，一鎰320.09g，一釿29.66g。[20] 如按《圖集》的標明，上博所藏平安君鼎腹刻「五益六釿半釿四分釿」，實測1970g。1978年河南泌陽平安君鼎的器形、銘文與上博的基本相同，鼎重2250g，器銘「六益半釿」，重1735g，蓋銘「一鎰七釿半釿四分釿」，重515g，經計算一鎰約286.69g，一釿約29.46g。1979年陝西武功信安君鼎，器刻「九益」，實測2842.5g，蓋刻「二益六釿」，重787.3g，經計算一鎰爲315.833g，一釿爲25.94g。依黃盛璋推斷，泌陽平安君鼎爲魏安釐王廿八年器，武功信安君鼎屬魏安釐王十二年器。[21] 由於上博器銘文內容與泌陽極似，上博器是安釐王卅二年鑄造，兩物年代差距僅四年，照理說兩器鎰釿不會有太大變化，然而，計算結果卻有出入，應是器物長久深埋土壤所產生的誤差。

1999年山西發現一枚類似橋足布的布權，重26g，黃錫全釋讀爲「法律衛權」（法定衛國權），或「法律範權」（法定歸範權）。[22] 橋足布一釿重約12.5-17.5g，二釿多有20g、30g，此權爲二釿布。將布權鑄造成橋足布狀，可見它應該屬魏或衛，爲戰國早中期之產物。另外，西安出土「半釿止冢」圜錢、「百家」圜錢，前者僅重11.8g，後者重16.4g。半釿重11g左右，二釿約45g，比山西布權或橋足布還重。由這些標準衡器所得重量顯示，貨幣之釿輕重不一，可能受時代或地域因素影響而有所差異。

青銅器之釿爲重量單位，貨幣之釿重量差距大，是否一直當作重量單位使用？抑或有其他用途？《說文・斤部》記載釿有劑斷意，古書所見之釿則有兩個義項，一爲工具斤，《莊子・在宥》：「**于是乎釿鋸制焉，繩墨殺焉，椎鑿決焉。**」陸德明《經典釋文・莊子音義》：「**釿音斤，本亦作斤。**」由音義來看，斤釿同源。二是重量單位，如上述鼎彝銘文。同時，斤也是古代的衡制之一，那麼斤釿是同一單位嗎？重量方面，學界認爲戰國的斤約250g，與銅器上的釿差距甚烈；再由文例來看，釿通常與益一組，斤兩銖一同出現，表示，斤釿雖然皆有工具、重量單位義項，甚至斤釿可能是同類工具，然而，就單位而言，它們並不一致。早期布幣「╳╳釿」，大致均有30g，後來便一直下降，戰國晚期時一釿甚至約10g，貨幣銘文記釿的模式爲「地名＋釿」、「地名＋數目＋釿」，空首布出現「地名＋量詞」的現象，是因爲早期的布只有一種幣值（一釿），所以並沒有標上數目。尖足布有「地名＋半」省略釿的例子，晚期布幣常只標地名，可能是大小明顯，加上釿已爲熟悉單位，所以省略不記。[23] 鄭家相反駁釿乃記重的原因之一：「**蓋釿字可直接地名而曰某地釿，兩字銖字不可直接地名。**」

---

[20] 同註7，頁74-75。

[21] 同註19，頁56-58。

[22] 黃錫全：〈新見布權試析〉，《先秦貨幣研究》（北京：中華書局，2001年6月），頁163。

[23] 王毓銓：《中國古代貨幣的起源和發展》，北京：中國社會科學出版社，1990年2月，頁128。

[24]對於量詞的使用，漢語習慣上是「數目＋量詞＋物」或者「物＋數目」，如果鄭氏之說屬實，貨幣之釿將有幣名、單位混用的乖悖現象。實際上，文獻所見先秦貨幣爲刀、布、龜、貝等等，布幣稱布而不稱釿，另外，如果釿是幣名，圜錢出現「釿」字就不合理，何以布幣稱釿，圜錢亦稱釿？一言以蔽之，貨幣的釿當非幣名，而只能是單位。

對於貨幣減重的情形，《中國通史》第三卷提出一套解釋：

> 最初的金屬貨幣是依靠本身的價值來交換其他商品的，但後來主要是起著價值符號作用，他本身的價值越來越不重要。因此，早期的金屬鑄幣通常出現逐漸減重的過程。[25]

黃錫全也有一番說法：

> 如按春秋鑄幣一釿多在 30-35 克左右計，則一鎰為二十兩。如按戰國鑄幣一釿多在 13 克左右計，則一鎰就是二十四兩。我們以為，最初的釿重當以春秋時的鑄幣之重為依據，因為戰國布幣上的“釿”只是起價格標度的作用，並非都是“重如其文”。[26]

早期貨幣的釿應該是重量單位，雖然後期一直減重，但同時期的二釿、一釿、半釿始終維持著一定比例，前後期的釿重量差距拉大，李家浩推測是因爲當時衡制做過調整，或者後期貨幣變成面額大於實際重量的輕幣，[27]劉森指出釿有由重量單位轉換成價值單位的現象，就像是英國英鎊本爲重量單位，後來轉化爲貨幣單位。[28]此三見解均合邏輯，鑑於銖兩用在貨幣上與銅器上的重量相當，然而貨幣之釿與銅器之釿重量有別，釿轉變爲價值單位的意味頗濃。愈晚期局勢愈加混亂，統治者爲了增加收入，所以，大量製作不足額輕幣。同時代的斤兩銖相當穩定，釿制卻直趨下滑，其中，衡制的調整不無可能，目前文獻未有釿制改革記錄，尙待日後資料出土之明證。另外，貨幣出現「地名＋量詞」的銘記方式，僅能視爲特殊情況。

參、斤兩銖

斤兩銖是戰國普遍的衡制，出土實物眾多。最早有系統地說明衡制的是《漢書・律歷志》：

---

[24] 同註 15，頁 10。

[25] 徐喜辰、斯維至、楊釗主編：《中國通史》第三卷上古時代（上海：上海人民出版社，1994 年 6 月），頁 664。

[26] 同註 7，頁 74。

[27] 輕、重幣對點力在重量，較實際重量沈的稱重幣，反之爲輕幣。李家浩之說見於〈戰國時代的”冢”字〉，《語言學論叢》（北京：商務印書館，1981 年）。

[28] 詳閱劉森：〈先秦貨幣二題〉，《中原文物》1995 年 3 期（總 73 期），頁 95-96。

權者，銖、兩、斤、鈞、石也。二十四銖為兩，十六兩為斤，三十斤為鈞，四鈞為石。

《小爾雅》亦云：

二十四銖曰兩，兩有半曰捷，倍捷曰舉，倍舉曰鋝，鋝謂之鍰，二鍰四兩謂之觔，觔十謂之衡，衡有半謂之秤，秤二謂之鈞，鈞四謂之石，石四謂之鼓。

兩書言一兩爲二十四銖，換言之，三孔布背文十二銖即半兩，大布與小布比値爲2：1，和標明「㐅釿」的布幣一樣有固定幣值規律。文獻上僅記載斤兩銖換算比例，愈瞭解實際重量，還有賴器物測量。

三孔布是趙國貨幣，記重的趙器有1979年內蒙古伊盟准格爾旗發現的七件銀節約，丘光明〈試論戰國衡制〉列表如下：

表十六：趙國銀節約一覽表

序號	記重刻銘	實測重（g）	每斤、兩、朱折合今重（g）
1	二兩五朱	30.932g	斤：224.110g 兩：14.007g 朱：0.5836g
2	二兩十四朱	36.547g	斤：226.355g 兩：14.147g 朱：0.5895g
3	二兩十朱	32.795g	斤：217.125g 兩：13.570g 朱：0.5654g
4	二兩十二朱	35.555g	斤：227.552g 兩：14.222g 朱：0.5926g
5	二兩二十一朱	26.086g	斤：145.174g（222.601g）兩：9.073g（13.913g）朱：0.3781g（0.5797g）
6	二兩二朱	26.691g	斤：204.987g 兩：12.812g 朱：0.5338g
7	（二）兩二朱	25.979g	斤：199.518g 兩：12.470g 朱：0.5198g

平均一斤重217.46g，一兩爲13.59g，一銖有0.566g。[29] 三孔布一兩通常有13-14g，十二銖重7-8g，一銖約0.58g或0.67g，與銀節約相去不遠。

1997年河北易縣辛莊頭戰國墓M30，出土二十件金飾，背文如「四兩九朱」、「四兩十四朱半朱」、「四兩廿三朱半朱四分朱一」，折算一斤約248.4g，一兩約15.524g，一銖約0.647g。

楚國權衡器數量豐富，依據《圖集》編號155及編號158-163爲研究斤兩的材料，155號標示1975年，湖北江陵410墓出土四件環權，墓葬屬春秋中期楚國，第三、四環權呈1：2，每斤合224-227.2g。138號標明1954年，湖南長沙左家公山15號墓出土九件環權，屬戰國墓，環權重一朱、二朱、三朱、六朱、十二朱、一兩、二兩、四兩、半斤，一斤合250g。159號則是1954年時，湖南長沙附近發現的十件「間益」[30] 銅環權，比154號多出一斤環權，一銖重0.69g，一兩爲15.5g，一斤約251.3g。其他的銅環權較爲零星，大抵一斤爲250g左右。

[29] 同註5，頁522。

[30] 「間益」舊釋鈞益，黃錫全認爲間益即中益，相當於半益。黃錫全：〈試說楚國黃金稱量單位"半益"〉（同註22），頁239。

必須注意地，楚國環權通常無銘文，所有的斤、兩、朱是方便說明而已，不管是典籍，抑或文物，未見楚國實行斤兩制，包山楚簡貸金簡中有「黃金十益一益四兩」文句，表示楚國使用鎰兩制，其他國家流行斤兩制，不過，根據實測結果，楚國一鎰相當別國一斤，所以，鎰兩與斤兩可能僅是名稱不同。

秦國圜錢實施兩銖制，早期銘文摹釋爲「一珠重一兩・十二」，意味此錢重一兩，因爲銘文的記載，學界便認爲秦圜錢是標準的記重錢。1964 年陝西西安阿房宮遺址挖掘到一件高奴禾石銅權，重 30750g，折算每斤重 256.3g。

比較諸國斤兩銖制，發現此制度十分穩定，一斤都在 250g 上下，一兩約 15.6g，一銖重 0.65g 左右。三孔布背文記「兩」、「十二朱」，與實際的銖兩重量吻合，由於出土稀少，重量變化不大，是否爲記重貨幣還有待研究。不過，由秦半兩、兩甾錢逐步減重的情況判斷，銖兩銘幣一開始應符合實際衡制，後來才逐漸脫離衡制，轉變成價值單位。這點和貨幣之釿的演變雷同。如果該假設無誤，趙國三孔布銘記兩和十二朱，在以釿爲單位的布幣區算是新鮮事，換言之，銖兩記於布幣屬於起步階段，它們是記重貨幣的機率較高。雖然三孔布有別於傳統布幣，同時代的三孔布與圓足布、尖足布重量相差不多，在交易進行中，很有可能是一兩三孔布等值於一釿布。

結論

綜合上述，就青銅器而言，寽是普遍的重量貨幣，通用於諸國。根據金村銅器推算的寽重 1200-1300g，若依橋足布計算則爲 1200-1500g，由於磨損、侵蝕、鑄造不精等因素，一寽應在 1300-1400g 左右。鎰釿亦爲諸國通用重量單位，由青銅器計算的鎰釿重量不一，但通常一鎰在 300g 上下，一釿重約 25-30g，一鎰等於十釿。斤兩銖制比較穩定，一斤約 250g，一兩約 15.6g，一銖約 0.65g。三組單位換算關係爲：

1 寽＝4 鎰＝5 斤＝40 釿＝80 兩＝1920 銖

以貨幣的角度來看，布幣使用的單位以釿爲主，早期釿字布符合衡制標準，長期流通以後，重量下降，到戰國晚期甚至僅約 10g，轉變爲價值單位的機率增加。梁當寽布是權宜性貨幣，方便與楚國交易而鑄，一寽大約 1300-1400g，用百釿的龐大數目換取楚國一寽的貨幣，這種楚幣以蟻鼻錢可能性較高。背記銖兩是趙國三孔布特色，三孔布屬戰國晚期貨幣，一兩達 13-14g，一銖約 0.6g 重，爲布幣的重量單位。

秦駰玉版研究

徐筱婷
彰化師範大學國文所

提要

秦駰玉版，根據李學勤先生指出是近年出土於山西一帶的戰國時期秦國文物[1]，現爲北京私人所收藏[2]。玉版共有兩件，各片字數近三百（甲版背面除外），呈長方形板狀，學者且將其分作甲、乙兩版。玉版之時代斷限，經學者論證大抵落在秦惠文王至秦始皇；就字體銘文而言，二版雖略有殊異，但可與時代相近之〈秦封宗邑瓦書〉與〈詛楚文〉作一對比；又銘文內容亦牽涉先秦時期祝禱的儀式及對象，故爲研究早期中國巫術文化的珍貴材料。

關鍵詞：秦駰玉版、秦惠文王、秦莊襄王

壹、緒論

秦駰玉版，根據李學勤先生指出是近年出土於陝西華山一帶的戰國時期秦國文物[3]。現爲北京私人所收藏[4]，爲繼〈石鼓文〉及〈詛楚文〉後秦國重要的石刻材料。

玉版共有兩件，各片字數近三百（甲版背面除外），呈長方形板狀，學者將玉版分作甲、乙兩版，二版中以乙版保存較爲完好，正反面文字大部分仍可辨認釋讀，而甲版除正面文字尙屬清晰外，背面文字多已殘缺，僅數十字可供辨釋[5]。經過比對，甲乙兩版正面文字敘述相同，僅在行款排列上略有殊異[6]，故兩版正面可互補二者之間不清及未識的文字，而背面文字部份，則以乙版背面識讀爲主。

玉版之時代，學者見解或有出入，但大抵定在秦惠文王至秦始皇之間；就字體銘文而言，二版字形雖略有不同，但可與時代相近之〈秦封宗邑瓦書〉與〈詛楚文〉作一對比；又銘文內容亦牽涉先秦時期祝禱的儀式及對象，故爲

1 李學勤：〈秦玉牘索隱〉《故宮博物院院刊》，2000 年，第二期（總第 88 期），頁 41
2 李零：〈秦駰禱病玉版的研究〉《國學研究》，第六卷，頁 525。
3 李學勤：〈秦玉牘索隱〉《故宮博物院院刊》，2000 年，第二期（總第 88 期），頁 41
4 李零：〈秦駰禱病玉版的研究〉《國學研究》，第六卷，頁 525。
5 關於玉版之保存情形李零、李學勤及王輝諸位先生等均已詳述，故本文以概略方式簡介。
6 李零：〈秦駰禱病玉版的研究〉《國學研究》，第六卷，頁 526。

研究早期中國巫術文化的珍貴材料。筆者在學者之既有成就上[7]，針對玉版中的相關問題，嘗試作一釐清及整合探討。

貳、玉版銘文「駰」、「駟」之辨

玉版銘文釋文經學者隸定如所列：

1.甲正面：

又（有）秦曾孫孛（小子）駰曰：孟冬十月，氒（厥）气周（凋）。余身曹（遭）病，爲我慼憂。忡=反昃（側），無間無瘳。眔人弗智（知），余亦弗智（知），而靡又（有）息休。吾窮（窮）而無奈之可（何），永懟憂盭（愁）。周世既旻（沒），典灋（法）蘚（鮮）亡。惴惴孛（小子），欲事天地、四亟（極）、山川、神示（祇）、五祀、先祖，而不得氒（厥）方。義（犧）豭既美，玉帛（？）既精，余毓子氒（厥）惑，西東若惷。東方又（有）土姓爲刑灋（法）氏，其名曰陘（經）。潔可以爲灋（法），□可以爲正，吾敢告之，余無辠（罪）也，使明神智（知）吾情，若明神不□其行，而無辠（罪）□友（宥）□。堅=（掔掔）羕（烝）民之事明神，孰敢不精（乙簡作「清」）？，孛（小子）駰敢以芥（介）圭、吉璧、吉叉（瑵），以告于（接乙背面）

2.乙背面：

〔吉叉（瑵），以告于〕嶂（華）大山。大山又（有）賜，肖（八月）己□，虔心以下（？），至于足□（从骨从？）之病，能自復如故。請□？用牛義（犧）貳（二），亓（其）齒七，□（从？从絜）□□及羊、豢，路車四馬，三人壹家，壹璧先之，□□用貳（二）義（犧）、羊豢，壹璧先之，而□嶂（華）大山之陰陽以逑□咎=□□，其□□里。桀（？）萬子孫，以此爲尙。句（？）余孛（小子）駰之病自（？）復。故告于大壹（？）大將軍，人壹（一），□王室相如。[8]

---

[7] 以筆者所見，目前已有五篇對於秦玉版相關之研究，除注 1、注 2 外，尙有周鳳五〈《秦惠文王禱辭華山玉版》新探〉《中央研究院歷史語言研究所集刊》第七十二本第一分；曾憲通、楊澤生、蕭毅〈秦駰玉版文字初探〉《考古與文物》2001 年第一期（總第 123 期）；王輝〈秦曾孫駰告華大山明神文考釋〉《考古學報》2001 年第二期（總 141 期）；連劭名〈秦惠文王禱詞華山玉簡文研究〉《中國歷史博物館館刊》2001 年第一期。以下引文出自該篇者僅註明作者及頁碼。

[8] 除「□」爲未釋字外，釋文中「（？）」代表因銘文殘敗不清，根據上下文所隸定之字；「□（从某从？）」代表銘文僅剩一半偏旁，僅能隸定可識偏旁。

在學者考釋下，玉版之銘文內容多已釋出，大意是祝禱者身體有恙，久病未癒，因此向華山神靈祈禱，言其若康復後願以吉璧、玉瑤等寶物謝神。其中玉版作者爲何，因銘文內容所能提供的還很有限，學者之間尚未形成一致的共識，因此在構形及文句釋讀上有可探討的空間：

關於作器者，由此玉版因首句「秦曾孫小子」之語，確定爲秦國文物無誤，然作此版之版主爲何人，說法莫衷一是。

李零以爲駰當是秦惠文王或秦武王後裔，然於史無考[9]；李學勤及周鳳五指出作版者爲秦惠文王，同時李學勤認爲時間當在惠文王末年[10]；曾憲通等以駰是秦莊襄王[11]；王輝則判斷玉版應是秦昭襄王五十二年至秦始皇二十六年此一時代區間之王室成員、秦公子或秦王所作[12]（玉版作者年代後詳）。上引學者多著重於「曾孫」之訓解，對於「」（甲正）、「」、（乙正）、「」（乙背）等形也都同意釋作「駰」字，但「駰」是什麼人，卻有不同的看法。李學勤以爲「駰」即秦惠文王，史記惠文王駟，當是「駰」的訛誤[13]。周鳳五的看法和李學勤相同[14]。王輝也說：「據《秦本紀》，惠文君名駟，玉簡銘『駰』字因旁作『』，與『四』作『』相似，也許有人會懷疑《本紀》之『駟』爲『駰』之訛。」然並未進一步考釋[15]。我們從文字構形及出土材料角度來探討「駰」、「駟」二字：

「駰」，甲、金文未見，戰國文字僅見於秦玉版，其餘秦系材料目前亦未見，無從對照，故以偏旁「因」析之。「因」，甲文作「」（前 5.38.3），金文作「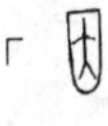」（中山王嚳壺）、「」（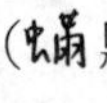鼎），戰國文字有齊、晉、楚、秦四系，其中楚系繼承金文「」形，如《望山》2 或《曾侯乙墓》76。秦系「因」字見於〈睡虎地秦簡〉及〈瑯琊台刻石〉，分別作「」（秦簡 8.11）、「」（瑯琊刻石），此二形與玉版「」（甲正）、「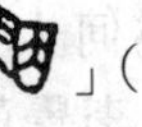」（乙背）字偏旁無二致，然卻和「」（乙正）偏旁小有不同，最明顯者在「因」內之「大」中間豎劃截斷

9 李零文：頁 536。
10 李學勤文，頁 42。
11 曾憲通等文，頁 50。
12 王輝文，頁 145 及 153
13 李學勤文，頁 42。
14 周鳳五文，頁 225。
15 王輝文，頁 153。

未有相連。

駟，甲、金文未見，見其偏旁「四」。「四」，甲、金文均寫成四橫筆作「」，至戰國時期有所變化。何琳儀先生指出：「曾侯乙墓漆書『一、二、三、四、五』作、、、、。……或加分化部件八形（徐王子鐘）或加短橫爲飾作（郘鐘）。」[16]戰國各系或繼承作，或寫成變體構形如燕系（陶彙 4.134）、楚系（信陽簡 2.06）、（包山簡 259）、（帛書甲四），秦系文字四作「」（廿四年屬邦戈）、「」（石鼓文），然皆與「因」形相去甚多，〈睡虎地秦簡・日書〉有「公食者，男子參，女子駟」及「擇髮而駟」的文例，字形作「」，（秦簡日書乙 194），與駰字判然有別。

據以上對「因」與「四」旁構形分析，我們以爲玉版「」應是「因」旁內「大」形部件之變異，即戰國文字常見的分割筆劃現象[17]，以秦系文字爲例，秦簡有作「」（放馬灘地圖），秦陶文作「」（古陶 802）、「」（古陶 795）等，字形中間與上部呈現脫落，與「四」字容有近似之處，但並不是不可分辨，何況本版「駰」字三見，其它二見都與「駟」形區別較大，故玉版作者似仍應釋爲「駰」，而且史記的惠文王名駟也沒有足夠的證據顯示是「駰」字之誤。

參、關於玉版之年代與作者

（一）由史料探討玉版之作者

關於作版者「駰」爲何人，可歸納成三種說法：1.秦惠文王或秦武王的後裔（李零），2.秦惠文王（李學勤、周鳳五），3.秦莊襄王（曾憲通等），4. 秦昭襄王至始皇區間之王室成員（王輝）。

玉版銘文云：「又（有）秦曾孫孛（小子）駰曰：孟冬十月，氒（厥）气周（凋）。余身曹（遭）病，爲我慼憂。」、「惴惴孛（小子），欲事天地、四亟（極）、山川、神示（祇）、五祀、先祖，而不得氒（厥）方。」玉版作者的祭祀對象是「天地、四亟（極）、山川、神示（祇）、五祀、先祖」，周鳳五舉《禮

[16] 何琳儀：《戰國古文字典－戰國文字聲系》，北京，中華書局，1998 年，（下冊）頁 1285。
[17] 分割筆劃相關論述參見何琳儀：《戰國文字通論》，北京，中華書局，1989 年，頁 213。

記·曲禮》「天子祭四方，祭山川，祭五祀，歲遍。」之例，在當時僅統治階層有其祭祀尊貴的天地四方及山川之權力。乙版背面銘文「以告于嶧(華)大山」，銘文祝禱的「嶧(華)大山」，將「華」字特从「山」旁，成爲華山之專字，應與秦人發源自岐西一帶，對其故土之華山懷有特殊崇敬有關。秦併天下，對東西土山川分別採取貶抑及顯揚的殊異態度，訂定出明確的祭祀對象，《史記·封禪書》曰:「及秦併天下，令祠官所常奉天地名山大川鬼神可得而序也。于是自崤以東，名山五，大川祠二。…春以脯酒爲歲祠，因泮凍，秋涸凍，冬塞禱祠。其牲用牛犢各一，牢具圭幣各異。…。自華以西，名山七，名川四。曰華山亦春秋泮涸禱塞，如東方名山川；而牲牛犢牢具圭幣各異[18]。」秦統一前，華山已受到統治階層的崇拜重視，統一後，即成爲法定的祭祀山川之一。

其次關於「小子」一詞，曾文中謂「小子」乃天子未除喪時的自稱，並以《禮記·曲禮下》:「天子未除喪曰予小子。」爲證，〈曲禮下〉:「國君不名卿老世婦，大夫不名世臣姪娣，士不名家相長妾·君大夫之子，不敢自稱曰余小子[19]。」「小子」釋作「天子之子未除喪」並無不合，審視秦系出土材料〈秦公及王姬編鐘、鎛鐘〉、〈秦公簋〉及〈秦公鎛鐘〉，銘文「小子」學者多無闡述[20]，我們從〈秦公及王姬編鐘、鎛鐘〉、〈秦公簋〉、〈秦公鎛鐘〉等作器時間，〈秦公及王姬編鐘、鎛鐘〉作於秦武公即位之初；〈秦公簋〉與〈秦公鎛鐘〉則同作在秦景公即位之初，統治者初即位時由於仍屬帶喪期間，作器對己稱謂爲「小子」非常合理，雖《詩經·周頌·閔予小子之什·敬之》云:「敬之敬之，天維顯思，命不易哉！無曰:"高高在上"。陟降厥士，日監在茲。維予小子，不聰敬止？日就月將，學有緝熙于光明，佛時仔肩，示我顯德行。」《鄭箋》:「群臣戒成王以敬之，敬之故承之以謙云我小子耳。[21]」周成王以自戒自勵之詞告於廟也，使用謙詞正好符合，然其並非處於國喪期間，而〈秦公及王姬編鐘、鎛鐘〉「余小子，余夙夕虔敬朕祀」，〈秦公簋〉「余雖小子，穆穆帥秉明德」等春秋時期秦器銘文，作器時均爲即位之初，國喪未除，情況並未與《詩經》之例相同。故由作器者之稱詞及祭祀對象觀之，我們認爲玉版作者的身份較有可能是當時在位之某位秦王。

既然作器者身份應爲在位之秦王可能性較高，則進一步由推斷此位秦王應爲何人？指出器主爲秦王者有二說，一是李學勤與周鳳五二位先生主秦惠文王，二是曾憲通等人的秦莊襄王。由玉版的文字風格來看，作器之時代當在秦晚期(說見下)，以上二說所言之君均近於此一範圍，但曾說似較更爲合理。

---

[18] 司馬遷:《史記》，七略出版社(上冊)，1991年，頁542。
[19] 《禮記》，《十三經注疏》冊五，台北，藝文印書館，1997年，頁72。
[20] 孫常敘:〈秦公及王姬鐘、鎛銘文考釋〉《吉林師大學報》，1978年，第四期；李零:〈春秋秦器試探一新出秦公鐘、鎛銘與過去〉《考古》，1979年，第六期；吳鎮烽:〈新出秦公鐘銘文考釋與有關問題〉《考古與文物》，1980年，第一期；伍仕謙:〈秦公鐘考釋〉《四川大學學報》，1980年，第二期；張天恩:〈對「秦公鐘考釋」中有關問題的一些看法〉《四川大學學報》，1980年，第四期；王輝:《秦文字集證》，台北，藝文印書館，1999年，頁10-11。
[21] 《詩經》，《十三經注疏》冊六，台北，藝文印書館，1997年，頁740。

曾說指出，銘文中有「周室既沒」一句，此句釋作「周室既滅」、「周室滅亡」無誤，李學勤認爲當作「周的王數將完結」，然周室氣數雖將近，但卻未遭致敗亡，故典章制度並不太可能出現所謂後句「典法蘚（散）亡」的情況，故玉版之時代應在東周滅亡之後，李說猶可再商榷。秦惠文王在位 27 年（西元前 337 年~311 年），當時周朝尚未滅亡，周室結束於西元前 249 年，當時秦在位之君主是秦莊襄王，爲即位之初，而史載莊襄王在位三年，早卒，可從曾憲通所言「應與疾病有關」，於病中向天祈求病癒還願，屬合情合理之境。

不過，曾氏認爲器主是莊襄王，乃由文字訓詁及秦史資料切入，「駰」爲其私名或字。按《史記》司馬貞《索隱》僅記載莊襄王名子楚，其餘別號不知，曾氏以古人名與字意義相關爲由，「子楚」之「楚」與「駰」均涉及顏色，故二者關係是「子楚」爲名「駰」爲字[22]，古人名與字的關係有密切之關聯，所取之字因循名之意義。關於「子楚」之名，《戰國策》及《呂不韋傳》[23]均曾提及由來，《戰國策·秦策》:

> 不韋說趙曰:“子異人，秦之寵子也，無母于中，王后欲取而子之。”使秦而欲屠趙，不顧一子以留計，是抱空質也，若使子異人歸而得立，趙厚送遣之，是不敢倍德畔施，是自爲德耕。秦王老矣，一日晏駕，雖有子異人，不足以結秦。趙乃遣之。
>
> 異人至，不韋使楚服而見。王后悅其狀，高其知曰，“吾楚人也”。而自子之。乃變其名曰楚。

此段記事與《史記·呂不韋傳》:「呂不韋乃以五百金與子楚爲進用結賓客而復以五百金買奇物玩好自奉而西游秦求見華陽夫人姐而皆以其物獻華陽夫人因言子楚賢智諸侯賓客遍天下常曰楚也以夫人爲天日夜泣思太子及夫人夫人大喜[24]。」不同，據學者考論，多以《史記》所言不近情，當以《策》爲正[25]。《戰國策》載當時秦文公王后華陽夫人爲楚人，因呂不韋說，且見異人時其著楚服大悅，故收異人爲自子，並變名子楚，即後來的秦莊襄王。子楚之名，原是華陽夫人爲楚人，爲討其歡悅所取。

據此，子楚的楚乃是由楚人之意而來，與顏色無關。而且秦駰玉版是向神祈禱，理應自稱其名，因此駰應是名，而非字，因此曾說名字關係，似仍有符商榷。

（二）由銘文字體探討玉版之作者

以上的討論，也許還不是絕對的，學者之間也許還可以有仁智之見，因此以下我們要以字形比對來探詩秦秦駰玉版的時代。

一件文字材料上面的文字，由於書寫者的習慣，可以包含比較早期的字，

---

[22] 曾文，頁 53。
[23] 林劍鳴:《呂不韋傳》，人民出版社，1996 年（二刷）。
[24] 司馬遷:《史記》，台北，七略出版社，1991 年，（下冊），頁 1012-1013。
[25] 繆文遠:《戰國策新校注》，四川，巴蜀書社，1998 年（三刷），頁 234。

也可以包括比較晚期的字，但是在根據文字斷代時，我們應該根據比較晚的字形來決定它的時代，因爲晚期材料上可以出現早期字形，但是早期材料上卻絕不可能出現晚期字形。

甲乙兩玉版字形頗有殊異，一般只以爲可與同爲石刻材料之〈秦封宗邑瓦書〉及〈詛楚文〉相互參照。本文透過精細比對，卻發現絜駰玉版的時代比〈秦封宗邑瓦書〉及〈詛楚文〉爲晚。下表所列甲乙兩版銘文中字形結構與筆勢差異顯見之字例，溯及甲骨、金文，並依年代之早晚排列：

字例 \ 材料		甲骨文	金文	秦系文字（按時代順序）		
				春秋時期	玉版銘文	戰國時期～秦併天下之其它文字材料
1	神	×	 簋	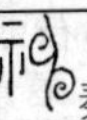 秦公大墓石磬 秦景公	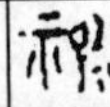（甲正） （乙正）	 秦簡 133 背
2	壹				（乙背）	 秦封宗邑瓦書 秦惠文君 4 年
		×	×	×		 詛楚文 秦惠文王後元 13 年  始皇詔權二 秦併天下
3	爲	 前 5.30.4	 邵鐘	 石鼓文 秦景公	（甲正） （乙正）	 青川木牘 秦武王 2 年  青川木牘 秦武王 2 年  秦簡 32.14  兩詔橢量二 秦併天下
4	得	 京都 2113	 師旂鼎  虢弔鐘	×	（甲正） （乙正）	 秦簡 24.18[26]  放馬灘秦簡 秦昭王 38 年前後

26 睡虎地秦簡的年代分佈在秦昭王元年至秦始皇三十年間，李學勤：〈雲夢睡虎地秦簡概述〉《簡帛佚籍與學術史》，台北，時報出版社，1994 年，頁 107。

5	其	鐵 218.2 乙 3400	盂鼎 仲師父鼎	不其簋 秦莊公 秦公鐘 秦景公 石鼓文 秦景公	（甲正） （乙正）	青川木牘 秦武王 2 年 秦簡 15.101 秦簡日書 1108 兩詔橢量三 秦併天下
6	大	粹 172 佚 393	禹鼎	不嬰簋 秦莊公 秦公鐘 秦景公 石鼓文 秦景公	（乙背）	放馬灘地圖 秦昭王 38 年前後 秦簡 24.18 始皇詔權四 秦併天下
7	鹵	後 2.5.3	中山王譽壺	×	（乙背）	秦簡日書乙 1150
8	足	乙 3184	申簋	×	（乙背）	秦簡 10.2

玉版字形或與時代晚出之材料雷同，或是承襲甲、金文以來的文字結構。如「神」字：春秋時期秦公大墓石磬字形「申」旁仍承襲金文以來之寫法，甲版「」右旁雖已殘敗模糊，然就其筆順審之應作秦國早期「申」字寫法，故「申」旁出現秦文字早晚期不同的構形，春秋時期秦文字材料如〈不嬰簋〉、〈石鼓文〉、〈秦公大墓石磬〉之「申」均承襲字金文以來作「」，而乙版「」則與睡虎地秦簡「神」字結構及筆勢上極爲近似。「壹」字〈玉版〉與〈秦封宗邑瓦書〉及〈詛楚文〉形體殊異，綜觀現今所見秦文字材料，〈玉版〉「」形和統一後的〈始皇詔權二〉「」字形體結構相似。根據秦文字「壹」之字形演進，「」形中間的形體有可能是「」形中間訛變後的「」（目）直寫同時亦有借筆的結果，「」形出現在〈秦封宗邑瓦書〉，此瓦書的著作時代約在秦惠文君四年（西元前 334 年），而權量詔版的字形則是在秦始皇統一天下之際，年代相較，「」形係屬晚出，因此將此形體視作秦代晚期字形最爲合理。

「爲」：秦系「爲」字除了象人手之爪形仍明顯保留外，「象」的形體或有省略，或已訛變，玉版二形較接近秦文字晚期寫法，與秦併天下後之兩詔橢量形近。「得」字春秋時期秦文字闕如，甲版「」所从「貝」旁筆勢破圓爲方，隸化意味甚濃，乙版「」「寸」形近秦簡及放馬灘字例。「其」在玉版出現截然殊異之「」、「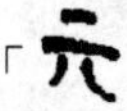」二形。甲版「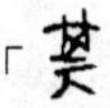」結構承襲金文以來之形體，與〈不其簋〉、〈秦公鐘〉、〈石鼓文〉一脈相成而來，然其上部「」之方折筆勢甚明。乙版「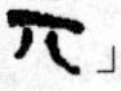」形體及筆順則和秦簡相當，可證此形的時代也偏晚。秦文字「大」的寫法也有兩種，其中「人」字脫離呈上下二形乃秦文字中晚期以後之特色，玉版「」與秦簡及統一天下後之始皇詔權風格相同。「齒」「足」二字，玉版形體與秦簡並無二致。

綜觀上表所列字例與秦系文字其它材料相較所得，玉版同時出現早期及晚期迥然殊異之文字形體，除了多數字例構形近似秦併天下之文字材料外，乙版形體則與秦國中期偏晚及秦國晚期之秦簡多有形近之處，若一文字材料同時並存時代早晚期相異之風格，在時代斷限上，我們判別此器當屬較晚出之材料，原因在於唯有時代晚出的材料方能包含歷時性、不同時期、殊異文字形體之可能，而由同一器物差異的文字型態，正好反應該字在一個區域範圍的歷史演進特色及過程，對於玉版年代之探討亦然，根據林劍鳴先生對於秦史的分期，共可分作四個時期六個階段，第三期戰國時代劃分爲 1.戰國初年至秦孝公統治時期（西元前 475 年至前 338 年）2.秦惠文王統治時期至戰國末年（西元前 338 年至前 221 前）二段[27]，前者可視爲秦史之戰國早期至中期初，後者的一百一十七年則爲秦史戰國中晚期，此一階段在位之君的順序及時間分別是：秦惠文王（在位 27 年）→秦武王（四年）→秦昭（襄）王（五十六年）→秦孝文王（一年）→秦莊襄王（三年）→始皇二十六年（統一天下）→十五年後秦朝滅亡。玉版銘文出現了與秦併天下後詔權橢量及秦始皇時期之秦簡的文字結構，我們以爲玉版之年代應可斷在秦代晚期，由文字結構風格結合史籍資料之探討，玉版之作者推斷爲秦莊襄王較有可能。

肆、結語

秦駰玉版爲繼〈詛楚文〉及〈秦封宗邑瓦書〉後重要之石刻材料，其內容首見涉及秦代統治階層祭祀情形，亦可一窺整個秦國社會在祭祀方面之特色

---

27 林劍鳴：《秦史》，台北，五南出版社，民 81 年，頁 3-4。

與對象，爲一向資料短少的秦文化填補些許空闕。而學者爭議較大的斷代問題，經由文字比對，我們認爲斷在秦莊襄王時代似乎比較合理。如果此說可以成立，那麼本玉版對秦文代的價值就更大了。筆者才疏學淺，僅就學習所得略抒管見，敬祈方家指正。

陸、參考書目

（一）專書

1.民國以前

《尚書》十三經注疏（一） 台北，藝文印書館，1997 年。
《周禮》十三經注疏（三） 台北，藝文印書館，1997 年。
《禮記》十三經注疏（五） 台北，藝文印書館，1997 年。
《詩經》十三經注疏（六） 台北，藝文印書館，1997 年。
《史記》 司馬遷 台北，七略出版社，1991 年。

2.民國以後

中華秦文化辭典編委會編 （2000）《中華秦文化辭典》，西北大學出版社。
王輝 （1990）《秦銅器銘文編年集釋》，陝西，三秦出版社。
王輝 （民 88）《秦文字集證》，台北，藝文印書館。
王輝 （民 89）《秦出土文獻編年》，台北，新文豐出版社。
王學理主編 （1994）《秦物質文化史》，陝西，三秦出版社。
何琳儀 （1989）《戰國文字通論》，北京，中華書局。
何琳儀 （1998）《戰國古文字典—戰國文字聲系》，北京，中華書局。
李學勤 （1984）《東周與秦代文明》，文物出版社。
林劍鳴 （民 81）《秦史》，台北，五南出版社。
林劍鳴 （1996）《呂不韋傳》（二刷），人民出版社。
林劍鳴、余華青、周天游、黃留珠 （1998） 《秦漢社會文明》（刷），西北大學出版社。
馬非百 （1980）《秦集史》，北京，中華書局。
高明、葛英會編著 （1991）《古陶文字徵》，北京，中華書局。
袁仲一、劉鈺 （1993）《秦文字類編》，陝西人民教育出版社。
郭沫若 （1982）《詛楚文考釋》，科學出版社。
楊寬 （1998）《戰國史》（三刷），上海人民出版社。
楊寬 （1999）《西周史》（五刷），上海人民出版社。
劉樂賢 （民 83）《睡虎地秦簡日書研究》，台北，文津出版社。
錢玄、錢興奇編著 （1998）《三禮辭典》，江蘇古籍出版社。
繆文遠 （1998）《戰國策新校注》（三刷），四川，巴蜀書社。

（二）期刊

王輝 （1999）〈秦史三題〉《陝西歷史博物館館刊》，第六期。

王輝 （2001）〈秦曾孫駰告華大山明神文考釋〉《考古學報》，第一期。
伍仕謙 （1980）〈秦公鐘考釋〉《四川大學學報》，第二期。
何雙全 （1989）〈天水放馬灘秦簡甲種日書考述〉《秦漢簡牘研究論文集》，甘肅人民出版社。
李學勤 （1988）〈論包山楚簡中一楚祖先名〉《文物》，第八期。
李學勤 （2000）〈秦玉牘索隱〉《故宮博物院院刊》，第二期。
李曉東、黃曉芬（1987）〈從日書看秦人鬼神觀及秦文化特徵〉《歷史研究》，第四期。
李零 （1979）〈春秋秦器試探—新出秦公鐘、鎛銘與過去〉《考古》，第六期。
李零 （1999）〈秦駰禱病玉版研究〉《國學研究》第六卷。
周鳳五 （2001）〈秦惠文王禱詞華山玉版新探〉《中央研究院歷史語言研究所集刊》第七十二本，第一分。
吳鎮烽 （1980）〈新出秦公鐘銘文考釋與有關問題〉《考古與文物》，第一期。
孫常敘 （1978）〈秦公及王姬鐘、鎛銘文考釋〉《吉林師大學報》，第四期。
連劭名 （2001）〈秦惠文王禱詞華山玉簡文研究〉《中國歷史博物館館刊》，第一期
郭子直 （1986）〈戰國秦封宗邑瓦書銘文新釋〉《古文字研究》第十四輯，北京，中華書局。
張天恩 （1980）〈對「秦公鐘考釋」中有關問題的一些看法〉《四川大學學報》，第四期。
曾憲通、楊澤生、肖毅 （2001）〈秦駰玉版文字出探〉《考古與文物》，第一期。

秦駰玉版銘文摹本

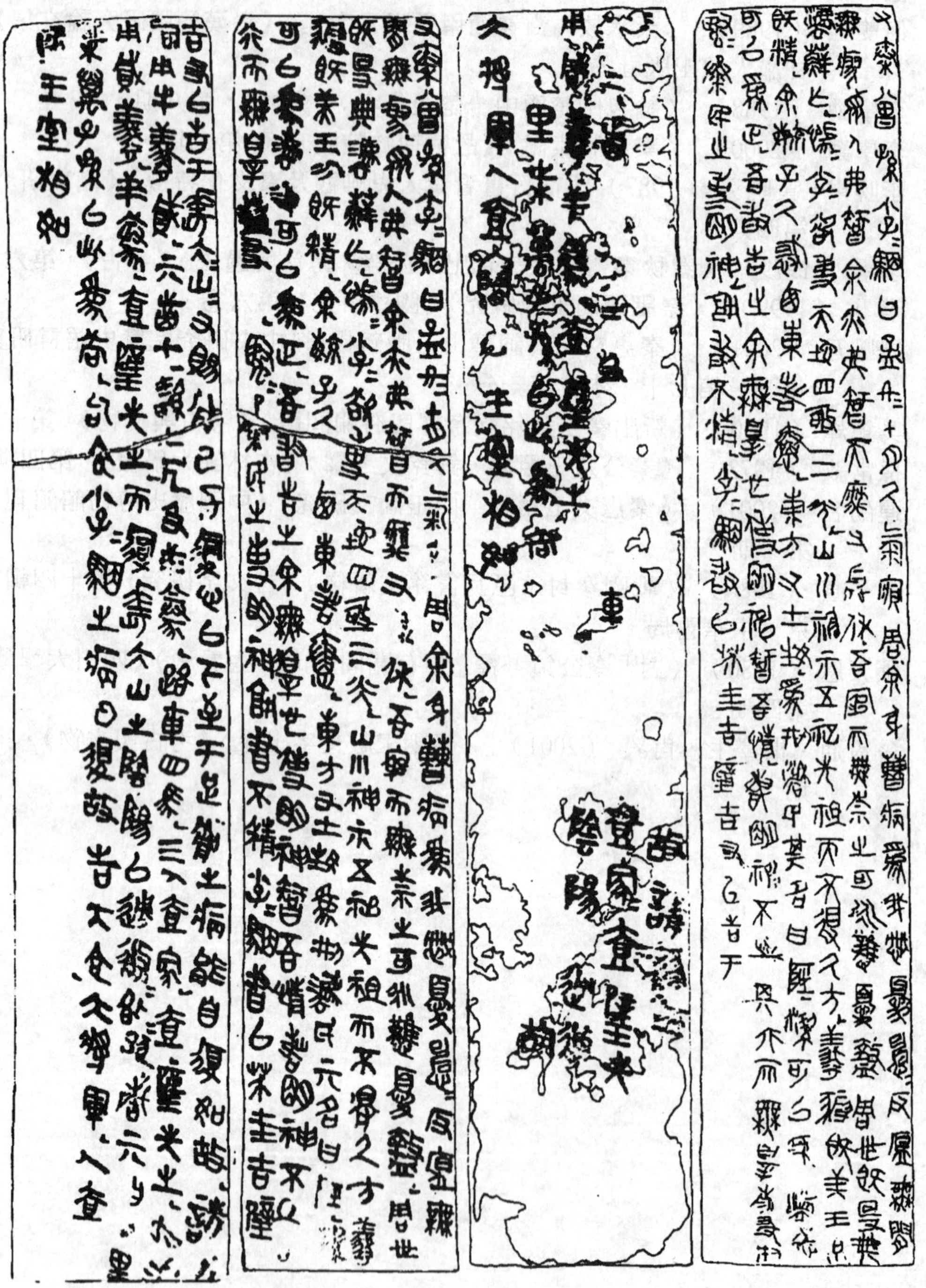

4 3 2 1

《金文總集與殷周金文集成銘文器號對照表》補正

汪中文

國立臺南師範學院語教系教授

提要

《金文總集與殷周金文集成銘文器號對照表》出版以來，學者使用稱便。筆者近來參予國科會「金文研究與應用網路計畫」，負責「殷周金文集成失收未收器(1981 年以前)及僞作青銅器研究」，因而重新比對《金文總集與殷周金文集成銘文器號對照表》所列《殷周金文集成》與《金文總集》或《商周青銅器銘文選》無對應之器者，補正一百五十一筆，俾便學者日後使用。

關鍵詞：金文總集與殷周金文集成銘文器號對照表、金文研究與應用網路計畫

壹、前言

《金文總集與殷周金文集成銘文器號對照表》出版以來，學者使用稱便。筆者近來參予國科會「金文研究與應用網路計畫」，負責「殷周金文集成失收未收器(1981 年以前)及僞作青銅器研究」，因而重新比對《金文總集與殷周金文集成銘文器號對照表》所列《殷周金文集成》與《金文總集》或《商周青銅器銘文選》無對應之器者，補正一百五十一筆[1]，俾便學者日後使用。

貳、總集與殷周金文集成銘文器號對照表》補

《金文總集與殷周金文集成銘文器號對照表》以爲《殷周金文集成》與《金文總集》無對應之器者有 510 筆（參見《金文總集與殷周金文集成銘文器號對照表》197-201 頁）。仔細核校後，其間 140 筆有誤，茲請略依《金文總集與殷周金文集成銘文器號對照表》[2]，另外添加「編次/器類」一欄，表列如次，以

[1] 補正器號部分，承劉生彥彬、蔡生佩玲幫忙覆核，僅致謝忱。

[2] 《金文總集與殷周金文集成銘文器號對照表》體例如下，：

一・《集成》器號排列，《總集》與《銘文選》器號附後。

二・《集成》器號悉依原書。《總集》與《銘文選》除依照原書器號外，又比照《集成》編號方式，一器數拓者，於編號後加注 . 1 . 2……表示；如係同一器銘，則於編號後加注 A、B……表示其順序按照原書版反面，先由上而下，再由右至左排列。

三・每列表格表示一件（組）器銘。

四・一器僅有一銘，則不分拓本或摹本，凡可確認爲同一器銘者，均予對應。

五・一器數拓者，如各書所收並無不同，則仍以一器號對應；如各書所收互有參差，則每一件（組）器銘均與編號，並分別對應。（請參見《金文總集與殷周金文集成銘文器號對照表》頁 2）

便讀者補之：

編次　器類	《集成》	《總集》
1. 鬲	476	4574
2.	643	2373
3. 甗	763	7993
4. 鼎	1179	5517
5.	1508	528
6.	1647	6494
7.	2243	750
8.	2607	2512
9. 簋	2958	4457
10.	2959	4994
11.	2962	4453
12.	2992	1736
13.	3019	4466
14.	3090	4507
15.	3101	6408
16.	3109	6879
17.	3109	5595
18.	3139	510
19.	3149	4573
20.	3167	6441
21.	3171	1868
22.	3203	1888
23.	3210	4612
24.	3211	1893
25.	3214	1967
26.	3297	533
27.	3298	1972
28.	3319	381
29.	3470	2253
30.	3717	2336
31.	3770	2415
32.	4056.2	2305
33.	4057.2	2306
34. 𠤳	4612	2973
35.	4634	732
36. 豆	4666	2223
37.	4667	2224
38. 卣	4794	4463
39.	4810	5613
40.	4845	5188
41.	4814	4535
42.	4846	5189
43.	4888	6394

編次　器類	《集成》	《總集》
44.	4893	5182
45.	4941	6463
46.	5010	4997
47.	5032	5195
48.	5054	555
49.	5084	4661
50.	5096	5656
51.	5142	5647
52.	5145	6221
53.	5147	5662
54.	5165.2	5165
55.	5198	5268
56.	5204	5321
57.	5220	5675
58.	5236	5338
59.	5268	5404
60.	5318	5408
61.	5408	2655
62. 尊	5460	5861
63.	5489	5865
64.	5531	6362
65.	5595	4555
66.	5614	1851
67.	5635	6141
68.	5647	6466
69.	5655	6235
70.	5775	5255
71.	5797	5661
72. 觶	6220	6444
73.	6220	6445
74.	6386	5225
75.	6396	56263
76.	6454	5672
77.	6455	5673
78.	6456	5666
79.	6507	5454
80. 觚	6681	6037
81.	6681	6086
82.	6797	129
83.	6838	6325
84.	7117	4572
85.	7161	5987
86. 爵	7402	3325、3324
87.	7477	4213
88.	7501	3281
89.	7830	4012
90.	7831	4011

編次 器類	《集成》	《總集》
91.	7937	3465
92.	8239	3993
93.	8330	3412
94.	8331	3981
95.	8332	3982
96.	8434	4073
97.	8439	3795
98.	8692	4099
99.	8811	3733
100.	8839	3736
101.	8840	3738
102.	8915	4038
103.	9015	4044
104.斝	9235	5550
105.壺	9509	5280
106.	9509	6601
107.	9707	7878
108.罍	9823	5579
109.勺	9903	7862
110.梧	9939	6638
111.霝	9969	7930
112.	9970	7931
113.瓶	9977	5681
114.鑵	9984	7950
115.缶	9989	5566
116.	9990	5567
117.盤	10162	6780
118.	10291	7932
119.	10293	7949
120.	10458	7866
121.	10576	2322
122.	10579	5570
123.戈	10647	7244
124.	10788	7298
125.	10962	7330
126.	11009	7342
127.	11063	7771
128.	11088	7470
129.	11105	7410
130.	11139	7398
131.	11183	7409
132.	11243	7498
133.	11288B	7353
134.劍	11590	7952
135.鉞	11720	7243
136.	11721	7247

編次 器類	《集成》	《總集》
137.	11732	7766
138.刀	11815 8	7501
139.車馬器	12017	7951
140.	12020	7225

此外,《金文總集與殷周金文集成銘文器號對照表》亦將馬承源主編之《商周青銅器銘文選》納入對照,其間表列 14 筆,以爲與《金文總集》、《殷周金文集成》均無對應(《金文總集與殷周金文集成銘文器號對照表》201 頁),其實,僅 3 筆而已。茲緣前例,附表如次,爲統計上之方便,編號序之:

編次	集成	總集	銘文選
141.	5419	5499	174
142.	4394	3017、3018	299
143.	6013	4890	31
144.	9731	5799、5800	436
145.	10006、10007	5583、5584	605
146.	2811	1304	644
147.	4643	6906	647
148.	4612	2973	653
149.	10388	6707	677
150.	595	1457	797
151.	10368	7872	858

合計共補正 151 筆,因此,《金文總集與殷周金文集成銘文器號對照表》所列《殷周金文集成》與《金文總集》或《商周青銅器銘文選》無對應之器者,實僅 373 器而已。

參、結語

銘文器號對照工作,類似校書,備極艱辛,稍不留神,極易疏漏。前表所列 28、30、54 等筆,無論器類、器名或字數,《殷周金文集成》與《金文總集》皆同,而《金文總集與殷周金文集成銘文器號對照表》卻未對出,疏失可知。除此之外,影響比對精確與否之原因,主要有三:

一・器類歸屬不同。舉《殷周金文集成》入予「簋」類者爲例:《金文總集》或入予「尊」類,如前表編次之 9、11、13、14、19、24 等器。或入予「鼎」類,如前表編次之 27、29 等器。或入予「觶」類,如前表編次之 15、20、21 等器。又如前表編次之 69 器,《殷周金文集成》入予「尊」類,《金文總集》入予「壺」類;前表編次之 80 器,《殷周金文集成》入予「觚」類,《金文總集》入予「鼎」類,差異極大。

二・器名定名不同。前表編次之 143 器',《殷周金文集成》命名爲〈王子午鼎〉(2811 號),《商周青銅器銘文選》名同(644 號),《金文總集》

則名之爲〈升鼎〉(1304 號)。又如前表編次之 147 器',《殷周金文集成》稱〈衛夫人鬲〉(595 號),《商周青銅器銘文選》名之爲〈衛夫人文君叔姜鬲〉(797 號),《金文總集》則名之爲〈衛夫人行鬲〉(1457 號)。倘若不細心分辨,容有誤失。

三・器銘字數計算不同。圖騰或族徽文字認知不同,對字數之統計容有一二出入,如前表列編次之 87、88、90、94、96 等皆是。

至若前表編次 1 之器,《殷周金文集成》名爲〈鳥父乙鬲〉(476 號),《金文總集》則稱〈雞形父乙尊〉(4574 號)。前表編次 3 之器,《殷周金文集成》名爲〈瀕史鬲〉(643 號),《金文總集》則稱〈休簋〉(4574 號)[3]。凡此,不僅器類不同、器名亦異,皆增添對比工作之難度。本文雖補正一百五十一筆[4],其間容有疏失,博雅君子,不吝教之。

[3] 《殷周金文集成釋文》云:「此器或稱角、稱鼎、或入予簋類,皆誤」(卷一、512 頁)。

[4]《殷周金文集成釋文》10290 號之〈蔡侯申鑑〉一行六字,《金文總集》6883 號之〈蔡侯尊　〉兩行六字,銘拓不同,然著錄相同,未審是否一器。

金文字詞考釋（三則）

劉釗
廈門大學歷史系教授

提要

王孫遺者鐘有「和溺」一詞，「和溺」應讀作「和弱」。徐　尹鉦鋮有一個舊釋爲「儆」的字，其實應釋爲「備」。吳王光鍾有「華英」一詞，「華英」是指鍾的音色。

關鍵詞：金文、古文字、考釋

壹、王孫遺者鐘的「和溺」

王孫遺者鐘，淸光緒十年（1884）出土於湖北荊州宜都縣城西二十多里的山中，現藏美國三藩市亞洲美術博物館。該器被多種金文著錄書收錄，《殷周金文集成》編號爲 261。其銘文如下：（通假字直接釋出，以下同）

> 唯正月初吉丁亥，王孫遺者擇其吉金自作和鐘，中翰且揚，元鳴孔皇，用享以孝，于我皇祖文考，用祈眉壽，余溫恭舒遲，畏忌翼翼，肅慎聖武，惠於政德，淑于威儀，謀猷丕飾，闌闌和鐘，用宴以喜，用樂嘉賓父兄，及我朋友。余任以心，延永余德，和  民人，余敷旬于國，皇皇熙熙，萬年無期，世萬孫子永保鼓之。

文中「和 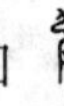 民人」一句中的「」字以往作爲不識字主要有三種隸定：

1、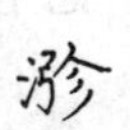　2、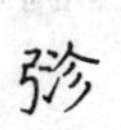　3、

對此字的考釋以往雖然有多種說法，但都不能令人相信。1998 年廖名春先生在《楚文字考釋三則》一文中，指出此字與見於包山楚簡和郭店楚簡的「溺」字寫法相近，也應該釋爲「溺」[1]。從此字形體和其在文中的用法來看，這一考釋無疑是正確的。

包山楚簡和郭店楚簡的「溺」字作如下之形：

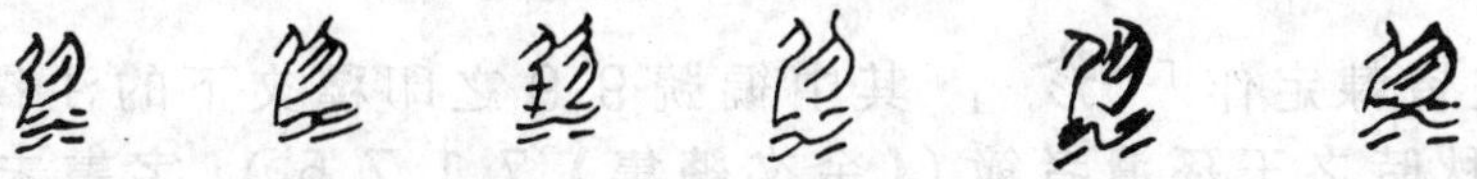

[1]廖名春《楚文字考釋三則》，載《吉林大學古籍整理研究所建所十五周年紀念文集》，吉林大學出版社 1998 年 12 月。

比較可知兩者的形體的確十分接近。

關於「」字的結構，以往大都將其隸定作「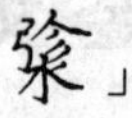」，誤以爲字從「㐱」作，由此誤導出了錯誤的解釋。廖名春先生指出字所從的「彡」像尿水的形象，應該是比較可信的說法。其實以往的考釋諸家忽視了「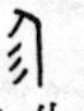」字本來就是「尿」的本字，這個字見於甲骨文，作「」，唐蘭先生很早就將此字釋爲「尿」，如今看來應該是正確的。「溺」、「尿」音義皆同，本爲一字之分化，「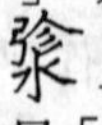」字從「尿」的本字「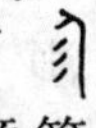」，從「水」爲累加的意符，左邊的「」是「人」字，也是累加的意符。因爲古文字中「人」、「屍」、「弓」三者經常相混，所以左邊有時寫成從「人」，有時寫成從「屍」，有時又寫成像「弓」。

關於王孫遺者鐘「」字在銘文中的用法，廖名春先生認爲當讀爲「淑」，他說：

> 「溺」讀若「淑」。《詩·周南·汝墳》：「惄如調饑。」陸德明《經典釋文》：「惄，《韓詩》作『愵』」《說文》亦曰：「愵，讀若惄。」「愵」、「惄」可互作，「溺」自然也可讀若「淑」。《爾雅·釋詁上》：「淑，善也。」《詩·曹風·鳲鳩》：「淑人君子，其儀一兮。」鄭玄注：「淑，善。」鍾銘曰：「和溺民人。」即和淑民人，和善民人，意與《孝經·諸侯》章「和其民人」同。

按讀「和溺民人」爲「和淑民人」從文意上看沒有問題，但是傳世典籍從無「和淑」一詞，「和溺」還應該有另外更合適的解釋。我們認爲「和溺」應該讀爲「和弱」。「溺」從「弱」聲，「溺」、「弱」可以相通，郭店楚簡《老子》甲本「骨溺筋柔而捉固」，「溺」即借爲「弱」。「和弱」乃「調和抑制」之意。《淮南子·原道》：「聖人將養其神，和弱其氣，平夷其形，而與道沈浮俯仰。」將「和弱」的「調和抑制」意按之銘文的「和弱民人」，文意十分合適。

最後連帶談談見於戰國古璽的兩個「溺」字。澳門蕭春源先生編有《珍秦齋藏印》一書，書中編號99和266分別收有下列兩方私印：

兩方印釋文皆隸定作「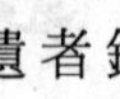」，其中編號99之印釋文下的注釋謂：「此字已見春秋時之王孫遺者鐘（《金文總集》7175），字書未收此字。」

按釋文下注釋謂此字已見於王孫遺者鐘甚是。但謂「字書未收此字」則不確。其實這兩個字也都應該釋爲「溺」。

貳、釋徐酯尹征鋮中的兩個字

徐酯尹征鋮，清光緒十四年（1888）出土于江西高安縣城西四十五里田中，現藏上海博物館。該器被多種金文著錄書收錄，《殷周金文集成》編號爲 425。其銘文如下：

〔唯〕正月初吉，日在庚，徐酯尹者故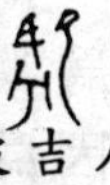自作征鋮。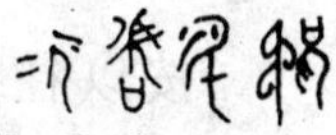至劍兵，世萬子孫，眉壽無疆。□彼吉人，士余是尚。

銘文中有幾個字不可識，本文要考釋的是「」字和「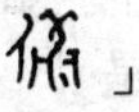」字。

「」字舊或釋爲「父」，是缺乏形體根據的錯誤考釋。此字以往見於楚國銅量銘文及信陽楚簡、望山楚簡和包山楚簡，作如下之形：

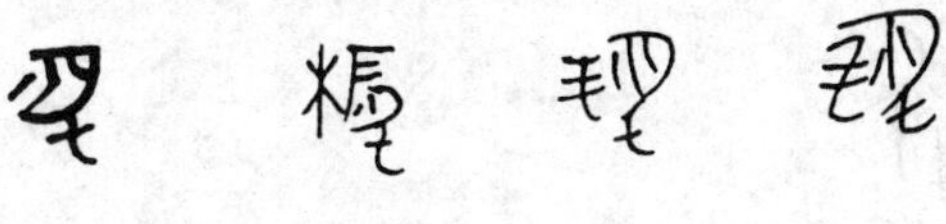

包山楚簡和望山楚簡的此字又從「毛」作，而信陽楚簡的此字則從木作。這個字曾被學者釋爲「瓚」[2]，但是新公佈的《上海博物館藏楚簡》「孔子詩論」部分亦又此字，在簡文中用爲「爵」，如此原來釋「瓚」的說法恐怕就要從新考慮。馮勝君先生認爲此字又從毛作應該是累加的聲符，字應該讀爲「勺」[3]。古代「瓚」的形制與「勺」很接近，以往出土的許多「瓚」大都被誤認爲「勺」，說不定古人就把「瓚」統稱爲「勺」，所以雖然舊釋「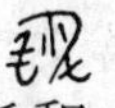」爲「瓚」不一定對，但是「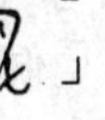」字在包山簡和望山簡中仍有是指和「勺」很接近的「瓚」的可能。

楚國銅量和上海簡中的此字上部明顯是從「少」得聲的，所以在上海簡中讀爲「爵」，古「爵」、「雀」相通，而「雀」就是從「少」得聲的。至於徐酯尹征鋮中的此字在銘文中的用法，以往的考釋沒有提出過什麼值得參考的意見。我們認爲銘文「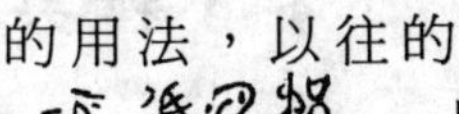」四字與「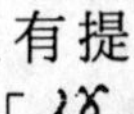至劍兵」四字應該是相對爲文的，也就是說「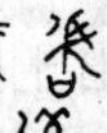至劍兵」中的「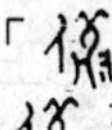至」是動詞，「劍兵」是名詞，「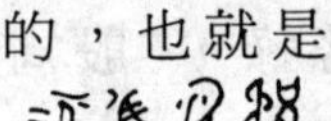」的結構應該相同，「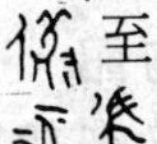」是動詞，「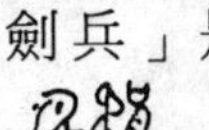」是名詞。既然「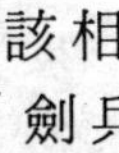至劍兵」中的「劍兵」是指兵器，則「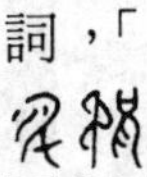」很可能也是指兵器，這從「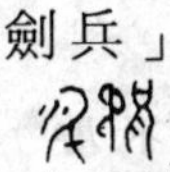」中的「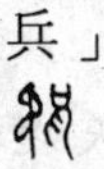」字從「矛」作也可以得到證明。至於「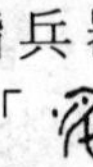」字在銘文中具體應讀爲何字，則還有

[2]李家浩《包山二六六號簡所記木器研究》，載《國學研究》第二卷，北京大學出版社 1994 年。
[3]馮勝君《讀上博簡〈孔子詩論〉劄記》，載《簡帛研究》網站「網上首發」。

待於研究。

「」字舊皆釋爲「儆」，對其在銘文中的用法，楊樹達在《積微居金文說》中有如下的考釋：

> 儆至劍兵，語殊難解。《荀子·賦篇》雲：「無私罪人，憼革戒兵。」楊注云：「憼與儆同，備也。」儆至劍兵與《荀子》儆革戒兵語意相類也。

按以往釋「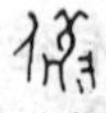」爲「儆」是錯誤的，楊樹達從錯誤的形體考釋引發出的訓釋也不可信。因爲從形體上看，此字右旁右邊似從「攵」，卻並非從「攵」。如果是「儆」字，右旁左邊也多出一部分不能解釋。此字右旁其實是「」字，上部像箭尾形，下部爲像箭箙形的「用」字訛體。因爲下部的「用」字稍有訛變，以致不易辨識而被諸家釋錯。

我們認爲字其實應該釋爲「備」。古文字中的「備」字有如下之形：

比較可知，此字形體實與「備」字更爲接近而與「儆」字無關。

簡文「備至劍兵」應讀作「備執劍兵」。古音「至」在章紐質部，「執」在章紐緝部，但從「執」得聲的「摯」、「鷙」「贄」等字則在質部，所以「至」、「執」音韻皆通。典籍中從「至」得聲的字與從「執」得聲的字有很多相通的例證也可以爲證。「備」在古代經常借爲「服」，服，佩也。「備」也可以直接讀爲「佩」，長沙楚帛書有「備玉」一詞，「備玉」就讀爲「佩玉」。「劍兵」乃爲押韻的顛倒爲文，「劍兵」即「兵劍」，猶典籍言「兵戈」或「兵戟」。「備至（執）劍兵」就是「佩帶握持兵器」的意思。

參、釋吳王光鐘的「華英」

吳王光鐘，1955 年出土于安徽清壽縣西門內蔡侯墓，現藏安徽省博物館。該器被多種金文著錄書著錄，《殷周金文集成》編號爲 223。其銘文如下：

> 是嚴天之命，入城不賡。寺春念歲，吉日初庚，吳王光穆贈辟金青呂尃皇，以作寺 吁和鐘。振鳴且焚，其宴穆穆，閑閑和鐘，鳴陽條虞，既孜且青，埶孜且紫，維絣辟春，華英有慶。敬夙而光，油油漾漾。往矣叔姬，虔敬命勿忘。

銘文中的「華英」之「華」郭若愚摹本作：

之後諸家考釋和摹本皆沿襲此誤。直到施謝捷先生的《吳越文字彙編》出版，才改正了這個錯誤。施謝捷先生將此字摹作：

並釋此字爲「華」，這無疑是非常正確的。但施謝捷先生在書中沒有解釋「華英」一詞，「華英」的「華」這一正確的考釋也沒有引起更多的人的注意，故在此對「華英」一詞稍加訓釋。

「華英」一詞本指「光耀」、「光彩」，《楚辭·遠遊》：「吸飛泉之微液兮，懷琬琰之華英。」《文選·張衡南都賦》：「被服雜錯，履躡華英。」「華英」在銘文中是指鍾所奏出的音樂的音色，這與𪒠鐘銘文說：「其音贏少則蕩，和平均皇，靈色若華。」也以「華」形容音色的性質相同[4]。《禮記·樂記》說：「樂者，德之華也。」孔穎達疏：「樂者，德之華也者，德在於內，樂在於外，樂所以發揚其德，故樂爲德之光華也。」《禮記·樂記》以「華」形容「樂」與銘文以「華英」形容音色正可互證。

[4]李家浩《𪒠鐘銘文考釋》，載《北大中文研究》，北京大學出版社 1998 年。

甲骨文異字同形之探討

施　順　生

中國文化大學中國文學系副教授

提要

一般的文字中，異字異形乃是正常的現象。但在甲骨文中卻時常可以看到「異字同形」的情況，如山與火同形、甲與七同形、午與十同形，不同的字卻有相同的形體，因此，容易引起釋讀甲骨文時的麻煩與錯誤。

本論文即針對甲骨文中「異字同形」的現象作一探討，內容可分作三部分：

第一部分「產生異字同形的原因」，乃是針對陳煒湛先生〈甲骨文異字同形例〉一文進行探討。陳先生的文章中有關產生「異字同形」的原因及字例方面仍有所不足或錯誤。所以，本文即針對陳先生的文章，重新分析產生「異字同形」的原因，並將其字例加以重新分類。

第二部分「異字同形例的補充」，則增補了陳文未提及的四組較爲特殊的異字同形例子，以作爲論述第三部分的基礎。

第三部分「避免異字同形的補救方法」，則是發現在造成「異字同形」的現象後，爲了避免「異字同形」的持續發生，在文字發展的過程中，產生了避免「異字同形」的補救方法，除了「變化字形以避免既有的異字同形現象」外，更有以「佔據正確的字的形體，致使正確的字另求形體上的變化」，以避免既有的「異字同形」現象，使文字回歸到異字異形的正常道路上。

關鍵詞：甲骨文、異字同形、異字異形、同形字、異體字、字形。

甲骨文異字同形之探討

壹、前言：

一般的文字中，異字異形乃是正常的現象。但在甲骨文中卻時常可以看到「異字同形」的情況，如山與火同形、甲與七同形、午與十同形，不同的字卻有相同的形體，因此，容易引起釋讀甲骨文時的麻煩與錯誤。

本論文即針對甲骨文中「異字同形」的現象作一探討，內容可分作三部分：

第一部分「產生異字同形的原因」，陳煒湛先生〈甲骨文異字同形例〉中，早已談到「異字同形」的情況，並且得到良好的研究成果。但是有關產生「異字同形」的原因及字例方面仍有所不足或錯誤。所以，即針對陳先生的文章，重新分析產生「異字同形」的原因，並將其字例加以重新分類。

第二部分「異字同形例的補充」，則增補了陳文未提及的四組較為特殊的異字同形例子，分別為：囗（報甲）與田字同形、寅字與交字同形、午字與十字同形、災字與用字同形等四組，以作為論述第三部分的基礎。

第三部分「避免異字同形的補救方法」。文字發展的過程中，雖然因為形體相近而產生異字同形的混淆與錯誤，但使用文字的人，也在花腦筋思考如何避免混淆與錯誤，於是發現在造成「異字同形」的現象後，為了避免「異字同形」的持續發生，在文字發展的過程中，產生了避免「異字同形」的補救方法，除了「變化字形以避免既有的異字同形現象」外，更有以「佔據正確的字的形體，致使正確的字另求形體上的變化」，以避免既有的「異字同形」現象，使文字回歸到異字異形的正常道路上。

貳、產生異字同形的原因：

「異字同形」（又稱：同形字）乃是甲骨文中極為特殊的現象，與「一字異形」（又稱：異體字）的現象正好相反，亦即不同的字卻有相同的形體。所以，若不明瞭「異字同形」的現象，就容易把不同的字誤釋作同一字。陳煒湛先生〈甲骨文異字同形例〉中，早已談到「異字同形」的情況，並且得到良好的研究成果。但是有關產生「異字同形」的原因及字例方面仍有所不足或錯誤。所以，即針對陳先生的文章，重新分析產生「異字同形」的原因，並將其字例加以重新分類。

陳煒湛先生〈甲骨文異字同形例〉中，就談到「異字同形」的情況：

> 甲骨文中有兩種正好相反的現象：一字異形和異字同形。兩者都反

映了字形與字義的矛盾，說明甲骨文雖已形成體系，但字形還不十分固定。前者即所謂異體字，一個字有多種寫法，這是普遍現象，學者們已普遍地注意到了，除少數字外，意見也大都一致，毋庸贅言。後者亦可稱爲同形字，由於種種原因，一個字形代表兩個音義全然不同的字，爲數雖不多，卻是特殊的現象，治甲骨者尚較少論及。識別異體字固然有助於文字的考訂，避免將一個字誤認作幾個字；而辨別同形字對於正確理解卜辭也頗關重要，可以免致釋讀上的錯誤。[1]

並且提出了二十二組異字同形的例子：

一、下　入
二、女　母
三、正　足
四、山　火
五、臣　目
六、姼　多母
七、王　工　示
八、甲　七
九、犯　刹
十、子　巳
十一、从　比
十二、月　夕
十三、ナ　又
十四、水與乙共作（水字多作，用爲偏旁則爲）
十五、內與丙共作
十六、尹與聿均作（聿又可作）
十七、靑與南共作或
十八、尸、弓、夷共作（弓一般作）
十九、毓（育）與后共作
二十、豊與豐共作
二十一、糸與午共作
二十二、婦妊之妊與母壬之合文共作[2]

並說明產生「異字同形」的原因是多方面的：

陳煒湛〈甲骨文異字同形例〉，《古文字研究》第六輯（北京：中華書局，一九八一年），頁二二七。

第一、字形省簡，乃與另一字同形。如下本作二或∧，契刻時爲圖簡易，刻成∧而省去一點，遂與入字同形。正與足本不同形，也由於各自簡省而成同形。

第二、異體字的存在，即一字異形現象，與異字同形有密切關係。如示與工均有異體字作I，遂與王同形，若論其常見之形，則工作ㄖ、示作丅或𤣩，與I（王）何嘗相同。

第三、由於意義上的聯繫而致二字同形。臣字本義與眼睛有關，以豎目取義，乃與象形之目形同，不免相混。𠂇與又本象人之左右手，从與比本象兩人之相隨，而甲骨文正反無別，一正一反，於是同形。

第四、文字演變，由於歷史的因素而導致二字同形。第四期卜辭月夕同形作ⅅ，便是兩字演變過程中出現的現象，其它各期卜辭月夕兩字各有通例和變例，但若綜合觀之，便不能不承認兩字同形了。[3]

若再將陳先生所說產生「異字同形」的原因，重新分辨、歸納後，應可包括五種原因：

一、有些是造字之初即已同形，如第八組甲與七字同形[4]。

二、有些是同源分化而產生的，如第二組母字由女字分化而出，所以有共用𡿨形的情形；第十二組月、夕同源分化，所以有混用的情形。

三、有些是合文後與其他字同形，如第六組多母合文後，與姼字同形；第二十二組母壬合文後，與妊字同形。

四、有些是在形體上產生簡化、繁化、異化等各種變化，而與另一字同形的現象。如第一組下字簡省下一橫，並將上一筆彎曲筆畫後與入字同形；第三組足字也產生形體異化、框廓線條化、方向異化後，和正字同形；第四組山字彎曲筆畫後與火字同形、火字平直筆畫後與山字同形；第五組臣字轉向後與目字同形、目字轉向後與臣字同形；第七組工字簡省後與王字同形，示字省筆後與王字同形[5]；第九組犯字所從的匕形與刀形同形，故犯字與𠛬字同形。第十一組从字反向後與比字同形、比字反向後與从字同形；第十三組又字發生反向後與𠂇字同形；第十五組內字變異其中的入形後與丙字同形；第十六組聿字簡化後與尹字同形；第十八組弓字刪簡形體後，與尸

---

[2] 整理自陳煒湛〈甲骨文異字同形例〉，《古文字研究》第六輯，頁二二七～二四八。

[3] 陳煒湛〈甲骨文異字同形例〉，《古文字研究》第六輯，頁二四八～二四九。

[4] 陳煒湛〈甲骨文異字同形例〉：「甲骨文十干的甲與數目字的七都寫作十，完全同形。究其造字之初，作爲七，十代表從中切斷之意，實即切之初文。……作爲甲，十又象甲坼之形。……如是，同一個符號『十』實際上代表著兩個不同的概念，分屬兩個不同的字。」（《古文字研究》第六輯，頁二四二～二四三。）

[5] 示字作I形者，除了陳先生所舉「☐卜，貞：王☐II（「示壬」合文）☐☐亡尤」（《合集》35477）外，還有「☐（三匚）二I（示）卯，王祭于之若又正」（《合集》27083）、「甲戌卜，貞：王賓☐I（「示癸」合文）奭☐日亡尤」（《合集》36189）二例。

字同形；第二十一組糸字簡化後與午字同形。

五、有些是用字假借而產生的，如第十組借子爲地支的巳[6]；第十七組假借樂器之𡴀爲南字[7]；第十八組假尸字作夷字用[8]；第十九組假毓字爲后字[9]。

除此以外，第十四組「水與乙共作∫（水字多作氺，用爲偏旁則爲∫）」，乃是水形當作偏旁時的情形，水字單獨使用時並不作∫形，所以本組可以刪除。第二十組豊形，學者或只釋作豊，而不釋作豐；或釋作豊、豐古爲一字[10]，所以，不必列豊、豐異字同形。

以上五點中，第一點爲造字之初即已同形、第二點乃是同源分化。而第五點乃是用字假借的現象，雖然陳先生於文章中已說過「假借字」的情況與異字同形相似而有別，不屬於其討論的範圍，其說法如下：

> 下列兩種情況與異字同形相似而有別，不屬本文討論範圍。一種是古本一字，後世孳乳而分爲二字者，如隻與獲，帚與婦，晶與星，且匕與祖妣，宜與俎等等。另一種是假借字，如田與畋，又與有、侑、祐，帝與禘，卯與禦，兄與祝，巳與祀等等，或偏旁相同，或聲韻相通，與純粹的一形二字也不同。[11]

---

[6] 《甲骨文字典》說明子、巳的關係爲：「卜辭以子（子）爲地支之巳。」（頁一五九二）趙誠《甲骨文簡明詞典——卜辭分類讀本》：「♀：巳。或寫作子，均象幼子之形。本爲子孫之子字。卜辭辰巳之巳均借用子孫之子。」（頁二六四）《甲骨文字詁林》姚孝遂按語曰：「干支『辰巳』之巳，則借『子』爲之。」（第一冊，頁五三九）由以上論點可知，甲骨文借子爲地支的巳。

[7] 《甲骨文字典》說明𡴀、南的假借關係爲：「唐蘭以爲古代瓦製之樂器（《殷虛文字記·釋𡴀𣪊》），可從。借爲南方之稱。」（頁六八四）趙誠《甲骨文簡明詞典——卜辭分類讀本》則釋南字曰：「乃象形字，惟不知象何物之形。卜辭用爲表方位之南，則爲借音字。」（頁二七０）於《甲骨文字學綱要》亦將南字列於「本無其字的假借」。（頁一一０～一一一）《甲骨文字詁林》姚孝遂按語曰：「方位詞『東西南北』皆假借爲之。」（第四冊，頁二八七二）由以上論點可知，南爲假借字，《甲骨文字典》則更說明假𡴀爲南字。

[8] 陳夢家《殷虛卜辭綜述》：「卜辭金文『尸』又假爲夷。」（頁二八五）《甲骨文字典》說明尸、夷二字的關係爲：「尸象屈膝蹲踞之形。……夷人多爲蹲居與中原之跪坐啓處不同，故稱之爲尸（尸）人。尸復假夷爲之，故蹲踞之夷或作跠、𡰥（《廣雅·釋詁三》），而尸則借爲屍。」（頁九四二）《殷墟甲骨刻辭類纂》（第一冊，頁一一）、《甲骨文字詁林》（第一冊，頁七）將尸形同時釋作尸、夷二字，《甲骨文字詁林》姚孝遂按語並說：「尸亦用作夷。」（第一冊，頁一二）趙誠《甲骨文簡明詞典——卜辭分類讀本》則曰：「尸，……即後代的夷。」（頁一四五）由以上論點可知，甲骨文假尸字作夷字用。

[9] 《甲骨文字典》說明毓、后的關係爲：「卜辭用毓（毓）爲后。」（頁九九七）又曰：「母系世族之酋長乃一族之始祖母，以其蕃育子孫之功，故以毓尊稱之，後世承此尊號亦稱君長爲毓，典籍皆作后。」（頁一五八一）馬如森《殷墟甲骨文引論》曰：「古音后在侯部，育在覺部，侯覺旁對轉，后通用育，育同毓。」（頁五一四～五一五）《殷墟甲骨刻辭類纂》（第一冊，頁一八五～一八七）、《甲骨文字詁林》（第一冊，頁四七九）將毓、毓等形同時釋作毓、育、后三字。由以上論點可知，甲骨文假毓字爲后字。

[10] 將豊形釋作豊，而不釋作豐者，如羅振玉、王國維、姚孝遂等；釋作豊、豐古爲一字者，如商承祚、孫海波、李孝定等；各家學者說法，請參見《甲骨文字詁林》（北京：中華書局，一九九六年五月），第三冊，頁二七八六～二七八八。

[11] 陳煒湛〈甲骨文異字同形例〉，《古文字研究》第六輯，頁二二七。

但還是出現了幾個假借字的例子，所以，這幾個例子是可刪除的。

其餘的第三點、第四點，乃是由於形體上的變化，亦即因合文、簡化、繁化、異化，而產生的各種的「異字同形」的現象，真正的原因乃是書寫者對於正確的字，缺乏詳細的認識，或是對於兩個不同字之間些微的差異不清楚，而將字隨意地合文、簡化、繁化或異化，才會寫成另一種形體相近的字，而造成了「異字同形」的現象。當然，這種現象也可視作因「形近而訛」的「訛化」現象，就和我們現在會寫「錯別字」一樣，己、已、巳三字左邊豎筆長短的些微變化，若不仔細分清楚，就容易寫成另一個字，而寫錯字了。

又陳偉武先生〈戰國秦漢同形字論綱〉中亦有談及異字同形的情況，而將異字同形的成因分作四種：

> 一、簡化造成異字同形
>
> 二、繁化造成異字同形
>
> 三、訛變造成異字同形
>
> 四、書寫方式亦可造成異字同形[12]

也將訛變（即訛化）視作是造成異字同形的重大原因，並且論及訛變常常伴隨著繁化或簡化而來。其說如下：

> 異字同形的多種成因也可以同時起作用，訛變常常伴隨著筆畫的增損（即繁化或簡化）。不過，從上述可知，訛變和簡化減弱了文字的區別性特徵，故在異字同形諸成因中起著主導的作用。[13]

由此可見「形近而訛」的訛化乃是伴隨著合文、簡化、繁化、異化而來的，可說是造成異字同形的重大原因。

因此，在去除假借字的情況後，產生「異字同形」的原因，可包括四種原因：

一、有些是造字之初即已同形。

二、有些是同源分化而產生的。

三、有些是合文後與其他字同形。

四、有些是在形體上產生簡化、繁化、異化等各種變化，而與另一字同形的現象。

參、異字同形例的補充：

以下則增補了陳文未提及的四個較為特殊的異字同形例子：

---

[12] 陳偉武〈戰國秦漢同形字論綱〉，收入《于省吾教授百年誕辰紀念文集》（長春市：吉林大學出版社，一九九六年九月），頁二二九。

一、囲（報甲）與田字同形：

甲骨文囲字形體有與田字異字同形的現象發生。

田字作田（《合集》194）、田（《合集》199）形，乃是像田地中阡陌縱橫之形。

囲字作囲（《合集》1179）形，乃是殷商先公報甲的專名，而報甲又稱作上甲。口形乃是像藏放神主的匰，中作＋（甲）形。囲字常見的字形作囲形，中間的＋形略小，未與四周的匰形相連；但在書寫的過程中，則常有將＋形部分的筆畫寫得長一些，而部分與四周的匰形相連而作囲（《合集》6131正）、囲（《合集》1207）形；但亦有同時將＋形的橫豎筆畫都寫得長一些、大一些，遂與四周的匰形相連接，而作田（《合集》1180）、田（《合集》16028）、田（《合集》34050）等形[14]，如此，則與田字同形，造成了混淆、訛誤。

囲字與田字雖然有同形的現象發生，但兩者用法有別，可依文例判斷。田字常當作動詞，意爲田獵，如王田、王其田、往田、令田、呼田等詞；若作名詞，則指農耕之田，如劦田、省田、貴田等詞。囲字因爲乃殷商先公之名，故常與其他祖先名、祭祀之動詞、用牲數量等同時出現，如「庚申卜，酌自囲一牛，至示癸一牛，自大乙九示一牢，𣐊示一牛。」（《合集》22159）

	囲、報甲、上甲				
囲字	一1179	一6131正	一1207	二22630	二22637
囲字作田形	一1180	一16028	四34050	四34046	三27074
田字	一194	一199			

二、寅字與交字同形：

甲骨文寅字形體有與交字異字同形的現象發生。

交字作交（《合集》32509）、交（《合集》32509）形，乃是像像交縛

[13] 陳偉武〈戰國秦漢同形字論綱〉，收入《于省吾教授百年誕辰紀念文集》，頁二二九。

[14] 囲字文例：「乙未卜，大𡆥自田(囲、報甲)」（《合集》1180）、「☐延以☐田(囲、報甲)𡆥☐」（《合集》16028）、「☐亥卜，帝伐自田(囲、報甲)用☐」（《合集》34050）、「☐又☐歲在小宗自田(上甲)，一月」（《合集》34046）、「自田(上甲)」（《合集》27074），「報甲（上甲）」乃是受祀的先公。

雙腳的俘虜或人牲[15]。交字字形包含上半部突出的一豎以表示頭部、左右張開的雙手、中間短短的一豎以表示身軀、身軀下則有交叉的雙腿，字形的特徵在於較爲突出的頭、短短的身軀、交叉的雙腿。

甲骨文矢字常作（《合集》4787)形，而寅字乃是借矢字而來，所以字形作（《合集》879)、(《合集》896 正)等形。矢字作形，乃是像箭矢的樣子，字形的特徵在於上半形的箭鏃，中間像長長的箭桿，下半像箭尾；但箭頭處在刻寫時，箭桿的豎筆難免有所突出，而作形，如此，已與交字相似，但其柄桿仍然較長。

而借矢形的寅字，即有寫作交形的情況發生，如（《合集》248 正）、(《合集》655 正甲)、（《合集》746)、（《合集》776)(《合集》6571 正)等形。

寅字與交字雖然有同形的現象發生，但寅爲地支之一，與天干合用，依此即可與交字區別。

	寅				
寅字	 一879	 一896正			
寅字作交形	 一248正	 一655正甲	 一746	 一776	 一6571正
交字	 四32509	 四32509	 四35324	 (烄字) 一1131正	

三、午字與十字同形：

甲骨文午字形體有與十字異字同形的現象發生[16]。

---

15 施順生《甲骨文字形體演變規律之研究》：「交形作形，小篆作形，乃是像人交縛雙腳的形狀。以甲骨文莫字作形，乃是像交縛雙手的人形，莫字又常增繁火形而成形，更可增強投人牲於火以祭祀的意義。而甲骨文中也有烄字作、形者，也是像火燒人牲之形。如此以莫、烄互相比對，形乃是像交縛雙手的人形，而交形若解作交叉雙腳而立之形，但交叉雙腳並不利於站立，且焚燒人牲（活人），必是有所綑縛；所以，交形應該是像交縛雙腳的人形；又如效字作形，從攴從交，字形乃是像撲打交縛雙腳的人牲或俘虜。所以，交形乃是像交縛雙腳的人形。」（自印本，中國文化大學中國文學研究所博士論文，八十七年六月），頁二六一。

16 甲骨文「甲」字作十（《合集》5203）、十（《合集》672 正）形，但有作丨（《英》546 正）形者，依其狀況判斷，應是缺刻橫畫所造成，但因只此一例，所以本文暫不列入討論。

甲骨文數目八九十的「十」字作（《合集》93 正）、（《合集》93 正）形。

午字作（《合集》33）形，乃是像舂米的杵形。由畫出框廓的形，演變成將框廓填實的（《合集》38887）、（《合集》38006）、（《合集》38006）形，但填實部分也越來越小，再則乾脆畫成線條化的（《合集》37986）形，如此省時省事，也具有簡化的功能存在；但最後一變則誤入歧途，與數目字「十」字同形。甲骨文干支表中以《合集》37986 號最爲完整且字形漂亮，而其中的五個午字就全作形。

午字與十字雖然有同形的現象發生，但兩者用法有別，可依文例判斷。十字表示數目，其前後常加名詞以表示此名詞的數量，如十二月、十人又五、十又五羌。午爲地支之一，與天干合用，依此即可與十字區別。

	午				
午字	一33	五38887	五38006	五38006	五38546
午字作十形	五37986	五37986	五37986	五38017	五38006
十字	一93正	一93正			

四、災字、用字同形：

甲骨文災字形體有與用字異字同形的現象發生，而用字形體也有與災字異字同形的現象發生，非常特殊。

災字作（《合集》17198）、（《合集》17213）、（《合集》28466）形，乃像洪水波濤洶湧、泛濫成災之形，字形或轉變方向而作（《合集》24227）、（《合集》28455）、（《合集》28466）形。第三期起常於字形中加上聲符（才）而作（《合集》28781）形；而加上聲符後的形體，又常將水波的曲線寫成直筆，而作（《合集》36571）形；而形

午字文例：「……辛巳、壬（午）、癸未……甲（午）、乙未、丙申……甲辰、乙巳、丙（午）、丁未……」（《合集》37986）、「……己巳、庚（午）、辛未……」（《合集》38017）、「……己巳、庚（午）、辛未……」（《合集》38006）、「……己巳、庚（午）、辛未……辛巳、壬（午）、癸未……」（《合集》38006），《合集》38006 同版午字一作「」、一作「」、一

或又缺刻中間的一橫而使得災字作（《合集》36641）、（《合集》36647）形。

用字作（《合集》562 反）、（《合集》37019）等形，乃像桶形[17]。第五期時，字形中的橫筆、斜筆多隨意變化或刪簡，而作（《合集》36981）、（《合集》37008）、（《合集》37173）、（《合集》37054）、（《合集》37191）、（《合集》37176）、（《合集》37017）等形。

用、災兩字形體相近，有互為同形的情況發生。如嚴一萍先生《甲骨學》就曾舉例說：

> 錯字，是卜辭的字刻錯了，燕京大學《殷虛卜辭》三八八版把「災」刻成「用」。……「往來亡災」是卜辭的成語，刻成「亡用」，不成意思，顯然是錯了。還有二五二版、三六0版，以及《前編》的三·二三·一版，都把「茲用」刻成「茲災」，也是錯了。[18]

如嚴先生所說，甲骨文用字作（《合集》37034）、（《合集》37079）[19]等形，而與災字作（《合集》36571）、（《合集》36641）者同形。連災字缺刻橫畫而作形，用字也一起作形，就簡直是太離譜了。

而災字作用形者，則較為罕見，如作（《合集》37451）、（《合集》37613）[20]等形。

用字與災字雖然有互為同形的現象發生，但兩者用法有別，可依文例判斷。用字之義為施行、使用，故常見「茲用」、「茲不用」、「用牛」、「用羊」、「用牢」等詞。災字乃災禍也，故常見卜問「㞢（有）災」、「亡災」之詞。

作「丨」。（註：……為刪節號，表示省略局部的甲骨文句。）

[17] 季旭昇《甲骨文字根研究》（自印本，台灣師範大學國文研究所博士論文，七十九年）謂：「用可視為甬或箭之初文，《說文》訓箭為斷竹，古者斷竹以為器，以盛水則為桶，以敲擊則為庸鏞鐘。」（頁六00）

[18] 嚴一萍《甲骨學》（台北：藝文印書館，六十七年），頁九三五～九三六。

[19] 用字文例：「王固曰：其（用）」（《合集》562 反）、「叀勿牛。茲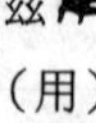（用）」（《合集》37047）、「叀勿牛。茲（用）」（《合集》37049）、「叀勿牛。茲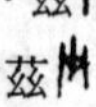（用）」（《合集》37034）、「其牢又一牛。茲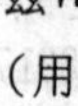（用）」（《合集》37034）、「叀勿牛。茲（用）」（《合集》37035）、「叀勿牛。□（用）」（《合集》37087）、「其牢⊠茲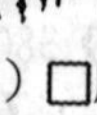（用）。」（《合集》37079）

[20] 災字文例：「⊠卜，貞：王⊠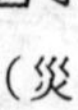麓□來亡（災）□鹿四、狐⊠」（《合集》37451）、「□丑卜，貞：□田宮□來亡（災）。」（《合集》37613＝《殷虛卜辭》388）

	用				
用字	 一562反	 五37019	 五36981	 五37306	 五37008
	 五37173	 五37054	 五37191	 一37176	 五37017
用字作災形	 五37034	 五37034	 五37035	 五37087	 五37079
災字	 五36571	 五36645	 五36652	 五36641	 五36647

	災				
災字	 五36571	 五36645			
災字作用形	 五37451	 五37613			

肆、避免異字同形的補救方法：

「異字同形」既是甲骨文中極爲特殊的現象，並且造成書寫及識讀上的不便，所以，在後來的文字書寫上也儘量將字形加以變化，以避免既有的「異字同形」現象，避免文字混淆、錯誤的情況。

但也有少數文字在與別的字發生異字同形的情況後，卻佔據了別的字的形體，致使別的字另求形體上的變化，才能與之區別。如此鳩佔鵲巢、反客爲主的情況，可說是極爲特殊了。

一、變化字形以避免既有的異字同形現象：

如山、火異字同形的情形，甲骨文火字從第三期起，常加表示火星花的點，而作（《合集》27317）、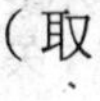（《合集》30774）形，金文火形則皆有表示火星花的點，而作（取自炎字偏旁，〔令簋〕）、（取自炎

字偏旁，〔召尊〕）、（取自赤字偏旁，〔頌鼎〕）等形，小篆作形，也繼承了增點的寫法。而山字金文作（且壬爵）、（山御簋）、（克鼎）、（善夫山鼎）等形，小篆作形[21]。如此山、火兩字就可避開異字同形的情況了。

如臣、目異字同形的情形，臣字甲骨文作（《合集》5595）形，金文作（臣辰卣）、（臣卿簋）形，小篆作形，都是像豎目之形。目字甲骨文由（《合集》456 正）、(《合集》456 正)形而作（《合集》13627）形，成爲豎目之形，而與臣字相混淆，金文作(目爵)形、小篆作 [22]形，也都是延續豎目之形，但小篆目形的外框已改作橢圓形，而與臣形不同。小篆目字因改變外框而成橢圓形，也就避開了與臣字異字同形的情況了。

如交、寅異字同形的情形，交字甲骨文作（《合集》32509）形，而金文作（交仲匿）、（琱伐父簋）形，小篆作形，與甲骨文之間沒有太大變化。寅字甲骨文原本作（《合集》879）、（《合集》248 正）形，後來逐漸增繁而作（《合集》37986）、（《合集》37648）形，金文作（戊寅鼎）、（御鬲）、（克鐘）形，小篆作形，而與交字完全不同。而原本的矢字甲骨文作（《合集》4787）形，金文或作（觚文）形，與甲骨文差別不大；再則將箭尾的圓形框廓加以填實，而作（矢伯卣）、（同卣）、（咢侯鼎）、（師湯父鼎）等形；繼而將填實的點線條化而寫成橫畫，而作（伯晨鼎）形；小篆也繼承了橫畫的寫法，而作形[23]。如此交、寅二字，或包括矢字三者，就可避開異字同形的情況了。

二、佔據正確的字的形體，致使正確的字另求形體上的變化：

雖然大多數異字同形的情況，都能如上面所述的改變形體，而再次使不同的字有明顯的區別。但也有少數文字在與正確的字發生異字同形的情況後，卻佔據了正確的字的形體，致使別的字另求形體上的變化，才能與之區別。如此鳩佔鵲巢、反客爲主的情況，可說是極爲特殊了。其例子如下：

[21] 炎、赤、山三字金文字形引自《金文編》，炎：頁六九一；赤：頁六九三；山：頁六五五。火、山二字小篆字形引自《說文解字注》，火：十篇上，四十右，頁四八四；山：九篇下，一右，頁四四二。

[22] 臣、目二字金文字形引自《金文編》，臣：頁二０四；目：頁二三三。臣、目二字小篆字形，引自《說文解字注》，臣：三篇下，二十四右，頁一一九；目：四篇上，一左，頁一三一。

[23] 交、寅、矢三字金文字形引自《金文編》，交：頁七０一；寅：頁九九一；矢：頁三六九。交、寅、矢三字小篆字形引自《說文解字注》，交：十篇下，九左，頁四九九；寅：十四篇下，二十九右，頁七五二；矢：五篇下，二十二右，頁二二八。

如王、工異字同形的情形，工字由（《合集》5623）、（《合集》22675）形，變作（《合集》36489）形，與王字同形後，金文工字亦延續此形，而作（司工丁爵）、（盂簋）、（免卣）、（揚簋）等形，小篆亦作工形。王字甲骨文作（《合集》223），金文除延續甲骨文而作（父壬爵）、（宅簋）形，更於豎筆上加點，以與工字區別，而作（呂鼎）、（員尊）、（湯弔盤）等形，小篆改點爲橫畫，而作王形[24]，如此就可避開與工字異字同形的情況了。由以上的演變可知，工字由、形變作、工形，而與王字同形後，王字反由形變作、、王等形，以與工字區別。工字的演變可說是鳩佔鵲巢、反客爲主了。

又如甲、七異字同形，田、（報甲）異字同形，以及數目十與午字異字同形，這六個字形之間異字同形的情形和變化就更加複雜了：

首先，七字、甲字甲骨文皆作＋形，甲字爲了避免與七字同形，雖然西周時仍常作十（休盤）形，但也開始以報甲的專用字（《合集1179》）當作一般的甲字使用，如「作父甲簋」的甲字作、「弭弔簋」中「初吉甲戌」的甲字作形，如此，甲字與七字之間即可避免混淆。

再則，甲字由十（《合集》5203）、（《合集》672正）形變成、形後，就和甲骨文的（報甲）字作（《合集》1180）、（《合集》16028）形容易與田字作田（《合集》194）、田（《合集》199）形混淆一樣，所以，戰國時秦國「新郪虎符」中「甲兵之符」的甲字作形，小篆作形、秦隸作甲形，都是延長了中間的豎筆，如此，甲字與田字之間即可避免混淆。

三則，數目八九十的「十」字甲骨文作（《合集》93正）形，金文由作（我鼎）、（令簋）、（大鼎）、（申鼎）等形，到小篆作十形、秦隸作（睡虎地簡二三・三）形，西漢隸書作（天文雜占一・二）、（武威簡・服傳三八）形，東漢隸書作十（熹・春秋・昭十九年）形，皆與七字作十（《合集》6648正）、＋（《合集》590正）形者形近或同形；七字反而從甲骨文作十、十形，金文作十（井鼎）、十（伊簋）形，至小篆改作形，豎筆稍爲曲折而與十字有所區別，但七字秦代隸書仍作（睡虎地簡一0・五）形，西漢隸書仍作（縱橫家書一四二）形，直到東漢隸書才將豎筆下端寫向右折，而作（武威醫簡八五甲）、（史晨碑）形，如此，七字與十字之間才真正避免了混淆，而十字的演變可說是鳩佔鵲

24 工、王二字金文字形引自《金文編》，工：頁三一一；王：頁九七九。工、王二字小篆字形引自《說文解字注》，工：五篇上，二十五右，頁二0三；王：十四篇下，二十三左，頁七四九。

巢、反客爲主了。

四則，午字由作杵形的（《合集》33）形，填實爲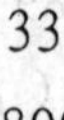（《合集》38887）、（《合集》38006）、（《合集》38006）形，但填實部分也越來越小，再則乾脆簡化成線條化的（《合集》37986）形，而與數目字「十」字作（《合集》93正）形者同形。而金文午字則由（效卣）變化成（召卣）、（父公宅匜）形，小篆延續作形，西漢隸書作（武威簡．泰射．四二）[25] 形，而與數目字十字相區別。

所以，以上甲、七異字同形，田、囲（報甲）異字同形，以及數目十與午字異字同形，這六個字形之間異字同形的情形和變化極爲複雜，而十字佔據七字的形體就更加特殊了。

	甲骨文	金文	小篆、秦隸	西漢隸書	東漢隸書
甲					
七	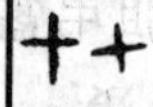	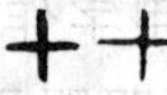			
田	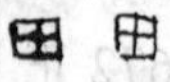	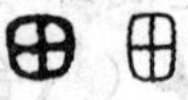			
囲（報甲）	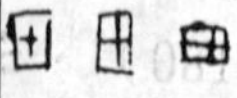				
十				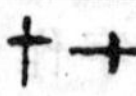	
午		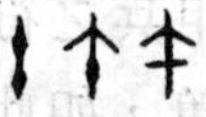			

伍、結論：

由以上的探討可知，文字發展的過程中，雖然因爲形體相近而產生異字同形的混淆與錯誤，但使用文字的人，也在花腦筋思考如何避免混淆與錯誤，如火字增加表示火星花的點而與山字區別；目字改變外框成橢圓形而與臣字區別；寅字變化形體而與交字區別；矢字將箭尾的圓形框廓加以填實成點，再由點線條化而寫成橫畫，而與交字區別；壬字於豎筆上加點，再由點線條化而寫成橫畫，而與工字區別；甲字改用報甲的專字而與七字區別，與田字相混淆後又延長了中間的豎筆而與田字區別；七字則將豎筆彎曲而與十字區別；午字由填實變成向外彎曲的斜筆及橫線而與十字區別。而其中工字

[25] 七、甲、十、午四字金文字形引自《金文編》，七：頁九四九；甲：頁九六0；十：頁一三三～一三四；午：頁九九七～九九八。七、甲、十、午四字小篆字形引自《說文解字注》，七：十四篇下，十六右，頁七四五；甲：十四篇下，十九右，頁七四七；十：三篇上，五左，頁八九；午：十四篇下，三十一左，頁七五三。七、甲、十、午四字隸書字形引自《秦漢魏晉篆隸字形表》，七：頁一0四五～一0四六；甲：頁一0四八；十：頁一四0；午：頁一0六五。

及十字鳩佔鵲巢、反客爲主的演變方式，就更爲特殊了。如此的補救方法即可避免文字的異字同形，使文字回歸到異字異形的正常道路上。

陸、徵引書目：

一、著錄：

李學勤、齊文心、艾蘭·編著　《英國所藏甲骨集》　北京：中華，一九八五年，簡稱：《英》。

郭沫若·主編，中國社會科學院歷史研究所·編　《甲骨文合集》　北京：中華，一九七八年十二月～一九八三年六月，簡稱：《合集》。

二、專著、期刊：

于省吾·主編，姚孝遂·按語編撰　《甲骨文字詁林》　北京：中華書局，一九九六年五月，第一版。

季旭昇　《甲骨文字根研究》　自印本，台灣師範大學國文研究所博士論文，七十九年六月。

施順生　《甲骨文字形體演變規律之研究》　自印本，中國文化大學中國文學研究所博士論文，八十七年六月。

姚孝遂·主編，肖丁·副主編　《殷墟甲骨刻辭類纂》　北京：中華，一九八九年一月，第一版。

容庚·編著，張振林、馬國權·摹補　《金文編（含正、續編）》　十四年原刊，二十七年九月重訂，北京：中華，一九八五年七月，第一版。

馬如森　《殷墟甲骨文引論》　長春：東北師範大學，一九九三年月，第一版。

徐中舒·主編　《甲骨文字典》　成都：四川辭書，一九九0年九月，第一版。

許慎·著，段玉裁·注　《說文解字注（經韵樓藏本）》　台北：黎明，七十四年九月，增訂一版。

陳偉武　〈戰國秦漢同形字論綱〉　《于省吾教授百年誕辰紀念文集》，長春市：吉林大學出版社，一九九六年九月。

陳煒湛　〈甲骨文異字同形例〉　《古文字研究》第六輯，北京：中華書局，一九八一年十一月。

陳夢家　《殷虛卜辭綜述》　北京：中華，一九八八年一月，第一版。

漢語大字典字形組·編　《秦漢魏晉篆隸字形表》　成都：四川辭書，一九八五年八月，第一版。
趙誠　《甲骨文簡明詞典——卜辭分類讀本》　北京：中華，一九八八年一月，第一版。
趙誠　《甲骨文字學綱要》　北京：商務，一九九三年六月，第一版。
嚴一萍　《甲骨學》　台北：藝文印書館，六十七年。

甲金文雙重否定句比較研究

胡雲鳳

國立臺灣師範大學國研所博一

提要

本論文從比較語法的角度，對殷商甲骨文、西周金文中的雙重否定句作全面比較分析。透過縱線地排比分析，我們發現甲骨文的雙重否定結構尚處於萌芽的階段，只見 Neg1+Neg2 及 Neg1+有+Neg2 結構。金文中的雙重否定結構相對於甲骨文而言，不僅在使用上較爲成熟穩定，而且還產生出新的 Neg1+Aux+Neg2 結構。整體而言，西周金文的雙重否定句相較於殷商甲骨文在結構及使用上是創新多於繼承的。

關鍵詞: 卜辭、金文、雙重否定句、否定詞

雙重否定是指「在句中先後用兩個否定詞，表示肯定的意思。雙重否定雖然表示肯定，但和不用否定詞的肯定效果並不完全相同」[1]，雙重否定句的語氣要比一般的肯定句強，其主要功能是對肯定語氣的強調。在先秦典籍中雙重否定句已經出現，例如：

1.《尚書・西伯戡黎》殷之即喪，指乃功，不無戮于爾邦
2.《詩・大雅・瞻卬》藐藐昊天，無不克鞏
3.《左傳・成公十六年》莫不盡力
4.《論語・子路》上好禮，則民莫敢不敬
5.《左傳・襄公二二年》子三困我於朝，吾懼，不敢不見
6.《周禮・夏職》各修平乃守，考乃職事，無敢不敬戒，國有大刑。
7.《荀子・君道》人主不能不有游觀安燕之時
8.《禮記・月令》雖有貴戚近習，毋有不禁
9.《尚書・多方》方行天下，至于海表，罔有不服

從上面的例句中，雙重否定的結構可以歸納出以下幾式：

a.否定詞(Neg[2]1)—否定詞(Neg2)：不無、無不、莫不等。

b.否定詞(Neg1)—助動詞(Aux[3])—否定詞(Neg2)：不敢不、莫敢不、不能不、無敢不等。

c.否定詞(Neg1)—有—否定詞(Neg2)：毋有不、罔有不。

---

[1] 對於「雙重否定」的定義見王力《王力語言學詞典》山東教育出版社，1995 年 3 月。王力認爲雙重否定主要表達兩種語氣，一由「不無」、「未免不」、「未必不」之類形成雙重否定，表委婉的語氣；一由一般的兩個否定詞，無論是否被別的詞隔開，都帶有若干情緒，使說的話更有力。詳見頁 526。本文主要探討的是後者，具有對肯定的強調的雙重否定句。

[2] Neg 即 Negative(否定詞)。

[3] Aux 即 Auxiliary(助動詞)。

上述三式在句義上皆是表達對肯定的強調，a 式直接重疊二否定詞修飾其後的謂語；b 式在二否定詞間插入助動詞「敢」、「能」，其間的關係是 Neg1 先修飾敢、能之後，再修飾「Neg2+V」。在語氣上 b 式的助動詞有語氣停頓的作用，語氣較 a 式為重，由例 5 來看，「不敢」一詞不僅對其後的「不見」有強調的功能，對前面的「懼」亦有呼應的作用；在結構上，b 式中的助動詞具有區隔二否定詞的功能。c 式在二否定詞之間插入「有」，「有」即有無之有，屬動詞性用法，亦具停頓功能，以區隔前後二否定詞，在語氣上也較 a 式為重。b、c 二式雖然在「Neg1」及「Neg2」間插入助動詞「敢」、「能」以及動詞「有」，但二式與 a 式所強調的對像皆是它們所帶出的動詞或形容詞謂語，換句話說，雙重否定句句子的重心是在雙重否定結構所修飾的動詞或形容詞謂語上。上舉諸例句中，雙重否定結構所強調的對像分別是：「戮」、「鞏」、「盡力」、「敬」、「見」、「敬戒」、「有」、「禁」、「服」。

a、b、c 三式為先秦典籍單句中習見的雙重否定結構，那末三式在殷卜辭、西周金文中是否已經出現？如果有，則它們從卜辭過渡到金文的形成與演變情形又是如何？除 a、b、c 三式外，卜辭金文中是否還有其他的雙重否定結構？顯然是需要探討的問題。本文透過對殷卜辭及西周金文二批材料[4]的整理，試圖解決以上若干問題。

下面筆者依序對殷卜辭、西周金文中雙重否定句的使用情形，條列論述。

一、殷卜辭中的雙重否定結構

殷卜辭的否定詞在使用功能上已十分完備，目前卜辭中所見的否定詞有：不、亡、弗、勿、弜、不隹、不首、勿首、弜首、毋、非等，各否定詞之間的差別及功能前輩學者已有專門論著[5]，此處就不再贅述了。以下我們針對殷卜辭中所見到的雙重否定結構作探討，以第一否定詞(Neg1)為主，列述於下：

(一)亡+Neg2

1.亡不

「亡」在卜辭中主要用以修名詞為主，相當於現代所說的「沒有」。辭例如：「亡囚」、「亡若」、「亡災」、「亡尤」等。卜辭中與「亡」相結合構成雙重否定的否定詞目前僅見「不」字，例如：

1.〈集 45〉☐令☐衣☐亡不若？

2.〈集 376〉王固曰：吉。余亡不若，不于斷。

3.〈集 506〉☐寅卜，𣪊貞：般亡不若，不𡴘羌？

貞：龍亡不若，不𡴘羌？

---

[4] 殷卜辭以《甲骨文合集》、《小屯南地甲骨》、《英國所藏甲骨集》為主要分析的對象，舉例分別以〈集〉、〈屯南〉、〈英〉代指；西周金文以《殷周金文集成》為主要分析對象，下簡稱《集成》。

[5] 朱歧祥《殷墟卜辭句法論稿》中第二章〈對貞卜辭否定詞斷代研究〉，學生書局，1990 年；

4.〈集 891〉甲申卜，爭貞：王㞢不若？

貞：王亡不若？二告。

5.〈集 2869〉庚寅卜，穷貞：𩂣妃亡不若？

6.〈集 2947〉王亡不若唐？

7.〈集 3254〉☐亡不若☐？九月。

8.〈集 4814〉☐辰卜，爭☐㓝亡不若？

9.〈集 5690〉甲申卜，亞亡不若？十二月。

10.〈集 6564〉癸未☐令冢伐𢦏入亡不若？

11.〈集 13538〉乙酉卜，穷貞：丁宗亡不若？六月。　(圖一)

12.〈集 13539〉乙酉卜，穷☐：丁宗亡不若？六〔月〕。

13.〈集 14295〉癸☐內貞☐亡不若？

14.〈集 16344〉☐卯卜，㱿☐王亡不若？

15.〈集 16345〉☐王☐亡不若？

16.〈集 16346〉☐酉卜，爭☐今夕☐子亡不若？

17.〈集 16347〉丙子卜，貞：毌亡不若？六月。

18.〈集 16348〉☐亡不若？在二月。

19.〈集 16349〉☐亡不若？

20.〈集 17447〉己亥卜，爭貞：王亡不若？

21.〈集 5354〉辛未卜，穷貞：王㞢不正？　(圖二)

貞：王亡不正？　(以上為武丁卜辭)

上舉 22 條文例(例 3 佔 2 例)中，「亡不」式所修飾的動詞僅有「若」、「正」二詞，「若」，順也。「正」假為「禎」，有禎祥義[6]。「亡不若」、「亡不禎」是在貞問主語—會順利嗎？會禎祥嗎？。主語有殷王、般、龍、𩂣妃、亞、子、毌、丁宗(宗廟)等，其身份皆屬殷王朝中的人、物，而「亡不」所修飾的「若」、「禎」，皆屬於吉語，這說明了「雙重否定」結構的產生，確實是為了對肯定語氣作出強調。

「亡不若」句在上舉 22 例中，共佔了 21 例。雙重否定結構在卜辭中目前統計出來的共有 35 條[7]，「亡不若」佔了 21 例，佔總句數的 60%，使用量相當高。我們認為，「亡不若」已然成為殷人的習用語，並且表示「亡不」式為卜辭中最普遍的雙重否定結構。

(二)弗+Neg2

弗在卜辭中主要修飾動詞，辭例如：「弗受」、「弗其受」、「弗得」、「弗其

張玉金《甲骨文虛詞詞典》也曾對否定副詞作出討論，中華書局，1994。

6 「正」假為「禎」，朱歧祥先生〈釋正—兼論周原甲骨的時代〉收錄於《周原甲骨研究》一書，頁 107-113。學生書局，1997 年。

7 此數據就《甲骨文合集》、《小屯南地甲骨》、《英國所藏甲骨集》統計，參考姚孝遂《殷墟甲骨刻辭摹釋總集》中華書局，1988 年。

得」等。卜辭中與「弗」結合組成雙重否定結構的否定詞有「亡」[8]。

1. 弗亡

22.〈集 590〉貞：用，弗其㞢囗？七月。二告。 (1)

貞：用，弗亡囚？二告。

23〈集 8472〉▨周方，弗其㞢囚？ (1)(圖三)

▨周方，弗亡囚？

例 22「弗其有」後文殘缺，與例 23 對照知殘「囚」字。「弗亡囚」義即「不會沒有禍害嗎」，對敵對方國，以雙重否定結構加強修飾「囚」，再次說明此結構的強調功能。值得注意的是二例中的語氣副詞「其」字，在雙重否定句中皆不被使用。卜辭「弗亡」的雙重否定結構二見。

(三)勿(弜)+Neg2

「勿」、「弜」在殷卜辭中主要以修飾動詞爲主，例如：「王勿步」、「勿往」、「勿燎」等。「勿」字主要用於第一期，「弜」字出現於第二期，第三期後逐漸取代「勿」字[9]。卜辭中與「勿(弜)」相結合構成雙重否定句的有「不」、「亡」等。

1.勿不

24.〈集 14315〉貞：其不多𣦵(列)鼎？

勿不多𣦵(列)鼎？ (1)

25.〈集 17079〉王固曰：吉。勿不惟▨。 (1)

26.〈集 26766〉丙寅卜，出貞：翌丁卯𩵋益𩰪？

勿不𩵋？ (2)(圖四)

27.〈集 27893〉弜不饗，惟多尹饗？

弜不元毀？

元毀惟多尹饗？大吉。 (3)

「𩵋」，祭名[10]。，「𣦵」，爲祭儀之一[11]，有作動詞用。「多」，副詞，修飾動詞「列」。「勿不」後緊接副詞「多」，形成「勿不—副詞—動詞」結構。例 25「不惟」後殘缺，全句意義未可知。與〈集 376〉「王固曰：吉。余亡不若。」相同，固辭中皆出現雙重否定句。「勿(弜)不」卜辭五見。

2.弜亡

28〈集 28425〉弜▨？

弜亡雨？

𠂤其出于田？

---

[8] 除「亡」外，似尚有「不」，〈集 40050〉▨來▨弗其不▨取𦣠？。此例材料來自《金璋所藏甲骨卜辭》7231 版，見胡厚宣主編《甲骨文合集料來源表》，中國社會科學院出版社。「不」字後有脫漏，無法得知全句的意思，又系摹本，故暫不列入討論。

[9] 說見朱歧祥《殷墟卜辭句法論稿》，頁 103。

[10] 說見于省吾《甲骨文字詁林》，頁 1749-1752。中華書局，1996。方述鑫認爲是魚祭，說見〈甲骨文字考釋兩則〉，《考古與文物》1986 年第 4 期，頁 70。

[11] 說見朱歧祥《殷墟甲骨文字通釋稿》，頁 384。文史哲出版社，1989 年。

癸酉卜，其☒？　　　　　　　　　　　(3)(圖五)

卜辭有「亡雨」的例子：〈英 996〉「呼舞亡雨？」、〈懷 1605〉「亡雨？」。此例「弜」對「亡雨」加以否定。「弜亡」僅一見。

(四)不+Neg2

「不」字在卜辭中主要修飾農作、天文、出入、生死、王事等類的動詞[12]。卜辭中與不字相結合雙重否定結構的有亡、毋二詞：

1.不亡

29.〈集 19208〉☒不亡☒？　　　　　　　　　　(1)

30.〈集 22067〉貞：子母不亡黑？　　　　　　　(1)(圖六)

例 29 辭殘，句義未可知，例 30 的「子母」應爲人名，從〈集 21890〉「口卯貞：子母不死？」；〈集 14125〉「貞：子母其毓不井？」得證。黑，《殷墟甲骨刻辭摹釋總集》隸作「黑」，作黑於此說不通，或爲「堇」字異體[13]。卜辭有「亡堇」(集 22425)。「不亡」在卜辭僅二見。

2.不毋

31〈集 439〉癸卯卜，貞：不母(毋)得？　　　　　(1)(圖七)

「不毋」在殷卜辭中僅一見。

3.不隹㞢不

「不隹」在卜辭中主要修飾名詞或吉凶詞[14]，例如：「不隹祖丁壱王」、「不隹父乙」，「不隹囚」、「不隹孽」、「不隹壱」、「不隹若」等。卜辭與「不隹」相結合形成雙重否定結構的僅「不」一字。

32.〈集 376〉王隹㞢不若？

王不隹㞢不若？　　　　　　　　　　(1)

33〈集 17398〉貞：王夢，不隹㞢不若？　　　　　(1)(圖八)

34〈英 1617〉☒卜，㱿口王夢，不隹㞢不若？　　　(1)

「不隹㞢(有)不若」在「不隹(Neg1)」與「不(Neg2)」間插入「有」，形成「不隹+有+不若」的結構。相較於前面的「亡不若」，二者同爲雙重否定句，而且同時存在於武丁卜辭中，二者之間應有差異。試將例 33、34 比較前述「亡不」式中的例 2、3，我們發現二者的區別主要在複句中，「亡不若」多出現在主句中，而「不隹有不若」則以出現於副句爲主。另一個值得我們注意的是「亡不若」的主語可以有王、余、龍、般、亞、需妃、丁宗、田等，「不隹有不若」的主語卻只有殷王一人。「不隹有不」的雙重否定結構在卜辭中共三見。

以上是殷卜辭中目前所見到的雙重否定結構，共有「亡不」、「弗亡」、「勿不」、「弜亡」、「不亡」、「不毋」、「不隹有不」等七個形式。這七式共修飾了十個動詞，其結合的關係及出現次數見下表：

---

[12] 有關「不」在卜辭中的用法可參考朱歧祥《殷墟卜辭句法論稿》，頁 87-94；張玉金《甲骨文虛詞詞典》頁 48-65。

[13] 堇有寫作黑，如：〈集 10171〉「戊申卜，爭貞：帝其降我堇？」堇即作黑。

[14] 參朱歧祥《殷墟卜辭句法論稿》，頁 135-139。

表　一

	亡不	弗亡	勿(弜)不	弜亡	不毋	不亡	不隹有不	總計	百分比
1.若	21						3	24	70.5%
2.正	1							1	2.9%
3.列			1					1	2.9%
4.饗			1					1	2.9%
5.殸			1					1	2.9%
6.雨				1				1	2.9%
7.魚			1					1	2.9%
8.𦰩						1		1	2.9%
9.得					1			1	2.9%
10.囚		2						2	5.8%
總計	22	2	4	1	1	1	3	34[15]	

上表有幾個現象值得我們注意：

(一)卜辭的雙重否定結構中並未見前述的 Neg1+Aux+Neg2(b)結構，表示 Neg1+Aux+Neg2 的結構在卜辭中尚未產生。這可能與殷卜辭中沒有助動詞有關。

(二)卜辭共見兩種雙重否定句：一爲 Neg1+Neg2 的結構，此結構不見二相同否定詞的重疊(*不不、*勿勿)[16]。一爲 Neg1+有+Neg2，值得我們注意是「不隹有不 V」句，這個結構不同於 Neg1+Neg2 的地方在於它重疊了相同的否定詞「不」，在二不之間插入動詞「有」。卜辭中習見「不隹㞢(有)X」的句式，例如：

〈集 557〉貞：不隹有由？二月。

〈集 13647〉疾齒，不隹有壱？

〈集 17397〉貞：王夢，不隹有左？

〈集 11395〉貞：王聽，不隹有祟？

集 17397、11395 的複句句型與例 33、34 全同，由此可知「不隹有不 V」的組合方式應爲「不隹有+不 V」。而這樣的結構與單純的「Neg1+Neg2」不同。另外，從卜辭中只見「不隹有不 V」而不見「*不隹不 V」的句式，揭示了當二相同否定詞要結合成雙重否定結構時，必須在二否定詞之間加入某些區隔成分。

(三)「若」字被「亡不」、「不隹有不」二式集中的修飾。且二式不再修飾其它動詞。這表示「亡不若」已成爲殷人的習用的吉語。

(四)其餘九個動詞，分別與不同的雙重否定結構搭配。這個現象告訴我們，殷

---

[15] 「34」是扣除動詞殘缺的「勿不隹」句後的統計，實際上有 35 例。

[16] 文獻中有同一否定詞重疊爲雙重否定結構，如：

《禮記・曾子問》孔子曰：宗子雖七十，無無主婦

《禮記・喪大記》喪有無后，無無主。

卜辭的雙重否定結構很可能是臨時被使用的，它不是一個穩定成熟的結構，也不是一個普遍被使用的形式。

由此我們可以得出一個結論：雙重否定句在殷卜辭，僅處於萌芽的階段，只見 Neg1+Neg2 及 Neg1+有+Neg2 結構，不見 Neg1+Aux+Neg2 結構，而且 Neg1+Neg2 式也處於一個發展中的階段。

二、西周金文中的雙重否定結構

西周金文的否定詞繼承殷卜辭而有所革新。不、弗、毋、勿、亡、非等詞繼續在金文中沿用著，而弜、不隹、不首、勿隹、勿首、弜首等詞在西周金文中消失了。雙重否定句在西周金文中也有長足的發展，以下同樣以第一式否定詞(Neg1)爲主，列述西周金文中的雙重否定結構。

(一)亡+Neg2

「亡」字在西周金文中總共出現了 47 次[17]，使用頻率次於不(93)、弗(60)、毋(52)，居第四位。辭例有「亡尤(麥尊)」、「亡識(何尊)」、「亡遣(大保簋)」、「亡彊(士父鐘)」、「亡敃(虢叔旅鐘)」、「亡斁(牆盤)」等。西周金文裡，與「亡」相結合成雙重否定結構的有不、弗二詞。

(1). 亡不

1.〈史牆盤〉方緣亡不夙見　　10175 西中[18](圖九)

2.〈班　簋〉三年靜東或，亡不成　　4341　西中

3.〈毛公鼎〉亡不閈(覲)于文武耿光　　2841　西晚

4.〈師訇簋〉雩四方民，亡不康靜　　4342　西晚

「亡不」即「沒有不」之義，後面除帶出動詞「夙見」、「成」、「閈」之外，尙修飾形容詞謂語「康靜」。「亡不」式在西周金文共四見，西周金文的雙重否定句共 39 例[19]，「亡不」式佔了 10.2%強。相對於殷卜辭「亡不」式的 70.5%，在用量上明顯減少，而在所修飾的動詞上，西周金文四「亡不」例分別修飾了四個不同的詞(組)，包括見、成、閈、康靜，這與卜辭 19 條「亡不」式卻集中修飾「若」、「正」兩個動詞，卻有明顯的差別。

(2). 亡弗

5.〈班　簋〉文王孫亡弗褱井　　4341　西中(圖十)

「亡弗」式不見於「卜辭」，卜辭只作「弗亡」。「亡弗」式西周金文僅一見。

(3)亡敢不

6.〈駒父盨〉小大邦亡敢不炊具逆王命　　4464　西晚(圖十一)

---

[17] 據《殷周金文集成》統計，並參考張亞初編著的《殷周金文集成引得》中華書局，2001.07。下同。

[18] 前爲《集成》編號，後爲分期，西中即西周中期，西晚、西早同此。

[19] 據《集成》統計。

炈[20]，字義不詳，應用作動詞[21]。「亡敢不」的結構屬上述的 b 式「Neg1+Aux+Neg2」。助動詞「敢」在此主要有語氣停頓的功能，區隔前面的否定詞與後面否定詞和動詞，使相同的否定詞可以重疊使用，例如「不敢不 V」(說見後)。也有強調後面「Nge2V」的作用，在語氣上要較「Neg1+Neg2」結構爲重。「亡敢不」式在西周金文中目前僅一見。使用頻率不高。

(二)不+ Neg2

「不」字在西周金文中仍然是使用量最高的否定詞，共出現 93 次。以修飾動詞爲主，辭例有：不㓝(作冊嗌卣)、不成(班簋)、不擾(啓卣)、不忘(獻簋)、不出(曶鼎)、不逆(曶鼎)、不用(牧簋)、不暘(毛公鼎)、不克䀠(多友鼎)、不諱(屖敖簋)、不墜(師寰簋)、不聞(蔡簋)等。與「不」相結合形成雙重否定結構的有不、弗二詞。

(1). **不敢不**

7.〈沈子它簋〉不敢不緆　4330　西早
8.〈效　尊〉效不敢不邁(萬)年夙夜奔走揚公休　6009　西中
9.〈效　卣〉效不敢不邁(萬)年夙夜奔走揚公休　5433　西中
10.〈師望鼎〉不敢不兮(遂)不叏　2812　西中
11.〈駒父盨〉豖不敢不敬畏王命逆見我　4464　西晚(圖十一)

例 7 是目前發現最早而且僅見的一條「Neg1+Aux+Neg2」式，這表示在西周早期雖以出現「Neg1+Aux+Neg2」的用例，但並非常態的結構。例 8、9 的「效不敢不邁(萬)年夙夜奔走揚公休」，「不敢不」與動詞謂語之間插入複雜的修飾語—萬年、夙夜、奔走—修飾動詞「揚」，三修飾語之間的關係爲：

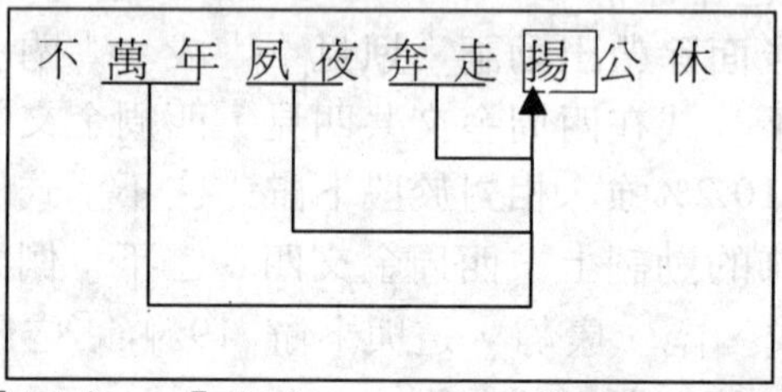

「萬年」、「夙夜」、「奔走」三副詞(狀語)爲並列結構，共同修飾動詞「揚」，較卜辭例 24 的「勿不多㸚(列)鼎」(多修飾㸚鼎)複雜許多。例 10 的「不敢不兮(遂)不叏」是「不敢」同時對「不兮」、「不叏」二否定句作出否定，構成了「不敢不 V_1 不 V_2」的句式，在句義上可以理解爲「不敢不 V_1，不敢不 V_2」。

「不敢不」式其後修飾「緆」、「揚」、「兮」、「叏」、「敬畏」等詞。主語分別爲「沈子它」、「效」、「師望」、「南淮夷」等，他們說明自身「不敢不去做某事」。此式在西周金文共五見。

(2). **不敢弗**

---

[20] 炈，作𢦏。依張亞初《殷周金文集成引得》釋文。
[21] 此句筆者認爲應作「小大邦亡敢不炈，具逆王命」斷句。

12.〈癲　簋〉不敢弗帥用夙夕　　4170　西中(圖十二)

13.〈癲　鐘〉癲不敢弗帥井皇祖考，秉明德　　247　西中

14.〈番生簋〉番生不敢弗帥井皇祖不杯元德　　4326　西晚

15.〈井人鐘〉妄不敢弗帥用皇祖文考，穆穆秉德　　110　西晚

以上「不敢弗」的主語分別爲癲、番生、妄等，與前述「不敢不」句相同，都在強調癲等自身「不敢弗去做某事」。值得注意的是「不敢不」及「不敢弗」所修飾的動詞並無重疊之處，前者帶出「�」、「揚」、「分」、「叀」、「敬畏」，後者則專以修飾「帥井(用)」爲主。這似乎意味者二式在用法是有區別的[22]。「不敢弗」式在西周金文中共四見。

(3)不能不

16.〈縣改簋〉我不能不眔縣伯萬年保　　4269　西周(圖十三)

「能」爲表意願的助動詞，與「敢」一樣具有區隔、強調的功能。「不眔縣伯」義即「不跟(和)縣伯」，「眔縣伯」爲一介賓詞組。此句句型爲：「主語(我)—不能—不—介賓—修飾語—動詞」，介賓結構首見於雙重否定結構與動詞之間。「不能不」式在西周金文中共一見，十分罕見。其在先秦典籍使用率也不高，直到漢以後才大量的使用[23]。

(三)毋+Neg2

否定詞「毋」字在西周金文中共 52 見，用量僅次於不、弗二詞。西周金文中與「毋」字結合成雙重否定結構的有不、弗、否三詞。

(1)毋不

17.〈兮甲盤〉氒賁毋不即岑(市)　　10174　西晚(圖十四)

兮甲盤此段是周宣王派兮甲征收天下貢於成周的賦稅。「其賁」是指諸侯百姓的貨物，「毋不即市」義指不准不就市納稅[24]。「毋」在此意含禁戒式的否定[25]，義爲「不准」或「不要」。在西周金文中僅一見。

(2)毋弗

22 整體來看西周金文中「不」「弗」二詞所修飾的動詞(或形容詞)謂語，二者在使用上似乎有某種程度的區別。西周金文的「不」字所帶出的動詞(或形容詞)謂語有：從、蒃(墜)、分、叀、善、乍、㠯(以)、成，龏、付、出、閑、易、吉、忘、諱、保、哲、有聞、盄、紖、康靜、井、中、尹、明、敬畏、炇、蠢、揚、敏、弔、夒、御、彔、剌、即、䫉見、龔、聞、逆等，共 40 個；「弗」字有：喪、競、忘、克、許、付、忞、伐、得、賞、彶、乍、帥用、圅、受、亂、歔、迹、叚、帥井、啚、效、褱井、左、且(沮)、帥等，共 26 個。「不」、「弗」共同修飾的僅有忘、付、乍三個動詞。另外，再從句型上看，「不」字句中的「不 V1,不 V2」對兩個以上的事件作出否定的陳述，例如〈多友鼎〉不逆又不成吏，〈牧簋〉不明不中不井等，在「弗」字句中不見此種句型。「弗」字句中的「弗㠯(以)~圅于艱」的「以」字句型，例如：〈毛公鼎〉女(汝)弗以乃辟圅于艱，在「不」字句不見此種句型。根據上面對二否定詞在所修飾謂語及句型上的初步比較，顯示二者在西周金文中的使用上是有別的。

23 說見劉利《先秦漢語助動詞研究》頁 120-121。北京師範大學出版社，2000 年。

24 兮甲盤依馬承源《商周青銅器銘文選》第三卷定爲周宣王，釋義亦從此書，頁 305-306。文物出版社，1988 年。下簡稱《銘文選》。

25 禁戒式否定，見楊伯峻 何樂士《古漢語語法及其發展》第八章 副詞，頁 323-333。語文出版社，1992 年。

18.〈毛公鼎〉女(汝)毋弗帥用先王作明井(刑)　2841　西晚

19.〈蔡　簋〉女(汝)毋弗善效姜氏人　4340　西晚(圖十五)

例 18 是周宣王(《銘文選》)要求毛公厝不要不「帥用先王作明刑」，例 19 是周夷王(《銘文選》)要求蔡不要不「善效姜氏人」，「毋」同樣意含「不要」「不准」禁戒式的否定。從例 18 及上述例 12~15 的弗皆帶帥井(用)這一類動詞來看，西周金文中否定詞「弗」與動詞「帥(井或用)」的結合十分穩固。

(3)毋敢不

20.〈卯　簋〉毋敢不善　4327　西中

21.〈牧　簋〉毋敢不明不中不井
毋敢不尹　4343　西中

22.〈善夫山鼎〉毋敢不善　2825　西晚

23.〈諫　簋〉毋敢不善　4285　西晚

24.〈虎　簋〉女毋敢不善
《考古與文物》1997.03 圖三　西晚

25.〈兮甲盤〉毋敢不出其負
毋敢不即餗(次)即㞢(市)　10174　西晚(圖十四)

例 20、21、22、23 分別出現「王曰」、「榮伯令卯曰」、「王曰」、「乎內史年冊命諫曰」等命令式的或上對下的談話中，「毋」明顯具禁戒式否定。「善」指善理政事；「明」「中」「井」「尹」義分爲明智、公正、循法、秉法辦理；「出」指供納；「餗」市中官舍[26]。牧簋「毋敢不明不中不井」句型爲「毋敢不 V_1 不 V_2 不 V_3」與上述師望鼎(10)「不敢不分(遂)不夌」結構相同，「毋敢」同時否定兩個以上的否定句(〔不明〕〔不中〕〔不井〕)，爲西周金文十分特殊的現象。

(4)毋敢否

26.〈師毀簋〉毋敢否善　4311　西晚(圖十六)

「否善」即「不善」。「毋敢否」西周金文僅一見。

(5) 毋又弗

27.〈毛公肇鼎〉肄毋又(有)弗譊(順)　2724　西中(圖十七)

言「沒有不順利的事」，「譊」順也[27]，「毋有弗」西周金文僅一見。

(6) 毋又不

28.〈逆　鐘〉毋又(有)不聞智　60　西晚(圖十八)

此句乃叔氏要求逆不要有不明事理的情形。「毋有不」西周金文中僅一見。

(7)毋敢又不

28.〈蔡　簋〉毋敢又(有)不聞　4340　西晚(圖十五)

---

[26] 釋義皆依《銘文選》，分見於頁 314，188，306。

[27] 譊，从言僥聲。釋義見《銘文選》頁 254。

句義同例 27。但與 27 不同的是「毋」「有」之間插入了助動詞「敢」，較「毋有不」語氣有所加重。我們認爲「毋敢有不」的結構當在「毋敢 Neg2」與「毋有 Neg2」之後才產生，各句式出現的時間及次數如下表：

表　二

	西周早期	西周中期	西周晚期
毋敢不		3	4
毋有弗		1[28]	
毋有不			1
毋敢有不			1

從西周中期已使用「毋敢不」及「毋有弗」二式，至西周晚期才出現「毋敢有不」結構，知三句式縱線的演變軌跡：

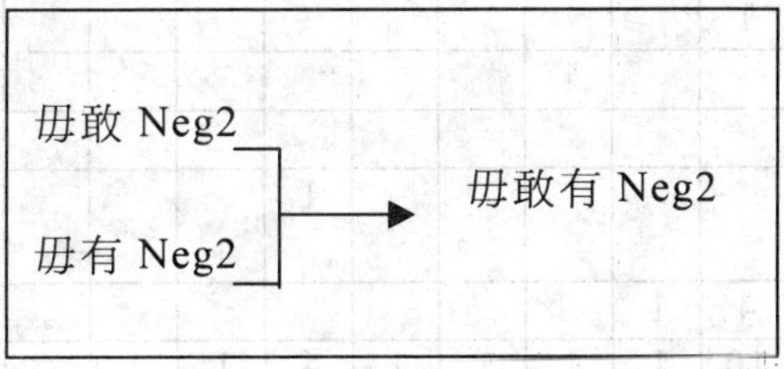

綜上所述，西周金文的雙重否定句共有四種結構：

a.Neg1+Neg2：如亡不、亡弗、毋不、毋弗等式。

b.Neg1+Aux+Neg2：如不敢不、不敢弗、不能不、毋敢不、毋敢否等式。

c. Neg1+有+Neg2：如毋有弗、毋有不等式。

d. Neg1+Aux+有+Neg2：如毋敢有不式。

四種結構與其後謂語結合的情形見下表：

表　三

	不敢不	不敢弗	不能不	毋不	毋弗	毋敢不	毋敢否	毋有弗	毋有不	毋敢有不	亡不	亡弗	亡敢不	總計
1 見											1			
2.成											1			
3.犮													1	
4.閈											1			
5.褱												1		

[28] 《集成》定爲西周早期。

6.保			1											
7.帥用		11[29]			1									
8.帥井		5[30]												
9.級	1													
10 揚	2													
11.分	1													
12.妻	1													
13.即				1		1								
14 聞									1	1				
15. 敬畏	1													
16.出						1								
17.明						1								
18.中						1								
19.井						1								
20 尹						1								
21.[illegible]								1						
22.效					1									
23. 康靜											1			
24 善[31]						4	1							
總計	6	16	1	1	2	10	1	1	1	1	4	1	1	47
	23			18							6			
百分比	12.7%	34%	2.1%	2.1%	4.2%	21.2%	2.1%	2.1%	2.1%	2.1%	8.5%	2.1%	2.1%	
	48.9%			38.2%							12.7%			

根據上表我們歸納以下幾個現象：

(1) 西周金文出現了 Neg1+Aux+Neg2(b)結構。而「不+Aux+Neg2」及「毋+Aux+Neg2」是西周金文「Neg1+Aux+Neg2」(b)式的主要使用結構，共 34 例，佔總句數(46)的 73.9%。其中又以助動詞「敢[32]」使用的最多，共 33 見佔 97%(33/34)。「不敢 Neg2」「毋敢 Neg2」的使用次數比分別爲 22：11(2：1)，二者的區別主要在句義上，前者指「不會敢不」，後者指「不要敢不」。值得注意的是關於「Neg1+敢+ Neg2」式形成的問題，我們觀察西周金文否定詞及助動詞「敢」的結合使用情形，如下表：

29 《集成》共著錄八件「瘐簋」(4170-4177)，三件「井人鐘」(109-111)，總計「不敢弗帥用」11 見。

30 《集成》共著錄四件「瘐鐘」(247-250)，一件「番生簋」(4326)，總計「不敢弗帥井」5 見。

31 康靜、善爲形容詞謂語，與前列動詞謂語不同。

32 「敢」劉利歸於「意志類助動詞」，表示有膽量做某事。見《先秦漢語助動詞研究》，頁 179-180，北京師範大學出版社，2000 年 3 月。

表　四

	弗敢	不敢	毋敢	無敢	非敢	勿敢	總計	不敢不	不敢弗	毋敢不(否)	毋敢有不	亡敢不	總計
西周早期	3[33]	1[34]		2[35]			**6**	1[36]					**1**
西周中期	3[37]	1[38]	2[39]		2[40]		8	3[41]	12[42]	4[43]			**18**
西周晚期	4[44]	5[45]	5[46]			1[47]	14	1[48]	4[49]	5[50]	1[51]	1[52]	12
總　　計	10	7	7	2	2	1	29	5	16	9	1	1	31

由上表可知：

①西周早期「Neg 敢」共出現了六次，否定詞分用弗、不、無，「Neg 1 敢 Neg 2」只使用一次，其大量的出現在西周中期(18 見)。就使用數量及普遍使用的時間上看「Neg 敢」的產生顯然要在「Neg 1 敢 Neg 2」之前。

②到西周晚期爲止，單式否定結構的助動詞「敢」前，可以任意置放否定詞有弗、不、無、毋、非、勿等。這表示「Neg 敢」的結合方式已十分穩定成熟了。另外，劉利根據《論語》、《國語》、《左傳》、《孟子》四部文獻，對「不敢」、「不敢不」二式作出統計：「不敢 VP」共出現了 194 次，「不敢不 VP」只 24 見[53]。這個數據顯示先秦時代「不敢 VP」的使用頻率要較「不敢不 VP」普遍。同時也透露了「不敢 VP」的產生時間應較「不敢不 VP」要早。

③春秋時期的叔夷鐘「弗敢不對揚朕辟皇君易休命」，亦可證明「Neg 敢」先於「Neg1 敢 Neg2」出現。

綜上所述，我們大致可以鉤勒出「Neg1 敢 Neg2」的形成及演變情形：

Neg 敢 → Neg1 敢 Neg2

33 《集成》2555、5384、10361。
34 《集成》4241。
35 《集成》2837。
36 《集成》4330。
37 《集成》2678、4167、10175。
38 《集成》5427。此例《銘文選》爲西周早期，頁 95。
39 《集成》4269、6516。
40 《集成》4327、4341。
41 《集成》2812、5433、6009。
42 《集成》247~250、4170~4177。
43 《集成》4327、4343、4311、《考古與文物》1997.03。
44 《集成》2833、4292、4298。
45 《集成》209、204~207。
46 《集成》2841、4340。
47 《集成》4293。
48 《集成》4464。
49 《集成》110、4326。
50 《集成》2825、4285、10174(二見)、4311。
51 《集成》4340。
52 《集成》4464。

(2) 西周金文 13 項雙重否定結構共修飾了 24 個動詞及形容詞謂語，較卜辭多出 15 個。各式與 24 個謂語結合的十分平均，並沒有殷卜辭集中修飾某一個動詞的現象。

(3) 13 個雙重否定結構中，有修飾若干個不同的動詞的，例如「不敢不」修飾「級」、「揚」、「兮」、「吏」、「敬畏」等詞；「毋弗」修飾帥用、效等詞；「毋敢不」修飾「即」、「善」、「出」、「明」、「中」、「井」、「尹」等詞；「亡不」修飾「見」、「成」、「閑」、「康靜」等詞。揭示雙重否定句在西周金文中使用的十分活躍普遍。

(4) 亦有不同的雙重否定結構共同修飾同一個動詞的，例如「不敢弗」、「毋弗」共同修飾「帥用」；「毋不」、「毋敢不」共同修飾「即」；「毋有不」、「毋敢有不」共同修飾「聞」等。表示西周金文的雙重否定句已經是一個穩定的結構了。

(5) 「Neg1+有+Neg2」式西周金文中僅二見，佔總句數(47)的 4.2%，使用量不高。西周早、中期有「毋有 V」句式如：

〈 庢父鼎 〉毋又(有)迭女(汝) 2672 西早

〈 㦵方鼎 〉毋又(有)眈于厥身 2824 西中

而殷卜辭亦有「不隹有不 V」的句型(見前)，「毋有 Neg2」的產生可能與卜辭的「不隹有不」及西周金文的「毋有 V」二句型有密切關係。

(6) 西周金文還出現了「Neg1+Aux+Neg2V_1+Neg2V_2」的複雜雙重否定句型。

綜合言之，西周金文雙重否定結構已經進入穩定的階段。而在內部結構上也發展出卜辭所未見的「Neg1+Aux+Neg2」新結構。

三、殷卜辭與西周金文雙重否定句的比較

我們將從三個方面分別對卜辭與西周金文的雙重否定句作比較分析：一是從雙重否定結構與其所修飾動詞的關係排比來看；二從雙重否定本身的結構作比較分析；三是從否定詞所在位置合觀。

首先，我們試比較卜辭與西周金文的雙重否定結構對於動詞的修飾情形，殷卜辭 10 個動詞分別與不同的雙重否定結構搭配，除「亡不若」出現 21 次，基本上形成一種習用詞組外，其餘的皆僅 1 見，顯示卜辭的雙重否定結構與動詞間的關係並不固定，可能是臨時被使用的。而在西周金文有同式修飾若干個不同的動詞及異式修飾同一個動詞的現象(見前)。相較於殷卜辭，西周金文的雙重否定結構是相對穩定而獨立的。

其次，再就雙重否定句的結構來看二者之間的異同，下面筆者將殷卜辭、西周金文中所有的雙重否定結構列為一表，如下：

表 五

[53] 《先秦漢語助動詞研究》，頁 190。

	亡不	弗亡	勿不	弜亡	不毋	不亡	不隹有不	不敢不	不敢弗	不能不	毋不	毋弗	毋敢不(否)	毋敢弗	毋有弗	毋有不	毋敢有不	亡弗	亡敢不	總計
殷卜辭	22	2	5	1	1	1	3													35
西周金文	4							6	16	1	1	2	9	1	1	1	1	1	1	45

由上表我們發現相較於殷卜辭，西周金文的雙重否定結構不僅在用量上有所增加，而且在內容上亦有很大的不同，略述於下：

1.西周金文中的雙重否定結構只有「亡不」式繼承了殷卜辭，其餘的六式皆不見用，這揭示了西周金文的雙重否定結構，對殷卜辭是創新多於繼承。這或許是因爲殷卜辭的雙重否定結構尚處於萌芽階段有關。

2.殷卜辭的「不隹有不」式，「有」字插入了二否定詞之間，作爲帶出後一否定句的功用，可能影響了西周金文的「毋有不」、「毋有弗」二式的產生。

3.就「不+Neg2」的結構而言，殷卜辭中只見「不+Neg2」式，而西周金文則只使用「不+Aux+Neg2」式。

4.「Neg1+Aux+Neg2」是西周金文產生的全新雙重否定結構，最早見於西周早期的沈子它簋，該式不見於殷卜辭中。這可能與殷卜辭無助動詞有關。這也顯示了「Neg1+Aux+Neg2」的產生時間是晚於「Neg1+Neg2」的。

最後，就否定詞的位置論，根據表五我們整理出殷卜辭及西周金文雙重否定句中 Neg1 與 Neg2 所出現的否定詞爲：

表　六

	Neg1	Neg2
殷卜辭	不、亡、弗、勿(弜)	不、亡、毋
西周金文	不、亡、毋	不、弗

由上表可歸納出以下幾點：

1.就 Neg1 所出現的否定詞而言：卜辭中 Neg1 使用的否定詞有「不」、「亡」、「弗」、「勿(弜)」，其中「弗」、「勿(弜)」到西周金文中就不再出現於 Neg1 位置上了。西周金文 Neg1 上的否定詞有「不」、「亡」、「毋」，而「毋」亦不見於殷卜辭中。Neg1 殷卜辭用「勿」而罕用「毋」，西周金文用「毋」而罕用「勿」，這可能是因爲在西周金文中「勿」、「毋」二詞皆有作禁戒否定的用法，因此當金文中已通行「毋+Neg2」的結構之後，就完全取代「勿+Neg2」的用法了。

2.就 Neg2 所出現的否定詞論：卜辭 Neg2 使用的否定詞有「不」、「亡」、「毋」，其中「亡」、「毋」是不見於西周金文中的。西周金文 Neg2 所使用的否定詞有「不」、「弗」，而「弗」字亦未見於殷卜辭 Neg2 位置上。有趣的是殷卜辭 Neg2 的「不」、「亡」、「毋」，過渡至西周金文時，皆出現在 Neg1 的位置上。

3.「勿」字一直未出現在 Neg2 的位置上。文獻中「勿」字有用於 Neg2 的位置，如：

《國語・晉語》民畏其威，而懷其德，莫能勿從。

《韓非子・說林上》惠子曰：「瞽，兩目眣，君奚為不殺？」君曰：不能勿眣。」

4.值得注意的是否定詞「非」字，從殷卜辭過渡到西周金文，始終沒有進入雙重否定句中。然而在文獻中卻有由「非」字組成雙重否定結構，如：

《孟子・公孫丑上》自耕稼陶漁以至為帝，無非取於人者。

《左傳・昭公26年》非不能事君也

Neg1及Neg2的位置上皆出現「非」字。

從否定詞所出現的位置上來看，西周金文的雙重否定結構對殷卜辭也是創新多於繼承的。

四、結語

雙重否定句在殷卜辭中尙處於萌芽的階段，是臨時被使用的，並不是一個穩定的結構。這個現象，引申出一個問題，即殷卜辭的否定詞既然使用已十分完備，為什麼雙重否定句卻不發達？筆者試著對此問題提出自己的一些看法。首先，我們要了解雙重否定結構在句子中主要功能是對肯定語氣的加強。其次，我們知道卜辭大多數都是在貞問某事吉凶宜否[54]，例如：

〈集3927〉癸亥卜，亘貞：今夕無囚？八月。

〈集9671〉貞：王聽，不隹孽？

〈集11395〉貞：王聽，不隹㞢祟？

〈集13495〉甲寅卜：㱿貞：我作邑，若？

〈集13796〉有疾，不蠱？

〈集36377〉戊辰卜，貞：王步，無災？

以上各句的重點皆在囚、孽、祟、若、蠱、災等卜問吉凶的句子上，因此所謂的「卜以決疑」的疑主要是指對「吉凶」之疑。而卜辭習用反詰的方式，問吉之詞少，問凶之詞多[55]，在這樣的語言環境下，作為強調肯定的雙重否定句，就沒有發展的條件了。

西周金文的雙重否定句相對於殷卜辭而言，是比較成熟而穩定的。就演變的過程論，雖然西周金文對於殷卜辭有一定程度的繼承，但是在更多的內容上，西周金文對殷卜辭有著更明顯的創新痕跡，從而開展古文獻的用法。

[54] 對卜辭貞問重點的探討，可參考朱歧祥〈由省例論殷卜辭的性質〉，收於《甲骨文研究》頁154-198。里仁書局印行，1998年。

[55] 卜辭吉詞只有「吉」、「若」等；凶詞有「囚」、「災」、「孽」、「㞢」、「尤」、「蠱」、「祟」等。說見朱歧祥〈論甲骨文的名詞〉(未刊稿)。

參考書目(專書、期刊、著錄)

于省吾(1996)《甲骨文字詁林》北京：中華書局。

王力(1995)《王力語言學詞典》山東：山東教育出版社。

方述鑫(1986)〈甲骨文字考釋兩則〉,《考古與文物》第 4 期。

朱歧祥(1989)《殷墟甲骨文字通釋稿》, 台灣：文史哲出版社。

(1990)《殷墟卜辭句法論稿》台灣：學生書局。

(1997)《周原甲骨研究》台灣：學生書局。

(1998)《甲骨文研究》台灣：里仁書局印行。

〈論甲骨文的名詞〉(未刊稿)。

李學勤主編(1999)《十三經注疏》(標點本) 北京：北京大學出版社。

周何 季旭昇 汪中文(1995) 《青銅器銘文檢索》台灣：文史哲出版社。

姚孝遂(1988)《殷墟甲骨刻辭摹釋總集》北京：中華書局。

(1989)《殷墟甲骨刻辭類纂》北京：中華書局。

胡厚宣主編(1999)《甲骨文合集料來源表》北京：中國社會科學院出版社。

馬承源(1988)《商周青銅器銘文選》北京：文物出版社。

張玉金(1994)《甲骨文虛詞詞典》北京：中華書局。

張亞初編著(2001)《殷周金文集成引得》北京：中華書局。

楊伯峻 何樂士(1992)《古漢語語法及其發展》北京：語文出版社。

劉利(2000)《先秦漢語助動詞研究》北京：北京師範大學出版社。

謝紀鋒編纂(1993)《虛詞詁林》哈爾濱：黑龍江人民出版社。

中國社科院考古研究所(1984-1994)《殷周金文集成》北京：中華書局。

(1980,1983)《小屯南地甲骨》北京：中華書局。

李學勤 齊文心 [美]艾蘭(1985,1992)《英國所藏甲骨集》北京：中國社科院考古研究所 英國倫敦大學亞非學編輯。

郭沫若主編 胡厚宣總編輯(1979-1982)《甲骨文合集》北京：中華書局。

13538

（圖一）

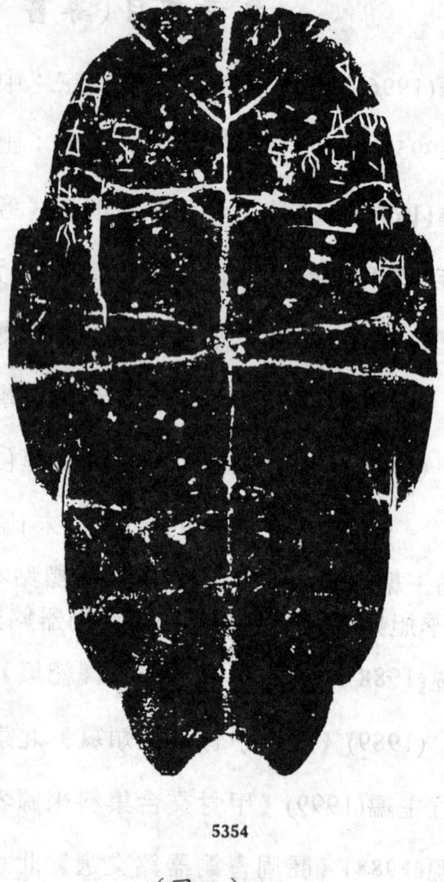

5354

（圖二）

8472正甲

8472正乙

（圖三）

26766

（圖四）

28425

（圖五）

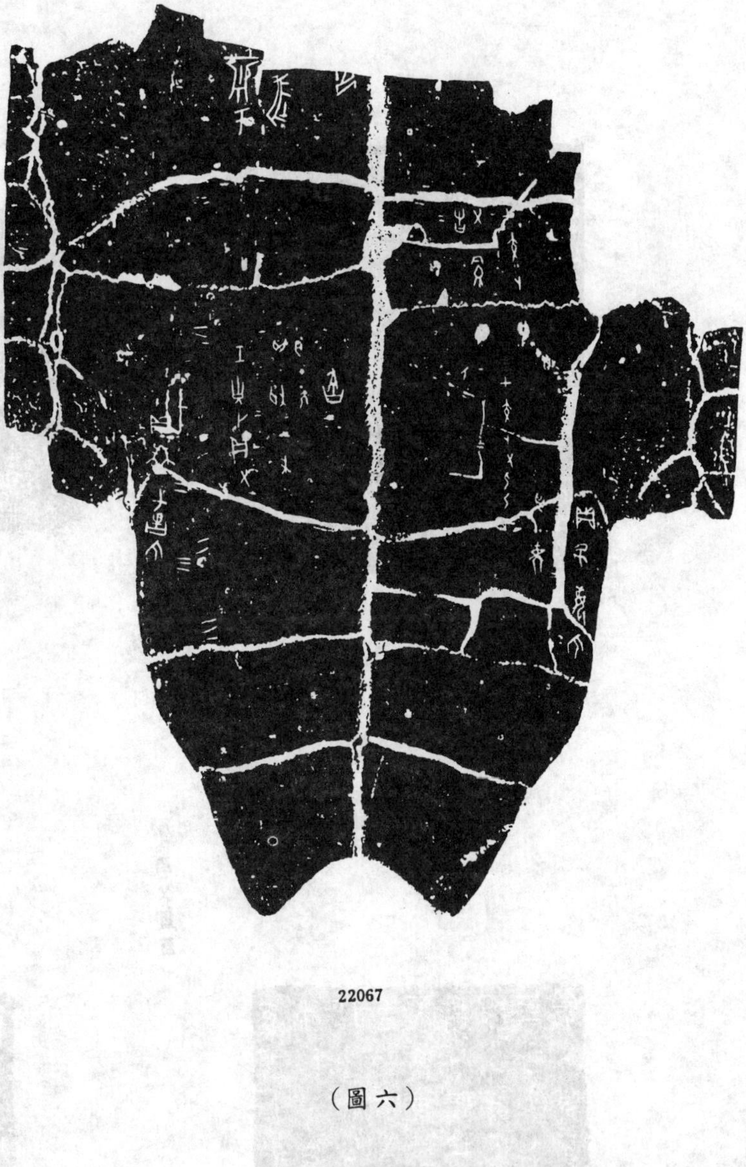

22067

（圖六）

139

（圖七）

17398

（圖八）

史墻盤

（圖九）

班簋

4341.1

（圖十）

駒父盨蓋

4464

（圖十一）

𤼈簋

4170·1

（圖十二）

縣妃殷

4269

（圖十三）

兮甲盤

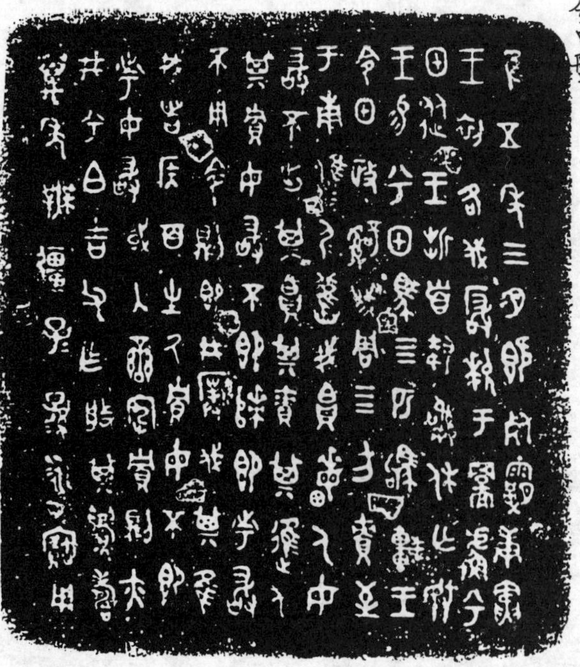

10174

（圖十四）

蔡殷

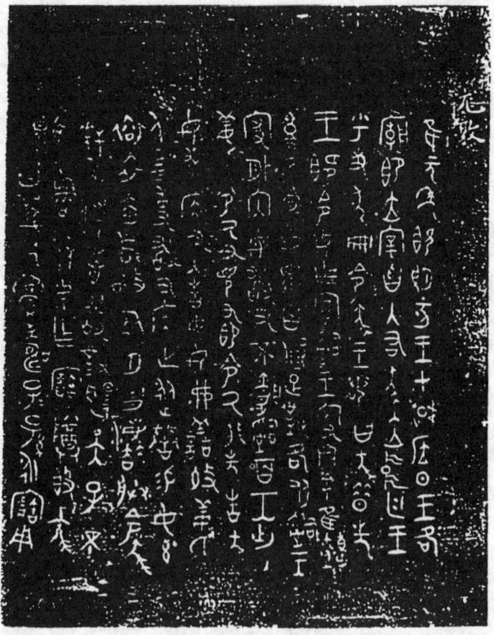

4340

（圖十五）

師𩰫殷

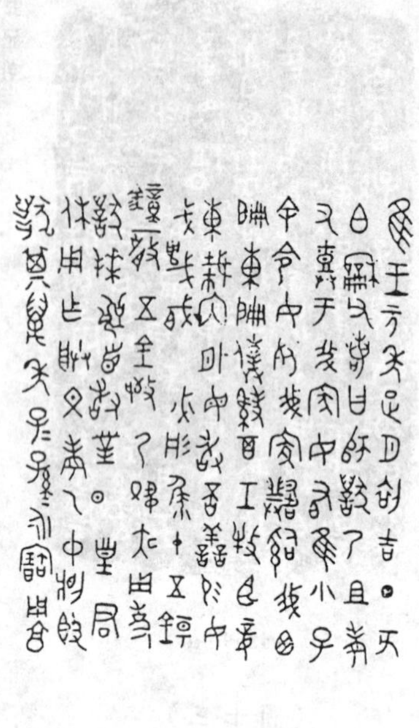

4311

（圖十六）

毛公旅方鼎

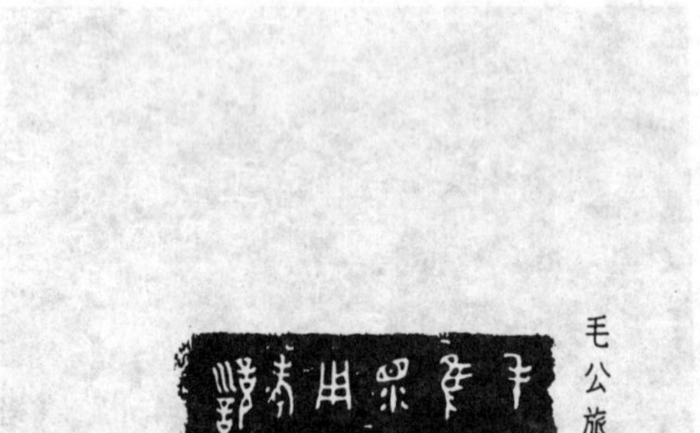

2724

（圖十七）

逆鐘

62

（圖十八）

從行款位置談商金文族徽的性質

姚志豪

逢甲大學中文研究所

提要

本文所要處理的議題，是商金文中族氏徽號的性質是否屬於「文字」的問題，而處理手段是從族徽在整篇銘文中的「行款位置」開始的。

在討論過程中，我們發現：族徽在銘文中所處的位置，以位在首尾爲常見例；而以所有曾經出現過的位置而言，則呈現出「環繞銘文版面周邊」的具體原則。這說明了族徽本身並不加入銘文行款之中，與正常文字通讀的事實。因此也就證明了族徽的使用，與一般文字的功能有別。自然，族徽的功能性意義就不宜再作爲「文字」來看待。

關鍵詞：商金文、氏族、行款、族徽

壹、前言

關於族徽是不是文字的議題，歷來有許多的學者先後提出過看法。整個地統計起來，主張是文字的意見佔了大多數[1]。主張文字者最堅實的證據來自於甲骨，甲文中有許多氏族名號的字形與金文族徽極爲相似，這一點，各方都沒有否認的意見。

族徽所代表的是族氏的記號，甲骨刻辭中也存在有大量的族氏名稱，甲金文二者重疊著許多族氏名是不足爲奇的。只是問題的重點並不在此，甲骨刻辭中的族氏名在文例中扮演著名詞的角色，毫無疑問；而金文的族徽在銘文中是否可以作爲文法成分？則是非常可疑的。只有通過這一關卡的檢驗，讓「文字作爲書面語言」的條件被完全地實踐，族徽在字用上才能被承認爲文字。換句話說，族徽必須加入彝器銘文的行列，並且和其他銘文文字共同爲文法的成分，才能成爲書面語言，成爲真正的文字。

林澐曾經在〈對早期銅器銘文的幾點看法〉一文中認爲含有族徽的商周早

---

[1] 自 1928 年起，主張爲文字者有郭沫若、唐蘭、梁東漢、高明、林澐等諸先生，而主張非文字者僅沈兼士、孫常敘二位。文見郭沫若《殷周青銅器銘文研究》人民出版社 1954 年 8 月、唐蘭《中國文字學》上海古籍出版社 1979 年 9 月、梁東漢《漢字的結構及其流變》1959 年、高明《古文字類編》台灣大通書局影印，民 75 年 3 月、林澐〈對早期銅器銘文的幾點看法〉，《古文字研究》第五輯，1981 年 1 月、沈兼士〈從古器款識上推尋六書以前之文字畫〉，《輔仁學誌》一卷一號，1927 年、孫常敘〈從圖畫文字的性質和發展試論漢字體系的起源與建立〉《孫常敘古文字學論集》東北師範大學出版社，1998 年 7 月。

期器銘，其表現形式與甲骨文的「略辭」、「倒辭」現象，本質是相同的[2]。這是歷來首次有學者以「語法」的觀點來肯定族徽的文字屬性。
但這個說法是必須商榷的，其盲點在於：

1. 甲金文兩者文獻性質不同，金文是爲了省揚王休、作享先父祖的目的而出現在銅器上的；甲文則是紀錄占卜事例的公文書。兩者在文辭用法、語言規則上如何能類推適用？
2. 「略辭」的解釋用在金文短篇銘文上，尚可成理[3]，而長篇銘文長達數十字、紀事詳贍者，又如何可以省略爲一個族徽呢？

因此，判斷族徽是否作爲文字使用，仍然要回到原始材料上去比對、觀察，才能得出正確的結論。

在晚商金文中，族徽的所在位置是耐人尋味的重點。拋開銘文與族徽分鑄兩處的例子不談，族徽與正常銘文合鑄於同一版面之時，往往除了銘文首尾之外，族徽也會有加入行款之中，造成疑似與其他銘文一起通讀的現象。這些「例外」，就是本節討論的焦點，我們要從這些例子當中去觀察：族徽究竟有沒有加入文句，成爲銘文中文法成分的可能？這個動機，是由朱師歧祥對於子組卜辭的特殊行款的意見中獲得的。師云：

> 以上諸版子組卜辭句例，都是透過掌握特殊的讀法經驗，才能糾正前人的誤讀。因此行款的類型應是今後解決卜辭內容時該重視和靈活運用的地方。[4]

甲金文字二者都存在著「行款影響釋讀」的狀況，而又個別地因爲不同的銘刻方式，產生不同的文字排列原則。殷代至周初金文中的族徽，由於和一般銘文同處在一個版面之中，其存在性質勢必對於銘文整體的釋讀產生相當程度的干擾。我們利用了這個現象，希望證成族徽不作爲文字使用的現實。

貳、分類觀察與探討

商金文絕大多數都附帶有族徽。這些銘文依文法成分的完備與否，可以分爲三類：

---

[2] 見《古文字研究》第五輯，39頁，1981年1月。

[3] 例如《弘觥》(三代17.24)器銘 「[厂+長+口]」，爲勺柄銘「[厂+長+口] 弘」、蓋銘「[厂+長+口]弘作尊彝」之略辭。同註2，40頁。

[4] 朱歧祥：〈釋讀幾版子組卜辭—由花園庄甲骨的特殊行款說起〉中央研究院歷史語言研究所：「第一屆古文字與出土文獻學術研討會」論文(未刊行成集)，民89年11月16日。

a.短篇銘文（只包含族徽，或加上受享父祖日名）
b.中篇銘文（形式為：某作某尊彝•【族徽】）
c.長篇銘文（形式為：干支[5]，某易某貝若干朋，用作某某寶尊彝•【族徽】）

a 類短篇銘文例如：（〈〉內為《殷周金文集成》冊數、器號。銘文並以楷體表示之。）

〈3.1205〉戈鼎

〈3.1293〉戈己鼎

己

〈4.1511〉戈且辛鼎

且
辛

這些銘文相當簡略，不易看出文法組織來。第二及第三例我們固然可以瞭解其為族徽與受享父祖日名的組合，但嚴格說來：這兩個具有名詞特徵的成分相結合，仍然難以使人看出文法與句型的痕跡；再者，族徽與父祖日名的排列，經常也是上下或左右順序不定的，以下的例子便是如此：

12.7253 乙亳戈冊觚
（圖 1.1）

冊  亳乙

12.7262 亳戈冊父乙觚
（圖 1.2）

亳
冊 
父
乙

6.3428 戈亳冊父丁簋
（圖 1.3）

冊亳 
父
丁

這些是同族徽而不同器的例子。同器而銘文排列位置相異的例子也有：

12.6450 小集母乙觶

器銘（圖 1.4）

＊
小 母
集 乙

蓋銘（圖 1.5）

＊
小
集
母[6]

[5] 案干支時可省略。例如：〈10.5395〉宰甫卣：「王來獸(狩)自豆彔，才示复師。」

[6] 母字右下方銘文殘泐，推測應為「乙」字。

這些銘文告訴我們：即使族徽配合上了父祖日名，它們之間也存在著擺放位置的自由性，無法形成文句，在整體功能上起的是標識性質的作用。如果父祖日名基本上仍被視爲一種省略的名詞詞組，有著語言的功能，那麼附屬的族徽顯然地必須成爲一種有別於文字的符號，否則它將擾亂銘文的通讀。因此 a 類銘文中，族徽不應加入文句通讀的行列。

B 類中篇銘文開始出現完整的文句，即「某作某尊彝」之形式。例如：

15.9576 𠙵作父己壺（圖 2.1）

己𠙵
尊乍
彝父

4.2335 亞醜季作兄己鼎（圖 5.3）

尊兄季
彝己乍

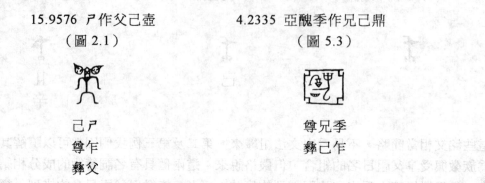

這種例子中的族徽明顯地與銘文分開，也不會有釋讀的困難，但當銘文中的作器人名(𠙵、季之類)省略，族徽落入銘文行款之首時，就容易產生誤以族徽爲作器人名的困擾，例如：

4.2011 作父戊鼎（圖 2.2）

乍
父
戊
彝

4.2013 天黽作父戊鼎（圖 2.3）

父
戊
彝 乍

10.5148 𦐇作父乙卣（圖 2.4）

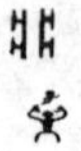
父
乙
彝 乍

其實，這三個例子的族徽並沒有加入文句之中，成爲作器人名。以下的例子可以證明：

10.5281 父己卣（圖 3.1）

這條銘文應該由左方向右讀成「作寶尊彝·【䢅父己】[7]」。我們知道，在「A作B寶尊彝」句型中，A(作器人)絕對不能是「父己」，受享父祖日名沒有如此前置的例子。所以，在失去作器人名的情形下，「作寶尊彝」仍可作爲句首，與族徽分開釋讀。儘管銘文行列中族徽佔據了作器人名的位置，分開釋讀仍然才是合乎理則的作法。

或許有人會問：早知會造成混淆，當初鑄造銘文時爲何不直接分開？對這個疑問，可以利用陳初生先生對殷周銅器銘文的鑄造法來作側面推敲：

> 我們的推想是：先用肉彫法把內範主體作出，在上面按銘文字數刻畫好陰文的格子，再在他處畫一塊同樣規格大小的格子，在那格子上面書寫銘文，然後用黏土範泥捏成條狀照字形作字，作好以後，再按格逐個反向黏貼到內範上。這樣，內範上的陰文格中就有陽文的字了，一澆鑄，銘文是陰文，格線就成了陽文……至於個別字的反書或倒書，是在從另外製字之處移貼到內範上時發生的錯誤。[8]

這樣的推想，可以用來解釋少數銘文爲何在筆畫上產生斷離他處、以及字形異常反向或倒向的情形。引文最後一句提供了我們新的思考方向：不但個別的字有可能另外補鑄到模版上，族徽很可能也會有這種情形，使得族徽的位置也發生脫出常軌、「不安於位」的狀況。

殷商時期銅器銘文的鑄造，至今仍然在持續討論中，未達成一定的結論。然而除了鑄造法之外，我們可以從族徽在銘文行款所在位置的量化觀察中，得出固定的原則，這些原則或許可以幫助我們對於族徽存在於不合理位置、造成釋讀困擾、進而影響族徽性質判斷的狀況獲得啓示。

在晚商的中長篇彝銘中，「䢅」族是數量最爲龐大的群組。以下我們列出九篇「䢅」族銘文的行款，觀察它們的族徽位置及通讀情形。首先是族徽置於文末的例子。共七篇：[9]

4.2432 無敄鼎（圖 3.2）	10.5349 婦闋卣（圖 3.3）	10.5351 小臣兒卣（圖 3.4）

---

[7] 【䢅父己】合而爲一個族徽單位，不加入銘文辨讀。

[8]〈殷周青銅器銘文製作方法平議〉，《容庚先生百年誕辰紀念文集》396 頁，廣東炎黃文化研究會編，廣東人民出版社，1998 年 4 月。

[9] 本文爲求方便討論，不直引拓本；族徽部分使用黃沛榮先生電子版《金文編》之圖形。其他銘文內容改爲楷體，行款中字形大小、行列長短儘量依原拓字順排列

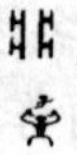

彝 父 無
　 甲 敄
　 寶 用
　 尊 乍
　 　 文

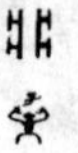

尊 文 婦
彝 姑 闋
　 日
　 癸 乍

乍 女
己 子
尊 小
彝 臣
　 兒

10.5360 䆗嬰作父癸卣
（圖 4.1）

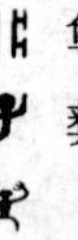

尊 乍 圂
彝 父 䆗
　 癸 [illegible]
　 寶

5.2648 小子罝鼎
（圖 4.2）

乍 啇 乙
父 貝 亥
己 才 子
寶 丫 易
尊 師 小
　 [illegible] 子
　 用 [illegible]
　 　 王

5.2653 小臣缶鼎
（圖 5.4）

祀 乍 責 王
尊 享 五 易
　 大 年 小
　 子 缶 臣
父 乙 用 缶
乙 家 　 湡

10.5394 小子省卣 2
（圖 5.2）

用 五 甲
乍 朋 寅
父 省 子
己 玨 商
寶 君 小
尊 □ 子
(商) 省
　 貝

這七個例子族徽都位於「作○○尊彝」句後，也就是在銘文最末端，在句讀上不會混入正常的銘文之中。其中另一可注意的焦點是小子省卣 2 這個例子。族徽雖位於銘文最末行上端，但卻因鑄銘部位面積的狹窄，造成與前一行銘文擁擠而歪斜的情形這個情形給了我們一個提示：

銘文刻鑄的面積，不一定是寬綽足用的。

這個提示，將在下面的討論中被引申、使用。

以上七個例子，是族徽位置於銘文末的正例。以下再列出二個位置異常的

「變例」，另補充「天黽」族徽之一例，加以探討：

11.5965 孚作父辛尊（圖 4.3）

子光商孚
啓貝用乍文
父辛尊彝

10.5394 小子省卣 1（圖 5.1）

甲寅子商小子省貝
五朋省珥君
商用乍父寶彝

14.9100 𢼄作父癸角（圖 4.4）

甲寅子易
𢼄貝用乍
父癸尊彝

先看第二個例子。族徽位於第二行上端，似與一般銘文無異，而連讀之，文句則成爲：「甲寅子商(賞)小子省貝【𦍒】五朋……」在賞貝之後接上族氏名稱，是金文所未嘗有的情形。同時期晚商銘文例有：

丙寅，子易□貝，用乍文㛗己寶彝……	15.9301 文㛗己觥
癸巳，王易小臣邑貝十朋，用乍……	15.9242 小臣邑斝
丙申，王易箙亞 囂 奚貝，才鬳泉[10]……	14.9102 箙亞角
己酉，王才榆。𠨘其易貝，才四月……	10.5413 四祀𠨘其卣

可見在其他文例中，「貝」字之後除了斷句無辭之外就是記上「若干朋」的賜貝單位。因此本類族徽仍不得讀入正常的銘文之中。

再談到第一例。尊銘首句加入族徽連讀之後則成爲：「子光商(賞)孚𦍒啓貝」。按商金文通例，賜貝類內容之句型最繁複者爲：

「某易(賞)+【受賞者】+【地名】+貝」

比照之下，本句「孚」位屬受賞者，「孚𦍒」不能連讀。問題出在「𦍒」、「啓」兩者，「啓」應是地名，「𦍒啓」這種兩個族氏相連成詞、作爲地名的狀況是需要檢討的。

，金文作爲族徽，甲骨文字形作，或省體作，隸作「乘」。辭例包含三種事類：

---

10 「鬳泉」爲合文。

1.征伐　貞：𠬝及寽、長？　〈合 5455〉
癸丑卜，爭貞：𠬝及𢀛方？　〈合 6341〉
2.田獵　癸巳卜，㱿貞：令𠬝盖羊三百，射？　〈合 5771 甲〉
3.祭祀　貞：𠬝以巫？　〈合 5769 正〉

其所指都是族氏名(或謂人名)，從未直接作爲地名用。另一方面，「啓」在甲骨文則有作爲地名、族氏名使用的例子，如：

才啓。　〈合 258〉
戊申卜，永貞：望乘㞢保？才啓。　〈庫 1593〉
啓入。　《甲考》圖版 178

啓國（氏），曹定雲以爲：「『啓』與『受』關係密切……，位于殷王都的北面或東北面大體可以確定。」[11]是啓爲地名，「子」所賞者爲啓地之貝。孚字，《金文詁林附錄》[12]所無，然當爲受賞人名，并爲作器人名。「䍙」既不作受賞人名，又不能和「啓」成複合地名，從甲骨文的訓義和金文詞序來看，「䍙」爲獨立的氏族徽號已極爲確定。

另外與《孚作父辛尊》相同情形的天黽族器爲《𢽎作父癸角》(見前文)，族徽也位於第一行末，首句連讀成爲：「甲寅，子易【天黽】𢽎貝」𢽎爲受賞人名確定，但【天黽】則易被認爲是冠於名前的「族姓」，其實也不應成爲句中語言的結構之一。《孚作父辛尊》族徽之不能與銘文連讀，恰爲此角銘之平行例證。

參、族徽在全篇銘文的位置探討

在前一節，我們著力於族徽是否與一般銘文連讀的探討；本節則改變角度，專從商金文族徽在銘文篇章中位置的固定性作爲觀察，並予以討論，希望能對族徽存在之屬性有所提示。

從上一節討論中，將各類例子的族徽位置統計起來，再參考晚商其他各篇有徽銘文的狀況，我們發現：族徽在篇章中的位置，是有其原則的。根據族徽曾經出現過的位置，我們先繪出示意圖：(英文字母爲族徽所在位置，中央大方形爲銘文本體區塊。)

---

11 《殷墟婦好墓銘文研究》28~29 頁，台北文史哲出版社，民 82 年 12 月。

12 李孝定、周法高、張日昇編，香港中文大學出版，1977 年 4 月。

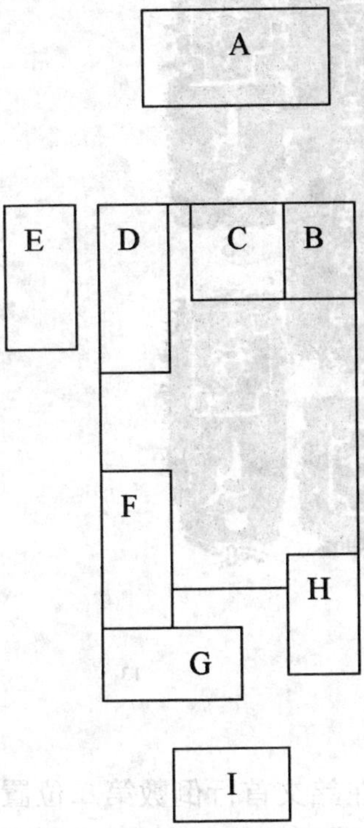

釋例：

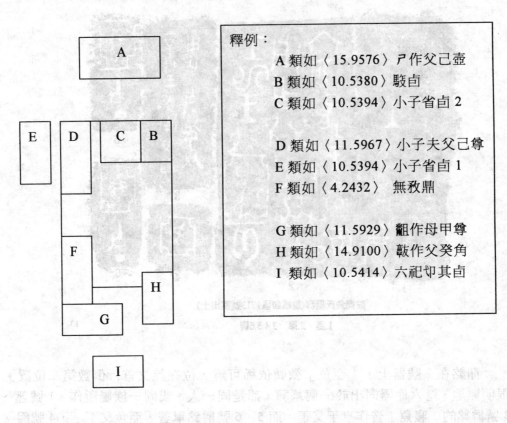

A 類如〈15.9576〉尸作父己壺
B 類如〈10.5380〉駁卣
C 類如〈10.5394〉小子省卣 2

D 類如〈11.5967〉小子夫父己尊
E 類如〈10.5394〉小子省卣 1
F 類如〈4.2432〉 無敄鼎

G 類如〈11.5929〉亂作母甲尊
H 類如〈14.9100〉畝作父癸角
I 類如〈10.5414〉六祀邲其卣

從數量上來說，一般的族徽位置以「A、B、D、F」等最爲習見，其中又以 F 區，也就是緊接全文之末的例子最多。「C、E、H」三區的例子至多兩個，可以說是極少數的例外。

這僅是就數量而言的。

但從族徽所「曾經出現過」的所有位置來看，則有以下幾個現象：

1. 族徽位置全部圍繞在篇章的周緣。
2. 從每一行看族徽必在行首或行末，幾乎不進入行列之中。
3. 處於少見位置的族徽，通常與正常銘文相互排擠，而有歪斜變形的現象。

據此，筆者以爲：族徽位於銘文末尾或文首爲常態例，例外發生時族徽移往「固定的角落」置放。置放的原則是「必在行列之首、末」，絕少夾藏在行列之中，形成與其他文字連讀的狀況。依筆者統計，全部的殷商金文中只有一個極爲可能的例外，即 1984 年 6 月出土的《亞魚作兄癸鼎》。我們配合其他同墓葬出土的器銘來看：

殷商魚氏器群(殷墟西區1713號墓出土)

1.簋　2.鼎　3.4.5.6爵　　13

鼎銘在 2 號器上，「亞魚」徽號依稀可辨，位在銘文首行倒數第二位置。很明顯地，這六件器同出於一個墓葬，都是同一人、或同一族屬所作。1 號簋、3 號爵銘的「寢魚」皆作享于父丁，而 5、6 號爵銘單著「亞魚父丁」，4 號爵銘單書「亞魚」。所有爵銘字形、徽形書法並相同，從銘文上也可證明六件銅器不僅同出一族，更作於同一人。

但是「亞魚」在銘文上並非等同於「寢魚」。細察六件器銘，可以發現墓主以文字稱呼時恒以「寢魚」爲用(如 1、3 號器)，而需以族徽表現時則是以「亞魚」爲記的(如 4、5、6 號器)，依照這個原則，我們認爲 2 號鼎銘的「亞魚」也有絕對的理由作爲族徽使用，銘文通讀應爲：

壬申，王易貝。用作兄癸尊，在六月，隹王七祀翌日。【亞魚】

這並不違反金文一般文例通則。「亞魚」的存在不僅標示了族號，其實也有提示作器人身分的附帶作用，算是一舉二得。總的說來，《亞魚作兄癸鼎》依然是以「亞魚」爲族徽的，它的徽號雖位在銘文行列的中段，廣義而言仍然屬於版面的周邊，終究不會形成反駁本文的有效例證。

構成族徽置放於銘文篇章周緣、並且混入銘文行列的現象，其成因爲何？我們無法臆測，但族徽延著銘文篇章的邊緣置放，意圖確是明白的，它仍然有

13 拓片引自中國社會科學院考古研究所安陽工作隊：〈安陽殷墟西區一七一三號墓的發掘〉，《考古》1986 年 8 期，708 頁。

暗示族徽不應與正常銘文連讀的涵義。

在此，我們願意對上一節「銘文模鑄面積不足」的現象贅述一己之見。本節內容中，族徽與正常銘文產生排擠現象，與模鑄面積不足的推想其實是互爲表裡的。殷商銅器銘文鑄造，依學界通說基本上使用的是「塊範法」，除非族徽部分另起一範[14]，否則在壓模之後，該範面積是無法任意加大的。我們推測：族徽的圖形模應該是先押印上去的，接下來銘文才一字字押上。正因爲如此，才容易發生正常銘文「跨過」族徽，也就是本文所謂的「連文成讀」的現象、或者是族徽與銘文逼近所出現的擠壓變形。究其原由，很可能就是先押上族徽時，並不能確定未來銘文是否能善用剩餘版面，並且在節省空間的要求下與族徽明顯分立。當然，考慮過這種容易混淆的風險之後，大多數的族徽就會事先被押印在版面的首尾，以求順利地與銘文分開，避免產生誤讀的情形，而少數作功不仔細的鑄銘者，就容易犯下這種錯誤，輕易地把族徽押印在不理想的位置，忘記保留銘文該佔有的版面，等到銘文行款逼近族徽，排擠現象自然產生，族徽的位置、形體不是變得勉強、歪斜，就是混入了銘文之中。這種「版面排擠」的現象，一方暗示著族徽與一般銘文是先後分開模印的；另一方面也說明了族徽的存在，和一般銘文是不同的兩種意義、兩種功能。

肆、結語

從以上兩節的討論來看，我們先用文法、辭例的慣性去判斷族徽是否可以與銘文連綴通讀，單用這種方式其實沒有一定的把握可以釋讀成功。那是因爲族徽本質上是一種識別圖形，當它以趨近於文字的形體出現時，非常容易被誤認爲族氏名稱，功用上誤屬於名詞詞組；位置在「賜」、「賞」等動詞之後的族徽，自然也就容易按慣例被視爲是受賞人名(亦即作器人名)，或者是產貝的地名，由此便發生了連讀與否都模稜兩可的困擾。

事實上，經過對族徽位置的觀察之後，可以發現族徽與一般銘文是不同性質的資料，只因爲標記的需要，而和銘文共存於一個版面之上。因此在行款中，我們可以看到即使族徽不處在慣常的篇章首尾，也一樣地遵守著「圍繞銘文篇章周邊」的原則。這是不是一個刻意造成的暗示？我們不能妄斷，但這個特徵的確可以引導我們對族徽存在的屬性作出正確的推論。也就是說：族徽一開始在鑄造銘文的過程中，就已經與一般銘文在「製作手續」上完全分離，其不屬於銘文內容的事實昭然若揭。當然，如果所有的帶徽銘文都能以另起一範、讓族徽專用的方式來鑄造，混讀的問題就不至於出現。而現實中，不是所有的器

[14] 事實上確有此例。二祀、四祀「𠨘其卣」銘，及其他器蓋分鑄的銘文例皆是。

類都擁有分鑄的條件[15]。在鑄銘面積有限的情況下，族徽只好與一般銘文共處於一個範面中，爲了顧及族徽的獨立性，就必須將之排列於銘文的首尾，甚至加大形體以彰顯耳目。然而在有限的空間裡，族徽不一定能佔有明顯的位置、足夠的面積，加上人爲的疏忽，族徽就有了移往非正常位置的例外狀況。但即使如此，族徽絕不雜入銘文文句之中，這個事實是可以被觀察出來的。

參考書目、論文

中國社會科學院考古研究所安陽工作隊（1986：8）〈安陽殷墟西區一七一三號墓的發掘〉《考古》708 頁

朱師歧祥（民 89 • 11）〈釋讀幾版子組卜辭—由花園庄甲骨的特殊行款說起〉中央研究院歷史語言研究所「第一屆古文字與出土文獻學術研討會」論文 (未刊行成集)

李孝定、周法高、張日昇編（1977 • 4）《金文詁林附錄》香港中文大學出版社

沈兼士 （1927）〈從古器款識上推尋六書以前之文字畫〉《輔仁學誌》一卷一號

林　澐 （1981 • 1）〈對早期銅器銘文的幾點看法〉　《古文字研究》第五輯

唐　蘭 （1979 • 9）　《中國文字學》　上海古籍出版社

孫常敘 （1998 • 7）〈從圖畫文字的性質和發展試論漢字體系的起源與建立〉《孫常敘古文字學論集》東北師範大學出版社

高　明 （民 75 • 3）《古文字類編》　台灣大通書局影印

陳初生 （1998 • 4）〈殷周青銅器銘文製作方法平議〉《容庚先生百年誕辰紀念文集》396 頁　廣東炎黃文化研究會編　廣東人民出版社

曹定雲 （民 82 • 12）　《殷墟婦好墓銘文研究》　台北文史哲出版社

梁東漢 （1959 • 2）《漢字的結構及其流變》　上海教育出版社

郭沫若 （1954 • 8）《殷周青銅器銘文研究》　人民出版社

黃沛榮 《電腦古文字形—金文編》光碟

[15] 分鑄銘文的例子經常出現於卣、簋、觶、觥、盉、罍、方彝等器類；偶見於尊、斝、壺。其他器類如：鼎、鬲、甗、盤、觚、爵、角等是極爲難見的。

圖版一

1.1

7253

乙亳戈冊觚

1.2

7262

亳戈冊父乙觚

1.3

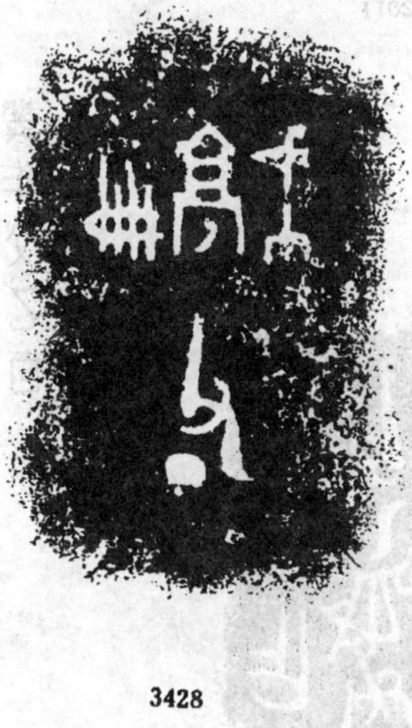

3428

戈亳冊父丁毀

1.4

6450 · 1

1.5

6450 · 2

小集母乙觶

圖版 二

2.1

[illegible]作父己壺

9576

2.2

[illegible]作父戊鼎

2011

2.3

黿作父戊方鼎

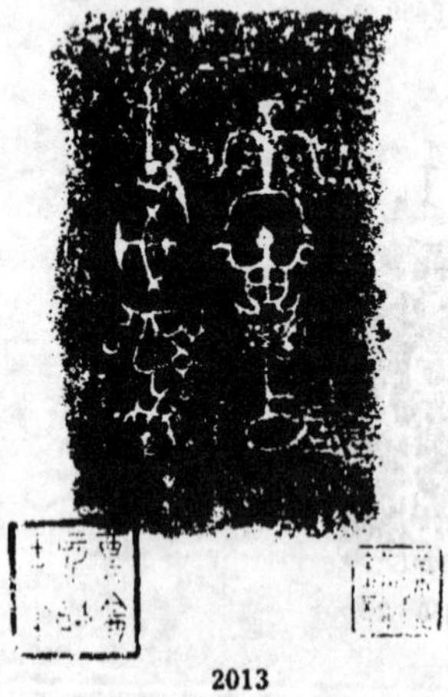

2013

2.4

巽作父乙卣

5148·1

圖版三

3.1

冀父己卣

5281·1

3.2

無敄鼎

2432

3.3

婦闆卣

5349·2

3.4

小臣兒卣

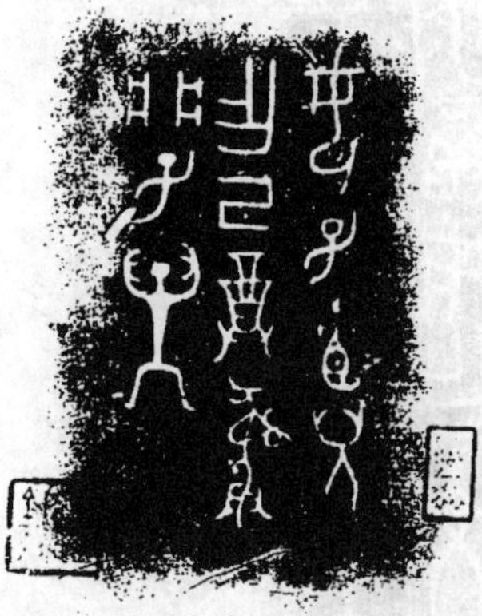

5351

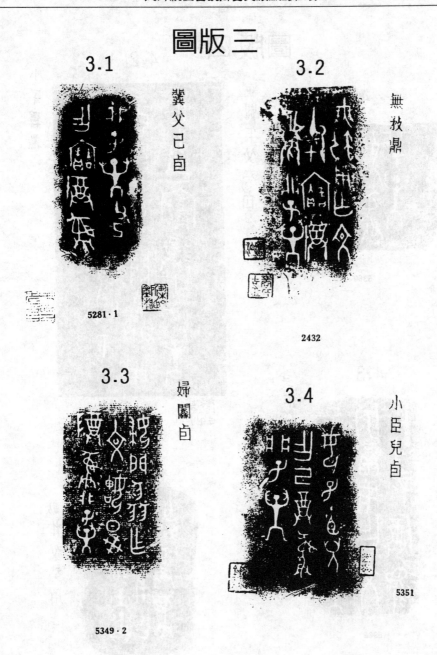

圖版四

4.1

[illegible][illegible]作父癸卣

5360・1

4.2

小子[illegible]鼎

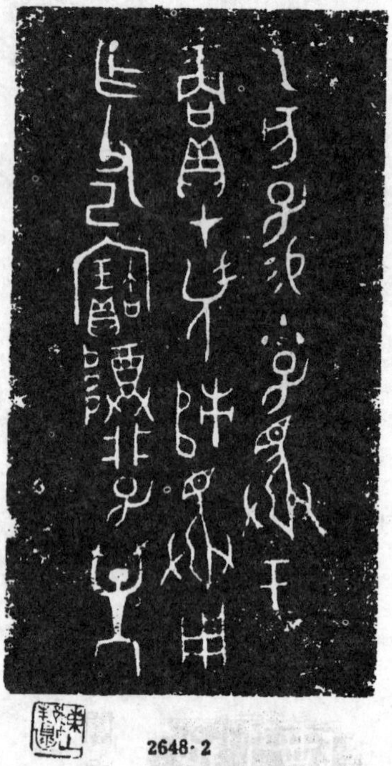

2648・2

4.3

[illegible]作父辛尊

5965

4.4

敱作父癸角

9100

圖版五

5.1

小子省卣

5394·1

5.2

5394·2

5.3

亞䰞季作兄己鼎

2335

5.4

小臣缶方鼎

2653

甲骨文釋讀析誤

蔡哲茂

中研院．史語所

提要

甲骨文的研究，識文例、通句讀爲考釋文字之前題，本文對以下九則考釋提出商榷。一、卜辭有祭祀用牲、女與豕並列，見於懷 1588 與合 32393，卻被誤讀成母豕。卜辭有人名作「」，卻被誤讀成母牛。二、卜辭有司字作「」，卻被誤釋成匕（妣）。三、卜辭有「夷牛」，夷字作「」卻被誤釋成「牝」。四、卜辭有人名「子尻」，卻被誤解成子的臀疾。五、卜辭有「令周乞牛多□」乞字被誤解成「貢獻」或「致送」。六、卜辭有地名朱，亦有束字，二者字形結構不同，但卻被說解成朱由束字分化而來。七、卜辭有「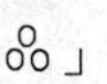」字，在用牲的人和牛之後，卻被誤釋成「腥」。八、卜辭有「」字，作爲人名或出現在兩個先王之間，卻被說解成後代的「躋」字。九、甲骨文的「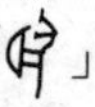」字偏旁從虎頭之形，卻被釋爲「豫」字。

關鍵詞：母豬　母牛　　戉　司妣甲　夷牛　子尻　乞牛　躋

甲骨文的研究，識文例、通句讀爲正確釋文的前題。文例不通，不僅會誤讀卜辭，甚至可能將兩段不同的卜辭誤讀在一起。同樣的，斷句錯誤也容易造成對文例的誤解，最近大陸的何疾足發表〈就《殷墟甲骨刻辭摹釋總集》淺議甲骨文的釋文諸問題〉[1]即是對《殷墟甲骨刻辭摹釋總集》的錯誤加以批評。而在《甲骨文合集補編》出版後，亦見沈培先生發表〈初讀《甲骨文合集補編》〉、〈初讀《甲骨文合集補編》（續）〉及沈建華先生發表〈《甲骨文合集補編》校勘記（二）〉對《甲骨文合集補編》的釋文提出商榷或更正。[2]近來看到幾篇甲骨文考釋的文章，同樣犯了不識文例、不通句讀的毛病，因此而造成對甲骨文的誤解誤釋，本文以下即針對所見幾篇文章的釋讀提出討論。

壹、甲骨文中有母豬、母牛嗎？

朱歧祥氏在〈論子組卜辭的一些特殊辭例〉上提出說甲骨文中有「母豕」、「母牛」，

---

[1] 何疾足〈就《殷墟甲骨刻辭摹釋總集》淺議甲骨文的釋文諸問題〉《胡厚宣先生紀念文集》科學出版社，1998 年。

[2] 沈培〈初讀《甲骨文合集補編》〉《書品》2000 年 2 期、〈初讀《甲骨文合集補編》（續）〉《書品》2000 年 3 期；沈建華〈《甲骨文合集補編》校勘記（二）〉《第十一屆中國文字學全國學術研討會論文集》，台灣台南師範學院，2000 年 10 月 21 日。

其說法分別是：[3]

一、母豬

豕與豭在卜辭中多見於同辭，明顯見二字在理解上是有分別的：

〈集 21202〉癸丑卜，：王燎于〼羊、豕、〼豭？三月。(圖 1)

〈前 1.17.5〉貞：帝雉三羊、三豕、三犬、一豭？(圖 2)[4]

在田獵卜辭中常見「獲豕」、「射豕」、「逐豕」例，足見豕為殷人田獵捕捉的對象，但絕無一見田狩而獲「豭」之例。相對的，豭字只見於祭祀卜辭中，作為祭牲。如：

〈集 738〉乙亥卜，散貞：今日燎三羊、三豭、三犬？

〈集 1524〉丙午卜，賓貞：㞢于祖乙：十白豭？

因此，吾人可以考量豕字在殷商的用法是視為野豬，而豭則作為去勢以便加快生育的家豬。互較下二版卜辭，豭作，又作，豭首上鬣毛亦為豕字。此可以為野豬的一定暗示。雌性的野豬作「母豕」。

〈懷 1588〉丁卯卜：㞢（侑）雀羊匕、母（豕）。(圖 3)

〈集 32393〉□巳貞：其又（侑）三匚：母（豕）？(圖 4)

我們由豕、豭區別的啟示，既然豕為野豬，豣當可視為野生的公豬，豝可視為野生的母豬；既然為去勢的家豬，對比的看強調生殖器的字自然可理解為沒有去勢的家畜公豬。我們由下面的、豕同版辭例觀察：

〈集 14341〉〼燎于東母〼（豭）三豕三〼？(圖 5)

此辭的理解是祭祀東母用公的家豬三只和野豬三只。這在上下文可以通讀無礙。反觀上引〈集 22276〉一版所言的祭牲、同辭，如果分別理解為家畜的公豬和野生的公豬，在文意上自可以通讀。

按：朱氏前引文中所引合 21202（乙 179+乙 8517）之釋字有誤，即「豕」字尾巴捲曲向上爲「犬」()之誤，而且所引前 4.17.5 之「一豭」亦誤。首先「一豭」之「豭」亦爲「豕」()之誤釋，再則此「一豭」與「貞：帝雉三羊三豕三犬」中間有界劃，是屬於下一段卜辭，不可連讀，[5]此片我已經和英 1225 綴合（圖 6，見拙作《甲骨綴合集》168 組），下段卜辭是「貞：帝雉一羊一豕一犬」。同樣的他所引的合 14341（鐵 142.2）爲殘辭，所稱的豭字不清楚，作「」《摹釋總集》誤釋爲豭「」是可疑的。卜辭從未見「」與「」同見於一條卜辭。並無法因此而釋「」爲「家畜的公豬」，「」爲「野生的公豬」。至於他所引的懷 1588 與合 32393 及合 20685 更是弄錯句讀，將「女」與「豕」誤合成一辭。甲骨文中女與母有時是可通的，有時則女不可讀作母。例如姚

---

[3] 朱歧祥〈論子組卜辭的一些辭例〉《第五屆中國訓詁學全國學術研討會》，台中逢甲大學，2000 年 12 月。

[4] 按前 1.17.5（合 35825）上並無朱文所引卜辭，該條卜辭當是前 4.17.5 即合 14360 上的卜辭。

[5] 前 1.17.5 見於合 14360，《摹釋總集》釋文不誤。《甲骨文字詁林》1567 頁亦誤，大概是朱氏釋文所本。

孝逐先生在〈古漢字的形體結構及其發展階段〉上說：[6]

> 甲骨文「女」和「母」有時是相通的。但有時則區別非常嚴格，我們必須承認，「」和「」是兩個完全不同的形體。有人認為「」字多出現的兩點乳房形，這是對的，是符合文字的最初構形的。但是，作為附加的區別符號來理解似乎更恰當一些。

陳煒湛先生在〈甲骨文異字同形例〉上也說：[7]

> 甲骨文女均作或形，像一個女人跪跽在地雙手交叉于胸前之狀，又有少數作形，首部多一筆，象簪形。甲骨文的母則多作，即在女字中加上兩點，象胸前雙乳之形，金文亦多如此作，這在六書中可謂『指事』。小篆演變為，《說文》釋為「牧也。從女，象懷子形。一曰象乳子也」確是越說越糊塗。但甲骨文中的母字有時又不加兩點，而一去掉這標誌，便與女字相混了。

又朱氏以爲:「互較下二版卜辭，豕字作又作，豕首上具鬣毛，亦爲豕字，此可以作爲野豬的一定暗示，雌性的野豬作『母豕』」。按此說可疑，從田獵卜辭逐豕、獲豕的豕字一律作「」未見有剛毛，而不管是彘()或豩()爲箭所射之豕，亦未見背上有剛毛者。野豬以與野豬二者皆具鬃毛，區別在於野豬獠牙較發達。

按卜辭的「」與「」兩者具爲豕字，羅振玉在《增訂殷虛書契考釋》已指出「豕與犬之形象，其或左或右。卜辭中凡象形字弟肖其形，使人一見可別，不拘拘於筆劃間也，有从彡者象剛鬣。」只要翻開《甲骨文編》或《續甲骨文編》的豕字下俱收此二體，趙誠的《甲骨文簡明詞典》豕下也說「甲骨文的豕字也有寫作者，象豕有鬣形，爲豕之異體，仍然與豕爲同字。」从豭的家字，甲骨文作「」，此字亦見於金文中，孫常敘先生在〈釋〉中以爲：[8]

> 其所象之獸，以《三代吉金文存》卷十四，葉廿一「亞」觚
> 卷十三葉四家父庚卣字所从得聲之一「豭」而省其「勢」只是豕形一覈之，其獸為豕無疑。甲骨文豕字或省其剛鬣作
>
> 燕610　佚383背　乙290
> 京津752　乙1234

朱氏所謂的母豕的三條卜辭正確的句讀如下：

[6] 姚孝遂〈古漢字的形體結構及其發展階段〉《古文字研究》第四輯，北京中華書局，1980年12月。相關的意見亦見於龍宇純先生《中國文字學》201頁，台灣五四書店，1994年9月第六版。
[7] 陳煒湛〈甲骨文異字同形例〉《古文字研究》第六輯，北京中華書局1981年11月。
[8] 孫常敘《孫常敘古文字學論集》東北師範大學出版社，1998年7月，頁422。

丁卯卜:㞢萑羊、女、豕。　　懷 1588

☐巳貞：其又三匚，女、豕？　　合 32393

☐豕☐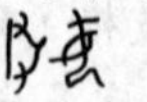　合 20685（圖 7）

所謂㞢萑之祭同時用一隻公羊，一個女牲、一隻豕，又侑祭三匚（報乙、報丙、報丁）用一個女牲及一隻豕。所引合 20685 亦爲殘辭，原見於甲 3683，屈萬里先生的考釋作「☐豕☐每？」，「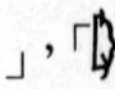」字屈萬里先生誤釋作「每」。其中的豕與「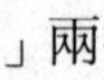」兩字距離相當分開，不可合讀成「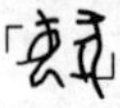」。朱氏誤將女與豕合讀成母豕，這是句讀錯誤，卜辭祭祀時常見女牲，其例如下：

貞：燎于王亥女、豚。

弜燎于王亥母。　　合 685 正

酒河卅牛以我女。

㞢于王亥女。　　合 672 正

丁酉卜貞：于河女。　　合 683

可知卜辭用女牲爲祭品，燎于王亥用女牲與豚，不能合讀成母豚。所以上引懷 1588、合 32393 辭中的「女」不能讀爲母，也是可以肯定的。由以上論證可知甲骨文中並無「母豬」這種構詞。

母豬之說其實早在朱氏之前，就有人提出，張永山在〈讀殷契粹編札記〉就提到：

> 郭老提出「侑三匚母豕」的「母」殆謂三報之配。傅學苓先生依據『貞燎于王亥母豕』(685）之辭指出，『母豕』猶孟子言『母彘』。其說可從……同例。女豕亦為獻祭的犧牲，故『王亥母』絕不是王亥之配，這就證實『三匚母』之『母』亦不可能是三匚之配」[9]

二、母牛

朱文言：

> 〈集 20672〉一殘片有「☐?」一辭。姚孝遂先生編的《摹釋總集》釋此字為字，不可解。按此字宜為「母牛」二字合文。互較同時期的〈集 20685〉一版有「母豕」作「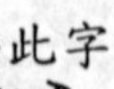」是。子組卜辭中多見合文例。合文的方式有二：一是結合二個以上的字為一字，形體沒有增省，如：妣乙作〈集 22066〉、子丁作〈集 21885〉、乙丑作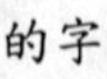〈集 20898〉是；另一是合文有省變其中的部件，如：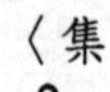〈集 21805〉辛丑卜：其知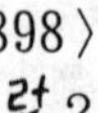?
>
> 按：即母甲、母己二詞的合文，省連用的母字。

9 張永山〈讀《殷契粹編》札記〉《胡厚宣先生紀念文集》科學出版社，1998 年 11 月。

〈集 19834〉丁卯卜，征㽞徝大戊辰？

按：「大戊辰」即先祖「大戊」和置句未干支的「戊辰」二詞組的合文，省重複的戊字。

〈集 22073〉己丑卜：歲父丁戊：羒？（圖 8）

按：「父丁戊」即「父丁」、「父戊」的省合。

嚴格而言，上述兩類合文前者是合字，後者是合詞。

按朱氏所引的妣乙作「」、子丁作「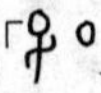」、乙丑作「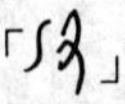」、母甲母己作「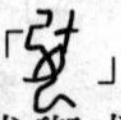」等合文例子並無法拿來解釋「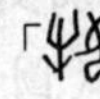」就一定是母牛的合文。至於引合 19834 的大戊與戊辰共用戊字，此裘錫圭先生在〈甲骨文中重文和合文重複偏旁的省略〉一文已揭櫫之。[10]而合 21805 之「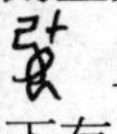」爲「母甲、母己」之合文，《摹釋總集》已如此隸定，至於合 22073（乙 4603）父下有「二」字，朱氏又遺漏了。又其所引之合 20672 爲殘辭，僅見一「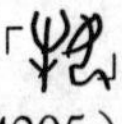」字，並無法肯定它就是合文。至於「」又見於合 9179（殷合 243，即乙 4204+乙 4205）「☐其來」此片「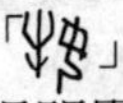」雖殘，但很明確的不能解爲母牛之合文，否則豈不變成占卜「母牛其來」？而很明顯的是人的私名，而爲朱氏母牛說的反證。唐蘭在《甲骨文自然分類簡編》[11]中己引「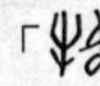」說「《集韻》居號切，女名」。此條卜辭《類纂》字（190 頁）下漏收。卜辭亦有「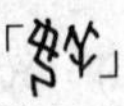」爲帚姘之私名，見《類纂》第 190 頁。應爲帚的私名，並非合文。而假若卜辭殘掉只剩下一「姘」字，豈不卜辭中又出現有「母羊」的合文。同樣的，卜辭亦有「㹠」此一人物，如：

☐葬㞢老㹠于☐　　　合 13758 反（圖 9）

這裏的「㹠」也絕非母豬合文，當是人名。如果卜辭出現只剩下「㹠」一字的殘文，豈不又被拿來當成母豕的合文。

因此可知卜辭的「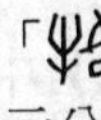」絕非母牛之合文，而爲人之私名，卜辭已用牝表示母牛，與牡相對，又用羊土表示公羊，羒表示母羊，用豭表示公豕，豝表示母豕（合 19899、22045、22074、27454、屯南 2291）。[12]同樣的卜辭中也沒有母豕這種構詞，否則卜辭也應該有公牛、公豕相對的表示雄性的牛、豕才對。而且不僅先秦辭語未見「母豕」、「母牛」，甚至兩漢魏晉都未有用母豕、母牛來表示豕、牛的雌性，朱氏用晚近的口語來解釋三千年前的甲骨文其誤不待辯而可知。

貳、甲骨文的「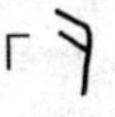」可以釋作妣嗎？

朱歧祥在〈論子組卜辭的一些特殊辭例〉上又說到：

---

[10] 裘錫圭〈甲骨文中重文和合文重複偏旁的省略〉《古文字論集》頁 141，北京中華書局。

[11] 《甲骨文自然分類簡編》頁 41，唐蘭著、唐復年整理，山西教育出版社，1999 年 3 月。

[12] 《殷墟甲骨刻辭類纂》620-621 頁將「豝」與「豭」字混同在一起，此二字當有別。

〈集 22044〉辛亥卜，興？（圖 10）

本版原釋文將末一詞釋作「司戊」，未為確解。互較同版同日占卜的同文例：「辛亥卜，興子庚？」、「辛亥卜，興祖庚？」二辭，可見本辭的祭祀對象當與子和祖屬同性質的家族成員。此詞宜理解為「妣戊」二字的合文。妣字本作，為求與戊字形相互緊密結合而顛倒。相同的例子，如〈集 22069〉的「丁巳卜，𠨘庚：㲋？」一辭原釋文作「司庚」，恐亦稍誤。此當更正為「妣庚」。子組卜辭中的妣字除有倒置作外，字下亦因中空而增加文飾「口」作司。如：

〈集 21804〉戊辰卜，貞：酌小宰至豕：癸？（圖 11）

按：原釋文隸作「司癸」，此祭祀的對象應讀為「妣癸」。

〈集 21805〉辛丑子卜：其𠨘母、司？

癸卯卜：其來酌于司癸至？（圖 12）

按：原釋文作「母司」「母癸」，當讀為「母、妣」、「妣癸」。

〈集 27582〉乙丑卜：其又歲于二司：一𠂤？（圖 13）

按：原釋文作「二司」，此用母羊祭祀的對象宜讀為「二妣」。

按卜辭的司字作「」，又可加口作「」（合 8200），眾所周知，卜辭中常見加口與否皆爲一字，如「」（族）又可作「」；「」（遣）又可作「」；僭作「」又可作「」。朱氏所舉合 22069（乙 4064）（圖 14）覆核實物，「𠨘庚」，「」下有口字，確爲司字，非妣字。又合 21805 之「母司」爲「」之誤釋。

卜辭有三司又有三㚸，有龔司又有龔㚸，三司即三㚸，龔司即龔㚸，又可作龔　，[13]司爲一種職官，從銅器銘文中的司母戊、指的是卜辭的帚姘（屯南 4023，「妣戊姘」），婦好墓出土銅器銘文司母辛即卜辭的司辛，亦即祖庚，祖甲時祭祀的「母辛」，也即卜辭的帚好的稱謂，已可以很清楚看出無需贅言。

對於司字的用法，曹定雲先生在《殷墟婦好墓銘文研究》中說到：[14]

> 上引卜辭中，司字前面的龔、龐、雀均是國名，故「龔司」、「龐司」、「雀司」應是表示這些「司」是不同國別之女：「龔司」即龔國之女，「雀司」即雀國之女。
>
> 綜上所論四種用法可以得知：「司」是王宮中的女官，其具體職務是掌管宮中祭祀，她們來自不同的諸侯、方國。由於她們身居要職，常在殷王左右，因此她們一些人很可能成為殷王之配。但並非所有的「司」都一定會成為殷王之配，因為「司」是一種職官之稱，而非配偶之稱。殷卜辭中的「司」是女官，主祭祀，與世婦之職完全相合。可見，「司」也是世婦之一種。「婦」是王宮中女官之統稱，而「司」則是負責祭祀女官之專稱。「婦」不一定是「司」，「司」則肯定是「婦」。這就是「婦」、「司」之關係。「好」是世婦，故稱「婦好」；因

[13] 詳見裘錫圭〈說㠯〉《古文字論集》頁 106，北京中華書局，1992 年 8 月。

[14] 曹定雲《殷墟婦好墓銘文研究》頁 93-95，台灣文津出版社，1993 年 12 月。

「婦好」主持祭祀、擔任司職，故又稱「司婦好」；她死後，其廟號為辛，故稱「司辛」、「司母辛」。由此證之，「司」確是王宮中的女官。「國之大事，在祀與戎」，「司」之地位在世婦中是最高的。「婦好」為「司」職，就雄辯地說明了這一點。

曹文中所引的庫 645（英 1893）「己丑卜，𠂤：御司妣甲」（圖 15），司妣同見一詞，即朱氏以司爲妣的反證。

卜辭中的𢀛是攘災之祭，對象是司妣甲，而朱氏卻在〈「殷墟花園莊東地甲骨卜辭選釋與初步研究」讀後〉中舉英 1893 的「己丑卜，𠂤：𢀛司妣甲？」別出心裁的把「司妣甲」的司解成「祠」，無視於「𢀛」字。言該辭中的「司」要讀爲「祠」，即祠拜妣甲。卜辭中𢀛先王先妣的辭例甚多，見《類纂》143 到 148 頁。

這些辭例不見有在𢀛字後還要再加上祠者，知司不當作「祠」。這裏的司妣，是無法如朱說把司解成祠的。故可知「ㄋ」爲司字省口形，並非妣字。而「司妣」一詞又見常耀華與黃天樹先生所綴的合 21555 加合 21537 中，[15]其辭爲「丁卯卜司妣㕤」，（圖 16）該辭中就出現「司妣」之名，其亦可作爲朱說之反證。所以卜辭的「ㄋ」爲司字，並非「ㄅ」（妣）字。

最後，在材料方面，朱氏此文乃專論子組卜辭的特殊字例，子組卜辭主要收入在《甲骨文合集》第七冊的乙一類中，但其卻引用合集丙一類（午組卜辭）的合 22044，及丙二類（婦女卜辭或非王無名組卜辭）的合 22276，可見其引用甲骨資料時之不辨組別。

參、「ㄅ牛」可以釋作牝牛嗎？

朱歧祥在〈論研讀甲骨文的方法〉一文中以「由文例對詞組的認識，幫助對上下文的理解」爲題，列舉合 32374 以爲其中的「ㄅ牛」可讀作「牝牛」，其說如下：

〈集 32374〉　其一用ㄅ牛十又五？（圖 17）

本辭在《類纂》中釋作「其一用人牛十又五」，於上下文意全不可解。我們認為，句中的「一」為兆序，與命辭本身不應混在一起讀。對照〈集 32375〉的「己酉卜：用ㄅ牛自上甲？」一辭可知。又，「人牛」一詞全不可解。人或即匕（ㄅ）的異體，在此讀為「牝」。「用牝牛」，即用母牛為祭牲。「匕，動物」例在卜辭中亦非特例。如：

〈集 28411〉叀匕兕？

〈集 808〉叀匕犬？

〈集 27915〉王其田，叀成虎匕禽，亡災？

15 常耀華〈子組卜辭綴合兩例〉《殷都學刊》1995 年 2 期；黃天樹〈甲骨新綴 11 例〉《考古與文物》1996 年 4 期。

因此，本辭應釋讀為「其用匕牛十又五？」，意即卜問用牝牛十五頭祭祀宜否。[16]

按：朱說誤。合 32374 的「牛」當讀作「夷牛」，卜辭夷字，《甲骨文編》卷八第十頁尸字下引粹 1187「」字說：「與夷通用，侯告伐尸方，尸方即夷方」，《續甲骨文編》卷八第十四頁尸下云「陳也，象臥之形」並引甲 277、續 1.33.7、粹 412、粹 1187 等諸字爲例。關於夷字與尸字之混同，吳大澂《字說》中的〈夷字說〉已有說，他指出《周禮》中的「夷槃」《儀禮・士喪禮》中的「夷衾」，「凡此夷字皆當讀爲尸，或故書本作尸而漢儒誤釋爲夷，或當時尸夷二字通用，古文尸字隸書皆改作夷，均未可知，然則漢初去古未遠，必有知尸字即夷字者，故改尸爲夷也。」

而卜辭此字姚孝遂、肖丁在《小屯南地甲考釋》102-103 頁上段說：

> 卜辭「人」作「」，「尸」作「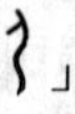」，二者有別……「尸」非象臥形，當為象箕踞之形古文字「尸」均用作「夷」，典籍多作「夷」，《論語・憲問》「原壤夷俟」《賈子，等齊》「織履蹲夷」，「夷」皆為箕踞之義，亦即「尸」之本義。

卜辭夷字的正體作「」，本與「」有別，但有時夷字也寫作「」與人字無別，如合 32374 的夷牛，卜辭常見「夷牛」一詞，如：

甲戌卜貞：翌乙亥㞢于祖乙三牛，𠂤見（獻）夷牛。十二月。　　合 1520

己酉卜：用夷牛自上甲。

于大主用。

己酉卜：用九牛彡。

弜用夷牛。

☐卜☐于☐宰。　　綴集 215（合 32375+合 34401）

王其伐若，乙丑允伐又卯暨左卯隹夷牛。　合 16131 正（丙 153）

辛酉卜，旅貞：夷牛其用于☐　　合 25908（海 8）

夷字一作「」，一作「」，夷牛是指夷方所產之牛，爲𠂤所帶來並作爲祭祀祖乙之用，故朱氏將夷牛解釋爲牝牛，其誤不待辯而可知矣。又朱氏引有關「匕，動物」卜辭亦不正確，如所引合 28411 爲殘辭，僅見「叀匕兕叀☐」，卜辭如兕爲野水牛，在擒獲之前是不可能知其牝牡的，而且卜辭也未見標記其爲牡牝。又所引合 27915，將犬誤成虎，裘錫圭先生在〈甲骨綴合拾遺〉（《古文字論集》）已和合 33925 綴合。全辭是「王其田，惠犬自匕，毕，亡戋。」「王其田，惠成犬匕，毕，亡戋」「王其匕犬不雨」「弜匕，冓雨。」，「匕」俱應讀作「比」，此卜辭是問王田獵的時候，是比「犬自」或「成犬」或「犬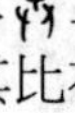」而能有所擒獲，亡災。中途是否會冓雨，「成犬」即合 27925 之「在成犬」。「王其比在成犬」又見於合 27925，「惠成犬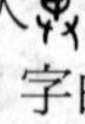比」又見於合 29394。又所引集 808 爲屯南 808 之誤，當爲「☐其匕犬☐」，「匕」字由上舉文例來看，也應讀作「比」。又所引合 32374 之「一」爲誤刻，非兆序，同樣類例亦見合 30888。

[16] 朱歧祥〈論研讀甲骨文的方法—文例研究〉《歷史文物》第十一卷五期，中華民國九十年五月。

肆、「子尻」可以釋作「子的臀疾」嗎？

劉一曼、曹定雲在〈殷墟花園莊東地甲骨卜辭選釋與初步研究〉[17]引〈H3:620〉

庚申卜：歲妣庚牝一，子尻卬往。

以爲「子尻」和卜辭的「尻」「應是指同一人」。劉一曼又於〈殷墟花園莊東地甲坑的發現及主要收獲〉上說：「H3 甲骨卜辭出現的一些人物如，…子（尻）…等，又見於武丁『賓組卜辭』或『自組卜辭』中」。[18]

朱歧祥氏在〈〈殷墟花園莊東地甲骨卜辭選釋與初步研究〉讀後〉中卻說：[19]

> 本辭可以分讀，理解為「子尻卬，往？」。尻字作，用為名詞，指示人的臀部。卜辭中尻字並未見用為人名。如〈集 21803〉「癸卯子卜：至宰，用豕尻？」、〈集 13750〉「□寅卜，古貞：其有疾？」等例，均可用臀部本義來理解。是以，本辭前一分句「子尻卬」可視為「卬子尻」的倒裝句型，相當於上文第三類卬字句的用法，言禦祭求祐子的臀疾；「往」為後一分句，乃本辭貞問所在，言禦祭子的臀患後，子能出行否。[20]

按卜辭的尻字見於卜辭如下：

□子尻□▨
丙戌卜，亘貞：子尻其㞢□　　合 3183 正甲乙（乙 5451 遙綴乙 5633）
□寅卜，古貞：尻其㞢疾。
□貞：尻亡疾。　　合 13750 正（丙 175）
貞：祖丁尻。
貞：祖丁尻。　　合 9947
貞：今般取于尻，王用若。　　合 376 正（丙 96）
庚戌卜，亘貞：王呼取我夾在尻若于王固曰▨若
庚戌卜，亘貞：王呼取我夾▨尻不若□▨　　合 7075 正

案張秉權先生在丙 96 考釋云：「，疑即臀字，在此似是地名，但在他處有爲人

[17]劉一曼、曹定雲〈殷墟花園莊東地甲骨卜辭選釋與初步研究〉《考古學報》一九九九年三期。

[18] 見《甲骨文發現一百周年學術研討會論文集》185頁，文史哲出版社，民國八十八年八月。

[19] 朱歧祥〈〈殷墟花園莊東地甲骨卜辭選釋與初步研究〉讀後〉《中國文字》新廿六期，民國八十年十二月。台北藝文印書館。

[20] 〈〈殷墟花園莊東地甲骨卜辭選釋與初步研究〉讀後〉一文該段又見於朱歧祥〈論花園莊東地甲骨用詞的特殊風格－以歲字句為例〉。其言「卜辭中尻字並未見用為人名。如〈集 21083〉「癸卯子卜：至宰，用豕尻？」、〈集 13750〉「▨賓卜，古貞：其有疾？」等，都可用臀部本義來解釋。是以，花東甲骨前一分句「子尻卬」可視作「卬子尻」的倒裝句型，相當於上文第三類卬字句的用法，言禦祭求祐子的臀疾」。史語所，民國九十年九月六日。

名者。」雖然陳漢平、溫少峰、姚孝遂等皆主「[illegible]」非人名及疾名。李宗焜先生在〈從甲骨文看商代的疾病與醫療〉以為：

「我們認為張秉權的人名之說是對的，可惜他這個意見只在《丙》96 的考釋中附帶提了一下，而沒有任何論證；在本辭所出的《丙》175 更無一語及之。我們在前文曾指出，卜辭的「患病部位」照例都在「疾」字之後，如疾目、疾自等。此處的「[illegible]其有疾」、「[illegible]亡疾」顯然與習見的文例不合。其他卜辭在「其有疾」、「亡疾」之語前面出現的，都是人名。如

(69) 丁亥卜，㱿貞：子漁其有疾。 合 13722

(70) 丁□貞：子漁亡疾。 合 12723

這一類的例子還有很多。只是[illegible]正巧表示人體的部位，容易被誤會為即是疾病罷了。[21]」

至於朱氏所引合 21803 的「癸卯子卜：至宰用豕尻」該片尚有「壬寅子：用豕至小宰龍母」而類似文例亦見於合 21804（乙 4911+乙 5985）

戊辰卜，扶貞：酚盧豕至豕龍母。

戊辰卜，扶貞：酚小宰至豕司癸。

龍母、司癸是稱祭祀的對象，那麼合 21803（珠 899）的龍母與尻也是被祭祀的對象，可知是省略了介詞「于」（如合 28240「☐子貞：桒雨夒受禾。」），卜辭子某又可作某，因此尻即子尻，亦即花園莊出土卜甲的「子尻」，非指子的臀疾。

伍、甲骨文的「气」可以解作「貢獻」、「致送」嗎？

在安陽殷墟出土的甲骨文字，並非全部都是占卜的卜辭，有部分刻在甲橋、龜尾、背甲、骨臼、骨面以及少數人頭骨。對於這些記事刻辭，晚近已有人作全面的整理，[22]而骨面刻辭的「戊子[illegible]乞[illegible]骨三」（《小屯南地甲骨．下冊第一分冊 131（H:204）》季旭昇氏云：[23]

《屯南》中的這類刻辭的「气」字寫得相當含糊，形像「三」，又像「气」，考釋認為當釋「乞」，又說「在[illegible]乞與若干骨之間或是在若干骨之後的[illegible]、[illegible]、河、[illegible]等字，當為地名或族名，是標明此批骨是由某地或某族貢獻來的」，這應該是正確的，照這個看法，這類記事刻辭中的「乞」字應釋為「貢獻」。但在《前言》中考釋者又以為「乞」即「訖」，因此《屯南》對「气」的看法，並沒有明白地講出來。我們認為，這類記事刻辭以及武丁五種記事刻辭中的「乞」應釋為貢

21 李宗焜〈從甲骨文看商代的疾病與醫療〉中央研究院史語所集 72 本第 2 分。
22 柳東春《殷墟甲骨記事刻辭研究》，台灣大學中國文學研究所碩士論文，民國七十八年六月。
23 季旭昇〈說气〉《中國文字》新廿六期，2000 年 12 月。

獻、致送，我們可以舉一條比較明確的例證：

甲午卜，貞：令周乞牛，多……合 4884　（圖 18）

本條應該可以說明乞字當釋為貢獻、致送，否則既命周乞牛，而又規定周一定要用「乞求」的方式來覓牛，似無此理。當然，這是一條殘辭，並不是很堅強的證據。但是，在大量的气字句中，气字釋為貢獻、致送，應該是比釋為求好些。

乞為什麼可以釋為貢獻、致送，看起來好像很突兀，其實「乞」字本來就有「給與」的意義，因此在甲骨文釋為「貢獻、致送」是毫無問題的。舊釋「乞」為「乞求」是受了後世「乞」字通行義的影響，大家都忽略了它本來就有另一個看似相反，其實是本當並存的解釋——「貢獻、致送」。

先秦沒有「乞」字，「乞」字是假借「气」字而來的，這在《說文解字》段玉裁注中說得非常明白。現存文材料中最早的「乞」字出現於東漢，前此睡虎地簡、漢馬王堆帛書的「乞」字都寫作「气」(參《秦漢魏晉篆隸表》第 26 頁)，其意義都是「乞求」，而在史書中大量出現的「乞」也都用為「乞求」，這就造成一般人一個刻版的印象，看到「乞」字直覺地就認為是「乞求」。其實這是錯的。

他又引《漢書・朱買臣傳》說：

我們不嫌其長地引這一段文字，因為它很生動地描寫出朱買臣當太守以後報復的有趣經過，朱買臣的前妻因為自覺慚愧，上吊而死，朱買臣「乞其夫錢，令葬」，這個「乞」字非常明確地非解為「給與」不可，絕對不能解為「乞求」。顏師古的注也很明白地指出：「乞音氣。」又，《漢書・卷九十・酷吏列傳》：「今縣官出三千萬自乞之何哉？」顏師古注：「自謂乞與之也。乞音氣。」依顏師古注，乞字解做「給與」時要讀如「氣」，去聲。《左傳・昭公十六年》「毋或匄奪」，孔穎達疏也說：「乞之與乞一字，取則入聲，與則去聲也。」可見得這種解釋是當時學者的共識。

按：季文所引合 4884 為殘辭並不明確，但同樣的文例亦見於以下：

甲午卜，惠周乞牛多子。　合 3240　（圖 19）

〼方〼令□乞多□牛。　合 3290　（圖 20）

在崔恒昇先生編著的《簡明甲骨文詞典》[24]气字下引合 4884 以爲「讀爲乞，乞求。」由語法分析合 3240 與合 4884 干支、人物相同，應是同一件事，牛是乞的直接賓語，多子是間接賓語，語法結構明確，由合 3290 之殘辭可知「乞牛多子」也可作「乞多子牛」。直接賓語和間接賓語也可對調。卜辭上常見「収牛」(見《類纂》362 頁)、「𠭯牛」

[24] 崔恒昇《簡明甲骨文詞典》，安徽教育出版社，62 頁 1992 年 3 月。

(見《類纂》366頁)。又有刄羊(見《類纂》362 頁)、㲃羊(見《類纂》366頁)，又有出羊、出牛(見丙333、乙3328、鐵162.3)。

刄牛與㲃牛意義相同，疑刄爲㲃之省體。而刄牛羊有時也可作刄生（牲）[25]或㲃生（牲）。如：

己巳卜貞：呼㢧刄生（牲）于東。　　合20637（人3155）
〼㲃生〼　　合15862正

由於卜辭常見征伐前有刄人或㲃人，故知刄牛或㲃牛羊應是屬於比較正規的徵牲的行動，我在〈徵牲考〉已有詳細論證。[26]
但也有用「求」字，如：

王求牛于夫。
貞：弓求牛于夫。　　合940正
允出。
求勿牛。
求湅牛。　　合11156

以商王之尊要求牛于臣下，可知「乞牛多子」亦爲常理。「多子」爲何種人物，李學勤在〈釋多君多子〉中說到：[27]

> 卜辭中與多君類似的詞，還有多子，如《甲》752有「惠多尹饗」之語，同書1634則有「惠多子饗」。武丁時的賓組卜辭到多子的尤多。《尚書·洛誥》和《逸周書·商誓》兩篇都有多子一詞，可資研究，對於多子的意義不難索解。…
> 可見多子一詞和在《洛誥》文中一樣，是對大臣或諸侯一類人物的稱呼。

多子是對大臣或諸侯一類人物的稱呼，卜辭上也有多子族，經常和王族一起出征，卜辭中王族，多子族及多尹是三個不同團體，[28]多子族是王族的分族和商王室有血緣關係，其族長也可以被稱作多子，卜辭中有爲數不少的子某，其中含有商王的子侄，但相信也有多子族之族長，周向多子乞牛，無疑的多子是具有都邑、族眾，甚至於爵位，是具有相當高政經地位的人物。

卜辭還有一片：

貞：呼黃多子出牛㞢于黃尹。　　合3255

[25] 拙稿〈卜辭生字再探〉《中央研究院歷史語言研究所集刊》六十四本四分。
[26] 拙稿《殷禮叢考》台灣大學中國文學研究所碩士論文，民國六十七年五月。
[27] 李學勤〈釋多君、多子〉《甲骨文與殷商史》，上海古籍書版社，1983年3月。
[28] 見拙作《甲骨綴合集》二一九組考釋，樂學出版社總經銷，1999年9月。

此片裘錫圭先生解釋說：

> 黃多子跟黃尹顯然有血緣關係，所以商王想讓他們拿犧牲來祭祀黃尹。黃尹就是伊尹。到武丁時代，伊尹已經死了三百年左右。黃多子顯然不是黃尹的兒子們，而應該是黃族（即黃尹之族）的一些族長。卜辭常見「多子」，其中大概也有不少不是指時王的諸子，而是指商族的很多族長的。[29]

從以上可知商王令周去乞牛是極其平常的事情，商王是擁有強大權力的專制君主，乞牛和求牛一樣是徵集的意義，並無損於商王之尊嚴，骨面祭祀刻辭常見的「干支某乞自某幾屯（對）」及甲橋反面記事刻辭「乞自帚某幾」皆指徵集占卜用之卜骨及龜版。王室對臣下用「乞」「求」並非下對上之用語，而是和「叹」「蝕」相同的意義，如合 9427「乞自東先見（獻）」，占卜的龜板是臣下所獻。而要把乞改爲貢獻和致送，反是不合語法，而且是錯誤的。

至於季文提出「乞」有給與的意義並引《漢書．朱買臣傳》的「妻自經死，買臣乞其夫錢，令葬」同樣可見〈朱買臣傳〉「買臣隨上計吏爲卒，將重車，至長安，詣闕上書，書久不報，待詔公車，糧用乏，上計吏卒更乞匄之」。這裏的「乞匄」也是給與的意思，但乞匄最初是乞求的意義，也見於《漢書．西域傳上罽賓國》：「擁彊漢之節，餒山谷之間，乞匄無所得。」顏師古注「匄亦乞也。」

這種現象猶如卜辭匄有求的意義，但也有給的意思，如「求雨匄」，裘錫圭說：

> 在卜辭裏「求」與「匄」時常同見於一辭之中……「匄」是「丐」的古體。「丐」、「求」二字意義相關。(66) 同版之辭卜問「禾㞢（有）及雨」可知在當時作物急需雨水，「求雨匄」顯然是祈求降雨的意思。「匄」字在古書裏有乞求和給予兩義。卜辭「匄」字有一些似乎也應該當給予講。例如有一條卜辭說：「□□卜㱿貞：𢀛方　率伐不，王告于祖乙，其正，匄又（佑）」（合 6347），這裏的「匄又」似乎就應該當給予保佑講。「求有匄」就是祈求鬼神有所賜與的意思，「求雨匄」是祈求鬼神賜給雨水的意思。」[30]

《漢書》的「乞」或「乞匄」有「給與」的意義並無法拿來說明卜辭的「乞」有「貢獻」或「致送」的意義，甚至拿來解釋卜辭的「乞牛」，季氏不僅句讀斷錯，更引用《漢書》完全無關的「乞」有給予的意義一事來說解相差一千五百多年前的甲骨文的字義，當然就成了方柄圓鑿，滯礙難通。乞牛也是乞求牛牲，舊說完全正確。

陸、甲骨文中的「朱」字是由「束」字分化而來的嗎？

[29] 裘錫圭〈關於商代的宗族組織與貴族和平民兩個階段的初步研究〉《古代文史研究新探》，江蘇省古籍出版社，1992 年 6 月，頁 305。
[30] 裘錫圭〈釋求〉《古文字論集》，中華書局 1992 年 8 月，頁 66。

季旭昇在〈說朱〉一文上說：[31]

甲骨文中有個寫作「朱」、「朱」的字見於：

丁卯王卜才朱貞其巡从師西生來亡災　　合 36743

戊卜貞王田朱生來亡災王固曰吉茲御隻兕十虎一狐一　　合 37363

丙辰卜賓貞□朱□未　　後上 12.8

....「朱」字在古文字中除了用做國地族名之外，大體上是用為顏色名。古文字中用為顏色之字，除了丹是由紅色顏料轉為顏色名之外，其餘多為假借用法。因此，我們認為「朱」字也是一個假借字，它可能由「束」字假借，後來漸漸分化而形成的一個字。「朱」字的字形太過簡單，考釋諸家的是非不容易分出對錯。但是我們可以從「誅」字來思考。甲骨文中有個寫作「䵹」、「䵹」的字（《文編》4889、《集釋》3925、《詁林》3288，又可以簡寫作「戠」《懷》1314，《詁林》2468）。……劉釗釋為「戠」：

> 甲骨文「鼅」字作「」「」「」「」諸形，或加「束」聲符作「」「」，甲骨文「戠」字作「」，又作「」。金文「鼅」字作「」，又改「束」聲為「朱」聲，即將「束」聲改成與其形體接近並可代表「鼅」字讀音的「朱字」。」

...劉釗以為是「改換聲符」。我們這裏要作一個比較大膽的推測，有沒有可能「朱」就是「束」的分化字呢？如果這個說法能夠成立，那麼從「朱」聲和從「束」聲本來是一樣的，也就不存在著聲符替換的問題了。……我們以為「朱」字可能是從「束」字分化出來的，當它單獨書寫的時候，為了要與「束」字有所區別，於是把中間的空虛填實，或甘脆把圓圈換成象徵「鼅」身上的絲線，或作一道橫線，或作二道橫線。尤其是作二道橫線的「朱」字，說明了「朱」和「鼅」關係的密切。

季氏以爲朱是從束字分化出來的證據，他舉了金文彔伯㦰簋的「」，從朱作「」及卯簋從束作「」又引戰國楚簡的速字作「」「」等形來作證明。他說：「

朱是從束分化出來的字，二者本來是同一個字，因此在楚簡中，「速」字從二「朱」形與從二「束」形是一樣的，而從二「束」形則是從「束」的複體（《望山楚簡》以為從「可能「棶」就是「束」的繁體」，當可從），因此這個字釋為「速」就完全可以理解了。這個字形的演變，應該也可以做為「朱」和「束」是同一個字的分化的例證吧。」

按卜辭已有束字作「」（甲 430）、「」（林 2.25.6）、「」（前 2.25.6）、「」（續 3.32.4）、「」（乙 5327）；金文作「」（不嬰簋）、「」（召伯簋）、「」（𦅫簋）、「」（盂卣）、「」（散簋）。《說文》：「束，縛也，從囗木。」又卜辭「」（合 27602）

[31] 季旭昇〈說朱〉《甲骨文發現一百周年學術研討會論文集》文史哲出版社，1999 年 8 月。

又可作「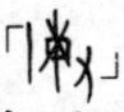」（屯南 2254）。由甲金文可知束字表示以繩索束木之形，可用一木也可用三木來表示。而卜辭的東字又可作「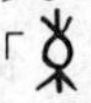」（合 9430）、「」（合 8738）、「」（合 9425），字象橐中實物以繩約於兩端之形，為橐之初文，和束字象束木之形無涉。卜辭作為地名的朱字，木中一橫是指事符號，金文中的朱字中間變成一點，至於「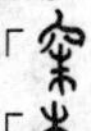」字寫作「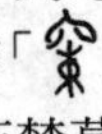」是把點變成圓圈，並非朱即是束，這種情形猶如行氣玉必銘的本字作「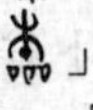」、《郭店楚墓竹簡・成之聞之》作「」，這種變化屢見不鮮。甲骨文的誅字從「」、「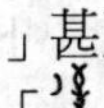」甚至作「」皆為橐的象形，非從木的束字，至於卜辭速字原從矢或兩矢作「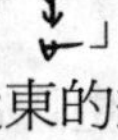」、「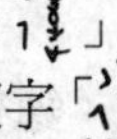」之形，後來表意部分的矢或兩矢為「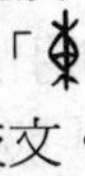」或「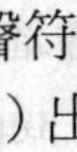」的聲符所取代[32]，才有從束的速字「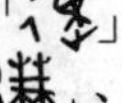」（弔家父匡）、及從束的速字「」（石鼓文・車工）出現，至於楚簡的速字作「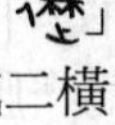」、「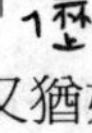」，用連結二木來表示束，作為聲符之用，如甲骨文的并字从二人其下一橫或二橫，又猶如金文攝字的偏旁「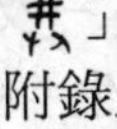」是用三橫來表示連結二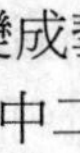，變成彗字，並非從二朱。[33]又猶金文友字（《金文編》附錄上字號 579）亦可作「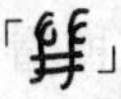」其中二橫表示聯結。

綜言之，季氏引甲文的誅字以為從束得聲，金文中山國的誅字確實是從朱字得聲，兩者聲符是不同的，其引金文從穴朱聲的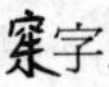字以及戰國楚簡的速字，對於字形的分析都錯誤，以致造成朱字是從束字分化而來的謬論。

七、甲骨文「人晶」、「牛晶」中的「晶」可以讀作「腥」嗎？

鍾柏生氏在〈釋人晶與牛晶〉一文上說：[34]

1. 甲寅卜，㱿貞：燎于㞢土（社）？
㞢宰㞢一人？
㞢叀犬㞢羊一人晶？　（丙 86 即合 10344 正）（圖 21）
2. 丁亥卜：㞢一牛晶？　（丙 87 即合 10344 反）（圖 22）

筆者個人認為例 1、例 2 之「人晶」、「牛晶」，「晶」的解釋可從三方向來考慮：

一、「晶」既然是「星」字，腥從星得聲，腥、星音近可通，「人星」、「牛星」可能即「人腥」、「牛腥」。…「人腥」、「牛腥」就是言「生的人肉、牛肉」。

二、「晶」與「曐」為同字，兩者的差別為：前者為象形字後者為形聲字，「曐」字增加聲符「生」乃注其音也。牲乃從「牛」、「生」聲的形聲字。牲字既從「生」聲，其音當與「星」近，故卜辭可能借「星」為「牲」。卜辭云……

三、楊樹達云：卜辭星之用同於許書之姓（晴）。卜辭云：

9. 貞：羽辰……不其星？　合 11495 正
10. 貞：羽戊申毋其星？　合 11496 正
11. 甲寅卜，㱿貞：羽乙卯易日？

---

[32] 詳拙稿〈釋殷卜辭的速字〉《第五屆文字學全國學術研討會論文集》頁 195-211。政治大學，民國八十三年五月。

[33] 見吳匡、蔡哲茂〈釋攝〉《故宮學術季刊》十一卷三期。民國八十年。

[34] 鍾柏生〈釋「人晶」與牛「牛晶」〉《王叔岷先生八十壽慶論文集》民國八十二年六月。

貞：羽乙卯不其易日？　　　　　　合11506正（乙6385正）

12.王固曰：止☑勿雨。乙卯允明陰。三。食日大星。合11506反（乙6386反）

...筆者斟酌再三，認為第一種解釋「星」為「腥」最為合適。因為例1、2卜辭占卜目的，是問應採用何類祭品，而不是問天象。《禮記》〈內則〉既有「麋腥」詞，卜辭「人星」、「牛星」與其相類。「生肉」、「熟肉」為不同祭品，故卜辭卜問之。

鍾柏生氏這種看法後來被蕭璠先生所引用，其在〈中國古代的生食肉類餚饌－膾生〉中以爲腥字還可以上溯到殷商時代，「殷墟甲骨文中已出現『牛星』一語，借『星』爲『腥』，『牛星』即『牛腥』」。[35]

鍾柏生氏之所以會有這種看法，可能來自其〈釋𩰫〉一文的觀點有關。[36]他將卜辭的「𩰫」字解成「孰食」。而這種看法若我們從裘錫圭先生〈釋殷墟卜辭中與建築有關的兩個詞－門塾與自〉的說法來看，可知其誤。[37]張玉金先生在《甲骨文虛詞詞典》中認爲「𠙽」應當隸作「晶」，釋爲「晴」。其言：[38]

1.侑惠犬，侑羊有一人，晶（晴）。

2.侑室有一人。　　　　　　　　　　　合10344

此例的「有」字結構作受事賓語。第一辭貞問：如果以侑的方式使用的狗、並以侑的方式使用羊和一個人，那麼就會晴嗎？第二辭貞問：應該以侑的方式使用系養的羊和一個人嗎？

𠙽字，《摹釋總集》亦釋爲晶，不管釋作星或晶，星晶兩字在音義上是出於同源，（見王力《同源字典》334頁文史哲出版1973）但鍾氏在句讀上誤讀，將它與前面的人、牛二字合讀成人腥、牛腥，卜辭上祭祀用牲不管是牛、羊、豕、犬或人，除了合10344正反未見有加上「星」的，把它解釋成「生的人肉、牛肉」，是由於句讀的錯誤，所造成的誤解。

再從另一方面來說，除非有其他的卜辭證明殷人經常要把人肉、牛肉煮熟後來祭祀才有可能卜問用生肉祭祀，但眾所周知，即使目前可見最大的司母戊鼎也不能用來煮一頭牛，而且卜辭用十牛、廿牛、卅牛、五十牛、百牛或十宰、廿宰、五十宰等來祭祀是屢見不鮮，試問要用多少容器來煮這些肉，多少木材來作燃料才能煮熟，以及多少人力，這在常識判斷是不可能的。即使今日的祭孔典禮，牛羊豕三牲也是生的，不是用煮熟的去祭祀。當然我們不反對殷王或貴族日常食用的肉是煮熟後食用，但卜辭上祭祀用牲甚至高達𠕋千牛（「丁巳卜爭貞降𠕋千牛」合1027正）的占卜，即使我們對𠕋的具體意義不知，但卜辭所說用牲是不可能煮熟後再祭祀，這是應該可以確定的。

---

[35] 蕭璠〈中國古代的生食肉類餚饌－膾生〉《中央研究院歷史語言研究所集刊》七十一本二分。

[36] 鍾柏生〈讀契偶得〉《古文字學論文集》國立編譯館主編印行，1999年8月。

[37] 裘錫圭〈釋殷墟卜辭中與建築有關的兩個詞－門塾與自〉《古文字論集》191頁。

[38] 張玉金《甲骨文虛詞詞典》，北京中華書局，1994年3月，頁261。

在合 10344 反同一片上有卜問「今日其雨」可知，星字應如楊樹達、張玉金等人在此讀爲晴，即用這些牲品來祭祀，以祈天氣放晴等，如此文義明確，牛、人兩字要與星字逗開，鍾氏將句讀弄錯，致誤解成牛腥、人腥，這是不可能成立的。

捌、甲骨文的「□」可釋作「躋」嗎？

鍾柏生在〈商代逆祀補論〉[39]中說到卜辭中的「□」與逆祀有關。其言如下：(以下先將其全文列出)

（1）壬申卜，爭貞：父乙□羌甲。
壬申卜，爭貞：父乙弗□羌甲。
父乙□且乙。
父乙□南庚。
父乙弗□南庚。　　丙 49（合 1656 正）

（2）貞：𢀛于父乙。
勿𢀛于父乙。
𢀛于父乙。
𢀛于父乙　　丙 50（合 1656 反）

（3）⧄□且丁
⧄且丁　　合 1899

（4）己亥卜，王：大庚勹□大乙宰牝不冬月。
乙巳卜，王㞢父庚。　　懷 1481

…筆者完全贊同饒先生將「□」釋為「躋」。但對「此辭即謂升小乙廟主，配享于先王羌甲與且乙」則有不同的詮釋。筆者認為要瞭解「□」字在此四版卜辭的真正含義，需從《左傳》原文著手。《左傳》文公二年云：秋八月丁卯，大事於大廟，躋僖公，逆祀也。於是夏父弗忌為宗伯，尊僖公……。君子以為失禮，禮無不順。祀，國之大事也，而逆之，可謂禮乎……故禹不先鯀，湯不先契，文、武不先不窋。……仲尼曰「臧文仲，其不仁者三，不知者三：下展禽，廢六關，妾織蒲，三不仁也；作虛器，縱逆祀，祀爰居，三不知也。「躋僖公」為何是「逆祀」？楊伯峻《春秋左傳注》云：躋僖公者，享祀之位升僖公於閔公之上也。閔公與僖公為兄弟，魯世家謂閔為兄，僖為弟；漢書五行志則謂僖是閔之庶兄。無論誰為兄誰為弟，僖公入繼閔公，依當時禮制，閔公固當在上。原先祭祀時，依據魯國先君排序，閔公在僖公之上，因主事者夏父弗忌個人因素，更動先後秩序，所以時人及孔子都批評此事，認為「失禮」「不知」。也就是說，在祭祀禮中用「躋」字是有特殊意義，而不是完全是「升」或「登」之義。我們以殷代世系表來檢視《丙》49〔例（1）〕便可發現：本版為武丁時期卜辭，卜辭中的「父乙」應是「武丁」之父「小乙」，從世系表來看，不論「羌甲」、「且乙」、「南庚」在祀禮中的排序，都在「父乙」之前；例（4）亦然，「大

[39] 鍾柏生〈商代逆祀補論〉《中國文字》新廿五期，台北藝文印書館，民國八十八年十二月。

庚」的排序在「大乙」之後。今天為了某種理由要更動其祭祀對象的先後秩序，將「父乙」、「大庚」提前，也就是合了《左傳》所謂的「逆祀」，乃「失禮」的舉動，以殷人尊尚祖先的傳統，自然要卜問這種作法是否合適。筆者在這篇短文中，提出□字在祭祀卜辭中饒先生不同的意見，乃證明逆祀除了商周普遍存在，並且有專用字，這是□字原始意義的另一種引伸。就如同「史（事）」字在卜辭中的用法一樣。至於□字字形為何有「躋」之義，因資料不足，前人討論付之闕如，以後覓得材料再加討論。

其在注釋部份又舉「將祭名放在祖先名後者」如

（一）□且丁大勺，王其征大甲。　　（合 27363）三期

（二）己未卜：且丁大勺，其征大甲。

弜征。　　（南地 2276）三、四期

例（一）是三期卜辭，父甲乃指祖甲而言。先言且丁再言「征父丁」，由遠而近，祭祀秩序是合禮的。例（二）依世系且丁在後大甲在前，乃逆祀。

按裘錫圭先生在〈讀小屯南地甲骨〉已指出屯南 2276 釋文將「父甲」誤釋爲「大甲」，[40]我在〈甲骨文合集綴合（續八）〉（大陸雜誌 82 卷 4 期）指出合 31180 加合 31045 遙綴合 27363 與屯南 2276 爲同文例，合 27363 正作「父甲」，可證明裘說是正確的（又見拙作《甲骨綴合集》第六六組釋文考釋）（圖 23）[41]。而鍾柏生卻仍從屯南釋文，將屯南的「父甲」誤爲「太甲」，進而爲逆祀的根據[42]。祖丁指武丁，而父甲指祖甲，因祀武丁而延至祖甲，乃順祀而非逆祀。

至於「□」字唐蘭在《甲骨文自然分類簡編》已提出甲骨文「□」字「楊桓《六書統》說□是古文躋字，義亦同，但不知何本。」[43]按楊桓爲元人據元史列傳卷一百六十四，列傳第五十一：

> 桓為人寬厚，事親篤孝，博覽群籍，尤精篆籀之學，著《六書統》、《六書泝源》、《書學正韻》大抵推明許慎之說而意加深，皆行于世。

元代的楊桓是不可能看到甲骨文的，如果《六書統》含有古文字的資料，不應該僅此一見。他所認爲的「□」字，見於《六書統》卷五轉注人體之注「□」之屬二文之注，□下云：「祖兮切，自下登高也，从□从卩，升高當自卩也，古文與躋隮並同用。」按《集韻》「躋」下有一體作□可能就是《六書統》所本，而將之改□成□。因此《六書統》的□字可能是從□字演變而來，並非甲骨文的「□」。卜辭此字又作人名，如：

---

[40] 裘錫圭〈讀小屯南地甲骨〉《古文字論集》頁 328，中華書局。

[41] 《甲骨綴合集》，台灣樂學書局總經銷，1999 年 9 月。

[42] 又同樣的錯誤又見於鍾氏〈讀左傳札記二則〉《中國文字》新廿七期第十頁。台北　藝文印書館　民國九十年十二月。

[43] 《甲骨文自然分類簡編》76 頁，唐蘭著、唐復年整理，山西教育出版社，1999 年 3 月。

呼畓。　　合 4201

□以馬自薛。十二月。　　合 8984

己未卜：以。　　合 9084

入。　　合 9380

而除了作爲人名的之外，此字疑爲「先」之異體。父乙先羌甲，父乙先祖乙，父乙先南庚，先祖丁，大庚先大乙，即祭祀祖先占卜其先後（如存補 3.22.3「大乙先上甲酌王受又」）。因爲裘錫圭先生在〈甲骨卜辭中所見的逆祀〉一文中，分析卜辭之後以爲「商代祭祀雖以順祀爲常，但有些祭祀裏也允許逆祀，似乎不認爲失禮。商人與周人對逆祀的看法，可能並不完全相同。」在這裏尙可引下這些卜辭來作證明（《類纂》882 頁）：

癸亥卜，古貞：肇于唐用。三月。

癸亥卜，古貞：肇丁用。三月。　　綴集 18 (合 15383+合 15515)

庚子卜貞：其肇丁用。于癸卯酌。

貞：自唐㞢。　　合 557

戊戌卜，喜貞：告自丁陟。

□告自唐降。　　合 22747

綴集 18 的肇是開始的意思，丁可能指祖丁，也可能指武丁。肇丁用確指祭祀祖先，只是省略了犧牲。合 557 即卜問以羌人祭祀先王由父祖而往上至遠祖。合 22747 可知告祭可從父丁往上祭，也可由唐往下祭。這種往上祭甚至可以遠到高祖王亥，說明商代順祀逆祀皆可，並無逾乎禮之處。甚至商代是否已有後代「躋」的此一觀念或語言尙難證明，僅從《六書統》的 證明卜辭的「」是躋字，中間相差兩千多年，而且沒有任何線索可以連繫，這是難以成立的。

玖、甲骨文的「」可釋作「豚」嗎？

鍾柏生在〈讀左傳札記二則〉[44]中說到合集三六四八一正的「」字，他說：

> 卜辭中「」字，从字形而言如果「」字是虎形，《詁林》所釋則有其道理，其與敔簋的「」形可能沒有直接演變的關係，或有只是形體的訛變；如果是「象」形則與敔簋的「」則有字形演化的關係。其左偏旁之「」是否為肉形或是盾形之形狀，比較不能肯定。

按：鍾氏對於這個字的右旁之形不能肯定，並且提出其釋爲从「象」的可能性，另一方面他認爲如果是虎形，則从《詁林》釋爲盾。

事實上這個字的右旁上部是虎頭之形，並不是「象」，而且《詁林》雖認爲此字右

[44] 鍾柏生〈讀左傳札記〉《中國文字》新廿七期，台北藝文印書館，民國九十年十二月。

旁爲虎，可是《詁林》釋作盾卻無法說明這個從虎的字爲何可以釋作盾。裘錫圭〈說「揜函」〉一文中指出這個字應該是「櫓」的初文[45]。

> 《說文・六上・木部》:櫓大盾也。從木，魯聲。樐或從鹵。此字在古書中有時假借「鹵」字爲之，「鹵」、「虜」古通，《說文・七上・毌部》謂「虜」從「虍」聲，可知「櫓」「虎」二字古音極近。「虍」象虎頭，實即虎之省形。《說文》訓爲「虎文」不確。字當從盾之側面形，從「虎」聲，即「櫓」之初文。

可見鍾氏視此字右旁從「彖」或從「虎」，均沒有能正確理解這個字。而且鍾氏將此字和𢦏簋的「」字將之和西周金文及戰國文字的「盾」字認爲是字形上的演化，其實𢦏簋這個字是從盾從豚聲，是一個形聲字；而西周金文及戰國的盾字則是會意字。兩者的差異不可能是「字形上的演化」所造成的。

（本文第壹、貳、伍、柒則曾以〈甲骨文研究的迷思〉爲題在史語所第九十年度第四次講論會上宣讀，90 年 2 月 26 日。）

[45] 裘錫圭〈說「揜函」〉《華學》第一期，一九九五年八月。

合 21202

圖1

懷1588

圖3

合 14360

圖2

合 32393

圖4

合 14341

圖5

合 14360+英1225

圖6

合 20685

圖7

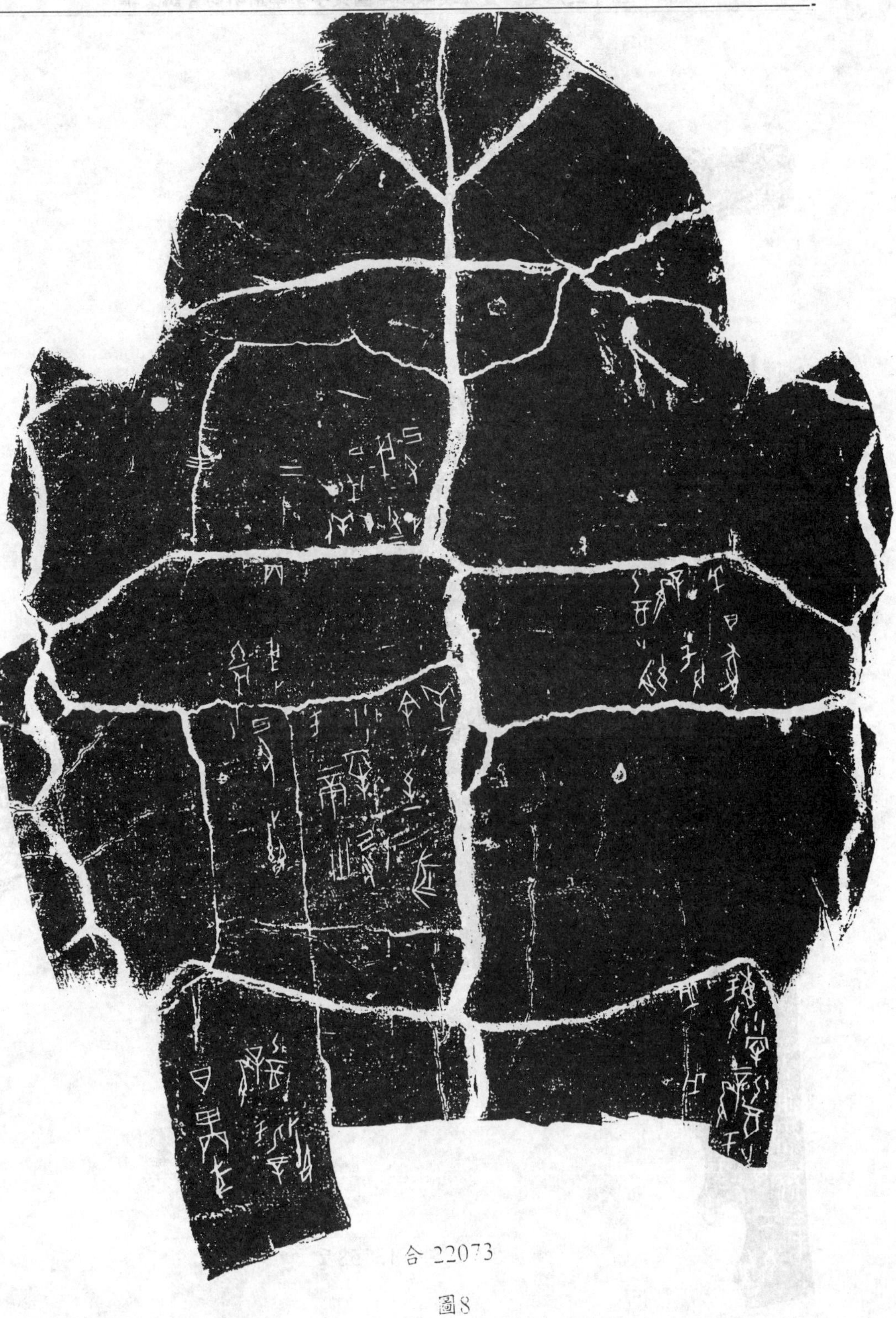

合 22073

圖8

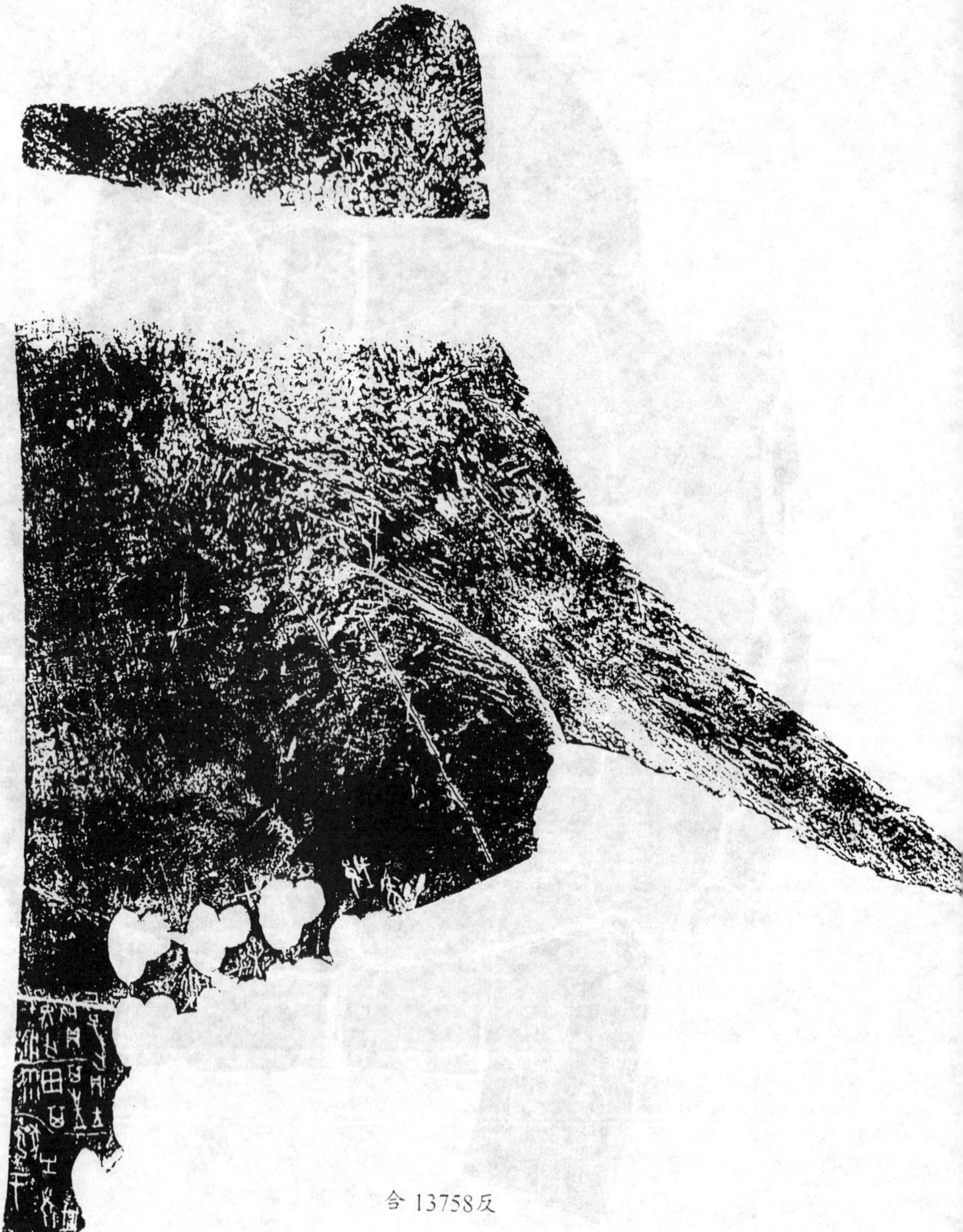

合 13758反

圖9

合 22044

圖10

合 21805

圖12

合 21804

圖11

合 27582

[27] 圖13

圖14

合 22069

英 1893

圖15

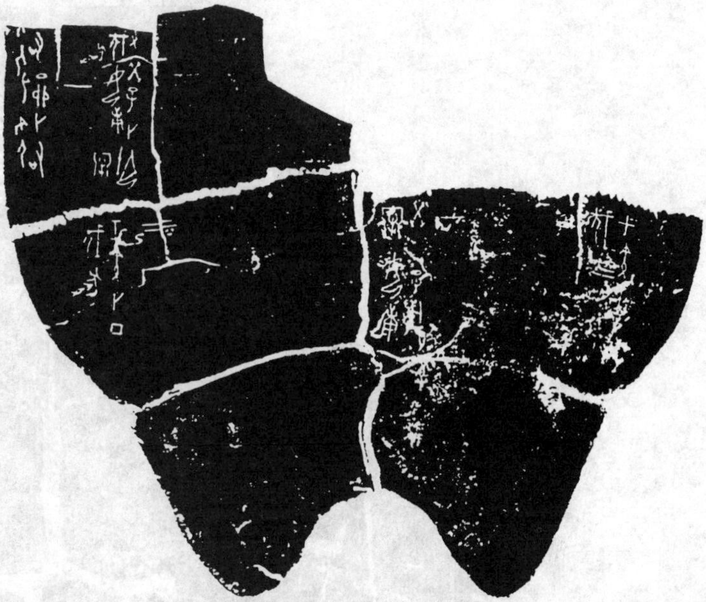

合 21555+合 21537

圖16

32374

圖17

合3240

圖19

合 4884

圖18

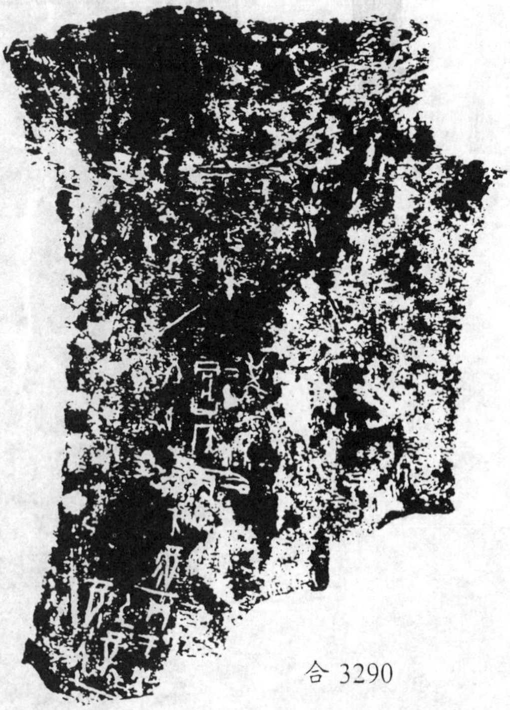

合 3290

圖20

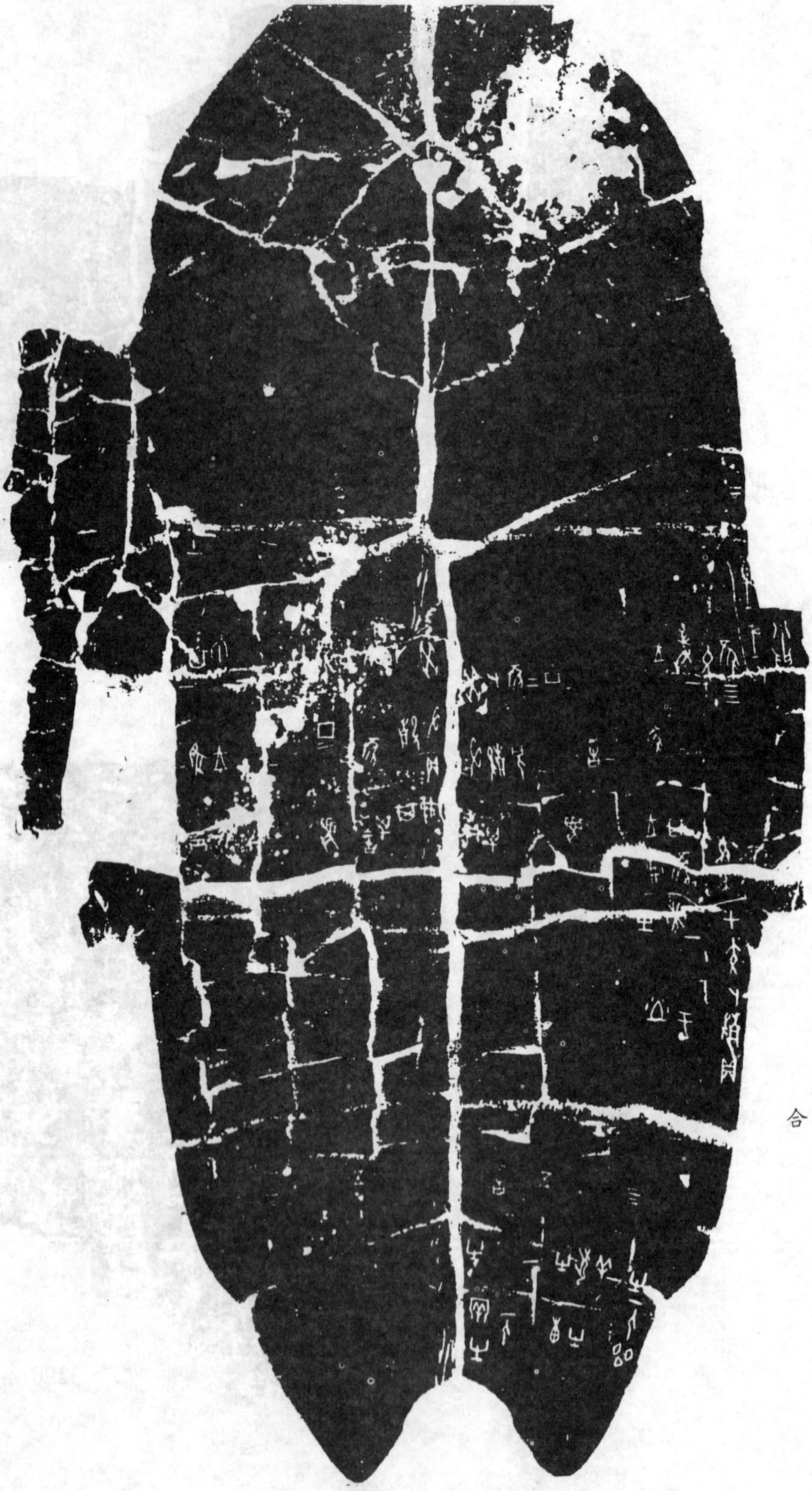

合 10344正

圖 21

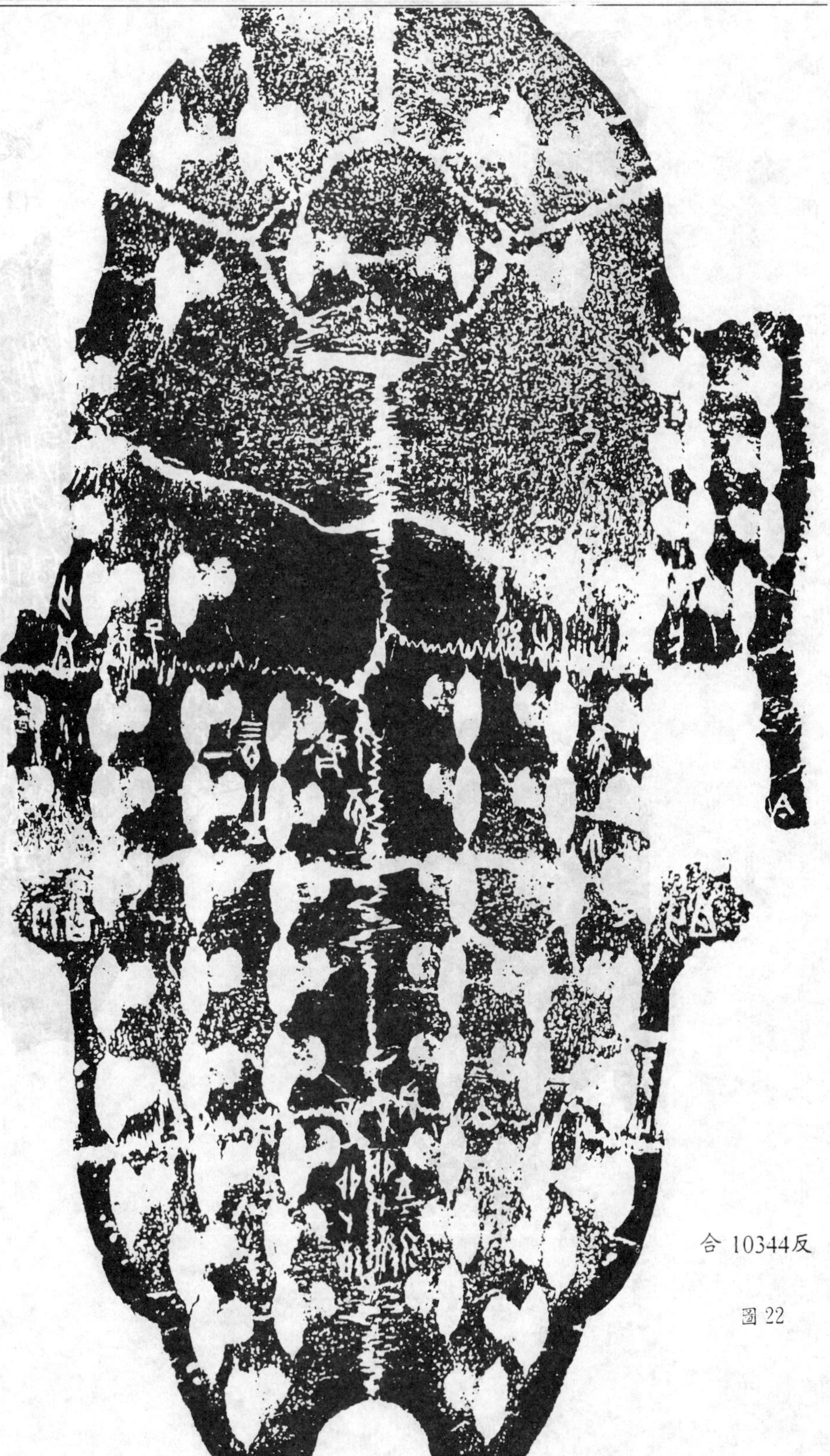

合 10344反

圖 22

31180

31045

綴集

(215)

34401

32375

27363

圖 23

釋「五丯臣」

何樹環

中國技術學院助理教授

提要

甲骨文中有表示上帝臣屬的詞－「五丯臣」，這個詞究竟該怎麼釋讀？代表什麼意義？其中的「丯」字或釋爲「玉」，認爲「玉」可讀爲工，五丯臣即五工臣。或釋「丯」爲《說文四下》讀若介的丯字，認爲五丯臣是五個臣。由於甲骨文的玉字可作丰，亦有作丯者，後一形體與丯（介）字無別，遂造成對「五丯臣」釋讀上的歧見。古文字有時某二個字的字形很相近，往往必須透過辭例的分析來加以區別二字意義的不同，本文即試由辭例來討論「五丯臣」的釋讀及其意義，認爲「五丯臣」應讀爲「五介臣」，爲將上帝旨意傳達至人間的神靈，指的可能爲風、雨、雷、雪等與氣候有關的自然神。

關鍵詞：甲骨文、介臣、帝臣、天工、介

本文

甲骨文中有表示上帝臣屬的詞－「五丯臣」，這個詞究竟該怎麼釋讀？其中的「丯」字或釋爲「玉」，認爲「玉」可讀爲「工」，「五丯臣」即「五工臣」；或釋「丯」爲《說文四下》讀若「介」的「丯」。個人認爲這兩種釋讀，前者並不可信，後者的說法亦未爲完備。以下試透過甲骨文丯字的相關辭例對此問題進行討論。

甲骨文玉字作丰，中間豎筆或不突出，如《屯南》2346「其品亞，叀玉豐用」其中的玉字作王；用作大鼓一類意義的豐字，其所從的玨，也有作玨。王（玉）、丰（玉）的橫筆有時偏斜，如甲骨文中有從二玉的字作玨或玨，其辭云：

（1）丁□卜□貞于二玨㞢五人卯十牛

五人卯五牛于二玨　　　　　合 1052 正　圖一

（2）☒歲于大甲師玨一牛

戊辰貞歲于大甲師玨三牛　　　　合 32486，京津 3989　圖二

（3）戊辰貞歲一牛于大甲師　　　　屯南 1074　　圖三

（1）辭中，「二」的下一字一般釋爲《說文・玨部》：「二玉相合爲一玨」的玨字。此字在（1）辭似作爲祭祀之地點，確切意義不明。（2）、（3）辭中的「師」字可與「大甲師，叀大牢」（合 27160，粹 192）相比較，指的可能是祖先木主旅途停留的駐紮之地[1]。「師」的下一字依字形可釋爲「二玉相合」的玨，指的

[1] 參鍾柏生<釋「□」「□」及其相關問題>《中國文字》新廿四期。

是用牲之法。以上所述丰、王當釋爲玉，丰丰、玨當釋爲玨，基本上是學界普遍性的看法。值得留意的是，依《說文》所說，玨是「二玉相合爲一玨」，段注引《倉頡篇》亦云「雙玉爲玨」，可見玨指的是數量爲雙數的玉。但祭祀時所用的玉並非都是可以成雙成對來計算的，有一條三期卜辭云：

（4）其鼎用三丰犬羊⧄　　合 30997，佚 783　　圖四

其中的丰字以其與牲畜共同爲祭祀之物的用法來看，無疑當釋爲玉。但古文字往往繁簡無別，有沒有可能「丰」（玉）在此表示的是「玨」，就如同卜辭表示「生月」之意的「木月」[2]又可作「林月」呢？我認爲並非如此，因爲重複偏旁所造成的字，如吅、林、从，在《說文》中的析形是「從二口」（＜二上·吅部＞）、「從二木」（＜六上·林部＞）、「從二人」（＜八上·从部＞），但玨字許慎並不如此分析，《說文》段注對此有所解釋，云：「不言從二玉者，義在於形，形見於義也。」從造字之意來說，「玨」是取「二玉相合」的具象的會意字，吅、林、从則是偏旁重複的抽象會意字。那麼用玉來祭祀時，可成對計算用「玨」，非雙數時則各別計算，也就是很自然的事了。

在上舉與玉或玨有關的卜辭中，玉字的橫短畫或平直或偏斜，其原因可能是古人契刻時或由於材質軟硬，或由於個人書寫筆勢的不同等因素所造成的，這種情形在甲骨文「于」字也表現得很明顯（參《甲骨文編》0600 號），故即使玉字有「丰」的形體，與《說文四下》讀若「介」的「丰」完全相同，根據辭例、用法來分析，仍不至於將（4）辭的丰（玉）釋讀爲丰（介）。由於丰（玉）、丰（介）的形體過於相近，再加上存在因個人書寫筆勢所造成的形體混同的因素，所以甲骨文作「丰」的字，完全有可能並非玉字。

在卜辭中有「五丰臣」，又有「五丰」、「五臣」，其辭云：

（5）庚午貞：秋大集⧄于帝五丰臣血□在祖乙宗卜
　　合 34148，粹 12　　圖五

（6）□□貞：其寧秋于五丰臣，于日告
　　屯南 930　　圖六

（7）癸酉貞：帝（禘）五丰其三百四十牢
　　合 34149(後上 1.26.15+後下 2.3.16)，綴 51　圖七

（8）辛亥卜⧄五臣⧄
　　王有歲于帝五臣正，惟亡雨
　　□□卜，[illegible]又（侑）于帝五臣，又（有）大雨
　　合 30391，粹 13　　圖八

（9）于帝臣，又（有）雨
　　于岳宗酌，又（有）雨
　　于夒宗酌，又（有）雨　　合 30298　，甲 779　圖九

[2] 「木月」、「林月」表「生月」之意，參裘錫圭＜釋木月、林月＞《古文字論集》，中華書局 1992 年 8 月，又見於《古文字研究》第 20 輯，中華書局 2000 年 3 月。

(5)、(6)兩辭中五的下一字作丰，或作丰，但顯然是同一個字。此字或釋爲「工」，此說法主要是受到王國維對<亞[illegible]且丁簋>解說的影響，王國維曾根據《三代》7.34.6(《集成》3940)的銘文：「□亥王易□□繖王十丰章用乍且丁彝」(商末周初器，圖十)，認爲銘文中的「丰」當爲玉的數量單位用語，並依《說文》段注對玨字的解說

> 「《左傳正義》曰：『瑴』，《倉頡篇》作『玨』，云：『雙玉為玨，故字從雙玉』按，《淮南》書曰：『元玉百工』，注：『二玉為一工。』工與玨雙聲，百工即百玨也。」

故將銘文中的「丰」釋爲「玨」[3]。其後陳夢家亦引用該篇銘文，且更直接地把銘文中的「丰」釋讀爲工，認爲(5)、(6)兩辭中的「五丰臣」即「五工臣」[4]。

王氏把「丰」視爲玉的數量單位詞「玨」的說法未必可靠，因爲「王十丰」完全有可能與「田五田」是相同的構詞形式，如果是這樣，「王十丰」就可以讀作「玉十玉」。且即便是把「丰」字視爲玉的數量單位詞，也並不表示「丰」在此僅有讀爲「玨」一種可能，因爲古代對玉的數量單位詞並非僅有「玨」，

> 《爾雅．釋器》：「玉十謂之區。」
>
> 郭璞注：「雙玉曰瑴，五瑴為區。」

區古音爲溪紐侯部字，銘文中的「丰」依字形可隸定作玉，玉古音爲疑紐屋部字，區、玉二字聲母同爲牙喉音，韻部陰入對轉。且由於銘文拓片不清楚，也可能該器銘文當讀爲「□亥王易□□(?)繖王十玉章(璋)，用乍且丁彝」，西周時的銅器銘文中有𢿢王，見於<𢿢王盉>(《集成》9411)，[illegible](?)繖王或許與𢿢王有關。而把丰(玉)釋讀爲「二玉相合爲一玨」的「玨」，在上文的討論中已經說過，並不是很適當的。總之，該篇銘文並不能充分地說明「丰」可用以表示除「玉十玉」這種構詞形式之外的玉的數量單位詞。至於陳夢家的說法，雖然玉(疑紐屋部)與工(見紐東部)的聲韻相近，但其說是將銘文中的「丰」視爲「二玉爲一工」，以此做爲前題的，故仍然不可遽信。

如果抛開銘文的限制，直接由聲韻的關係認爲「五丰臣」可讀爲「五工臣」，從辭例來看，仍然是不合適的。陳夢家和連劭名曾引用文獻中的「工正」、「臣工」，做爲「五丰臣」當讀爲「五工臣」的例證，陳氏云：

> 「卜辭的帝五工臣，帝五臣正和《左傳昭十七》所述郯子一段有關。郯子曰：『我高祖少皞摯之立也，鳳鳥適至，故紀於鳥為鳥師而鳥名，鳳鳥氏歷正也……五雉為五工正』。此是《左傳》所保存有關殷代神話最寶貴的一段。郯子所說的五鳥是歷正、司分、司至、司啟、司閉，五鳩是司徒、司馬、司空、司寇、司事。前者是掌天時者，後者是掌人事者。五鳩五工正，發展而為《左傳．昭廿九》晉太史蔡墨所說的五行之官，五官即木、火、金、水、土。鳳鳥相當於卜辭的『帝史鳳』，五工正相當於

---

3 王國維《觀堂集林．說玨朋》。

4 陳夢家《殷虛卜辭綜述》p572，中華書局1992年1版2刷。

卜辭的『帝五工臣』。」[5]

連氏云：

「『工臣』連稱更是古代的習語，《詩經·周頌·臣工篇》:『嗟嗟臣工，敬爾在公。』《毛傳》:『工，官也。』《尚書·酒誥》:『越獻臣百宗工』，『又惟殷之迪，諸臣惟工』。是皆臣工連用之例。」[6]

「工正」尙見於《左傳·莊公廿二年》:「使為工正」,「工正」是官名，指的是掌百工之官，「正」是用作「官長」之意，爲總掌其事者的泛稱，如《尙書·多方》:「爾乃自作不典，圖忱于正。」而「臣」字並無「總掌其事者」這樣的意義。另外，文獻中是「臣工」，與甲骨之「丯臣」，在詞序上顯然並不密合。

郭沫若將上舉（5）、（6）的「丯」釋讀爲「介」云：

「余意當即小篆丯字，讀介。<秦誓>:『若有一介臣』(據《禮·大學》引),《公羊傳·文十二年》引作『唯一介』，猶此『五丯臣』亦有省稱『五丯』也。介今作个，故『帝五丯臣』又省稱作『帝五臣』。」[7]

此說頗具啓發性。郭沫若之說爲甲骨之「五丯臣」又可省作「五丯」提供了可資對應的文獻證據。但其說後半云「介今作个」，則似乎認爲「介」應讀爲量詞「个」(個)，所以「帝五丯臣」又省稱作「帝五臣」，如果真是這樣，那麼（7）辭云「帝（禘）五丯（個）其三百四十牢」，則辭意就很難理解了。

我認爲將「五丯臣」讀爲「五介臣」是可取的(理由詳下文)。至於介和个，由於二字形音皆近，故《禮記·大學》引《尙書·秦誓》的這段文字時，既有作「介」，亦有作「个」者，應以「介」爲正字[8]。雖然「介」在先秦可作爲「人」的量詞[9]（个(個)遲至南北朝時才適用於「人」[10]），但是卜辭中並沒有「一卣鬯」這種數詞加量詞再加名詞的構詞形式[11]，所以卜辭中的「五丯臣」、「五丯」，不論是從文意或是構詞形式來說，都不應釋讀爲「五個臣」、「五個」。

在(5)~(8)辭中，有「五丯臣」，又有「五丯」、「五臣」，若是把「五丯」、「五臣」視爲「五丯臣」的省稱，似乎「丯」有與「臣」相近的意義。商代輔佐君主的人可稱爲「小臣」，如伊尹在卜辭中又稱「伊小臣」，而「丯」依《說文》可讀若介，介也有挾輔佑助之意

《爾雅·釋詁》:「亮、介、尚，右也。」

郭璞注：「紹介、勸尚，皆相佑助。」

《尙書·多方》:「爾尚不忌于凶德，亦則以穆穆在乃位，克閱乃邑，謀

---

5 陳夢家《殷虛卜辭綜述》p572，中華書局 1992 年 1 版 2 刷。

6 連劭名<甲骨文「玉」及相關問題>《出土文獻研究》，文物出版社 1985 年 6 月。

7 郭若沫《殷契粹編》，引自《甲骨文字詁林》p3281。

8 見《禮記·大學》校勘記，院元《十三經注疏本》、皮錫瑞《今文尙書考證》p476，中華書局 1998 年 12 月 1 版 2 刷。

9 參洪誠<略論量詞“个”的語源及其在唐以前的發展情況>，原載《南京大學學報》1963 年 2 期，復收於《雒誦廬論文集》(見於《洪誠文集》) 江蘇古籍出版社 2000 年 9 月。

10 參劉世儒《魏晉南北朝量詞研究》，中華書局 1965 年 6 月。

11 參張玉金《甲骨文語法學》p21，學林出版社 2001 年 9 月。

介。」

蔡沈《書集傳》釋「介」爲「助」。

若是這樣，則「五丯臣」中「丯臣」連言，「丯臣」屬同義複詞，可理解爲五位輔佐上帝的臣。但是由文獻中介字的用法和「丯臣」的構詞形式來看，還可以有不同的解釋。《禮記》中有「七介」、「五介」、「三介」

《禮記·聘義》:「上公七介，侯伯五介，子男三介，所以明貴賤也。」

孔疏:「此一節明聘儀之有介，傳達賓主之命。」

《禮記·禮器》:「是故君子之於禮也，非作而致其情也，此有由始也。是故七介以相見也，不然則已慤。」

《禮記》中的「介」指的是負責傳達命令一類事務的職官，且「數字＋介」的構詞形式與卜辭之「五丯（介）」亦相合，那麼「丯（介）臣」完全有可能如同「松樹」、「茅草」、「牯牛」、「菊花」，是「小名＋大名」的構詞形式，「丯（介）臣」可理解爲眾臣之中擔任傳達命令一類事務的職官。就如同「松樹」、「菊花」可省稱爲松、菊，「五丯」即是「五丯臣」的省稱應該是完全沒有問題的，《公羊傳·文十二年》將＜秦誓＞之「一介臣」省作「一介」，應該就是這個緣故。至於「帝五臣」與「帝五丯臣」的關係，在（8）辭中，「帝五臣」應是同版中「帝五臣正」的省稱，「臣正」約相當於前舉之「工正」，爲總掌事務之職官，從構詞形式和其實際所指來說，「帝五臣正」(「帝五臣」)與「帝五丯臣」似乎還是有所區別，「帝五臣正」所指爲何，待考，或許與陳夢家所舉《左傳》之「五雉爲五工正」有關；「帝五丯臣」則應與「帝庭的諸執司」有關（詳下文）。古代認爲神靈可來往於「天庭」和人間，如《詩·大雅·文王》:「文王在上，於昭于天……文王陟降，在帝左右」，所以把「帝五丯（介）臣」理解爲將上帝之意傳達至人間的五個神靈，應該較將之理解爲五個輔佐上帝的臣來得更爲合適。

「帝五丯（介）臣」所指爲何？陳夢家在上引文中認爲：

「帝五工臣當指帝庭的諸執司，其成員當近於＜九歌＞的東皇太一、東君、雲中君、大司命、小司命，或《周禮·大宗伯》的司中、司命、飌師、雨師，或鄭玄注＜小宗伯＞五帝之日、月、風師、雨師和司中、司命。《淮南子·天文》篇:『四時者天之吏也，日月者天之使也。』《史記·封禪書》記秦雍祀日月風雨九臣、十四臣之廟，凡此以日、月、風、雨為吏、使、臣，都和卜辭的帝五臣正相應。」

陳氏所說「帝庭的諸執司」，應是可取的。《尙書》有「天工」一詞，其意義或與「帝庭諸執司」相近

＜皋陶謨＞:「無曠庶官，天工人其代之。」

王肅:「天不自下治之，故人代天居之，不可不得其人也。」

王鳴盛《尙書後案》:「＜周頌·臣工＞，《毛傳》云:『工，官也。』天亦有官，故言不下治，人代居也。」[12]

---

[12] 據藝文印書館《皇清經解尙書類彙編》引。

孫星衍《尚書今古文注疏》引兩漢之文，其意略同：

「《後漢書．劉元傳》李淑曰：『夫三公上應台宿，九卿下括河海，故天工人其代之。』……王符《貴忠篇》云：『書稱『天工人其代之』，王者法天而建官，故明主不敢以私授，忠臣不敢以虛受。』……此皆古義，故備載之。」[13]

若依據此說法，則上舉（9）辭中的「帝臣」與「天工」之意義相近。卜辭中又有「帝𢀛」，可能與「帝庭諸執司」也有一些關係：

（10）辛亥卜：帝𢀛害我，又（侑）卅小（?）牢

辛亥卜：帝北巫　　合 34157，鄴三.46.5　圖十一

（11）辛亥卜：帝𢀛害☐　　合 34482，存 1.1831　圖十二

（10）、（11）辭中𢀛字上有四小點，工尚無確釋，或讀爲工，其上雖有四小點，似乎不影響字義，如《合》6407，土方之土作土；（10）辭中的牢字作牢，同版之帝作帝，可能都屬這種情形，又《屯南》804 亦有作動詞用的帝字，辭云「弜帝」。不過，即使將「帝𢀛」讀爲「帝工」，其意義雖可泛指「帝庭諸執司」，但似乎仍應與專指帝庭之中某五個執司傳達上帝旨意的「帝五丯臣」區別開來。蔡哲茂師見告，卜辭習見帝使風、令風，又有令雷、令雨之辭，「帝五丯臣」當是指在上帝左右與掌管天候有關的自然神。又《英》2366（《合》41411）云「其燎于雪，有大雨」，可能「雪」也包括在「帝五丯臣」之中。

或許有人會懷疑既然甲骨文中已經有作介的介字，「五丯臣」又是商人祭祀的對象，爲何不直接寫作「五介臣」而要用「丯」字？其實古文字中用音近的字來表示與原來字詞有意義上的區別的情形是存在的，如「戈」是一個常見字，但在曾侯乙墓竹簡中，是用「果」字來表示有二戈或三戈的戟的戈頭，以別於一般的戈[14]，且介字在甲骨文多用作多介父、介子等與周代「嫡庶」的「庶」相近的意義[15]，所以當時用「丯」來表示相當於後來任傳達信息之職的「介」這個詞，是一點也不奇怪的。至於爲何甲骨文中丯（介）和丯（玉）幾乎是同一個字形，卻可表示二個不同的詞？裘錫圭先生曾以甲骨文⿱亼冂既可以用作「宗」字也可以用作「高」字，夫（夫）有時也可以用作「大」字爲例，指出「在較早的古文字裏，同一個字形被用作兩個讀音很不同的詞的表意字的現象，是確實存在的。」[16]甲骨文「丯」可表示「玉」，也可以表示讀若介的「丯」，應該就屬於這一類的情形。

---

[13] 《尚書今古文注疏》p84～85，中華書局 1998 年 1 版 2 刷。

[14] 參《曾侯乙墓》附錄一，裘錫圭、李家浩<曾侯乙墓竹簡釋文與考釋>注 29，文物出版社 1989 年。及裘錫圭<談談隨縣曾侯乙墓的文字資料>《文物》1979 年 7 期，後收於《古文字論集》，中華書局 1992 年 8 月。

[15] 「介」有相近於周代「嫡庶」的「庶」的意義，參裘錫圭<關于商代的宗族組織與貴族和平民兩個階級的初步研究>，原載《文史》十七輯，後收於《古代文史研究新探》，江蘇古籍出版社 1992 年 6 月。

[16] 裘錫圭<釋木月、林月>《古文字論集》p88，中華書局 1992 年 8 月。

圖一 合 1052正

圖四 合 30997

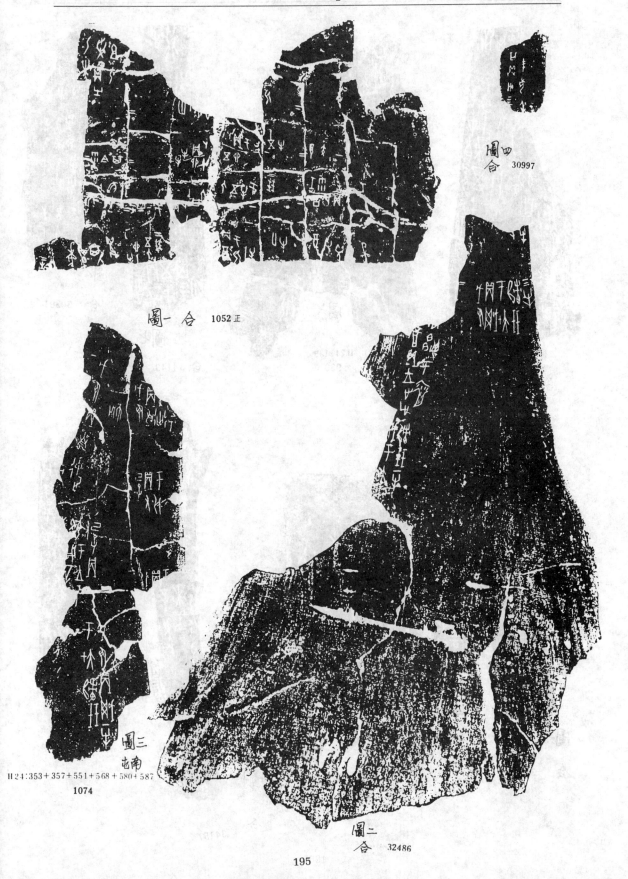

圖三 屯南 H24:353+357+551+568+580+587 1074

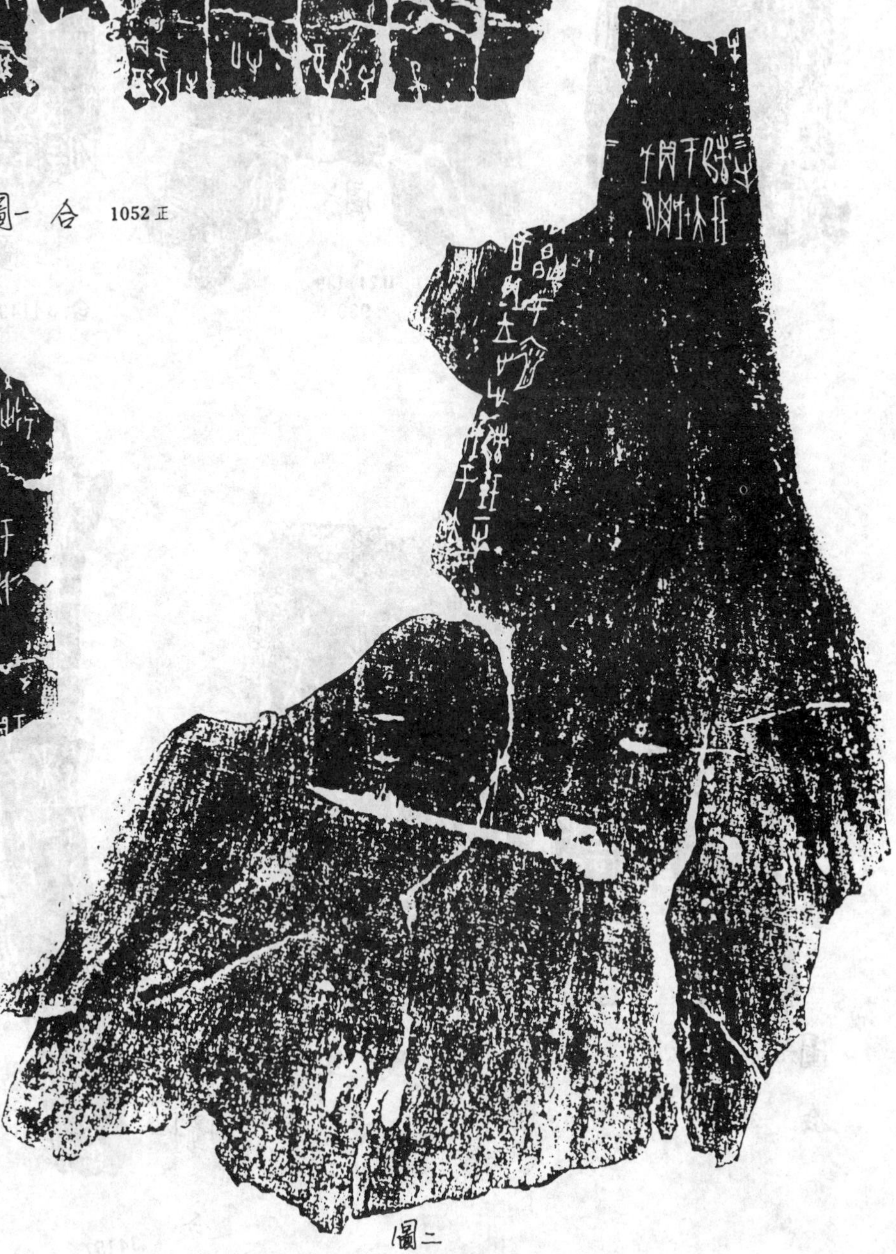

圖二 合 32486

圖五

合 34148

圖六

H24：139

屯南 930

圖七

合 34149

圖八

合 30391

圖九

合 30298

圖十 集成3940

圖十一

合 34157

圖十二

合 34482

論失傳已久的垂露篆

羅 運 環

武漢大學中國文化研究所教授

提要

東周時代，流行多種字體，其中垂露篆失傳已久。本文主要依據楚國的有關垂露篆金文資料，對垂露篆進行系統的論證。用以恢復這一失傳已久的垂露篆的本來面目和應有的地位。

關鍵詞： 楚國　垂露篆　研究

垂露篆又稱垂露書，是一種美學價值甚高的古文字字體，垂露篆的名稱不見於「秦書八體」，而見於南北朝以後的字體分類的論述之中(詳見下)，但沒有垂露篆字體的作品傳世。垂露篆究竟是什麽樣的字體，在相當長的時間裏誰也說不清楚。20 世紀 30 年代以來，隨着東周古文字資料，尤其是楚國金文的陸續出土，爲研究這種字體提供了條件。容庚先生及少數學者在研究鳥蟲書及銅器銘文表現形式上的時代標記時，對垂露篆已逐漸有所認識，先後提出了「蚊腳書」[1]、「垂露（或曰蚊腳）書體」[2]等概念。但不見有人對垂露篆作專題研究。這一失傳已久的字體，尙未取得應有的地位，故特作本文，與學人同道共同研究和切磋。

壹、「垂露篆」與「垂露之法」的區別及垂露篆的原創問題

垂露篆與垂露之法，這兩個概論皆見於魏晉唐宋人的書論之中。關於兩者的原創，過去一般都追索到東漢章帝時秘書郎曹喜。那麽，什麽叫「垂露篆」，什麽叫「垂露之法」，二者之間有何關係、垂露篆的原創是不是曹喜？下面分別加以探討。

關於垂露之法及其原創，唐代著名書論家張懷瓘闡述的最清楚並最有代表性。他在《書斷（中）》中云：「曹喜……善懸針垂露之法，後世行之。」[3]又在《論用筆十法》談論「隨字變轉」時，對「懸針垂露之法」作了具體的解釋，其曰：「隨字變轉，謂如《蘭亭》，‘歲’字一筆作垂露；其上‘年’字則變懸針」。[4]今人潘運告注張懷瓘《評書藥石論》對懸針垂露之法的解釋也頗有代表性。其曰：「懸針、垂露：兩種豎畫用筆法，相傳爲漢曹喜所創。豎畫至末端向上收縮，微呈露珠狀，故名垂露。豎畫至末端出鋒，形如懸針，故名懸針。」[5]從唐人張懷瓘

到今人潘運告所言來看，所謂「懸針垂露之法」，是指楷書着底豎劃（包括豎撇劃）的收筆方法和狀態。它可能是從篆字類似楷書豎劃（或類似楷書的撇、捺）等用筆方法借鑒而來。篆字的這類筆劃已見於先秦，有可能曹喜明確提出並運用於教學而留下口碑。

垂露篆則與作爲用筆方法的垂露法不同，是篆書中的一種書體。「垂露篆」作爲一種書體名稱最早見於南北朝宋朝人王愔的《文字志》卷上《古書》第 21 目。[6]南北朝南齊人蕭子良《古今篆隸文體》25 種，將「垂露書」列爲第 5 種。[7]唐人唐元度作《九經字樣》分字爲 10 體，「垂露」篆排列爲第 8 種書體。[8]唐人韋續作《墨藪·五十六種書》，將垂露篆列爲第 39 種，並云：「垂露篆者，漢章帝時曹喜作也。」[9]今人桂第子注唐元度《九經字樣》「垂露」書亦云：「相傳懸針同垂露，均爲曹喜創制。」[10]凡此皆表明，垂露篆是一種篆書體，歷來多認爲是東漢曹喜所創作。由於沒有實物流傳之故，後世學人往往將垂露篆與作爲用筆方法的「垂露之法」混爲一談。其中潘運告先生的說法具有一定的代表性。潘氏注唐人韋續《墨藪·五十六種書》云：「垂露篆：小篆垂筆末端含蓄不出鋒以仿露珠狀的一種美術體。」[11]

其實，垂露篆並非曹喜所創作，也不是一種「小篆垂筆末端含蓄不出鋒」的書體。南北朝宋朝人王愔，以及比王愔更早的蔡邕關於垂露篆的描述比較接近實際情況。《初學記》卷 21 載王愔《文字志》云：「垂露書，如懸針而勢不適勁，婀娜若濃露之垂，故謂之垂露。」[12]王氏不僅將垂露篆與懸針篆進行了區別，而且言簡意賅地道出了垂露篆的特點。其實，早在東漢後期，蔡邕作《篆勢》篇就從美學的角度對各種篆書作了描述，其中就有與垂露篆相關的文字，曰：「或輕舉內投，微本濃末，若絕若連，似露緣絲，凝垂下端。」[13]尤其是最後兩句，生動形象地揭示出了垂露篆的特色。垂露篆已見於東周時代的考古實物（詳見下），並非東漢曹喜所創制。之所以如此認爲，大概垂露篆與「古文經學」同命運，與秦代「焚書坑儒」有關。當「古文」被發現之際，曹喜亦再度弘揚垂露篆這一文化傳統，遂被誤認爲曹喜創制。或許有人會提出「秦書八體」之內[14]爲何不見垂露篆一體？我們認爲垂露篆這一體式可能包含在秦書八體的「蟲書」(「鳥蟲篆」)之內。合則包含其中，分則獨立一體。元代鄭杓《衍極》就將垂露篆列入「小篆之別」。[15]今人則多將其統稱爲「鳥蟲篆」。

貳、時代最早的垂露篆

就現有古文字資料而言，廣義的鳥蟲篆，大致可分爲三類：其一爲混合性鳥蟲篆，採用了鳥篆、蟲書、垂露篆等多種體式書寫，這一類作品所占比重較大[16]；其二爲鳥篆，作品如：《越王州句矛銘》、《越王州句劍銘（一）》、《蔡侯産戈銘（三）》、《子陴戈銘》、《口爲戈鐏銘》等；

其三爲垂露篆，作品如:《王子午鼎銘》(以垂露篆爲主)、《陪㑄銘》、《陪子陪缶銘》、《者𣍘鍾銘》、《楚王酓朏盤銘》等。下面將對先秦垂露篆進行研究。

就現存資料而言，垂露篆最早見於《王子午鼎銘》(相同鼎銘共 7 篇)，而最成熟的作品則以《楚王酓朏盤銘》爲其代表作。下面就以此二者爲主要依據，藉以探索垂露篆的藝術特點。

《王子午鼎銘》，爲春秋中期末楚令尹王子午(字子庚，楚康王初年任令尹)所作，它既是楚國最早的，也是中國最早的美術字作品，其字體是在春秋中期修長線篆和鳥蟲書的基礎上增添不同形態的垂露筆劃，以及其他裝飾筆畫。其垂露篆的特徵顯而易見。如：

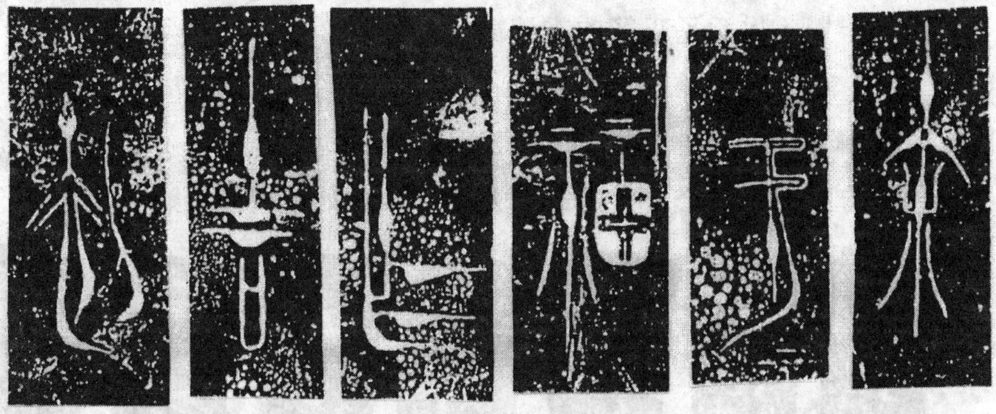

從這些字例(初、吉、乍　、福、于、余)就可以看出，這種垂露篆是用一種圓點和半圓點作爲裝飾，體現了露珠下垂、欲滴、半墜地面等各種狀態，與細線條的筆道形成鮮明的對照，二者相反相成，相映成趣，開垂露書體之先河。

這種書體當是從商末西周時代的肥筆書體借鑒而來，但商末西周的肥筆書法無懸針垂露之感，而本書體的垂露點劃，裝飾在細線筆道上，感覺十分強烈，故不可將二者混爲一談。

參、楚國垂露篆的影響

由於垂露篆書體風趣獨特和人們的喜愛，不僅在楚國，而且在楚系文字國家，甚至在其他國家都產生了較大的影響。其不僅影響到修長線篆和鳥蟲書，而且影響到日常正篆，如戰國中期《鄂君啓節銘》有少數字就反映了這一點。

這些受垂露篆影響而將個別筆劃復古爲點劃的字（擔徒、金節、屯廿、內辥、於襄、丘就、戚郢、五十、城就、逾沽、女德）夾雜在正篆書體中，具有明顯的裝點作用，既具有垂露點化之美，又與正篆整體書法融爲一體，增添了正篆的書體美。

肆、最成熟最典型的垂露篆

垂露篆發展到戰國末年，達到了其登峰造極的地步，如《楚王熊朏盤銘》的整篇文字全用垂露篆；茲選錄數位如下：

從這些字例（楚王酓朏、爲、共、鐈）來看，此時的垂露篆，字長是字寬的 7~8 倍，垂露點與細線筆道的反差更大，下垂欲滴的狀態更爲明顯。特別是還出現了象「楚」、「王」等字下端豎劃收筆處，裝飾小半圓垂露點的創意（示露珠垂地），與「酓（熊）」、「爲」等字下端懸針似的豎劃明顯反差，相間成趣，充分顯示出了垂露篆的特點。

至此，再次回味王愔給垂露篆下的定義和蔡邕的有關描述：「如懸針而勢不遒勁，婀娜若濃露之垂」。「似露緣絲，凝垂下端」。才真正感受到了垂露篆書體藝術的美妙。

如果說鳥篆楚不如越的話，楚國的垂露篆則是越及其他國家所望塵莫及。 垂露篆是楚國，也是中國古代書法的一絕。十分遺憾，先秦以後，會此種書體者罕見，東漢章帝時秘書朗曹喜，工篆書，擅長懸針、垂露，邯鄲淳拜其爲師。曹喜以後，隨着楷書的興起，垂露篆書法逐漸失傳，以致今人或將垂露篆與楷書的垂露之法、或將鳥蟲書與垂露篆混爲一談。研究垂露篆，並加以弘揚，相信也將會成爲今人所喜愛的一種字體。

參考文獻

[1] 容庚，張維持：《殷周青銅器通論》，北京，文物出版社，1984 年。

[2] 張振林：《試論銅器銘文形式上的時代標記》，《古文字研究》第五輯，北京，中華書局，1981 年。

[3] [唐]張彥遠撰、劉石校點：《法書要錄》（《新世紀萬有文庫》本），第 134 頁，遼寧教育出版社，1998 年。

[4] 潘運告編著：《張懷瓘書論》，第 269 頁，湖南美術出版社，1997 年。

[5] 潘運告編著：《張懷瓘書論》，第 257 頁注文，湖南美術出版社，1997 年。類似的說法亦見該書第 150~151 頁注文。

[6] [唐]張彥遠撰、劉石校點：《法書要錄》（《新世紀萬有文庫》本），第 12 頁，遼寧教育出版社，1998 年。

[7] [唐]徐堅等著：《初學記》卷 21《文字》，第 506 頁，北京，中華書局，1962 年。

[8] [宋]（作者佚名）著、桂第子譯注：《宣和書譜》卷 2《篆書》，第 34 頁，湖南美術出版社，1999 年。

[9] [唐]韋續：《墨藪》卷 1《五十六種書》（《叢書集成初編》本），第 4 頁，北京，中華書局，1985 年。

[10] [宋]（作者佚名）著、桂第子譯注：《宣和書譜》，第 35 頁注文，湖南美術出版社，1999 年。

[11] 潘運告編著：《中晚唐五代書論》韋續《五十六種書並序》，第 287 頁注文，湖南美術出版社。

[12] [唐]徐堅等著：《初學記》，第 506 頁，北京，中華書局，1962 年。

[13] [清]嚴可均校輯、今人陳延嘉等點校：《全上古三代秦漢三國六朝文》，《全後漢文》卷 80《蔡邕·篆勢》第 2 冊，第 738 頁，河北教育出版社，1998 年。

[14] [漢]許慎：《說文解字·序》，第 315 頁，北京，中華書局影印本，1963 年。

[15] [元]鄭杓述、劉有定釋：《衍極》卷 2《書要》，（《叢書集成初編》本）第 15 頁，北京，中華書局，1985 年。

[16] 參閱容庚：《鳥書考》，廣州，《中山大學學報》1964 年第 1 輯；馬國權：《鳥蟲書論稿》，《古文字研究》第 10 輯，北京，中華書局，1983 年；徐穀甫：《鳥蟲書大鑒》，上海書店，1990 年；候福昌：《鳥蟲書彙編》，

臺灣，商務印書館，1990 年；張光裕、曹錦炎主編：《東周鳥篆文字編》，香港，翰墨軒出版有限公司，1994 年；曹錦炎：《鳥蟲書通考》，上海書畫出版社，1999 年。

殷墟卜辭斷代中「子」、「巳」二字之探討

楊郁彥
輔仁大學中文研究所博士班

提要

卜辭中 、、、、 等形，除釋爲人名子某、子孫等之「子」字外，亦釋作干支之「巳」字，是以學者或謂子、巳二字間有著「同形異字」的關係。然若就各組各類卜辭中之子、巳二字作一詳盡之比對，即可發現子、巳二字之「同形異字」現象似乎只符合於部分如自賓間類、典賓類、賓組三類、出組…等等卜辭中之用字習慣，多數卜辭於子、巳二字仍屬有別，如自組肥筆類、自歷間類、歷類…等等卜辭之「子」皆作雙臂屈伸之 形、「巳」字皆作雙臂上舉之 形；賓組一類卜辭之子字作 形、巳字則作 形等等，二字仍有顯著的區別。有學者因此提出了「子」組卜辭應改爲「巳」組卜辭的說法，本文即欲就此將各組各類卜辭中「子」、「巳」二字之用字習慣作一全面性之探討，一方面釐清子、巳二字之相互關係，一方面探究習稱「子」組卜辭之「子」字是否當讀爲「巳」字。期望由此全面的探討，作爲卜辭分類之重要依據，以有助於卜辭斷代工作之發展。

關鍵字：殷墟卜辭　分類斷代　子　巳　用字習慣

壹、前言

卜辭中 、、、、 等形，除釋爲人名子某、子孫等之「子」字外，亦釋作干支之「巳」字，故陳煒湛以爲子、巳二字爲「異字同形」：

> 甲骨文子孫之子與十二支之巳同形，均作 或 。金文亦然。最初的研究者如劉鶚、孫詒讓囿於陳說，將 、 皆釋為子，反謂『唯巳字不見』。待到羅振玉作《殷商貞卜文字考》時，方根據殷虛出土獸骨刻辭中的干支表，考定 為巳，進而證實古金文中所謂乙子、丁子、己子、辛子、癸子者即乙巳、己巳、辛巳、癸巳，『有宋至今數百年間懷疑不能決者一旦渙然得確解』。…卜辭也有 字，其形與後世之巳同，但絕不見其用作十二支之巳，而多用為祀。又如祀、汜、改諸字亦均從 作。為何甲骨文不以 而以 為辰巳之巳？誠如羅振玉言，『此疑終不能明』。郭沫若則認為『古十二辰中有二子』(《甲骨文字研究．釋支干》)，故子巳同形。[1]

[1] 陳煒湛〈甲骨文異字同形例〉《古文字研究》第六輯，245~246 頁，中華書局，1981 年。

由上文，可知由未識干支之「巳」字，至識  形亦作「巳」字解，羅振玉之考釋居功厥偉，也因此才有了陳煒湛之「異字同形」說。然而，由筆者對各組各類卜辭之子、巳二字所作之比對，發現子、巳二字之「異字同形」現象似乎只符合了一部分如𠂤賓間類、典賓類、賓組三類、出組…等等卜辭中之用字習慣，多數卜辭於子、巳二字仍屬有別，如𠂤組肥筆類、𠂤歷間類、歷類…等等卜辭之「子」皆作雙臂屈伸之 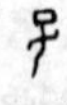 形，而「巳」字則皆作雙臂上舉之  形等，此一情形先前已有學者注意到，即張世超於〈𠂤組卜辭中幾個問題引發的思考〉一文中（以下簡稱「張文」），將雙臂屈伸之 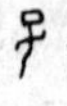、 二形作A式，雙臂上舉之 、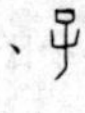 等形則爲B式，其文云：

> 從早期的甲骨字迹來看，十二支之『巳』與名詞之『子』是兩個不同的字。…在𠂤組大字卜辭中，名詞『子』作A式，干支『巳』作B式，不相混淆。《合集》20463 反（《乙》9085）右下角有『己巳』一辭，其中『巳』字先刻作A式，又改刻為B式，其別之嚴，有如此者！𠂤組大字的字迹是比較嚴謹的，它所反映出的這種文字現象值得我們注意。名詞『子』和干支『巳』在其他種字迹卜辭中的情況是：𠂤組大字附屬和𠂤小字一類二字無別，皆作B式；𠂤小字二類二字有別，同於𠂤組大字。如《合集》20608 同一版上『子辟』字作A式，『乙巳』字作B式。《英》1762 同一版上『三子』字作A式，『丁巳』字作B式。將早期的幾種甲骨字迹綜合起來看，『子』、『巳』之別不是個別刻手的偶然現象，而是當時文字中確有這種區別的反映。
>
> 我們一直以為十二支中之『巳』與名詞『子』在古文字中同字，現在看來，這種認識並不正確，至少從本原上說不是這樣的。到卜辭極盛的賓組卜辭裏，這二個字已混而為一，可能是因為二字形近，在使用上又不致互相干擾，為了契刻方便，就混同了。[2]

張文於子、巳二字之剖析有其獨到之處，但在筆者將卜辭中各組各類之「子」、「巳」二字作一分析之後，發現張文所言仍有未盡之處，故本文以下首先欲將子、巳二字之相互關係釐清，並針對子、巳二字於各組各類卜辭中之用字習慣作一全面性探討，以期作爲卜辭分類之重要依據，並對於卜辭斷代之工作有所開展。必須說明的是，張文中之卜辭分類乃是依李學勤、彭裕商於《殷墟甲骨分期研究》[3]一書中之分類名稱，與本文之分組分類名稱稍異[4]。張文與拙文於卜辭分組分類名稱上雖有別，然大致仍屬相通，如張文中所謂𠂤組大字類即本文之𠂤組肥筆類，其𠂤組大字附屬則相當於本文之㞢類，而本文於𠂤組

---

[2] 張世超〈𠂤組卜辭中幾個問題引發的思考〉《古文字研究》第 22 輯，32~33 頁，中華書局，2000 年 3 月。

[3] 李學勤、彭裕商《殷墟甲骨分期研究》，上海古籍出版社，1996 年。

[4] 本文於卜辭之分組分類大體依黃天樹之名稱。詳請參見拙著《殷墟卜辭斷代之「字形」標準研究》附錄「甲骨文合集分組分類總表」，輔仁大學中文研究所碩士論文，民國 90 年 6 月。

小字類並未再細分作一類、二類，皆稱之爲𠂤組小字類。

此外，張世超於文末更提出一新說：即由非王卜辭中子組卜辭之貞人「子」字字體，判斷歷來習稱之「子組卜辭」當稱作「巳組卜辭」的說法。此說是否合宜？亦爲本文於第參節中探討的重點。限於個人的才疏學淺，本文所討論各組各類卜辭之字例主要皆以《甲骨文合集》爲主，疏誤之處，尚祈諸位方家不吝指正。

貳、「子」、「巳」二字之形音義釋析

《說文》十四篇下子部：「 十一月昜氣動萬物滋，人㠯爲偁，象形。 古文子。从巛、象髮也。 籀文子。囟、有髮、臂、脛，在几上也。」[5]

卜辭中干支之「子」字皆作 、、、、、 等形[6]。字本象幼兒頭上有髮及兩脛之形，與《說文》子字之籀文作  者應屬同形。卜辭之子字另有作 、、、 等形者，李孝定言其象幼兒在襁褓之中，兩手舞動，上象其頭之形[7]。唐蘭亦云：「 和子，都是小孩子的形狀，不過  已是能行走的孩子，而子還是手抱的罷了。」[8]是以 、 等形與作 、 等形之「子」字者均取象於幼兒，僅其字形之表現各異而已。

上述諸形於卜辭中皆釋「子」字，惟干支中甲子之「子」者專作 、 等形，作 、 等形者於卜辭中除作人名「子某」（如「子商」、「子漁」、「子晝」等）之「子」外，又作子孫之「子」（如「婦某有子」）、祭禱對象之「子」（如「大子」、「小子」、「三子」）等等之外，亦見於其假借作十二支中第六位之「巳」字者。

於巳字，《說文》十四篇下巳部：「 已也，四月昜氣已出，陰氣已臧，萬物見，成文彰，故巳爲它象形。」[9]

孫海波《甲骨文編》一七〇四號「巳」字條下包含二形：一爲祭祀之祀所从之偏旁「巳」，作  形；另一爲干支字辰巳之「巳」，作 、、、 等形，於 、 等形之本義，諸家說解各異，李孝定以爲 、、 等形同爲一字[10]，此殆從郭沫若以爲  形之本義與  形同爲人形之說，蓋郭氏云：

---

5 段玉裁《說文解字注．十四篇下》「子」字，黎明文化，民國 80 年，749 頁。
6 羅振玉《增訂殷墟文字考釋．中卷》，藝文印書館，民國 70 年，3 頁下。
7 李孝定《甲骨文字集釋．卷十四》「子」字條，中央研究院歷史語言研究所專刊之 50，民國 54 年，4309 至 4313 頁。
8 轉引自于省吾主編之《甲骨文字詁林》3687 號「子」字條，中華書局，1996 年，3592 頁。
9 段玉裁《說文解字注．十四篇下》「巳」字，黎明文化，民國 80 年，752 頁。
10 李孝定《甲骨文字集釋．卷十四》「巳」字條，中央研究院歷史語言研究所專刊之 50，民國 54 年，4359 頁至 4369 頁。

> 骨文巳字實象人形，其可斷言者，如祀字作 若 、殆象人於神前跪禱；如改字作 若 ，殆象朴作教刑之意，子跪而執鞭以懲戒之也，故巳實無象蛇之意。巳之為蛇者，其事在十二肖象輸入以後。[11]

然李氏又言郭氏以爲 象人於神前跪禱之形者爲誤，應「象子之未成形」[12]者。因此，郭沫若與李孝定二者於巳字之說雖稍異，但都以爲卜辭中作祭祀用之 形與干支之 形皆取象於人形而來。

葉玉森以爲郭不可信，其云：

> 郭氏謂 象人跪形，考卜辭狀跽形之人必作垂足，如 、 可證。若作 則象跽而翹足，似與造字通例不合。又卜辭 （虫） （它） （蚰）之尾形均上翹，與 同，則許君謂巳為蛇形，或可信也。[13]

葉氏以爲甲文中 字亦作象虫之 形，故《說文》釋「巳字爲它象形」之說可從也。於此，季師旭昇由 、 二形之孳乳字分析歸納出巳字作 形之本義應似虫形：

> …以孳乳字而言，卜辭从 字與从 之字不相通，足證 、 二字形義皆無可以相通處。卜辭从 之字有 、 、 、 、 、 、 等字，皆無子孫義。而从 之字有 （《佚》三八四）、 （《前》六．四七．八），皆象裹妊之形，然腹中之胎兒作 、不作 ，卜辭之 （十二辰之第六位），小篆作 ，故小篆 所从之 相當於卜辭之 而非 。[14]

是可知「巳」字於《甲骨文編》中作 、 兩形者，實爲二字，不相混同矣。其中作 形者爲虫形，作 形者則爲干支字之巳字，假借子形而來，因干支字皆無本字，需假借爲之。由子、巳二字之上古聲韻觀之，子字上古音在精母之部，巳字上古音爲邪母之部，兩者於古韻部相同，是以巳字假借子字爲之。因此， 、 等形於卜辭中有釋「子」字者，亦有假借爲「巳」字者。

古文字中甲子之「子」、子孫之「子」、辰巳之「巳」、祭祀所从之「巳」四形，自甲骨以來多所混淆，迄於小篆，甲子之「子」與子孫之「子」字同形作 ，辰巳之「巳」與祭祀之「祀」字偏旁同形作 ，字形至此始有嚴格之區別。

---

[11] 郭沫若《甲骨文字研究．釋干支》，藍燈文化，民國 70 年，24 頁。
[12] 同註 10。
[13] 葉玉森《殷虛書契前編集釋．卷一》，藝文印書館，民國 55 年，32 頁下。
[14] 季師旭昇《甲骨文字根研究》「巳」字條，台灣師範大學國研所博士論文，民國 79 年，360 頁。

參、「子」、「巳」二字於各組各類卜辭中之用字習慣

本節主要討論：一、卜辭中作 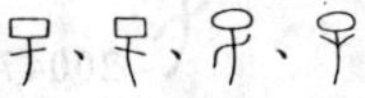 等形之子、巳二字於各組各類卜辭中是否存在著同形異字之情形；二、「子組卜辭」是否應改稱之爲「巳組卜辭」。

於「子」字，是以卜辭中作子孫、子某之「子」字形體爲主，至於干支字之子字作  等形者，非本節討論之範圍；於「巳」字，則以卜辭中十二支之第六位之「巳」字形體爲主，至於《甲骨文編》中「巳」字條下所列之另一巳字，即祀字偏旁之作  形者，則不納入本文以下之分析討論中。

下列表中之甲骨字形皆以不失真之原則下，依原拓片之大小掃描處理之，而表中每一字形後之數字則代表《甲骨文合集》中之片號。其中各組各類卜辭之名稱則以「甲骨文合集分組分類總表」[15]中之分組分類爲主。以下即就各組各類卜辭中，子、巳二字之用字習慣列表分析之[16]。

【子、巳二字用字習慣簡表】

		子	巳
王卜辭	𠂤組肥筆類	 20043	 22484
	𠂤組小字類	 20608  20023	 20752 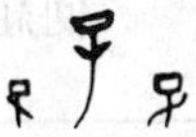 20923
	𠂤賓間 A 類	 10456	 8427
	𠂤賓間 B 類	 2943	 12340
	𠂤歷間 A 類	 20523	 20516

---

15 同註 4。

16 爲易於辨識，本表於排版時加黑色網底處理者皆爲子、巳二字同形之類別；未加網底者則爲子、巳二字有別者。

王卜辭	𠂤歷間 B 類	 20047	 21009
	㞢類	 20347	 19957
	賓組𠂤類		 12446
	賓組一類	 2951	 6812
	典賓類	 137	 6227 正
	賓組三類	 639	 21161
	出組一類	 22559	 22543
	出組二類	 22857	 23542
	何組一類	 27649	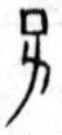 31416
	何組二類	 27747	 27114
	何組事何類		 27064
	歷一類	 20027	 32469
	歷二類	 32780	 32125

王卜辭	歷草類		32053
	歷無名間類	32776	33444
	無名類	27583　27633	33506
	無名黃間類		33522
	黃類		38780
非王卜辭	子組	21567　21659　21583	21552
	午組	22045	22050
	亞組		22307
	圓體類	21584	21896
	劣體類	21881	21875
	婦女類	22293　22249	22259　22288

自組肥筆類卜辭中，子字作　形（如合二〇〇四三），巳字則作　形（如合三二四八四），與張文中所得之結論相同，即自組肥筆類卜辭之刻手，於子、巳二字已用不同之字形來表示，來區分此二字。也就是說，於卜辭契刻之初，契刻者已經有意識地將子（　形）、巳（　形）二字區別開來，故子、巳二字初實有別，惟因二字同源形近之關係，故演變至某些卜辭中便出現了二字同形的現象。

自組小字類卜辭之子字多作　形（如合二〇六〇八），但也有少數卜辭作　形（如合二〇〇二三）者；巳字之形體則無嚴格之限定，有作圓首、雙臂上

舉之 形（如合二〇七五二）者，亦有作方首、雙臂上舉之 形、方首、雙臂斜舉之 形以及方首、雙臂屈伸之 形者，形體頗多，甚至有三種形體出現於同一版甲骨中之情形，如《合》二〇九二三之 、、 三形。

主要存在於武丁中期之𠂤賓間類卜辭中，𠂤賓間A類之子字作 形（如合一〇四五六），而巳字亦作 形（如合八四二七），故於𠂤賓間A類卜辭中，子、巳二字混用無別，即二字同形。值得注意的是，在早期王卜辭中，子字作 形者僅見於𠂤賓間A類卜辭中，當是與巳字之字形結構而相混所致。此特殊之字形結構可謂爲本類卜辭之特徵。

𠂤賓間B類之子字作 形（如合二九四三），巳字則作反書之 形（如合一二三四〇）。卜辭中字形之正反無別，故子、巳二字於𠂤賓間B類亦可謂同形。據此，早期卜辭之子、巳二字可謂自𠂤組肥筆類之嚴格區分至𠂤組小字類之不拘形體、子巳相混後，𠂤賓間A類之子字訛爲 形，而𠂤賓間B類則是巳字訛爲 形，子巳二字遂相混同形矣。

時代處於武丁中期至晚期之𠂤歷間類卜辭中，𠂤歷間A類之子字作 形（如合二〇五二三），巳字則作 形（如合二〇五一六），與𠂤組肥筆類之情形相同，子、巳二字有著顯著之區別。

𠂤歷間B類之子字作 形（如合二〇〇四七），巳字則作 形（如合二一〇〇九），亦同於上述之𠂤組肥筆類、𠂤歷間A類卜辭，子、巳二字有所區別，且各自有其特定之字形結構，即子字皆作 形，而巳字皆作 形之別也。

大量出現於武丁中期以後之賓組卜辭中，賓組一類卜辭之子字上承𠂤組卜辭作雙臂屈伸之 形（如合二九五一）者，巳字則作亦見於𠂤組小字類卜辭中，雙臂斜舉之 形（如合六八一二），賓組一類卜辭之所處時代約爲武丁中、晚期，且以武丁中期爲主，其子、巳二字仍有著明顯地區別。

典賓類卜辭之子字作 形（如合一三七），巳字則作 形（如合六二二七正），故子、巳二字於典賓類卜辭中無別，皆作 形。而由賓組一類之子字仍作 形觀之，典賓類卜辭子字之作 形者應與𠂤賓間A類之情形相同，可謂是受巳字形體之影響，而由最初之 形者訛爲 形也，子、巳二字同形者便大量出現於典賓類卜辭以後之賓組三類、出組一類、出組二類、歷無名類卜辭中，造成多數學者不察而云子、巳二字皆爲「同形異字」。實際上，如前所述，巳字雖借子字爲之，但子、巳二字於最初之形體上仍是有所區別的。

賓組三類之子字作 形（如合六三九），巳字則作 形（如合二一一六一），故子、巳二字於賓組三類卜辭中亦無別，與典賓類卜辭同，惟本類卜辭之子、巳二字皆作雙臂斜舉之 形，與典賓類之雙臂平舉形稍異。

主要存在於武丁中、晚期之賓組𠂤類卜辭中，子字未見，巳字則作 形

（如合一二四四六）。

約處於武丁中期之㞢類卜辭中，子字作 形（如合二〇三四七），巳字則作 形（如合一九九五七），子、巳二字之別與上述𠂤組肥筆類、𠂤歷間A類、𠂤歷間B類等卜辭相同。

主要存在於武丁至祖庚、祖甲時代之歷類卜辭中，歷一類卜辭之子字作 形（如合二〇〇二七），巳字則作 形（如合三二四六九）；歷二類卜辭中子、巳二字用字之情形亦同，子字作 形（如合三二七八〇），巳字則作 形（如合三二一二五），與前述之𠂤組肥筆類、𠂤歷間A類、𠂤歷間B類以及㞢類卜辭皆相同，即子、巳二字有著明顯地區別。也就是說，在𠂤組肥筆類、𠂤歷間A類、𠂤歷間B類、㞢類、歷一類、歷二類卜辭等六類卜辭中，「子」字皆作雙臂屈曲之 形，而「巳」字則作雙臂上舉之 形。確如張文中所言：「『子』、『巳』之別不是個別刻手的偶然現象，而是當時文字中確有這種區別的反映。」若由卜辭發展之「兩系說」[17]觀之，上述六類卜辭中自𠂤組肥筆類以下皆為村南一系之卜辭，約處於武丁早期至祖庚、祖甲間，而處於同時之村中、村北卜辭則是子、巳二字同形之情形（如上述之𠂤賓間A類、𠂤賓間B類、典賓類、賓組三類等卜辭及下述之出組卜辭），此一現象說明了卜辭應確實分兩系發展，故而有此兩種截然不同之用字習慣。

歷草體類卜辭之子字未見，巳字則作 形（如合三二〇五三）。

祖庚、祖甲時代之出組卜辭中，出組一類之子字作 形（如合二二五五九），巳字亦作 形（如合二二五四三），子、巳二字無別，與典賓類卜辭同，皆作雙臂平舉之 形。

出組二類之子字作 形（如合二二八五七），巳字則作 形（如合二三五四二），子、巳二字無別，與賓組三類卜辭同，皆作雙臂斜舉之 形。由上述，典賓類、賓組三類、出組一類、出組二類卜辭中，子、巳二字皆作雙臂平舉或斜舉之形觀之，四類卜辭間應存在著師承關係。如同我們在探討歷類卜辭子、巳二字時之敘述，𠂤賓間A類、𠂤賓間B類、典賓類、賓組三類、出組一類以及出組二類中，子、巳二字皆為同形，此應為武丁中期至祖庚、祖甲時代村中、北一系卜辭之用字習慣。

---

[17] 卜辭之「兩系說」，即李學勤於 1978 年第一屆古文字討論會中所提出之觀點，此「兩系說」之提出，可說是在理論方法上揭開了甲骨斷代研究嶄新的一頁。其整體之論述見於其後所發表之〈殷墟甲骨分期的兩系說〉一文中：「所謂兩系，是說殷墟甲骨的發展可劃為兩個系統，一個系統是由賓組發展到出組、何組、黃組，另一個系統是由𠂤組發展到歷組、無名組。林澐、彭裕商兩先生對這個看法給予補正。根據他們的看法，𠂤組可能是兩系的共同起源，黃組可能是兩系的共同歸宿，這無疑是極有啓發的。」《古文字研究》第 18 輯，中華書局，1992 年，26 頁。

所處時代由祖庚至武乙、文丁朝之何組卜辭中，何組事何類未見子字，巳字則作 形（如合二七〇六四）。

何組一類之子字作斜臂之 形（如合二七六四九），巳字則作曲臂之 形（如合三一四一六），子、巳二字不同形，惟本類卜辭中二字之分別與賓組一類恰好相反，即賓組一類之子字作曲臂之 形，巳字則作斜臂之 形。本類卜辭屬於祖甲晚期至武乙之村中、北一系卜辭，是以子、巳二字於祖甲時代之出組二類後，便又出現了明顯的區別。

何組二類之子字作尖首、雙臂上舉之 形（如合二七七四七），巳字則作斜臂之 形（如合二七一一四），子、巳二字仍有區別。

所處時代爲祖甲晚世至武乙初年的歷無名類卜辭中，子字作 形（如合三二七七六），巳字則作 形（如合三三四四四），子、巳二字皆作雙臂上舉之形，二者無別，此爲村南一系卜辭中之例外者。

無名類卜辭之子字多作曲臂之 形（如合二七五八三），亦有少數作圓首、雙臂上舉之 形（如合二七六三三）者，而巳字則作尖首、雙臂上舉之 形（如合三三五〇六）。是以於多數無名類卜辭中，子、巳二字與其他村南一系之卜辭同樣有著明顯的區別，即子字作曲臂之 形、巳字作雙臂上舉之 形，而於少數子字作雙臂上舉之 形者，子、巳二字僅在於子字作圓首、而巳字作尖首之細微差異而已，然二字仍屬有別。

在武乙、文丁時代之無名黃間類卜辭中，子字未見，巳字則作 形（如合三三五二二）。

黃類卜辭中，子字未見，巳字則作 形（如合三八七八〇）。

所處時代主要爲武丁中晚期之非王卜辭中，各組各類子字與巳字之用字習慣如下：

子組卜辭之子字多作曲臂上舉之 形（如合二一五八三），另有作 形（如合二一五六七）、 形（如合二一六五九）者；巳字則作 形（如合二一五五二）。子、巳二字雖皆作雙臂上舉之形，然其中仍有差異，即子字皆作曲臂上舉，而巳字則爲直臂上舉，子、巳二字仍有明顯地區別。而張文中又云：「在武丁時期的非王卜辭中有一組卜辭，前辭中署貞人名位置常見的一字被釋作『子』，這組卜辭因而被稱作『子組卜辭』。現在重新觀察此字，可知它都是前文所說的B式，釋『子』是有問題的。《英》一八九一是這組卜辭中的一片，同一版上，貞人名作B式，而名詞『子丁』字則作A式，二字有別。這兩個字形在此人字迹中也有相混的傾向，例如名詞『子』有時也作B式，但干支之『巳』和上述貞人名卻絕無作A式者。所以，這個貞人的名字應釋為『巳』，是私名，而這組卜辭也應改稱『巳組卜辭』。」[18]其指出「子組卜辭」應改稱爲「巳組卜辭」之說。於子組卜辭之名詞「子」字，本文雖未於《合集》中見到如張文所言之作形者（即其所謂A式），然無論「子」字是否有作形者，子組卜辭之貞人名應仍當釋爲「子」字。由於張文中將、二形混爲一談，未細察其中作形者爲巳字、作形者則爲子字之現象，而皆作B式，故有所混淆，以爲皆當釋「巳」。且其所指《英》一八九一版中之貞人名實作形，即仍應釋「子」，故子、巳二字於子組卜辭中仍有所區別，是以應仍稱「子組卜辭」爲是。

午組卜辭之子字作形（如合二二〇四五），巳字亦作形（如合二二〇五〇），故子、巳二字於午組卜辭中無別，可謂爲同形異字。

亞類卜辭中未見子字，巳字則作形（如合二二三〇七）。

圓體類卜辭中子字作形（如合二一五八四），巳字亦作形（如合二一八九六），子、巳二字皆爲曲臂之形，但子字作尖首形，稍異於本類卜辭應有之圓潤風格；巳字則作圓首形，二字於本類卜辭中呈顯出不同的用字習慣。

劣體類卜辭之子字作形（如合二一八八一），巳字則作形（如合二一八七五），子、巳二字皆作雙臂上舉之形，但子字爲方首，而巳字首形之筆劃則稍顯圓潤，故子、巳二字於劣體類卜辭中亦出現不同的用字習慣情形。

婦女類卜辭之子字作形（如合二二二九三）、形（如合二二二四九）；巳字則作形（如合二二二五九）、形（如合二二二八八）。據此，我們亦可見子、巳二字於婦女類卜辭之用字習慣：即於不同版之甲骨中，則二字皆有作形者，然若二字出現於同一版時，則二字判然有別，皆爲子字作形，而巳字作之情形。這樣的用字習慣，顯示了若個別出現時，則子、巳二字同形無別，然同時出現時，則涇渭分明，故可謂於婦女類卜辭之刻手中，子、巳二字仍有其區別與規律存在著。

肆、結語

綜上所述，子、巳二字於村南一系之自組肥筆類、自歷間A類、自歷間B類、𠂤類、歷一類、歷二類卜辭中，皆有明顯之區別，即子字皆作形、巳字皆作形；而無名類卜辭之子字雖然除作形外，尚有形，然其巳字皆作尖首之形者，二字仍屬有別；僅歷無名類卜辭中子、巳二字同形。故可謂於村南一系之卜辭中，皆有意識地將子、巳二字區別開來，用字較爲嚴謹。由此全面性之比對，才能證實張文中所謂「『子』、『巳』之別不是個別刻手的偶

[18] 同註 2，33 頁。

然現象，而是當時文字中確有這種區別的反映。」更深入地說，子、巳之別顯示了村南一系卜辭嚴謹之用字習慣。

而於村中、北一系之王卜辭中，除賓組一類之子字作  形、巳字作  形，子、巳二字有別外，其餘如𠂤賓間A類、𠂤賓間B類、典賓類、賓組三類、出組一類、出組二類等卜辭中之子、巳二字則皆呈現通用無別的現象。故陳煒湛之子、巳二字「異字同形」說，當僅指村中、北一系卜辭之用字習慣而言。

至於非王卜辭，子、巳二字同形者僅午組卜辭屬之，其用字習慣可謂與村中、北一系之卜辭相同；而大部分仍爲子、巳二字有別者，以子組、圓體類、劣體類、婦女類卜辭屬之，與村南一系之卜辭相同。

於𠂤組卜辭子、巳二字之用字中，除𠂤組肥筆類卜辭中「子」字皆作  形、「巳」字皆作  形之用字情形相同外，張文與本文之分析略有出入：如張氏云𠂤組大字附屬（即本文之ㄓ類卜辭）中二字無別，然由本文所附之「子、巳二字用字習慣簡表」可知，ㄓ類卜辭之子、巳二字實有所區別，且同於𠂤組肥筆類，即「子」字皆作  形，「巳」字皆作  形；而於𠂤組小字類中，子字有作  形者，亦有少數作  形者，巳字則作 、、、 四形皆有之情形，則張文中對𠂤組小字類之排比分析似稍嫌不足，即子、巳二字於𠂤組小字類實屬各體兼具，並無明顯地區別。是以若僅就少數𠂤組卜辭所作之分析，似乎不足以得到較全面之探討與結論。

在針對卜辭中子、巳二字作一較整體、全面性之分析後，對於張文中所說「將早期的幾種甲骨字迹綜合起來看，『子』、『巳』之別不是個別刻手的偶然現象，而是當時文字中確有這種區別的反映。」我們深表贊同，但是在筆者將各組各類卜辭中之「子」、「巳」二字逐一析出比對後，發現張文所言並非全是，且其僅就部分早期𠂤組卜辭所作之歸納，所得之結論並無法代表卜辭中全面性之發展。如張文中「到卜辭極盛的賓組卜辭裏，這二個字已混而為一，可能是因為二字形近，在使用上又不致互相干擾，為了契刻方便，就混同了。」在典賓類、賓組三類卜辭中，子、巳二字的確相混而同形了，然於同屬於賓組卜辭之賓組一類卜辭中，子字作  形、巳字則作  形，二字仍有顯著區別。且由「子、巳二字用字習慣簡表」觀之，子、巳二字於𠂤賓間類、典賓類、賓組三類以及出組卜辭之同形後，二字於何組一類、何組二類等卜辭中又有所區別。此亦張文中所未及者。

至於張文中所提出「子組卜辭」應改稱爲「巳組卜辭」之說，由本文以上所述亦證明其說欠妥，故仍當稱作「子組卜辭」爲是。

參考書目（以下按作者姓氏筆劃為序）

（一）專書

清・段玉裁《說文解字注》，黎明文化出版，民國 80 年 4 月增訂 7 版。

于省吾主編《甲骨文字詁林》，中華書局，1996 年。

李孝定《甲骨文字集釋》，中央研究院歷史語言研究所專刊之 50，民國 54 年。

李學勤、彭裕商《殷墟甲骨分期研究》，上海古籍出版社，1996 年。

孫海波《甲骨文編》，中華書局，1982 年。

郭沫若 主編《甲骨文合集》13 冊，中華書局，1979 年～1982 年。

郭沫若《甲骨文字研究》，藍燈文化，民國 70 年，

陳新雄《古音研究》，五南圖書出版公司，民國 88 年。

葉玉森《殷虛書契前編集釋》，藝文印書館，民國 55 年。

羅振玉《增訂殷墟文字考釋》，藝文印書館，民國 70 年。

(二)期刊論文

李學勤〈殷墟甲骨分期的兩系說〉《古文字研究》18 輯，中華書局，1992 年，26～30 頁。

季師旭昇《甲骨文字根研究》，台灣師範大學國研所博士論文，民國 79 年。

張世超〈𠂤組卜辭中幾個問題引發的思考〉《古文字研究》第 22 輯，中華書局，2000 年，30~34 頁。

陳煒湛〈甲骨文異字同形例〉，《古文字研究》第 6 輯，1981 年，227～250 頁。

楊郁彥《殷墟卜辭斷代之「字形」標準研究》，輔仁大學碩士論文，民國 90 年。

《金文編•附錄》「倲」字考

—兼論「東」與「重」的關係

邱德修

臺灣師範大學國文系

提要

本論文系架構群賢研究古文字的基礎上所寫成的，基本上清楚地表示出在古文字中「東」與「東」二字形構有殊，不可混同，此其一。「東」借作方位名「東西方」的「東」用後，其本義已罕爲人知，經本文認真考證結果，其本義爲重，此其二。造字者爲了區隔「本義」與「借義」，遂爲本義造本字，以被借字「東」爲基礎（聲符），增上形符人旁而造成了從人東聲的「倲」字，此其三。人旁之豎畫與「東」之豎畫重疊，又經省變而成爲「重」字，此其四。最後，簡單說明「東」、「重」、「倲」三字的關係如下：東爲「重」的初文，「倲」爲「重」的本字，重爲「倲」的省變之字。

壹、前　言

容庚教授四版《金文編》[1]〈附錄〉上下卷收錄了一千三百五十一字[2]，其中上卷爲不易認識之字，而下卷爲可認得卻爭論頗多字。十多年前曾作〈《金文編•附錄》中「：」文考〉一文[3]，發表之後獲得學術界的一致認同及迴響，像日本東京大學名教授松丸道雄即據拙說，發表了一篇關於「勻」字的論文[4]，其實，〈附錄〉中有許多字是可以解釋的，並非不易說解之字。只是我們一直忽略它們罷了。今以「倲」字爲例，試作考證。唯資質駑劣，學殖荒疏，其中不周之處，固知難免，諸希國內鴻儒，海外碩彥，不吝指正，則幸甚幸甚！

貳、前賢對「倲」字的說解

四版《金文編•附錄》收錄「倲」字凡十一見[5]，釋者多家，茲舉其重要者，羅列如下，俾供參考：

一、東楹踐位說

[1] 容庚《金文編》第一版出版於民國十四年仲夏，收入丁福保《說文解字詁林》者，即是該版之作，民國二十八年一月而有再版之作；民國四十八年五月三版付梓；民國八十五年七月而有四版問世。

[2] 四版《金文編》一〇一九－一二九五頁。

[3] 拙文刊於《故宮學術季刊》一九八八年夏季號。

[4] 松丸教授的大作曾在民國八十一年輔仁大學所辦第三屆中國文字學國際學術研討會發表。

徐同柏曰：

『東，東楹。《儀禮•有司徹》：主人奠爵、送爵、受爵，並在東楹東北西；足跡形，踐其位也。』[6]

修案：徐氏釋「」爲「東」，而釋　爲「子足跡形」，於字體而言爲近似，唯用《儀禮•有司徹》釋成「東楹踐位」的說解，則有點離譜。他不知道「」作「東西」之「東」解，非「東」字之本義而是其借義，徐氏誤認作本義，則不然矣。

二、釋「東」為「朿」，取子能負荷說

方濬益曰：

『字，亦見〈辟父尊〉。今釋爲「槖」者，《說文》：「槖，囊也。从𣝗省，石聲。」；「囊，槖也。从𣝗省，㲽聲。」二字互相訓。《段氏注》曰：「《大雅•毛傳》曰：『小曰槖，大曰囊。』高誘注《戰國策》曰：『有底曰囊，無底曰槖。』囊者，言其中如瓜瓤也；槖者，言虛其中以待如木𣝗也 此文正从朿，中橫二格，虛可受物之形。蓋取子能負荷，以繼其父之世官。」[7]

修案：「東」與「朿」之部件結構完全不同，「東」象「囊槖充滿上下約束形」，而「朿」字从木，中象用繩索綑束形，釋字者常將「東」與「朿」互混，誠不可信。

三、象「子」與「東」形說

吳大澂曰：

『右象「子」字形，左象「東」字形，「東」字無所取義。簠齋丈以爲弓矢在槖形，象兩弓兩矢包之以虎皮也。亦偃武不用兵之義。』[8]

修案：古者武力配備一弓百矢[9]，本有兩弓配兩矢之例，是故吳氏引陳簠齋說恐不然矣。至若吳氏釋字作右象「子」字，左象「東」字，則庶幾近之。

四、釋作「倲」字，乃人名說

劉心源曰：

『，或釋子負物形。案：从三束約之。《筠清館金石》卷五〈絢甫彝〉

---

5 《金文編•附錄》卷上第九〇條，一〇四三-一〇四四頁。
6 《從古堂款識學》卷七，十四頁,〈周子東爵〉條。
7 《綴遺齊彝器款識考釋》卷二三，十四頁〈子負槖觶〉條。
8 《愙齋集古錄》七冊三頁〈子負槖形敦〉條。
9 周代每一個軍人武器配備爲「一弓百矢」，見《左僖公三十八年傳》(《春秋左傳注》(一)，四六四)及〈應侯見工鐘銘〉(《商周青銅器銘文選》(一)，一二五頁)。

有字，《攈古錄》二之一釋作「束」。〈父辛爵〉有，近人以爲二乃弓矢形，橐無底，束兩端形，當是「橐」。

案：以「二」爲「弓矢」形，說亦無據。余謂亦是「柬」字；《說文•束部》：「柬，分別簡之也，从束从八；八，分別也。」觀此銘从，知「柬」非从八，蓋束中連直筆爲三，即而橫書之，則省矣。「柬」實與「冊」同意，本義當是柬編，乃「簡」之古文也。即「人」字，古刻亦作，小篆作八，皆象人形。世徒知爲「子」，而不知爲「人」，與同，與異也。說詳〈𣪕癸鼎〉。

从人从柬，乃「倲」字，人名也。字書未收，偶遺耳。〈吾見鼎〉文有，「倲」之反文，或釋「子柬」；〈觚文〉有，亦反形，或釋「子車」；〈觶文〉有，从，象縱橫約之之形，或亦釋「子束」，蓋未合參諸器也。』[10]

修案：劉氏釋字的爲「人」，是完全正確；唯釋若若爲「柬」字，則不然矣。高田忠周對其說已有批判，詳下文所引。

五、子荷囊形說：

高田忠周曰：

『按此〔劉心源〕』考失於牽強，固無可據。要囊之爲物，中寬能容；从二从三，固象其意；與从十、从×、从 無異矣。

或謂《廣韻》、《集韻》收「儴」，即是此字。許氏不收，爲古逸文。然二《韻》訓「儴」爲「緩也。从人，囊聲」也。而與凡金文用爲「子」字義，不相合符；亦與云「伐」、云「弔」者，不相合矣。然則此篆子荷囊形，亦與子提彝、提壺形同意，並皆祭祀之供物耳。』[11]

修案：高田氏駁劉心源說爲非，是也。其謂篆爲子荷囊形，釋形是也；而其字義爲何義，則未遑言及。

六、人負束形，「柬」與「束」同字說

林義光曰：

『《說文》云：「東，動也，从木。官溥說：从日在木中。」

按：古作〈克鐘〉中不从日(古日作不作)，象圍束之形，與○同意，故「黃」作〈師奎父鼎〉或作〈趞曹鼎〉。彝器人負束之形，〈鼎文〉作、〈爵文〉作、〈敦文〉作。「製」字古作〈毛公鼎〉，或作(師兌敦)；「餗」字古作〈姚戊器〉，或作〈龔尊〉；「速」字古或作（〈叔家父匡〉「用速先嗣諸兄」）；是「東」與「束」同字，

10 《奇觚室吉金文述》卷一，四頁〈倲鼎〉條

11 《古籀篇》卷四十，第二五頁。

東(東韻)，朿(遇韻)雙聲對轉；朿聲之「竦」亦轉入東韻。四方之名：西、南、北皆借字，則「東方」亦不當獨制字也。〉[12]

修案：「倲」字从東作，不可謂「人負朿形」；爲了滿足「人負朿形」的前提，所以須證成「東」與「朿」爲同字。所以致此者，係摸不清楚「東」的本義是什麼所導致的結果。接受林氏說法還有于省吾教授，詳下文所引。

七、從人持囊，為負販說

馬敘倫曰：

『倫按：舊釋子負車形。以「」爲「車」，既謬象形；字亦非「子」也。此從「人」而以右肘持「東」。「東」爲「櫜」』之初文，「東」、「朿」則一字也。

「東」非从口木也。〈毛公鼎〉、〈散氏盤〉「囊」字作從，即「東」也。〈父乙尊〉字亦「東」也，象裹物之器，而束其外，兩耑緘之也。「速」字〈叔家父匡〉作；「餗」字，〈姚戊器〉作，〈龔尊〉作；此「東」、「朿」一字之證。朿聲，侯類；東聲；東類；東侯對轉，故聲轉爲「東」；「東」音耑紐，「櫜」音透紐，同爲舌尖前破裂音，故轉注爲「櫜」。「櫜」聲，魚類；囊聲，陽類；魚陽對轉，故又轉注爲「囊」。此從人持囊，蓋亦負販之象。<爵文>作此，豈製器者如今當旅客肩負行李者與？』[13]

修案：馬氏釋字爲「從人持囊」，「亦負販之象」；其說已近事實，如能釋作「從人負囊」，尤能見其真諦。

八、既釋作「子東」又釋作「子負車形」說

吳式芬釋「子東」二字[14] 又釋作「子負車形」[15]。

修案：吳氏以此字爲「子東」的合文，遂釋作「子東」二字；其又覺不妥，遂有「子負車形」之說。前釋「子東」已近似，唯釋作「子負車形」，則去事實益遠矣。

九、子負櫜形

方濬益釋作「子負櫜形」[16]。

修案：方氏釋「子負櫜形」，从子之說，劉心源已辨其非，詳前引劉說。

---

12 《說文解字詁林・六上・木部》冊五，九六五頁。
13 《讀金器刻詞》二一五頁〈負櫜爵〉條。
14 《攈古錄金文》卷一之二，第六十三頁〈東父丙爵〉條。
15 《攈古錄金文》卷一之一，第三十四頁〈子車爵〉條。
16 《綴遺齋彝器款識考釋》卷一九，二十三頁〈子負櫜爵〉條。

十、象人荷束形，即古「重」字說

柯昌濟曰：

『重字，从人从東，取人服重誼。〈重鼎〉作「倲」，舊釋人負束形是也。』[17] 柯氏又曰：

『象人荷束形，即古字「重」字，會意。說詳〈邢侯彝跋〉。〈倲父癸鼎〉「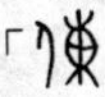」字與此爲一字。重，古地名，又民族名。《左傳》有「重邱」，《逸周書》，《史記》解有「重氏」。』[18]

修案：古文字「東」與「束」字，其形構字本有別，上文已言之綦詳，而前賢每每將「東」與「束」字混爲一談，實基於不知其形構之不同耳。柯氏謂「象人荷束形」，實屬不辭，宜作「象人荷負東形」，則於意曉然若揭。其謂「即古『重』字」之說，直是石破天驚，擲地有聲之論，真知灼見，千古不移。

十一、「東」古「槖」字，「重」象人負囊形說

徐中舒曰：

『東，古字「槖」字。《埤蒼》曰：「無底曰槖，有底曰囊」（《史記‧索隱》引）；《倉頡篇》曰：「槖，槖之無底者也。」實物囊中，括其兩端，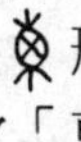形象之。〈鼎文〉「重」字作，象人負囊形。槖以貯物，「物」後世謂之「東西」；「東」者，「囊」之轉言也。』[19]

修案：徐氏釋「東」爲古「槖」字，說解「重」字爲「象人負囊形」；並謂「物」所以謂之「東西」，乃「囊」的轉音。真知灼見與柯氏之說可以相提並論，不分軒輊了。

十二、即「重」字為會意兼聲說

李孝定教授曰：

『此字柯氏釋「重」，確無可易，他說並非。

字象人負囊槖，乃會意兼聲（从人从東，東亦聲）字。後其形重疊，作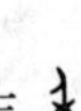〈井侯簋〉，其意遂不可見矣。古會意字，原爲整幅之圖畫，及後衍變，多有分爲二體，以求與數量上居多數之形聲字相配合者，此爲通則；如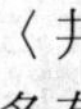之作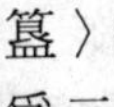，如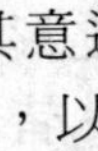之作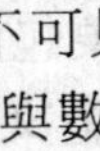是也。此則原爲二體，後反重疊之而成爲單體，蓋文字衍變之變則也』[20]

修案：李教授承襲柯氏之說釋字从人从東爲「重」，並謂象人負囊槖爲會意兼

---

17 《韡華閣集古錄跋尾》己篇，一八頁下〈邢侯彝〉條

18 《韡華閣集古錄跋尾》乙篇上，二頁〈重鼎〉條。

19 丁山《說文闕義箋》第二十八頁「𩏂」字條下引。

20 《金文詁林附錄》(一)，二一一頁。

聲之字，其說是也。又謂字後來其形體重疊作形，尤屬真知灼見，眼力過人。

總之，以上引述十一家之說，其中以从人从東，爲人負囊橐的「重」字說爲最清楚，最確切，合乎古人造字本義。唯「東」與「重」有何關係，尤其自「東」演變爲「重」的過程爲何，則未見有人言及，甚爲可惜。

參、前賢對「東」字的說解

爲了解析清楚「倲」字的來由，必須上溯至甲骨文「東」字的形構。「東」字，甲骨文作、、、形[21]釋者多家，我們舉其中主要數家爲例，引述如下，俾供參考：

一、東者，橐之拓大者說

丁山曰：

『囊中無物，束其兩耑，故亦謂之「東」；暨實以物，則形拓大。者，囊之拓大者也，故名曰「橐」。「橐」與「東」爲雙聲，故古文借之爲東方。』[22]

修案：「橐」、「囊」均係後起之字，先有「東」字，然後才有「橐」、「囊」二字，不可逕謂「」即是「橐」字，此其一。且夫「東」與「東」其原本形構不同，不可謂「東」即是「東」字，此其二。基於是二理，丁氏之說，恐不然矣。

二、「東」「東」為一字說

唐蘭教授曰：

『蘭按：徐〔中舒〕、丁〔山〕二君於「東」字推翻《說文》「从木从日」之說，厥功甚偉。其釋「重」字亦甚碻。

然謂「東」字爲古「橐」字，猶爲未達一間也。余謂金文偏旁，「東」、「東」二字每通用，「東」即「東」之異文。《說文》「東」字从口木，亦誤。

「橐」字本當从東缶聲，金文所从作　者象包束之形，作　者文之偶變，其作諸形，或更爲等形見金文者，皆象包束後更施以約縛耳。「東」與「東」爲一字者，東字當讀爲透母字』，聲轉而爲「東」矣。……今謂「陳」實从阜敕聲，敕即敕字，則此難題迎刃而解矣。此「東」、「東」一字之佳證也。[23]

---

[21]增訂本《甲骨文編》卷六，四頁。

[22]《說文闕義箋》第二十八頁下「棟」字條

[23]〈釋四方之名〉，刊，於北平燕京大學《考古學社社刊》第四期，二一三頁。

修案：「束」與「東」本非一字，前已論述詳審矣。像姚孝遂教授亦持「東」與「束」並非一字的看法，詳下文(五)所引者。唐說之非，姚教授亦已作批判，亦詳下文。

三、「東」即「囊」說

日本・加藤常賢曰：

『「東」即「囊」，即容物于袋而束其兩端之形也。契、金文正是其形，其音固亦爲「囊」也。……故研究「囊」音之起源，則「東」與「西」爲相對之觀念，必須兩者合而思之。余以爲「囊」之音爲「登」或「升」之音義，乃太陽升之方向之意也。若與「西」之音義爲其起源合而思之，則可知道非單純臆說也。』[24]

修案：加藤氏不知漢字本義有假借義，「東」用作「東方」之「東」，純屬「本無其字，依聲託事」的假借，其與「登」或「升」義毫無干涉。他由「東」而推出「囊」，又由「囊」而推出「登」或「升」義，實純屬臆測，絲毫沒有根據。

四、「東」為指事字說

于省吾教授曰：

『林義光《文源》：「古日作⊙不作⊖」；又引金文偏旁「東」、「束」互作，并謂：「東與束同字，東束雙聲對轉，束聲之竦亦轉入東部。四方之名，西、南、北皆借字，則東方亦不當獨制字也。」按：林說甚是，但還不知「東」爲指事字。

甲骨文「東」與「束」字每互作，例如：「東方」之「東」也作「束」(《南北師》二・五六，此例屢見，)「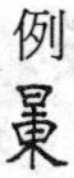」字或从束(《乙》三四七八，此例屢見)，是其證。

「東」字的造字本義，係于「束」字的中部附加一横，作爲指事的標誌，以別于「束」，而仍因「束」字以爲聲。』[25]

修案：「東」、「束」二字既不同源，而其形構也截然不同。「束」字係从木，而以「○」象束木成捆形；而「東」字則完全象囊橐實物充滿，束其上下兩端而拓大形。非但不可謂「東」、「束」同字，尤不可謂「東」係架構在「束」字基礎之上的指事字。如此混淆「東」、「束」二字爲一字，又誤象形的「東」成爲指事字，恐與事實不符，其說不碻。

五、「東」象實物囊中束其兩端形說

[24] 《漢字之起源》九五六—九五七頁

[25] 《甲骨文字釋林》，四四七—四四八頁。

姚孝遂教授曰‥

『《說文》‥「東，動也。从日在木中。」(小徐本)此乃据小篆立說。東、南、西、北方位之字，皆無形可象，假借爲之。徐中舒謂「東」乃古「橐」字，其說是正確的。字本象形實物囊中，束其兩端之形。既不从「木」，亦不从「日」。

唐蘭以爲「金文偏旁東、束二字每通用，東即束之異文」，其說本於林義光《文源》。古文字偏旁相混者比比皆是，不得據以論述正字。金文正字「東」與「束」判然有別，从不相混。甲骨文亦然。林義光說非是。

「囊」、「橐」之別，其說各異，桂馥《說文義證》論之甚詳。實則對言則殊，混言則一。漢簡「囊」、「橐」二字，有時且難以區分，不必拘泥。甲骨文「東」、「橐」、「橐」、「束」已分化，形義皆判然有別。』[26]

修案：姚教授承襲師說(于省吾)，然後謂甲骨文已分化成「東」、「橐」、「橐」、「束」四個字，不可謂「東」與「束」爲一字了。其說是也。他並且採納徐中舒的意見，謂「東」爲古「橐」字。這種說法不無矛盾之處，「東」與「橐」既在甲骨文時代已經分化而判然有別，又回過頭來說「東」字就是古「橐」字，豈不矛盾自陷，前後牴觸嗎?

(六)「東」為「橐」字初文說

張桂光云：

『東、橐之初文，方位詞乃其借義。有 (甲二七二)、 (拾一一、一八)、 (前六、二六、一)等形。 字《甲骨文編》收做東，辭云曰：「甲申卜，賓貞，勿于 方告」， 方即東方。東、束可能是一字的分化，但將 與 、 、 、 、 等字相混，則必誤無疑。 與 《甲骨文編》均收入〈附錄〉上六五，現釋爲「東」，不僅因爲已顯出一個兩頭用繩紮緊的無底袋的形象…… 最簡練， 以點標明所指， 、 、則較形象。』[27]

修案：張氏釋「東」爲「橐」之初文，就如加藤教授釋「東」爲「囊」那樣，只是望文生訓，而沒有實際的依據。他的結論謂「 」最簡練， 以點標明所指， 、 、 則較形象是對的，不過他宜將前文所引「東方」之「 」也納入結論之中，似乎應云： 最簡練， 爲點明所象， 、 、 則較形象，而「 」則爲「 」之省體爾。

總之，丁山也好，唐蘭也好，于省吾也好，往往把「東」與「束」系聯在一起，這種說法是承襲自林義光《文源》之說而來的。至於個人與姚孝遂等人

26《甲骨文字詁林》冊四，三〇一一頁。

27〈甲骨文形符系統的探討〉，中華書局《古文字研究》第二十輯，二八九一二九〇頁

則持反對意見；因爲「東」字从木作，象捆束樹木之形；而「東」字象囊槖充實東西捆束其兩端而拓大形。其形體構造不一，所能表意的內容也就不一樣，絕對不可混爲一談。

其次，姚教授接受了徐中舒的說法，謂象實物囊中，束其兩端形，解形是也；又謂「東」爲古「槖」字，則不然矣。他們之所以會犯這種錯誤，是老老把「東」與「槖」、「囊」聯想在一起。殊不知在文字發展史上，應是「東」字先造，而「槖」、「囊」二字爲後起，不可把他們混同在一起，爲它們是同時代的字，然後相提並論，等同視之。

肆、「東」即是「重」字的初文說

「東」字既然象囊槖充實，束其兩端而拓大形，正足以表示囊槖所盛者爲沈重的東西。因「東」的本意表示「沈重」，就是「重」的初文。但是假借作方位名「東西」的「東」之後爲借意所專，其本義因而被人們忘記得一乾二淨了。

但是，「重」畢竟是常用字，不能老是沒有文字可供使用，於是造字者爲本義造本字。通常一個字作本無其字假借之後的被借字[28]，都會被造字者充當作造字之基礎：設若以「被借字」當作「聲符」，自然可以加上「形符」，而造成一個形聲字；設若以「被借字」當作「形符」，自然可以加上「聲符」，造成另一個形聲字。爲了清楚起見，表列如下，俾供參考：

被借字 → 聲符（造字基礎）＋形符 → 形聲

被借字 → 形符（造字基礎）＋聲符 → 形聲

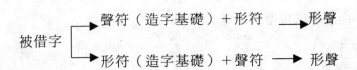

既然「東」已被借作方位名「東西」之「東」，那麼，造字者以「東」這個「被借字」爲基礎，讓他充當作「聲符」，於是增上「人」爲「形符」而成爲从人東聲的「倲」字，用它來表示「重」的意思。因充滿東西的囊槖，顯得沈重，勢必由人來背負，所以造字這將「倲」字寫成：若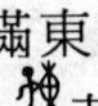若若若形（圖一）。[29] 如此一來，即以「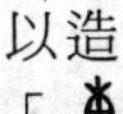」表示「東西」的「東」（方位名）。而以「倲」表示「極重」的「重」的意思，這個現象叫做「爲本義造本字」。

造字者既已爲本義與借義而造了「東」（方位名）與「倲」（重）二字，以是各有文字可供使用；原本即可各安本分、各自表示所承擔的意思（本義與借義）。不過，用字者卻將　人的直畫與「東」中間的直畫重疊在一起而造了「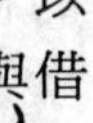」（〈井簋簋銘〉）字。又其後也，直畫可加上圈點即做成了「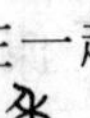」形，其中圓點可延伸成橫畫作「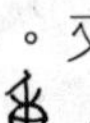」形，又受到字上面手臂長畫之影響，爲了對稱美，於是在直畫的底部又增一橫畫即成爲「」形（〈外卒鐸銘〉）了。把字上橫畫一一拉直即成爲楷書的「重」字。爲了清楚起見，表列如下（參表一），俾供參考：

---

28 詳拙作《文字學新撢》及《新訓詁學》二書。

29 同注 5。

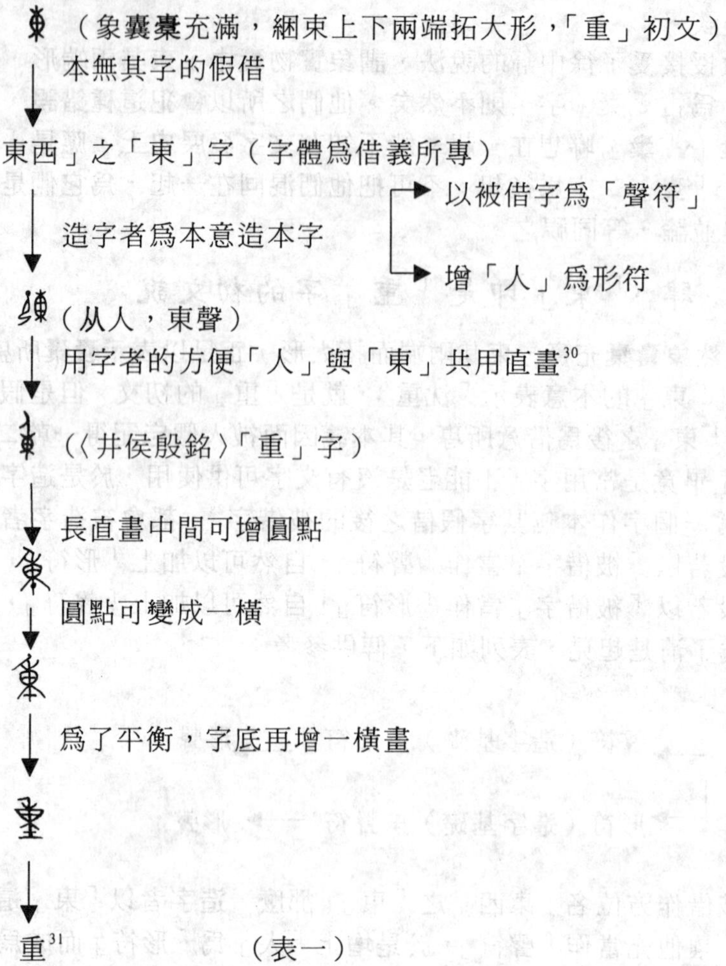

（表一）

我們從上表所示「東」與「重」、「僌」三個字之關係，以及「重」字本身形體變化已可清楚地看出來：原本象囊橐充滿束其兩端的「東」字就是「重」的初文，後來爲與借義區隔。即以被借字爲基礎而造了从人東聲的「僌」（即李孝定教授所謂的「會意兼聲」）字了。再從「僌」字漸漸演變而成了「重」字。我們把「東」、「僌」與「重」的互相間關係，表列如下（表二），以清眉目，俾供參考：

[30] 漢字發展之過程之所以錯綜複雜，千變萬化，完全出自「造字者的理想」與「用字者的方便」二種因素，互相矛盾，彼此激盪的結果。

[31] 詳拙作《新訓詁學》五九—六０頁

東 → 本義：重
東 → 借義：「東西」之「東」
為本義造本字
↓
倲(从人東聲，就是「重」字)
形體變化
↓
重　　　　　（表二）

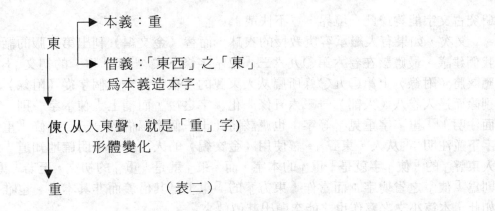

自從「東」字寫作「重」之後，人們只知道「東」是「東西」之「東」，也只知道「重」是「輕重」的「重」，反而不知道「東」與「重」原本就是一家眷屬的真相呢！當然，由「東」而「重」之間，其中最關鍵性的橋樑就是「倲」字。如果沒有考據清楚「倲」就是从人東聲的「重」字的話，那麼，「東」與「重」的關係，就會永遠無法釐清，也永遠被人誤認下去了。我們當然要感謝容庚教授在他的大著《金文編·附錄》上蒐集了多達十一個「从人東聲」的「倲」字，有了這些材料，才能將真相還原，重新確認「東」、「倲」、「重」三字之間的姻親關係。

五、結　語

丁山、唐蘭、于省吾三位教授會認為「東」、「束」一字，是受到林義光《文源》說法之影響[32]，而始終無法跳脫出來。至若姚孝遂教授批判唐說為非是對的，但是他並沒有指出「東」的本義為何，是件很可惜的事。至若李孝定教授接受了柯昌濟的說法謂「倲」就是「重」字，並謂字是「从人从東，東亦聲」的會意兼聲之字，而提出「後其形重疊作  (井侯簋)，其意遂不可見矣」[33]的看法，也是很寶貴的意見，很正確的看法。

首先，我們綜合了前賢各種不同的說法，然後提出了因「本無其字」的假借而產生了形聲字的生成理論：先有假借才有形聲之字；即六書次第而言，是先有「假借」才會有「形聲」的事實。[34] 其次，也構築出形聲字的生成，係由「被借字」為基礎，或增形符，或增聲符，然後組合成形聲字的公式。我們架構在這三個理論基礎之上，終於把「東」、「倲」、「重」三個字的前因後果，來龍去脈，考證得水落石出，真相大白。他們之間的關係是：

「東」－「重」的初文

「倲」－「重」的本字

「重」－「倲」的省變字

32 《說文解字詁林》引林義光《文源》，見前文所引及注 12。
33 《金文詁林附錄》(一)，二一一頁。
34 詳拙作〈從假借看漢字的發展及其對國文教學之應用〉及〈段氏假借說初擅〉二文。

研究古文字能夠臻此一境界，豈不快哉！

又次，如果有人繼承容庚教授的衣缽，而替《金文編》刊出第五版的話，我們建議，最應該在卷六第〇九六三「東」字條下注：「即『重』的初文」；也應該將〈附錄〉上第〇九〇條所屬从人東聲的「倲」凡十一個字從〈附錄〉中剔除而迻入卷八〈人部〉一三六五條「化」字之後，而補上「倲」字一則，下面注明：「『重』字重見」等字；也應該將此十一個字歸併入一三七九條「重」字下並注明：「从人，東聲」。讓使用《金文編》的人，能夠很明確地知道「从人東聲」的「倲」字就是「重」的本字，而「東」就是「重」的初文，至若「重」則爲「倲」之省變字；而當作「東方」的「東」是其借義而非其本字。也唯有如此，本篇小文之寫作也才能突顯出其價値來。

最後，關於「東」與「重」的關係，于省吾亦曾提出來討論，他在〈釋古文字中附劃因聲指事的一例〉中說：

『東－重。

《說文》「重」字作，並謂「重，厚也。从壬，東聲。」按許氏據已訛的小篆爲解，故誤爲「从壬」。甲骨文無「重」字，而「量」字「从重」多作，也有从者（詳〈釋量〉）。周代金文的〈中甗〉和〈克鼎〉，「量」字也均「从重」作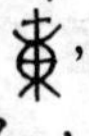，與甲骨文形同。又東周器〈陳侯因資錞〉「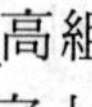（紹）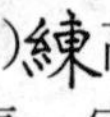高組黃啻（帝）」之「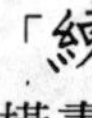」，《說文》作「緟」。「重」字的造字本義，係于「東」字上部。附加一個橫畫，作爲指事字的標誌，以別于「東」，而仍因「東」字以爲聲。』[35]

于教授又說：

『甲骨文「」字从日从東，借「東」爲「重」。其「从日从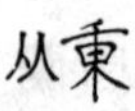」，「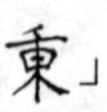」即「重」的初文。其从日，係露天量度之義。「量」所以量度物之多少輕重。「」字从重从日，乃會意字，這就糾正了《說文》以爲形聲字的誤解。』[36]

于教授之所以會誤判甲金文「量」字爲「附劃因聲指事字」，完全基於堅持「東」、「東」同字的看法；假如他能坦然地跳脫開來，瞭解到「東」就可以是「重」之初文，就如同他視「」字爲「重」的初文那樣的話；自然而然地就立即體悟到「量」之所以从「東」之理由，絕對不是「附劃因聲」的關係，而是「量」字就是「權衡輕重」之正常關係，所以字从東（「重」的初文）作 ；自然可以真相大白，不必再張羅一番，大費周章了。那麼，他也就不會說「量」字从重从日，乃會意字；而是會說：「」字从日東聲，確係形聲之字了。由此可見于教授把字初形的本意弄錯了，接下來基於此一錯誤基點，所做出的推論也就全盤皆錯了。這是我們研究古文字，不得不如臨深淵，如履薄冰，必須兢兢業業，謹愼將事的理由；同時，也許可以儘量避免重蹈前賢的覆轍了，而建樹自我的理路了。

壬午春節艸於西湖草堂

[35]〈釋古文字中的附劃因聲指事下的一例〉收入《甲骨文字釋林》，四四五—四六三頁。

[36]《甲骨文字釋林•釋量》，四一四—四一六頁。

【 引用書目 】

□容庚著，初版《金文編》，貽安堂石印本，一九二五年仲夏初版。
□容庚著，再版《金文編》五冊，中研院史語所專刊之一，商務印書館（長沙）景印本，一九三九年一月初版。
□容庚著，三版《金文編》，考古學專刊乙種第九號，科學出版社，一九五九年五月。
□容庚著，四版《金文編》，張振林•馬國權摹補，中華書局（北京）景印本，一九八五年七月第一版。
□邱德修著〈《金文編》附錄中「：」文考〉，刊於故宮博物院（台北）《故宮學術季刊》第五卷第四期。
□日本•松丸道雄教授著〈釋㫃〉，刊於輔仁大學《第三屆中國文字學國際學術研討會論文集》，一九九二年三月。
□容庚著，四版《金文編•附錄》，收入《金文編》一〇一九 — 一二九五頁，中華書局（北京）景印本，一九八五年七月第一版。
□清•徐同柏著《從古堂款釋學》六卷，一八八六年刊本。
□清•方濬益著《綴遺齋彝器款識考釋》三〇卷，一八九四年完成，一九三五年刊本。
□清•吳大澂著《窸齋集古錄》，一八九六年完成，一九一八刊本。
□楊伯峻著《春秋左傳注（修訂本）》四冊，中華書局（北京）排印本，一九九〇年五月第二版。
□上海博物館商周青銅器銘文選編寫組編著《商周青銅器銘文選》四冊，文物出版社排印本，一九八六年八月 — 一九九〇年四月第一版。
□清•劉心源著《奇觚室吉金文述》二〇卷，一九〇二年石印本。
□日本•高田忠周著《古籀篇》，宏業書局景印大正十四年刊行本，一九七五年五月出版。
□丁福保編著《說文解字詁林》十二冊，鼎文書局改編本，一九七七年三月初版。
□馬敘倫著《讀金器刻詞》，中華書局（北京），一九六二年十二月第一版。
□《攈古錄金文》上下冊，二〇卷，一八五〇年完成石印本。
□柯昌濟著《韡華閣集古錄跋尾》一五卷，一九一六年完稿，一九三五年刊本。
□丁山著《說文闕義箋》，中研院史語所藏民國十八年作者清稿原本。
□李孝定著《金文詁林附錄》四冊，香港中文大學景印本，一九七七年四月初版。
□孫海波著　增訂本《甲骨文編》，中華書局（北京）景印本，一九六五年九月。
□唐蘭著〈釋四方風名〉，刊於北平燕京大學《考古學社社刊》第四期，一 — 六頁，一九三六年六月。
□北平燕京大學考古學社編著《考古學社社社刊》第一 — 六期，南天書局景印本，一九七九年五月初版。

□日本・章藤常賢著《漢字之起源》，東京角川書局書店排印本，一九七一年二版。
□于省吾著《甲骨文字釋林》，中華書局(北京)景印本，一九七九年二月第一版。
□于省吾主編・姚孝遂教授編撰《甲骨文字詁林》四冊，一九九六年五月第一版。
□邱德修著《文字學新擇》，國立編譯館大學用書，合記書局排印本，一九九〇年九月初版
□邱德修編著《新訓詁學》，五南圖書出版公司排印本，二〇〇〇年八月出版二刷。
□林義光著《文源》，《說文解字詁林》收錄本。
□邱德修著〈從假借看漢字的發展及其對國文教學之應用〉高師大《第一屆全國國語文教學研討會學術論文集》，一九九五年三月。
□邱德修著邱德修著《段氏假借說初擇》，刊於中山大學《第一屆國際暨第三屆全國清代學術研討會論文集》，一九九三年十一月。
□于省吾編〈釋古文字中附劃因聲指事字的一例〉，收入《甲骨文字釋林・附錄》，四四五 — 四六三頁。
□于省吾著〈釋量〉，收入《甲骨文字釋林》下，四四一 — 四六一頁
□張桂光著〈甲骨文形符系統特徵的探討〉，收入《古文字研究》第二十輯，二八六 — 三〇七頁
□吉林大學古文字研究室編《古文字研究》第二十輯，中華書局（北京）景印本，二〇〇〇年三月第一版。

圖一　《金文編・附錄》所收「倲」字表

包山二七八號簡釋文及其歸屬問題

劉國勝

湖北省文物考古研究所

提要

本文着重對包山 278 號簡的文字進行了討論，釋文作：搖厨尹之人苦强告祠移命以嬰餟，大意爲：搖厨官的執事人苦强主持餟祭告祀移命主。認爲這是爲墓主告請葬居事的記録。在此基礎上，提出應將其歸入包山楚簡的「喪葬類」簡牘，并結合出土告地書等文字資料，認爲將告請葬居事記録放置於墓内的做法與「告地書」及「買地券」行爲性質是接近的。

關鍵詞：包山楚簡　餟祭　喪葬　告地書

1987 年在湖北荊門包山 2 號墓中發掘出土的包山楚簡，内容十分豐富[1]。該墓下葬紀年明確，爲楚懷王十三年，既公元前 316 年[2]，所出簡牘依内容大致可分作文書類、占卜類、喪葬類三種。喪葬類簡牘是古人治喪活動中的有關記錄，楚墓屢見出土。過去多取「遣策」泛稱，蓋緣自《儀禮·既夕禮》「書遣於策」。包山楚簡之喪葬類記錄實際上用策亦用方，有「賵方」亦有「遣策」，這一點，已被明確[3]。包山簡 251—277 號及牘 1 屬於喪葬類記錄是大家公認的。包山 278 號簡文字較少，以往討論不多。在此，我們擬就該簡釋文及歸屬方面的一些問題加以討論。先將其文字釋寫如下：

粂（搖）脰（厨）尹之人盬（苦）強（强）告絧（祠）多（移）命以瞍（嬰）賫（餟）。

1，搖厨

搖，原文作：

厨，原文作：

---

[1] 湖北省荊沙鐵路考古隊：《包山楚墓》，文物出版社，1991 年 10 月第 1 版。文中所引包山 2 號墓的有關資料，如未特別注明，均參見此注。

[2] 王紅星：《包山簡牘所反映的楚國曆法問題》，載《包山楚墓》附録。

[3] 陳偉：《包山楚簡初探》，武漢大學出版社，1996 年 8 月第 1 版。

字，何琳儀先生認爲從木，肉聲，「柔」的異文[4]。楚簡有以作聲符之字，分別見於包山、郭店簡：

包山 91 號

郭店《性自命出》二四號[5]

，黃錫全先生釋爲「瑶」[6]。，整理者讀爲「謡」，簡文云：「聞歌，舀女如也斯奮。」可見「瑶」、「謡」之釋不誤。字從木，肉聲，榣亦從肉得聲。字可能是「榣」的初文，榣通搖。《說文》：「榣，樹動也。從木，榣聲。」段玉裁注：「榣之言搖也，今俗語謂煽惑人爲招搖，當用此從木二字。謂能招致而搖動之。」

字，從肉，從豆、從口，豆亦聲，乃「脰」之繁形。脰，見於壽縣楚器「集脰」，朱德熙、裘錫圭先生釋脰爲厨[7]，可從。天星觀楚簡記有「集脰尹」，即「集厨尹」[8]。

簡文「搖厨」的意義不是很清楚，我們推測與「集厨」之義相當。關於「集厨」，李學勤先生認爲「集」字之義在此可能同於「司」，「集厨」應爲管理王室飲食的有司[9]。陳秉新先生認爲「集」爲「總滙」、「集納」之義[10]。我們進而認爲「集」是一種有會計職能的儲備機構，類似於《周禮·天官》之「職内」，内者，納也。

古文集、雜可互作。《說文》：「雜，五采相合也。」段玉裁注：「所謂五采彰施於五色作服也。引申爲凡參錯之稱，亦借爲聚集字。詩言雜佩，謂集玉與石爲佩也。漢書凡言襍治之，猶今云會審也。」古視五采成文謂搖。《釋名·釋衣服》：「畫搖雉之文於衣也。江淮而南青質五色皆備成章曰搖。」「搖雉」既《爾雅·釋鳥》之「鷂雉」，雉有謂鷂者，言其羽青質五采爲文。《易·繫辭下》：「物相雜，故曰文。」搖、雜、集都有「會合」、「齊備」之義，引申之作「儲備」。古文集、雜與萃、啐互訓，《方言》：「萃，雜、集也。包山簡「盡集歲」也作「盡啐歲」。「啐」與三體石經古文「狄」同。古璽有「倅府」[11]，鄭超先生認爲當

---

4 何琳儀：《包山楚簡選釋》，《江漢考古》1993 年第 4 期。

5 荆門市博物館：《郭店楚墓竹簡》，文物出版社，1998 年 5 月第 1 版。文中所引郭店楚簡的有關資料，如未特別注明，均參見此注。

6 黃錫全：《〈包山楚簡〉部分釋文校釋》，載《湖北出土商周文字輯證》，武漢大學出版社，1992 年 10 月第 1 版。

7 朱德熙、裘錫圭：《戰國文字研究（六種）》，載《朱德熙古文字論集》，中華書局，1995 年 2 月第 1 版。

8 湖北省荆州地區博物館：《江陵天星觀 1 號楚墓》，《考古學報》1982 年第 1 期。

9 李學勤：《戰國題銘概述（下）》，《文物》1959 年第 9 期。

10 陳秉新：《壽縣楚器銘文考釋拾零》，載《楚文化研究論集》第一集，荆楚書社，1987 年 1 月第 1 版。

11 李家浩：《楚國官印考釋（四篇）》，《江漢考古》1984 年第 2 期。

是專門儲藏備用物質的府庫[12]。我們認爲「摇」、「集」與「俖府」類同。

不過，我們懷疑這類性質的儲備府庫亦主鉤考會計，統計財物的出、入、廢、置，儲餘以待給需。類似於《周禮 ·天官》「司會」下設的「職内」。《周禮 ·天官》:「司會，掌邦之六典、八灋、八則之貳，以逆邦國、都鄙、官府之治。」《周禮 ·天官》所列「職内」、「職歲」、「職幣」皆兼會計之治。《周禮》「職内」疏云：「職内主入，職歲主出。職内分置於眾府，所以得有物出與入者。職内雖分置眾府，職内亦有府貨賄留之者，故得出給。故大府職云『頒其賄於受用之府』，鄭注云：『受用之府若職内是也。』」可見，「職内」參較要貳，主邦之賦納的鉤考會計，并且有自己的儲府，以待出給。我們認爲「摇」、「集」、「俖府」應是這類帶有會計、校驗職能的儲備機構。鄂君啓節、燕客銅量銘文「集尹」、「少集尹」每與鑄造官員偕同[13]，應屬會審。「集尹」之「集」，同信陽楚墓出土的銅匕木柄上單刻之「集」[14]，可能指的就是這類性質的儲府。「集尹」是儲府的主管，亦是會計校驗官。

儲府内部要分門別類，如《周禮》「職内」疏云：「辨其財用之物，凡所稅入者，種類不同須分別之而執其總者。」屢見的楚器刻銘「集某」之「某」表示的可能就是儲備物品的種類，「集某」應是「集」按種類分設的專職部們，即有司。「摇厨」、「集厨」即指儲府中專管庖膳用器的有司。這類專職的有司亦設有主管，簡文「摇厨尹」，與「集厨尹」同，即是集府之「厨」部有司的主管。「集厨」置備厨器，又奉命出給。太子鼎銘「集脰 大子鼎」意爲這件鼎是由集厨供給太子專用的。鼎予太子後，并不還由集厨掌管，掌管的可能是太子府中的厨官。鑄客匜鼎銘「鑄客爲大句脰官爲之」之「大句脰官」，即「太后厨官」，應是管理太后庖膳的有司。《漢書 ·王嘉傳》:「長安廚給祠具，道中過者皆飲食。」顏師古注：「長安有廚官，主爲官食。」

2，苦强

苦，原文作：

强，原文作：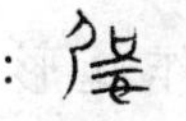

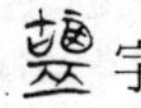字，楚簡屢見，常作姓氏。字從盧，古聲，何琳儀先生讀爲苦[15]，

[12] 鄭超：《楚國官璽考述》，載《文物研究》第二輯，1986 年 12 月。
[13] 劉彬徽：《楚系青銅器研究》，湖北教育出版社，1995 年 7 月第 1 版。文中所引大子鼎、 鑄客匜鼎銘文資料均參此注。
[14] 河南省文物研究所：《信陽楚墓》，文物出版社，1986 年 3 月第 1 版。
[15] 何琳儀：《戰國古文字典》，中華書局，1998 年 9 月第 1 版。

可信。字，亦見於侯馬盟書，裘錫圭先生釋爲强，文作「强梁」[16]。簡文「苦强」爲姓名，稱作「搖厨尹之人」，大概是「搖厨尹」所派執事人。

3，告祠

祠，原文作：

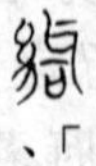字，從糸，刣聲。字又見於郭店楚簡，多讀爲治，如云「治人事天」、「門內之治」。在此似當讀爲祠。《左傳》莊公八年「甲午治兵」，《公羊傳》作「祠兵」，是治與祠通。簡文「告祠」指祭告，辭例同「告禱」。《史記·封禪書》：「其秋，爲伐南越，告禱太一，以牡荆畫幡日月北斗登龍，以象太一三星，爲太一鋒，命曰『靈旗』。」

4，多命

簡文「多命」似爲告祠對象，其義未詳。《周禮》「九祭」有「命祭」，杜子春云：「命祭，祭有所主命也。」可見，「命」也是古時祭的對象。多，疑讀爲移。《史記·田叔傳》：「如有移德於我。」《集解》引徐廣云：「移，猶施也。」移命，爲施命、延命之義，此疑爲引導魂魄之神名。又古多、知音近，如踟作跢，「多命」或可讀爲「知命」，知命猶主命。《晉朱曼妻薛買地宅券》有文云：「有志薛地，當詣天帝，有志薛宅，當詣土伯，任知者東王公、西王聖母如天帝。律令。」[17]

楚簡見有「司命」，主生死，又見有「后土」[18]。《楚辭·招魂》：「魂兮歸來，君無下此幽都些。」王逸《楚辭章句》：「幽都，地下后土所治也。」可知后土亦是地下幽府的主吏。簡文「多命」與「司命」、「后土」有何關聯，目前還說不清楚。

5，嬰餟

嬰，原文作：

餟，原文作：

字，從貝，𡢁聲，王子嬰次爐銘「嬰」字作此形[19]。《山海經·西山經》：「羭山神也，祠之用燭，齋百日以百犧，…… 以百珪百璧。」郭璞注：「嬰，謂陳之以環祭也。」

字，下部從貝，上部字形隸定尚存分歧，有以爲從「乘」，有以

[16]裘錫圭：《釋「弘」「强」》，載《古文字論集》，中華書局，1992年8月第1版。
[17]方介堪：《晉朱曼妻薛買地宅券》，《文物》1965年第6期。
[18]滕壬生：《楚系簡帛文字編》，湖北教育出版社，1995年7月第1版。
[19]容庚：《金文編》，中華書局，1985年7月第1版。

爲從「叕」。「叕」字見於雲夢睡虎地秦簡：

 睡虎地《日書》乙種一四五號[20]

古陶文中有字作：

于省吾先生釋爲贅，至確[21]。與形體結構類似，惟上部字形確與楚文字裏作偏旁來用的「乘」形近。較近公佈的郭店楚簡中有字作：

 郭店《五行》一〇號

整理者釋爲「惙」。簡文云：「未見君子，憂心不能惙惙。」《詩·召南·草蟲》：「未見君子，憂心惙惙。」可見，認爲　從貝、從叕的意見是可取的。

不過，簡文中的字，我們以爲當讀爲「餟」。《說文》：「餟，祭酹也。」《廣雅》：「餟，祭也。」《史記·孝武本記》有一段關於醊祭的內容：

> 令祠官寬舒等具泰一祠壇，壇放薄忌泰一壇，壇三垓。五帝壇環居其下，各如其方，黃帝西南，除八道鬼道。泰一所用，如雍一畤物，而加醴棗脯之屬，殺一犛牛以爲俎豆牢具。而五帝獨有俎豆醴進。其下四方地，爲餟，食羣神從者及北斗云。已祠，胙餘皆燎之。

這段內容又見於《史記·封禪書》、《漢書·郊祀志》等。《史記·孝武本記》文中之「餟」，《史記·封禪書》作「醊」、《漢書·郊祀志》作「腏」，顏師古注：「腏字與餟同，謂聯續而祭也。」《索隱》：「餟，謂聯續而祭之。」《正義》引劉伯莊云：「謂繞壇設諸神祭座相連綴也。」

「嬰」、「餟」皆是一種環繞設置祭品的祭祀。《周禮·地官·大祝》「九祭」有「周祭」，疏云：「周祭，四面爲坐也。謂若祭百神，四面各自爲坐。」餟祭與周祭在方式上是有相同之處的。「嬰餟」連稱，亦爲祭名，猶「槱」祭、「燎」祭，也稱「槱燎」。《玉篇》：「槱，積木燎以祭天也。」《集韻》：「尞，《說文》：『柴祭天也。』或從火。」徐楷《說文繫傳》：「槱燎，祭名也。」《史記·封禪書》云：「荆巫，祠堂下、巫先，司命、施糜之屬。」《索隱》：「案《周禮》『以槱燎祠司命。』」

餟祭，一般行之於户外郊野，多用於封禪、郊祀一類祭祀。餟祭亦可用於喪祭之祠。《急就篇》「哭泣祭醊墳墓冢」，顏注：「醊謂聯續之祭也。」曹操《告涿郡太守令》：「敬遣丞掾修墳墓，并致薄醊，以彰德。」《後漢書·王渙傳》：「男女老壯皆相與賦斂，致奠醊以千數。」《後漢書·盧植傳》：「亟遣丞掾除其墳墓，存其子孫，并致薄醊。」可見，

---

[20]睡虎地秦墓竹簡整理小組：《睡虎地秦墓竹簡》，文物出版社，1990年9月第1版。

[21]參黃錫全：《肴腏考辨》，載《古文字論叢》，藝文印書館，1999年10月初版。

餟祭多是針對墓地葬址而爲之。

簡文「告祠多命以嬰餟」，猶言「以嬰餟告祠多命」，屬文法中的後置式。類似《詩·衛風·木瓜》「投我以木瓜，報之以瓊琚。」

依上述考釋，包山 278 號簡全文大意似爲：摇厨尹的執事人苦强主持餟祭告祀移命主。

據《三禮》，古時人死下葬前要爲死者舉行數次祭祀，一般稱以「奠」。穿地營壙之時，有奠竁。《周禮．春官．冢人》：「大喪既有日，請度甫竁，遂爲之尸。」鄭司農云：「既有日，既有葬日也。始竁時，祭以告后土，冢人爲之尸。」奠告時，有致祝辭。《儀禮．士喪禮》：筮者東面，抽上韇，兼執之，南面受命，命曰：「哀子某，爲其父某甫筮宅。度兹幽宅兆基，無有後艱。」奠祭完畢，有的還要將獻犧特貍。包山 2 號墓坑底中部的腰坑所置一整羊，可能即是告畢後特貍的獻犧[22]。我們認爲，包山 278 號簡可能就是爲墓主告請葬居行祭一事的記錄。

下面我們對 278 號簡的性質及其歸屬談點看法。

包山楚簡整理者在報告的簡牘情況介紹裏認爲 278 號簡屬「文書類」，不過在簡牘圖版編排及簡牘釋文中是將該簡與「文書類」簡分置，而作了單獨處理，比較謹慎。依據前面對簡文的考釋，我們認爲 278 號簡盡管在行文格式上與文書體式相仿，但記叙的不是公辦事務，與該墓所出「文書類」簡主要屬公文是不太相符的，當不好歸屬於「文書類」。278 號簡内容與祭祀有關，但講的是喪祭，與該墓所出「占卜類」簡内容主要爲歲貞及疾病貞不同。因此亦不宜歸入「占卜類」。278 號簡内容是墓主人家對治喪活動中告請葬居行爲的記錄，從性質上來講，似應當歸入「喪葬類」簡。這一點與竹簡出土位置情况有一定符合。

包山 2 號楚墓竹簡出土位置的情况是：文書類簡（1－196 號）、占卜類簡（197－250 號）各呈一堆置於墓葬北室椁底板上；喪葬類簡分别出自東室、西室和南室。其中東室簡記「食室」器（251－258 號），大部分簡被置於銅鼎和銅匜上；西室簡記「相徙」器（259－264 號）；南室簡記『大兆」器（265－266 號）及「葬用車」（257－277 號），「賵方」竹牘 1 也出自南室。而 278 號簡出自西室，出土時與另外 128 支無字簡成一堆較整齊地擱置於兩銅　上。因此，謹就該墓竹簡放置狀况看，278 號簡較符合「喪葬類」簡的處置方式。

然而，不難看出，278 號簡内容是不屬於我們常見的「遣策」和「賵書」。「遣」、「賵」記錄是目前所見「喪葬類」簡牘的主要内容。

我們知道，在出土的「喪葬類」簡牘中，還有一種類别，就是人們

---

[22]胡雅丽：《包山二號楚墓所見葬制葬俗考》，載《包山楚墓》附録。

常說的「告地書」(又稱「告地策」、「告地下官吏書」)。「告地書」簡牘大都出自漢墓，以楚故地發現居多。「告地書」與後來的「買地券」的繼承關係，諸多學者業已指出。我們在此不妨抄舉几例：

例一，長沙馬王堆西漢 M3《告地書》[23]：

十二年二月乙巳朔戊辰，家丞奮移主葬郎中，移葬物一編，書到光送，具奏主葬君。

例二，江陵高臺西漢 M18《告地書》[24]

七年十月丙子朔庚子，中鄉起敢言之：新安大女燕自言與大奴甲、乙，大婢妨徙安都。謁告安都，受名數，書到爲報。敢言之。

十月庚子，江陵龍氏丞敬移安都丞。　　　　亭手

例三，山西出土東漢《告地書》[25]：

熹平二年十二月乙巳朔十六日庚申，天帝使者告張氏之家，三丘五墓，墓左墓右，中央墓主，塚丞塚令，主塚司令，魂門亭長，塚中游　老，敢告移丘丞墓伯，地下二千石，東塚矦，西塚伯，地下　犆卿，耗里伍長老。今日吉良，非用他故，但以死人張叔敬薄命蚤死，當來下歸丘墓。黄神生五嶽，主死人錄，召魂召魄，主死人籍。生人筑高臺，死人歸深自貍。眉須以落，下爲土灰。今故上復除之藥，欲令後世無有死者，上黨人參九枚，欲持代生人，鉛人持代死人，黄豆瓜子，死人持給地下賦。立制牡厲，辟除土咎，欲令禍殃不行。傳到，約東地吏，勿復煩擾張氏之家。急急如律令。

例四：　沙出土南朝劉宋《買地券》[26]：

宋元嘉十年太歲癸酉十一月丙申朔廿七日壬戌辰時，新出太上老君符勅，天一地二，孟仲四季，黄神后土，土皇土祖，土營土府，土文土武，土墓上、墓下、墓左、墓右、墓中央五墓主者，丘丞墓伯，冢中二千石，左右冢侯，丘墓掾史，營土將軍，土中督郵，安都丞，武夷王，道上游　將軍、道左將軍、道右將軍三道將軍，蒿里五老，都集伯長，營域亭部，墓門亭長，天罡、太一、登明、功曹、傳送隨斗十二神等。荆州長沙郡　湘縣北鄉白石里界官祭酒代元治黄書䄙令徐副，年五十九歲，以去壬申年十二月廿六日醉酒壽終。神歸三天，命歸三泉，長安蒿里。……

由上可見，告地書是活人爲安定死人而呈請冥府地吏的告文，告文

---

[23]湖南省博物　等：《長沙馬王堆二、三號漢墓發掘簡報》,《文物》1974 年第 7 期。

[24]湖北省荆州博物　：《荆州高臺秦漢墓》，科學出版社，2000 年 3 月第 1 版。

[25] 郭沫若：《由王謝墓志的出土論蘭亭序的真僞》,《文物》1965 年第 6 期。

[26]長沙市文物工作隊：《長沙出土南朝徐副買地券》，載《湖南考古

是模仿實際社會通行的公文格式來書寫的，是謂「事死如事生」。告地書所謂的「主葬君」、「安都丞」等皆是地下幽府司吏[27]。見於例四的「武夷王」與九店楚墓出土的「祝辭」抄文簡中的「武夷」[28]，在稱名上是有傳承關係的。我們若將前舉《儀禮·士喪禮》「度茲幽宅兆基，無有後艱。」之辭與例三《告地書》「欲令後世無有死者」、「欲令禍殃不行」之語對照，還是能够發覺先秦之際的告請葬居事與其後出現的告地書及買地券行爲是有相似之處的，它們的用義和目的大概都是希望讓死者安息，亦勿擾生人。爲此，除爲死人隨葬器物外，又增衍出立存字據以明於冥府的强化方式。告地書主要是采取送達虛造的合法遷居　證的方式，買地券變成了送達僞造的合法置地　證的方式。包山 278 號簡文就顯得較爲原始，是以送達實際祭告記録的方式來爲之。因此，在將包山 278 號簡歸入「喪葬類」簡的同時，我們還以爲其性質與「告地書」是相近的。我們也注意到，包山 2 號墓 278 號簡事實上應當與同集一堆的另 128 支無字竹簡是成一體的，278 號簡未修編繩契口，簡文被寫在簡背篾青一面，對這一有意随葬較大數量空簡現象的解釋還有待於深入考察。

輯刊》第一集，岳麓書社，1982 年 11 月第 1 版。

[27] 劉國勝：《高臺漢牘「安都」別解》，《紀念商承祚先生誕辰百年紀年文集》（待刊）。

[28] 湖北省文物考古研究所：《江陵九店東周墓》，科學出版社，1995 年 7 月第 1 版。

說朋倗

陳麗紅

高雄師範大學國文研究所博士班

提要

由出土文物的文字資料與傳世文獻得知，「朋」在我國古代本來爲賞賜物（或賞賜、貨幣單位），其結構都作兩串貝（或玉）相并之形。金文時代引申而有「朋友」之「朋」的意義。後世學者或把「朋」字隸定爲「倗」，就古文字發展的過程來看，這個隸定尚可討論。事實上，以目前的文字資料看，「倗」之形是到戰國時代才出現的分化字，而到漢代《尹灣漢墓簡牘》才有純粹的「倗」字出現。本文主要嘗試結合古文字與傳世文獻來探究有關「朋、倗」的一些問題，釐清舊說的一些疑點，於前人與近人的研究成果中，談些自己的看法。

關鍵字：朋、倗、分化字。

壹、前言

古文字中「朋」字有兩種寫法，一爲（以下稱「朋 a」），一爲（以下稱「朋 b」），一般把「朋 a」隸定爲「朋」，把「朋 b」隸定爲「倗」，恐不可從。本文從古文字及古文獻中著手，盡可能全面蒐集資料，然後從形體分析，辭例推勘，歷史發展，具體呈現「朋」的字形變化、字義引申，從而提出一點個人的看法。不妥之處，尙祈批評指教。

貳、正文

本文按照殷商文字、西周春秋金文、戰國文字、以及秦漢文字、《說文》等幾個古文字形的發展階段各列一字形表，以具體說明「朋、倗」演變過程，並佐以文獻來進行探討。

一、殷商的「朋」

殷商文字主要以甲骨文及晚殷金文爲代表，因爲甲骨文字尙在發展變化之中，並未全部定型，所以字形變化較大。

「朋」字，《甲骨文合集》共收十八筆[1]，加上《殷墟甲骨刻辭類纂》及《甲骨文合集補編》的隸定，共得二十二個較清楚的「朋」字。因孫

1. 此據成功大學圖書館：甲骨文全文檢索及全文影像系統的統計資料。

海波的《甲骨文編》僅摹七字[2]，所以我依《合集》、《補編》及《小屯南地甲骨》再轉摹，得表(一)甲骨文的「朋」：

合 11438	合 11439	合 11440	合 11441	合 11442	合 11443	合 11444	合 11445	合 19636
合 21773	合 21774	合 29694	合 40073	懷 142	懷 142	懷 142	屯 2196	屯 2621
合 00012	合 00013	合 07563	合 10196					

表(一)甲骨文的「朋」

從表(一)看「朋」字，可分爲兩類，第一類作(即「朋 a」)[3]，第二類作(即「朋 b」)。除了甲骨文，商代銅器也出現了不少的「朋」。《青銅器銘文檢索》著錄「朋 a」九十四筆[4]，其中商代銅器計十三筆。以下是參照容庚《金文編》轉摹得表(二)殷代金文的「朋」[5]：

戍甬鼎 1191	邲卣 5491	宰椃角 4242	小子省卣 5471	宰叀簋 2599	𠭯卣 5494	小臣邑斝 4343	戍嗣鼎 1219

表(二)殷代金文的「朋」

其形皆屬於「朋 a」。而它出現在這些甲骨文、金文中的用法也有兩種：

1、當賞賜物(或賞賜、貨幣單位)。

合 11438　庚戌…貞賜多月女有貝「朋 a」
合 11439　…「朋 a」無其賓
合 11440　惟「朋 a」
合 11441　…以…「朋 a」
合 11442　車不其以十「朋 a」
合 11443　…肇多…十「朋 a」毋
合 11444　…受…十「朋 a」…凡…
合 11445　…以十「朋 a」
合 19436　貞惟「朋 a」…
合 21773　丁未…一「朋 a」
合 21774　二「朋 a」…壬寅貞節…牢…夕卜
合 29694　惟貝「朋 a」吉…其…
合 40073　…賜貝一「朋 a」一月

[2] 見孫海波《甲骨文篇》第四・十八及第八・三。藝文出版社。
[3] 不論橫畫的多寡或豎畫有沒有穿過最後的橫畫，字形大抵近似，都歸在「朋 a」中。
[4] 見周何總編《青銅器銘文檢索》第 974～976 頁。文史哲出版社，民國 85 年 5 月初版。
[5] 見容庚《金文編》第 438～441 頁。中華書局，1998 年 11 月 1 版 1 刷。表(二)各字形皆為合文，依次為二朋、五朋、五朋、五朋、五朋、二朋、十朋、廿朋。其器號依《青銅器銘文檢索》所列，某些器名稍加簡化。

懷 142　…其五「朋 a」…其七「朋 a」…其八「朋 a」…其三十「朋 a」…其五十「朋 a」…其七十「朋 a」

屯 2196　…卅「朋 a」

屯 2621　四「朋 a」

王國維《觀堂集林・卷三・說玨朋》：

> 殷時，玉與貝皆貨幣也。…蓋商時玉之用與貝同也，…其用為貨幣及服御者，皆小玉小貝，而有物焉以系之，所系之貝玉，於玉則謂之玨，於貝則謂之朋，然二者於古實一字。…古系貝之法與系玉同，…合二系為一玨，若一朋。[6]

郭沫若肯定王國維的說法，其《甲骨文字研究・釋朋》說：「王國維〈說玨朋〉謂玨朋古本一字，其說是矣！……貝玉在爲貨幣以前，有一段時期專以用於服御，…」[7]確實貝在中國上古的使用歷史非常長，在這漫長的使用過程中，我們只能就出土的墓葬及文物中考知它的大概演變。《商周考古》說：

> 在鄭州和輝縣的早商墓中，都發現了用貝隨葬的現象；…在殷墟的晚商墓葬中，殉貝的現象更為普遍。…從有些貝放置的部位看，像是作裝飾品使用的，但多數含在口裡，握在手中，同後世用玉或銅錢隨葬的風習是相同的，顯係財富的象徵。若把《尚書・盤庚篇》中「具乃貝玉」與「無總于貨寶」兩句對應來看，「貝玉」與「貨寶」顯然居於同等地位。同時，商末銅器中「賜貝」與「賞貝」極為習見，並且往往以「朋」為計算單位，也是把貝作為貨幣來賞賜的。[8]

在殷商時期的「貝」，既是可作爲財富象徵的「貨寶」，當然可以作爲珍貴的賞賜物，或進而作爲祭祀供品了[9]。至於把貝作爲一種貨幣，而且以「朋」爲計算單位，學者一般都同意商代已經開始了。

表(二)殷代金文的「朋」都是合文，用法大抵爲賞賜單位。如：〈小臣邑斝〉(4343)「癸己王易小臣邑貝十朋」;〈宰椃角〉(4242)「易貝五朋」;〈小子省卣〉(5471)「甲寅子商小子省貝五朋」…等。

2、當國名、人名

合 00012　己丑…貞令…「朋 b」…一月

合 00013　己丑卜穷貞令射「朋 b」衛一月

合 07563　貞「朋 b」于穆衛一月

---

[6]. 見王國維《觀堂集林》第 160～163 頁。中華書局，1991 年 12 月 1 版 5 刷。

[7]. 見郭沫若《甲骨文字研究》第 103 頁。民文出版社。

[8]. 見北京大學歷史系考古教研室商周組編著《商周考古》第 54 頁。北京：文物出版社。1979 年 1 月 1 版 1 刷。

[9]. 見李孝定《甲骨文字集釋》:「乙己卜穷貞翌丁未酒𢀛歲于蔑屮朋，(《前》・五.四.七.）此以貝玉供祭祀也。」第 1377 頁。中央研究院歷史語言研究所，民國 59 年 10 月再版。

合 10196　…日…狩柷允獲虎二「朋 b」有𡉁戈友若

郭沫若〈釋朋〉說：「倗[10]，乃古國名，周金有〈倗伯㲋簋〉〈倗仲簋〉，當即其後。」；姚孝遂說：「卜辭倗[11]爲人名。」由此可見，在目前見到的殷商時期的文字資料中，「朋 a」與「朋 b」用法是有區別的。

因爲「朋 a」與「朋 b」用法有別，因此學者往往誤以爲是不同的兩個字，因此把「朋 a」隸定爲「朋」，把「朋 b」隸定爲「倗」。這樣的隸定其實是錯的，「朋 a」與「朋 b」實爲一字。從文字形體演變的歷史來看，「朋 b」相當於後世的「朋」，「朋 a」後世不用，「倗」則是戰國以後產生的新字形。

甲骨文中「朋 a」與「朋 b」的用法，所以分得那麼清楚，這是甲骨文中，當某個字作爲人、地、國、族名使用時，往往會有意的和作爲一般用途的形構在字形上做點區隔，如「八」，甲骨文作「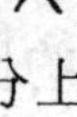」，作方國名時則寫成「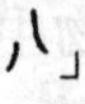」，作姓氏時則寫成「」，結體左右兩畫分上下，又體勢稍斜；「五」，甲骨文作「」，作地名時則寫成「」，中間豎畫爲飾筆。[12]因此，學者在隸定「朋 a」與「朋 b」時，如果參考《說文》而又受宥於《說文》，自然會出現問題了。如果沒有細加深究，便會誤以爲是不同的兩個字，「朋」字也許是在這樣的情況下被誤分爲二的吧！如徐中舒《漢語古文字字形表》既有「朋」，也有「倗」，但〈趞曹鼎〉、〈㠱中壺〉、〈王孫鐘〉三字，既見於「朋」，也見於「倗」[13]。

二、西周春秋的「朋」

研究西周春秋時代的文字，最主要的資料是銅器銘文。西周春秋的「朋」字，據《青銅器銘文檢索》統計，「朋 a」出現 94 筆[14]，「朋 b」出現 52 筆[15]，因爲數不少，僅據《金文編》所錄銘文文字[16]，各擇選十五個字形轉摹得表(三) 西周春秋的「朋」[17]：

---

10. 此「倗」即「朋 b」，是郭沫若隸定。見《甲骨文字研究》第 105 頁。民文出版社。

11. 此「倗」即「朋 b」，是姚孝遂隸定。見《甲骨文字詁林》第 3290 頁。中華書局，1996 年 5 月 1 版 1 刷。

12. 見季師旭昇博士論文《甲骨文字根研究》第 547、739 頁。民國 90 年 11 月修訂。

13. 見徐中舒《漢語古文字字形表》第 246、312 頁。文史哲出版社，民國 77 年 4 月再版。

14. 7001 號器〈嘉賓鐘〉重複出現，據《金文總集》的銘文拓片，應隸定「朋 b」處。又 7003 號器〈舍武編鐘〉與〈嘉賓鐘〉同屬一器，故正確數目應為九十二筆。

15. 見《青銅器銘文檢索》第 974～976 頁（朋 a），第 1245～1246 頁（朋 b）。

16. 見《金文編》第 438～441 頁（朋 a），第 560～561 頁（朋 b）。

17. 〈臣衛父辛尊〉這件銅器《青銅器銘文檢索》沒列，即《金文總集》沒收這件銅器。據《殷周金文集成》器號為（5987）。表（三）銅器排列時代先後依《殷周金文集成》之斷代，《集成》未收器，則依相關條件歸類。其中「朋 a」第五字以後為合文，依次為二朋、五朋、五朋、五朋、四朋、百朋、卅朋、卅朋、廿朋、十朋。

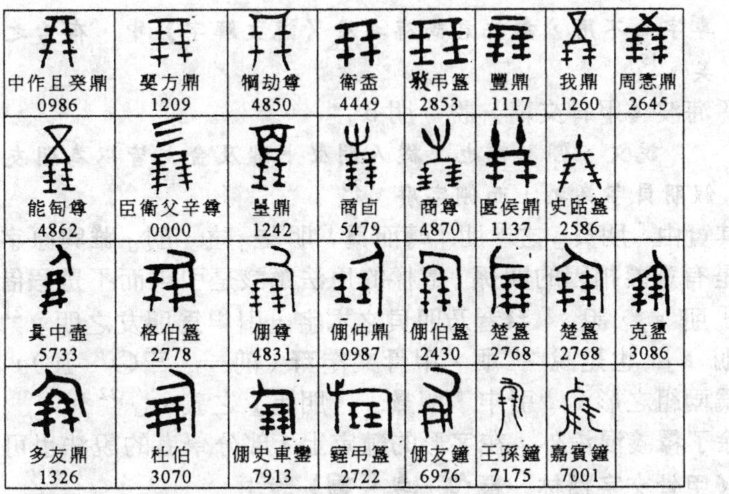
中作且癸鼎 0986
嬰方鼎 1209
𢼸劫尊 4850
衛盉 4449
敔弔簋 2853
豐鼎 1117
我鼎 1260
周窓鼎 2645
能匋尊 4862
臣衛父辛尊 0000
𡎸鼎 1242
𢀛卣 5479
𢀛尊 4870
匽侯鼎 1137
史話簋 2586
𧾷中壺 5733
格伯簋 2778
倗尊 4831
倗仲鼎 0987
倗伯簋 2430
楚簋 2768
楚簋 2768
克盨 3086
多友鼎 1326
杜伯 3070
倗史車鑾 7913
𨱍弔簋 2722
倗友鐘 6976
王孫鐘 7175
嘉賓鐘 7001
表(三)西周春秋的「朋」(字形下為《金文總集》器號)

這個時期的「朋」字,「朋 a」變化不大,「朋 b」變化就豐富多了。其中以「人」形變化劇烈,有左有右,有大有小,有呈外包形狀,如〈多友鼎〉(1326)、〈倗史車鑾〉(7913)的「朋 b」,最左邊豎畫若稍事加長,已逐漸近似秦漢「朋」字之形了,〈𨱍弔簋〉(2722)的外形的左右上三面更是變爲包圍之形了。

「朋」字除字形產生頗大的變化外,字義也有了變化。「朋 a」的用法仍沿襲殷商時代;「朋 b」的用法,除用作人名、國名之外,增加了一個新的意義,即今日通用的「朋友」之「朋」的意義。如:

多友鼎(1326) 用「朋 b」用友
𨱍弔簋(2722) 于𨱍弔「朋 b」友
杜白盨(3070) 其用享孝皇申且考、于好「朋 b」友
克盨(3086) 隹用獻于師尹、「朋 b」友、婚(聞)遘
倗鐘(6976) 「朋 b」友𩵦其萬年臣天
嘉賓鐘(7001) 大夫「朋 b」(「朋 a」)友
王孫鐘(7175) 及我「朋 b」友

「朋 b」當「朋友」之「朋」是引申義。「朋」本係兩串貝(或玉)之形,因此,引申兩個志氣相投的人也叫「朋」[18]。很多學者把這樣的用法誤以爲是假借,大概是受《說文》誤以「朋」爲「鳳」的或體的影響,加上段《註》明白的說這是假借,且《說文》另有「倗」字,說:「倗,輔也。」,所以在辨明「朋」字之義時,就易產生混淆。如羅振玉說「朋 b」:

貝為五朋,故友倗字從之,後世友朋字皆假朋貝字為之,廢

[18]《說文》:「友,同志為友,從二又交相。」段《注》:「《周禮》注曰,同師曰朋,同志曰友。」第 117 頁。漢京出版社,民國 69 年 3 月初版。

專字而不用，幸許君尚存之於《說文解字》中，存古之功可謂偉矣。[19]

孫海波《甲骨文篇》說「朋 b」：

> 說文，倗，輔也，從人朋聲卜辭及金文皆以為朋友之朋經典假朋貝字為之，而倗字廢。[20]

其實由「朋貝」之「朋」轉而爲「朋友」之「朋」雖與原字形無關，但卻是有意義相因的關係，這樣的用法應該是引申而不是假借。如商承祚釋「朋 a」，說：「拜者乃朋貝之本字，引申爲朋友之朋」[21]。何琳儀解「朋 a」，也是說：「朋，甲骨文作拜（前一・三〇・五），象以繩貫貝分爲兩組之形。...引申『朋黨』、『朋比』之義。」[22]

除了釋義混淆外，在字形的隸定上，部分學者的說法也可商，如于省吾《甲骨文字釋林・釋勹，鳥，㑭》說：

> 甲骨文朋貝之朋作珏或玨，象兩串穿貝形。又㑭字作㑭或㑭，朋 勹。商器㑭尊作㑭。西周金文以㑭為朋友之朋，作㑭、㑭、㑭等字形。《說文》：「倗，輔也，從人朋聲，讀若陪位。」其實，倗字的古文本作㑭；以勹為音符，說文訛勹為人，文字學家遂不知其非。[23]

參照王國維〈說玨朋〉：

> 朋友之朋，卜辭作㑭(前編卷四，第三十葉)，金文作㑭(杜伯盨)或作㑭（豐姞敦），或從拜，或從玨，……（第 161 頁）

就可以知道，直接將拜或玨寫爲「朋」，頗有可議。「朋友」之「朋」，「或從拜，或從玨」，並非「或從朋（此「朋」是指今日「朋」字，非「朋 a」），或從玨」，「或從拜，或從玨」的「朋友」之「朋」，是外加了「人」（這個部分後來產生形變）後的字形。姚孝遂也說：

> 卜辭倗為人名，朋則為貝朋，二者區分至嚴， 不相混。倗乃朋之孳乳字，加人為形符，由象形而形聲，……字亦非從「勹」[24]。

「朋」字演變，確實是由外加的「人」之形符，變爲外包形後才確立，可知「勹」形本來並非音符，後來或有聲化，但已非原造字之意。說詳下文「戰國的朋、倗」及「秦漢的朋、倗」。

[19].見《甲古文字詁林》第 3289 頁。中華書局，1996 年 5 月 1 版 1 刷。
[20].見孫海波《甲骨文編》第八卷第 3 頁。藝文出版社。
[21].見《甲骨文字集釋》第 1369 頁。中央研究院歷史語言研究所，民國 59 年 10 月再版。
[22].見何琳儀《戰國古文字典》第 157 頁。中華書局，1998 年 9 月 1 版 1 刷。
[23].見于省吾《甲古文字釋林》第 157 頁。中華書局，1979 年 6 月 1 版 1 刷。
[24].這段話，見《甲骨文字詁林》第 3290 頁，「倗」後按語，「倗」即「朋 b」。

三、戰國的「朋、倗」

由春秋步入戰國，社會劇變，對中國文字形體的演變產生了巨大的影響。讀書識字的普遍化，使文字的應用愈來愈廣，使用文字的人也愈來愈多，而文字相對也不斷的增多，異形異寫也就層出不窮了。從大量出土的戰國文字材料中，可以看出「朋」字字形多樣的變化。以下據古陶文、古璽文、郭店、上博、包山、曾侯乙墓、天星觀等文字資料的文字編摹得表(四)戰國的「朋、倗」(含偏旁)[25]：

郭店·六 28
郭店·六 30
郭店·語 187
郭店·緇 45
郭店·語 414
上博·緇衣 23
璽彙 3720
陶彙 3.1107
陶彙 3.968
陶彙 3.969
包 2.165
包 2.172
包 2.190
包 2.74
包 2.173
包 2.260
包 2.219
包 2.230
包 2.242
包 2.244
包 2.157
天策
天策 1
天策 2
曾 68
曾 80

表(四)戰國的「朋、倗」(含偏旁)

戰國文字「朋、倗」(含偏旁)字形可以分四組十八類：

1、朋：「朋 a」

(1) ：〈郭店・六・30〉：中間橫畫連筆。

(2) ：〈郭店・六・28〉：上面加一橫畫，可視爲飾筆；中間橫畫連筆。

(3) 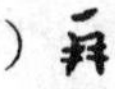：〈包 2.190〉、〈包 2.230〉、〈包 2.242〉、〈包 2.244〉：上面加一橫畫，可視爲飾筆；中間橫畫分筆。

2、朋：「朋 b」

(1) 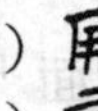：〈天策 1〉：三面外包；中間橫畫連筆。

(2) ：〈包 2.172〉：右上「人」形第二筆只微下彎；中間橫畫分筆。

(3) 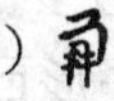：〈包 2.165〉、〈曾 68〉、〈曾 80〉：右上「人」形第二筆下彎外包；中間橫畫分筆。

25.所使用的文字資料有：《楚系簡帛文字編》、《包山楚簡文字編》、《郭店楚簡文字編》、《曾侯乙墓竹簡文字編》、《古陶文彙編》、《古璽文編》、上海博物館藏《戰國楚竹書（一）》等。表中＜包 2.74＞，徐在國＜讀《楚系簡帛文字編》札記＞說：「46 頁『琱』字條。按：此字從玉朋聲，似是『朋』字異體，所從之『玉』乃是贅加的義符。」（第 79 頁）道段話反應了戰國文字的一大特色。

（4）：〈郭店・語・414〉：上面一橫畫，可視爲飾筆[26]；三面外包，右上只微下彎，左右漸呈對稱類化；中間橫畫分筆。

（5）：〈包 2.219〉、〈天策〉、〈天策 2〉：上面一橫畫，可視爲飾筆；三面外包，左右已呈對稱類化；中間橫畫分筆。

（6）：〈包 2.74〉：上面一橫畫，可視爲飾筆；三面外包，左右已呈對稱類化；中間橫畫連筆。

（7）：〈包 2.157〉：上面一橫畫，可視爲飾筆；三面外包，左右已呈對稱類化；中間分兩豎筆，沒連在一起，橫畫分筆。

（8）：〈上博・緇衣・23〉：上面「人」形類化。

（9）：〈陶彙 3.1107〉：上面「人」形類化；左右橫畫省筆。

（10）：〈郭店・語・187〉：上面一橫畫，可視爲飾筆；「人」形類化。

3、倗：從「人」從「朋 a」

（1）：〈包 2.173〉：右邊部分，中間橫畫分筆。

（2）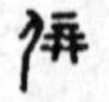：〈璽彙 3720〉：右邊部分，上面加一橫畫，可視爲飾筆；中間橫畫分筆。

（3）：〈郭店・緇・45〉：右邊部分，中間橫畫分筆且省筆。

4、倗：從「人」從「朋 b」

（1）：〈包 2.260〉：右邊部分，上面一橫畫，可視爲飾筆；三面外包，左右已呈對稱類化；中間橫畫分筆。

（2）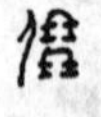：〈陶彙 3.968〉、〈陶彙 3.969〉：右邊部分，上面「人」形類化。

在這些形構中，「朋 a」變化較少，從「朋 a」的字也較少；「朋 b」變化較多，從「朋 b」的字也較多，其中〈天策 1〉之字形已經可見出更接近「朋」的字形了；最重要的是，第三、第四組的「倗」，或從人從「朋 a」，或從人從「朋 b」，可証學者隸「朋 b」爲「倗」，不可從。

而在用法上，這時候的「朋」字已經沒有用爲「朋貝」義了，原因是貝、玉已經退還到裝飾品的地位，貨幣單位有了改變，「朋」也不再

[26] 也有人認為這個形構上面的橫畫，是人形兩筆的分離。而從「朋 a」的(2)、(3)是分離之後的省筆。但我認為把它當飾筆來看，似乎比較符合戰國文字的特色。

做爲賞賜物了。

「朋、倗」(含偏旁)字有作爲「朋友」義的，如:〈郭店·六·28〉、〈郭店·六·30〉、〈郭店·語·187〉、〈郭店·緇·45〉、〈上博·緇衣·23〉等五字都是「朋友」之「朋」。

「朋、倗」(含偏旁)字有作爲「姓氏」的，如:〈陶彙3.968〉、〈陶彙3.969〉、〈璽彙3720〉;有作爲「人名」的，如:〈包2.74〉、〈包2.157〉、〈包2.173〉、〈包2.242〉;有作爲「地名」的，如:〈包2.165〉、〈包2.172〉、〈包2.190〉。其他從「糸」的字，何琳儀《戰國古文字典》說:「綳，從糸，朋聲，繃之省文。《集韻》:『繃，《說文》束也……或作綳』《說文》:『繃，束也，從糸，崩聲』……」(第158頁)從「糸」的字即「束」之義。

這些「朋、倗」(含偏旁)字，在同樣用法中，有從「朋a」的，也有從「朋b」的，甚至有從「倗」的，可見「朋a」、「朋b」與「倗」在當時似是通用無別。而在這些資料中，〈陶彙3.969〉當「姓氏」的「倗」，可以見出贅加義符「人」形的「倗」字的存在。

中國文字發展到戰國，除了有增飾增繁的情形外，往往會加上義符來區分或強調字義，於是造成了分化字。以「朋」而言，「朋貝」之「朋」引申已有「朋友」義，再加「人」形不過是爲了強調字義而已。所以這樣的分化字，使用既久，大家又覺得這種區分沒必要，因此加或不加義符的字又混用了，甚至到最後加義符的字被廢棄掉，或只在某一特定用法中偶一見之，「倗」即是典型的例子。「倗」字在發展過程中，或有作爲「朋友」之「朋」，然後世不用。

四、秦漢的「朋、倗」

從考古發現的秦系文字資料看，隸書應產生於戰國晚期，因書寫的便捷，所以經歷秦到漢，隸書於是成爲文字的主流。在這段長時間內，隸書變化頗爲劇烈，到兩漢才逐漸定型。下面據睡虎地秦簡、馬王堆簡帛、銀雀山漢簡、居延新簡、居延漢簡、敦煌漢簡、尹灣漢墓簡牘、漢印文字、《說文》、《隸辨》等文字資料轉摹得表(五)秦漢的「朋、倗」(含偏旁)[27]:

---

[27] 所使用的文字資料有:《睡虎地秦簡文字編》、《馬王堆簡帛文字編》、《銀雀山漢簡文字編》、《居延新簡》、《居延漢簡》、《秦漢魏晉篆隸字形表》、《敦煌漢簡》、《尹灣漢墓簡牘》、《說文解字注》、《隸辨》、《漢印文字彙編》等。《漢印文字彙編》〈季倗〉之「倗」字，本來隸為「倫」，據劉樂賢〈秦漢文字釋叢〉(第83頁)及張漢之〈古文字瑣記〉(第83頁)考辨應改隸為「倗」，可信。《秦漢魏晉篆隸字形表》〈居漢·245〉隸定的「朋」字，《居延漢簡·考釋之部》隸定為「備」字，《木簡字典》也收在「備」字中，似有學者亦認為是「倫」字。然比較字形，我以為《秦漢魏晉篆隸字形表》隸定可信。

睡・秦律 125	睡・日書 831	馬・周・013	馬・周・034	馬・周・039	馬・周・044	馬・周・053	馬・周・092	馬・戰・199
馬・戰・238	馬・戰・247	馬・相・051	馬・二・019	馬・氣・B075	馬・易・021	銀・豁・12・721	銀・豁・12・747－1	銀・豁・12・747－2
銀・豁・12・747－3	居新・EPT5.129	居新・EPT51.520	居新・EPT52.116	居新・EPT59.213	居漢・245	敦漢・1328	尹漢・YM6D3反	尹漢・YM6D4
漢印・朋	漢印・季傰	說文・朋	說文・倗	隸辨・元賓碑	隸辨・北海碑	隸辨・婁壽碑	隸辨・楊君碑	隸辨・尹宙碑
隸辨・校官碑	熹・易・解							

表(五) 秦漢的「朋、倗」(含偏旁)

秦漢文字「朋、倗」(含偏旁)字形已經沒有從「朋 a」的字,「朋 a、朋 b」可以分五組十六類:

1、朋:「朋 a」

(1) 井:〈銀・豁・12・747－3〉:呈交叉#形。

2、朋:「朋 b」

(1) :〈睡・日書・831〉、〈馬・戰・199〉、〈馬・氣・B075〉〈馬・周・053〉、〈敦漢 1328〉、〈尹漢 YM6D3 反〉:三面外包;中間橫畫連筆。

(2) :〈馬・周・044〉、〈銀・豁・12・747－1〉、〈銀・豁・12・747－2〉:三面外包;裡面呈交叉#形。

(3) :〈馬・易・021〉:三面外包;中間三豎畫、一橫畫。

(4) :〈隸辨・校官碑〉、〈熹・易・解〉:三面外包;中間橫畫分筆。

(5) :〈隸辨・婁壽碑〉、〈隸辨・尹宙碑〉:三面外包;中間橫畫分筆,豎畫頂著上面橫畫。

(6) :〈隸辨・北海碑〉:是 2、(5) 字形省筆。

(7) :〈銀・豁・12・721〉、〈隸辨・元賓碑〉、〈隸辨・楊君碑〉:今日的「朋」形。

3、倗：從「人」從「朋 a」

（1）：〈馬・周・092〉、〈馬・二・019〉：右邊部分，呈交叉#形。

（2）：〈馬・周・039〉：右上橫畫連筆。

4、倗：從「人」從「朋 b」

（1）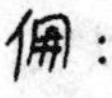：〈馬・戰・247〉、〈居新・EPT52.116〉、〈漢印・季倗〉：右邊是 2、（1）之形。

（2）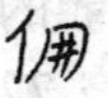：〈睡・秦律・125〉〈馬・戰・238〉〈馬・周・034〉〈居新・EPT5.129〉〈居新・EPT51.520〉〈居漢・245〉〈尹漢・YM6D4〉：右邊是 2、（2）之形。

（3）：〈馬・周・013〉：右邊是 3、（2）之形中間加一豎筆。

（4）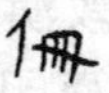：〈馬・相・051〉：右邊是 2、（3）之形省筆。

5、訛變之形：

（1）：〈漢印・朋〉

（2）：〈說文・朋〉、〈說文・倗〉所從之形。

在這些形構中，從「朋 a」及從「人」從「朋 a」的字已經銳減，只有漢代中前期的馬王堆簡帛、銀雀山漢簡中見到。從「朋 b」及從「人」從「朋 b」的字除幾個特殊字形（〈馬・易・021〉、〈馬・周・013〉、〈馬・相・051〉）以外，大多承襲較穩定的戰國字形，而且都三面外包，也已經沒有飾筆及上下類化的現象。「倗」字首見於西漢晚期的尹灣漢簡中。

文字演變與時代密切相關，秦漢統一後，戰國時期活潑多樣的字形也許逐漸穩定，以「朋 a」爲偏旁形構的字已少，終至消失。從「朋 b」一系字形變成多數，漢代成熟隸書定型後，碑文出現了雙月之「朋」，而且流傳成爲今日的「朋」字。我綜合前面的字表作表(六)「朋 a、朋 b」演變成雙月之「朋」的簡表：

表(六)「朋 a、朋 b」演變成雙月之「朋」的簡表

從表(六)可以很清楚的看出「朋 a、朋 b」演變的過程。「朋 a」形構從甲古文發展到漢代中前期，變化不大而終至消失。「朋 b」從甲古文人在右上之形，到金文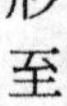、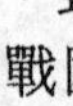、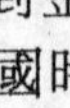（此形較少見，或可視爲特例。）人形漸成外包，至戰國時期，人形由兩面外包類化爲三面外包，到秦漢全爲三面外包，上面橫畫飾筆消失，而演化爲雙形月之「朋」了。此外有訛變之形，但是，與古文「鳳」字混同，只出現在《說文》書中。

而在用法上，因爲簡帛、石碑中有抄錄的古籍，所以表(六)中，爲「朋貝」義的是：〈馬．周．013〉、〈馬．易．021〉、〈馬．周．044〉[28]、〈馬．周．092〉、〈熹．易．解〉。爲「朋友」(或「朋黨」)義的是：〈馬．周．034〉、〈馬．周．039〉、〈馬．周．053〉、〈銀．螖．12．721〉、〈銀．螖．12．747〉、〈校官碑〉、〈婁壽碑〉、〈尹宙碑〉、〈楊君碑〉、〈元賓碑〉的「朋」字，以及《說文》的「朋」字。其他有人名，如：〈馬．戰．238〉、〈馬．戰．247〉、〈居新．EPT5.129〉、〈居新．EPT51.520〉、〈居新．EPT52.116〉、〈居新．EPT59.213〉、〈居漢．245〉、〈敦漢．1328〉、〈居漢．245〉、〈尹漢．YM6D3 反〉、〈尹漢．YM6D4〉、〈漢印．季倗〉、〈馬．周．092〉等。這些用法與戰國時代差不多。

除出土的古文字材料外，許慎或許見到「朋 b」之訛形，《說文》將「朋」擺在「鳳」後，說：「，古文鳳，象形。鳳飛，群鳥從以萬數，故以爲朋黨字。」(第 150 頁)段《注》：

> 此說假借也，朋本神鳥，以為朋黨字，……朋黨字何以借朋鳥也，鳳飛則群鳥從以萬數也，未製鳳字之前，假借固已久矣，猶習聞鳳至者為之也。(第 150 頁)

又釋「倗」，說：

> ，輔也，從人，朋聲，讀若陪位。(第 374 頁)

段《注》：

> 《周禮．士師》掌士之八成，七曰為邦朋。注曰：朋黨相阿使政不平者，故書作傰，即傰字也。〈鳥部〉朋下曰：鳳飛，群鳥從以萬數，故以為朋黨字。蓋朋黨字正作倗，而朋其假借字。(第 374 頁)

對這些說法，後人加以辨駁的，如孫海波《甲骨文編》：

> 說文鳳字故作朋，云象形，鳳飛，群鳥從以萬數，故以為朋黨字。案：古玉與貝皆五枚為系，二系為朋，倗友之倗從之，與鳳非一字，安得為鳳字古文，許說非是矣。(第四卷，第十八頁)

李孝定《甲骨文字集釋》也指出「朋」與「鳳之古文實無涉也」(第 1377 頁)。姚孝遂在《甲骨文字詁林》的釋「朋 a」()後按云：「字當

---

[28].高亨《周易古經今注》釋〈坤卦〉「西南得朋，東北喪朋」說：「《周易》朋字，其義有二。一為朋友之朋，…一為朋貝之朋，…本卦朋字，解作朋友之朋，或解作朋貝之朋，均通。」(第 166 頁)。 中華書局。1989 年 2 月 1 版 3 刷。 〈馬．易．021〉「東北喪崩（朋）」，〈馬．周．044〉「西南得朋」，可解作朋貝之朋。

釋『朋』，與『鳳』字無涉，李孝定已言之。」(第 3289 頁)。以甲骨文、金文等古文字演變來佐證，「朋」與「鳳」實無關，可信。李孝定更進一步在釋「朋 b」(𠢐)字時指出：「治《說文》者多以此爲朋友之本字，不知此仍朋之異文也。」(《甲骨文字集釋》第 2627 頁)就字形而言，其說極是。

然而受《說文》影響，附會其說而旁推闡論的自然也不少。如羅振玉說：

> 貝為五朋，故友倗字 之，後世友朋字皆假朋貝字為之，廢專字而不用，幸許君尚存之於《說文解字》中，存古之功可謂偉矣。(《甲骨文字詁林》第 3289 頁)

事實上，從甲骨文到金文，「鳳」字的形體與用法，都與「朋 a」與「朋 b」有別，而沒有混用現象。學者研究文字，以現在的用法去追本溯源，《說文》及《說文》以降的典籍影響頗大，不加細辨，自然容易受其左右了。

五、文獻的「朋、倗」

在傳世文獻中，《易經》「朋」字多見，作「朋貝」之「朋」有損卦：「或益之十朋之龜，弗克違。」(第 96 頁)[29]，益卦也有這個句子(第 97 頁)；坤卦：「西南得朋，東北喪朋。」(第 18 頁)。及其餘都是「朋友」義。《詩經》「朋」字亦多見，作「朋貝」之朋有《小雅．菁菁》：「菁菁者莪，在彼中陵，既見君子，錫我百朋。」(第 353 頁)其餘除作「朋友」義外，尚有《唐風．椒聊》：「碩大無朋」(第 219 頁)，「朋」引申爲「比」；《豳風．七月》：「朋酒斯饗」(第 286 頁)，「朋」引申爲「兩」；《魯頌．閟宮》：「三壽作朋」(第 776 頁)，「朋」義近「比之於」(和...一樣)等義[30]。

《尚書》中有「朋」字。〈益稷〉：「罔水行舟，朋淫於家。」(第 70 頁)，「朋，引申爲「群」；〈洪範〉：「凡厥庶民，無有淫朋。」(第 172 頁)，「朋」爲「朋黨」義；〈泰誓中〉：「朋家作仇」(第 154 頁)，〈洛誥〉：「孺子其朋」(第 226 頁)，也都是「朋黨」義；至於諸子書中，《韓非子．飾邪》有：「越王勾踐恃大朋之龜，與吳戰而不勝，身臣入宦於吳。」[31]，《淮南子．道應》有：「散宜生乃以千金求天下之珍怪，得騶虞...大

[29].以下《易經》、《詩經》、《尚書》、《周禮》引文頁碼都據《十三經注疏》。藝文印書館。民國 86 年 8 月初版十三刷。

[30].這個說法採李師旭昇《詩經古義新證》中《魯頌．閟宮》「三壽作朋」古義新證之說。第 154 頁。文史哲出版社。民國 83 年 3 月增訂版。

[31]見《韓非子今註今譯》第 205 頁。中華文化復興運動推行委員會主編 。1995 年 9 月修訂版 3 刷。

貝百朋以獻紂」[32]，這二個「朋」字當「朋貝」義。所以「朋」字在早期文獻中，尚留有本義，而引申義則不止於「朋友」之義了。

「倗」字在《十三經》、《二十五史》及先秦諸子等文獻的正文中都沒出現，即使作人名、地名的用法也沒有。所以這個在戰國時代出現的分化字，僅只使用過一段時間便消失了。

至於從「朋」諸字之「傰」，在《管子・幼官》：「練之以散群傰署」[33]，則是「朋黨」義。又《周禮・士師》：「掌士之八成……七曰爲邦朋。」鄭《注》：「朋黨相阿，使政不平者。故書朋作傰」(第527頁)。以此來看，故書中「朋」「傰」似可通做「朋黨」義。這個用法與馬王堆簡帛中〈馬・周・034〉、〈馬・周・039〉字形隸定爲「傰」，也是作爲「朋黨」義是一樣的。

參、結語

在討論古文字的演變，我們只能就現有的資料，有幾分證據說幾分話。就「朋」字言，以目前出土的文字資料及古文獻紀錄，從「朋貝」本義，到引申爲「朋友」及其他諸義都應是有跡可循的。而在早期的資料中，沒有一個純粹的「倗」存在，「倗」字首見於西漢末《尹灣》(《尹灣》於 1997 年發表，是很新的材料，這也可以看出新材料的重要。）中，次見於《說文》，而今日不用。然自《說文》以降，學者討論文字沒有不參考許慎說法的，在討論的過程，各從自己所見出發，因此意見也不一。我將能見的資料做一彙整，提出一些自己的看法，不成熟之處，還請大方之家指正。

32.見《中國子學名著集成・淮南子》第 433 頁。中國子學名著集成編印基金會。民國 67 年 12 月初版。

33.見《管子・幼官》第 30 頁。臺灣商務印書館。民國 54 年 2 月台一版。

參考書目

于省吾主編 姚孝遂按語編撰 (1996 年 5 月 1 版 1 刷)《甲骨文字詁林》 北京：中華書局。
于省吾編著 (1979 年 6 月 1 版 1 刷) 《甲骨文字釋林》 北京：中華書局。
中央研究院歷史語言研究所編輯 李孝定編述 (民國 59 年 10 月再版)《甲骨文字集釋》 台北：中央研究院歷史語言研究所。
中國社科院考古所編（1984 年）《殷周金文集成》 北京：中華書局。
中國社會科學院考古研究所主編 (1980 年 10 月 1 版 1 刷) 《小屯南地甲骨》北京：中華書局。
孔安國傳 (民國 86 年 8 月初版 13 刷) 《尚書正義》 台北：藝文印書館。
毛公傳 (民國 86 年 8 月初版 13 刷) 《毛詩正義》 台北：藝文印書館。
王國維著 (1991 年 12 月 1 版 5 刷) 《觀堂集林（全四冊）》 北京：中華書局。
王弼等注 (民國 86 年 8 月初版 13 刷) 《周易正義》 台北：藝文印書館。
北京大學歷史系考古教研室商周組編著 (1979 年 1 月 1 版 1 刷)《商周考古》 北京：文物出版社。
甘肅省文物考古研究所等編 (1994 年 12 月 1 版 1 刷)《居延新簡》 北京：中華書局。
甘肅省文物考古研究所編 (1991 年 6 月 1 版 1 刷)《敦煌漢簡》 北京：中華書局。
何琳儀編著 (1998 年 9 月 1 版 1 刷) 《戰國古文字典》 北京：中華書局。
佐野光一編 (平成 5 年 10 月 15 日 2 版 2 刷)(民國 74 年)《木簡字典》 東京：雄山閣出版株式會社。
周何總編 季師旭昇、汪中文主編 (民國 84 年 5 月初版) 《青銅器銘文檢索》 台北：文史哲出版社。
周法高主編 (1981 年 10 月出版) 《金文詁林》 京都：中文出版社。
季師旭昇博士論文 (民國 90 年 11 月修定) 《甲骨文字根研究》
季師旭昇著 (民國 84 年 3 月增訂版) 《詩經古義新證》 台北：文史哲出版社。
姚孝遂、蕭丁副主編 (1988 年 2 月 1 版 1 刷)《殷墟甲骨刻辭摹釋總集》 北京：中華書局。
姚孝遂、蕭丁副主編 (1989 年 1 月 1 版 1 刷)《殷墟甲骨刻辭類纂》 北京：中華書局。
故宮博物院編 (1981 年 10 月初版) 《古璽文編》北京：文物出版社。

孫海波著 《甲骨文編》 台北：藝文印書館。

孫海波著 (民國 63 年 10 月再版)《校正甲骨文編》 台北：藝文印書館。

容庚編著 (1998 年 1 版 6 刷) 《金文編》 北京：中華書局。

徐中舒主編 (1986 年 10 月 1 版 2 刷) 《秦漢魏晉篆隸字形表》 四川：四川辭書出版社。

徐中舒編著 (民國 77 年 4 月再版) 《漢語古文字字形表》 台北：文史哲出版社。

徐在國著（1989 年 9 月出版）〈讀《楚系簡帛文字編》札記〉《安徽大學學報（哲學社會科學版）》第五期。

馬承源主編 (2001 年 11 月 1 版 1 刷) 上海博物館藏《戰國楚竹書(一)》上海：上海古籍出版社。

高亨著（1989 年 2 月 1 版 3 刷）《周易古經今注》 北京：中華書局。

高明編著 (1990 年 3 月 1 版 1 刷) 《古陶文彙編》 北京：中華書局。

康殷著 (1990 年 3 月 1 版 1 刷)《古文字形發微》 北京：北京出版社。

張光裕、黃錫全、滕壬生主編 《曾侯乙墓竹簡文字編》台北：藝文印書館。

張光裕主編 （民國 88 年元月初版） 《郭店楚簡研究》第一卷、文字編 台北：藝文出版社。

張守中等撰集 (2000 年 5 月 1 版 1 刷) 《郭店楚簡文字編》 北京：文物出版社。

張守中撰集 (1996 年 8 月 1 版 1 刷) 《包山楚簡文字編》 北京：文物出版社。

張漢之著（1984 年） 〈古文字鎖記〉 《考古與文物》第六期陝西考古研究所。

許慎著，段玉裁注 (民國 69 年 3 月初版) 《說文解字注》 台北：漢京文化事業有限公司。

連雲港市博物館等編 (1997 年 9 月 1 版 1 刷) 《尹灣漢墓簡牘》北京：中華書局。

郭沫若主編 (1982 年 10 月 1 版 1 刷)《甲骨文合集》北京：中華書局。

郭沫若著《甲骨文字研究》 民文出版社。

陳松長編著 (2001 年 6 月 1 版 1 刷) 《馬王堆簡帛文字編》 北京：文物出版社。

陳振裕、劉信芳編著 (1993 年 9 月 1 版 1 刷)《睡虎地秦簡文字編》 湖北人民出版社。

陳煒湛著 (1999 年 1 版 2 刷) 《甲骨文字簡論》 上海：上海古籍出版社。

陳煒湛編著 (1993 年 10 月 1 版 1 刷) 《漢字古今談續編》 北京：語文出版社。

勞榦著 (民國 86 年 6 月景印五版) 《居延漢簡．考釋之部》台北：中央研究院歷史語言研究所。

彭邦炯、謝濟、馬季凡編 (1999 年 7 月 1 版 1 刷) 《甲骨文合集補編》北京：語文出版社。

曾憲通著（1996 年）〈楚文字釋叢〉《中山大學學報（社會科學版）》第三期。

曾憲通著（1997 年 3 月 1 版 1 刷）〈釋「鳳」「皇」及其相關諸字〉《中國語文學報》第八期 北京：北京語言文化大學出版社。

黃文杰著（2000 年 7 月 1 版 1 刷）〈說朋〉《古文字研究》第二十二輯。

裘錫圭著 (民國 90 年 2 月再版 4 刷) 《文字學概要》台北：萬卷樓圖書有限公司。

管子著（民國 54 年 2 月台一版）《管子》《萬有文庫薈要》（王雲五主編）台北：臺灣商務印書館。

劉安撰（民國 67 年 12 月初版）《淮南子》《中國子學名著集成》中國子學名著集成編印基金會。

劉雨主編 (1984 年 8 月 1 版 1 刷) 《殷周金文集成》 上海：中華書局。

劉樂賢著（1991 年）〈秦漢文字釋叢〉《考古與文物》第六期　陝西考古研究所。

滕壬生著 (1995 年 7 月 1 版 1 刷) 《楚系簡帛文字編》湖北：湖北教育出版　社。

鄭玄注 (民國 86 年 8 月初版 13 刷) 《周禮注疏》 台北：藝文印書館。

駢宇騫編著 (2001 年 7 月 1 版 1 刷) 《銀雀山漢簡文字編》 北京：文物出版社。

韓非撰 邵增樺註譯（1995 年 9 月修訂版 3 刷） 《韓非子今註今譯》台北：臺灣商務印書館。

關正人監修 (昭和 63 年) （民國 77 年） 《漢印文字彙編》東京：雄山閣出版株式會社。

顧藹吉編著 (民國 66 年) 《隸辨》《石刻史料新編》第二輯 台北：新文豐出版公司。

先秦楚系文字聲符替換結構初探

--分類之一：非屬同一諧聲系統之共時性同字異構例

許文獻

彰化師範大學國文研究所碩士

提要

古漢字之形聲結構複雜，而聲符替換結構更爲其中所牽涉問題至廣之研究領域之一。本文以楚系文字爲主要研究材料，針對其非屬同一諧聲系統之同字異構聲符替換字組作初步之探討，提出六組屬此一性質之聲符替換字組：聲符「交」(夆)「麦」「夂」「各」替換字組、聲符「午」「五」替換字組、聲符「疋」「足」替換字組、聲符「馬」「無」「亡」替換字組、聲符「串」(毌)「廾」(卵) 替換字組與聲符「羌」「兄」替換字組等六組。

關鍵詞：楚系文字、聲符替換、異體字

壹、緒論

文字乃語言之紀錄，漢字獨特之形聲結構，更可爲世界上先進文字結構之一。但在先秦以前，不管是歷時性或共時性之文字結構，皆處於發展中之未定型階段，文字結構體系甚爲複雜，尤其以新近出土與發表數量最多之楚系文字爲最具代表性，並呈現出相當程度的地域特色。因此，本文將嘗試以楚系文字中之聲符替換結構爲討論範圍，嘗試藉此探求楚系文字之形聲結構體系特色。

貳、聲符替換結構之相關事項

本文雖以「聲符替換」爲討論主題，但嚴格說來，要確認一個字組爲吾人所謂之「聲符替換」結構，不管是從論證的依據、或推論的角度而言，其基礎都是相當薄弱與危險的，其理有三：

一、確認形聲結構之困難：

由於尙難見到記載或解釋先秦古漢字形構之完整記錄資料，因此，要對形構尙未相對穩定之先秦古漢字作出正確的釋形判斷，實有相當程度之困難；而許慎之《說文》，雖可說是目前最早的古漢字釋形載籍資料，但其時代已晚至東漢，且許慎所見及之戰國文字資料尙屬有限，因此，嚴格說來，《說文》中之釋形資料，只能作釋形上之佐證，卻不能作爲先秦古漢字釋形之第一手證據；在此情況下，要解釋先秦古漢字之結構，非得透過字形對照、偏旁分析、辭例釋讀等方法不可，而透過這些方法所考釋出來之古文字，可以說是釋讀先秦古漢字之最重要、也是最初步之成果；但必須注意的是，吾人所處之時代，去古既遠，推求上古音讀有其困難度，故對同屬合體字之會意與形聲等二結構之確認與區分，在論證上除了透過《說文》、字書與歷來學者們之考釋資料外，並無更直接之證據可加以證明，故若據此以推形聲結構既已有其困難度，則再推求其中之聲符替換結構字組，其論證基礎則必更加薄弱。

二、確認文字形音義發展之困難：

近世以來，陸續出土與發表了許多先秦古文字資料，數量雖多，但嚴格說來，若要據此以建立先秦古漢字體系，尙且不足，更何況仍有許多未識之字猶待考證；因此，今日吾人所可見及之古文字形構，究竟是否即爲初形，在目前古文字資料與可識字數量仍有所不足之情況下，不無可疑；尤其形聲結構可能爲漢字較晚起、進步之字體結構，其是否有其他孳乳來源，若證據不足，貿然定其爲形聲結構或聲符替換結構，僅能算是一種推論或假設，而不可視爲一種結論或研究結果。

三、推論過程之危險性：

前已有言，不管是判斷形聲或聲符等結構，皆需透過音系分析，以確認其具表音功能之可能性，但在推論其表音功能或聲符替換之原因時，若再引用音韻理論，則必需更爲謹慎才行，因爲音韻理論雖在對解釋先秦古漢字之形構時，起了極大之作用，但此時所使用之方法乃「以音證形」，若欲再藉此「以形證音」，除非有更進一步之證據，否則若再用「以形證音」之研究步驟，將會失去原來之立論基礎。

因此，本文所提出來討論的幾個聲符替換字組，嚴格說來，只能算是利用前輩學者考釋資料而作判斷之間接研究理論，雖即如此，筆者亦仍希望從中獲得楚系文字、甚至先秦古文字聲符體系發展之訊息，並企圖進而藉此識讀一些疑難字例，此即爲筆者撰作此主題之主要動機。

但有關聲符替換結構之研究與界定，歷來學者所提出討論者並不算多，多數爲較零碎之意見，屬通論性質之專著尙屬少見，惟廣州中山大學近年來陸續有這方面之著作發表，其中又以 1989 年劉樂賢先生之碩士論文：《論形聲字聲符的通用及其釋讀問題》最具代表性，惟筆者目前僅只於惠承學界前輩告知，對此專著原文仍正積極訪求中，在完成本文初稿之前，惜仍未能及拜讀其大作，實爲筆者撰作文稿期間最引以爲憾之事。至若針對特定古文字資料所作的聲符替換結構分析，則又以黃文杰先生之〈秦漢時期形聲字音近聲符換用例析〉專文爲代表。[1]今茲據這些專著與其他論著資料之研究成果，對聲符替換結構之相關事項作一簡單之整理：

一、聲符替換結構之起因：

[1] 詳見黃文杰先生著〈秦漢時期形聲字音近聲符換用例析〉，《中山大學學報（社會科學版）》，1998 年第 3 期，43 頁-49 頁。

1.爲加強聲符表音功能。[2]

2.爲了形體簡化。[3]

3.正俗字之規範化。[4]

4.字形之形近與譌混。[567]

5.依自己的習慣而取不同的聲符造字。[8]

二、聲符替換結構之界定條件：關於此項，諸家所論尚少，黃文杰先生則對此有詳細之論述，茲引如后：

> 形聲字音近聲符換用必須具備3項條件：1.換用的兩個聲符必須音近（或音同）；2.兩個具有音近（或音同）聲符的字在各自的句子中表示的意義必須相同（有的具有假借或引申的關係）；3.（1）要有其他文例來證明，（2）有文獻或字書的材料證明，（3）在別的形聲字中已有該聲符換用的實例以資佐證。第1、2項是基本條件，但只具備此2項還不足以證明兩個形體不同的字是聲符換用的異體字，只有具備第3項中其中之一點，才可予以確定。[9]

三、聲符替換結構之發展情況：

1.代換不再獨立使用的聲旁。[10]

2.以形體相近之字替代原有之聲符。[11]

3.聲符的假借。[12]

以上是對學者們所提出關於聲符替換各相關事項之初步整理，除了「界定」一項學者論述較少外，其他各項之研究資料實屬不少，但亦由於學者們所根據

---

[2] （一）項可詳見梁東漢先生著《漢字的結構及其流變》，上海市：上海教育出版社出版，1959年2月第1版，1965年6月第4次印刷，148頁。

[3] （一）（二）項可詳見裘錫圭先生著《文字學概要》，台北市：萬卷樓圖書公司發行，1994年（民國83年）3月初版，195頁-196頁。

[4] （一）（二）（三）項可詳見詹鄞鑫先生著《漢字說略》，台北市：洪葉文化事公司發行，1995年12月初版，203頁-205頁。

[5] （一）（四）項可詳見劉釗先生著《古文字構形研究》，吉林大學博士論文，136頁-140頁。

[6] （一）（二）（三）（四）項可詳見黃德寬先生著《古漢字形聲結構論考》，吉林大學博士學位論文，1996年，作者惠賜待刊稿，70頁-87頁。

[7] （一）（四）項可詳見黃文杰先生著〈秦漢時期形聲字音近聲符換用例析〉，《中山大學學報（社會科學版）》，1998年第3期，48頁。

[8] （二）（五）項可詳見雲惟利先生著《漢字演變過程中聲化趨勢的研究》，南洋大學研究院亞州人文研所碩士學位論文，1973年1月，302頁-311頁。

[9] 詳見黃文杰先生著〈秦漢時期形聲字音近聲符換用例析〉，《中山大學學報（社會科學版）》，1998年第3期，43頁-49頁。

[10] （一）可詳見裘錫圭先生著《文字學概要》，台北市：萬卷樓圖書公司發行，1994年（民國83年）3月初版，196頁。

[11] （二）項可詳見劉釗先生著《古文字構形研究》，吉林大學博士論文，136頁-140頁。

[12] （三）項可詳見何琳儀先生著《戰國文字通論》，北京：中華書局出版，1989年4月第1版，210頁-212頁；邱德修先生著《文字學新撢》，臺北市：合記圖書出版社出版，1995年（民國84年）9月10日初版，267頁-270頁；黃文杰先生著〈秦漢時期形聲字音近聲符換用例析〉，《中山大學學報（社會科學版）》，1998年第3期，48頁。

之研究材料，有歷時性與共時性之不同，研究成果亦隨之有所差異，因此，本文將參考黃文杰先生所提出之相關條件事項，重行擬定研究楚系聲符替換結構之方法與原則，以嘗試對聲符替換結構之其他相關事項作更進一步之詮釋。

參、研究與取樣原則

綜上所述，本文對所先秦楚系文字之「聲符替換」結構、及所欲討論之「非屬同一諧聲系統之共時性同字異構群」之界定，將採最審慎與嚴格之立場來作討論，茲列幾項研究原則如后：

一、　本文所收羅之聲符替換結構以以具有相同辭例與用法之共時性異體字組爲主，即使無相同辭例，亦至少在用義上必需相同或相近，或即原則上以裘錫圭先生所提出之「狹義異體字」爲取捨標準，[13]但若疑其當屬「廣義異體字」、卻無更多證明此字有其他形音義來源者，亦暫將其列爲本文所謂「同字異構」之範圍。

二、　由於本文對聲符替換結構之取樣範圍以裘錫圭先生所謂「狹義異體字」爲主，因此，一些爲歷來學者所提出或認定之聲符替換結構，因其異體條件尚且不足，亦即其尚未有相同用法之辭例可資佐證，則暫不列入討論範圍，例如，楚系文字常見之歷時性聲符替換字組：聲符「旻」「嬰」替換字組、[14]聲符「亓」（丌）「几」替換字組等。

三、　本文所納入討論之聲符替換字組，原則上以與楚系文字具有共時性性質之古文字材料爲研究範圍，換言之，戰國其他各系文字亦將列入共時比較範疇，即使楚系文字字組本身無聲符替換現象，但與他系文字有其例者，亦列入本文之討論範圍。

四、　屬歷時性性質之聲符替換字例，雖暫不列入討論範圍，但將相關字組或字例列爲引證資料。

五、　受限於時間與能力之不足，新近發表之上海博物館藏戰國楚竹書[15]僅列爲本文所證證楚系聲符替換字組時之佐證資料，故出現於上博簡資料中可能爲聲符替換之字組，則暫不列入本文之討論範圍。

六、　分域尚不明之古文字資料，暫不列入比較範圍。

七、　本文所使用之上古音系，暫以郭錫良先生《漢字古音手冊》中對王力先生之修訂系統爲主，[16]擬音部分則儘量參酌各家學者之理論或擬測。

八、　本文所謂「非屬同一諧聲系統」，即指不同之諧聲偏旁而言，此項

---

[13] 詳見裘錫圭先生著裘錫圭先生著《文字學概要》，台北市：萬卷樓圖書公司發行，1994 年（民國 83 年）3 月初版，233 頁-237 頁。

[14] 曾經考釋此爲楚系聲符替換字組之學者，例如：白于藍先生著〈包山楚簡零拾〉，收錄於李學勤先生主編《簡帛研究》第二輯，北京：法律出版社出版、發行，1996 年 9 月第 1 版，38 頁-39 頁。

[15] 詳見馬承源先生主編《上海博物館藏戰國楚竹書（一）》，上海：上海古籍出版社出版，2001 年 11 月第一版。

[16] 詳見郭錫良先生著《漢字古音手冊》，北京：北京大學出版社出版，1986 年 11 月第一版。

分類主要是爲了能與屬同一諧聲偏旁之聲符替換結構有所區分，亦可避免與「疊加形符」結構混淆；而不同諧聲偏旁之認定標準，暫以段玉裁《六書音均表》所列諧聲偏旁爲主，即便同部而諧聲偏旁不同，亦定其爲非屬同一諧聲系統之字例，但諧聲偏旁聲系仍會儘量參酌近來之研究成果。

九、 本文對聲符表音功能之認定標準，基於形聲結構造字時聲符當與本字音同或音近之原則，認定標準將從嚴，且本文所列舉之聲符替換結構，皆以戰國或楚系之古文字資料爲主，已有產生替換結構之特定時代與特定地域，故本文對聲符表音功能之認定將採「同音」原則，即聲符與本字至少必需有「雙聲疊韻」之關係，至於「雙聲韻近」與「疊韻雙聲」亦列入考慮，但必須以具有時代或地域相關之音韻發展證據、現象爲前提；但若音系基礎不足，惟在異體字確認與傳世典籍釋形資料等兩方面，或可確認此字組確爲聲符替換結構者，則亦列入討論範圍。

十、 疑爲以表音結構取代或聲化原有表意結構者，暫不列入討論範圍。

十一、 原爲表音結構，但發展至楚系文字系統時，或因訛化、混用等因素，被另一不具表音功能之表意結構取代，而有反聲化現象者，亦暫不列入討論範圍。

十二、 屬同形異字之形聲結構，因其所屬聲符仍具表音功能，且未有替換構因，故暫不將此類字列入聲符替換結構之範圍，例如：楚簡常見之「䏌」字聲系與「欠」「次」聲系。

十三、 聲符異化或訛化程度不顯，未能有更明確可識讀其已轉化爲从另一聲符者，暫不列入本文之討論範圍。

十四、 本文對聲符替換字組之研究步驟與重點：

1.形構之隸定與辨識。

2.異體字之確認。

3.形構組成與聲符構件之確認。

4.聲符替換原因之確認。

5.形構分類依據。

6.相關字考釋。

十五、 本文所使用各楚系文字資料之圖版資料來源：

1.信陽楚簡、仰天湖楚簡、五里牌楚簡、楊家灣楚簡：商承祚先生編著《戰國楚竹簡匯編》。[17]

2.望山楚簡：湖北省文物考古研究所、北京大學中文系編《望山楚簡》。[18]

---

[17] 詳見商承祚先生編著《戰國楚竹簡匯編》，濟南：齊魯書社出版發行，1995年11月第1版。

[18] 詳見湖北省文物考古研究所、北京大學中文系編《望山楚簡》，北京：中華書局出版，1995年6月第1版。

3.包山楚簡：張光裕先生主編、袁國華先生合編《包山楚簡文字編》。[19]

4.郭店楚簡：荊門市博物館編《郭店楚墓竹簡》。[20]

5.九店楚簡：湖北省文物考古研究所、北京大學中文系編《九店楚簡》。[21]

6.上博楚簡：馬承源先生主編《上海博物館藏戰國楚竹書（一）》。[22]

7.其他楚簡資料則暫依滕壬生先生編著《楚系簡帛文字編》之摹釋字形爲主。[23]

肆、考釋與相關問題探析

透過初步之整理與分析，楚系文字中非屬同一諧聲系統之共時性聲符替換結構，約有六個字組，茲分述如后：

一、聲符「㚇」(坴)「麦」「夊」「各」替換字組：

此聲符替換字組具有幾乎相同之辭例，分見於包山楚簡153：東與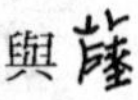君佢疆與包山楚簡154：東與君𩪬疆，皆疑爲相同之地名用法。[24]

此字組之形構除了上部之「艸」與左下之「阜」旁爲共有形構，較易辨識外，其釋形之關鍵乃在於右下所从之特殊結構，學者們多隸釋爲「麦」或「夊」，[25]實則簡154右下所从形構，依其特徵，當可隸釋爲「夊」，齊器陳逆簋「冰」字即作此形：，但簡153右下所从形構，「土」旁易識，「土」旁上部爲楚系常見、卻是最複雜之形構，亦即歷來學者考釋仍有爭議之「㚇」形部件（暫依形隸定），此部件或釋爲「垂」、「來」、「每」、「麦」、「𡗜」或「朿」……等，實爲楚系文字中相當複雜之形構，若將其形構來源作初步之分類，即可看出楚系此特殊字符當爲古漢字長久筆劃異化發展之結果，茲列出幾個較有可能之構形發展路線：

來：（《甲》2123）、（《粹》1066） 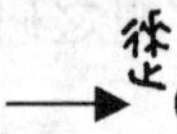（長由盉）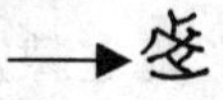（包山楚簡132反）、（天星觀卜筮簡）

緐：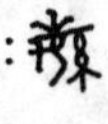（班簋） 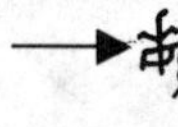（弔向簋）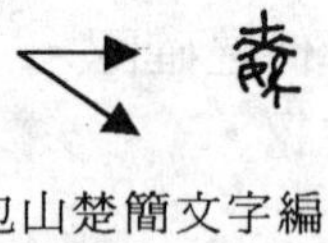（鄂君啓車節）、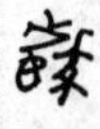（包山

---

[19] 詳見張光裕先生主編、袁國華先生合編《包山楚簡文字編》，臺北：藝文印書館發行，1992年（民國81年）11月初版。

[20] 詳見荊門市博物館編《郭店楚墓竹簡》，北京：文物出版社出版發行，1998年5月第一版。

[21] 詳見湖北省文物考古研究所、北京大學中文系編《九店楚簡》，北京：中華書局出版發行，2000年5月第1版。

[22] 詳見馬承源先生主編《上海博物館藏戰國楚竹書（一）》，上海：上海古籍出版社出版，2001年11月第一版。

[23] 詳見滕壬生先生編著《楚系簡帛文字編》，武漢：湖北教育出版社出版發行，1995年7月第1版。

[24] 相關考釋資料可詳見顏世鉉先生著《包山楚簡地名研究》，國立臺灣大學中國文學研究所碩士論文，1997年（民國86年）6月，96頁-97頁。

[25] 例如：湯餘惠先生著〈包山楚簡讀後記〉，中國古文字研究會第九屆學術討論會論文，8頁；劉釗先生著，〈包山楚簡文字考釋〉，中國古文字研究會第九屆學術討論會論文，19頁；黃錫全先生著《湖北出土商周文字輯證》，武昌：武漢大學出版社出版發行，1992年10月第1版，188頁。

楚簡 90）

（包山楚簡 90）

𨟻：（《前》5.39.3）→（師𩰫簋）→（克鼎）→（曾侯乙簡 158）→（包山楚簡 168）

→（包山楚簡 28）

→（包山楚簡 157）

早：（中山王 䪉鼎）→（郭店楚簡《語叢三》簡 19）→（郭店楚簡《語叢四》簡 12）→（郭店楚簡《語叢四》簡 13）

素：（師克盨）→（天星觀遣策簡）

績：（秦公簋）→（信陽楚簡 2.023）[26]

啻：（《佚》772）→（沈子它簋）→（牆盤）→（畬壺）→（郭店楚簡《老子乙》簡 1）

差：（國差鑰）、（畬忎鼎）→（包山楚簡 78）、（包山楚簡 138）

以上是對楚系「夋」形構件在構形發展上所作的幾項可能推測，換言之，這幾條形構發展路線，皆有可能是楚系「夋」形構件混同之過程，其影響因素最主要還是在於文字發展過程中之異化與同化，且演變過程皆有跡可尋，若欲辨識此類結構，不僅需从字形結構方面加以探析，更得再佐證以其他音義證據不可。

至於此處字組所舉之包山楚簡 153 之字例，其右下所从之部件：（坴）（暫依形隸定），歷來學者多有不同之釋形觀點，或隸釋爲「夌」，[27]或隸釋爲「垂」，[28]但透過以上幾條楚系「夋」形構發展之推測，似已可將形構來源爲「夌」字之可能性初步排除：除楚系外，「夌」字之形構發展路線可推測爲：

（《後》上 10.6）→（陵方罍「陵」）→（散盤「陵」）→（陳猷釜「陵」）

→（郘陵矛「陵」）→（長陵盉「陵」）

據此再與上所舉之楚系「夋」形構發展推測相比較，可知「夌」字之形構發展情況中，似無「夋」早期形構所必備之「兩相交斜筆」或「斜筆端具二斜撇或二折筆」等構形要件，因此，「坴」字形構源自「夌」之可能性不大。

而何琳儀先生曾從曾姬無卹壺之「陵」字異構特徵：，並引證「豈」字之形構演變過程，嘗試解釋楚系「夋」與「夌」之構形關係，[29]黃德寬先生

---

[26] 本文所使用之信陽楚簡編號，乃根據商承祚先生編著《戰國楚竹簡匯編》之編號，濟南：齊魯書社出版發行，1995 年 11 月第 1 版。

[27] 例如：何琳儀先生著《戰國文字通論》，北京：中華書局出版，1989 年 4 月第 1 版，277 頁-278 頁。

[28] 例如：于省吾先生著〈『鄂君啓節』考釋〉，《考古》1963 年第 8 期，442 頁；劉宗漢先生著〈金文札記三則〉，《古文字研究》第十輯，1983 年 7 月，127 頁-129 頁；黃盛璋先生著〈戰國"江陵"璽與江陵之興起因革考〉，《江漢考古》1986 年第 1 期，34 頁-42 頁。

[29] 詳見何琳儀先生著《戰國文字通論》，北京：中華書局出版，1989 年 4 月第 1 版，277 頁-278

亦從此說，[30]雖何琳儀先生所論亦非不可能，但一來因楚系「陵」字作此構者甚少，有孤證之疑；二來又因何琳儀先生所依據之「夌」下一撇筆，是否即爲楚系文字常見「土」「壬」互作之跡；再者又因何儀琳先生所引證「豈」字或「 之形構發展路線，其在楚系文字中是否即多作「夌」形，尙有疑義，例如：楚簡中之「豈」字部件即疑不作「夌」之形： （信陽楚簡 1.010「敳」）、 （郭店楚簡《緇衣》簡 12「剴」）、 （郭店楚簡《緇衣》簡 42「剴」）。故此論是否可得證，可能還需更多的形構發展證據才行。

至於「坴」究竟是否爲「垂」，恐怕亦有一些疑點：

1.從形構之發展角度而言，此不僅因先秦古文字中「垂」字之形構从「土」部件者少見，且其在楚系中之形構亦疑不當作「夌」形，例如： （《湖南考古輯刊》1，圖版拾參.7 戈銘「郵」）[31]等，此皆其例也，鄭剛先生曾撰文詳細申論楚系「坴」當非从「垂」，即從形構發展之角度立論。[32]

2.而學者們所據以立論者，大抵爲戰國古璽中疑从夌从土形構之字，但从字形來看，此類印下方所从之 ㄓ 形構，是否即爲「土」字部件，或仍有疑問，至少在楚系文字中，「土」字部件作此形構者甚少，故此形構是否即爲「垂」字，不無可疑。

3.從上古音系之發展角度而言，若釋楚系「坴」爲「垂」，並以其爲聲符，而「陵」字上古音系屬來母蒸部，「垂」字上古音系屬禪母歌部，二字聲韻相距甚遠，實無相通的理由，但歷來仍有一些學者嘗試以音理解釋「坴」與「垂」之關係，例如：學者劉宗漢先生則以支轉耕再與蒸通的方式來解釋楚系「陵」「陲」相通之因，[33]此理論不僅韻部通轉有點勉強，且從古文字與傳世典籍之資料來看，楚音系支部實際上是與歌部較爲相近的，[34]而非耕或蒸部；至於近來劉信芳先生則以傳世典籍「差」之歧讀音來解釋「坴」與「垂」之關係，[35]但從同爲楚地文獻之望山楚簡與馬王堆等古文字資料中，卻可屢見「差」「且」相通之例，例如：望山楚簡 1.44 ，[36]釋文隸爲「瘦」，釋爲「瘥」，並以此與馬

頁。

[30] 詳見黃德寬先生著〈釋楚系文字中的 〉，中國古文字研究會第九屆學術討論會論文，2 頁。

[31] 李學勤先生考釋此字時，即以爲：「戰國時楚國文字的『陵』字，常被釋爲『陲』。長郵戈『郵』字所從的『垂』，與『陵』字所從的『夌』顯然不同，可以作爲區分二字的依據。」與本文所持之觀點相近。詳見李學勤先生著〈湖南戰國兵器銘文選釋〉，《古文字研究》第十二輯，1985 年 10 月，332 頁。

[32] 詳見鄭剛先生著〈戰國文字中的「陵」和「李」〉，中國古文字研究會成立十周年學術研討會論文，1988 年，1 頁-2 頁。

[33] 詳見劉宗漢先生著〈金文札記三則〉，《古文字研究》第十輯，1983 年 7 月，127 頁-129 頁。

[34] 上古楚音系歌支二部相近之說，學者們屢有所論，例如：李存智先生著《秦漢簡牘帛書之音韻學研究》，國立臺灣大學中國文學研究所博士論文，1995 年（民國 84 年）6 月，149 頁-151 頁。

[35] 詳見劉信芳先生著〈从夌之字匯釋〉，載廣東炎黃文化研究院、紀念容庚先生百年誕辰暨中國古文文字學學術研討會合編《容庚先生百年誕辰紀念文集（古文字研究專號）》，韶關市：廣東人民出版社出版發行，1998 年 4 月第 1 版，611 頁-612 頁。

[36] 此處望山楚簡之編號乃引自湖北省文物考古研究所、北京大學中文系編《望山楚簡》，北

王堆之「助」與「沮」等相關字例互證，懷疑：「似乎『虘』與『差』音近主要是楚國的方言現象」，[37]因此，疑楚系「差」之音系反而較近於上古音系屬清母魚部或精母魚部之「且」字聲系，此與「夌」字聲系相距更遠，故「夌」與「差」或「垂」相通之可能性不大。

以上所述，皆證明了楚系「夋」或「坴」二部件與「垂」當無密切之關係，然楚系此類部件既不从「夌」，亦不从「垂」，則學者們之所以仍將簡 153 右下所从「坴」形構隸釋爲「夌」，主因其在楚系文字中多數皆用爲華中地區常見之地名後綴，已爲辭例所限，不得不釋爲「夌」之緣故，楚器與楚簡中常見之地名「襄陵」或「漾（羕）陵」，即皆其例也。

而既然簡文此字組所从之「坴」形構，無法從形構上獲得更進一步之解釋，則或可嘗試從音義之角度來逆推其形構來源。在上所舉之楚系「夋」之幾種構形發展過程來看，大抵可分爲之部韻系之「來」字聲系、幽部之「朿」字聲系與歌部之「垂」字聲系。而既然受辭例所限，楚系「坴」只能釋讀爲「夌」，則從「夌」字之上古音系屬來母蒸部、「仌」字上古音系屬幫母蒸部之聲韻關係來看，二字之韻部相同，聲母雖不同，但勉可解釋爲上古*pl-複聲母之通轉關係，符合相通之條件，據此可以推知包山楚簡 154 之相對應形構「仌」作爲聲符之可能性相當大，換言之，包山楚簡 153 之「坴」部件亦可能爲聲符。據此又或可作一大膽之推測，即楚系或包山楚簡 153 中之「坴」形構，當爲一具假借標音性質之聲符部件，乃楚系「夌」字借「坴」之形以標其音之緣故。而上所舉上古音系屬來母之部之「夋」形部件「來」字聲系，因與「夌」或「仌」所屬蒸部之主要元音相同、聲母皆具舌頭音通轉要素，故疑楚系或包山楚簡之「坴」形構來源當從此而來。[38]或可再作更進一步之推論，亦即因楚系「夋」形構音讀之複雜，書寫者爲了明確標音，以「夋」替換原有之「夌」字聲符部件，而包山楚簡 154 之所从「仌」，則除可解釋爲「夋」與「夌」之聲符替換部件外，亦或可解釋爲「陵」字早期疑疊加「仌」聲符之遺留。[39]

但推論「夋」（坴）爲「夌」或「仌」之聲符替換部件之論證基礎是相當薄弱的，但從新近發表之郭店楚簡與上博簡幾個相關字例之釋讀中，卻令人不得不對楚系「坴」字部件之釋讀產生更大之疑問，茲略述如后：

在郭店楚簡與近日發表上海博物館戰國楚竹書各自所屬之《緇衣》簡中，有疑其亦爲聲符替換之字組：

（1）郭店楚簡《緇衣》簡 18、簡 19：「執我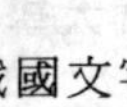」

（2）上博《緇衣》簡 10：「執我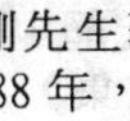」

京：中華書局出版，1995 年 6 月第 1 版，28 頁；但因圖版字形不甚清晰，故本文此處之摹寫字形主要依上述《望山楚簡》中之摹釋字形，28 頁。

[37] 詳見湖北省文物考古研究所、北京大學中文系編《望山楚簡》，北京：中華書局出版，1995 年 6 月第 1 版，94 頁-95 頁。

[38] 此推論大抵與鄭剛先生之理論相近。詳見鄭剛先生著〈戰國文字中的「陵」和「李」〉，中國古文字研究會成立十周年學術研討會論文，1988 年，1 頁-5 頁。

[39] 可參考前文所列「陵」字形構發展之推測。

（3） 郭店楚簡《緇衣》簡 43：「君子好」

（4） 上博《緇衣》簡 22：「君子好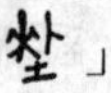」

除（2）之形構外，此字組左旁之所从與此處所論「㚇」或「坴」之形構皆相當接近，孔仲溫先生將（1）與（3）字例左旁所从之形構釋爲「來」，[40]李零先生與劉樂賢先生則皆以爲（2）之形構當與「各」或从「各」之「咎」字有關，[41]而陳偉先生並引「戟」字形構證明（2）當从「各」得聲，[42]則此字組中，與「各」處於相對應且替換地位之「㚇」或「坴」，其爲聲符替換部件之可能性就相當高，而若對照今傳本，則頗疑此字組皆當讀爲「仇」或「逑」：[43]

1.《禮記・緇衣》：「執我仇仇，亦不我力。」鄭玄注：「仇音求，《爾雅》云：『讎也。』」

2.《詩・小雅・正月》：「執我仇仇。」

3.《禮記・緇衣》：「君子好仇。」

4.《詩・周南・關雎》：「君子好逑。」

「仇」字上古音系屬群母幽部，「逑」字屬群母幽部，「咎」字則屬群母幽部，三字上古音系相近，具相通之條件，但上博《緇衣》簡 22 之字例疑从「坴」，若其爲其他三字例之相對應形構，則疑其亦爲一聲符替換部件，但此處上博簡之「坴」之讀音可能爲群母幽部，與前所述推測楚系「坴」之之部舌頭音聲母音系有距離，韻部之幽相通或可從《詩經》韻系或上古楚音系中找到通轉之證，但聲母部分則可能爲*l-、*pl-與*g-之對應關係，反而較不好解釋，此或可視爲考釋楚系「坴」或「㚇」之疑點之一，又或可疑此當與「仌」、「冰」與「凝」三字之分化有關，[44]但因楚系此類字例不多，今猶存疑待考。另外，亦需注意的是，黃德寬先生、徐在國先生、陳偉先生、顏世鉉先生等皆曾主張此字組之「㚇」或「坴」形構之來源當爲从上述「㚇」之「棗」（朿）而來，[45]惟「棗」

---

40 詳見孔仲溫先生著〈郭店楚簡《緇衣》字詞補釋〉，安徽大學古文字研究室編《古文字研究》第二十二輯，北京：中華書局出版發行，2000 年 7 月第 1 版，247 頁。

41 詳見李零先生著〈上海楚簡校讀記（之二）：《緇衣》〉，簡帛研究網，2002 年 1 月，2 頁；劉樂賢先生著〈讀上海簡札記〉，簡帛研究網，2002 年 1 月，2 頁。

42 詳見陳偉先生著〈上博、郭店二本《緇衣》對讀〉，簡帛研究網，2002 年 1 月，2 頁-4 頁。

43 劉國勝先生曾引《方言》資料證明郭店《緇衣》簡 19 之字例當讀爲「賴」，但「賴」字上古音系屬來母月部，與「來」雖雙聲，但韻部則亦與「仇」相距甚遠，故其與「來」或「仇」相通之可能性不大，除非有更進一步之語源證明，然此亦不失爲另一種說法，茲列備參。詳見劉國勝先生著〈郭店竹簡釋字八則〉，《武漢大學學報（哲學社會科學版）》1999 年第 5 期，43 頁。

44 《說文》：「仌 凍也，象水冰之形。」段玉裁注：「冰，各本作凝。」；《說文》：「冰 水堅也。」段玉裁注：「以冰代仌，乃別製凝字，經典凡凝字，皆冰之變也。」；《說文》：「凝 俗冰从疑。」按若依段玉裁之說，則「仌」、「冰」與「凝」三字當有相當密切之關係，而如《說文》所附「仌」爲「筆陵切」、「冰」與「凝」則爲「魚陵切」，其聲母即爲*p-與喉音*ŋ-之對應關係。

45 詳見黃德寬先生、徐在國先生著〈郭店楚簡文字考釋〉，載《吉林大學古籍整理研究所建所十五周年紀念文集》，吉林大學出版社出版，1998 年第 1 版，102 頁-103 頁；陳偉先生著〈上博、郭店二本《緇衣》對讀〉，簡帛研究網，2002 年 1 月，2 頁-4 頁；顏世鉉先生著〈郭店楚簡淺釋〉，載《張以仁先生七秩壽慶論文集》，臺北市：臺灣學生書局出版，1999 年 1 月初版，382 頁-383 頁。

之上古音系屬精母幽部，與「逑」韻部雖相通，然聲母則相距甚遠，因此，在聲母無法獲得更進一步解釋之情況下，此聲符字組所从「夋」或「坴」之形構來源仍以屬來母之部之「來」字聲系可能性較高，此與之前孔仲溫先生所作之推測相同。綜上所述，郭店簡與上博簡之此聲符替換字組，雖可藉今傳本以大概推測其音讀，但其間仍有許多待解決之問題，猶需作更進一步之解釋。

綜上所述，可初步推知，除非楚系「夌」字有歧讀，否則頗難解釋楚系文字中的聲符「夋」(坴)「夌」「夊」「各」替換現象，而若大膽假設楚系「夌」字之聲母爲更複雜之複輔音聲母，在無更直接證據以資佐證下，其假設推論更危險，因此，「夊」字音讀之確認，乃爲考釋楚系此聲符替換字組最關鍵之因素。

最後，再附論郭店楚簡《尊德義》簡 14 之字，此字之右上所从之形構亦疑與本文此處所論之聲符「夋」(坴)「夌」「夊」「各」替換現象有關，黃德寬先生與徐在國先生將此字釋爲「犯」義之「陵」，[46]當可从之，亦可視爲楚系文字「夌」「夊」替換之另一佐證字例。

二、聲符「午」「五」替換字組：

此聲符替換字組在楚簡中字例甚多，亦可視爲古漢字聲化發展之代表字例。此字組之形構，依其部件之組合情況，大抵可分爲三種類型（因字例甚多，僅舉出可以代表、或圖版摹本較清晰之字例）：

(一)从「馬」从「午」：（天星觀遣策簡）、（天星觀遣策簡）、（曾侯乙簡 63）

(二)从「馬」从「五」从「又」：（曾侯乙簡 7）、（曾侯乙簡 36）、（曾侯乙簡 38）

(三)从「馬」从「午」从「又」：（曾侯乙簡 48）、（曾侯乙簡 67）、（曾侯乙簡 70）

以上所舉楚系此類字例之形構，「馬」字部件筆劃闕殘較多，且異化程度較鉅，或有幾例之「馬首」形已有隸化之情況：（曾侯乙簡 7）、（曾侯乙簡 31）、（曾侯乙簡 36），亦或有楚系文字常見之「馬首」筆劃省減形構：（包山楚簡 23）、（曾侯乙簡 65），但此皆不影響此類部件爲「馬」字之識讀；至若其他組成部件：「午」、「五」、「辵」或「卩」(卪)等，嚴格說來，其形構筆劃一致性甚高，對其辨識更無太大之困難。若更進一步言之，則楚系此類形構之組合部件或與《說文》「御」字及其古文之形構相類，《說文》：「使馬也，从彳卸。古文御从又馬」，而若暫不論「御」字之音義來源，則其形構之來源，疑至少有六種：

（《粹》190）、（《佚》908）→（大保爵）、（盂鼎）

（《存》1858）→（牧師父鼎）、（不𡢁簋）→（齊侯壺）、

（子禾子釜）⋯⋯→ 晉璽（《璽彙》2040）

46 詳見黃德寬先生、徐在國先生著〈郭店楚簡文字考釋〉，載《吉林大學古籍整理研究所建所十五周年紀念文集》，吉林大學出版社出版，1998 年第 1 版，105 頁。

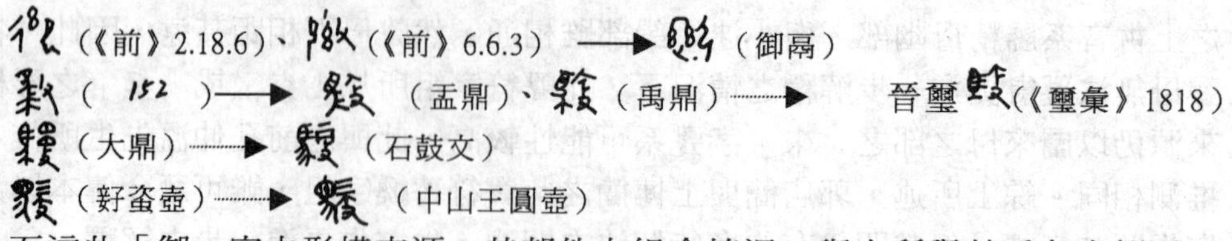

而這些「御」字之形構來源，其部件之組合情況，與上所舉楚系各字例至少有兩條構發展路線相同或相似，若再扣除少見於戰國文字之第一類與第三類形構發展路線，則楚系此類形構便占了戰國以後「御」字發展路線至少一半以上，則其形構來源爲「御」字之可能性即相對提高，惟其所从部件或有疊加或替換而已；而「御」字之形構，若从《說文》段玉裁所注：「卸亦聲」，而「卸」又當从《說文》「午聲」，則頗疑楚系「御」字至少「午」與「五」二部件產生了聲符替換之作用。

而這些字例在簡文中之辭例皆用爲「駕御」之意，皆與車馬有關，皆當可讀爲「御」，惟「御」字在殷商甲骨文中少有作與馬有關之字義者，西周以後始有用爲與車馬相關之義，知楚系「御」字用義當爲後起之義。「御」，上古音系屬疑母魚部，「午」與「五」亦皆屬疑母魚部，兩個部件實皆具表音功能，則「午」「五」二字爲「御」字聲符替換部件之可能性就相當大，而若再追溯此二聲符部件之音義來源，則頗疑此二部件不僅具表音作用，更疑其具有表義、甚至示源之作用：

1.「午」：許進雄先生在解釋殷商甲骨「御」字形構時，即以爲「午有不順之意，而此祭爲祓除不祥之祭，故以  象人跪坐以祈禱狀，而以午聲明所禱者乃有關不順之事」，[47]而《說文》：「 啎也。」段玉裁注：「啎者，逆也。」知「午」字部件當有違逆之意。

2.「五」：在傳世典籍中，「五」字聲系與「御」「午」二聲系之關係至爲密切，互通之例屢見。但「五」「御」相通之例多爲純表音通假之例，在語義上關聯不大，例如：《史記・東越列傳》：「爲禦兒侯」，《正義》：「禦字今作語。語兒鄉在蘇州嘉興縣南七十里，臨官道也。」《漢書・閩粵列傳》禦作語；而「五」「午」相通之例則多與「逆」義有關，例如：《戰國策・燕策三》：「人不敢與忤視。」鮑本忤作悟。吳注：「悟忤通」。

從以上之初步推測來看，楚系「御」字聲符「午」「五」替換之現象，當與傳世典籍三字聲系密切相通有關，而從造字之角度來看，「午」爲「御」字最早使用之兼義聲符，「五」字則以純爲表音或替換音義俱近「午」之聲符部件可能能性較高；或亦可說，楚系此聲符替換字組可能具有標示別於「御」字另一來源「鞭」之作用。

值得注意的是，郭店與上博之《緇衣》簡有疑爲之「御」字異文，分作：

1.郭店楚簡《緇衣》簡6：

2.上博《緇衣》簡4：

對照今本，此二字例疑皆當讀爲「御」，實則學者們對上博簡字例之釋讀多

[47] 詳見許進雄先生著〈釋御〉，《中國文字》第12期，3頁。

無異說，「讀爲『御』」大抵已成共識，[48]廖名春先生並釋其形構爲「从虍魚聲，與『御』音同，故能通借。」[49]而陳偉先生則以爲「在古文字中，『魚（从虍）』多讀爲『吾』，……而」，[50]諸家大抵已揭示上博簡字例爲「御」字假形構之可能性；惟郭店簡字例之形構解釋問題較大，此字雖亦可讀爲「御」，但因其形構難識，歷來說法紛歧，或釋爲「渫」、[51]或釋爲「从水，柞聲」、[52]或釋爲「从亡得聲」、[53]或釋爲「涃」、[54]甚或以其爲「錯寫」，[55]實則此字形構難釋，不管从那一種說法，皆仍有其困難之處，例如：

1.釋爲「渫」：疑楚系从「枼」之形構與此有別，例如：（包山楚簡 138「覫」）、（包山楚簡 164「覫」）、（包山楚簡 175「覫」），因此，郭店簡此字上方所从之部件當非从「枼」。

2.釋爲「从水柞聲」：「柞」字上古音系屬從母鐸部，與「御」之韻部主要元音相同，但聲母則相距甚遠，且「御」字聲系少見有與「乍」字聲系相通之例，故郭店簡此字上方从「柞」之可能性亦不大。

3.釋「从亡得聲」：「亡」字上古音系屬明母陽部，其與「御」字之聲韻關係與上一條之「柞」字相同，故此釋形方式成立之機會亦不大。

4.釋爲「涃」：陳偉先生此釋形方式之立論根據在於「形異義近」文字部件之通用，原則上應可被接受，而且在形構方面亦可釋通，惟「困」字上古音系屬溪母文部，與「御」在聲韻關係上仍有待作更進一步解釋的地方。

5.釋爲「錯寫」字：劉樂賢先生雖指出郭店此字例爲「錯寫」，但似未說其「錯寫」之緣由，從形構方面來看，若假設此字上部所从之「亡」字部件爲「馬」字頭部形構之異化，即由合口筆劃異化爲開口筆劃，此異化過程僅涉及一線筆劃之移寫而已，例如：郭店《緇衣》簡 42「駜」之形構，其馬頭部分之形構乍看之下，實頗類「亡」字，故據此或不能否認「馬」「亡」互訛之可能性；又其中間所从之「木」字部件，筆者曾疑其若與之前所作之「馬」「亡」互作假設相應，則疑與包山簡中屢見之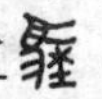（包山楚簡 12）、（包山楚簡 126）、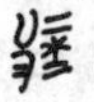（包山楚簡 73）、（包山楚簡 132 反）、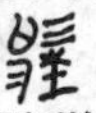（包山楚簡 157）等形構有關，惟包山簡此類形構，學者們之考釋雖仍有異議：或釋爲「馬」、[56]或釋爲「駬」，[57]除

---

[48] 例如：李零先生著〈上海楚簡校讀記（之二）〉，簡帛研究網，2002 年 1 月，1 頁。
[49] 詳見廖名春先生著《新出楚簡試論》，臺北市：臺灣古籍出版公司出版，2001 年，278 頁。
[50] 詳見陳偉先生著〈上博、郭店二本《緇衣》對讀〉，簡帛研究網，2002 年 1 月，1 頁-2 頁。
[51] 詳見裘錫圭先生釋文，荊門市博物館編《郭店楚墓竹簡》，北京：文物出版社出版發行，1998 年 5 月第一版，132 頁。
[52] 詳見劉信芳先生著〈郭店竹簡文字考釋拾遺〉，《江漢考古》2000 年第 1 期，44 頁。
[53] 詳見李零先生著〈上海楚簡校讀記（之二）〉，簡帛研究網，2002 年 1 月，1 頁。
[54] 詳見陳偉先生著〈上博、郭店二本《緇衣》對讀〉，簡帛研究網，2002 年 1 月，2 頁。
[55] 詳見劉樂賢先生著〈讀上博簡札記〉，簡帛研究網，2002 年 1 月，1 頁。
[56] 詳見黃錫全先生著《湖北出土商周文字輯證》，武昌：武漢大學出版社出版發行，1992 年 10 月第 1 版，191 頁-192 頁。
[57] 詳見李家浩先生著〈南越王墓車駬虎節銘文考釋〉，載廣東炎黃文化研究院、紀念容庚先生百年誕辰暨中國古文文字學學術研討會合編《容庚先生百年誕辰紀念文集（古文字研究專號）》，韶關市：廣東人民出版社出版發行，1998 年 4 月第 1 版，662 頁-671 頁；白於藍先生著〈《包山楚簡文字編》校訂〉，載《中國文字》新廿五期，台北市：藝文印書館出版發行，

非郭店簡此字為會意形構，否則諸家所釋之字，其音系皆與「御」字殊遠（「馬」字上古音系屬明母魚部、「馹」字則屬日母質部），是否即可作為「御」字之表音聲符，其猶待考。

惟必需另外提出來作說明的是，以上所舉之字例多為辭例或用義相近者，實際上，與此字組相類、但以為其他用義之字例仍多，尤其有許多是屬於官名、姓氏或人名之用字，但經過辭例用義之交叉比對後，或許因為書寫者不同之緣故，相同或相近辭例用義之用字，彼此間並無聲符替換之現象，例如：包山楚簡 69「大廄」、包山楚簡 69「大廄」、天星觀卜筮簡「陳」等，皆為官名或人名用義，但其形體結構組合皆為从馬从午或从馬从午从右，似並無聲符替換現象，故暫不將此類相關字例列入討論範圍。

三、聲符「疋」「足」替換字組：

此字組在楚系文字中多用作地名，歷來學者多將其釋為同一地。[58]而此字組之形構，除了具表義功能之「邑」字部件結構異化程度不顯、雖即包山楚簡 220 字例之圖版筆劃稍有殘闕，但大抵不影響其形體之辨識；至於這些字例右旁所从之部件，則異化甚鉅，若非其具有相同之辭例，否則難以辨識其是否為一字之異構。茲依右旁所从之形構特徵，將此字組之字例分為四類：

1. 包山楚簡 125
2. 包山楚簡 219
3. 包山楚簡 220
4. 包山楚簡 125

以上這些字例，若透過楚系文字字形之比對，可大抵推測第 4 類字例右旁所从之部件與「疋」字形構相類：（包山楚簡 96「疋」）、（包山楚簡 84 反「疋」）、（包山楚簡 197「楚」）；而第 3 類右旁所从之部件則與「足」字形構相類：（包山楚簡 155「足」）、（包山楚簡 155「足」）；但第 1 與第 2 類右旁所从之形構筆劃異化程度較大，從目前可見及之圖版來看，二字例右旁上方類化近「口」形之結構與楚系「足」字近似，而「口」形下方之交叉二筆亦有楚系「足」字之特徵，雖亦類似郭店楚簡常見之「也」字異構：（《忠信之道》簡 8）、（《成之聞之》簡 3）、（《成之聞之》簡 10），但此二字例之左斜筆未有郭店楚簡「也」字「右曳」傾向，況第 1 類字例在二交叉斜筆之下有一小短橫以別於郭店「也」字，因此，在楚系尚無更進一步形構證據以資佐證之情況下，暫將此二字視為「足」字異構。綜上所述，雖即第 1 與第 2 類之形構仍有待作更進一步之考證，但若此類字例若皆為一字之異構，則至少可推知「疋」與「足」即為主要之替換部件，而第 1、2、3 類可逕隸作「郢」，

1999 年（民國 88 年）12 月初版，193 頁-194 頁。

[58] 例如：顏世鉉先生著《包山楚簡地名研究》，國立臺灣大學中國文學研究所碩士論文，1997 年（民國 86 年）6 月，88 頁-89 頁、142 頁-143 頁。

第 4 類則可隸作「疋阝」。

簡文「疋阝陽（昜）」或「疋阝陽（昜）」，「疋」字上音系屬心母魚部，「足」字則屬精母屋部，二字聲母相近，韻部亦可因先秦楚音系魚侯二部相近，[59]而視爲可相通之條件，故疑楚系此類相關字例爲聲符替換字組，從這些歷來之考釋資料來看，學者們對此類字組之考釋，主要乃依據古文字中「疋」「足」二字在文字發展血緣上之關係：

1.《說文》：「疋足也，上象腓腸，下从止。……古文𠱠爲詩大雅字，亦𠱠爲足字。」段玉裁注：「此則以形相似而假借變例也。」

2.《說文》：「足人之足也，在體下，从口止。」段玉裁注：「次之以疋，似足者也。」

初步推知「疋」「足」二字在《說文》中雖有相同或相近之用義，但許慎與段玉裁似仍不以其爲同一字，此或可能表示「疋」「足」二字有不同之音義來源，茲暫擬「疋」「足」二字之音義推測發展過程如后（以用義爲主所作之推測路線圖）：

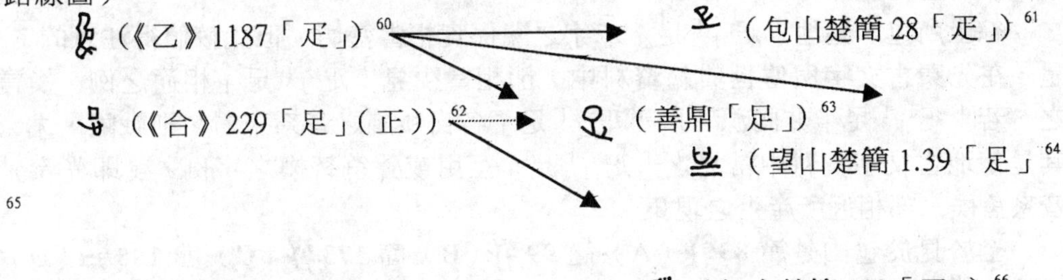

從以上之形義發展推測中，可初步推知：

1.「疋」「足」二字在殷商甲骨文中，形與義皆分用甚明，惟尙未見互用之例，而「疋」字上古音系屬心母魚部，「足」則屬精母屋部，在未有更進一步之

[59] 先秦楚音系魚侯二部音近，歷來學者多有所論，例如：董同龢先生著〈與高本漢先生商榷"自由押韻"說兼論上古楚方音特色〉，載丁邦新先生編《董同龢先生語言學論文選集》，食貨出版社出版，1974 年（民國 63 年）11 月初版，7 頁；李玉先生著《秦漢簡牘帛書音韻研究》，北京市：當代中國出版社出版發行，1994 年 10 月第 1 版，113 頁-115 頁；李存智先生著《秦漢簡牘帛書之音韻學研究》，國立臺灣大學中國文學研究所博士論文，1995 年（民國 84 年）6 月，145 頁-149 頁。

[60]《乙》1187：「貞疒『疋』龍」，「疋」字疑表人足之義。

[61] 包山楚簡 28：「『疋』胥」，「疋」字疑讀爲表識記義之「疏」。

[62]《合》229：「辛未卜古貞黍年有『正（足）』雨」，「正（足）」字疑用爲充足之「足」義。

[63] 善鼎：「昔先王既令（命）女（汝）左（佐）足　侯。」此處之「足」字疑讀爲表「輔佐」義之「胥」，此用義與殷商甲骨文「足」字「充足」義關係不大，今據傳世典籍多有「疋」「胥」相通之例，暫將此處「足」字之「輔佐」用義，推測由「疋」字假借而來。

[64] 此處望山楚簡之編號乃引自湖北省文物考古研究所、北京大學中文系編《望山楚簡》，北京：中華書局出版，1995 年 6 月第 1 版，27 頁。

[65] 望山楚簡 1.39：「『足』骨疾」，「足」字疑讀爲人足之義。

[66] 包山楚簡 129：「『疋』金六匀」，「疋」字疑讀爲充足之「足」義。值得注意的是，此義類繼承方式，與楚系「孚」字聲系音讀直接上承甲骨音系頗爲類似，或可視爲楚系文字與甲骨文字關係密切之佐證，此類相關論證或字例，可參考拙著《戰國楚系多聲符字研究》，國立彰化師範大學國文研究所碩士論文，2001 年（民國 90 年）6 月，85 頁-96 頁。

聲韻證據可資佐證前，二字之同源證據或仍嫌不足，[67]

2.善鼎「足」字疑爲「疋」字之借。

3.戰國「疋」「足」二字形構分用甚明，其中後世傳世典籍屢見「疋」與「疏」相通之例，已可見於戰國古文字資料之中，惟「疋」「足」二字之用法亦已可見互通之例，而此類字例則多出現於楚地，上述望山楚簡 1.39 與包山楚簡 129，即皆其例也。

而在楚系歷時性形構發展體系中，亦可屢疑爲聲符「足」可讀爲後世「疋」之字例，例如：

仰天湖楚簡 4 、簡 13 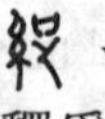、簡 21 、簡 29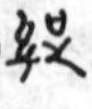等字，[68]依其形構特徵，當爲从糸从足，滕壬生先生隸釋爲「綻」，[69]饒宗頤先生與湯余惠先生並讀爲「紽」，並按簡文辭例，將其釋爲通作《禮記・禮器》與《儀禮・既夕禮》中所言之「『疏』布」，[70]當可从之；據此可知，仰天湖楚簡此四組字例，亦可能屬聲符「足」「疋」之替換字組，惟「綻」字疑爲後起形構（《玉篇》），故暫將此字組視爲歷時性聲符替換結構。

綜上所述，楚地「疋」「足」二字之關係實相當密切，但比較值得注意的是，在先秦古文字與傳世典籍資料中，卻相當少見「疋」「足」相通之例，換言之，若「疋」「足」非同源，以「疋」「足」各自所屬之音系來看，則戰國、尤其是楚地古文字資料中常見之「疋」「足」互用或聲符替換之字例，疑即先秦楚音系魚侯二部相近所產生之現象。

至於見於包山楚簡 83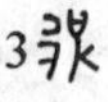（A）、簡 99 （B）、簡 173 （C）、簡 188 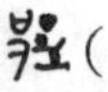（D）、簡 188 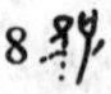（E）等字例，《包山楚簡文字編》曾將此類字例歸於此處所論「邸」字頭之下。[71]實則除了（A）與（D）二字外，其他各字右旁所从之形構類同，雖即學者們對此類字例之釋讀仍存有歧見，[72]但若細審楚系文字之形構特徵，則至少應可確立（B）、（C）、（E）等三字右旁當非从「疋」或「足」之推測。吾人所持之理由，除了楚系「疋」或「足」字未見作此形者外，新近發表之郭

[67] 王光鎬先生曾从「楚」字之形構與用法，論及甲文中之「疋」字亦即「足」字，而甲文中用爲「充足」義之「正」字則非「足」字，茲列備參。詳見王光鎬先生著〈正足不同源楚楚不同字補正—兼答段渝、張君二同志〉，《江漢考古》1985 年第 2 期，59 頁-68 頁。

[68] 此處仰天湖楚簡之編號乃根據商承祚先生編著《戰國楚竹簡匯編》中之圖版編號，除簡 4、簡 13 與簡 29 圖版字形較爲清晰，爲筆者自行依形摹寫外，簡 21 之圖版字形不甚清晰，則依商承祚先生所摹釋之字形。詳見商承祚先生編著《戰國楚竹簡匯編》，濟南：齊魯書社出版發行，1995 年 11 月第 1 版，45 頁、47 頁、48 頁、51 頁、54 頁、55 頁。

[69] 詳見滕壬生先生編著《楚系簡帛文字編》，武漢：湖北教育出版社出版發行，1995 年 7 月第 1 版，930 頁。

[70] 詳見饒宗頤先生著《戰國楚簡箋證》油印本，出版編目資料不詳，2 頁；湯余惠先生著〈戰國文字考釋（五則）〉，《古文字研究》第十輯，1983 年 7 月，288 頁-289 頁。

[71] 張光裕先生主編、袁國華先生主編《包山楚簡文字編》，臺北縣：藝文印書館，1992 年（民國 81 年）11 月初版，389 頁。

[72] 例如：黃錫全先生釋爲「号」，詳見黃錫全先生著《湖北出土商周文字輯證》，武昌：武漢大學出版社出版發行，1992 年 10 月第 1 版，188 頁、195 頁；李家浩先生釋爲「只」，詳見李家浩先生著〈信陽楚簡中的“柿枳”〉，載李學勤先生主編、中國社會科學院簡帛研究中心編輯《簡帛研究》第二輯，北京：法律出版社出版發行，1996 年 9 月第 1 版，1 頁-11 頁。

店楚簡之「只」字形構與（B）、（C）、（E）三字右旁所从部件相當類似：（郭店楚簡《尊德義》簡 14）（雖「口」下形構稍殘，但筆劃仍依稀可辨），疑即此三字例之繁構，此亦正好符合了李家浩先生、何琳儀先生與李零先生等學者們之推論或懷疑；再者，因（B）、（C）、（E）三字例之辭例皆與包山楚簡常見地名後綴「陽」（昜）組合而成，與本文此處所討論之聲符「疋」「足」替換字組之辭例相同，故若假設此三字例與此處之聲符替換字組為一字異構，則其形構最有可能之解釋即為「只」（暫隸如此）與「疋」「足」產生部件替換或聲符替換，但至少有兩個理由，使此項假設成立之可能性大大降低：

1.包山楚簡中具有「陽」（昜）字後綴之地名甚多，若無形音義之進一步關係或證據，貿然假定兩組形構不同之辭例為同一字組，實具有相當程度之危險性。

2.「只」之上古音系屬章母支部，與「疋」或「足」在音系上之關係，除了韻部稍近外，聲母則差距較大，在此種聲韻關係下，除非「只」為「疋」「足」之訛化兼反聲化結果，否則若謂「只」為「疋」「足」為替換部件，甚至聲符替換部件，實皆需有更進一步之證據證明，況「只」與「只」字聲系在古文字資料與傳世典籍中，甚少見及有與「疋」「足」相通者。因此，要推論「只」為「疋」「足」為替換部件或聲符替換部件，證據仍或嫌不足。

故依此而論，暫不將（B）、（C）、（E）三字例列為「疋」「足」之聲符替換部件。至若形構與（B）、（C）、（E）三字例較不類之（A）與（D）二字：（A）字形構難識，但應與「疋」或「足」之形構無關；（D）字之圖版亦不甚清晰，但仍可依其大概特徵，初判其有可能為「邸」字異構，但其用義可能與本文此處所討論之聲符替換字組有異，故暫不列入相關字例中。

四、聲符「馬」「無」「亡」替換字組：

此類字例疑具有相同的辭例與用義，但其形構之聲符則疑分从「馬」、或「無」、或「亡」得聲，其形構可分為：

㈠从「艸」从「馬」者：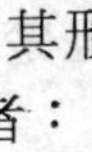（包山楚簡 267）、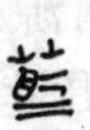（包山楚簡 267）、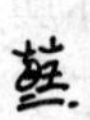（包山楚簡 267）

㈡从「艸」从「無」者：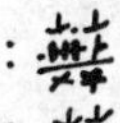（包山楚簡 263）、（天星觀遣策簡）

㈢从「艸」从「亡」者：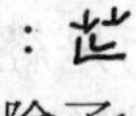（信陽楚簡 2.023）[73]

以上所列舉之字例，除了㈠之第三例與㈡之第一例因圖版不甚清晰、其筆劃有所殘闕外，其他各字例或根據圖版、或根據摹本，皆可大致識出其結構所屬之各部件：

从「馬」三字例疑皆从戰國「馬」字習見之省構，即馬身往往省作「=」形，而此形構又屢見於「馬」字單獨成字、或與其他部件組成上下結構之時，例如：（《璽彙》0054「馬」）、（王何戈「馬」）、楚簡（包山楚簡 8

---

[73] 此信陽楚簡之編號乃根據商承祚先生編著《戰國楚竹簡匯編》，濟南：齊魯書社出版發行，1995 年 11 月第 1 版。

「馬」)、晉陶 (《陶彙》6.11「馬」)、晉陶 (《陶彙》6.85「馬」) 這些字例之形構特徵即與此處从「馬」三字例相類，雖第三例因圖版不清，筆劃稍有闕斷，但其馬頭特徵明顯，當亦可視爲「馬」字部件，故此三字例可逕隸爲「蔦」。

从「無」二字例，由於天星觀遣策簡之字形是根據滕壬生先生之摹本，[74]因此，並無筆劃辨識上之重大問題，此字當从艸从無；至於屬包山楚簡之另一字，其「艸」形部件明顯可識，但下方之部件則不甚清楚，惟其四豎劃與類「林」之特徵具有楚系「無」字之形構特點：(包山楚簡 15「無」)、(包山楚簡 16「無」)，故包山楚簡此字亦可能與前一字例一樣，皆从艸从無，而可隸爲「蕪」。

从「亡」者，只有一個字例，圖版筆劃清楚，下方所从部件雖類「亡」形，但仍與楚系或其他各系之大多數「亡」字形構有別，疑其當爲僅見於楚系之少數「亡」字異化形構，在郭店楚簡中，有幾個字例與此形構相當類似，例如：(《尊德義》簡 29「亡」)、(《尊德義》簡 33「亡」)，或可視爲「亡」字之一種特殊異化結構，故此字仍可將其釋爲从艸从亡。

以上字例雖可分別隸識爲「蔦」、「蕪」與「芒」，其形構除了「艸」字部件相同外，其他如「馬」、「無」與「亡」等三部件之間，並無直接構形上之關係，但前已有言，這些字例在簡文中之辭例與用法疑皆相同，因此，此字組當爲一字之異構。《說文》云「蕪」从「無」得聲、「芒」从「亡」得聲，據此可論此字組之「無」「亡」當爲聲符替換部件，至若「蔦」字所从「馬」，因其亦爲相對應之部件，且「馬」字上古音系屬明母魚部，與屬明母魚部之「蕪」、明母陽部之「芒」字聲母相同，韻部之主要元音相同，故「馬」亦可視爲另一聲符替換部件。

古文字與傳世典籍資料「無」「亡」相通之例甚多，但卻無有與「馬」字相通者。「無」「亡」二字本即同源字組，相通之例自然多，而此現象在楚系文字中亦有相關類似之形構，亦可反映此現象，例如：見於鄦之造戈之字，即疊加亦與「無」「亡」二字同源之聲符部件「网」，[75]但楚系文字以「馬」代「無」「亡」之原因則值得再作更進一步之研究，

五、聲符「串」(毌)「丱」(卵) 替換字組：

此字組所產生聲符替換現象非楚系自有，而是經過共時性之比較後，初步推知可能爲戰國楚系與齊系兩文字系統所產生之聲符替換現象。楚系與此字組相同形構之字例亦多見，惟此處擬先論與齊系文字用義相近之異構。楚系相關字組字例分見於：A. (包山楚簡 34)、B. (包山楚簡 91)、C. (包山楚簡 138)；而齊系文字之相關字例則分見於：D. (陳猷釜)、E. (子禾子釜)、F. (左關鉌)。以上兩組形構皆具有相同之辭例，疑有相同之用法，

[74] 詳見滕壬生先生編著《楚系簡帛文字編》，武漢：湖北教育出版社出版發行，1995 年 7 月第 1 版，60 頁。

[75] 詳見拙著《戰國楚系多聲符字研究》，國立彰化師範大學國文研究所碩士論文，2001 年（民國 90 年）6 月，65 頁-73 頁。

甚至疑其爲一字之異構：

包山楚簡 34：A 人周敓

包山楚簡 91：B 人周琛、周敓

包山楚簡 138：左 C 尹黃惕

陳猷釜：左 D

子禾子釜：左 E 釜

左關鉌：左 F 之鉌

若暫不論其音義來源，此類字例除了「門」字部件形構特徵明顯，較易辨識外，楚系與齊系「門」字部件下方所从之部件形構則差異甚大：

1.楚系之「 」形構：此與鄂君啓舟節「關」字「門」部件下方所从之形構相類，商承祚先生將其隸釋爲「穿物」之「串」，[76]「串」字在金文中作 （串爵）、 （串父癸鼎），戰國楚簡則作 （包山楚簡 66）、或作 （郭店楚簡《忠信之道》簡 5）、或作 （郭店楚簡《老子》乙簡 5「患」），學者們對其形構討論不多，惟何琳儀先生曾引中甗之形： ，證其爲「象以繩索穿二貝之形」，[77]但春秋戰國以後，「串」字與从「串」字少見，甚至連東漢許愼之《說文》亦未見收錄，不禁另人懷疑這些疑从「串」形構之存在性及實際釋讀；但值得注意的是，在戰國古璽與楚簡中，有一些疑从「 」之形構，例如： （《璽彙》5663）、 （望山楚簡 2.3）、[78] （包山楚簡 265）等，商承祚先生曾隸釋望山楚簡之字例爲「䏷，从耳，从串，其形有上下貫穿之意」，[79]此釋形方式當可从之，但多數學者則將此類形構釋讀爲「聯」字之異構，[80]然考「聯」字古形卻與此差距甚遠，似看不出其形構發展上之直接關係，例如： （《璽彙》2389）。因此，楚系「 」形構是否即從「聯」字形構發展而來，本文寧持比較保留之態度，而透過歷時性與共時性之字形比對，暫將楚系此類形構及其從屬之字隸作「串」、「闡」。

2.齊系之「 」形構：戰國古幣屢見此類似形構： （《古錢》721）、 （《古錢》722）、 （《古錢》上編補遺 1226），疑此當爲「卵」字古文「𠨚」字之筆劃異化形構，《說文》：「 凡物無乳者卵生。象形。凡卵之屬皆从卵。 古文卵。」《汗簡》作 。但需値得注意的是，《說文》「礦」字疑原有此類似形構之古文，何琳儀先生亦據此以隸釋其爲「象少年束髮兩總角之形」之「丱」

[76] 詳見商承祚先生著《鄂君啓節考》，收錄於《文物精華》第二集，北京：文物出版社出版，1963 年 4 月第一版，53 頁。

[77] 詳見何琳儀先生著《戰國古文字典—戰國文字聲系》，北京：中華書局出版，1998 年 9 月第 1 版，1001 頁。

[78] 此採用湖北省文物考古研究所與北京大學中文系編《望山楚簡》一書中之編號，北京：中華書局出版，1995 年 6 月第 1 版，52 頁。

[79] 詳見商承祚先生編著《戰國楚竹簡匯編》，濟南：齊魯書社出版發行，1995 年 11 月第 1 版，89 頁、106 頁-107 頁。

[80] 例如：黃錫全先生著《湖北出土商周文字輯證》，武昌：武漢大學出版社出版發行，1992 年 10 月第 1 版，189 頁；湖北省文物考古研究所與北京大學中文系編《望山楚簡》，1995 年 6 月第 1 版，115 頁；李零先生著〈讀《楚系簡帛文字編》〉，收錄於中國文物研究所編《出土文獻研究》第五集，1999 年 8 月第一版，150 頁。

字，[81]實則此古文已爲段玉裁所刪，其所持理由爲：

> 周禮鄭注云：「卝之言礦也。」……凡云之言者，皆就其雙聲疊韻以得其轉注假借之用。卝本《說文》卵字，古音如關，亦如鯤，引伸為總角卝兮之卝，又假借為金玉樸之礦，皆於其雙聲求之。……至於《說文》卵字本作卝，不作卵。《五經文字》曰：「卝，古患反，見詩風，《說文》以為古卵字。」《九經字樣》曰：「卝卵，上《說文》，下隸變。」是《說文》卵字作卝，唐時不誤，確然可證。[82]

段玉裁之說法，商承祚先生亦承之，[83]故據此可初步推知，齊系「卝」之形構相當有可能就是「卵」之古文「卝」字之異構，但是否即讀爲「𠀉」、「磺」或「礦」，亦有其可能性，但需再透過辭例分析加以驗證。今暫將齊系此類形構及其從屬之字隸作「卝」、「閞」。

透過以上之初步形構分析，雖大抵可知楚系與齊系二字組在構形上似並無直接關聯，惟若透過辭例分析，又可推測此二字組當爲一字之異構，而疑皆讀爲「關」「關人」、「左關」或「左關尹」，則其形構或可作更進一步之推測與解釋：

前已有言，本文暫將楚系此類字組之形構暫隸作「串」或「閗」，惟「串」字戰國以後少見，故對其存在性或實際釋讀或有存疑，而透過以上之辭例分析，楚系此類字組皆應可釋讀爲「關」，「關」字上古音系屬見母元部、「串」字上古音系屬昌母元部，二字韻部相同，但聲母相距甚遠，嚴格說來，尙無相通之條件；但需注意的是，在傳世典籍中，卻屢見疑爲「串」古作「毌」之記載，例如：《說文》：「患 恴也。从心上貫吅，吅亦聲。」段玉裁注曰：「此八字乃淺人所竄，古本當作从心毌聲四字；毌貫古今字，古形橫直無一定，如目字偏旁皆作罒，患字上从毌、或橫之作串，而又析爲二中之形，蓋恐類於申也。……古毌多作串，……蓋其字本作毌，爲慣、摜字之叚借也。《廣韻》又謂『炙肉之器爲串，初限切。』亦毌字之變體也。」

因此，頗疑楚系此類从「串」之字組，其類「串」形構之部件可能即爲「毌」字，「毌」字上古音系屬見母元部，「關」字上古音系亦屬見母元部，二字爲雙聲疊韻關係，換言之，此類疑从「串」之「毌」字形構，相當可能即爲楚系此類字組之聲符。至於齊系文字所从之「卝」字，據《說文》段玉裁注「古音如關」，亦可推知「卝」亦爲齊系此類字例之聲符。

既知楚系與齊系二字組之字例皆可讀爲「關」，而其各自所从之聲符又已可初步推知，故疑此二字組當爲聲符「串」（毌）「卝」（卵）之替換字組。但因形構證據之不足，作此推論有其相當程度之危險性，實則在秦漢古文字資料與傳世典籍卻可屢見此類相關字例，例如：

---

[81] 詳見何琳儀先生著《戰國古文字典—戰國文字聲系》，1001 頁-1003 頁。

[82] 詳見東漢許慎著、清段玉裁注《說文解字》，台北市：書銘出版公司發行，1994 年（民國 83 年）10 月七版，453 頁。

[83] 詳見商承祚先生著《說文中之古文考》，臺北市：學海出版社發行，1979 年（民國 68 年）5 月初版，87 頁、114 頁。

1.馬王堆帛書《老子》甲本145「闗」：此類聲符替換字組亦爲黃文杰先生之專論所收，並歸爲「音近形異類」。[84]

2.《史記·儒林外傳》：「履雖新，必關於足」;《漢書·儒林傳》「關」作「貫」。

3.《說文》「患」字古文：「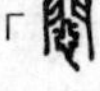，古文从關省。」段玉裁注曰：「以關省爲聲也。關从𢇍聲，𢇍从廾聲，廾者，从《說文》丱字。」

因此，更疑至少在秦漢之際，聲符「串」(毌)「丱」(卵)替換之形聲結構仍然存於漢字發展體系中。至於此二字組所替換聲符部件之關係爲何，商承祚先生在考釋鄂君啓舟節時，即曾以爲「毌」、「串」與「丱」爲「音同義同」之「穿物」異構，並以爲「關」、「閞」與「闗」三形構關係密切：

> 闗从串聲。凡穿物，横為毌，直為串，左右穿為丱，音同義同，因穿的方式方法不同而區別其結構，後來因文字在使用上需要類別，毌加貝為貫，串加門為闗，丱加丝為𢇍。金文、璽文、陶文關字皆作閞，，而小篆的關，與閞、闗不無有關係的。《說文》患之古文作𨵦，實為閞之異體字。[85]

若據商承祚先生之說，則楚系與齊系此聲符替換字組有可能是「毌」「串」「丱」分化時之替換現象，又可能因「礦」字借用「丱」字，使文字產生歧讀，而有聲符替換現象產生。

六、聲符「羌」「兄」替換字組：

郭店楚簡中有幾個疑讀爲「敬」之異構，其形體結構明顯異於楚系或戰國其他各系之「敬」字。這些字例皆見於《五行》簡中，共有五個字例，圖版筆劃清楚，除右旁所从「攴」(攵)字部件筆劃稍有異化外，整體結構差異不大，張光裕先生主編、袁國華先生合編之《郭店楚簡文字編》將其收在「敬」字頭下：[86]

1.(《五行》簡22)
2.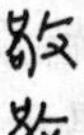(《五行》簡28)
3.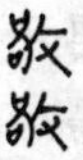(《五行》簡31)
4.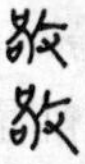(《五行》簡36)
5.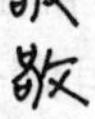(《五行》簡36)

實則此字釋形之關鍵在於左旁所从之形構，釋文以其爲「『苟』之訛體」，[87]實則從其形構特徵來看，似爲「兄」與「口」之組合，但不管是疊加繁飾部件、或疊加形符之推測，在先秦古文字中似仍未見「兄」與「口」之組合結構者，

[84] 詳見黃文杰先生著〈秦漢時期形聲字音近聲符換用例析〉,《中山大學學報(社會科學版)》,1998年第3期，44頁。

[85] 詳見商承祚先生著《鄂君啓節考》，收錄於《文物精華》第二集，北京：文物出版社出版，1963年4月第一版，53頁。

[86] 詳見張光裕先生主編、袁國華先生合編《郭店楚簡研究　第一卷　文字編》，台北市：藝文印書館出版發行，1999年(民國88年)元月初版，223頁-224頁。

[87] 荊門市博物館編《郭店楚墓竹簡》，北京：文物出版社出版發行，1998年5月第一版，152頁。

因此，只能暫將此結構分作兩個部件來看，不過，金文與古璽中分別有「敬」字形構與此結構相當類似者，作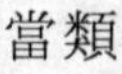（師克盨）、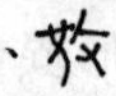（《璽彙》3655），故若暫不論其音義來源，則此處所舉五個字例爲「敬」字異構之可能性是相當大的。惟「敬」字形構早出，透過歷時性與共時性之比較，可初步推知，簡文此處可能爲「敬」字異構之形構發展序列爲：

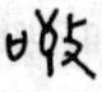（對罍）→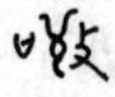（元年師旋簋）→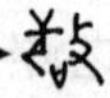（克鼎）→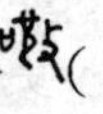（師克盨）、（《璽彙》3655）、郭店楚簡《五行》簡 22、28、31、36、36「敬」字

但需注意的是，楚系「敬」字之形構與以上所舉郭店五個字例並不甚相同，推測其基本演變序列爲：

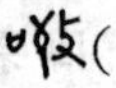（對罍）→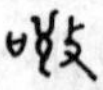（元年師旋簋）→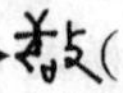（克鼎）→（吳王光鑑）→（《璽彙》5033）、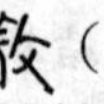（楚帛書乙）→（《璽彙》5046）、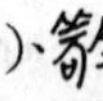（郭店楚簡《緇衣》簡 20）、（郭店楚簡《成之聞之》簡 8）→（郭店楚簡《語叢》二簡 2）

透過簡文五字例與楚系「敬」字推測形構演變序列之比較，可知簡文五字例雖有「敬」字之形構發展特徵，但實際上與楚系「敬」字之形構發展情況並不甚相同，因此，有必要對簡文五字例之釋讀作更進一步之解釋。對照傳世典籍，簡文句式與文意多有相應之處，例如：

1.郭店《五行》簡 28：「安而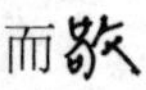之，禮也」，與《禮記‧表記》：「君天下，生無私，死不厚其子，子民如父母，有憯怛之愛，有忠利之教，親而尊，安而敬，威而愛，富而有禮，惠而能散」相對應。

2.郭店《五行》簡 31：「行而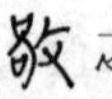之，禮也」，與《尚書‧臯陶謨》：「亂而敬。」孔傳：「亂，治也。有治而能謹敬。」相對應。

可知簡文此類字例當可讀爲「敬」，《釋名》：「敬，警也，恆自肅警也。」《玉篇》：「敬，恭也、慎也。」簡文「敬」當从此類用義。

而「敬」上古音系屬見母耕部，「兄」字則屬曉母陽部，二字聲母皆爲喉音，例可具相通之條件，但聲母則分屬耕部與陽部，韻尾相同，但主要元音不同，原則上應不構成聲符表音功能之要件，但在上古楚音系中，疑耕陽二部有所接觸，[88]，因此「兄」字勉可算是表音聲符部件；値得注意的是，從前面所列之「敬」字構形演變序列中，可知「敬」字在楚系文字中，其結構有聲化爲「羌」之傾向，「羌」，上古音系屬溪母陽部，其音系與「兄」接近，故據此認定「羌」亦爲「敬」之聲符部件之一。既然「兄」「羌」二聲符部件與本字之音韻並不十分密合，則或不排除此字組聲符替換之動機當方音爲最主要因素。

伍、結論

透過以上之初步分析，可以影響楚系聲符替換結構之最大因素，仍以方音

[88] 詳見周鳳五先生著〈郭店楚簡識字札記〉，載《張以仁先生七秩壽慶論文集》，臺北市：臺灣學生書局出版，1999 年 1 月初版，356 頁-357 頁；拙著〈郭店楚簡“槃”字形構新釋〉，《中國文字》，2001 年 12 月初版。

爲主，再其次則爲字源用字的問題，初步印證了之前所提到學者們對聲符替換結構最普遍之看法，尤其本文是以非屬同一諧聲系統之同字異構群爲研究範圍，更突顯出聲符假借之實際情況。但若欲對聲符替換結構作更全盤之考釋與分析，其所涉及之方法與資料，絕非僅僅如此而已。實則聲符替換結構仍屬一尙未完全開發之研究領域，冀能藉由本文之提出，而收拋磚引玉之效，並更盼能獲得學者先進之多方指正。

參考文獻

《十三經注疏》，北京市：北京大學出版社出版，民國 88 年

《康熙字典》，台北市：文化圖書公司出版，民國 83 年

于省吾（民國 52 年）　〈『鄂君啓節』考釋〉，《考古》1963 年第 8 期

孔仲溫（民國 89 年）　〈郭店楚簡《緇衣》字詞補釋〉，安徽大學右文字研究室編《古文字研究》第二十二輯，北京：中華書局出版發行

王力（民國 80 年）　《同源字典》，台北市：文史哲出版社出版

王輝　《古文字通假釋例》，台北：藝文印書館

王光鎬(民國 74 年）〈正足不同源楚楚不同字補正—兼答段渝、張君二同志〉，《江漢考古》1985 年第 2 期

白於藍（民國 88 年）　〈《包山楚簡文字編》校訂〉，載《中國文字》新廿五期，台北市：藝文印書館出版發行

阮元等（清）(民國 71 年）　《經籍纂詁》，北京：中華書局出版

何琳儀（民國 78 年）　《戰國文字通論》，北京：中華書局出版

何琳儀（民國 87 年）　《戰國古文字典—戰國文字聲系》，北京：中華書局出版

李方桂（民國 69 年）　《上古音研究》，北京：商務印書館出版

李家浩（民國 85 年）　〈信陽楚簡中的“柿枳”〉，載李學勤先生主編、中國社會科學院簡帛研究中心編輯《簡帛研究》第二輯，北京：法律出版社出版發行

李家浩（民國 87 年）　〈南越王墓車馹虎節銘文考釋〉，載廣東炎黃文化研究院、紀念容庚先生百年誕辰暨中國古文文字學學術研討會合編《容庚先生百年誕辰紀念文集（古文字研究專號）》，韶關市：廣東人民出版社出版發行

李零（民國 88 年）　〈讀《楚系簡帛文字編》〉，收錄於中國文物研究所編《出土文獻研究》第五集

李零（民國 81 年）　〈上海楚簡校讀記（之二）:《緇衣》〉，簡帛研究網

李玉（民國 83 年）　《秦漢簡牘帛書音韻研究》，北京市：當代中國出版社出版發行

李存智（民國 84 年）　《秦漢簡牘帛書之音韻學研究》，國立臺灣大學中國文學研究所博士論文

周鳳五（民國 88 年）　〈郭店楚簡識字札記〉，載《張以仁先生七秩壽慶論文

集》，臺北市：臺灣學生書局出版
故宮博物院、羅福頤（民國 70 年）　《古璽匯編》，北京：文物出版社出版發行
故宮博物院、羅福頤（民國 70 年）　《古璽文編》，北京：文物出版社出版發行
夏竦（宋）（民國 67 年）　《古文四聲韻》，台北市：學海出版社出版發行
容庚編著、張振林、馬國權摹補（民國 74 年）　《金文編》，北京：中華書局出版發行
荊門市博物館（民國 87 年）　《郭店楚墓竹簡》，北京：文物出版社出版發行，1998 年 5 月第一版
徐中舒（民國 77 年）　《漢語古文字字形表》，台北市：文史哲出版社出版
馬承源（民國 90 年）　《上海博物館藏戰國楚竹書（一）》，上海：上海古籍出版社出版
高亨（民國 78 年）　《古字通假會典》，濟南：齊魯書社出版發行
許慎（東漢）、段玉裁注（清）　《說文解字》，台北市：書銘出版公司發行，1994 年（民國 83 年）10 月七版
商承祚（民國 52 年）　《鄂君啓節考》，收錄於《文物精華》第二集，北京：文物出版社出版
商承祚（民國 68 年）　《說文中之古文考》，臺北市：學海出版社發行
商承祚（民國 84 年）　《戰國楚竹簡匯編》，濟南：齊魯書社出版發行
郭錫良（民國 75 年）　《漢字古音手冊》，北京：北京大學出版社出版
梁東漢（民國 48 年）　《漢字的結構及其流變》，上海市：上海教育出版社出版
許進雄　〈釋御〉，《中國文字》第 12 期
許學仁師　《古文四聲韻古文研究—古文合證篇》，待刊稿
張光裕、袁國華（民國 88 年）　《郭店楚簡研究　第一卷　文字編》，台北市：藝文印書館出版發行
張光裕、袁國華（民國 81 年）　《包山楚簡文字編》，臺北縣：藝文印書館
黃錫全（民國 79 年）　《汗簡注釋》，武漢大學出版社出版
黃錫全（民國 81 年）　《湖北出土商周文字輯證》，武昌：武漢大學出版社出版發行
黃德寬（民國 85 年）　《古漢字形聲結構論考》，吉林大學博士學位論文
黃德寬、徐在國（民國 87 年）　〈郭店楚簡文字考釋〉，載《吉林大學古籍整理研究所建所十五周年紀念文集》，吉林大學出版社出版
陳偉（民國 81 年）　〈上博、郭店二本《緇衣》對讀〉，簡帛研究網
黃盛璋（民國 75 年）　〈戰國"江陵"璽與江陵之興起因革考〉，《江漢考古》1986 年第 1 期
黃文杰（民國 87 年）　〈秦漢時期形聲字音近聲符換用例析〉，《中山大學學報（社會科學版）》，1998 年第 3 期
許文獻（民國 90 年）　《戰國楚系多聲符字研究》，國立彰化師範大學國文研究所碩士論文
許文獻（民國 90 年）　〈郭店楚簡"綠"字形構新釋〉，《中國文字》，2001 年

12 月初版
湖北省文物考古研究所與北京大學中文系（民國 84 年）　《望山楚簡》，北京：中華書局出版
湖北省文物考古研究所、北京大學中文系編（民國 89 年）　《九店楚簡》，北京：中華書局出版發行
湯餘惠（民國 72 年）　〈戰國文字考釋（五則）〉，《古文字研究》第十輯
湯餘惠　〈包山楚簡讀後記〉，中國古文字研究會第九屆學術討論會論文
雲惟利（民國 62 年）　《漢字演變過程中聲化趨勢的研究》，南洋大學研究院亞州人文研所碩士學位論文
裘錫圭（民國 83 年）　《文字學概要》，台北市：萬卷樓圖書公司發行
董同龢（民國 63 年）　〈與高本漢先生商榷"自由押韻"說兼論上古楚方音特色〉，載丁邦新先生編《董同龢先生語言學論文選集》，食貨出版社出版
詹鄞鑫（民國 84 年）　《漢字說略》，台北市：洪葉文化事公司發行，1995 年 12 月初版
廖名春（民國 80 年）　《新出楚簡試論》，臺北市：臺灣古籍出版公司出版
滕壬生（民國 84 年）　《楚系簡帛文字編》，武漢：湖北教育出版社出版發行
鄭珍（清）、鄭知同（清）（民國 80 年）　《汗簡箋正》，臺北：藝文印書館發行
劉信芳（民國 87 年）　〈从夋之字匯釋〉，載廣東炎黃文化研究院、紀念容庚先生百年誕辰暨中國古文文字學學術研討會合編《容庚先生百年誕辰紀念文集（古文字研究專號）》，韶關市：廣東人民出版社出版發行
劉信芳（民國 89 年）　〈郭店竹簡文字考釋拾遺〉，《江漢考古》2000 年第 1 期
劉釗先生著《古文字構形研究》，吉林大學博士論文
劉釗　〈包山楚簡文字考釋〉，中國古文字研究會第九屆學術討論會論文
鄭剛（民國 77 年）　〈戰國文字中的「陵」和「李」〉，中國古文字研究會成立十周年學術研討會論文
劉樂賢（民國 91 年）　〈讀上博簡札記〉，簡帛研究網
劉國勝（民國 88 年）　〈郭店竹簡釋字八則〉，《武漢大學學報（哲學社會科學版）》1999 年第 5 期
劉宗漢（民國 72 年）　〈金文札記三則〉，《古文字研究》第十輯
顏世鉉（民國 86 年）　《包山楚簡地名研究》，國立臺灣大學中國文學研究所碩士論文
顏世鉉（民國 88 年）　〈郭店楚簡淺釋〉，載《張以仁先生七秩壽慶論文集》，臺北市：臺灣學生書局出版
饒宗頤　《戰國楚簡箋證》油印本，出版編目資料不詳

西周金文「其」字中的「丌」形偏旁研究

乃俊廷

（靜宜大學中國文學碩士班研究所）

提要

西周金文以降「其」字中「丌」形偏旁的意義，前輩學者從字形、字音的角度出發，大抵得出三種意見，分別爲：後加聲符、後加形符，以及亦聲說三類。本文排列、分析字形的結果，認爲「其」字中「丌」形偏旁原爲牆始、基下之義，西周中葉以後常常作爲虛字的「其」字字形，實乃「基」之本字。將本義爲「基」的「其」字假借爲虛字，正與將殷商甲骨文中本義爲「箕」的「㠯」字假借爲虛字一般。「其」字的本義並非「箕」，而是「基」。

關鍵詞：甲骨；金文；西周；其；丌

壹、前言

從殷商甲骨文到西周早期的青銅器銘文中，大量的虛字「其」多作「⊠」、「⊠」等形，皆取象簸箕之形貌。西周中期以降的金文，「⊠」、「⊠」諸字漸漸於下部增添偏旁「一」、「=」、「六」等形，也就是「丌」字所本。[1]向光忠謂：「⊌下增一或--或＝或=或六或丌，乃是逐漸轉化的。」[2]這也就是目前「其」字字形的由來。象形的「其」字何以要增添「一」、「=」、「六」等形？歷來學者的意見頗爲分歧，本文透過殷周甲金文的材料與《說文解字》(以下簡稱《說文》)的解釋相互比較，對此文字的演變，在前人的研究基礎上略抒己見，盼能有進一步的釐清。

貳、「其」字中「丌」形偏旁的諸家意見

在殷商時期，甲骨文中大量的虛字「其」實爲一假借字，裘錫圭云：「在古漢語裡，常用的語氣詞『其』是用音近詞『箕』的象形字『⊌』來記錄的。」[3]雖然不見「其」字作本義理解的字例，但是當它作爲偏旁時則可明瞭其所取象的正是簸箕之形。猶如「𡙁」[4]、「𢆶」[5]等字，前者爲晚期卜辭的田狩地名，該字即「象雙手持箕棄除穢物之形。」[6]後者卜辭雖然殘泐，然「卜」字之前應爲

---

[1]爲了行文的方便，凡是文中作爲虛字的「其」字皆暫已現行之隸定「其」字字形代替，如有標示不同「其」字字形之需要，則另以古文字字形或隸定字區別之。「其」字下部增添的「一」、「--」、「＝」、「=」、「六」、「丌」諸形，若非必要，亦皆以隸定字形「丌」代替。

[2] 向光忠：〈考文字之孳乳，溯形聲之濫觴〉，《文字學論叢》第一輯，182頁。長春：吉林文史出版社，民國90年版。

[3] 裘錫圭：《文字學概要》，5頁。台北：萬卷樓圖書有限公司，民國84年版。

[4] 例如《甲骨文合集》(以下簡寫作《集》)10956：「貞：獸勿至于𡙁？九月」

[5] 《集》17961：「☐𢆶卜☐」

[6] 徐中舒：《甲骨文字典》，438-439頁。成都：四川辭書出版社，民國84年版。

人名或地名，該字亦「象僕童持箕打掃之形。」[7]據此可知「𠀠」字偏旁作爲簸箕之義在甲骨文中皆有字例可尋。今日所見殷商甲骨文中未嘗有「𠀠」字作本義使用的情形，可能只是礙於卜辭性質所限，這並不影響我們對於「𠀠」字象簸箕之形的理解。

兩周時期，銘文中亦大量可見「其」字假借作虛字者。西周早期金文仍以不从「丌」的「𠀠」形爲主，西周中期以降从「丌」的「其」字則漸漸增加[8]。關於「丌」形偏旁出現的原因，歷來學人在《說文》的基礎上發展出「聲符說」、「形符說」與「亦聲說」三種看法，大致區分如下：

一、「丌」為後加聲符：

《說文·箕部》云：「箕所以簸者也。从竹𠀠，象形。丌其下也。凡箕之屬皆从箕。𠀠古文箕，𠀠亦古文箕，𠀠亦古文箕。𠀠籀文箕，匚籀文箕。」[9]雖然《說文》未嘗言从「丌」得聲，但是從聲符的角度加以解釋亦不乏其說，例如：徐灝云：「其从丌聲。」[10]饒炯云：「籀文作其，則从𠀠加六聲。」[11]高鴻縉云：「按𠀠原象編竹之形，後加丌爲聲符作𠀠。」[12]。「丌」爲「𠀠」字的後加聲符的說法得到許多學者的承認。

二、「丌」為後加形符：

部分文字學家則抱持不同的意見，他們不認爲「丌」是個聲符，而是一個表意的形符。例如：羅振玉云：「其字初但作𠀠，後增丌，於是改象形爲會意。」[13]單周堯云：「丌聲之說，實有可商，……謂其以物薦之尙可，謂其從丌聲則不可也。」[14]向光忠云：「『其』於『𠀠』下增『丌』，並非增聲，原是增形。『𠀠』增『丌』爲『其』與增『乚』或『匚』爲『𠀠』或『匧』同屬增形顯義。」[15]「丌」爲形符的看法雖然不同於往，但是提出此說的學者們並未再進一步的說明，何

---

[7] 朱歧祥師：《殷墟甲骨文字通釋稿》，374頁。台北：文史哲出版社，民國78年版。

[8] 以馬承源：《商周青銅器銘文選》第三冊爲例，西周早期銘文中出現「其」字或「其」字偏旁的29個字例中，不从「丌」的有27個，已佔全部的93.1%；西周中期銘文全部221個字例中，不从「丌」的有191個，佔全部的86.4%；西周晚期銘文全部150個字例中，不从「丌」的有105個，降至全部的70%。東周以降从「丌」者大量增加。

[9] 許慎撰、段玉裁注：《說文解字注》，201頁。台北：藝文印書館，民國78年版。在此依據段注本《說文解字》。「丌其下也」一句其下段注云：「四字依韻會本，今各本丌下互譌。」其它版本，例如大徐本作「下其丌也」。

[10] 徐灝：《說文解字注箋》。引自丁福保編：《說文解字詁林》第六冊，2001頁。台北：台灣商務印書館，民國65年版。

[11] 饒炯：《說文解字部首訂》。引自丁福保編：《說文解字詁林》第六冊，2002頁。台北：台灣商務印書館，民國65年版。

[12] 高鴻縉：《字例》二篇，138-139頁。引自周法高主編：《金文詁林》第六冊，2840頁。香港：香港中文大學，民國63年版。

[13] 羅振玉：《增訂殷虛書契考釋》卷中，48頁。台北：藝文印書館，民國70年版。

[14] 單周堯：〈讀王筠《說文釋例·同部重文篇》札記〉，《古文字研究》第十七輯，380頁。北京：中華書局，民國78年版。

[15] 向光忠：〈考文字之孳乳，溯形聲之濫觴〉，《文字學論叢》第一輯，183頁。長春：吉林文史出版社，民國90年版。

以「𠀠」字還要增加「丌」形偏旁的理由。段玉裁對此亦難以圓說，他在「𠀠古文箕」一句之下注語說到：「象形不用足，今之箕多不用足者。」段氏所言秉持著注不破經的原則，對於「丌」旁爲何並無多說，他隱約認爲「丌」是「𠀠」之足，既然「箕」字《說文》古文作「𠀠」誠屬象形，籀文作「𠔎」所从之「丌」則無法自圓其說。事實上，後世簸箕大抵正象此形，古今差別不大，皆無在簸箕之上增添雙足的必要，亦無此形貌之器。段氏無法正面反駁籀文「𠔎」所从之「丌」形偏旁，只好反過來肯定後世的簸箕正好與古文象形的「𠀠」字相同，其用心良苦，可見一斑。

三、　「丌」為亦聲的後加形符：

另外，有的學者則以亦聲說調和兩造意見，例如：朱駿聲認爲：「其……簸也。从竹𠀠，象形。下其丌也。按：丌亦聲」[16]

諸家意見實難與《說文》契合，許慎只於《說文》記道「丌其下也」，並沒有說「丌」爲聲。究竟「丌」的意思爲何？《說文》在「箕」字之後緊接著又收錄「丌」字，其謂：「丌下基也。荐物之丌，象形。」[17]而該部部首「丌」字所領屬的「典」、「畀」、「奠」諸字皆具有荐物之意，許慎分別解釋如下：

> 典　五帝之書也。从冊在丌上，尊閣之也。
> 畀　相付與之約在閣上也。
> 奠　置祭也。從酋。酋，酒也。丌其下也。禮有奠祭。

將「冊」、「酋」置於丌上，皆與廟堂之間的祭祀或儀節有關。與此祭祀行爲相似的另可見俎器，馬承源謂：「俎是用以切肉、盛肉的案子，亦爲禮器，其用每與鼎豆相連。《周禮・膳夫》載：『王日一舉，鼎十有二，物皆有俎』，《禮記・燕義》說：『俎豆牲體，荐羞，皆有等差，所以明貴賤也。』」[18]出土青銅俎的正視形就像金文中的「丌」字，雖然俎器未必就是「丌」本身，但是兩者用以荐物的功能則是相同的。然而，將「所以簸者」的象形「𠀠」字以下增添一「丌」形偏旁實無道理，盛土除穢的簸箕與典雅莊重的祭儀更是無關。增添「丌」形偏旁的「其」字意義爲何？則值得深入探究。

參、「其」字中「丌」形偏旁的原由

商承祚對《說文》古文的見解給了我們很好的指引，其謂：

> 案𠀠象箕形，甲骨文金文多作𠀠𠀠，又或作𠀠。上爲舌，下及左右爲郭，其交叉者，以郭含舌，舌乃固也，亦象其編織之文理。甲骨文又

---

[16] 朱駿聲：《說文通訓定聲》，142 頁。台北：世界書局，民國 74 年版。
[17] 許慎撰、段玉裁注：《說文解字注》，201 頁。台北：藝文印書館，民國 78 年版。
[18] 馬承源：《中國青銅器》，169 頁。上海：上海古籍出版社，民國 85 年版。

作[illegible]王孫鐘同[illegible]，一者地也，乚者室隅也，所以示地及隅者。箕用以糞穢，明其設置之處也。又作[illegible]，从廾，象以手簸也。金文整齊之作[illegible]，殳季良父壺、沈兒鐘以爲从丌，遂有下基之訓。[19]

商氏的這段文字有三個主要議題：首先，對於「其」字所象的簸箕形貌有具體的描述。其次，關於「丌」形偏旁由「[illegible]」演變而來的說法則明顯有誤，張日昇反駁道：「商承祚謂丌乃整齊[illegible]而爲之，亦恐非。古文箕从廾，甲骨文亦有如此作，金文从卂與以同意。」[20]張氏的意見大抵是正確的，金文中从廾的偏旁可分別作兩手上拱之「[illegible]」，亦可作相連之「[illegible]」，這樣的例證很多，如下表：

偏旁／字例	[illegible]	[illegible]
登	[illegible]（五年師旋簋）	[illegible]（散盤）
具	[illegible]（函皇父盤）	[illegible]（曶鼎）
僕	[illegible]（史僕壺）	[illegible]（呂仲僕爵）
丞	[illegible]（追承卣）	[illegible]（小臣遽簋）
彝	[illegible]（作父戊簋）	[illegible]（甚鼎）
尊	[illegible]（立鼎）	[illegible]（乍寶尊彝尊）

前者作兩手上拱之「[illegible]」，後者作相連之「[illegible]」，在金文中是常見的情形。但是我們上述的「其」、「典」、「奠」諸字則無作「[illegible]」的偏旁，字例如下表：

偏旁／字例	二(═)	六
其	[illegible]（犀尊）	[illegible]（師虎簋）
典	[illegible]（井侯簋）	[illegible]（召伯簋）
奠	[illegible]（智簋）	[illegible]（弔向簋）

據此，足見古文字中从「廾」與从「丌」判然有別，絕不相混。金文中不見从「廾」([illegible])的「其」字，因此，商氏對於「丌」的由來認知有誤，張氏反駁的意見相當可取。

最後，商氏於文章中認爲甲骨文「[illegible]」、「[illegible]」等字所从的「一」、「乚」偏旁分別象地表與室隅，此一見解對於我們重新認識「其」字中「丌」形偏旁的由來有重要的意義。商氏對於「[illegible]」、「[illegible]」等字的出處並無交代，「[illegible]」字形於李孝定之《甲骨文字集釋》中有徵引一例，出於《前》6.57.5 一版[21]。但是目前所見甲骨亦只此一見，《殷墟卜辭綜類》、《殷墟甲骨刻辭摹釋總集》等工具書亦

[19] 商承祚：《說文中之古文考》41 頁。台北：學海出版社，民國 68 年版。
[20] 引自《金文詁林》第六冊，2841 頁。香港：香港中文大學，民國 63 年版。
[21] 李孝定：《甲骨文字集釋》第五卷，1577 頁。台北：中央研究院歷史語言研究所，民國 80 年版。《前》爲羅振玉所輯《殷虛書契前編》簡稱。

皆徵引作「⊠」，不見「一」筆於「⊠」下，因此，商氏、李氏所謂甲骨「⊠」字之形恐怕不可盡信。對於「凶」字，卜辭中有以下三例：

《集》6063　　己丑凶死。

《集》17089　　☒貞：凶不死？

《集》18493　　癸未卜，□貞：凶☒？

根據《集》6063、《集》17089 等辭可以得知，「凶」、「凶」應為人名。甲骨卜辭中常透過正反對貞型式貞問某人死或不死，例如：

《集》17081　　☒雀不死？

　　　　　　　☒雀其死？

《集》17084　　貞：𠃬不死？

　　　　　　　貞：𠃬其死？

「雀」、「𠃬」皆為人名，《集》17089 與上述卜辭相同，應為其中的否定問句。《集》6063 則有可能是驗辭，例如：

《集》10405　　癸未卜，㱿貞：旬亡𡆥？王固曰：往乃茲有祟。六日戊子子彈死，一月。

《集》17076　　癸丑卜，㱿貞：旬亡𡆥？王固曰：有祟。五丁巳□死。

「子彈」、「(子)□」皆為人名，上述驗辭句型皆作「某人+死」，與命辭肯定問句作「某人+其+死」有別。命辭多了不定語氣詞「其」，驗辭則不見「其」字，因此，《集》6063 應該是驗辭。

前面張氏已經辨析了商氏認為金文「丌」形乃規整「廾」形而來的謬誤。我們認為金文「丌」形的來源不是「廾」形，而正好就是商氏所謂甲骨文「凶」字所从的「乚」偏旁。

一、　甲骨文「凶」字所从「乚」形偏旁的構形

在甲骨文中與「乚」偏旁相關的字，分別是「医」、「匡」、「彐」三字。以下逐一討論這三個字所从的「コ」、「匚」、「乚」、「亅」偏旁與「乚」的關係，分述如下：

1. 「医」該字作為「第四期卜辭中將領，處於殷西。」[22]例如：

《集》19754　　己未卜，叶貞：医隻羌？

《集》20191　　辛未卜，王貞：隹医其受年，今來𢦏？

《集》20194　　甲寅卜，自☒叀医令？

《集》20199　　辛酉卜，医其隹☒𡆥？

透過上述的句例，可以清楚看到，「医」字可从「コ」(《集》19754)、从「匚」(《集》20191)，或是从「乚」(《集》20194)、从「亅」(《集》20199)。「医」作為專有名詞，「コ」、「匚」與「乚」、「亅」彼此意義相同，只是形構左右繁簡不一。數量上則以形構簡略的「乚」、「亅」等形較為常見[23]。

---

[22] 朱歧祥師：《殷墟甲骨文字通釋稿》，170 頁。台北：文史哲出版社，民國 78 年版。

[23] 依據《殷墟甲骨刻辭類纂》中冊，527 頁列舉「医」字 33 例中，从「コ」、「匚」等，形構

2. 「匩」該字「从羊置於㔾中，示用羊祭奠廟主。」[24]例如：

〈集 15948〉　辛丑卜，㱿貞：勿隹王匩缶？

《集》15949　⊠叀匩缶？

《集》18652　⊠令匩⊠？

《英》721　癸酉卜，王匩，隹入于商？

⊠匩⊠

「匩」字所从「匚」形偏旁以複筆的「匚」、「㔾」爲常見，但是也可簡作單筆的「コ」，二者運用無別。[25]

3. 「㔾」該字「讀如方，即祊字；乃放置宗廟主之處。」[26]卜辭可見「匚示」一辭例，同時亦有「𠀀」合文的用法，例如：

《集》150　貞：其入虫匚示若？

貞：勿虫匚？

《集》1161　貞：勿⊠虫自上甲⊠𠀀？

由分書的「匚示」與合文的「𠀀」互見的情形，可以知道「祊」字於甲骨文中複筆、單筆運用，部分情況之下二者運用無別。[27]

反觀我們所要討論的「凶」字，雖然目前所見該字三個甲骨文字例皆从「乚」或「⅃」，無一作「乚」或「⅃」者，但是經由上述「匜」、「匩」、「𠀀」等字複筆、單筆無別的通則。「凶」字所从的「乚」或「⅃」形偏旁亟有可能與「乚」或「⅃」者有密切關係。

二、　甲骨金文「其」字所从「丌」形偏旁的意義

卜辭中有一地名作「⊠」[28]，裘錫圭認爲該字「正象持物樹立于「乚」之內。所樹之物似是木柱一類東西。」[29]他雖然沒有進一步說明「乚」所象爲何，但是由其將〈小臣⊠鼎〉首句解釋作「召公⊠(建)匽」的「建」字，以及所徵引觚銘之族徽「⊠」，皆象工人版築於牆始之形。朱歧祥師謂該字：「象人手持長杖開鑿泥土之形。乚示崖邊形。」[30]「乚」形偏旁於該字之中可以理解爲《說文》所言的「牆始」[31]或崖邊，標示出建築行爲發生的處所。甲骨文另有一「⊠」字，該字「从人藏於乚；乚象岩穴。讀若隱，匿也。」[32]其所象「乚」形亦與

較繁者僅 5 例；其餘 28 例从形構較簡略的「乚」、「⅃」等形。

[24]朱歧祥師：《殷墟甲骨文字通釋稿》，292 頁。台北：文史哲出版社，民國 78 年版。

[25] 依據《殷墟甲骨刻辭類纂》中冊 845 頁列舉「匩」字 6 例中，僅 1 例作單筆的「コ」形，其餘 5 例皆作複筆的「匚」、「㔾」等形。

[26]朱歧祥師：《殷墟甲骨文字通釋稿》，291 頁。台北：文史哲出版社，民國 78 年版。

[27] 大量卜辭顯示，「祊」字作動詞使用時皆作複筆的「匚」、「㔾」等形；作「三報二示」的祭祀對象時則皆作單筆的「匚」、「コ」。

[28] 《集》36908：「⊠王卜才⊠⊠才二月。」

[29] 裘錫圭：〈釋建〉，《古文字論集》，353-356 頁。北京：中華書局，民國 81 年版。

[30] 朱歧祥師：《殷墟甲骨文字通釋稿》，21 頁。台北：文史哲出版社，民國 78 年版。

[31] 許慎撰、段玉裁注：《說文解字注》，691 頁云：「亖牆始也。」台北：藝文印書館，民國 78 年版。

[32] 朱歧祥師：《殷墟甲骨文字通釋稿》，40 頁。台北：文史哲出版社，民國 78 年版。

前者相仿，或爲人工的牆垣，或爲自然的崖壁。

根據對於上述「𠂤」、「𠃊」兩字所从的「凵」形偏旁的認識，回到我們所要討論的「∟⊠」字上頭，該字所从的「∟」也就是「凵」的複筆寫法，兩者意義相同。而「∟⊠」所象的即是簸箕置於牆始凹穴之處，引申出有基下的意思。又《說文・箕部》載：「箕……匚籒文箕。」[33]籒文「匚」字所从之「匚」，亦即甲骨文中「∟⊠」、「⊠」之「∟」、「」」等形。「其」字或借爲語詞，於是始造从「土」的「基」字以別之。傳世文獻亦有「基」作「其」者，例如：「《書・立政》：『以並受此丕丕基。』《漢石經》丕丕基作不不其。」[34]

晚殷青銅器〈六祀邲其卣〉銘文有作：「乙亥邲⊠易乍冊……。」其中「邲⊠(其)」爲作器者之名，在〈二祀邲其卣〉與〈四祀邲其卣〉中，「其」字作「⊠」，其下皆不从「一」。「⊠」與「⊠」分別代表了一字的分化，後者則是甲骨文「∟⊠」字演化的結果，「一」形偏旁爲「∟」形偏旁之簡省。「⊠」象簸箕之形，甲骨文多假借作爲虛字使用；「∟⊠」、「⊠」象簸箕置於牆始凹穴之處，引申有牆始、基下的意思，也就是「基」字的初文。將置簸箕之牆始、基下處稱爲「基」，較之與祭祀相關的荐牲祭儀，更顯得合理。殷商甲骨文中的「∟⊠」、晚殷金文的「⊠」與西周金文的「𠀠」、「𠔁」等字，其本義應該就是「基」。而「二」、「丌」形偏旁則是由「∟」、「一」形偏旁演變而來。

「∟⊠」、「⊠」兩字皆是會意字，又由於該字造字之初取象簸箕置於牆始之形，於是竊以「甘」字爲聲。《說文・丌部》載：「丌……讀若箕同。」[35]《說文・土部》載：「基……从土其聲。」[36]根據段玉裁的上古音分部，「其」、「箕」、「丌」、「基」同屬第一部居之切，从「其」得聲，音韻皆相同。前人或許因爲「其」、「丌」音相同，即便誤認「丌」爲後加之聲符，殊不知「甘」本身才是字音的來源。因此，甲骨文如果可以假借意義爲簸箕的「甘」字作爲虛字，金文改以假借意義爲牆基的「其」字作爲虛字亦無不可。

總結上文，「其」字的字形演變如次：

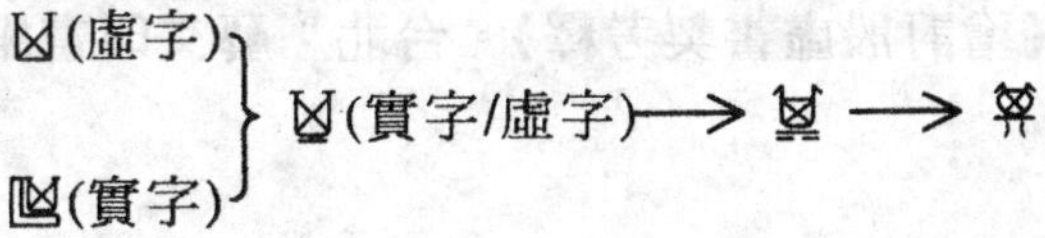

肆、結論

藉此，我們可以清楚知道文章一開始提及西周中期開始虛字「甘」逐漸增添「一」、「二」、「六」等偏旁的情形，並不是文字學上單純增加聲符或形符的文字演變，而是語言使用之際改以另一聲音相同的字作爲假借的用法，「甘」或「其」字之本義雖然不同，前者爲簸箕，後者爲牆基，但是兩者同樣假借作爲虛字的本質並無改變。前賢的解釋多從文字演變的角度出發，較少顧及語言使

[33] 許慎撰、段玉裁注：《說文解字注》，201 頁。台北：藝文印書館，民國 78 年版。
[34] 高亨：《古字通假會典》，377 頁。濟南：齊魯書社，民國 86 年版。
[35] 許慎撰、段玉裁注：《說文解字注》，201 頁。台北：藝文印書館，民國 78 年版。
[36] 許慎撰、段玉裁注：《說文解字注》，691 頁。台北：藝文印書館，民國 78 年版。

用的問題，因此易流於想當然耳的臆測。本爲透過甲金文字字形的比較，對於先秦虛字「其」的「丌」形來由作一交代，認爲西周金文以降以「其」代替「𠀠」字的主要原因只是假借來源不同，應是比較可信的說法。

伍、參考文獻

一、 參考書目：

1. 丁福保：(民國 65 年)，《說文解字詁林》。台北：台灣商務印書館。
2. 朱歧祥師：(民國 78 年)，《殷墟甲骨文字通釋稿》。台北：文史哲出版社。
3. 朱駿聲：(民國 74 年)，《說文通訓定聲》。台北：世界書局。
4. 李孝定：(民國 80 年)，《甲骨文字集釋》。台北：中央研究院歷史語言研究所。
5. 周法高主編：(民國 63 年)，《金文詁林》。香港：香港中文大學。
6. 姚孝遂主編：(民國 81 年)，《殷墟甲骨刻辭類纂》。北京：中華書局。
7. 徐中舒：(民國 84 年)，《甲骨文字典》。成都：四川辭書出版社。
8. 馬承源： (民國 79 年)，《商周青銅器銘文選》。北京 ： 文物出版社。
9. 馬承源：(民國 85 年)，《中國青銅器》。上海：上海古籍出版社。
10. 高亨：(民國 86 年)，《古字通假會典》。濟南：齊魯書社。
11. 商承祚：(民國 68 年)，《說文中之古文考》。台北：學海出版社。
12. 許慎撰、段玉裁注：(民國 78 年)，《說文解字注》。台北：藝文印書館。
13. 郭沫若主編：(民國 81 年)，《甲骨文合集》。北京：中華書局。
14. 裘錫圭：(民國 81 年)，《古文字論集》。北京：中華書局。
15. 裘錫圭：(民國 84 年)，《文字學概要》。台北：萬卷樓圖書有限公司。
16. 羅振玉：(民國 70 年)，《增訂殷虛書契考釋》。台北：藝文印書館。

二、 參考期刊：

1. 向光忠：(民國 90 年)，〈考文字之孳乳，溯形聲之濫觴〉，《文字學論叢》第一輯，156～191 頁。長春：吉林文史出版社。
2. 單周堯：(民國 78 年)，〈讀王筠《說文釋例・同部重文篇》札記〉，《古文字研究》第十七輯，362～404 頁。北京：中華書局。

形聲字同形異字之商兌

蔡信發

銘傳大學應用中國文學系所教授

提要

先師寧鄉魯實先先生在《轉注釋義》提示文字因形體相同或相似而別造新字以別之，頗有卓見。筆者步武其轍，首先舉例說明聲符移位而義不變，乃一字之異體。次論聲符移位而別爲二字，乃先民統整使然。繼言聲符省減而義變，避免形渾，可證省聲之例，不容全面否定。終提出同形異字之檢別，可參以字義，辨以篆、隸之變，以定其去取。

關鍵詞：移位　省聲　隸省　形聲字　同形異字

壹・前言

先師寧鄉魯實先先生（以下省稱魯先生）在《轉注釋義》中列舉文字因形體相似或相同而另造新字以別之[1]，引發筆者進一步自《說文解字》中商兌此一問題。

貳・聲符移位而義不變

民國八十六年十二月十五日，筆者曾譔〈形聲字以聲符位置分類之商兌〉一文，指出形聲字的聲符移位，取決於不同的部首，又嬴秦後，篆文未嘗公令標準化，聲符位置勢呈多樣，據其聲符位置分類，自無準則與意義[2]。茲以段注本《說文》爲例，知其聲符位置改變而其義不變者，求之重文，有晰之作晳，李之作杍，怛之作悬，衃之作衇，覛之作脈；不屬重文，其字由後世移位者，有咊之作和，嗸之作嗷，讎之作讐，謷之作謸，謨之作謩，鞌之作鞍，翍之作翄，羣之作群，鵝之作鵞、鵞，槩之作概，棊之作棋，鄰之作隣，秌之作秋，夥之作夥，裠之作裙，裏之作裡，峨之作峩，慼之作慽，懕之作懨，愁之作愀，憾之作感，惕之作悬，慙之作慚，飆之作颷，坙之作坪，壟之作壠，略之作畧。凡此聲符位置改易，音、義未嘗改變，實是一字的異體。

參・聲符移位而別為二字

茲檢《說文》與上列諸字相反者，即聲符移位而變其義，另成一字。爰以

---

[1] 見修訂本、頁七五～七八。洙泗出版社。下同。

[2] 見《紀念魯實先先生逝世二十週年學術研討會論文集》、頁二九～三六。國立臺灣師範大學國文系所出版。

表列，以明其詳：

《說文》同形而聲符移位表

字例	《說　　文》
含 吟	含，嗛也。从口今聲（頁五六上左）。 吟，呻也。从口今聲（頁六一上右）。
柔 杼	柔，栩也。从木予聲。讀若杼（頁二四五下左）。 杼，機持緯者。從木予聲（頁二六五上右）。
龒 櫳	龒，房室之疏也。從木龍聲（頁二五八下右）。 櫳，檻也。從木龍聲（頁二七三上右）。
旰 旱	旰，晚也。从日干聲（頁三〇七下左）。 旱，不雨也。从日干聲（頁三〇八下左）。
袍 褒	袍，襺也。从衣包聲（頁三九五上左）。 褒，褁也。从衣包聲（頁三九六下右）。
忠 忡	忠，敬也。盡心曰忠。从心中聲（頁五〇七上左）。 忡，憂也。从心中聲（頁五一八下右）。
怡 怠	怡，龢也。从心台聲（頁五〇八下右）。 怠，慢也。从心台聲（頁五一四上左）。
惆 愚	惆，懽也。从心禺聲（頁五一二上右）。 愚，戇也。从心禺（頁五一四上右）。
忦 悈	忦，忽也。从心介聲（頁五一四下右）。 悈，憂也。从心介聲（頁五一七下左）。
慲 懣	慲，忘也。慲兜也。从心㒼聲（頁五一四下左）。 懣，煩也。从心滿（頁五一六下左）。
扯 掌	扯，捽也。从手此聲（頁六〇五下左）。 掌，積也。从手此聲（頁六〇八下左）。
鐓 鏊	鐓，矛戟柲下銅鐏也。从金敦聲（頁七一八上右）。 鏊，下𠂹也。……从金敦聲（頁七二一下左）。

上列諸字，構形全同，然因聲符位置布列不一，義隨之相異，分爲二字。究其旨，是在避免形渾。其與一字之異體相較，迥然有別，顯經先民統整使然。

肆・另造形聲以別渾

魯先生曾指陳《說文》有二形相同而義不一，使用易渾，就另造新字以別之[3]。茲就魯先生的論列，表列於后，知其梗概：

《說文》另造形聲別渾表

字例	《說　　文》	說　　解
諅 諆	諅，忌也。从言其聲（頁九九上右）。 諆，欺也。从言其聲（頁一〇〇上右）。	案：諅、諆同形，由諅而另造「忌」字，專訓「諅」義；由諆而另造「欺」字，專訓「諆」義，使二形區分，不致相渾。

[3] 見《轉注釋義》、頁七四～七八。

字例	《說　　文》	說　　解
韐 韐	，防汗也。从革合聲（頁一一一上右）。 ，鼙聲也。从鼓合聲。，古文鼛，从革（頁二〇八下右）。	案：韐、韐同形，就另造「鼛」字，專訓「鼙聲」，以示區別。
穧 穧	，穫刈也。一曰：撮也。从禾齊聲（頁三二八上左）。 ，稷也。从禾齊聲。，穧或从次作（頁三二五上左）。	案：穧、穧同形，就另造「粢」字，專訓「稷」義，以示區別。
裹 裸	，纏也。从衣果聲（頁四〇〇下左）。 ，但也。从衣羸聲。，嬴或从果（頁四〇〇上右）。	案：裹、裸同形，就另造「嬴」字，專訓「但」義，以示區別。
慨 慦	，忼慨也。从心既聲（頁五〇七下左）。 ，惠也。从心旡聲。，古文（頁五一〇下左）。	案：慨、慦同形，就另造「炁」字，專訓「惠」義，以示區別。
悍 悬	，勇也。从心旱聲（頁五一四上左）。 ，厶也。从三女。，古文姦。从旱心（頁六三二上左）。	案：悍、悬同形，就另造「姦」字，專訓「厶」義，以示區別。
涶 涶	，河津也。在西河西。从水垂聲（頁五四九上右）。 ，口液也。从口垂聲。，唾或从水（頁五六下右）。	案：涶、涶同形，就另造「唾」字，專訓「口液」，以示區別。
變 變	，慕也。从女䜌聲（頁六二八上左）。 ，順也。从心䜌聲。……，籀文嫡（頁六二四下左）。	案：變、變同形，就另造「嫡」字，專訓「順」義，以示區別。
垢 垕	，濁也。从土后聲（頁六九八下右）。 ，山陵之旱也。从厂从旱。，古文厚。从后土（頁五一四上右）。	案：垢、垕同形，就另造「厚」字，專訓「山陵之旱」，以示區別。
輟 輟	，車小缺復合者也。从車叕聲（頁五三五下左）。 ，捕鳥覆車也。从网叕聲。，罬或从車作（頁三五九下左）。	案：輟、輟同形，就另造「罬」字，專訓「捕鳥覆車」，以示區別。
院 院	，堅也。从𨸏完聲（頁七四三下左）。 ，周垣也。从宀奐聲。，寏或从𨸏完聲（頁三四二上左）。	案：院、院同形，就另造「寏」字，專訓「周垣」，以示區別。

案：諅之孳乳忌，諆之孳乳欺，韐之孳乳鼛，穧之孳乳粢，裸之孳乳嬴，慦之孳乳炁，悬之孳乳姦，涶之孳乳唾，變之孳乳嫡，垕之孳乳厚，輟之孳乳罬，院之孳乳寏，由於音、義未嘗轉移，魯先生認爲不合轉注的要件，所以只能算是一字的異體。

伍・聲符省減而變義

《說文》中有些形聲字，構形全同，爲示區別，省減聲符以別之。雖例證不多，然足見先民別渾的智慧和用心。李氏國英曾譔《說文省形省聲字研究》[4]，論說綦精，足資參稽。茲舉其例於后，以明其詳：

《說文》聲符省減別渾表

字例	《說　　文》	說　　解
灘	，水濡而乾也。从水鸛聲。……，俗灘从隹（頁五六〇上左）。	李氏國英《說文省形省聲字研究・序》有論及。 案：「漢」字不省聲，勢與灘字相渾；「汨」字不省聲，勢與溟字相渾。
漢	，漾也。東爲滄浪水。从水難省聲。，古文漢如此（頁五二七下右）。	
溟	，小雨溟溟也。从水冥聲（頁五六二下右）。	
汨	，長沙汨羅淵也。从水冥省聲（頁五三四下左）。	
淖（潮）	，水朝宗于海也。从水朝省（頁五五一上左）。 段注：《說文》無濤篆。葢濤即淖之異體。	淸王紹蘭《說文段注訂補》說：凡大波謂之濤，淖則水朝宗于海，潮則海水有朝夕。潮不能溷淖，濤亦不能溷潮。 案：潮、朝並收宎攝[5]，當作朝省聲。其聲不省，勢與潮水之潮相渾。
魦（鯊）	，魦魚也。出樂浪潘國。从魚沙省聲（頁五八五上右）。 段注：《詩・小雅》有鯊，則爲中夏之魚，非遠方外國之魚，明甚。	案：「魦」字不省聲，勢與鯊字相渾。

段玉裁首以《說文》省聲之說爲可疑[6]，此後附之者，不乏其人[7]。設若諸賢明悉上例，諒能有所修正，不致否定。

陸・同形異字的檢別

分別以一字之異體爲聲符的形聲字，若二字之義相同，則不得視同上例。如《說文》：「沄，轉流也。从水云聲。」[8]又「澐，江水大波謂之澐。人水雲聲。」[9]二字都以「水」形，以示其類別義；各以「云」、「雲」爲聲，以示其分別義。

[4] 景文書局出版。
[5] 見拙著〈曾運乾古音三十攝增補表〉。
[6] 見《圈點段注說文解字》、哭字注。頁六三下左。書銘出版事業有限公司。下同。
[7] 如近人邵君樸、唐蘭，分見《中央研究院歷史語言研究所集刊》、《天壤閣甲骨文存并考釋》。
[8] 見《圈點段注說文解字》、頁五五三上右。
[9] 見《圈點段注說文解字》、頁五五四上右。

云是雲之初文，雲是云之後起形聲字，略識字學者，均知是一字的異體。清儒王筠釋沄說：「泉原豐盛，勢必旋轉而流。」[10]水盛旋轉而流，其形如云，所以該字以「云」狀其態，屬比擬義，而澐義是「江水大波」，以雲狀水波之形，不論釋義或構形，都和「沄」一致，然則桂馥以「澐……通作沄」解之，視為二字[11]，不免失之，而朱駿聲以沄、澐為同字[12]，顯得其實。沄、澐既是一字，《說文》就不應分列二處，當歸澐於沄下為重文，或以沄為正篆，澐繫其下為重文。

至以一字之篆、隸分別作聲符的形聲字，不得以妄羼而視作同形異字。查段注《說文》本，土部有「堀」字，作「突」解，「从土屈聲」[13]。段注以「突為犬從穴中暫出。因謂穴中可居曰突，亦曰堀。俗字作窟」[14]。其說是。又各本《說文》土部有二篆：一為「堀」，作「突」解，「从土屈省聲」；一為「堀」，作「兔堀」解，「从土屈聲」，分為二字，段玉裁不以為然。因此，在「从土屈聲」下注說：「各本篆作堀，解作屈省聲，而別有堀篆，綴於部末，解云：兔堀也。从土屈聲。此化一字為二字，兔堀非有異義也。篆从屈，隸省作屈，此其常也。豈有篆文一省一不省，分別其義者？今正此篆之形，而刪彼篆。」徵以屈篆之隸省作**屈**，如掘之作**掘**，崛之作**崛**，無不皆是，的然可信，所以堀、堀原本一字，不得視為同形異字。因此，各本分別以作突解之篆為「堀」，以作兔堀解之篆為「堀」，顯是失考，而段氏之取堀而去堀，甚有見地。

柒・結語

綜覽上文，可知國字非一時一地一人之作，以致形呈多樣，此其一；先民統整聲符有道，能同中求異，此其二；國字孳乳有序，可不相渾淆，此其三；聲符省減有故，可雜而不亂，此其四；聲符省變有跡可尋，可明其去取，此其五。國字衍經數千年，在在顯示先人的巧思妙用，堪稱瑰寶，洵為國粹。

[10] 見《說文解字釋例》、頁二六七。北京中華書局。
[11] 見《說文解字義證》、頁九六六。北京中華書局。
[12] 見《說文通訓定聲》、頁七〇四。世界書局印行。
[13] 見《圈點段注說文解字》、頁六九二上右。
[14] 見《圈點段注說文解字》、頁六九二上右。

參考文獻

王紹蘭、（西元一九九一年）、《說文段注訂補》（北京）、北京文物出版社（浙江圖書館藏劉氏嘉業堂叢書原版重印）。

王筠、（西元一九八七年十二月第一版第一刷）、《說文解字釋例》（北京）、北京中華書局。

朱駿聲、（民國四十五年二初版）、《說文通訓定聲》（臺北）、世界書局。

李國英、（民國六十四年二月）、《說文省形省聲字研究》（臺北）、景文書局。

桂馥、（西元一九八七年七月第一版第一刷）、《說文解字義證》（北京）、北京中華書局。

唐蘭釋、王懿榮舊藏、（西元二〇〇〇年）、《天壤閣甲骨文存并考釋》（北京）、北京圖書館出版社。

許慎著、段玉裁注、（民國八十三年十月七版）、《圈點段注說文解字》（臺北）、書銘出版事業有限公司。

蔡信發、（民國八十六年十二月十五日）、〈形聲字以聲符位置分類之商兌〉、《紀念魯實先先生逝世二十週年學術研討會論文集》（臺北）、國立臺灣師範大學國文系所出版。

魯實先先生、（民國八十一年）、《轉注釋義》修訂本（臺北）、洙泗出版社。

《說文解字義證》引「本書」釋義淺析

柯明傑

義守大學共同科助理教授

提要

桂馥的《說文解字義證》(以下簡稱《義證》),在前清《說文》四大家中,被認爲是專佐許說,發揮旁通,資料宏富,態度客觀,述而不作,以博聞見長。雖然桂氏對於資料的搜羅類聚,貫穿條析,不遺餘力,但還是謹守「以本經解本經」的原則,所以在排比各類文獻證成《說文》時,有不少地方是以許君《說文》的內容作爲第一優先選擇的資料。本文所謂的「引本書」,即是指桂氏引用《說文》的資料來證成《說文》的情形。

綜觀桂氏《義證》引用《說文》作爲說解的資料,約有十四種類型,即:1.說字形、2.明字音、3.釋字義、4.定校勘、5.補遺文、6.證字之見用、7.證近義字之見用、8.證形誤而重出者、9.證假借用字、10.明句讀、11.說典籍異文、12.證連語用字之不同、13.明同詞而異義者、14.說字體之不同。

桂氏《義證》全書援引「本書」的資料,初步統計,約有二千餘例,其中又以「釋字義」者佔絕大多數,約有一千五百餘例。本文僅就桂氏引「本書」釋字義的部分,稍作探討。從《義證》實際引述「本書」出現的位置與其內容意義,略窺桂氏《義證》一書的體例大概,以及對文字音義關係的看法。

關鍵詞:桂馥、說文解字義證、義證、說文

壹、前言

桂馥的《說文解字義證》(以下簡稱《義證》),在前清注解《說文解字》(以下簡稱《說文》)的四大家中,被認爲是專佐許說,發揮旁通,資料宏富,態度客觀,述而不作,以博聞見長,誠如張之洞所言:「其專臚古籍,不下己意,則㠯意在博證求通。展轉孳乳,觸長無方,非若談理辨物,可㠯折衷一義。」[1]雖然桂氏對於資料的搜羅類聚,貫穿條析,不遺餘力,但還是謹守「以本經解本經」的原則,所以在排比各類文獻證成《說文》時,有不少地方是以許君《說文》的內容作爲第一優先選擇的資料。本文所謂的「引本書」,即是指桂氏引用《說文》的資料來證成《說文》的情形。

綜觀桂氏《義證》引用《說文》內容作爲說解的資料,約有十四種類型:

1. 說字形。如《義證》:「羼,羊相廁也。從羴在尸下;尸,屋也。……『尸,

[1] 〈說文解字義證敘〉。《說文解字詁林正補合編》收。1－225頁。

屋也』者，本書『屋』下云：『尸，象屋形。』」[2]

2. 明字音。如《義證》：「趨，走意也。從走夐聲。讀若繘。……『讀若繘』者，本書：『瓊或作璚。』『鐍或作鐍。』」[3]

3. 釋字義。如《義證》：「咠，聶語也。從口從耳。《詩》曰：『咠咠幡幡。』『聶語也』者，本書：『聶，附耳私小語也。』」[4]

4. 定校勘。如《義證》：「跋，輕也。從足戉聲。『輕也』者，『輕』當作『蹔』，徐鍇本作『輕足』，誤分為二。本書：『蹔，讀若《春秋傳》：「蹔而乘它車。」』是足部有『蹔』字明矣！」[5]

5. 補遺文。如《義證》：「叡，《玉篇·又部》：『叡，叡息也。』《廣韻》：『叡，太息。苦怪切。』本書：『蔽，從艸叡聲。』『聵，或從叡。』『郝，從蔽省。』馥謂：本書有『叡』字，脫去。」[6]

6. 證字之見用。如《義證》：「連，員連也。從辵從車。『員連也』者，楊君峒曰：『當為「貫連」，故「轡」與「連」同意。』馥案：本書：『玉，象三玉之連；丨，其貫也。』『三畫而連其中謂之王。孔子曰：「一貫三為王。」』『纍，頸連也。』『嬰，頸飾也。貝，其連也。』『敵，繫連也。』『續，連也。』『輦，連車也。』凡訓連者，皆有連貫意。」[7]

7. 證近義字之見用。如《義證》：「茲，艸木多益。從艸絲省聲。……『艸木多益』者，或作『滋』，顏注《急就篇》：『番，滋也。』本書『出』下云：『象艸木益滋上出達也。』」[8]

8. 證形誤而重出者。如《義證》：「菥，艸多皃。從艸㸒聲。江夏平春有菥亭。……『江夏平春有菥亭』者，《續漢書·郡國志》：『江夏郡，平春侯國。』案：本書：『菰，草多皃。江夏平春有菰亭。』『菥』、『菰』形誤。」[9]又：「菰，艸多皃。從艸狐聲。江夏平春有菰亭。《玉篇》無此文，本書『菥』義同，當因形誤又出此字。」[10]

9. 證假借用字。如《義證》：「盉，調味也。從皿禾聲。『調味也』者，本書：『鬻，五味盉羹也。』通作『和』，本書：『鼎，和五味之寶器也。』『䃺，和也。从厤；厤，調味也。』」[11]

10. 明句讀。如《義證》：「蔞，灌渝也。從艸婁聲，讀若萌。『灌渝』者，孫君星衍曰：『〈釋草〉：「其萌蘿蕍。」「萌」與「蔞」通。「蘿蕍」即「權輿」，

---

[2] 卷十，303頁。本文係採用上海齊魯書社出版之《說文解字義證》。

[3] 卷五，140～141頁。

[4] 卷五，126頁。

[5] 卷六，174頁。

[6] 卷八，248頁。又卷十一重出：「叡，大息也。苦怪切。見《玉篇》。案：本書『蔽』、『聵』竝從『叡』。」332頁。

[7] 卷六，157頁。

[8] 卷四，87頁。「滋」見《說文·水部》：「益也。从水茲聲。一曰：滋水，出牛飲山白陘谷，東入呼沱。」557頁。本文係採用《圈點段注說文解字》，書銘出版公司。

[9] 卷四，87頁。

[10] 卷四，108頁。

[11] 卷十四，418頁。

〈釋詁〉:「權輿,始也。」郭注以『蒶』屬下,非是。』馥案:〈釋草〉:『葭華、蒹薕、葭蘆、菼薍,其萌蘿蒶。芛、葟,華榮。』本書:『芛,艸之皇榮也。』亦以『蒶』屬上。」[12]

11. **明典籍異文**。如《義證》:「詍,多言也。從言世聲。《詩》曰:『無然詍詍。』……『《詩》曰:「無然詍詍」』者,〈大雅·板〉文,彼作『泄泄』。《傳》云:『泄泄,猶沓沓也。』……《釋文》:『泄,或作呭。』本書:『呭,多言也。』引《詩》:『無然呭呭』。」[13]

12. **證連語用字之不同**。如《義證》:「矈,目旁薄緻宀宀也。從目𦭝聲。『目旁薄緻宀宀也』者,《集韻》、《類篇》、《韻會》、《通志》竝引作『矈矈』,惟《五音集韻》作『宀宀』。本書:『𦭝,宀宀不見也。』『𥈡,𥈡𥈡不見也。』『𪁗,讀若宀。』」[14]

13. **明同詞而異義者**。如《義證》:「㞵,直項莽㞵皃。從亢從夋。夋,倨也。亢亦聲。『直項莽㞵皃』者,『項』,《玉篇》引作『頸』。『莽亢』以聲爲義,本書:『沆,莽沆、大水也。』」[15]

14. **說字體之不同**。如《義證》:「銳,芒也。從金兌聲。……『厕』,籀文銳。從厂剡。『籀文銳』者,本書『㕟』下云:『厕,籀文銳。』『蔚』下云:『厕,古文銳字。』」[16]

桂氏在《義證》中引「本書」的資料,據初步統計,約有二千餘例,其中又以解釋字義者佔絕大多數,約有一千五百餘例。由於本文僅就此部分稍作整理,因此,便以「引本書釋義」爲題,略見其中梗概。

貳、《義證》引「本書」釋義之內容

《義證》中引「本書」釋義的數量雖然眾多,但可就出現位置、說解方式、釋義對象以及釋義內容四部分來作分析。

一、就出現的位置而言

《義證》一書的版面體例,基本上是先列《說文》原文,每行大字書寫,而桂氏所援引的文獻資料或自己說解的文字,則另起一行,雙排小字書寫。這些說解的文字,因其內容的不同,有的是頂格而書,位置與篆文齊高;有的則是位低一格排列。桂氏引本書釋義的資料,在出現的位置上,也有類似的情形。如:

①走,趨也。從夭止。夭止者,屈也。凡走之屬皆從走。

本書:「奔,走也。與走同意。」[17]

---

[12] 卷三,65 頁。
[13] 卷七,209 頁。
[14] 卷九,272 頁。
[15] 卷三十一,881 頁。
[16] 卷四十五,1231 頁。
[17] 卷五,137 頁。

②朸，木之理也。從木力聲。平原有朸縣。

本書：「阞，地理也。」「泐，水石之理也。」[18]

③契，大約也。從大從㓞。《易》曰：「後代聖人易之以書契。」

本書：「券，契也。券別之書，以刀判契其旁，故曰契券。」[19]

以上是另起一行頂格書寫的例子。此外，也有另起一行但卻是位低一格書寫的。如：

④祖，始廟也。從示且聲。

「始廟也」者，本書：「廟，尊先祖皃也。」「宗，尊祖廟也。」因以「祖」為「始」，〈釋詁〉：「祖，始也。」[20]

⑤籥，書僮竹笘也。從竹龠聲。

「書僮竹笘也」者，本書：「笘，潁川名小兒所書寫為笘。」[21]

⑥浦，瀕也。從水甫聲。

「瀕也」者，《詩》《釋文》、《藝文類聚》、《白帖》竝引作「水瀕也」，徐鍇本同。本書：「瀕，水厓，人所賓附。」[22]

二、就釋義的方式而言

桂氏在《義證》中，引「本書」釋義的方式，簡單而分，約有五種：

1. 以宛述釋義

即所引以釋義的資料，或直釋其義，或以近義者佐證之。如：

⑦哀，閔也。從口衣聲。

「閔也」者，本書：「閔，弔者在門也。」[23]

⑧樂，木葉陊也。從木兌聲，讀若薄。

「木葉陊也」者，本書「蘀」下云：「艸木凡皮葉落陊地為蘀。」《玉篇》：「樂，落也。與『蘀』同。」[24]

⑨卒，隸人給事者衣為卒。卒衣有題識者。

「隸人給事者衣為卒。卒衣有題識者」者，當云：「隸人給事者為卒。」後人加「衣」字。《一切經音義．十一》：「《說文》云：『隸人給事者曰卒。』古以染衣題識，表其形也。」《增韻》所引有『故從衣從十』五字。《玉篇》：「卒，隸人給事也，行鞭也。」馥謂：即伍佰之屬，《漢舊儀》：「百人為卒，卒史一人。」本書：「繖，以絳帛箸於背上。」[25]

---

[18] 卷十六，486頁。

[19] 卷三十一，875頁。

[20] 卷一，10頁。

[21] 卷十三，378頁。

[22] 卷三十四，966頁。

[23] 卷五，133頁。

[24] 卷十六，486頁。

[25] 卷二十五，726頁。《說文》無「繖」字，當是「徽」字之形誤，段注本《說文》作：「徽，徽識也。目絳帛箸於背。」（巾部，363頁）《義證》本則作：「徽，幟也。以絳徽帛箸於背。」（卷二十三，671頁）此處桂氏之援引，或許只是略記其文而已。

2. 以同訓釋義

即所引以釋義的資料，與被解釋字之訓義用字相同。如：

⑩**變，更也。從攴䜌聲。**

「更也」者，《小爾雅・廣詁》：「變，易也。」《史記・曹相國世家》：「舉事無所變更。」本書：「忒，更也。」《詩・瞻卬》：「鞫人忮忒。」《傳》云：「忒，變也。」〈閟宮〉：「享祀不忒。」《箋》云：「忒，變也。」[26]

⑪**樓，重屋也。從木婁聲。**

「重屋也」者，本書：「層，重屋也。」[27]

⑫**鑑，大盆也。一曰：鑑諸，可以取明水於月。從金監聲。**

「大盆也」者，本書：「瓽，大盆也。」《廣雅》：「瓽，鑑也。」[28]

另外，也有援引釋義的資料，雖然與被解釋字的訓義用字略有差異，但是也可以視爲同訓的關係。如：

⑬**翦，羽生也。一曰：矢羽。從羽歬聲。**

「羽生也」者，本書：「㩽，羽初生皃。」[29]

⑭**符，信也。漢制以竹，長六寸，分而相合。從竹付聲。**

「信也」者，本書：「棨，傳信也。」《玉篇》：「符，節也。分兩邊各持其一，合之為信。」[30]

⑮**檢，書署也。從木僉聲。**

「書署也」者，《後漢書・公孫瓚傳》注引同。本書：「柍，檢柙也。」「帖，帛書署也。」[31]

3. 以互訓釋義

即所引以釋義的資料，與被解釋字恰成互相訓釋的形式。如：

⑯**犂，耕也。從牛𥝢聲。**

「耕也」者，《廣雅》：「犂，耕也。」《釋名》：「犂，利也。利則發土，絕草根也。」……馥案：本書：「耕，犂也。」耕、犂義同，古詩：「古墓犂為田。」是也。後乃以犂名耕具，本書：「樿，六叉犂。」是也。[32]

⑰**橜，弋也。從木厥聲。一曰：門梱也。**

「弋也」者，本書：「弋，橜也。」《廣雅》：「橜，杙也。」《方言》：「橜，燕之東北、朝鮮、洌水之閒謂之椴。」注云：「揭杙也。」[33]

---

[26] 卷八，260 頁。
[27] 卷十七，492 頁。
[28] 卷四十五，1223 頁。
[29] 卷九，286 頁。
[30] 卷十三，379～380 頁。桂氏於「棨」下云：「棨，徼幟信也，有齒。《御覽》引《釋名》：『過所至關津以示之。』」（卷十七，511 頁）
[31] 卷十七，510 頁。
[32] 卷五，116 頁。
[33] 卷十七，505 頁。

⑱斷，截也。從斤從㡭。㡭，古文絕。

「截也」者，本書：「截，斷也。」《釋名》：「斷，段也。分為異段也。」[34]

另外，也有援引釋義的資料，雖然與被解釋字的訓義用字略有差異，但是也可以視爲互訓的關係。如：

⑲薶，瘞也。從艸貍聲。

「瘞也」者，本書：「瘞，幽薶也。」[35]

⑳肩，髆也。從肉，象形。

「髆也」者，顏注《急就篇》同。本書：「髆，肩甲也。」[36]

㉑高，崇也。象臺觀高之形。從冂口。與倉、舍同意。凡高之屬皆從高。

「崇也」者，本書：「崇，嵬高也。」〈釋詁〉：「崇，高也。」[37]

4. 以遞訓釋義

即兩引「本書」以釋義，而此兩引的資料恰成遞相訓釋的形式。如：

㉒逮，唐逮、及也。從辵隶聲。

「唐逮、及也」者，《詩．唐棣》《釋文》引《字林》音大內反，《禮記．孔子閒居》、襄三十一年《左傳》引《詩》：「威儀棣棣。」竝作「逮」。「逮」，本書：「隶，及也。」「隸，及也。」「及，逮也。」[38]

㉓庤，儲置屋下也。從广寺聲。

「儲置屋下也」者，本書：「儲，偫也。」「偫，待也。」[39]

㉔厂，抴也，明也。象抴引之形。凡厂之屬皆從厂。虒字從此。

「抴也」者，本書：「抴，捈也。」「捈，臥引也。」[40]

5. 以字之見用釋義

即所引以釋義的資料，表面上雖然只是證明被解釋字之見用，而其實質內容則是以見用者釋義。如：

㉕迫，近也。從辵白聲。

本書：「促，迫也。」　《楚詞．遠游》：「悲時俗之迫阨兮。」……。

「近也」者，本書：「遒，迫也。」〈考工記〉：「酋矛常有四尺，夷矛三尋。」注：「『酋』之言『遒』也，酋近夷長矣。」[41]

㉖礙，止也。從石疑聲。

本書：「𤀹，礙流也。」「軔，礙車也。」[42]

㉗阬，閬也。從𨸏亢聲。

---

[34] 卷四十六，1247頁。
[35] 卷四，101頁。
[36] 卷十一，344頁。
[37] 卷十五，443頁。
[38] 卷六，154頁。
[39] 卷二十八，800頁。
[40] 卷四十，1096頁。
[41] 卷六，158～159頁。
[42] 卷二十九，811頁。

「閬也」者，《漢書・揚雄傳》：「閌閬閬其寥廓兮。」注云：「閬閬，空虛也。」……本書：「𣦼，坑也。」「埂」下云：「秦謂阬為埂。」「㕡」下云：「歺，殘地，阬坎意也。」[43]

三、就釋義的對象而言

桂氏在《義證》中引「本書」釋義的對象，簡單而分，約有七種：

1. 釋篆文正字之義

即所釋義的對象是《說文》所收列的篆文，如上文「以字之見用釋義」一類即是；另外，也有不是以「見用」而釋義的。如：

㉘**八，別也。象分別相背之形。凡八之屬皆從八。**

「別也」者，本書：「柬，從八，分別也。」「兆，從重八；八，別也。」「象分別相背之形」者，本書「平」下云：「八，分也。」「㚘」下云：「八，分之也。」「公」下云：「八，猶背也。」[44]

㉙**竹，冬生艸也。象形。下垂者箁箬也。凡竹之屬皆從竹。**

本書：「筋，從竹。竹，物之多筋者。」《竹譜》：「植類之中，有物曰竹。不剛不柔，非草非木，小異空實，大同節目。」[45]

㉚**匕，相與比敘也。從反人。匕亦所以用比取飯，一名柶。凡匕之屬皆從匕。**

「相與比敘也」者，本書：「畺，比田也。」馥謂：正畺界即匕敘意。……「匕亦所以用匕取飯，一名柶」者，本書「跂」下云：「匕，頭頃也。」「皀」下云：「中象米，匕所以扱之。」「皀」下云：「象嘉穀在裹中之形，匕所以扱之。」「柶」下云：「禮有柶。柶，匕也。」[46]

2. 釋許君《說文》說解之義

即所釋義的對象是許君《說文》的說解內容，如上文所舉例③的「契」、例⑥的「浦」、例⑦的「哀」等，都是這種類型。再如：

㉛**咸，皆也、悉也。從口從戌。戌，悉也。**

「皆也」者，〈釋詁〉文。〈士冠禮〉：「咸加爾服。」注云：「咸，皆也。」《周禮・筮人》注云：「咸，猶僉也。」馥案：僉，皆也。……「悉也」者，本書：「悉，詳盡也。」《方言》：「備、該，咸也。」《莊子・知北遊》：「周、徧、咸三者，異名同實，其指一也。」[47]

㉜**差，貳也、差不相值也。從左從𠂹。**

「貳也」者，本書：「貳，副益也。」〈釋言〉：「佴，貳也。」郭注：「佴次為副貳。」《廣雅》：「差，次也。」[48]

㉝**皃，冕也。周曰皃，殷曰吁，夏曰收。從皃，象形。**

[43] 卷四十七，1273 頁。案：「𣦼」字下云：「阬也。」字作「阬」。（卷十一，331 頁）
[44] 卷五，109 頁。
[45] 卷十三，375 頁。
[46] 卷二十五，708～709 頁。
[47] 卷五，128 頁。
[48] 卷十三，401 頁。

「覍也」者，《本書》：「覍，大夫以上冠也。」「璂，弁飾。」《論語》：「見覍者。」《釋文》：「鄭本作『弁』。」[49]

3. 釋許君說解句中某一字（詞）之義

許君《說文》之釋義，或有以一句解一字之義者。桂氏在引「本書」釋義時，有時所援引的資料只是對此義界句中的某一字（詞）作解釋而已，如上例④的「祖」、例⑤的「籥」即是。再如：

㉞禜，設緜蕝為營，以禳風雨雪霜、水旱癘疫於日月星辰山川也。從示榮省聲。一曰：禜衛使灾不生。《禮記》曰：「雩禜祭水旱。」

「設緜蕝為營」者，《後漢書》注引作「緜蕞」。按：《史記》：「叔孫通為緜蕞。」如淳謂：「翦茅樹地為纂位。」顏師古曰：「蕞同蕝。」本書：「朝會束茅表位曰蕝。」馥案：祭祀之位，亦用束茅。[50]

㉟䰈，桼垸已，復桼之。從桼包聲。

「桼垸已，復桼之」者，本書：「垸，以桼和灰而鬃也。」徐鍇曰：「垸謂以骨灰和桼，而為桼之骨也。」[51]

㊱纍，綴得理也。一曰：大索也。從糸畾聲。

「綴得理也」者，本書：「綴，合箸也。」[52]

4. 釋構字部件之義

即所援引釋義的對象，是被解釋字構形中的某一部件之字義而已。又可略分為兩小類：一類是說明形聲字聲符示義者。如：

㊲剺，剝也、劃也。從刀𠩺聲。

「剝也」者，本書：「鏐，剝也。」……「劃也」者，《三蒼》同。本書：「嫠，微畫也。」「𠩺聲」者，本書：「𠩺，坼也。」馥謂：《詩》：「八月剝棗。」言棗孰蒂坼而落也。[53]

㊳囩，回也。從囗云聲。

「回也」者，本書「靁」下云：「籀文靁閒有回；回，靁聲也。」……「云聲」者，本書：「云，象雲回轉形。」[54]

㊴挾，俾持也。從手夾聲。

「俾持也」者，《釋名》：「挾，夾也，在旁也。」〈齊語〉：「挾其槍刈耨鎛，以旦莫從事於田野。」〈吳語〉：「挾經秉枹。」韋注竝云：「在掖曰挾。」「夾聲」者，本書：「夾，持也。」又「夾」下云：「盜竊褱物也。從亦有所持。俗謂蔽人俾夾是也。」馥謂：「俾夾」即「俾持」，疑「挾」從「夾」，劉熙言「在旁」、韋昭言「在掖」，

---

[49] 卷二十六，741頁。
[50] 卷一，16頁。
[51] 卷十八，529頁。
[52] 卷四十一，1137頁。
[53] 卷十二，362頁。
[54] 卷十八，531頁。

皆從「夬」之義。[55]

另一類則只是說明構字部件之義恉者。如：

㊵**若，擇菜也。從艸右。右，手也。一曰：杜若，香艸。**

「擇菜也」者，《詩・關雎》：「參差荇菜，左右芼之。」《傳》云：「芼，擇菜也。」〈釋言〉：「芼，搴也。」郭注：「擇菜也。」……「右，手也」者，本書：「又，手也。」「右，手口相助也。」[56]

㊶**叀，傾覆也。從寸，臼覆之。寸，人手也。從巢省。杜林說：以為貶損之貶。**

「傾覆也」者，《詩・召旻》：「我位孔貶。」《傳》云：「貶，隊也。」馥案：隊即傾覆意。……「寸，人手也」者，本書：「尋」下云：「寸度之，亦手也。」「寸」下云：「人手卻一寸動衇謂之寸口。」[57]

㊷**羞，進獻也。從羊，羊所進也。從丑，丑亦聲。**

「進獻也」者，本書：「高，獻也。象進孰物形。」……「羊所進也」者，本書「美」下云：「羊在六畜主給膳也」。[58]

5. 釋桂氏發揮之義

桂氏《義證》雖然是以證成字義爲主，但他並非只是排比資料而已，在某些地方，桂氏偶而還是會提出自己的意見。當他進一步發揮一己心得時，通常都會援引「本書」的資料以爲佐證。如：

㊸**祏，宗廟主也。周禮有郊宗石室。一曰：大夫以石為主。從示從石，石亦聲。**

「宗廟主也」者，「主」當為「宔」，本書：「宔，宗廟宔祏。」《藝文類聚》、《初學記》竝引作「宗廟之木主名曰祏」。……「周禮有郊宗石室」者，「周禮」當為「周廟」，《五經異義・春秋左氏說》：「徙主石於周廟。」言宗廟有郊宗石室，所以藏栗主也。……惠棟曰：「郊，郊祀也；宗，宗祀也。郊宗，所祭之主廟已毀者，皆藏於石室，故曰郊宗石室。」馥案：「石室」者，藏本主之石匰也，本書：「匰，宗廟藏主器也。」徐鍇曰：「宔，以石為藏主之櫝也。」《五經文字》：「祏，宗廟中藏主石室。」馥謂：「室」讀如「鞞刀室」之「室」。[59]

㊹**耒，手耕曲木也。從木推丰。垂作耒梠，以振民也。凡耒之屬皆從耒。**

「手耕曲木也」者，《廣韻》引作「耕曲木也」。……馥謂：「耕」當為「耜」，「耜」即「梠」之俗體。《易・繫辭》：「揉木為耒。」《釋文》云：「《說文》云：『耒，耜曲木，垂所作。』」《字林》同。……

---

[55] 卷三十八，1044 頁。段氏於《說文・手部》「挾」字下注云：「各本作『夾聲』，篆體亦从二人，今皆正从二入，以形聲中有會意也。」（603 頁）

[56] 卷四，98 頁。

[57] 卷十八，528 頁。

[58] 卷四十八，1297 頁。案：「高」字當是「亯」之誤。《義證》：「亯，獻也。」（卷十五，447 頁）

[59] 卷一，11 頁。

「曲木」者，本書「頛」下云：「頭不正也。從耒；耒，頭傾也。」《一切經音義．四》：「耒，耕田具，曲木也。」……〈月令〉：「親載耒耜。」注云：「耒，耜之上曲也。」《周易》《釋文》：「京云：『耒，耜上句木也。』」馥謂：耒為梠上之曲木，所恃以發土者梠也，本書：「梠，臿也。」「枱，耒耑也。」[60]

㊺ **頪，難曉也。從頁米。一曰：鮮白皃。從粉省。**

「難曉也」者，通作「迷」，《易．坤卦》：「先迷後得。」……「一曰鮮白皃。從粉省」者，謂傅粉也，本書：「粉，傅面者也。」「黺，畫粉也。」[61]

6.釋經傳字書、時人學者說解之義

即所釋義的對象不是《說文》之義，而是桂氏所援引證成的經傳字書、時人學者的資料。如：

㊻ **㒸，從意也。從八豕聲。**

「從意也」者，多借「遂」字。《文選．閒居賦》：「以歌事遂情焉。」袁陽源詩：「但營身意遂。」李善竝引《聲類》：「遂，從意也。」《禮．祭義》：「陶陶遂遂，如將復入然。」注云：「陶陶遂遂，相隨行之貌。」馥案：「陶」，《釋文》：「音遙。」本書：「繇，隨從也。」。[62]

㊼ **鞋，車鞁具也。從革豆聲。**

「車鞁具也」者，徐鍇曰：「鐍中舌也。」馥案：本書：「鐍，環之有舌者。」[63]

㊽ **殳，以杸殊人也。《禮》：「殳以積竹，八觚，長丈二，建於兵車，旅賁以先驅。」從又几聲。凡殳之屬皆從殳。**

「以杸殊人也」者，殳、殊聲相近。……「《禮》：『殳以積竹，八觚，長丈二』」者，「觚」當為「柧」，俗作「觚」。……徐鍇曰：「積竹，謂削去白，取其青處，合為之，取其有力也。漢昌邑王買積竹杖是也。」陳啟源曰：「殳之圍，大處至二尺四寸，小處亦不減五寸，不能純用竹青，意必以木為心，而傅積竹於外，故〈考工記〉：『廬人為殳。』廬人實攻木之工矣！」馥案：本書：「櫕，積竹杖也。」「籚，積竹矛戟矜也。」其字一從木，一從竹，陳說是也。[64]

㊾ **專，六寸簿也。從寸叀聲。一曰：專，紡專。**

「六寸簿也」者，「簿」當為「傅」。……「一曰專，紡專」者，《集韻》：「塼，紡塼。」又云：「甎，紡甎。」《廣韻》：「甎，紡錘。」案：本書：「甎，瓦器。」即紡專。《詩．斯干》：「載弄之瓦。」《傳》

---

[60] 卷十二，367～368頁。
[61] 卷二十七，761頁。
[62] 卷五，110頁
[63] 卷八，236頁。
[64] 卷八，252頁。

云：「瓦，紡塼也。」《釋文》：「『塼』，本又作『專』。」[65]

⑤⓪旬，徧也。十日為旬。從勹日。

「徧也」者，〈釋言〉文，彼作「徇」，郭謂「周徧」。……《詩．江漢》：「來旬來宣。」《傳》云：「旬，徧也。」《易．豐卦》：「雖旬无咎。」王云：「旬，均也。」馥案：本書：「均，平徧也。」[66]

7.釋通用字之義

桂氏在《義證》一書中，除了證成字義之外，對於歷來在用字的過程中，某字通作某字的情形，他也有所注意，並常援引「本書」的資料加以說解。如：

⑤①篇，書也。一曰：關西謂榜曰篇。從竹扁聲。

「書也」者，《纂文》：「關西以書篇為篇。」……「一曰關西謂榜曰篇」者，榜謂標榜。「篇」通作「扁」，本書：「扁，署也。署門戶之文也。」[67]

⑤②僇，癡行僇僇也。從人翏聲。讀若雡。一曰：且也。

「癡行僇僇也」者，通作「戮」，〈釋詁〉：「戮，病也。」馥謂：癡亦病也。「僇」、「戮」古通用。……「一曰且也」者，「僇」通作「聊」，《廣雅》：「聊，且也。」……又通作「憀」，本書：「憀，憀然也。」〈笙賦〉：「勃慷慨以憀亮。」李善引《聲類》：「憀，且也。」[68]

⑤③坋，塵也。從土分聲。一曰：大防也。

「塵也」者，《後漢書．東夷倭傳》注引同，《廣雅》同。……「一曰大防也」者，或作「墳」，〈釋邱〉：「墳，大防。」……又通作「濆」，本書：「濆，水崖也。」《詩．常武》：「鋪敦淮濆。」《箋》云：「淮水大防之上。」[69]

四、就釋義的內容而言

桂氏在《義證》中引「本書」釋義的內容，簡單而分，約有六種：

1.以義同、義近者釋之

即所引以釋義的資料與被解釋字義同或義近。又可略分為兩小類：一類是《說文》以單音字（詞）釋之，即「甲，乙也」；桂氏又直引「本書」的資料以訓釋「乙」，而成「乙，丙也」的形式。如：

⑤④旁，溥也。從二，闕。方聲。

「溥也」者，本書：「溥，大也。」〈釋詁〉：「溥，大也。」《廣雅》：「菊，大也。」[70]

⑤⑤譄，加也。從言曾聲。

---

[65] 卷八，256頁。
[66] 卷二十七，775頁。
[67] 卷十三，377頁。
[68] 卷二十四，703頁。
[69] 卷四十四，1202頁。
[70] 卷一，4頁。

「加也」者，本書：「加，語相增加也。」「誣，加也。」《廣韻》：「譄，加言也。」[71]

⑯**裹，纏也。從衣果聲。**

「纏也」者，本書：「纏，繞也。」《廣韻》：「纏，束也。」馥謂：束縛纏繞而裹之。[72]

另一類則是《說文》以義界，即多字釋一字的形式釋義，而桂氏也是援引義同、義近的義界資料予以釋義。如：

⑰**祰，告祭也。從示告聲。**

「告祭也」者，本書：「禱，告事求福也。」[73]

⑱**告，牛觸人，角箸橫木，所以告人也。從口從牛。《易》曰：「僮牛之告。」凡告之屬皆從告。**

「牛觸人，角箸橫木，所以告人也」者，本書：「衡，牛觸，橫大木其角。」《埤雅》：「《雜令》曰：『蹄人者絆其足，齧人者截其耳。』此謂犬馬之弗馴者，宜示標幟曉人也。《說文》曰：『告，牛觸人，角箸橫木，所以告人。』其來尚矣。」[74]

⑲**姓，雨而夜除星見也。從夕生聲。**

本書：「啓，雨而晝晴也。」馥謂：晝姓故從日，夜姓故從夕。[75]

2.以音義相同（近）者釋之

即所引以釋義的資料，與被解釋字之間不但有同義的關係，而且也有聲音上的關係。其中又可分爲兩小類：一類是皆從某得聲的形聲字，亦即聲符相同者。如：

⑳**瞿，行皃。從彳瞿聲。**

本書：「趯，走顧皃。」「躍，行皃。」[76]

㉑**朇，益也。從會卑聲。**

「益也」者，本書：「埤，增也。」「增，益也。」「裨，接益也。」「俾，益也。」[77]

㉒**阞，地理也。從𨸏力聲。**

「地理也」者，本書：「朸，木之理也。」「泐，水石之理也。」「永，象水巠理之長。」「巠，水脈也。」《玉篇》：「阞，地脈理。」[78]

另一類則是彼此字形無涉，但讀音相同或相近者。如：

㉓**訕，謗也。從言山聲。**

「謗也」者，本書：「姍，誹也。」「訕」、「姍」聲義竝同。《一切經

---

[71] 卷七，210頁。
[72] 卷二十五，725頁。
[73] 卷一，11頁。
[74] 卷五，119頁。
[75] 卷二十，592頁。
[76] 卷六，163頁。
[77] 卷十五，436頁。
[78] 卷四十七，1267頁。

音義・五》:「《蒼頡篇》:『訕，誹毀也。』」[79]

⑭**疐，礙不行也。從叀，引而止之也。叀者如叀馬之鼻。從此。與牽同意。**

「礙不行也」者，《爾雅》《釋文》引「礙」下有「足」字。本書:「痓，礙止也。」聲義竝相近。[80]

⑮**娭，戲也。從女矣聲。一曰：卑賤名也。**

「戲也」者，《楚詞・招魂》:「娭光眇視，目曾波些。」王注:「娭，戲也。」……「一曰卑賤名也」者，本書:「毐，人無行也。讀若娭。」《通俗文》:「醜稱曰娭。」《廣韻》:「娭，婦人賤稱。出《蒼頡篇》。」《廣雅》:「娭，婢也。」[81]

3.以有同一語詞者釋之

即所引以釋義的資料，與被解釋字之訓義有共同之語詞者。如：

⑯**丶，有所絕止，丶而識之也。凡丶之屬皆從丶。**

「有所絕止，丶而識之也」者，本書:「尺」下云:「乀所識也。」「乙」下云:「鉤識也。」馥案：漢經師作章句者，謂識其絕止也。[82]

⑰**櫎，車笭中櫎櫎器也。從木隋聲。**

「車笭中櫎櫎器也」者，本書:「篚，車笭也。」又「琙」下云:「車笭閒皮篋，古者使奉玉以藏之。」[83]

⑱**儵，青黑繒發白色也。從黑攸聲。**

「青黑繒發白色也」者，本書「驃」下云:「黃馬發白色。」「發」字義同。《廣雅》:「儵，黑也。」[84]

4.以相反之義者釋之

即所引以釋義的資料，不是正面的說解，而是用相反意義的內容以佐證之。如：

⑲**壻，夫也。從士胥聲。《詩》曰:「女也不爽，士貳其行。」士者夫也，讀與細同。**

「夫也」者，本書:「妻，婦與夫齊者也。」〈釋親〉:「女子子之夫為壻。」[85]

⑳**彼，往有所加也。從彳皮聲。**

「往有所加也」者，「加」當為「如」。……《釋名》:「往，暀也。歸暀於彼也，故其言之卬頭以指遠也。」本書:「此，止也。」馥謂：

79 卷七，206頁。
80 卷十一，328頁。
81 卷三十九，1083頁。
82 卷十四，420頁。案：其中「乙」字當作「乚」。《義證》:「乚，鉤識也。」(卷四十，1103頁)
83 卷十七，502頁。
84 卷三十一，871頁。
85 卷二，44頁。

止則不往矣。[86]

⑪ **虘，虎不柔不信也。從虍且聲。讀若䣜縣。**

「虎不柔不信也」者，本書：「㹫，牛柔謹也。」《御覽》：「騶虞有至信之德。」[87]

5. 以用字異而義同者釋之

所謂「用字異而義同」，是指「連語」用字不同而意義相同的意思。由於「連語」主要是以聲表義，通常與字形無涉，所以桂氏在注釋時，也就列出相關的連語以資佐證。如：

⑫ **𥧌，宀宀不見也。闕。**

「宀宀不見也」者，𥧌、宀聲相近。《集韻》云：「謂人處深室。」本書：「𪗸，讀若宀。」「𥨍」下云：「𥨍𥨍不見也。」「矏」下云：「目旁薄緻宀宀也。」「丏」下云：「不見也。象壅蔽之形。」「䆆」下云：「冥合也。」[88]

⑬ **移，禾相倚移也。從禾多聲。一曰：禾名。**

「禾相倚移也」者，「倚移」猶「旖施」也，本書：「檹，木檹施也。」「旖，旗旖施也。」[89]

⑭ **廔，屋麗廔也。從广婁聲。一曰：穜也。**

「屋麗廔也」者，本書「爾」下云：「麗爾猶靡麗也。」「囧」下云：「窗牖麗廔闓明。」徐鍇曰：「麗廔猶玲瓏也，漏明之象。」[90]

6. 以近義字之別異者釋之

從大處看，近義字（詞）並無多大的區分；不過，若進一步分析，則其中實有不同。這種情形就猶如段氏注釋《說文》時常用的「統言」、「析言」、「渾言」、「別言」。桂氏對於近義字的分析，雖然不像段氏之用力多見，但也有所注意，常會援引「本書」略加辨析說明。如：

⑮ **隹，鳥之短尾總名也。象形。凡隹之屬皆從隹。**

「鳥之短尾總名也」者，《左傳》《正義》引云：「鳥之短尾者，總名為隹。」……徐鍇曰：「隹，鳥名也。《詩》曰：『翩翩者隹。』隹為鳥短尾，亦總名也。當脫『亦』字。」馥案：《左傳》《正義》引有「者」字，言凡短尾者總名為隹也，非謂字之從隹者皆短尾也。本書：「隻，鳥一枚也。」「雔，雙鳥也。」「雥，群鳥也。」「奞，鳥張毛羽自奮也。」蓋析言之，則隹、鳥異類；合言之，則隹、鳥通稱，故「雞」、「雛」、「雕」、「雇」，籀文皆從「鳥」；「鴡」、「鶯」、「鷬」、

[86] 卷六，163頁。
[87] 卷十四，413頁
[88] 卷九，282～283頁。
[89] 卷二十一，605頁。段氏於《說文．㫃部》「旖」字下注云：「旖施，疊韻字。……許於旗曰『旖施』，於木曰『檹施』，於禾曰『倚移』，皆讀如『阿那』。」（314頁）
[90] 卷二十八，800頁。

「鷂」，或皆從「隹」；「雝鶏」一名，字兼隹鳥。[91]

⑯**窠，空也。穴中曰窠，樹上曰巢。從穴果聲。**

「空也」者，《一切經音義．十三》：「字書：『窠，巢也。』謂窠窟也。」……「穴中曰窠，樹上曰巢」者，本書「巢」下云：「鳥在穴上曰窠，樹上曰巢。」《小爾雅．廣獸》：「鳥之所乳謂之巢，雞雉所乳謂之窠。」[92]

⑰**陸，高平地。從𨸏從坴，坴亦聲。**

「高平地」者，「地」當為「也」。釋者一曰「高平」，一曰「廣平」。《釋名》：「高平曰陸。陸，漉也，水流漉而去也。」《易．漸卦》：「鴻漸於陸。」馬云：「山上高平曰陸。」《詩．天保》《傳》云：「高平曰陸。」……此皆主「高平」言之。徐鍇《韻譜》：「陸，廣平。」《書．禹貢》《正義》引《爾雅》：「廣平曰陸。」定元年《左傳》：「田於大陸。」杜注引《爾雅》：「廣平曰陸。」……此皆主「廣平」言之。〈釋地〉：「廣平曰原，高平曰陸。」〈禹貢〉：「既修太原。」《傳》云：「高平曰太原。」本書：「邍，高平之野。」是「原」為高平也。〈釋地〉又云：「晉有大陸。」郭注：「今鉅鹿北廣河澤是也。」〈禹貢〉：「大陸既作。」《正義》云：「但廣而平者，則名大陸。」孔氏明言「廣平」，是陸為「廣平也」。本書「邍」訓「高平」，則「陸」當為「廣平」。今作「高平」者，後人改之也。[93]

參、《義證》引「本書」釋義之檢討

由上文的陳述，可知桂氏在《義證》中援引「本書」釋義的大概情形，是變化多樣的；不過，其中也有一些地方是可以略加探討的。

首先是關於引「本書」出現的位置。上文已說過，桂氏《義證》的版面體例是先列《說文》原文，每行大字書寫，而後另起一行，雙排小字書寫桂氏證成的文字資料，只是這些資料有的是頂格而書，有的則是位低一格。在桂氏的著作中，並沒有任何文字說明何者頂格，何者位低一格，倒是後來許瀚在刊刻的〈說文義證校例〉中說：

> 證篆文者皆頂格，證說解者皆低一格。桂氏手定條例如此，今悉仍舊。[94]

綜觀《義證》全書，許瀚的說法大致是可以接受的。如：

⑮**藍，染青艸也。從艸監聲。**

---

[91] 卷九，289頁。
[92] 卷二十二，639頁。案：《義證》：「巢，鳥在木上曰巢，在穴曰窠。」（卷十八，528頁）則此處桂氏所引，當是略記其文而已。
[93] 卷四十七，1268頁。
[94] 《義證．校錄》，1頁。

《一切經音義·九》:「藍，染草也。」 《詩》:「終朝采藍。」《箋》云:「藍，染草也。」[95]

⑯館，客舍也。從食官聲。《周禮》:「五十里有市，市有館，館有積，以待朝聘之客。」

《桂苑》:「待賓之舍曰館。」 《一切經音義·五》:「《周禮》:『五十里有候館。』」案：客舍逆旅名候館，字從食，今有從舍作「舘」者，近字也。 《開元文字》:「館，客舍也。館有積，以待朝聘之客是也。客舍，逆旅名候館也。」[96]

⑰秋，禾穀孰也。從禾，𤋳省聲。

《釋名》:「秋，緧也。緧迫品物使時成也。」〈釋天〉:「秋曰收成。」《尚書大傳》:「萬物非秋不收。」 《三統歷》:「秋為陰中，萬物以成。」《左傳》:「歲云秋矣，我落其實而取其材。」[97]

類似的例子，在《義證》中俯拾即是，不勝枚舉；不過，卻偶有一些脫序的情形。如上文例①的「走」字，桂氏頂格說：「本書：『奔，走也。與走同意。』」就方式而言，是以「走」字之見用釋義，也可說是「證篆文」的形式；然而，同樣也是引本書以見用釋義的例㉗的「阬」字，卻爲何以位低一格的位置出現呢？又如例㉕的「迫」，也是以字之見用的方式釋義，引「促，迫也」是頂格而寫，而引「遒，迫也」則是位低一格。同樣的證成方式，但出現的位置卻不相同，這不是很令人費解嗎？再者，即使不是證成篆文，而是證成說解的內容，也偶而會有頂格、低一格的矛盾。如例②的「朸」，其頂格的資料是引本書的「阞，地理也」、「泐，水石之理也」，「朸」是「木之理也」，可知其說解內容並不是就「朸」而論的，而是以音義相同者釋之，並不符合許瀚所說「證篆文」的條件，但它卻頂格而寫（例⑥的「䂂」，也是相同的情形）。如果說以音義相同者釋義，能算是證成篆文的話，那麼如例㉛的「䩹」、例㉜的「阞」，也是引本書音義相同的資料，卻爲何位低一格呢？尤其例㉜的「阞」，所用的資料是「朸，木之理也」、「泐，水石之理也」，和例②的「朸」可說是同一類型，但卻有不同的處理方式。可見桂氏自定的這個體例，雖然是從大處著眼而論，但若仔細分析，還是有誤失之處。推其原因，或許是因爲《義證》爲一脫稿未校之書，桂氏生前未及刊行[98]，所以並沒有再作整體的處理，以致偶有疏失。

其次，就釋義的方式來看，該用何種方式釋義，似乎並沒有一定的準則。如例⑩的「變」，義爲「更也」，爲何不說「本書：『更，改也。』」卻用同訓的

---

[95] 卷三，54頁。

[96] 卷十四，433頁。

[97] 卷二十一，611頁。

[98] 《清儒學案·未谷學案·附錄》:「乾嘉盛時，《說文》之學大行，南段北桂，最稱弁冕。段氏自刊其書，久行於世；桂書止有稾本流傳。諸城李方赤方伯得其稾，延許印林、許珊林、王菉友諸小學家校訂。苦其繁雜，欲刪節之，菉友以爲不可。」又：「許瀚，字元翰，號印林，日照人。道光乙未舉人。……晚年校刊桂氏馥《說文義證》，謂原稾『臺』下有『查〈高唐賦〉原文』六字，知爲桂氏未及校定之書，爲之詳加訂正，數年乃成。」（卷九十二，41～42頁）

方式說「本書：『忒，更也。』」這樣的解釋有更清楚嗎？在《說文》中，除了「變」字之外，「譁」、「改」、「代」、「忒」等字，也都釋爲「更也」[99]，何以必引「忒」字爲說，而不引其他三字爲證？又如例⑱的「斷」，義爲「截也」，在《說文》中，除了「斷」字之外，「𩠐」、「斬」二字也都釋爲「截也」[100]，而「折」、「劊」、「蔳」、「刌」、「㔔」、「截」、「鍣」等都釋爲「斷也」[101]，且「齊斷也」的「前」、「彊斷也」的「剛」、「斷齊也」的「剬」、「斷絲也」的「絕」、「劑斷也」的「釿」等，釋義中都用「斷」字[102]，桂氏引本書資料是以「截，斷也」的互訓形式釋義，何以不採用同訓或見用釋義的方式呢？再如例㉖的「礙」，義爲「止也」，而《說文》中，除了「礙」之外，「歫」、「此」、「逗」、「拘」、「諍」、「訖」、「𢼸」、「救」、「制」、「𠂔」、「寔」、「宿」、「礙」、「悛」、「惆」、「乍」、「緥」、「縪」、「垔」、「畱」、「処」等，也都釋爲「止也」[103]，則桂氏於「礙」字下，何以必舉「礙流也」的「瀸」、「礙車也」的「軔」以字之見用爲證，而不舉「歫」、「此」、「逗」等以同訓釋義呢？更何況在《說文》中，「礙不行也」的「𠭥」、「气欲舒出，ㄅ上礙於一也」的「丂」、「礙止也」的「痓」、「水礙衺疾波也」的「激」以及「礙也」的「軫」[104]，釋義中也都用「礙」字，又爲何不舉以爲證呢？

再者，就釋義的內容而論，桂氏基本上是以音義相關者列爲第一優先採用的資料，這從引本書說字義的一千五百餘例中，音義相關者約佔有三分之一的比重即可看出。如例⑩的「徥」，義爲「行皃」，在《說文》中，除了「徥」字之外，「赽」、「趞」、「趣」、「趡」、「趯」、「䞘」、「迒」、「遄」、「徎」、「衙」、「躍」、「䟃」、「夎」、「儦」、「侁」等，字義也都是「行皃」[105]，而桂氏僅引同爲「行

[99] 「譁，飾也。……一曰更也。」見三篇上言部，101頁。「改」、「變」見三篇下攴部，125頁。「代」見八篇上人部，379頁。「忒」見十篇下心部，513頁。

[100] 「𩠐」見九篇上首部，各本作「截也」，而段注本作「截首也」，428頁。「斷」見十四篇上斤部，724頁。「斬」見十四篇上車部，737頁。

[101] 「折」見一篇下艸部，45頁。「劊」、「蔳」、「刌，一曰斷也。」並見四篇下刀部，181頁。「㔔」見四篇下刀部，183頁。「截」見十二篇下戈部，637頁。「鍣」見十四篇上金部，721頁。

[102] 「前」見四篇下刀部，180頁。「剛」、「剬」並見四篇下刀部，181頁。「絕」見十三篇上糸部，652頁。「釿」見十四篇上金部，724頁。

[103] 「歫」見二篇上止部，68頁。「此」見二篇上此部，69頁。「逗」見二篇下辵部，73頁。「拘」見三篇上句部，88頁。「諍」、「訖」並見三篇上言部，95頁。「𢼸」見三篇下支部，124頁。「救」見三篇下攴部，125頁。「制，裁也。一曰止也。」見四篇下刀部，184頁。「𠂔」見六篇下𣎵部，276頁。「寔」，各本作「止也」，段注本作「正也」，見七篇下宀部，342頁。「宿」見七篇下宀部，344頁。「悛」見十篇下心部，511頁。「惆，厲也。一曰止也。」見十篇下心部，519頁。「乍」，各本作「止也。一曰亡也。」段注本作「止亡詈也。」見十二篇下亡部，640頁。「緥」、「縪」並見十三篇上糸部，654頁。「垔」見十三篇下土部，693頁。「畱」見十三篇下田部，704頁。「処」見十四篇上几部，723頁。

[104] 「𠭥」見四篇下叀部，161頁。「丂」見五篇上丂部，205頁。「痓」見九篇下广部，449頁。「激」見十一篇上，554頁。「軫」見十四篇上車部，736頁。

[105] 「赽，緣大木也。一曰行皃。」「趞，趬趞也。一曰行皃。」並見二篇上走部，64頁。「趣」、「趡」、「趯」、「䞘」並見二篇上走部，65頁。「迒」見二篇下辵部，71頁。「遄」見二篇下辵部，73頁。「徥」見二篇下彳部，76頁。「徎」見二篇下彳部，77頁。「衙」見二篇下行部，78頁。「躍」、「䟃」並見見二篇下足部，82頁。「夎」見五篇下夊部，235頁。「儦」見八篇上人部，372頁。「侁」見八篇上人部，377頁。

皃」的「躣」以及「走顧皃」的「趯」二字以釋義。和「跂」、「趞」、「趣」等字義相比，「趯」和「徾」的字義關係，雖不如「跂」、「趞」、「趣」等字和「徾」義的密切，但因爲「躣」、「趯」和「徾」都是從「瞿」得聲，義又相近，所以桂氏才取以釋義的。再如例㊸的「訕」，「謗也」，而《說文》中，「誹」字之義亦爲「謗也」，而「譏」、「姍」義爲「誹也」，「謗」義爲「毀也」[106]。「訕」、「誹」同訓，「譏」、「姍」同訓，但桂氏並沒有引「誹」、「譏」或「謗」以爲證，而只採用同音的「姍」字[107]，並說「『訕』、『姍』聲義竝同」。又如例㊹的「疐」，義爲「礙不行也」，誠如上文所述，在《說文》中，「歫」、「此」、「逗」、「拘」、「諍」、「訖」、「斁」、「救」、「制」、「朿」、「寔」、「宿」、「礙」、「悛」、「惆」、「乍」、「緤」、「緈」、「垔」、「畱」、「処」、「丂」、「庢」、「激」、「濊」、「軫」、「軔」等，引伸都有阻礙不行的意思。「疐」和「庢」同音，而和「制」、「寔」、「緤」等則是古音雙聲的關係[108]，其中只有「礙止也」的「庢」和「疐」的音義最爲接近，誠如桂氏所言，此二字是「音義竝相近」，這也就是爲什麼桂氏只引「庢」字以證義的原因。可見桂氏是以音義的遠近關係作爲採用與否的標準的。

肆、結論

桂氏曾自言作書旨趣說：

> 《梁書·孔子袪傳》:「高祖撰《五經講疏》及《孔子正言》，專使子袪檢閱群書以為義證。」馥為《說文》之學，亦取證於群書，故題曰「義證」。[109]

可見《義證》一書是以證成字義爲主要的目的。雖然是證成許君的《說文》，但從所援引的資料來看，所謂「群書」，自然也包括《說文》在內，而且是作爲第一優先採用的資料。

在《義證》中，引用的典籍，通常是先「本書」(即《說文》)，而後歷代字書，再後則按經、史、子、集爲次序排列，即使偶有疏失[110]，但全書釋義的

106 「訕」、「譏」、「誹」、「謗」並見三篇上言部，97頁。「姍」見十二篇下女部，631頁。

107 「訕」、「姍」，所晏切；「譏」，居衣切；「誹」，敷尾切；「謗」，補浪切。

108 「疐」，陟利切；「庢」，陟栗切，並爲知紐，古音屬端紐字，同屬曾氏古音之衣攝入聲。「制」，征例切，照紐，古音屬端紐字，屬曾氏古音之阿攝入聲。「寔」，常隻切，禪紐，古音屬定紐字，屬曾氏古音之陰聲益攝。「緤」，丑林切，徹紐，古音屬透紐字，屬曾氏古音之陽聲音攝。本文的「聲」，是指清儒陳澧的四十聲紐，並輔以近人黃季剛先生的分「明」、「微」爲二紐，以及錢玄同先生的「曉」、「匣」二紐歸於淺喉音，和曾運乾先生的「喻四」古歸「定」紐；而「韻」則采曾運乾先生的「古音三十攝」。

109 〈說文解字附說〉。《義證·卷五十下》，1343頁。

110 如《義證·卷一》:「丄，高也。此古文上。指事也。凡丄之屬皆從丄。……『高也』者，〈周頌〉:『無日高高在上。』郭璞《爾雅·釋親》注：『高者言最在上。』本書：『天，至高無上。』」3頁。此爲先典籍後本書例。又如《義證·卷七》:「譽，稱也。從言與聲。……『稱也』者，『稱』當爲『偁』，《廣雅》:『偁，譽也。』本書：『偁，揚也。』經典通用『稱』字。」202頁。此爲先字書後本書例。

體例大致如此。桂氏在《義證》中，引用「本書」的體例上，雖然偶而有些矛盾的地方，但整體而言，他還是謹守「以本經證本經」的訓詁條例，而這一點也可說是《義證》釋義的一大原則。

在清儒中，如戴震、段玉裁、王念孫、錢大昕、阮元等，都有「聲義同源」、「凡同聲多同義」、「凡字之義必得諸字之聲」及「凡從某聲多有某義」等主張[111]。桂氏與段、王同時，雖然並沒有如戴、段、王等人明言漢字音義的關係；不過，透過引「本書」釋義等資料的解讀（尤其是「以音義相同者釋之」的部分），可以略知桂氏其實也是有「聲義同源」、「凡同聲多同義」、「凡字之義必得諸字之聲」及「凡從某聲多有某義」等類似的主張。由此可見，桂氏在《義證》中，即使闡述個人有關漢字形、音、義的心得並不是很多，但他其實是讓資料說話，可算是「寓作於述」了。

參考書目

1. 丁福保編纂、（民國七十二年四月二版）、《說文解字詁林正補合編》、（台北）鼎文書局
2. 王念孫著、（1983年5月1版）、《廣雅疏證》、（北京）中華書局
3. 朱駿聲著、（民國六十四年八月三版）、《說文通訓定聲》、（台北）藝文印書館
4. 阮元著、（民國五十六年三月臺一版）、《揅經室集》、（台北）臺灣商務印書館
5. 林尹編著、（民國七十三年十一月初版）、《訓詁學概要》、（台北）正中書局
6. 段玉裁著、（民國七十五年九月四版）、《圈點段注說文解字》、（台北）書銘出版公司
7. 徐世昌撰、（民國六十八年四月三版）、《清儒學案》、（台北）世界書局
8. 桂馥撰、（1987年12月1版）、《說文解字義證》、（上海）齊魯書社，
9. 黃焯編輯、（民國七十二年九月初版）、《文字聲韻訓詁筆記》、（台北）木鐸出

---

[111] ①戴震〈六書音均表序〉云：「夫六經字多假借，音聲失而假借之意何以得？故訓音聲，相為表裏。故訓明，六經乃可明。」（《戴東原集·卷十》。《戴東原先生全集》收，1106頁）②段玉裁於《說文解字》「禛」字下注云：「聲與義同原，故龤聲之偏旁多與字義相近，此會意、聲兩兼之字致多也。」（2頁）「誓」字下注云：「斯，析也；澌，水索也。凡同聲多同義。鍇曰：『今謂馬悲鳴為嘶。』」（101頁）「晤」字下注云：「『晤』者启之明也。心部之『悟』、㝱部之『寤』，皆訓『覺』，『覺』亦明也。同聲之義必相近。」（306頁）「歟」字下注云：「如『趣』為安行，『鸒』為馬行疾而徐，音同義相近也。今用為語末之辭，亦取安舒之意。」（415頁）「聰」字下注云：「囪者多孔，蔥者空中，聰者耳順，義皆相類。凡字之義必得諸字之聲者如此。」（717頁）於〈廣雅疏證序〉中也說：「聖人之制字，有義而後有音，有音而後有形；學者之考字，因形以得其音，因音以得其義。治經莫重於得義，得義莫切於得音。」（《廣雅疏證》，1頁）③王念孫〈廣雅疏證序〉云：「竊以詁訓之旨，本於聲音，故有聲同字異、聲近義同，雖或類聚群分，實亦同條共貫。」（《廣雅疏證》，2頁）④錢大昕云：「凡从『贊』之字，皆有相佐義。」（《潛研堂文集·卷八·答問五·「問：〈玉人〉注：『瓚，讀如餐屋之屋』條」。112～113頁》）⑤阮元云：「義从音生也，字从音義造也。試開口直發其聲曰施，重讀之曰矢。施、矢之音，皆有自此直施而去之彼之義，古人造从㫃从也之『施』字，即從音義而生者也。」（《揅經室一集·卷一·釋矢》，18頁）

版社
10.馮蒸著、（1995 年 12 月 1 版）、《說文同義詞研究》、（北京）首都師範大學出版社
11.齊佩瑢撰、（民國七十四年九月初版）、《訓詁學概論》、（台北）漢京文化事業有限公司
12.錢大昕撰、（1989 年 11 月 1 版）、《潛研堂集》、（上海）上海古籍出版社
13.戴震撰、（民國 66 年 5 月景印初版）、《戴東原先生全集》、（台北）大化書局

王筠《說文解字句讀》「聲兼意」之探析

馬偉成

逢甲大學中文系碩士班

提要

「聲兼意」是探討形聲字一重要課題，亦是文字演變之重要環節。從聲符兼意的現象可以探究「聲義同源」的理論，追溯語根，找出詞族共同關連性。本文針對聲符兼意之問題進行討論，擬從從王筠《說文解字句讀》中出現「聲兼意」說之字例作一分析，歸納分類標準得當與否，並且找出王筠將「聲兼意」歸爲形聲變例之動機爲何。

關鍵詞：聲兼意、亦聲、右文、語根、王筠

凡例

一、本論文採用版本：大徐本以平津館校刊爲底本，台北世界書局出版；小徐本以清道光祁嶲藻刻本爲底本，北京中華書局出版；段注本以經韻樓臧版爲底本，台北天工書局出版；王筠《說文釋例》以清道光刻本影印爲底本，《說文解字句讀》以清道光刻本影印爲底本，二書皆爲北京中華書局出版。

二、本文援用聲韻之反切以宋陳彭年等修澤存堂本《宋本廣韻》（簡稱《廣韻》）爲底本，台北黎明文化出版，聲類亦依《廣韻》四十一聲紐；韻類依據《廣韻》二０六韻，古韻歸類依據《切韻指掌圖》及《切韻指南》之十六攝，輔以錢大昕「古音娘、日二紐歸泥說」、「古無舌上音」，曾運乾「喻三古歸匣」、「喻四古歸定」，錢玄同及陳新雄等人說法修訂之。

三、文中提及《說文》皆以大徐本爲底本，除非各家在文字說解上有異才會註明，原則上皆以段注《說文解字注》示之。

四、王筠說解字形皆自《說文解字句讀》摘錄而得。

五、爲求行文一致性，筆者親炙師長於姓氏後加「師」，其餘引用現代學人一律不加稱謂「先生」，並無不敬之意。

一、前言

自許慎《說文解字》以六書理論分析文字，歷代文字學家無不以此檢視許書分部標準，也發現許書分類之缺失，在釋形及釋義方面，某些文字違背「方以類聚，物以群分。」[1]之原則。在六書系統中，關於形聲方面，有一現象亦是

[1] 釋形方面如幺幺部「幽」字，《說文·注》：隱也。从山幺幺、幺幺亦聲。幽字甲文作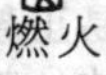，字的下部从「火」，甲文「山」、「火」常有互用之情形，故「幽」字應是在黑暗處點燃火把照耀。（4篇，頁158，台北：天工書局。民81.11再版）又如穴部「穴」字，《說文·注》：土室也。从宀八聲。（7篇，頁343。）「土室」即是空屋。穴字篆形做穴，「像土室穹崇，及其

是眾人討論重點，即是「聲符兼意」之問題。「聲兼意」是文字形體結構之特殊現象，這種形聲字聲符兼意之現象，許書稱之「亦聲」，段玉裁注爲「形聲兼會意」[2]，王筠則以「聲兼意」說之。對於聲符示意的功能，專門論述者在晉代已開其端，至宋代歸納此功能並推類用之，到清代則將理論發揚，多數文字學家亦認同聲符兼意理論，也就是承認聲符具有承載形聲字義特性，然王筠卻將此現象歸爲「變例」，近現代學者皆認爲是「形聲正例」[3]。王筠在其著作《說文解字句讀》共有六十字例出現「兼意」之情形，在《文字蒙求》中雖未提形聲變例，然在「會意變例」中有「會意兼聲而聲在即在意中者」之項目，故本文擬從《說文解字句讀》中出現的字例，探究王筠歸類之動機，以期找出王筠立論之根據。

二、聲符兼意問題的認識

形、音、義組合成完整的漢字，此順序的安排亦是認識文字的步驟，對於文字邁入形聲系統之過渡時期，有增多之趨勢[4]，然「聲符兼意」卻使音義同屬一等級，即音、義寄託於形，這種聲符既有的意義與形聲字的意義相互聯繫，使得語言可以透過文字表達得更爲精確。語音有義乃是語言發展自然規律，這種「不自覺」的語言現象已出現在先秦古籍中：

《周易·晉卦》：

晉，進也[5]。

《公羊傳·莊公十九年》：

娣者何？弟也[6]。

《論語·顏淵》：

孔子對曰：政者，正也[7]。

亦見於前人注疏古籍：

《詩經·衛風·木瓜》：

出口之形」（魯實先語，見《假借遡原》，頁 251，台北：文史哲出版。民 62.10 初版），即是中間突起、兩邊自然下垂呈圓狀，魯氏說法和小篆形體相合，故應是據實像造字的象形字，非形聲字。釋義方面如瓦部「瓦」字，《說文·注》：土氣已燒之總名。象形也。（12 篇，頁 638。）瓦本「屋瓦」，篆形作瓦，象瓦片彎曲形，引申爲「土氣已燒之總名」，許氏誤以引申義爲本義。

[2] 對於「聲兼意」之現象，段注尚有「形聲包會意」、「形聲關會意」、「形聲多兼會意」、「形聲見會意」、「形聲晐會意」、「形聲該會意」、「形聲亦會意」、「形聲中有會意」及「以○會意，以○形聲」等術語。

[3] 如劉師培、沈兼士、黃侃、魯實先、陳新雄及蔡信發等人。

[4] 根據李孝定之統計，甲骨文字中關於「形聲字」計有 334 個，佔總數的 27.34% ；到了《說文解字》，依清朱駿聲《說文通訓定聲·六書爻列》的統計有 7697 字，佔總字數的 82.29 % ；南宋鄭樵《六書略》統計形聲字有 21810 個，佔總字數的 90% ，可見隨時代推移，形聲字亦被大量製造。資料援引邱德修《文字學新撢》7 章，頁 230，台北：合記出版。民 84.9 初版一刷

[5] 見《周易正義》卷 4，頁 87，重刊宋本《十三經注疏校勘記》。

[6] 見《春秋公羊傳注疏》卷 8，頁 97，重刊宋本《十三經注疏校勘記》。

[7] 見《論語注疏》卷 12，頁 109，重刊宋本《十三經注疏校勘記》。

匪報也，永以為好也。漢鄭玄箋：「匪，非也。」[8]

《詩經・大雅・文王》：

王之藎臣，無念爾祖。唐孔穎達疏：「藎，進也。」[9]

《禮記・王制》孔穎達疏：「官者，管也，以管理爲名。」[10]

在許慎著《說文解字》時，對於以聲爲訓的現象用「亦聲」條例說解，其術語爲「从○○、○亦聲」[11]及「从○从○、○亦聲」[12]之方式說解，「○亦聲」大徐本計有二一三字，小徐本計有一八七字[13]，這些數目在形聲字中雖不是大量出現，但說明一事實：「聲符兼意」絕非偶一事件、亦非個別現象，而是早已存在的事實。

其後劉熙《釋名》以聲符爲聲訓、推就事物命名之由來，雖不免有穿鑿附會之弊，卻是有意識地將聲符與該字之意義作一關連，藉此揭示事物得名之由來。劉熙曰：

名之於實，各有義類[14]。

例如在書中他提到：

邦，封也。封有功於是也[15]。(〈釋州國〉)

兩腳進曰行。行，抗也，抗足而前也[16]。(〈釋姿容〉)

許慎當時無法對此現象用專門術語敘述，因此正式提出「聲兼意」之概念者乃是晉楊泉〈物理論〉：

在金曰堅，在草木曰緊，在人曰賢[17]。

考《說文》「臤」部之堅及緊字，均爲會意，然「貝」部之賢乃屬形聲，前二字从臤，與賢字从臤聲之含意隱和(《說文・注》:「臤，堅也。」)，故「聲兼意」說始見端緒。到了清代，聲訓成爲各文字學家解釋字義之重要理論，「因聲求義」亦成爲清代訓詁一重要方法。

(一)、右文說的建立——「聲兼意」說理論奠基

「右文說」乃是宋王聖美提出，《宣和書譜》載：

---

[8] 見《毛詩正義》卷3，頁141，重刊宋本《十三經注疏校勘記》。

[9] 同上，卷16，頁536。

[10] 見《禮記注疏》卷11，頁212，重刊宋本《十三經注疏校勘記》。

[11] 原許慎《說文》今不得而見，現最早版本乃南唐徐鉉《說文解字》十五卷（靜嘉堂本）本及徐鍇《說文解字繫傳》四十卷本（清道光祁嶲藻刻本），本文採用徐鉉版本（平津館本）爲例證。如：卷1「艸」部茉字云：「从艸耒、耒亦聲。」頁26，台北：世界書局。民59.8再版

[12] 如卷3「句」部鉤字云：「从金从句、句亦聲。」頁67；卷12「女」部娣字云：「从女从弟、弟亦聲。」頁412。

[13] 統計數字援引呂慧茹〈《說文解字》亦聲說之檢討〉，頁143，《東吳中文研究集刊》6期，民88.5

[14] 見《釋名・序》，頁1，台北：臺灣商務印書館。民55.3臺一版

[15] 同上，頁25。

[16] 同註14，頁35。

[17] 見《叢書集成》145冊，頁8，平津館叢書。商務印書館。民26.12初版。查上海古籍出版社重印出版汪紹楹校《藝文類聚》(1965.11一版，1982.1新一版)「人」部無「在金曰堅」等十四字。

> 文臣王子韶，字聖美，浙右人。官至秘書少監。宿學醇儒，知古今，以師資為己任。方王安石以字書行於天下，而子韶亦作《字解》二十卷，大抵與王安石之書相違背，故其《解》藏於家而不傳[18]。

以聲符求字義之《字解》和以會意說字義之《字說》兩書研究路線大相逕庭，且基於王安石於當時位高權重，爲免產生困擾，故王子韶「藏於家而不傳」。

《字解》已佚，而今僅能從其他文獻見其梗概。沈括《夢溪筆談》云：

> 王聖美治字學，演其義以為右文。古之字書，皆從左文。凡字，其類在左，其義在右，如水類，其左皆從水，所謂右文者，如戔、小也。水之小者曰淺，金之小者曰錢，歹而小者曰殘，貝之小者曰賤，如此之類，皆以戔為義也[19]。

王氏說法提出兩概念：一是類與義。認爲形聲字的左文（形符）僅是區別事物的範疇，右文（聲符）才是「意義」之所在。二是相同字根（即聲符）衍生出系列之部中字，皆蘊含共同「意義」，如从「戔」聲皆有「小」義[20]，聲符既具表義功能，而具體字義亦由右旁的聲符所承當，「聲兼意」於此廣爲諸多學者重視及認同。「聲兼意」現象自王聖美的「右文說」得到發展後，當代學人皆在此議題著墨，如南宋王觀國《學林》：

> 盧者，字母也。加金則為「鑪」，加火則為「爐」，加瓦則為「㼈」，加木則為「目盧」，加黑則為「黑盧」。凡省文者，省其所加之偏旁，但用字母則眾義該矣[21]。

在此之前「聲兼意」的說法僅限於歸納，並無專論，直到南宋戴侗提出「因聲以求義」，用演繹方式指出聲訓之重要：

> 夫文生於聲音者也，有聲而後形之以文，義與聲俱立，並非聲於文也。……訓故之士，知因文以求義矣，未知因聲以求義也。夫文字之用莫博於諧聲，莫變於假借。因文以求義而不知因聲以求義，吾未見其能盡文字之情也[22]。(《六書故・六書通釋》)

又曰：

> 六書推類而用之，其義最精[23]。

透過聲音探求語言的規律，故音與義在約定俗成的情形下結合後，便會產生共同的文字，而文字是記錄語言的符號，文字與語言互爲表裡，達成統一性，詞義自是透過文字表達，故到了清代，「聲兼意」說由戴震繼續發揚，至段玉裁集大成，「因聲求義」自此方臻於系統化與理論化[24]。

---

18 見學津討原《宣和書譜》卷 6「正書・宋」，頁 7，台北：藝文印書館

19 見宋沈括《夢溪筆談》卷 14，頁 95，台北：臺灣商務印書館。民 72.6 臺五版

20 「右文說」非絕對正確，以从「戔」聲爲例，箋、踐、諓及餞等並無「小」義，此現象雖無法全面說明形聲字結構，但從訓詁角度而言，實已代表文字有聲同意通之理。

21 見《學林》卷 5「盧」字，頁 32，湖海樓叢書，台北：藝文印書館。民 55 影印初版

22 見《文淵閣四庫全書》經部 220 冊，頁 3，台北：臺灣商務印書館。

23 同上，頁 8。

24 援引陸宗達〈因聲求義論〉，頁 68，《中國語文研究》7 期，1985.3

（二）、「右文說」與「亦聲」

從許慎《說文解字》歸納的「亦聲」現象，其後關於研究《說文》的著作中亦承襲此觀點，南宋徐鉉校定《說文》時，增列一些「亦聲字」[25]，清代的段玉裁與朱駿聲亦多有補充。

段玉裁注《說文》除闡發許書體例、校正《說文》訛誤之外，並創新眾多體例，關於「聲兼意」部分，計有[26]：1.聲與義同源；2.凡字之義必得諸字之聲；3.凡从某聲皆有某義；4.凡同聲多同義；5.形聲多兼會意，以上五點說明段玉裁對於形聲字聲符表義作用之看法，雖然此類形聲字仍然維持形聲結構的平衡，然實際上結構已發生轉移了，它的基本關係如下[27]：

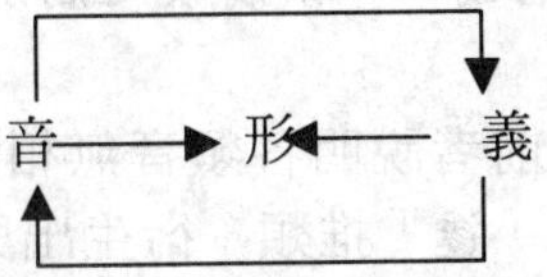

透過聲音關係，說明聲與義相因之理。此外，關於此現象段玉裁在注《說文》的條例上亦用「亦聲」示之[28]。

從許慎對亦聲的說解條例可看出：「从〇〇」及「从〇从〇」皆為「會意」用語，故歷代學人將「亦聲」歸為「會意」[29]，然會意是由兩個（或兩個以上）的形體組合而成，也就是「比類合誼，以見指撝」的純粹表意文字。新字僅是透過組合的意符表達新意象，組合的意符和組合後產生的新字原本就無任何聲音關連，既是如此，亦聲視為「會意」於是不攻自破；尚有文字學家主張亦聲兼用會意、形聲二書，如南宋鄭樵《六書略》：

> 母主形，子主聲者，諧聲之義也。然有子母同聲者，有母主聲者，有主聲不主義者，有子母互為聲者，有三體主聲者，有諧聲而兼會意者則曰聲兼意[30]。

又曰：

> 諧聲者，一體主義，一體主聲；二母合為會意，會意者，二體俱主義，合而成字也[31]。

---

[25] 如《說文解字・言部》卷 3 新附「謎」字：隱語也。从言迷、迷亦聲。頁 77；卷 7 新附「晬」字：周年也。从日卒、卒亦聲。頁 218，以上均見《說文解字》，台北：世界書局，民 59.8 再版

[26] 以下條例援引陳新雄《訓詁學》六章「訓詁之條例」之「聲訓條例」，頁 259，台北：學生書局民 85.9 增訂版

[27] 結構關係之安排並非順序，僅說明透過音、義以釋形，且音、義之間有所聯繫。

[28] 本文僅專就「亦聲」和「右文」加以探究，不擬談論「亦聲」之現象，相關論文可參考薛克謬〈論《說文解字》的亦聲部首〉，《語言文字學》3 期，1991；呂蕙茹〈《說文解字》亦聲說之檢討〉，《東吳中文研究集刊》6 期。民 88.5

[29] 南唐徐鍇云：凡言亦聲，備言之耳。義不主於聲，會意。見清道光祁嶲藻刻本《說文解字繫傳・自部》卷 7，頁 67，北京：中華書局。1998.12 一版二刷

[30] 見《六書七音略・六書序》，頁 4，台北：天一出版社。

[31] 同上，「會意」序，頁 1。

鄭氏主張會意主義、形聲主聲，將形聲歸爲二類：正生與變生。變生列分六項，其中一項是「聲兼意」，認爲形聲之聲符可表義。南宋戴侗《六書故》：

象形、指事猶不足以盡變，轉注、會意以益之，而猶不足也，無所取之，取諸其聲而已矣。是故各因其類而龤之以其聲[32]。

又曰：

六書推類而用之，其義最精。「昏」本為日之昏，心目之昏猶日之昏也，或加心與目焉。嫁取者必以昏時，故因謂之昏，或加女焉。「熏」本為煙火之熏，日之將入，其色亦然，故謂之熏黃，《楚辭》猶作纁黃，或加日焉。帛色之赤黑者亦然，故謂之熏，或加糸與衣焉。飲酒者酒氣酣而上行，亦謂之熏，或加酉焉。夫豈不欲人之易知也哉……如厲疾之厲別作癘」……厲鬼之厲別作「禲」[33]……。

戴侗說法涵蓋二概念：「聲符不兼意」與「聲符兼意」，前者說明各類音無相因，故取聲以「諧」，聲符僅表音；後者說明本字不敷使用，遂「推類」衍生出與本字（後成爲聲符）字義相關的「後起形聲字」，二者在聲音上仍是相龤，例如：

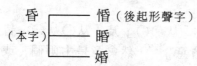

昏 ── 惛（後起形聲字）
（本字）── 睧
── 婚

（時代變遷而孳生）

這種以本字爲聲符的後起形聲字，其字義從本字的意義上分化，且聲符表音又表意，這項理論到清代王筠承繼此說，提出「分別文」及「累增字」之概念[34]。

清代段玉裁與王筠均認爲亦聲兼用會意、形聲二書，段氏云：

有亦聲者，會意而兼形聲也[35]。

又曰：

凡言亦聲者，會意兼聲者……凡字有六書之一者，有兼六書之二者[36]。

又曰：

聲與義同原，龤聲之偏旁多與字義相近，此會意形聲兩兼之字致多也。《說文》或偁其會意，略其形聲；或偁其形聲，略其會意。雖則渻文，實欲互見[37]。

王筠亦贊成將亦聲兼用會意、形聲二書，《說文釋例》：

形聲者，以事為名，取譬相成，江河是也。案：工可第取其聲，毫無意義，此例之最純者，推廣之，則有兼意者矣。形聲字而有意，謂之聲兼

32 同註 22，頁 4，台北：臺灣商務印書館。
33 同上，頁 8。
34 見張智惟《戴侗〈六書故〉研究》三章「戴侗《六書故》之文字學理論」，頁 125，逢甲大學中文研究所碩士論文。民 89.6
35 見段玉裁注《說文解字・敘》篇 15「形聲」下注，頁 755，台北：天工書局。民 81.11 再版
36 見段玉裁《說文解字注・一部》篇 1 吏字下注，頁 1。
37 見段玉裁《說文解字注・示部》篇 1 禛字下注，頁 2。

意，聲為主也[38]。

又曰：

言亦聲者凡三種，會意字而兼聲者，一也；形聲字而兼意者，二也；分別文之在本部者，三也。會意字之從義兼聲者為正，主義兼聲者為變。若分別文則不然，在異部者，概不言義；在本部者，蓋以主義兼聲也。

時亦聲而不言者亦三種：形聲字而形中又兼聲者，一也；兩體皆義皆聲者，二也；說義已見、即說形不復見者，三也[39]。

段氏抱持「凡字之義必得諸字之聲」之理解讀亦聲現象，基本上是可行的，然一字兼含二書，遂造成「六書」分類混亂，其理論無法符合漢字規律；王筠闡述亦聲之條例，贊成亦聲兼意之現象在古籍即有之，「是以經典用字，尙多第存其聲者」，然令人疑惑的是，二人既認同此現象，卻忽略「一字一書」之理，畢竟如此的分析方法不符合造字之初衷，況許慎說解亦聲字時亦未特別註明其歸屬問題[40]，故「亦聲」僅是「六書」的特殊現象，即是從外部構形解釋文字內部原理，因此只有一種類屬，即是「形聲」（因其組成要件爲「形符」和「聲符」之取譬相成）——形聲變例[41]。

確定亦聲字之歸屬，再談亦聲和右文之關係方有意義。「右文說」乃是在「亦聲」的基礎上加以擴大發展，如「示」部禮字，《說文》：

履也。所以事神致福也。从示从豊、豊亦聲[42]。

「豊」字釋義：「行禮之器也。从豆，象形。」[43]因爲祭祀神靈，所用之禮器必須慎重，故「豊」字既表示「禮」字義涵，音讀亦相近[44]。由此說明亦聲字之聲符既表音、且兼意，也就是「聲符兼意」之理。

「亦聲」指出文字的現象，「右文說」則是在此理論進行歸納整理——雖然「凡字其義在左、其義在右」 之觀念非全然正確，卻提供後人一重要訊息：從某一聲符爲基點，衍生出的形聲字群在意義上皆有聯繫。故亦聲和右文之間的關係應是承繼發展的，二者皆是「聲符兼意」之重要過程，王英明認爲：

在清代還有一個理論昇華階段，即「聲近義通」說的提出[45]。

目前較爲眾多學者學者接受之說法即是亦聲歸屬於形聲，如馬敘倫云：

---

38 見《說文釋例》卷 3「形聲」條例，頁 50，北京：中華書局。1998.11 一版二刷

39 同上，頁 54。

40 許慎在說解亦聲字時，都是先義、再形、後音，如「金」部鉤字，大徐本《說文》:「从金从句、句亦聲。」（卷 3，頁 67，台北：世界書局。民 59.8 再版（平津館本））又如「刀」部劑字：大徐本：「从刀从齊、齊亦聲」（卷 4，頁 135。）這種「先會意、後形聲」（薛克謬語，見〈論《說文解字》的亦聲部首〉頁 128，《語言文字學》）之分析方式，自然會被誤解成一字兼有二書，許慎的說法應是對於形聲字兼聲或兼意之部件，通常先說明其義，再說明「亦」表音之作用，非專指用語條例。

41 所謂「變例」乃指許慎對此現象說解並無明確說明，並無涉及「聲符兼意」之條例，故以「變例」表示歸類形聲字類型之特殊現象。

42 大徐本見卷 1「示」部，頁 2；小徐本見卷 1「示」部，頁 3。

43 大徐本見卷 5「豊」部，頁 154；小徐本見卷 10「豊」部，頁 93。

44 禮，靈啓切，古音屬「來」紐，蟹攝。豊，古音屬「來」紐，蟹攝。

45 見王英明〈對「聲符兼義」問題的再認識〉，頁 29，《語言文字學》3 期，1990

凡曰亦聲者，必為會意字，而其中一部分既任其義、亦任其聲，故曰某亦聲。……然會意字而其一部分兼任本字之聲者，若禮…神…即與一切形聲字無以異，故雖謂無亦聲之字可也[46]。

又如唐蘭說道：

假使象形是原始文字，就不應該兼聲，諧聲文字又本來就兼了形，形兼聲在理論上就講不通[47]。

一個字當成聲符使用，然後再孳生新字使意義相互聯繫，這種「同源」關係並非憑空出現，而是早已存在的客觀事實，「或者是這個字本身的表義性不明確，或者是這個字由於字形譌變失去了表義性」[48]，因此「『聲兼意』是漢字由表意體系向形聲化邁進時的連帶產品」[49]，故亦聲不過是後人依據六書法則發現「聲兼意」之特殊現象而已，其本質上仍歸為「形聲」。

由單純的表音文字到聲符兼意的過程中，得知以下結論：

1.「亦聲」不過是形聲內部之「特殊」現象，是形聲字成熟的過渡時期（亦即聲符僅表音），本質上仍歸屬形聲。

2.「聲兼意」問題有助於瞭解文字的同源關係，透過相同「語根」可以將孳生字群間的意義相互串連，如以「甬」得聲皆有「興起」義[50]，以「農」得聲之字皆有「濃厚」義[51]。

3.聲符兼意雖然表義較其它造字系統來得精確，然聲符既可單獨表義、亦可和其它形符配合，複雜性勝於其它造字系統，因此聲符兼意在形聲字中並無大量存在，「隨著漢字數量的逐漸增加，它所佔的比例卻越來越小。」[52]

三、王筠對「聲兼意」的說解

「聲兼意」是既定事實，王筠將此現象歸之形聲變例，現今學者皆將其視為形聲正例[53]，王筠歸類之動機為何？先將《說文解字句讀》關於「聲兼意」之字例列出一探究竟。

（一）、王筠的形聲字觀

關於六書體例的闡釋，主要集中在《說文釋例》，依形事意聲以求形義[54]，

---

[46] 見《說文解字六書疏證・一部》吏字下，卷 1，頁 20，台北：鼎文書局。民 64.10 初版

[47] 見《中國文字學》「文字的構成」，頁 65，上海：上海古籍出版。2001.6 一版一刷

[48] 援引自薛克謬〈論《說文解字》的亦聲部首〉，頁 129，《語言文字學》3 期，1991。

[49] 援引自王英明〈對「聲符兼義」問題的再認識〉，頁 29。

[50] 見段玉裁《說文解字注・㔾部》「甬」字下注，7 篇，頁 317。

[51] 見段玉裁《說文解字注・衣部》「襛」字下注，8 篇，頁 393。

[52] 同註 49，頁 32。

[53] 如黃侃云：凡形聲字之正例，必兼會意。見陳新雄〈說文解字之條例〉，《木鐸》10 期，民 73.6。魯實先亦認為「形聲必兼會意」、蔡信發承此說；謝一民主張：凡形聲之正例，聲必兼意。

[54] 援引宋師建華《王筠說文學探微》二章「說文通例探微」，頁 114，文化大學中文研究所博士論文。民 82.5

其中又以聲爲造字之本，他說：

是聲者，造字之本也。及其後也，有是聲，即以聲配形而為字，形聲一門之所以廣也[55]。(〈六書總說〉)

又說：

凡形聲字，以形為主，以聲為從；此則以聲為主，以形為從，乃形聲之大變矣[56]。(〈分別文 累增字〉)

王筠認爲聲符單純表音，爲正例；「分別文」及「累增字」皆以聲爲主，聲符兼意，爲變例，他說：

形聲則聲中太半無義，且俗書多形聲，其會意者，千百之一二耳。……會意實、形聲虛，合二字三字以為意，而其義已備，形聲則不能賅備[57]。(〈六書總說〉)

強調「會意」已能將某字的意義完全表達，實不必透過「亦聲」表達文字意涵，因爲：

夫聲之來也，與天地同始。未有文字以前，先有是聲。依聲以造字，而聲即寓文字之內，故不獨形聲一門然也[58]。(〈形聲〉)

既然依聲造字是王筠所謂的「正例」，然他又說道：

義寄於聲，誠為造字之本，亦為用字之權，故偏於聲者從末減也。(同上)

兩說豈非矛盾？如何在聲符無義的情況下又言義寄於聲？因爲在形聲字衍化的過程中，「以形附聲」是過程之一[59]，承認形聲字的聲符本有兼意之事實，焦循、王念孫及阮元皆有專文探究文字聲義相因之理[60]，而後章太炎及劉師培從古籍、音韻及殷周金文證明字義起於字音[61]，故聲兼意爲形聲正例，聲不兼意才

---

[55] 見《說文釋例》卷 1，頁 9。

[56] 同上，卷 8，頁 173。

[57] 同上，卷 1，頁 8。

[58] 同註 55，卷 3，頁 50。

[59] 許錟輝主張形聲衍化有四端：1.形文不成文，2.形文加聲，3.聲文加形，4.先有初文、別出形聲。見〈形聲釋例〉，頁 3，《國文學報》(台灣師大) 3 期，民 63.6

[60] 如焦循云：古者命名辨物，近其聲即通其義，如天之為顛，日之為實，春之為蠢，秋之為愁，嶽之為聚，岱之為代，華之為穫，子之為滋，丑之為扭，卯之為冒，辰之為振……無不以聲義之通，而為字形之借，故聞其名，即知其實；用其物，即思其義。見《雕菰集．周易用假借論》卷 8，頁 125，台北：鼎文書局。民 66.9 初版

如王念孫云：詁訓之旨，本於聲音，故有聲同字異、聲近義同，雖或類聚群分，實亦同條共貫。見《廣雅疏證．序》，頁 2，台北：臺灣商務印書館。民 57.6 臺一版

如阮元云：義从音生也，字从音義造也。試開口直發其聲曰施，重讀之曰矢。施矢之音，皆有自此直施而去之彼之義。見《揅經室集．釋矢》(一)，頁 7，台北：臺灣商務印書館。民 56.3 臺一版

[61] 如章太炎云：語言之始，誼相同者，多從一聲而變；誼相近者，多從一聲而變；誼相對相反者，亦多從一聲而變。見《小學答問．序》，頁 1，台北：廣文書局。民 59.10 初版

如劉師培云：古人觀察事物，以義象區，不以質體別，復援義象製名，故數物義象相同，命名亦同。及本語言製文字，即以名物之音為字音，故義象既同，所從之聲亦同，所從之聲既同，在偏旁未益以前，僅為一字，即假所從得聲之字以為用。(〈字義起於字音說〉中)

又云：然造字之始，既以聲寄義，故兩字所從之聲同，則字義亦同；即匪相同，亦可互用。試觀古人名物，凡義象相同，所從之聲亦同，則以造字之初，重義略形，故數字同從一聲者，即該於所從得聲之字，不必物各一字也。(〈字義起於字音說〉下) 見《左盦集》卷四，

是形聲變例。

王筠在書中對於聲符兼意之情形用「兼意」、「聲兼意」及「聲兼義」等不同術語，這些術語的差異性爲何，以下即針對王筠所注的術語進行分析，以期找出王筠作這些術語的根本分界。

（二）、王筠使用之術語

1.言「聲亦兼意」者，僅一例：

宛，屈草自覆也。從宀夗聲。王筠：「夕部夗：轉臥也。則聲亦兼意。」（卷十四「宀」部，頁271）

按：宛，於袁切，古音屬「影」紐，山攝。夗，於阮切，古音屬「影」紐，山攝。聲符與所屬形聲字聲韻俱同。《說文》:「夗，轉臥也。」从夗得聲皆有「委屈」義[62]，將夗的字義帶入宛字，正好顯示「自覆」義。

2.言「兼意」者，共五十例，茲舉十例說明：

辈，兩壁耕也，一曰覆耕穜也。從牛非聲。王筠注：「亦兼意。」（卷二「艸」部，頁44）

按：辈，方味切，古音屬「非」紐，止攝。非，甫微切，古音屬「非」紐，止攝，聲符與所屬形聲字同聲韻。「非」字小徐本用語「違也，從飛下翅取其相背也。」[63]非字篆形作非，象鳥羽飛動貌，取其振翅之形故有「相背」義[64]。張揖云：「耦、辈、…墾、耒圭，耕也。」[65]「非」義帶入「辈」字，顯示「兩壁耕」義[66]。

諸，辯也。從言者聲。王筠注：「兼意。」（卷五「言」部，頁80）

按：諸，章魚切，古音屬「照」紐，遇攝。者，章也切，古音屬「照」紐，假攝，聲符和形聲字聲同韻異。《說文》:「者，別事詞也。」[67]《廣雅・釋詁》:「曰、欥、惟、…者、其、各……，詞也。」[68]詞義用言出，正好顯示「辯」義。者字到戰國時期有孳乳成「諸」字

收錄《劉申叔先生遺書》（三），頁1472，台北：華世出版社。民64.4初版

[62] 見清段玉裁《說文解字注・夕部》7篇，頁315。

[63] 見南唐徐鍇《說文解字繫傳》卷22，頁232。

[64] 高鴻縉《中國字例》云：鳥飛羽動，象人之揮手示不，故从飛下翄。4篇「會意」，頁13，台北：三民書局。民65.1五版

[65] 見魏張揖《廣雅・釋地》卷9，頁27，台北：臺灣商務印書館，民55.6臺一版。清王念孫注云：《說文》辈、兩壁耕也。一曰覆耕種也。見《廣雅疏證・釋地》，頁297，江蘇：江蘇古籍出版。2000.9一版一刷

[66] 段玉裁註解爲：壁當作辟，辟是旁側之語。兩辟耕謂一田中有兩牛耕，一從東往、一從西來也。（2篇，牛部「辈」字下注，頁52台北：天工書局。民81.11再版）若爲兩牛，從字形觀看實無「二牛」形，從「牛」字演變觀看，從無出現「从二牛」之字形，故若說省形字亦欠妥，段氏誤解此字。

[67] 小徐本於「者」字下注云：凡文有者字者，所以為分別隔異也。見《說文解字繫傳・自部》卷7，頁67。

[68] 同註65，卷4，頁46。

之例證[69]，諸字《爾雅・釋訓》:「諸諸、便便，辯也。」[70]由字例可知爲假借用法。

諗，深諫也。從言念聲。《春秋傳》曰：辛伯諗周桓公。王筠注:「依〈釋言〉則兼意。」(卷五「言」部，頁82)

按：諗，式任切，古音屬「審」紐，深攝。念，奴店切，古音屬「泥」紐，咸攝。聲符與形聲字聲韻俱異。《說文》:「念，常思也。」，《廣韻》:「諗，告也、謀也、深諫也。」將「念」義帶入「諗」字，正可顯示「深諫」義。

鞀，鞀角、鞮屬也。從革卬聲。王筠注:「兼意。」(卷六「革」部，頁96)

按：鞀，五剛切，古音屬「疑」紐，宕攝。卬，五剛切，古音屬「疑」紐，宕攝。《說文》:「卬，望也，欲有所庶及也。」，《爾雅・釋訓》:「顒顒卬卬，君之德也。」[71]，君王德行高潔，人民因而仰之彌高。《釋名》:「仰角，屐上施履之名也。行不得蹶，當仰履角，舉足乃行也。」[72]唐顏師古注《急就篇》:

> 卬角，屐上施也，形若今之木履，而下有齒焉。欲其下不蹶，當卬其角舉足乃行，因為名也[73]。

《廣雅・釋詁》:「摳、掀、抗、…仰、卬、發……，舉也。」[74]，將「卬」義帶入「鞀」字，正可顯示仰其角舉足而行。

雞，雞黃也。從隹黎聲。一曰：楚雀也。其色黎黑而黃也。王筠注:「兼意。」(卷七「隹」部，頁124)

按：雞，郎奚切[75]，古音屬「來」紐，蟹攝。黎，郎奚切。聲符和形聲字聲韻俱同。《說文》:「黎，履黏也。」《廣雅・釋器》:「黝、黬、黵、…蕉、黎、黔……，黑也。」[76]，「耇」字大小徐本皆釋「老人面涷黎若垢」、段玉裁注:「涷黎謂涷而黑色」[77]，將「黎」義帶入「雞」字，正可顯示楚雀形色「黎黑而黃」義。

---

[69] 如⽮方彝記「諸侯」。見容庚編《金文編》卷4，頁248，北京：中華書局。1998.11一版六刷。帛書亦有「會諸医」之記載，見滕壬生《楚系簡帛文字編》，頁292，湖北：湖北教育出版。1995.7 一版一刷

[70] 郭璞注：皆言辭辯給。見晉郭璞注《爾雅》(宋監本)卷上，頁6。台北：國立故宮博物院。民60年初版

[71] 郭璞注：道君人者之德望。同上，卷上，頁19。

[72] 見劉熙《釋名・釋衣服》，卷5，頁83，台北：台灣商務印書館。民55.3臺一版

[73] 見唐顏師古注《急就篇》卷2，頁149，台北：臺灣商務印書館。民54.12臺一版。關於「鞮」字顏氏云：薄革小履也。故「鞀」字因小履揚其角而得名

[74] 同註65，卷1，頁17。王念孫注云：仰、卬聲義並同。見《廣雅疏正・釋詁》卷1，頁35。

[75] 王筠曰《字林》作「䳘」字。考《廣韻》有「䳘」無「雞」，兩字之反切下字雖異(前者《廣韻》作「郎奚切」，後者大徐本作「郎兮切」)，然同屬同一韻部(齊韻)，故以《廣韻》爲正。

[76] 同註65，卷8，頁103。王念孫注云：《眾經音義》卷6引《字林》云：黧、黑黃也。古通作黎，又作犁。《史記・李斯傳》「面目黎黑」、〈秦策〉作「伵」，《韓非子・外儲說》作「黧」。見《廣雅疏正・釋詁》，頁273。

[77] 見《說文解字注・老部》8篇，頁398，台北：天工書局。民81.11再版

殤，不成人也。人年十九至十六死爲長殤……。從歺傷省聲。王筠注：「兼意也。」（卷八「歺」部，頁140）

按：殤，式羊切，古音屬「審」紐，宕攝。傷，式羊切。聲符和形聲字聲韻俱同。《說文》：「傷，創也。」《廣雅・釋詁》：「痂、瘃、疥…傷…，創也。」[78]《釋名・釋喪制》：「未二十而死曰殤。殤、傷也，可哀傷也。」[79]《小爾雅・廣名》：「無主之鬼謂之殤。」[80]，《廣雅・釋詁》：「悲、悠、悼…痛、嘆、殤，傷也。」[81]無論是未冠而死或無主命，皆爲悲愴之事，故殤之言傷也。

籒，讀書也。從竹擂聲。《春秋傳》曰：卜籒云。王筠注：「兼意。」（卷九「竹」部，頁160）

按：籒，居祐切，古音屬「見」紐，流攝。擂，丑鳩切，古音屬「徹」紐，流攝。聲符和形聲字聲異韻同。《說文》：「擂，引也。」《小爾雅・廣言》：「緰、讀，抽也。」[82]王氏於「讀」字下注云：

> 段氏據竹部「籒、讀書也。」改誦為籒，是也。《詩》「中冓之言，不可讀也。」《傳》：「讀、抽也。」《說文》抽作擂，籒從擂，即上文諷誦也。誦、諷也，不言《詩》、《書》，亦可證[83]。

由長者導引抽撤舊事而次記述，正可顯示「讀書」義。

楃，木帳也。從木屋聲。王筠注：「兼意。」（卷十一「木」部，頁210）

按：楃，於角切，古音屬「影」紐，江攝。屋，烏谷切，古音屬「影」紐，通攝。聲符與形聲字聲同韻異。《說文》：「屋，居也。」《周禮・巾車》：

> 翟車，貝面，組總，有握[84]。

鄭玄注：「『有握』則此無蓋矣。」段玉裁注云：「《釋文》及各本從手，非也。……許書無『幄』有『楃』，『楃』蓋出〈巾車職〉，今本《周禮》轉寫誤耳。」《釋名・釋牀帳》：「幄，屋也。以帛衣板施之，形如屋也。」[85]居住之處以帛衣板鋪之，即可顯示「木張」義[86]。

椌，柷，樂也。從木空聲。王筠注：「兼意。」（同上，頁215）

按：椌，苦紅切，古音屬「溪」紐，通攝。空，苦紅切。古音屬「溪」

---

[78] 同註65，卷1，頁5。

[79] 同註72，卷8，頁131。

[80] 見漢孔鮒《小爾雅》，頁3。清宋咸注疏：無主之鬼猶言無後也。見《小爾雅疏證・廣名》卷3，頁61。台北：臺灣商務印書館。民54.12臺一版

[81] 同註65，卷2，頁24。王念孫注云：傷與愓通。見《廣雅疏正・釋詁》卷2，頁67。

[82] 同註80，頁2。清宋咸注疏：讀者，《詩・牆有茨》「不可讀也。」《傳》：「讀，抽也。」顏師古《匡謬正俗》曰：「抽當為籒。」籒，讀也。擂即古抽字。見《小爾雅疏證・廣言》卷2，頁30。

[83] 見《說文解字句讀・言部》卷5「讀」字，頁80，北京：中華書局。1998.11一版二刷

[84] 見《周禮注疏》卷27，頁416，重刊宋本《十三經注疏》，台北：藝文印書館。又〈幕人〉鄭注：四合象宮室曰幄，王所居之帳也。卷6，頁92。

[85] 同註70，卷6，頁95。

[86] 「帳」字大、小徐本皆釋「張」義，施展於床上。

紐，通攝。聲符與形聲字聲韻俱同。《說文》:「空，竅也。」而竅字本作「空」義，「柷」字大徐本釋作「樂，木空也，所以止音爲節。」椌及柷皆爲樂器名，《釋名・釋樂器》:「柷，四角有升鼠，始見柷柷然也，故訓爲始以作樂也。」[87]《爾雅・釋樂》:「所以鼓柷謂之止。」[88]將「空」義帶入「椌」字，即可顯示椌爲中空之木質樂器。

櫬，附身棺也。從木親聲。王筠注：「兼意。」(同上，頁 218)

按：櫬，初覲切，古音屬「初」紐，臻攝。親，七人切，古音屬「清」紐，臻攝。聲符與形聲字聲異韻同[89]。《說文》:「親，至也。」，段玉裁注曰：「情意懇到曰至。」又《左傳・襄公四年》:

秋，定姒薨，不殯於廟，無櫬，不虞[90]。

晉杜預注：「櫬，親身棺。」唐孔穎達正義：「櫬者，親身之棺，初死即當有之。」《小爾雅・廣名》:「空棺謂之櫬。」[91]《廣雅・釋器》:「梼、櫝、櫬、檮、柩，棺也。」[92]親近之人棺木將葬以殯，正可顯示「櫬」義。

3.言「聲兼意」者，共八例，茲舉二例說明：

瑗，大孔壁也，人君上除陛以相引。從玉爰聲。王筠注：「爰者，引也。聲兼意。」(卷一「玉」部，頁 8)

按：瑗，王眷切，古音屬「爲」紐，山攝。爰，雨元切，古音屬「爲」紐，山攝。聲符與形聲字聲韻俱同。《說文》:「爰，引也。」《爾雅・釋詁》:「粵、于、爰，曰也。」「爰、粵，于也。」「爰、粵、于、那、都、繇，於也。」[93]以上八字皆爲語之韻絕，亦即是引詞，「爰」字甲文作，象兩手相引物[94]。桂馥云：

大孔壁者，孔大能容手。人君上除陛以相引者，本書「爰，引也」，故從爰，謂引者奉璧於君，而前引其璧，則君易升[95]。

羅振玉亦贊此說[96]，因此以玉器引導人君除陛即是「瑗」義[97]。

[87] 同註 70，頁 108。

[88] 郭璞注：柷如漆桶，方二尺四寸、深一尺八寸，中有椎柄連底挏之，令左右擊。同註 70，卷中，頁 9。

[89] 初與清二紐皆爲齒音，後因時代演變，音亦轉移，遂產生「類隔」，唐時守溫據前人修正將齒音區分爲二，一爲齒頭音(「精」系字)，一爲正齒音(「照」系字)，後宋代《廣韻》之聲類將正齒音再區分爲二：一爲近舌(「照」系字)，一爲近齒(「莊」系字)。

[90] 見《春秋左傳正義》卷 29，頁 505，重刊宋本《十三經注疏校勘記》，台北：藝文印書館

[91] 同註 80，頁 3。

[92] 同註 65，卷 8，頁 103。

[93] 同註 70，卷上，頁 2。

[94] 見羅振玉《殷虛文字類編》第四，頁 134，台北：文史哲出版社。民 68.10 景印初版

[95] 見清桂馥《說文解字義證・玉部》卷 2，頁 30，山東：齊魯書社。1994.3 一版二刷

[96] 羅氏云：瑗為大孔璧，可容兩人手。人君上除陛，防傾跌失容，故君持瑗，臣亦執瑗，在前以牽引之必以瑗者，臣賤不敢以手親君也。同註 98，頁 135。

[97] 《爾雅・釋器》：肉倍好謂之璧。郭璞注：肉，邊；好，孔。好倍肉謂之瑗。郭璞注：孔大而邊小。同註 70，卷中，頁 7。

莊，上諱[98]。王筠注：「凡莊皆作嚴，莊從壯，聲兼意。」（卷二「艸」部，頁 18）

按：莊，側羊切，古音屬「莊」紐，宕攝。壯，側亮切，古音屬「莊」紐，宕攝，聲符與所屬形聲字聲韻俱同。《說文》：「壯，大也。」《爾雅・釋詁》：「弘、廓、宏、…丕…壯、冢……，大也。」[99]《小爾雅・廣言》：「丕，莊也。」[100]將壯義帶入「莊」字，顯示「草盛貌」。

4.言「微兼意」者，共一例：

姑，夫母也。從女古聲。王筠注：「微兼意。」（卷二四「女」部，頁 493）

按：姑，古胡切，古音屬「見」紐，遇攝。古，公戶切，古音屬「見」紐，遇攝。聲符與形聲字聲韻俱同。《說文》：「古，故也，識前言者也。」《爾雅・釋詁》：「治、肆、古，故也。」[101]姑字《爾雅・釋親》：「父之姊妹爲姑。」（妻黨）[102]又「婦稱夫之父曰舊，稱夫之母曰姑。」（婚姻）[103]《釋名・釋親屬》：「父之姊妹曰姑。，姑，故也，言於已爲久故之人也。」[104]《廣雅・釋親》：「姑，故也。」[105]《白虎通義・三綱六紀》：

> 稱夫之父母謂之舅姑，何？尊如父而非父者，舅也；親如母而非母者，姑也，故稱夫之父母為舅姑也[106]。

又云：

> 舅者，舊也；姑者，故也；舊故之者，老人之稱也。

王筠採《白虎通義》說法，故曰「微兼意。」

5.言「兼義」者，共四例，茲舉二例說明：

苗，蓨也。從艸從由聲。王筠注：「莜以艸田器爲本義，以苗之別名爲兼義，故此不須再出。」（卷二「艸」部，頁 36）

按：苗，丑六切，古音屬「徹」紐，通攝。由，以周切，古音屬「喻」紐，流攝。聲符與形聲字聲韻俱異。由字爲「繇」字或體，《爾雅・釋草》：「苗，蓨。」又「蓧，蓨。」[107]，朱駿聲認爲皆是一種同類

---

[98] 徐鍇云：臣鍇曰：後漢孝明帝諱，故許慎不解說而最在前也。陳鍇以為莊、盛飾也，故從艸壯聲。壯亦盛也，又道路六達謂之莊，亦道路交會之盛也。見《說文解字繫傳・艸部》卷 2「莊」字，頁 11。

[99] 同註 70，卷上，頁 1。

[100] 同註 80，頁 2。

[101] 同註 70，卷上，頁 6。

[102] 同上，卷上，頁 22。

[103] 同上，卷上，頁 25。

[104] 同註 72，卷 3，頁 45。

[105] 同註 65，卷 6，頁 78。

[106] 見漢班固《白虎通義》卷 3，頁 24，收錄《關中叢書》，台北：藝文印書館。

[107] 同註 70，卷下，頁 5、3，郭璞皆未注。

異名之菜屬[108]，故從由字滋生之「苗」字不兼意，僅取音示之。

哺，哺咀口中嚼食也。從口甫聲。王筠注：「咀訓含味，則哺是兼義。」(卷三「口」部，頁47)

按：哺，薄故切，古音屬「並」紐，遇攝。甫，方矩切，古音屬「非」紐，遇攝。聲符與形聲字聲韻俱同[109]。《說文》：「甫，男子美稱也。」哺字《爾雅・釋鳥》：「生哺，鷇。生噣，雛。」[110]郭璞注：「鳥子須母食之。」《玉篇》：「口中嚼食也。」[111]段玉裁注云：「凡含物以飼曰哺。」[112]咀嚼食物爲「哺」，甫字僅當聲符，不兼意。

6.言「聲兼義」者，共三例，茲舉一例說明：

禜，設綿蕝爲營，以禳風雨雪霜水旱癘疫於日月星辰山川也。從示從營省聲。王筠注：「上文云爲營，則聲兼義。」(卷一「示」部，頁4)

按：禜，永兵切，古音屬「爲」紐，梗攝。營，余傾切，古音屬「喻」紐，梗攝。聲符與形聲字聲韻俱同[113]。《說文》：「營，市居也。」「禜」字《周禮・黨正》：

春秋祭禜亦如之[114]。

鄭玄注：「禜謂雩禜水旱之神，亦爲壇位如祭社稷云。」又〈鬯人〉：

凡祭祀，社壝用大罍，禜門用瓢齎[115]。

鄭玄注：「禜謂營酇所祭。」故得知「禜」爲祭祀之法。蕝爲古代朝會設置望表，以束茅表位之事明尊卑之次。營字段氏注云：「帀(市)居謂圍繞而居。」[116]將棉蕝按尊卑之位環繞以求福消災，即是「禜」義。

7.言「聲亦兼義」者，僅一例：

句，曲也。從口丩聲。王筠注：「丩繚亦曲，聲亦兼義。因之凡區皆曰句。」(卷五「句」部，頁78)

按：口，苦后切，古音屬「溪」紐，流攝。丩，居求切，古音屬「見」

---

108 見清朱駿聲《說文解字通訓・孚部》第六「苗」字下注(臨嘯閣刻本)，頁240，北京：中華書局。1998.12一版二刷

109 並紐爲「重脣音」、非紐爲「輕脣音」。清錢大昕云：凡輕脣知音古讀皆為重脣。並舉古籍眾多例證爲例，如：古文「妃」與「配」同。《詩》「天立厥配」，《釋文》「本亦作『妃』。」《易》「遇其配主」，鄭本作「妃」。又如：古讀「房」如「旁」。《廣韻》：「阿房，宮名，步光切。」《釋名》：「房，旁也，在堂兩旁也。」《史記・六國表》秦始皇二十八年「為阿房宮」，二世元年「就阿房宮」，宋本皆作「旁」。「旁」「房」古通用。故同為重脣音。見〈古無輕脣音〉，頁105、108。

110 同註70，卷下，頁18。

111 見《玉篇・口部》卷上，頁37。

112 見《說文解字注・口部》2篇，頁55。

113 喻紐與爲紐依據《廣韻》「四十一聲類」分類同屬「喉音」。

114 見《周禮注疏》卷12，頁183。

115 同上，卷19，頁300。

116 見《說文解字注・宮部》7篇，頁342。

紐，流攝。聲符與形聲字聲韻俱同[117]。《說文》:「ㄐ，相糾繚也。」《詩經・葛屨》:

糾糾葛屨，可以履霜[118]？

毛《傳》:「糾糾猶繚繚也。」物相糾繚必相互曲屈，同理言語亦有委折，將口與ㄐ結合成「句」字，即顯示「曲」義。

從上述七項類別中，得知：

（1）、王筠使用之術語雖有差異，實際使用之情況皆相同。

（2）、某些聲符已被王筠視爲會意兼聲，分類上屬於「會意變例」之一項，當聲符和形符組成形聲字，自是歸於「形聲變例」，如「擂」字爲「意兼聲」，和形符「手」部結合成「籀」字，成爲聲兼意之形聲變例。

（3）、聲符的本義、引申義與假借義與形聲字相應本是事實，王筠忽略語言發展勢必派生大量新詞，因爲這種透過聲符而產生的新字源，最能體現「同源字」[119]的關係，這種爲適應語言需求而孳乳意義相近的現象亦是聲符兼意的原因。

四、結論

聲兼意是漢字發展中的一重要歷程，「也是表意文字向表音文字演化的一種過渡體。」[120]，這種過渡現象是形符加聲符的歷程中出現聲符本身已可表達字義，因此成爲眾人爭論的焦點，衍生出聲符兼意與否及形聲正例、變例之辯。從王筠的說法吾人得知：

（一）、「聲兼意」仍應視爲形聲正例，這種以聲符爲基點，所孳生的字群皆有「同源」關係，亦即在音義上皆有關連。

（二）、從文字的本義、引申義及假借義所孳生的、或是添加偏旁產生的字群，追溯其源流乃是從聲符衍生得出，彼此仍是同源關係，既使是因音義分化而產生的「分別文」及「累增字」亦若是。既是如此，自是歸之形聲正例。

（三）、王筠將術語分類成七項，細審之實無差別，取文字本義、引申義及叚借義皆是聲符兼意之基本型態，至於「微兼意」則是先透過形、義相近之理，再深層地的探究聲符和形聲字之關連，和其他分項並無異同。

（四）、王筠承認聲爲造字之本，卻忽視文字因語言而生、語言因文字而變的相應性，畢竟這種表意明確、形音義一致的特點，是一理想文字，只是在因此混淆六書分類及表意重複的缺點下，最後還是回到一形一聲最單純的造字方法。

「聲兼意」不是偶發現象，而是早已存在的事實，透過聲符兼意可以瞭解詞族同源關係，追溯語根，從而正確認識文字發展規律。

---

117 溪紐與見紐依據守溫「三十六字母」分類皆屬「牙音」，至《廣韻》分類亦然。

118 見《毛詩正義・魏風・葛屨》卷 5，頁 206。

119 見王力《同源字典》「同源字論」頁 3，台北：文史哲出版。民 80.10 初版二刷

120 援引黃宇鴻〈試論《說文》中的「聲兼意」現象〉，頁 128，《語言文字學》1 期，1996

参考書目（依作者姓氏筆劃排序）

一、文字類
王筠 （民 83.1 初版六刷）《文字蒙求》 台北：藝文印書館
（1998.11 一版二刷）《說文釋例》 北京：中華書局
（1998.11 一版二刷）《說文解字句讀》 北京：中華書局
邱德修 （民 84.9 初版一刷）《文字學新撢》 台北：合記出版
段玉裁 （民 81.11 再版）《說文解字・注》 台北：天工書局
容庚 （1998.11 一版六刷）《金文編》 北京：中華書局
徐鉉 （民 59.8 再版）《說文解字》（平津館本）台北：世界書局
徐鍇 （1998.12 一版二刷）《說文解字繫傳》（道光祁嶲藻刻本）
北京：中華書局
高鴻縉 （民 65.1 五版）《中國字例》 台北：三民書局
滕壬生 （1995.7 一版一刷）《楚系簡帛文字編》 湖北：湖北教育出版
魯實先 （民 62.10 初版）《假借遡原》 台北：文史哲出版
羅振玉 （民 68.10 景印初版）《殷虛文字類編》 台北：文史哲出版

二、聲韻類
李珍華等人 （1999.1 一版一刷）《漢字古今音表》 北京：中華書局
陳彭年等修 （民 84.3 初版十五刷）《廣韻》 台北：黎明文化
揚雄 《方言》《四庫全書》珍本別輯 台北：臺灣商務印書館
顧野王 （民 57.12 臺二版）《玉篇》 台北：臺灣中華書局

三、訓詁類
王念孫 （2000.9 一版一刷）《廣雅疏證》 江蘇：江蘇古籍出版
孔鮒 （民 54.12 臺一版）《小爾雅》 台北：臺灣商務印書館
張揖 （民 55.6 臺一版）《廣雅》 台北：臺灣商務印書館
陳新雄 （民 85.9 增訂版）《訓詁學》 台北：學生書局
郭璞注 （民 60 年初版）《爾雅》（宋監本）台北：國立故宮博物院
劉熙 （民 55.3 臺一版）《釋名》 台北：臺灣商務印書館
顏師古注 （民 54.12 臺一版）《急就篇》 台北：臺灣商務印書館

四、期刊
王英明（1990）〈對「聲符兼義」問題的再認識〉《語言文字學》3 期
呂慧茹（民 88.5）〈《說文解字》亦聲說之檢討〉《東吳中文研究集刊》6 期
陸宗達（1985.3）〈因聲求義論〉《中國語文研究》7 期
陳新雄（民 73.6）〈說文解字之條例〉《木鐸》10 期
黃宇鴻（1996）〈試論《說文》中的「聲兼意」現象〉《語言文字學》1 期
薛克謬（1991）〈論《說文解字》的亦聲部首 《語言文字學》3 期

五、論文
宋師建華（民 82.5）《王筠說文學探微》中國文化大學中文所博士論文
金錫準（民 77.4）《王筠的文字學研究》臺灣師範大學國文所博士論文
張智惟（民 89.6）《戴侗〈六書故〉研究》 逢甲大學中文所碩士論文

附錄

王筠《說文句讀》中關於「聲符兼意」之出現情形：

分類	字例	卷數
聲亦兼意	宛	卷十四「宀」部
兼意	⿱艹移	卷二「艸」部
	犨	卷二「牛」部
	噓	卷三「口」部
	噴	卷三「口」部
	趩	卷三「走」部
	遷	卷四「辵」部
	协	卷五「十」部
	諸	卷五「言」部
	詧	卷五「言」部
	諗	卷五「言」部
	詮	卷五「言」部
	謯	卷五「言」部
	⿰革卬	卷六「革」部
	雞	卷七「隹」部
	殤	卷八「歺」部
	籀	卷九「竹」部
	盇	卷九「血」部
	楃	卷十一「木」部
	椌	卷十一「木」部
	櫬	卷十一「木」部
	乇	卷十二「乇」部
	暈	卷十三「日」部
	⿰禾㐬	卷十三「禾」部
	牒	卷十三「片」部
	宧	卷十四「宀」部
	寷	卷十四「宀」部
	富	卷十四「宀」部
	窬	卷十四「穴」部
	寎	卷十四「㝱」部
	疛	卷十四「疒」部
	儕	卷十五「人」部
	僖	卷十五「人」部
	歆	卷十六「欠」部
	崛	卷十八「山」部
	碏	卷十八「石」部
	狄	卷十九「犬」部
	⿰火皀	卷十九「火」部
	黔	卷十九「黑」部
	思	卷二0「思」部
	泑	卷二一「水」部
	湎	卷二一「水」部
	瀱	卷二一「水」部
	抪	卷二三「手」部
	挾	卷二三「手」部
	嫋	卷二四「女」部
	媅	卷二四「女」部
	賊	卷二四「戈」部
	繇	卷二四「系」部
	⿰系兼	卷二四「系」部
聲兼意	瑗	卷一「玉」部
	莊	卷二「艸」部
	芋	卷二「艸」部
	莍	卷二「艸」部
	⿱艹鮭	卷二「艸」部
	茨	卷二「艸」部
	牽	卷三「牛」部
	牴	卷三「牛」部
微兼意	姑	卷二四「女」部
兼義	苗	卷二「艸」部
	哺	卷三「口」部
	旃	卷十三「㫃」部
	旃	卷十三「㫃」部
聲兼義	禁	卷一「示」部
	蓍	卷二「艸」部
	荄	卷二「艸」部
聲亦兼義	句	卷五「句」部

論漢儒六書說之性質

丁　亮

東海大學中國文學研究所博士候選人

提要

符號學／中國文字學

〈論漢儒六書說之性質〉一文以闡明漢儒六書說的根本性質爲中心課題。文章首先提出一個問題：「漢儒所提出的六書理論究竟爲何？」兩千年前儒生所提出的文字理論是否可能是今日文字學中所研究的〝造字方法〞？如果不是，又是什麼？問題的解答首先就六書說的「歷史意涵」著眼，從歷史文化的角度來看六書說在漢代文化中所扮演的角色，說明漢儒之六書說實爲兩漢名教中〝正名〞觀點所發展出來之〝正字〞標準，具有價值色彩，而非歷史中實存的造字方法；其次，再以現代符號學的眼光進行檢討，說明此種漢儒所發展出來的〝正字〞標準在今日文字學中具有〝型態〞上的意義，有助於分析文字，但不具〝方法〞上的意義。相信本文對漢儒六書說所提出的反省將有益於中國文字學史的認知與現代中國文字學的建立。

關鍵詞：漢儒　六書　正字　正名　文字

壹、前言

〝六書〞理論對中國文字與中國文字學具有重大之影響，是以具有重大的研究價值。故歷來學者之討論與批評亦多，從個別字在〝六書〞中的歸屬問題，到各書的解釋，到其名義、順序以及結構等，所在多有。甚至對〝六書〞是否爲〝六〞，學者亦作了反省。然而，這些反省基本上都是在以〝六書〞爲造字方法的前題下進行的，問題是，〝六書〞理論究竟是不是造字方法？或者說，〝六書〞理論的本質爲何？就中國文字學或中國文字學史而言，這個問題關係重大。因爲〝造字方法〞是建立近代中國文字學一重要課題，如果〝六書〞指的不是造字的方法，那我們必得對〝六書〞一事重新思考，不止是思考其內容、規則，還包括定義，思考所謂的〝六書〞在整個文字現象中的作用，以及這件事情在整個中國文字學中的地位。另一方面，就中國文字學史而言，如果〝六書〞指的不是造字的方法，那麼，又是什麼？無論〝六書〞是或不是造字方法，其對中國文字所形成之巨大影響是不容置疑的，因此，我們必須對其性質與作用予以澄清，才可能真正看清〝六書〞理論在中國學術、政治、社會中巨大的歷史作用。

然在開始討論與釐清時卻必須先對〝六書〞說有所界定。因爲〝六書〞說所跨越的時間太久，可能從先秦即已形成，而直延續至現代，這其中隱含了許多變化，雖名皆關乎〝六書〞，而實質則可大異。[1]其中最受學者注目與影響力最大的自是漢儒所成之〝六書〞說，具有完整的名目，在許慎的《說文解字‧序》中還具備了條例說解，並以此爲基礎完成《說文解字》一書，傳於千載之後。是以本文先將研究對象界定在漢儒的〝六書〞說，一方面便利研究進行，將研究對象界定清楚，避免無謂的紛爭；一方面是因爲漢儒〝六書〞說曾在歷史上發生之重大影響，在所有的〝六書〞說中居於核心地位，具有重要價值。先行釐清，不但較具學術價值，而且有利未來對〝六書〞說的後續研究。

而本文對漢儒〝六書〞說之性質的研究基本上分成〝歷史意涵〞與〝符號意涵〞兩部分。所謂〝歷史意涵〞指的是漢儒〝六書〞說在當時社會文化中所扮演的角色，將〝六書〞說重新放回漢代具體的歷史時空中去觀察其內涵，檢視漢儒對〝六書〞說的觀點以及〝六書〞說在漢代社會文化中的效用，以明其學說性質。如此，可以減少我們對漢儒〝六書〞說解釋中的主觀色彩；而所謂〝符號意涵〞則是以現代〝符號〞的眼光來看漢儒〝六書〞說的性質。審視其符號性質爲何，是屬於符號創造的理論？或是符號詮釋的理論？或是符號運用的理論？在此審視下，則可賦予漢儒〝六書〞說在現代的新意義，而從現代學術的角度對其有新的認識。

總的來說，本文其實是以文化人類學的角度對漢儒〝六書〞說進行觀照的一個研究。每一個時代或每一個文化都有與其自身之社會現況密不可分的學術，這是當時學者關切的重點，也深深的影響其思考的觀點。從這個角度來看，我們很難想像兩千年前儒生的文字理論會是今日文字學所研究的〝造字方法〞。反過來說，我們也很難想像一門現代學術中的重要課題是以兩千年前的學說觀點爲基礎而建立的。這不是輕視古人的學說，相反的，而是更加予以重視，因爲現代是從古代來的，但在此一重視吸收學習的過程中，我們不能不將事情弄清楚，是以本文嚐試對漢儒〝六書〞說的性質重新釐清，期望在此釐清的過程中不但更能瞭解〝六書〞說的重要，而且更加清楚現代學術的需要。由是而在研究主題之下再分出〝歷史意涵〞與〝符號意涵〞兩部分，前一部分主要是從中國文字學史的角度對漢儒〝六書〞說之性質進行檢討；後一部分主要是從現代中國文字學的角度進行檢討。希望能藉著這兩個角度的觀察能對問題有所說明。筆者才識短淺，尚祈方家雅正。

貳、歷史意涵

漢儒之說〝六書〞可考者有班固、鄭眾與許慎三家，此三家對〝六書〞說之共同觀點當可視爲漢儒對〝六書〞之觀點。班固謂：

> 古者八歲入小學，故周官保氏掌養國子，教之六書，謂象形、象事、象意、象聲、轉注、假借，造字之本也。[2]

鄭眾謂：

[1] 如《周禮》即有「六書」一詞，然其所指究竟是六種書體或其它則不易確定。 龍師宇純亦有新六書說，然其立說實是從文字之形音義出發，與漢儒之六書基本上不相關。

[2] 參《漢書藝文志通釋‧小學類序》92 頁。

六書：象形、會意、轉注、處事、假借、諧聲也。[3]

許慎謂：

周禮八歲入小學，保氏教國子先以六書：一曰指事。指事者視而可識察而見意，上下是也；二曰象形。象形者畫成其物隨體詰詘，日月是也；三曰形聲。形聲者以事為名取譬相成，江河是也；四曰會意。會意者比類合誼以見指撝，武信是也；五曰轉注。轉注者建類一首同意相受，考老是也；六曰假借。假借者本無其字依聲託事，令長是也。[4]

三家說六書之名目與次第略異，但從學術源流上來看並從劉歆而來，[5]故雖有不同，但同出一源，在立說之基本態度上應一致，便可據以探討〝六書〞說之根本性質，而視爲漢儒對〝六書〞理論的共同態度。[6]至於劉歆之說是否前有所承，因書缺有間，暫不論。

而班鄭許三家之說〝六書〞均立基於文字的政治作用。這點，從三家論述之文脈便可推得。班固在《漢書・藝文志・小學類序》中說〝六書〞乃著眼於政治之〝用〞，故在說〝六書〞之前謂：

《易》曰：「上古結繩以治，後世聖人易之以書契。百官以治，萬民以察，蓋取諸〈夬〉。」「〈夬〉，揚於王庭。」言其宣揚於王者朝廷，其用最大也。[7]

又在說〝六書〞之後謂：

漢興，蕭何草律，亦著其法，曰：「太史試學童，能諷書九千字以上，乃得為史。又以六體試之，課最者以為尚書、御史、史書令史。吏民上書，字或不正，輒舉劾。」[8]

文字書契的主要作用是爲輔助聖人治世，使「百官以治，萬民以察」，且是作用中之最大者，是以「周官保氏掌養國子」要先教之以〝六書〞。說穿了，其實是爲了一種政治運作，如果國子不能有效的運用文字，便很難達到「百官以治，萬民以察」的治境。此一觀點又落實在蕭何律法上，「能諷書九千字以上，乃得爲史」，爲史吏者之先決條件是要能運用文字，由此亦可顯示文字在政治中之重大作用。許慎《說文解字・序》說〝六書〞之脈絡與班固《漢書・藝文志・小學類序》同，而解釋更詳細。其文首謂：

古者庖犧氏之王天下也，仰則觀象於天，俯則觀法於地，視鳥獸之文與地之宜，近取諸身，遠取諸物，於是始作易八卦，以垂象憲。及神農氏結繩為治而統其事，庶業其繁，飾偽萌生，黃帝之史倉頡，見鳥獸蹏迒之跡，知分理之可相別異也，

[3] 參《周禮注疏・保氏》1575頁，鄭注引鄭眾《周官解詁》。

[4] 參《說文解字注・序》762~764頁。

[5] 詳參《中國文字學》80頁。

[6] 即從劉歆、班固、鄭眾、許慎等人在當時的學術地位來看，亦可推斷此數人所論之〝六書〞足以代表漢儒的共同觀點。而融通今古文經的大儒鄭玄引鄭眾語解保氏〝六書〞自是對此觀點認同的表現。

[7] 參《漢書藝文志通釋》91、92頁。

[8] 參《漢書藝文志通釋》92、93頁。

[9] 參《說文解字注・序》761頁。

初造書契，百工以乂，萬品以察。[9]

又謂：

蓋取諸〈夬〉，〈夬〉，「揚于王庭」，言文者宣教明化於王者朝廷，君子所以施祿及下，居德則忌也。[10]

此後亦接說解文字六書之文，並在說解〝六書〞之後，亦有一段與《漢藝》近同之文字。其文謂：

尉律學僮十七已上始試，諷籀書九千字乃得為吏。又以八體試之，郡移太史，并課最者以為尚書，史書或不正輒舉劾之。今雖有尉律不課，小學不修，莫達其說久矣。[11]

由此可知班、許二人皆以政治作用爲說解〝六書〞之基本眼光。而鄭眾之說雖今可見者極簡短，但從其所注之文亦可見出其說〝六書〞之文化觀點與班、許二人同。《周禮・地官・保氏》謂：

保氏：掌諫王惡，而養國子以道。乃教之六藝：一曰五禮，二曰六樂，三曰五射，四曰五馭，五曰六書，六曰九數。乃教之六儀：一曰祭祀之容，二曰賓客之容，三曰朝廷之容，四曰喪紀之容，五曰軍旅之容，六曰車馬之容。[12]

「保氏」之職乃在「掌諫王惡，而養國子以道」，而「六書」爲其職守內容之一，顯然具有政治功能。又「六書」原意何指暫不論，但鄭眾、鄭玄顯然是以漢儒之〝六書〞說解之，亦即在二鄭眼中漢儒〝六書〞說亦具有政治功效。由此可知，漢儒之說〝六書〞實立基於文字的政治作用。在此狀況下，〝六書〞是否是爲研究文字而發的理論或是造字方法便令人生疑，而順著文字政治作用的眼光繼續探討〝六書〞如何在文字中產生作用，便可進一步的瞭解其文化特質了。

從文字政治作用的眼光來看，漢儒之說〝六書〞其實是爲正定文字，以求字形統一。是以班固在說解〝六書〞之後續以蕭何草律，蓋蕭何草律不僅以文字之書寫取吏，強調了文字的政治作用，且謂「吏民上書，字或不正，輒舉劾」，[13]更進一步的提示了〝六書〞在文字中的具體作用。故續謂：

古制，書必同文，不知則闕，問諸故老。至於衰世，是非無正，人用其私。故孔子曰：「吾猶乃史之闕文也，今亡矣夫！」蓋傷其寖不正。[14]

而於其下，則又大篇的記述自古以來文字的變異與爲統一文字的〝正字〞活動。其記漢前之〝正字〞謂：

[10] 參《說文解字注・序》761頁。

[11] 參《說文解字注・序》766、767頁。

[12] 參《周禮注疏・地官・保氏》1574頁。

[13] 《史記・萬石君傳》記萬石君奏事誤書馬字，而惶恐懼譴死，可見漢世〝正字〞風氣之一般。

[14] 參《漢書藝文志通釋》94頁。

《史籀篇》者，周時史官教學童書也，與孔氏壁中古文異體。《蒼頡》七章者，秦丞相李斯所作也。《爰歷》六章者，車府令趙高所作也。《博學》七章者，太史令胡母敬所作也。文字多取《史籀篇》，而篆體復頗異，所謂秦篆者也。是時始造隸書矣，起於官獄多事，苟趨省易，施之於徒隸也。[15]

又續記漢後之〝正字〞謂：

漢興，閭里書師合《蒼頡》、《爰歷》、《博學》三篇，斷六字以為一章，凡五十五章，并為《蒼頡篇》。武帝時，司馬相如作《凡將篇》，無復字。元帝時，黃門令史游作《急就篇》。成帝時，將作大匠李長作《元尚篇》。皆《蒼頡》中正字也。《凡將》則頗有出矣。至元始中，徵天下通小學者以百數，各令記字於庭中。揚雄取其有用者，以作《訓纂篇》，順續蒼頡，又易《蒼頡》中重復之字，凡八十九章。臣復續揚雄作十三章，凡一百二章，無復字。六藝群書所載，略備矣。[16]

並謂：

《蒼頡》多古字，俗師失其讀。宣帝時，徵人能正讀者，張敞從受之。傳至外孫之子杜林，為作訓故，并列焉。[17]

「古制，書必同文」，「至於衰世，是非無正，人用其私」。反過來說，則文字混亂則將導致衰世，是以要統一文字，故有《史籀》、《倉頡》、《三蒼》、《凡將》、《急就》、《元尙》、《訓纂》、《續訓纂》等篇以爲〝正字〞，又有杜林《蒼頡故》以〝正讀〞文字。[18]而在許愼《說文解字・序》中則對文字的變異與統一著墨更多，其謂文字始作後「五帝三王之世改易殊體，封于泰山者七十有二代，靡有同焉」，至西周「宣王太史籀著大篆十五篇，與古文或異」，其後戰國諸侯則「文字異形」，及「秦始皇帝初兼天下，丞相李斯乃奏同之，罷其不與秦文合者」而制作小篆，此後因「秦燒滅經書，滌除舊典，大發隸卒，興役戍，官獄職務繁，初有隸書以趣約易，而古文由此絕矣」，至新莽「使大司空甄豐等校文書之部，自以爲應制作，頗改定古文」。[19]文字不但具有重大的政治作用，而且根本是一朝制度中不可或缺之一環，一朝有一朝統一正定之文字，一旦改朝換代則文字往往亦將改弦易轍，是以秦始皇將「書同文」一事與「車同軌」、「統一度量衡」等國家制度等同視之，而王莽自以爲「應制作」。

而漢儒〝正字〞另一重要目的即是據以說解經籍。在以經學爲官學的漢代，此一作用顯然亦政治作用的延伸，是以小學往往被視爲經學的附庸。而班固、許愼於記述漢代帝王所主持之〝正字〞活動後謂「六藝群書所載，略備矣」、「群書所載略存之矣」[20]。

[15] 參《漢書藝文志通釋》94、95頁。

[16] 參《漢書藝文志通釋》95頁。

[17] 參《漢書藝文志通釋》96頁。

[18] 漢儒的正字活動尙不僅此，如馬融校書東觀與蔡邕之書寫熹平石經均是，此當再參考《說文解字》與史傳另爲專文論述。事實上許愼著《說文解字》即爲〝正字〞活動之一。

[19] 依次參《說文解字注・序》762、764、765、768頁。

[20] 參《說文解字注・序》767頁。

許慎更明載：

諸生競逐說字解經誼。[21]

並且又謂：

蓋文字者，經藝之本，王政之始，前人所以垂後，後人所以識古，故曰：「本立而道生」，知天下之至嘖而不可亂也。[22]

文字乃是「經藝之本」與「王政之始」，由此可知〝六書〞其實是為統一文字與說字解經而發，本質上是一種說解字形的理論，以完成〝正字〞的工作。而漢儒之〝正字〞實即〝正名〞，[23]是基於孔子正名所成名教中的教化天下重大工作。這即是〝六書〞在文字政治作用中的具體角色。

確切來說，〝六書〞說實為古文經學派之說解字形而發，但其理論精神則不限於古文經學。「說字解經誼」是整個漢代儒生解經的方式，然從漢初發展而來今文經之「說字解經誼」日趨繁瑣附會，只是「緣飾文字」[24]，故劉歆於〈移讓太常博士書〉中批評今文經學派謂：

往者綴學之士，不思廢絕之闕，苟因陋就寡，分文析字，煩言碎辭，學者罷老且不能究其一藝。[25]

此意後為古文經學派學者所承，而多所論述。班固謂：

後世經傳既已乖離，博學者又不思多聞闕疑之義，而務碎義逃難，便辭巧說，破壞形體，說五字之文，至於二三萬言。後進彌以馳逐，故幼童而守一藝，白首而後能言。安其所習，毀所不見，終以自蔽。此學者之大患也。[26]

應劭謂：

漢興，儒者競復比誼會意，為之章句，家有五六，皆析文便辭，彌以馳遠。[27]

許慎亦謂：

諸生競逐說字解經誼，稱秦之隸書為倉頡時書，云：「父子相傳，何得改易？」乃猥曰：「馬頭人為長，人持十為斗，虫者屈中也。」廷尉說律至以字斷法，

[21] 參《說文解字注・序》770頁。

[22] 參《說文解字注・序》771頁。

[23] 就漢儒言，古者之〝名〞，今謂之〝字〞。鄭玄《論語》「必也正名乎！」注謂「正名，謂正書字也。古者曰名，今世曰字」，《周禮・外史》「掌達書名於四方」注謂「古曰名，今曰字」，《周禮・秋官・司寇・大行人》「諭書名」注謂「書名，書之字也，古曰名」，《儀禮・聘禮》「百名以上書於策」注謂「名，書文也，今謂之字」。漢後學者亦有持此見者，如江式〈古今文字表〉謂「文字者，六藝之宗，王教之始，前人所以垂今，今人所以識古，故曰：「本立而道生。」孔子曰：『必也正名乎！』」，《隋書・經籍志》小學類序起首謂「孔子曰：『必也正名乎！』，名謂書字」。

[24] 參《漢書・楚元王傳》1945頁。

[25] 參《漢書・劉歆傳》1970頁。

[26] 參《漢書藝文志通釋》97、98頁。

[27] 參《風俗通義校注・序》4頁。

苛人受錢，苛之字止句也。若此者甚眾，皆不合孔氏古文，謬於史籀，俗儒鄙夫翫其所習，蔽所希聞，不見通學，未嘗睹字例之條，怪舊埶而善野言，以其所知為祕妙，究洞聖人之微恉。[28]

劉歆所謂「分文析字，煩言碎辭」、班固所謂「務碎義逃難，便辭巧說，破壞形體」與應劭所謂「析文便辭，彌以馳遠」等即是許慎所批評的「蔽所希聞，不見通學」，也即是今文經學派所成之「說字解經誼」。從許慎之言可知此派據隸書字形解經，「稱秦之隸書爲倉頡時書」，並謂「馬頭人爲長，人持十爲斗，虫者屈中也」，是以劉歆據古文經之古文而重新建立一套說解字形以解經誼的方法，以免經學走上荒誕不稽之路，此當即〝六書〞說產生之學術背景。是以《說文解字・序》謂：

其稱《易》孟氏、《書》孔氏、《詩》毛氏、《禮》周官、《春秋》左氏、《論語》、《孝經》皆古文也。[29]

所說解之經書，一蓋以古文爲準。然而古文經學與今文經學所據文字雖有古今不同，說解字形之方式亦不同，但從一學術發展的大角度來看，古文家之〝六書〞說實當承續今文家之「說字解經誼」而來。古文經學批評今文經學「分文析字」，其實古文經學亦何嘗不在「分文析字」？許慎《說文解字》一書全在「說文解字」，而「說文解字」其實就是「分文析字」。甚至〝六書〞說之前身亦可能是在今文經學中發展出來的。《孝經援神契》謂：

文字者，總而為言，包意以名事也。分而為義，則文者祖父，字者子孫。得之自然，備其文理，象形之屬，則謂之文。因而滋蔓，母子相生，形聲會意之屬，則謂之字。字者，言孳乳浸多也。題於竹帛謂之書，書者，如也，舒也，紀也。[30]

很明顯的，這段話與《說文解字・序》論「文」「字」的一段話極其相似，只是讖緯強調文字的「得之自然」，許慎則淡去了文的自然色彩。而古文家之〝六書〞此處已論及「象形」、「形聲」、「會意」〝三書〞，所以古文家之〝六書〞說極有可能是從今文家之讖緯中發展而成，爲解讀古文，先從「象形」中分出一「視而可識，察而見意」的「指事」，以利附會，再將〝三書〞加上「轉注」、「假借」〝二書〞，從〝用〞的角度疏通說解，從而生成〝六書〞，是以班鄭許三家〝六書〞名目不同，而「轉注」、「假借」二書名目則無不同，且其排次多在末尾。至於「指事」則三家名目皆不同，蓋其本爲便易附會而生，名義不清，是以名目難定。[31]而無論古文家之〝六書〞說是否是直接脫胎於今文家之學說，在理論精神上則是一脈相承的，皆爲求文字之可說。

然而做爲〝正字〞的標準，漢儒〝六書〞其實是文字之〝六本〞，具有濃厚的價值

[28] 參《說文解字注・序》770頁。

[29] 參《說文解字注・序》772頁。

[30] 參《緯書集成・孝經援神契》987頁。此段文字又見載於《古微書》536頁，文字略有小異。

[31] 古文經學〝六書〞說與今文經學的關係當放在今古文經學說字解經之異同的大潮流下來論述才會清楚，而今古文經學說字解經之異同當另爲專文討論。在此僅先作一簡單論述。

色彩。班固謂「象形、象事、象意、象聲、轉注、假借，造字之本也」，所以，仔細觀察，在班固眼中〝六書〞其實是「造字之本」，而非造字之法。故此語下顏注謂：

文字之義，總歸六書，故曰：立字之本焉。[32]

顏注前則引《說文》六書注《漢藝》六書，是顏氏視六書爲六本之意思非常清楚，班固當亦有此意。而更明白的是荀悅在《漢紀》中就直呼〝六書〞爲〝六本〞，其文謂：

凡書有六本，謂象形、象事、象意、象聲、轉注、假借也。[33]

是自劉歆時六書即有六本一稱，[34]班、顏之語皆非空穴來風。而顏師古既注班固「造字之本」爲「立字之本」，則「立字」本當爲一大家所易解之熟語，但在今日，對「立字」一語之由來卻需稍加說明。古代本有立德、立功、立言之說，《荀子・正名篇》則有「立名以指實」一語，「立字」一語或由立言、立名而來。而先秦既不以字稱文字，則絕無此語，秦代年祚甚短，故推測爲漢儒所創。而今見漢代讖緯多用此語，如《春秋感精符》謂：

風之為言萌也，其立字：虫動於凡中者為風。[35]

在此例中，「立字」一語乃是說解字形之啓首詞，而於《古微書》所輯之讖緯分析文字之言辭中多見，如「尉者，尉民心撫其實也安。立字：士垂一人詰屈折著爲廷」、「仁者情志好生愛人，故其爲人以仁，其立字：二人爲仁」、「地者易也……，故其立字：土力於乙者爲地」、「一歲三百六十五日四分度之一……，故立字：四合其一」、「土之爲言吐也……，其立字：十從一爲土」、「水之爲言演也……，故其立字：兩人交一，以人出者爲水」、「火之爲言委隨也，故其立字：人散二者爲火也」、「天之爲言鎭也……，故立字：一大爲天」、「黍者緒也，故其立字：禾入米爲黍」等等，[36]可知其實爲今文經說字解經誼所用之熟語，而爲學者所慣用，是以顏師古以「立字之本」解釋「造字之本」，從漢儒整個說字解經的學術大潮流來看，〝六書〞即是古文經學派的「立字之本」，在講究本末關係的漢儒心中，「本立而道生」，文字爲經藝之本，〝六書〞則爲文字之本。有此〝本〞便可使天下諸多文字之〝末〞繁而不亂，井然有序，故許慎又稱之爲「字例之條」也。而〝六書〞之所以可爲天下文字之〝本〞當因其源出於天，「得之自然，備其文理」。蓋〝六書〞雖眾，但在文字觀念下，各書實以「象形」、「指事」爲本，而此二書實得之於天，乃「聖人所發天意」[37]，是以許慎謂：

將以理群類，解謬誤，曉學者，達神恉，分別部居，不相雜廁也。萬物咸睹，靡不兼載，厥誼不昭，爰明以諭。[38]

[32] 參《漢書藝文志通釋・小學類序》92頁，顏注。

[33] 參《漢紀》246頁，卷二十五孝成皇帝紀二節錄七略之文。

[34] 參《中國文字學》80頁。

[35] 參《古微書》198頁。

[36] 依次參《古微書》123、124、130、131、133、134、134、221、224頁。

[37] 參《春秋繁露義證・深察名號》285頁。

[38] 參《說文解字注・序》771、772頁。

而許沖謂：

> 其建首也，立一為耑，方以類聚，物以群分，同條牽屬，共理相貫，雜而不越，據形系聯，引而申之，以究萬原，畢終於亥，知化窮冥。[39]

在〝六書〞之整理下，文字不但可「同條牽屬，共理相貫」「理群類，解謬誤，曉學者」，而且可「達神恉」「以究萬原」，「萬物咸睹，靡不兼載，厥誼不昭，爰明以諭」，以「知化窮冥」。

故漢人正字之重點乃在〝應不應〞的價值判斷，而不在客觀歷史事實中的〝是不是〞。這首先在許慎《說文解字・序》中處處使用〝說〞之一詞透出端倪，可〝說〞即應，不可〝說〞或亂〝說〞即不應，故謂孔子左丘明所用之古文「厥意可得而說」，但漢「今雖有尉律不課，小學不修，莫達其說久矣」，於是要求字之〝說〞，故「孝平時徵禮等百餘人令說文字未央庭中」，「諸生競逐說字解經誼」，「廷尉說律至以字斷法」。而「巧說邪辭使天下學者疑」，於是「博采通人，至於小大，信而有證，稽譔其說」，「解說凡十三萬三千四百四十一字」。[40]事實上《說文解字》一書之書名即以〝說〞啓首，因全書都由通人之〝說〞字構成。而這種態度在漢人以〝六書〞實際處理文字問題時表現得最清楚。應劭謂：

> 輕罪不至於髡，完其耏鬢，故曰耏。古耏字從彡，髮膚之意也。杜林以為法度之字皆從寸，後改如是。[41]

《漢書・杜鄴傳》謂杜林「清靜好古」，「其正文字過於鄴、竦，故世言小學者由杜公」，可見杜林之正字非胡亂爲之「巧說邪辭」，具有代表性，而「杜林以爲法度之字皆從寸」，便將古〝耏〞字改正爲〝耐〞，這顯然不是從歷史事實出發的行爲，而是從〝說〞一觀點出發的正字行爲，在求〝說〞的觀點下，古耏字應該改爲耐。而《說文》而部耏字下將杜林所改耐字收爲重文，其文謂：

> 耏　罪不至髡也。從彡而，而亦聲。耐　或從寸，諸法度字從寸。[42]

可見許慎亦接受此一〝應該〞的解說。又如《說文解字》疊字下謂：

> 疊　揚雄說以為古理官決罪，三日得其宜，乃行之。從晶宜。亡新以從三日大盛，改為三田。[43]

對字下謂：

> 對　對或從士。漢文帝以為責對而面言，多非誠對，故去其口以從士也。[44]

從客觀歷史事實中之「是不是」而言，疊字上本爲三日，對字小篆左下爲口。但以〝說〞

[39] 參《說文解字注・序》789 頁。

[40] 依次參《說文解字注・序》765、767、767、770、770、771、771、789 頁。

[41] 參《漢書・高祖本紀》64 頁。

[42] 參《說文解字注・而部・耏》458、459 頁。

[43] 參《說文解字注・晶部・疊》316 頁。

[44] 參《說文解字注・丵部・對》104 頁。

之「應不應」視之，則新莽可制疊字從三田，而漢文可定對字爲從士。[45]這種改動字形以合某〝說〞的行爲似在漢前即已形成，如《說文》章字下謂：

樂竟為一章。從音十。十，數之終也。[46]

說解與小篆字形配合貼切，但金文章字作、、諸形，既不從音亦不從十，顯然小篆字形係李斯等取史籀篇文字「或頗省改」而成。另如釁、皇、周、榮、卑、朝、熏、陳等字皆是。[47]唯漢儒以〝六書〞將此應不應的行爲理論化、合法化了。

而漢儒爲合〝六書〞之說，又分析字形，將其部分視爲〝應有〞之獨立文字，以成其說。如《說文》𠫓字謂：

不順忽出也。從倒子。易曰突如其來如，不孝子突出，不容於內也。𠫓即易突字也。[48]

子古文字作，實則𠫓乃爲倒子之形，漢儒因不解棄、毓、流等字中倒子之形，望文生意，乃析出𠫓形，將當時語言中的「突」強加其上，平添一字。[49]此類自文字偏旁中析出之字在《說文》中並不少，如、、、、、、、、、、亍等皆是，《說文》說解此類字時往往具有相同模式。[50]這些字當皆爲漢儒以〝六書〞正字之應然產物，而非歷史中實存之文字。更有爲合乎某種意義的需要而據〝六書〞原則創造新字形者。如弒字，《說文》謂：

臣殺君也。易曰：臣弒其君。從殺省，式聲。[51]

殺弒用義之別學者皆知，而弒字實乃孔子之正名語言。其先不惟無其字，亦恐無其語。弒一語實由殺轉出，韻母雖無跡象可尋，聲母則由審二轉爲審三，其事若小之轉爲少，卅之轉爲世。殺一旦音試後，爲切合〝六書〞之說，其字之右便又改從式聲而成弒字。又如《說文》颼字，實本無其字。《詩》云「北風其涼」，《爾雅・釋天》則云「北風謂之涼風」，《史記・律書》云「涼風居西南維」，於是至《說文》爲合乎風名從風不從水的規則，便成了「北風謂之颼」的〝颼〞字了。[52]就歷史客觀之事實而言，實本無弒、颼二字。然漢儒從〝應不應〞的角度說解字形所影響的非僅數十字而已，而是關乎到不同書體間成百上千的字。在〝應不應〞的角度下，漢儒可將古往今來所有文字視爲一個整體，而以古文、籀文、小篆三體互訓。如《說文》上部以古文上字爲部首，其屬

[45] 對字金文作，其字形左下似士，是以對字可有左下從士之形。然漢文帝之改字當非著眼於此，且金文對字是否從士仍有疑。

[46] 參《說文解字注・音部・章》103 頁。

[47] 參龍師《中國文字學》390~395 頁。此處所言皆本書中之意。

[48] 參《說文解字注・𠫓部・𠫓》751 頁。

[49] 參龍師《中國文字學》282 頁或〈說文古文子字考〉。

[50] 參龍師《中國文字學》280~290 頁或拙著東海碩論《說文解字部首及其與從屬字關係之研究》第三章第四節虛造之從屬關係。

[51] 參《說文解字注・殺部・弒》121 頁。

[52] 參〈正名主義之語言與訓詁〉588、589 頁。

字帝與旁則爲小篆，而證諸古文字此二字本不從上。又如是字下謂籀文是從古文正，今字下謂從古文[illegible]，黃字下謂[illegible]聲，[illegible]古文光等。實際上王國維已明古文乃東方六國文字，與小篆系統不同，小篆如何可從古文？而此法似爲漢儒視爲當然，《後漢書・儒林傳》謂：

> 熹平四年，靈帝乃詔諸儒正定五經，刊於石碑，為古文、篆、隸三體書法以相參檢。[53]

三體石經非各以三體寫成，仍以一體書之，今石經殘片可證。而所謂「古文、篆、隸三體書法以相參檢」當即以三種字體爲分析文字之參考，正定應然之字形後以隸書寫下。更重要的是《說文》九千三百五十三字中有成千的字乃「篆定」而成。龍師謂：

> 秦之三倉僅三千三百字，即合揚雄訓纂及賈魴滂熹而計之，亦不過七千三百八十字。而漢世通行的為隸書，訓纂滂熹中文字應不得作篆體，且未必皆秦時所有。故說文中至少有近二千字的「小篆」來歷不明。從三家詩與毛詩比較看來，漢世原有大量轉注專字產生。更觀說文所收當時俗字，如躳作躬、先作[illegible]、[illegible]作[illegible]、函作肣、譀作[illegible]、歗作嘯，[illegible]字出漢令，[illegible]字見祕書，[illegible]下云今文，並作小篆形式而必不得為「秦篆」。可知說文中「小篆」，小部分或竟是大部分，乃許君據其字說，將隸書迻寫為篆書形式。模仿「隸定」的說法，可以稱之為「篆定」。[54]

也就是說，《說文解字》中成千的小篆並不曾真正出現在歷史中，從歷史客觀之事實來看，這些字都是假的，並不存在，是在一種應然的眼光下，以〝六書〞爲原則將隸書翻譯成小篆的。即如前舉杜林所正之耐字《說文》亦寫爲小篆，這不是歷史事實，實際的小篆中沒有〝耐〞這個字，但漢儒視爲平常。又如鳳字下以朋、鵬爲古文鳳乃出附會，謂崩、掤、倗、棚等字從古文鳳字爲聲，不但古文與小篆互訓，更是因其說解而「篆定」字形。[55]

然而在「爲漢制作」的觀點下，漢儒這一切作爲便都可理解。許沖謂：

> 臣伏見陛下神明盛德，承遵聖業，上考度於天，下流化於民，先天而天不違，後天而奉天時，萬國咸寧，神人以和。猶復深惟五經之妙，皆為漢制，博采幽遠，窮理盡性，以至於命。[56]

透過「神明盛德」可上天下民，而由先天至後天，跨越古今，於是孔子之制作五經，便「皆爲漢制」。《論衡》謂：

> 孔子曰：「文王既沒，文不在茲乎？」文王之文，傳在孔子。孔子為漢制文，傳在漢也。[57]

[53] 參《後漢書・儒林傳》2547 頁。

[54] 參《中國文字學》，407 頁。

[55] 參〈上古音芻議〉，362、363 頁。

[56] 參《說文解字注・序》792 頁。

[57] 參《論衡校釋・佚文》867 頁。

數百年前的孔子乃「爲漢制文」，[58]於是在漢代人眼中，一切歷史是非當立足於漢而判其應不應然。於是所有歷史時空在此應然觀點下皆可爲之倒置，那麼，僅是王教一耑的文字以應不應然定奪歷史事實又有什麼不可以呢？於是文字成爲亙古亙今的應然的存在。

總的來說，漢儒之〝六書〞實爲〝六本〞，乃爲說解字形以〝正字〞，具有濃厚的價値色彩，而不以歷史之事實爲依歸。從一社會文化的整體眼光來看，則爲孔子〝正名〞之具體發展，而在兩漢名教中起著巨大的政治作用。這是漢儒〝六書〞說的歷史意涵，在中國文字學史上應具有重大意義。

參、符號意涵

從上述檢討可知漢儒之〝六書〞說乃爲說解字形、統攝字形的理論。在政治要求統一與學術要求解經的情形下，這本是一極爲自然的事情。對於一個國家或政治實體而言，要能有效的運作，必須要求文字統一，否則政府機制本身難以運作，政令難以下達，人民難以溝通。而統一文字除了對現有文字制定標準字形之外，尙需建立一套共通的規則與標準，才能隨時因應新的社會情態制作新字，並規範民間興起之新字形，處理各種不可預期的文字亂象。而學術上則期盼由字形而字義，由字義而章句，由章句而經篇的去掌握經典之古義，以經世致用，於是在字形的統一之外對於可說的要求更是迫切。古文經學派據所據之經典乃以古文寫成，理論上更有利於掌握古義，但在具體操作上則面臨了更嚴重的問題，因爲漢時古文已然不通，是以認識文字成爲古文經學派第一要務，而此一識別的過程除了可以今文經校對外，唯一可靠的便是字形，是以需要一套更嚴密的理論以說解字形掌握字義。由此可知，〝六書〞處理的對象基本上是一個一個獨立的字形，是已經制成文字的成品。

而〝六書〞之說解字形乃自字形出發而終於定義，是以蘊含了一套解析字形的方法。首要條件是從可以辨識的字形徵狀著眼，於是首先將字形分爲〝文〞與〝字〞兩類，並賦予字形上的特徵，「獨體爲文，合體爲字」，於是光從眼睛即可判斷此一文字是〝文〞或是〝字〞。並且依據獨體與合體的字形關係，在〝文〞與〝字〞間建立起歷史上發展的先後關係，所謂「文者祖父，字者子孫」，而「象形之屬，則謂之文」，「形聲會意之屬，則謂之字」。[59]許愼亦謂：

> 倉頡之初作書蓋依類象形，故謂之文。其後形聲相益，即謂之字。字者，言孳乳而浸多也，著於竹帛謂之書，書者如也。[60]

文中雖未提及〝指事〞一書，但從文脈來看，應是包含在〝象形〞之中。而此一〝文〞與〝字〞之歷史滋生關係的建立便肯定了一種字形上相互滋乳的關係，於是可合文成字，

[58] 孔子「爲漢制作」之說乃漢儒普遍之言論。讀者可參《春秋繁露義證・玉杯》28、29頁「孔子立新王之道」下注與《論衡校釋・正說》1132頁「爲亦制之中數也」下注。

[59] 參《緯書集成・孝經援神契》987頁。

[60] 參《說文解字注・序》761頁。

而析字成文。〝文〞、〝字〞與〝獨體〞、〝合體〞的對應未必是絕對的，但保證可以是相對的，即字中之〝文〞未必是〝獨體〞，但相對滋生之〝字〞而言，此〝文〞當被視爲一獨立單位看待，也就是說會意字或形聲字的形體分析到最後必是一〝文〞，或爲〝象形〞，或爲〝指事〞。於是在〝文〞與〝字〞等不同字形間，藉著不斷的比對，便可建立起相互說解的關係，據已知之字形去推測未知字形之意義。並且可在這個過程中依據〝形〞指涉意義的方式與功能再從〝文〞中分別出〝象形〞與〝指事〞，從〝字〞中分別出〝會意〞與〝形聲〞。然而這樣的說解字形仍是就〝體〞上立論，〝指事〞、〝象形〞、〝形聲〞或〝會意〞四者都是直接據字形釋出字義，所以不同的字形原則上亦將有不同的字義。今文經學派說解字形的發展基本上就到此爲止了，但是古文經學派的〝六書〞則又在「四體」之外開出「二用」一途，[61]此「二用」即是〝轉注〞與〝假借〞。在「二用」之中乃是挪用「四體」中本有之字形以表達一個新字義，或是藉此本有字形以指向本有之字義，再由本有之字義指向一個與此字義相關的新意義；或是藉此本有字形以指向本有之字音，再由此字音指向一個聲音相同或密切相關的語言，以表達這個語言的語義。因此，字形與字義的連繫乃是間接的。不過，無論是直接的或是間接的，漢儒〝六書〞對字形的說解與統攝實是一牽合字形與字義的工作。

是以從綰合字形與字義的功能來看，〝六書〞實際上是六種文字〝型態〞，甚至，可說是六種文字〝典型〞。如果我們視文字爲〝符號〞，而從現代語言學者索緒爾將〝符號〞定義爲〝能指〞與〝所指〞的結合體來看，[62]則文字就是字形與字義的結合體，字形爲〝能指〞，字義爲〝所指〞。而〝六書〞以這兩個部分的結合爲中心，而完完全全的涵攝了這兩個部分，是以成爲文字分類的標準。如果我們承認〝指示字〞、〝象形字〞、〝形聲字〞、〝會意字〞、〝假借字〞與〝轉注字〞等語詞的用法，那麼，〝六書〞實際上將中國文字分成了六類，每一書都成了一類文字的〝類型〞，而〝六書〞本身則成了文字〝型態〞的理論。若再考慮〝六書〞立字之本的價值色彩，則此六種〝類型〞便可稱爲〝典型〞，而爲所有中國文字之模範，凡是超越此六〝型態〞的文字便是〝俗字〞、〝別字〞，而非有價值的〝正字〞，不能據以說經，亦不能定爲標準字形。

然而這種分別類型說解字形的〝六書〞理論其實是在一種〝共時〞(SYNCHRONIC)的觀點下建構的。[63]所有來自不同時間與空間的文字都被打壓成一個完整的平面而納入此一理論系統。因爲在漢儒的眼中，所有的正字都是聖王制作的，或是依據聖王所成之〝六書〞制作的，故彼此間沒有矛盾衝突，而是整體統一和諧的系統。此一系統超越古今四方時空之限制，是以春秋時之孔子可以爲漢制作，而漢代之儒生可以斷言古代〝應該〞已有某字，於是乎文字〝統一〞了，本來產生自不同時代不同地域互不相干的文字

[61] 明人楊慎分六書爲四經二緯，清人戴震分六書爲四體二用，皆隱含此意。詳參《中國文字學》92頁。

[62] 參《普通語言學教程》緒論第一章第一節。

[63] 〝共時〞一語乃由索緒爾提出，與〝歷時〞相對，可參《普通語言學教程》第一編第三章第六節。本文引用此語即爲表示有關文字中與歷史發展相對的理論與現象，無涉其它。

便被視爲一個統一互動的整體。又因爲漢儒認定五經皆成於周公孔子等聖王之手，於是所有五經文字也應該是一個系統，一個沒有時間因素的系統，其中不含任何時間的痕跡。而〝六書〞本身亦是沒有時間因素的理論，雖然有著由〝文〞而〝字〞，由文字之〝體〞而文字之〝用〞的說法，但此一先後程序在字形的說解之中亦可倒推，在〝六書〞的前題下，因爲有某字之〝用〞而可肯定有某字之〝體〞，又因爲有某合體之〝字〞而可肯定有某獨體之〝文〞，於是此一先後之歷史程序變得沒有效力。

是以〝六書〞說在理論上實與文字〝歷時〞（DIACHRONIC）的生成與演變無關。[64]如就六書中的形聲而言，說一個字屬於〝形聲〞時只是意謂這個字的字形一部分的作用是義符，一部分的作用是聲符，是以江、河、祼、婐、祐、娶、齒、鳳等字均屬〝形聲〞，但就演變生成而言，則過程完全不同。如江、河二字，以今日之資料來看應是直接以一個義符加上一個聲符而成，因江、河所指皆爲水故從水，又因其音與工、可相同故從工、可。但如祼、婐二字之生成則非直接將義符與聲符相加而成，與江、河不同。《周禮・小宗伯》謂「以待果將」，《孟子・盡心》謂「二女果」，可知，祼、婐二字本皆寫作「果」，乃假借果字而成，其後再隨其意義而增示增女。[65]而如祐、娶二字之生成又與江、河、祼、婐四字不同。《易經・大有》謂「自天右之」，《詩經・伐柯》謂「取妻如何」，可知，祐、娶二字本止寫作「右」、「取」，與江、河之直接生成不同，而右、取之義與祐、娶之義間具有孳生關係，是以又與果之用爲祼、婐的純粹假借不同。[66]而齒字其實本是齒之象形，其形作，爾後增加止字作爲聲符。鳳字本是鳳的象形，其形作，爾後增加凡字作爲聲符而成，但最後鳳的象形又與鳥字類化了，於是成了今日的鳳字。而許慎依據字形只能說是「從鳥，凡聲」。再就六書中之會意而言，說一個字屬於〝會意〞時只是意謂這個字字形的所有部分皆與表意有關，而與表音無關，是以取、休、名、芟、扁、尟等字均屬〝會意〞，但就演變生成而言，則過程完全不同。如取、休二字分別作與，其字形中所屬部件其實是一次畫成，也就是說此二字之字形乃是直接模擬外界情境而生，在此之前，不必先有耳、又、人、木四字。事實上休字中之木作之特殊造形乃爲充分表達人在樹下受樹庇蔭休息之意，[67]而不必爲獨立之文。然而名、芟二字則不同，此二字是利用兩個義符表示兩個並聯的抽象概念，以成一字，夕、口合爲名，艸、殳合爲芟，而在此前，夕、口、艸、殳必然已獨立成字，否則無法造成名、芟二字。而扁、尟二字又不同，乃是利用兩個義符表示兩個串聯的抽象概念，以成一字，不但戶、冊、是、少等字得先已造成，而且概念先後順序不能顛倒，戶冊爲扁不能說成冊戶爲扁，是少爲尟不能說成少是爲尟。是以取、休、名、芟、扁、尟等字表面型態一致，但其生成之內涵則不同。即如象形之字其字形亦可有所

[64] 〝歷時〞一語乃相對〝共時〞而言。參前註。

[65] 參《中國文字學》125 頁。

[66] 參《中國文字學》121、122 頁。

[67] 參《中國文字學》278、279 頁。

改變，如牛字早期作側面形，後則取其首形作。又如羊字金文中一作，而今所用則爲其首形作。而車字早期作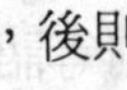，後則簡省取其輪軸形作，此等變化皆非六書所能明。事實上，〝六書〞所說解之字形乃是一制作完成的〝成品〞，此一〝成品〞或許可以反映某些形成過程或方法，但不是必然有關，甚且可能毫無關係，因爲文字的生成過程或方法是〝歷時〞的，基本上不會反映在已經完成的〝成品〞上。單就一個字的字形無法斷定其生成過程。至多，我們只能將〝六書〞對字形的解析視爲文字歷史的投影，猶如一棵大樹的影子，從影子或許可以想像大樹的模樣，但要去斷定大樹原來的樣子是相當困難的。

由此而論，漢儒之〝六書〞說不是造字方法。因爲我們今天所謂的方法指的是用以完成目的的手段，而不是成果。譬如做事，做成了的是成果，但如何做成則是方法，而完成一件事情的方法不一定只有一種，可以有很多種。猶如形聲字的完成具有各種方式，而不是僅有一種。可是一旦完成了，其型態基本上就是一義一音，而以此義此音的功能完成其表達字義的作用。而方法既是完成目的之手段，便只能在制作的過程中展現，而不是在制作的成果上展現。一旦製作的成品完成，製造的過程也就終止了，是以從成品只能大概推測一個製造過程與方法，而不能斷定。而方法本身在價值上必得視爲中性，因爲其性質將隨著製造過程的終止而終止，僅關乎能不能有效的製成成品，至於成品本身有沒有價值則繫乎成品的功能，而與方法無關，因爲方法不會展現在成品中，是以不會直接影響到成品的功能，其本身亦無所謂好壞。可是六書的說解對象卻是結果，是已經完成製作的文字成品，是以其分類只能從字形之功能著眼，而在型態上做分辨，並且此一分辨還帶有價值判斷，是以其對型態所作的分類其實是在樹立典型。而〝指示字〞、〝象形字〞、〝形聲字〞、〝會意字〞、〝假借字〞與〝轉注字〞等習慣用語更是顯示了〝六書〞的性質，因爲，在常態下沒有人會以方法爲結果命名。如學者之研究，可用歸納法，可用演繹法，亦可兼而用之 以得出完善的結論，結論或有對錯、好壞、有用沒用等等，但當不會有人將結論稱作歸納論或演繹論。

但〝六書〞說對文字型態的分析有助於瞭解造字之方法。造字方法既然只會出現在文字生成的過程中，則只能透過一種〝歷時性〞的觀察來予以掌握。但以歷時眼光來觀察文字之演變時仍舊會遭遇到分析字形的問題，此時，六書說仍有其部分適用性與啓發性。所謂適用性除了指六書所具有的傳統分析字形的功能外，另指某些書在有些時候仍可據以解說造字方法，如〝象形〞之「畫成其物，隨體詰詘」，若據以解說日、月二字之造字方法，仍可適用。且此一「畫成其物隨體詰詘」的觀點具有啓發性，若不限制其畫成對象，則此法只是利用圖形模擬外在事物或情境以表達意思，是以圖象（ICON）的方式聯繫字形與字義，68是以可啓發圖象之法。如此一來，則去除了獨體、合體的問題，而能說明取、休、得一類會意字的造字方法。又如〝假借〞之「本無其字，依聲託事」，若我們先不去管它本有其字或本無其字，不把注意力放在對象的限制上，而將注

68 在此採用美國哲學家皮爾斯 ICON、INDEX、SYMBOL 的概念來表示字形與字義不同的聯繫方式。可參高辛勇《形名學與敘事理論》239 頁。

意力放在「依聲託事」的表現方法上，則〝假借〞其實開啓了用〝音〞聯繫字形與字義的方法，如假借不、舞等字音以表丕、無等語意。而此法實與將止、凡、奚等字當作聲符加在齒、鳳、雞等字象形部分上一樣，亦與直接形成之形聲字的聲符作用無異。又如〝轉注〞之「建類一首，同意相受」，若先不去管「建類一首」在文字對象上所形成的限制條件，而將注意力放在「同意相受」的表現方法上，則〝轉注〞其實開啓了用〝義〞聯繫字形與字義的方法，即以字形本身之意義，引而申之，指向另一抽象概念。[69]如初字字形作  ，本指裁衣之始，而藉此開始裁衣的具體情境引申之便可指向抽象之開始概念。而形聲字與會意字中之義符亦是以具體之事物與情境表達抽象概念，如木本象樹木形，在義符中便引申而指與木質相關之事物或概念，方法與〝轉注〞一致。而加聲符或加義符的方法其實都是以一種指示（INDEX）的方式在作用，[70]只是一藉聲音一藉意義以指向另一意義。

總而言之，從符號的意涵來看，漢儒〝六書〞說所建立的主要是文字的型態，而非造字的方法。〝指事〞、〝象形〞、〝形聲〞、〝會意〞、〝轉注〞、〝假借〞是文字的六種類型，而且是具有規範性的典型。這六種典型是在古聖王大一統的〝共時〞觀點下產生的，而與文字的〝歷時〞發展無關，是以可知〝六書〞不是造字方法，因爲造字方法基本上乃屬文字〝歷時〞演變的規律。但〝六書〞有助於造字方法的研究，因爲有助於解說歷代的字形，且提示了字形的功能，這是我們所當注意的。

肆、結論

綜合上述所論，漢儒〝六書〞說在本質上乃是文字之〝典型〞。此一〝典型〞在具體之社會文化中具有規範作用，而有〝正字〞之功能，是以能爲兩漢大一統帝國完成「書同文」的統一文字工作，又爲兩漢儒生建立起「說字解經誼」的漢代經學。此亦是兩漢時代之所以產生這種〝六書〞理論的根本原因，基於時代中社會文化的特殊背景而產生的適合於這個時代的觀點與理論，與現代學者將文字視爲歷史中客觀存在之事實，而加以研究，以期把文字學建立成一門現代學術絕對不同。而〝典型〞的對象乃是針對已經完成的文字，是對文字型態的規範，乃以個別文字爲規範對象而進行，具有濃重的價值色彩。但是方法則應是中性的，方法本身不具價值。且一種方法可能僅在一個文字的完成中扮演部分的角色，而一個文字的完成則可以用好幾種方法，是以〝六書〞不可能是造字方法。

而隱藏在〝六書〞背後，將其建立成文字典型的則是一種〝共時〞觀點，而非〝歷時〞的。因爲漢儒在面對歷史時所採取的態度與今日完全不同，並不完全把文字視爲一個客觀的研究對象，而是視爲一種理想的價值系統，且帶有天的神祕色彩。此一態度從歷史的角度來看就是聖王制字，從哲學的角度來看就是天人合一的表現，從符號的角度

[69] 學者對〝轉注〞之解釋極多，亦極分歧，在此以利用具體情境表達抽象概念爲轉注，近乎清儒以義之引申爲轉注者。

[70] 參註 67。

來看就是一共時系統，文字是聖王用來參天地化育萬物的統一系統，此一系統亙古亙今，永恒不變，而〝六書〞是完成此一系統的核心理論。是以排斥文字在歷史變化中所生之殊相，同時亦排斥了〝歷時〞觀點的價值，是以文字生成之事實就被〝六書〞說所掩蔽了。此事類似生物學中〝型態學〞與〝發生學〞的關係。就〝型態〞而言，鯨魚與鯊魚尾部功能相近，而與人腳相遠；但就〝發生〞而言，則鯨魚是哺乳動物，其尾部器官之生成實與人腳相近而與鯊魚尾巴相遠。如以木、休、棹三字關係為例，就講型態之六書而言是休、棹二字關係較近，雖一屬會意一屬形聲，但二者皆是〝字〞，而木字則為〝文〞。但就講發生的方法而言，則是木與休的關係較近，因為二者皆是以圖象之法來聯繫字形與字義，但棹則是以木指示木質之抽象概念，以卓指示卓這個聲音以引向棹這個聲音而指向棹這個語言，純粹是指示之法來聯繫字形與字義，是以與木、休二者相遠。

然而這篇論文最後卻啓發了筆者對中國文字與中國文字學的一些省思。即〝六書〞在具體的社會文化中到底扮演什麼角色？隋唐時代講六書和兩漢時代講六書有什麼不同？甚至在今日，我們仍有〝正字〞之需要，教育部仍在頒定標準字體以求統一，則在今日〝六書〞又扮演了什麼角色？其本身又起了什麼變化？而文字〝型態〞的理論在今日的中國文字學中又可具有什麼地位？如果不具任何地位，我們又憑什麼來掌握中國文字的字形？而今日所需要建立的造字方法又是什麼？可不可以不談造字方法？如果中國文字學中不談造字方法，那又怎麼解釋成千上萬的中國文字的由來？可是，如果使用〝造字方法〞這個概念，那麼是不是要先檢討一下這個概念在現代中國文字學中合不合用？或合用多少？因為文字真的是由某個人創造的嗎？文字不是要經過大家的認可才稱得上是文字嗎？而新字形的生成是在人有意識的狀態下發生的嗎？如果不是，那使用〝造字方法〞這個概念好嗎？相較於語言學，有沒有〝造語方法〞這個概念呢？而更基本的問題是，我們要如何定義一個字呢？〝性〞字由〝生〞字轉出，二者本是一字，但什麼時候變成兩個字的？我們如何判定？是新字形產生時或是新語義產生時？若以字形為準，則〝重文〞該如何處理？若以字義為準，則眾多一字多義的字豈不是變成了好幾個字？還是要二者兼顧？或者，我們不需要為〝字〞下定義，那麼，中國文字學的基礎又建立在什麼上？我們要如何去掌握這麼多的文字現象？無論是在字形上或字義上。似乎，漢儒的〝正字〞觀念又為我們提供了一些思考的線索。而這些林林總總的問題其實也就包含在兩個大問題中：中國文字在中國文化中究竟扮演著什麼樣的角色？怎麼作用的？而我們現代之中國文字學又應如何建立？這應是單憑筆者畢生努力也無法解答的問題了。

參考文獻

丁亮（民 85）《說文解字部首及其與從屬字關係之研究》，台北，東海大學碩論。

司馬遷（民 88）《史記》，台北，鼎文出版。

安居香山、中村璋八（1994）《重修緯書集成》，北京，河北人民出版社。
阮元（民 78）《周禮注疏》（十三經注疏附校勘記），台北，大化書局。
阮元（民 78）《儀禮注疏》（十三經注疏附校勘記），台北，大化書局。
段玉裁（民 79）《說文解字注》，台北，黎明文化事業公司。
范曄（民 61）《後漢書》，台北，宏業出版。
高辛勇（民 76）《形名學與敘事理論》，台北，聯經出版。
班固（民 61）《漢書》，台北，宏業出版。
荀悅（民 60）《漢紀》，台北，臺灣商務。
孫瑴（民 28）《古微書》，台北，商務出版，叢書集成初編。
索緒爾（民 74）《普通語言學教程》，台北，弘文館出版。
張舜徽（1990）《漢書藝文志通釋》，武漢，湖北教育出版社。
黃暉（1996）《論衡校釋》，北京，中華書局。
龍宇純（民 83）《中國文字學》（定本），台北，五四書局。
應劭（民 77）《風俗通義校注》，台北，明文書局。
魏徵（民 64）《隋書》，台北，鼎文出版。
蘇輿（1996）《春秋繁露義證》，北京，中華書局出版。
龍宇純（民 59）〈說文古文「子」字考〉，《大陸雜誌》，第二十一卷第一第二期合刊。
龍宇純（民 63）〈正名主義之語言與訓詁〉，《史語所集刊》，第四十一本。
龍宇純（民 87）〈上古音芻議〉，《史語所集刊》，第六十九本第二分。

《字彙・辨似》探析

巫俊勳

國立花蓮師範學院語教系助理教授

提要

楷書由筆劃構成，字與字間往往因爲字形相近而造成使用上的混淆，因此，一本好的楷書字典除了闡釋文字音義外，也應兼顧到字形辨似的問題。明末梅膺祚所作之《字彙》，卷末附有〈辨似〉，收錄字形相近字例二百二十五組，內文中也往往在各字下辨析字形，就當時字書編輯來說，實屬難得。故本文針對《字彙》所附〈辨似〉，就其字組來源、編輯體例、形近類型、與內文之關係等方面深入分析，以探討梅氏在辨似字形方面之用心。

關鍵詞：字彙、辨似、形近

壹、前言

楷書字形相近容易混淆，早在〔唐〕顏元孫《干祿字書》即已注意到此一問題，書中已附有「童僮、沖种、彤肜」等易混之例[1]；〔宋〕陳彭年重編之《大廣益會玉篇》（以下簡稱《玉篇》），卷首附有〈四聲證疑〉與〈分毫字辨〉，列有二百零五組字形相近之字[2]；郭忠恕《佩觿.》中、下兩卷辨析七百六十組[3]；明代萬曆年間也有多書辨析字形，如顧充《字義總略・元集》收入四百三十七組[4]；都俞《類纂古文字考》卷首〈辨疑略指〉，收錄六十三組；張位《問奇集》附有〈分毫字辨〉收錄一百四十七組[5]；朱光家《字學指南》首卷〈辯體辯音〉收錄三百四十一組[6]；朱之蕃《玉堂釐正字義韻律海篇心鏡》（以下簡稱《海篇

[1]《干祿字書》序云：「字有相亂，因而附焉。」注云：「謂彤肜、宄宂、禕褘之類是也。」凡內文如「彤肜：上赤色徒冬反，下祭名，音融。」上下字義不同者都屬此類（四庫全書第二二四冊，台灣商務印書館影印。）據曾榮汾先生《干祿字書研究》第五章第二節統計，屬此類者計九十七組。（文化大學中研所博士論文，民七十一年）

[2]《大廣益會玉篇》卷首附有上平證疑、下平證疑、上聲證疑、去聲證疑、入聲證疑，內容如「鍾：酒器；鐘：樂器。」，也是辨析易混之字，四聲共收錄有八十一組；〈分毫字辨〉則收錄一百二十四組，合計爲二百零五組。〔清〕馬國翰疑承自〔唐〕歐陽融〈經典分毫正字〉，惟歐陽融原書已不可見，故仍視爲宋代之作。

[3] 郭忠恕《佩觿》，四庫全書第二二四冊，臺灣商務印書館影印。

[4] 顧充《字義總略・元集》《字義總略・元集》收錄有二字辨三百八十一組、三字辨四十組、四字辨九組、五字辨七組，合計四百三十七組，並序云：「二字相似者，差以毫釐，則聲韻意義各出，不可不辨也。」（四庫全書存目叢書・經部）第一九一冊，序於萬曆十七年）

[5]《問奇集・分毫字辨》序云：「《玉篇》有分毫字辨，然所載字畫無足甚疑，不作可也，今以世所疑貳誤書者，略載於左。」（《續修四庫全書，經部》第一九二冊，序於萬曆十八年）

[6] 朱光家《字學指南》，首卷〈辯體辯音〉列有二字辯二百六十三組、三字辯七組、四字辯九組、五字辯三組、同音異義五十六組、三字異義二組、四字異義二組，合計三百四十一組。（《續修四庫全書・經部》第一九二冊所收，序於萬曆辛丑二十九年。）

心鏡》）上層列有〈分毫字義〉，收錄一千八百餘組字例[7]。即使各書見解不盡相同[8]，對字形辨似的重視則是一致的。

明末梅膺祚所作之《字彙》，卷末附有〈辨似〉，其序云：

> 字畫之辨在毫髮間，注釋雖詳，豈能徧覽，茲復揭出點畫似者四百七十有奇，比體竝列，彼此相形，俾奮藻之士，一目了然，無魚魯之謬也。

收錄二字辨二百一十一組、三字相似七組、四字相似五組、五字相似二組，合計二百二十五組；內文中也往往在各字下辨析字形，如：

> 几：ｏ字無鉤挑，與几案字不同，殳字从此，俗用口，非。（子·几·五六）[9]
>
> 凥：即居字ｏ从尸得几而止，是居也。與尻字不同，尻从九。（子·几·五七）
>
> 辦：ｏ中从力，與从刀者不同，刀取判別之義。（酉·辛·八二）
>
> 辧：ｏ中从刀，與从力者不同，力取致力之義。（酉·辛·八三）

可見梅膺祚對字形辨似的重視又甚於上述各書。

又上述各書屬字書性質者有《玉篇》、《類纂》、《海篇心鏡》三書，《類纂》收例不多，而《玉篇》、《海篇心鏡》內文與辨似無涉，就附錄與內文的相關度來說，三書也都不如《字彙》來得周延；就影響層面來說，據朱彝尊所言，《字彙》在明末清初曾風行一時[10]，其影響也大於上述三書，因此，本文即就《字彙》卷末所附二百二十五組字例暨內文所注，探討梅氏在字形辨似的努力。

貳、〈辨似〉字例之來源

1、就各字例來源來看：《字彙·辨似》收錄二百二十五組字例，除了 043

---

[7] 朱之蕃《玉堂釐正字義韻律海篇心鏡》，明萬曆癸卯（三十一年）博古堂刊，國家圖書館善本書室藏，其〈分毫字義〉也見於湯顯祖之《五侯鯖字海》。本書另有兩種相近刊本，一題《字韻合璧》，〔明〕朱孔陽輯，崇禎時刻本，收入《四庫存目叢書》經部第一九九冊；一題《海篇朝宗》，〔明〕陳明卿訂，奇字齋梓行，收入《四庫未收書輯刊》第捌輯第三冊。三者內容相近，刊刻板式不同。

[8] 如《干祿字書》「逄逢」二字下注云：「上俗下正，諸同聲者並準此，唯降字等從夅　。」，以「逄逢」二字爲正俗字，《佩觿》卷中則云：「逄逢：上符容翻，迎也；下平江翻，姓也。」則是不同二字，上卷並對顏元孫說法提出批評：「顏氏《刊謬正俗》乃云逄姓之逄與逢遇之逢，妄爲別字，釋訓無據。」

[9] 《字彙》內文以「ｏ」區隔又音及釋形內容，本文節錄原文仍以「ｏ」表示；又《字彙》全書依部首、筆劃編排，分爲二百一十四部，按地支分爲十二集，爲檢索方便，本文一律注出各字所在之集數、部首及葉數。

[10] 朱彝尊〈字鑑序〉云：「字學之不講久矣，舉凡《說文》、《玉篇》、《佩觽》、《類篇》諸書，俱束之高閣，習舉子業者，專以梅氏之《字彙》、張氏之《正字通》奉爲兔園冊，飲流而忘其源，齊其末而不揣夫本，乖謬有難畢舉也已。」（《曝書亭全集》卷三十四，臺灣中華書局《四部備要》。）

冲沖、083 玫玟、096 勅勑、101 冠寇 四組外，其餘各組都可在上述各書中找到（詳如附表），可見《字彙·辨似》所收錄內容大部分都前有所承。再就相同的組數來看，見於《玉篇》者五十組、見於《佩觿》者一百二十一組、《字義總略》一百五十八組、《問奇集》四十組、《類纂》三十三組、《字學指南》一百八十七組、《海篇心鏡》八十二組，就相同之組數來說，《字學指南》、《字義總略》、《佩觿》可能是《字彙》參考的主要依據。

再就單一相同的情形來看，只見於《佩觿》者有 001 丅下、005 叉叉、018 从入、064 串弗、084 岡罔、125 圓圓、128 這這、148 涪涪、152 胥胥、199 螽螽等十組；只見於《字義總略》者有 062 邵邵、139 望朢有組；只見於《字學指南》則有 007、044 皿、051 皂、053 粤粤、080 幸幸 、104 窋窟、109 脊、141 疌疐、173 輗、182 歐毆、185 薔、187 綮綮、206 等十三組，其他各書則沒有類似情況，且都或見於《字學指南》、《佩觿》、《字義總略》三書之中，因此，也可推論《字學指南》、《佩觿》、《字義總略》是《字彙·辨似》重要參考依據。

2、就各組字例的說解內容來看，把〈辨似〉四百七十三字與《字彙》內文參照，各字音義大都與內文相近，如 002 刃刄，〈辨似〉云：「刃：忍去聲，鋒刃；刄：與創同，傷也。」內文則是：「刃：而震切，**忍去聲，鋒刃。**」；「刄：楚良切，音創，**與創同，傷也**ｏ」可知〈辨似〉的內容直接來自內文說解。

少數則是直接抄錄引用之書，如 001 下云：「丁：丙丁；丅：古下字。」《字彙》內文並未收錄丅字，《佩觿》則是：「丁、丅：上當青翻，丙丁；下是古文下字。」應是《字彙》所本。又如 074 門鬥下云：「門：門戶，兩戶相對爲門；鬥：斗去聲，兩王共國則鬪。」內文鬥字下則云：「鬥：丁候切，斗去聲，《說文》：『兩士相對，兵杖在後，象鬪之形。』……ｏ按此字經史多訛作門，故《廣韻》注云：『凡从鬥者，今與門戶字同。』字法當从鬥。」與〈辨似〉說法不同。而《字學指南》鬥下云：「鬥：音鬪，兩戶相對爲門，兩王在國則鬪，此字義也。」可知〈辨似〉所稱「兩王共國則鬪」乃出自《字學指南》。又如 139 望朢：「望：仰望之望；朢：朔朢之朢。」《字義總略》作：「望：从壬，仰望；朢：朔朢。」也可以看出《字彙》參考的痕跡。

3、從以上觀察來看，可以推論〈辨似〉字例主要取自《字學指南》、《字義總略》以及《佩觿》三書，而釋字內容則是主要依據內文，再參考上述三書編製而成。

參、〈辨似〉之體例

一、說解之形式

如前所述，辨似字形之內容，今日可見最早爲《玉篇》所附〈分毫字辨〉，其說解形式是先釋反切，次釋字義，無一例外；《佩觿》大部分也承襲這種體例，少部分則改爲直音或略加分析字形結構；明代各書則多改爲直音方式，並加以分析字形差異，《字彙》主要也承襲這些方法，分述如下：

1．直音加釋義：如003：「歹：戴上聲，好歹之歹。歹：顏入聲，殘骨也。」008：「殳：音殊，兵器；殳：音沒，入水取也。」

2．直接釋義：如001：「丁：丙丁。」004：「少：老少之少。」

3．說明異體：如005「叉：古爪字。」018从：古從字；从：即兩字。」

4．辨析兩字的字形結構：如062：「卲：从卩，高也；邵：从邑，姓也。」095：「冑：从冃，甲冑。胄：从肉，世胄。」

5．辨析兩字的筆畫差異：如016：「冃：音冒，中畫兩傍缺；曰：音月，口上缺。」017：「壬：音挺，下畫長；壬：十幹名，中畫長。」

6．分列相同構形之字：如014：「丰：音鋒，豐夆邦等字从此。丯：音害，耒耕害憲等字从此。」122:：「宷：古審字，釋悉等从此；宩：僚宩，彩菜等字从此。」此法《類纂》所附〈辨疑略指〉多採用，〈辨似〉則少數用之。

二、字例之編排次第

1．依每組形近字數編排：各字組的排列，《玉篇．分毫字辨》並沒有一定的編排原則，《問奇集》、《類纂》亦同；《玉篇．四聲證疑》則依平、上、去、入四聲排列，《佩觿》則以兩字的四聲編排，分平聲自相對、平聲上聲相對、平聲去聲相對、平聲入聲相對、上聲自相對、上聲去聲相對、上聲入聲相對、去聲自相對、去聲入聲相對、入聲自相對等十類，每類再依韻次編排；《海篇心鏡．分毫字義》則依義類區分，分為總要、天文、地理、人物、身體、聲色、飲食、文史、干支、花木、數目、人事、珠寶、宮室、器用、鳥獸、衣服、通用等十八門，及示礻、弋戈、日目、冫氵、木禾、艹竹、亻彳、尸戶、厂广、扌牛、宀宀、攴支、九丸等十二類；《字義總略》與《字學指南》則依每組形近字數區分為二字辯、三字辯、四字辯、五字辯四類，《字彙．辨似》亦依採用之。

2．同類字組的排列，依筆劃數多寡排列：《字義總略》與《字學指南》除少數相同形近條件者（如易昜、錫鍚、惕愓、暘晹、揚敭、踢踼）類聚一起外，其餘則無一定原則可尋，《字彙》則一如內文的部首字次編排方式，依照筆劃數的多寡排列，至於同筆劃的字組，則無一定原則可尋。

3．每一字組組內各字，一律以筆劃少者在前，再依前者筆劃數編排組次：前述各書各字組的編排，除《佩觿》依各字四聲分類外，其餘都沒有原則可尋，〈辨似〉則一律以筆劃少者在前，再依前者筆劃數編排組次。

肆、〈辨似〉之形近類型

〈辨似〉收錄二百二十五組字形相近之例，究其形近之類型，大致如下：

一、筆劃相近

即兩字之差異，不在於某一部件之不同，而在於筆劃之差異：

1．一筆之有無：亦即兩字辨義之所在為某一筆之有無：

①多一點少一點之別：002刃刄、004少少、005叉叉、011友犮、061免

兔。

②一豎兩豎之別：064 串弗。

③多一橫少一橫之別：069 易昜、097 蚩蚩、147 壺壼、040 束東。

④多一撇少一撇之差：041 糸系。

2．筆形之別：即兩字筆劃數相同，差異僅在某些筆形的不同[11]：

①鉤與不鉤之別：001 丁丅、020 疋疋、212 儿几几。

②撇與豎提之別：219 戊戉。

③橫與撇之別：014 手扌。

④橫與撇橫之別：012 无旡。

⑤橫與橫鉤之別：020 疋疋。

⑥橫與點、撇之別：224 月月月 冃冂。

⑦豎與豎撇之別：214 毌毋。

⑧點與捺之別：019 不木

⑨點與橫之別：219 戌戍

⑩儿與兩豎之別：033 四罒、046 西西。

⑪其他：007 丱丱、142 商商、225 囟囪卤卣肉。

3．筆劃組合方式：楷書筆劃的組合方式基本上有相離（如二八）、相交（如十乂）、相切（如人上）與相接（如厂了）四種[12]，由於組合方式的不同，也會造成辨義的差別：

①相切或相接之別：031 禾禾。

②相切與相交之別：009 攴支。

③相接與相離之別：006 厶云、010 市市、036 臼臼、037 回囬、049 谷谷、060 丣丣、213 己已巳、016 冃曰、015 朩木、224 月月冃。

4．筆畫位置：即兩字筆劃數相同，但其中某一筆的位置不同：003 歹歺、021 玉王、119 冢冡。

5．筆劃之長短：即兩字之筆形、筆劃數都一樣，差異只在某一筆之長短，如士與土之別，〈辨似〉只收入一組：017 壬壬。

6、其他：即字形差異包含上列兩種以上情形者：013 丏丐、044 罒函、078 佳佳、093 段叚、141 寁寁、208 夒夔。

二、部件之別

即兩字之辨義，在於某些構字部件之差異，從形近部件的作用來看，有的是聲符形近，如：

---

11 此處筆形名稱依據教育部《國字標準字體教師手冊》所附〈國字筆畫名稱表〉。

12 王鳳陽《漢字學》頁二三七引丁西林之說法，分爲分離、相交、相切、連接四種（吉林文史出版社，一九八九年），蘇培成《現代漢字學綱要》頁六十一則將相切與連接合爲相接一大類，再細分爲「相接的筆劃，一個在頭上，一個不在頭上」以及「相接的筆劃，兩個都在頭上」兩小類（北京大學出版社，一九九四年），就辨義角度來看，四種組合方式都具有一定辨義作用，故本文採丁西林之分類。

①丩斗之別：071 糾斜、072 虯蚪、090 斛斛、111 釓斜。

②氏氐之別：115 紙紙、121 祇祗、144 軝軧。

③朿束之別：070 刺刺、110 敕敕、113 速速。

④昜易之別：136 惕惕、137 揚揚、138 場場、146 暘暘、155 敭敭、164 禓禓、177 踼踢、193 錫錫、202 餳餳。

⑤尃專之別：151 傅傳、165 溥溥、166 慱傳、172 搏搏、175 蓴蓴。

上述各組都是部首相同，另一構字部件字形相近爲辨義之所在。而這些辨義部件大部分都是聲符，也就是由兩個形近聲符與同一部首組合成字所產生的形近字。部中的屬字愈多，形近的字組便可能愈多，如：

①手部：056 技技、089 捍捍、118 挺挺、131 掐掐、137 揚揚、172 搏搏。

②水部：030 氾氾、039 汏汰、058 汩汨、059 沐沭、091 洚洚、094 浪浪、108 浙淅、165 溥溥、193 澧澧。

③糸部：066 紈紈、071 糾糾、115 紙紙、154 絚絚、162 綏綏。

④艸部：067 芝芝、087 苗苗、174 蓴蓴、185 薔薔、211 蘞蘞。

⑤金部：111 釓斜、192 錫錫、194 錬鍊、198 鍾鐘、203 鍛鍛、206 鏊鏊、210 鑣鑣。

上述手部、水部、糸部、艸部、金部都是字數眾多的部首，因此〈辨似〉收入的組數也多。有的則是部首形近，即兩字之差別在於部首之不同[13]，如：

①冫氵之別：043 冲沖、045 次次、127 凊清、129 凍涷。

②厂广之別：057 厎底、114 厝唐、159 雁雁。

③示衣之別： 116 祏祐、145 袷袷、150 祴裓、156 裋裋、167 禂裯、169 祼裸、176 褚褚、178 禔褆、179 禊褉、180 禕褘、187 褫褫、198 禪襌。

④月（肉、舟）目之別：052 肓盲、143 脛睚、152 脣瞀、109 脊脊、117 眹眹。

⑤艸竹之別：190 蕈簟、205 藉籍、207 蕧箙。

從部首本身字形來看，「示衣、肉目、艸竹」字形本不相近，但做爲部首偏旁時，字形改變，便造成屬字字形相近；有些部件本身差異頗大，不太會造成誤認，如「亡」與「臣」二字，並沒有混淆的疑慮，但在「望、朢」二字，「亡、臣」只居於一角，音又相同，便有產生誤認的可能。因此，部件所在的位置，是造成形近的重要原因。故本文以部件組合方式分析〈辨似〉之例：

1．右邊部件相同，左旁部件爲各字辨義之所在：

①冫氵之別：043 冲沖、045 次次、127 凊清、129 凍涷。

②二氵之別：045 次次。

③二氵冫之別：217 況况況。

④亻彳之別：123 俳徘。

⑤土士之別：182 壇壇。

---

13 《說文》建立五百四十部首，歷經增刪，《字彙》編爲二百一十四部，本文分析〈辨似〉之內容，所稱部首皆指《字彙》而言。

⑥扌木之別： 032打朾、157掾椽。

⑦扌牛之別：160揵犍。

⑧日目之別：171暖暖、191曉曉。

⑨爿片之別：075斨斨。

⑩目貝之別：085販販、102貽貽。

⑪示衣之別： 116祏祏、145袷袷、150祴祴、156裋裋、167禂裯、169祼裸、176禇褚、178禔褆、179禊褉、180禕褘、187褫褫、198禪襌。

⑫月（肉）目之別：143脛睈。

⑬月（舟）目之別：117朕眹。

⑭廴辶之別：128這這。

⑮干干之別：025刋刊。

⑯束朿之別：070刺剌、110敕敇。

⑰束來之別：096勑勅。

⑱目耳 之別：200聽聽。

⑲月（肉）丹之別：063肜彤。

2．左旁部件相同，右邊部件為各字辨義之所在：

①七匕之別：022叱吒、023妣㚰。

②九丸之別：066紈紈。

③九凡之別：088軌軓。

④几凡之別：029机帆。

⑤㔾巳之別：030氾汜。

⑥丩斗之別：071糾斜、072虯蚪、090斛斛、111釒斜。

⑦大太之別：039汏汰。

⑧己巳之別：047圮圯。

⑨才寸之別：103財財。

⑩丰半之別：065胖胖。

⑪今令之別：107聆聆。

⑫壬玉之別：170頊頊。

⑬攵文之別：083玫玟。

⑭攴支之別：056技技。

⑮夫失之別：098秩秩、105趺跌。

⑯斤斥之別：050沂泝、135訢訴。

⑱日曰之別：058汨汩。

⑲木朮之別：059沐沭。

⑳欠支之別：183歐敺。

㉑氏氐之別：115紙紙、121祇祗、144軝軧。

㉒未末之別：073妹妺。

㉓亘亙之別：154絙絚。

㉔旱㫀之別：089 捍捍。
㉕艮良之別：094 浪浪。
㉖夾夾之別：112 陝陝、158 睞睞。
㉗東朿之別：113 速速。
㉘委委之別：162 綏綏。
㉙廷延之別：118 挺挺。
㉚折析之別：108 淅淅。
㉜貝具之別：106 埧埧。
㉝臽舀之別： 131 掐掐、133 帽帽。
㉞皃兒之別：173 輗輗。
㉟垩备之別：140 姪嬌。
㊱夆夅之別：091 洚洚、120 逢逢。
㊲昜易之別：136 惕惕、137 揚揚、138 場場、146 暘暘、155 敭敭、177 踼踼、193 錫錫、202 餳餳。
㊳東柬之別：161 楝楝、195 鍊鍊。
㊴段叚之別：203 鍛鍜。
㊵重童之別：199 鍾鐘。
㊷栗粟之別：163 慄慄。
㊸専專之別：151 傳傳、165 溥溥、166 慱慱、172 搏搏、175 薄薄。
㊹麀麃之別：210 鑣鑣。
㊺豐豊之別：194 灃灃。
㊻卩阝之別：062 卲邵、082 郄郄。
㊼欠支之別：149 敧敧。
㊽ㄅ夕卯之別：215 夘夘卯。

3．下底部件相同，上頭部件爲各字辨義之所在：

①人入之別：018 从从、024 佡佡、035 仝仝。
②厂广之別：057 厎底、114 厝厝、159 雁雁。
③冂冖之別：184 鼏鼏。
④宀穴之別：166 窴窴。
⑤尸戶之別：134 屝扉。
⑥艸竹之別：190 蕈簟、205 藉籍、207 蕭簫。
⑦干于之別：079 盂盂。
⑧夂夆之別：1100 螽螽。
⑨執埶之別：185 慹慹、206 蟄蟄。
⑩八艸之別：076 弟苐。
⑪几ㄅ之別：008 殳殳。
⑫刀刃之別：042 忍忍。
⑬目自之別：086 臭臭。

⑭西覀之別：0100 垔要 。
⑮艸丫之別：092 苜首。
⑯关关之別：201 豢豢。
4・上頭部件相同，下底部件爲各字辨義之所在：
①大犬之別：054 戾戾、126 奘奘。
②火犬之別：204 熒獘。
③肉目之別：052 肓盲、152 腎瞖。
④馬鳥之別：209 騫鶱。
⑤七匕之別：051 皂皀。
⑥兀尢之別：153 髡髠。
⑦千干之別：221 芊芉。
⑧九凡丸之別：216 芁芃芄。
⑨之乏之別：067 芝芝。
⑩主圭之別：196 塵麈。
⑪出屈之別：104 窋窟。
⑫臾叟之別：181 瘐瘦。
⑬歛斂之別：211 蘞蘝。
⑭冋向之別：099 扃扄。
⑮免兔之別：13 1 冕冤。
⑯釆采之別：122 宷寀。
⑱几九之別：026 尻尻。
⑲田凷之別：068 屆屆。
⑳丂ㄢ之別：053 粤甹。
㉑刀力之別： 077 劵券、027 另另。
㉒几八之別：034 宂穴。
㉓又丈之別：081 受叜。
㉔水來之別：188 漦漦。
㉕田由之別：087 苗苗。
㉖啚嗇之別：186 薔薔。
㉗冂肉之別：095 冑胄。
㉘⺷羊之別：080 幸幸。
5・外框部件相同，內心部件爲各字辨義之所在：
①肙員之別：125 圓圓。
②彐呆禾由之別：223 裒褒褎褏 。
③刀文之別：124 班斑。
④刀力之別：218 辦辧辨。
⑤山亡之別：084 岡罔。
⑥夫矢之別：038 医医。

⑦罒（网）四（冏）之別：189 賣賣。

⑧从从之別：055 夾夾。

6．字形大部分相同，只某一角之部件不同：

①彡月（肉）之別：130 修脩。

②日月之別：148 湆湇。

③亡臣之別：139 望朢。

④土之有無：192 彊疆。

7．兩個部件以上字形相近：前述六類都只有一個部件不同，此處則有兩個部件以上組成部件字形相近：

①目月、亼之別：109 㿸脊。

②冖宀、寸攵之別：101 冠寇。

③廴辶、止正之別：220 延延延延。

④日目、于干之別：222 盱旴盰旰。

⑤艸丫、千干之別： 221 芊芉羊芋。

⑥衣示、易昜之別：164 裼禓。

⑦三刀三力之別：048 刕劦。

8．部件組合方式不同：即兩字組成部件相同，但組成方式不同：197 褺褻。

伍、內文與〈辨似〉之關係

一、內文與〈辨似〉字例相呼應

《玉篇》是現存第一部楷書字典，各字之下僅釋音義，少有字形分析，即使卷首附有〈分毫字辨〉，與內文並不相應[14]，《類纂》卷首附有〈辨疑略指〉，內文各字下則多注明，如〈辨疑略指〉列有「舀臽」，內文舀字下：「…从牙爪之爪，杵臼之臼，慆蹈之類从此，此與臽字不同。」臽字下云：「…與舀不同。」又如「月月 月月」，內文月 字下云：「與肉、月 字不同，肉作月，畫滿，月音舟。」月下云：「同上（肉），與日月 字不同。」內文與〈辨疑略指〉相呼應。《字彙》內文也有相同的情形，如：006 𠫓云、082 郄 郄三組，內文於各字下云：

①𠫓：《說文》：不順忽出也，从倒子，與云字異。（子．厶．八八）

云：古雲字…O 上从一，與𠫓不同。（子．二．十二）

②郄：俗却字o从卩，若从阝，音隙。（子．卩．八四）

[14] 如〈分毫字辨〉「刀刁：上都勞切，刀斧；下的聊切，人姓。」內文刀下則云：「刀：都高切，兵也，所以割也，亦名錢，以其利於人，亦名布，分布人間也。又丁幺切，莊刀刀乎，又姓，俗作刁。」閍下云：「補行切，宮中門，亦巷門。」「刀，刁」是正俗字之別，內文並未將「刁」立爲字頭；又如「閍閦：上布盲切，宮門；下側銜切，侍人。」「閍」字義同而反切用字不同，「閦」字則未收，顯見〈分毫字辨〉與《玉篇》內文無涉。

郄：與隙同…ｏ从卩之字不同，郄音却。（酉·邑·一００）

《字彙》於各字下均互注出字形相近之字，與〈辨似〉的內容相呼應。

再就〈辨似〉字例於內文之編排，若是同部首同筆劃之字，除了083玫玫一組外，其餘003歹歺、013丐丏、014丰彡、015木朩、020疋疋、021玉王、022叱叱、022妣妣、025刋刊、027另另、051皀皀、053粤粤、058夾夾、056技技、058汨汩、068屆屆、073妹姝、079盂盂、087苗苗、103財財、112陜陝、118挺挻、119冢冡、120盰盱盰盱、148涪湇、154絙絚、158睞睞、184慹慹、188賣賣、196褺褻、203鍛鍜、206鑿鑿、211薮藪、213己已巳、214母毌毋、218辦辧辨等各組，內文字次都並列。將字形相近的兩字並列，也可以達到提示辨似的效果，可見《字彙》內文的編排，也希望起到辨似的作用。

二、內文對〈辨似〉字例之補充

〈辨似〉收錄二百二十五組字形相近之字，就《字彙》全書三萬三千一百七十九字來說，比例甚小，仍有許多字形相近之字未收入，內文注中則多有提及，亦可視爲〈辨似〉字例之補充。

1、部首字下總體提示：如：

①弋部：弋部內字多與戈部同者，皆傳寫之譌也。（寅·弋·六九）
②血部：字从皿者，而亦从血，其譌甚矣，今正之。（申·血·八一）

在弋部前提示「弋」易與「戈」混，在血部下提示「血」易與「皿」混。又如：

①卩：ｏ《六書正譌》：象骨卩之形，古之符卩所以示信，半在內半在外，取象於骨卩，故又借爲符卩字，隸作節，毛氏曰：凡从卩之字，偏旁作㔾巴㔿卩，與阝不同，阝音邑。（子·卩·八二）
②夂：ｏ《說文》：「人兩脛後有致之者。」按此字與音雖者筆畫相似而實不同，音雖者右㇏長出於外，此字右㇏短縮於中。（丑·夂·五五）
③尢：ｏ从大而跛其一足，象偏曲之形，與亢字不同，凡从尢者，尣兀並同。（寅·尢·十九）
④舌：ｏ从干戈之干，徐鍇曰：凡物入口必干於舌，故从干，俗作千，誤，括、活字从昏，非舌。（未·舌·九八）

在「卩、夂、尢、舌」四部首字下提示「卩阝、夂夊、尢亢、舌舌」之差異。

2·在各單字下注明字形相近之字，如：

①卻：古郤字…o此本字也，从谷，谷音其虐切，非山谷字也，後人變爲却，又轉爲卻。（子・卩・八四）

郤：與隙同…o从谷，谷音其虐切，非山谷字，从阝非从卩。（酉・邑・一0二）

②朦：莫紅切，音蒙，朦朧，月將入o與肉部矇字不同。（辰・月・十九）

矇：莫紅切，音蒙，大也…o月部朦字與此不同。（未・肉・九三）

③郱：子呈切，音井，地名o从井，與邢不同，郭忠恕說。（酉・邑・九八）

「卻郤、朦矇、郱邢」三組字形相近，各字下均彼此注明。有些則只在某一字下注明，如：

① 郗：盧宜切，音希，骨節間o从卩，與从阝者同音不同義。（子・卩・八四）

② 卾：逆各切，音諤，口中上齶也o从卩，與从阝者同音不同義。（子・卩・八四）

③ 弓：古文乃字，與上弓部字不同。（寅・弓・六九）

④ 辛：去虔切，音愆，辠也o《說文》：从干二，二古文上字，童妾字从此，按此字與辛相似，但以畫之長短辨耳。（酉・辛・八三）

⑤ 叩：苦后切，音口，京兆藍田鄉名o與从卩者不同。（酉・邑・九八）

⑥罙：綿兮切，音迷，深也，冒也…o从冖从米，與宷字異。宷音森，从穴从木。（子・冖・五三）

「郗郗、卾鄂、弓弓、辛辛、叩邛、罙宷」兩兩字形相近，《字彙》只在「郗、卾、弓、辛、叩、罙」各字下辨明相異之處。

3・組成部件相同，而組合方式不同，除〈辨似〉所列「褎褻」一組外，《字彙》內文也多有注明，如：

①譪：湯何切，音拖，慧也，退言也。（酉・言・二七）

譢：雖遂切，音粹，言相毀也o二字文同而音義異。（酉・言・二七）

②駯：專於切，音誅，馬口黑。（亥・馬・四）

䮱：尙朱切，音殊，朱色o按此二字文同而音釋異。（亥・馬・四）

③鴲：諸氏切，音止，鴲鵌，狀如烏，赤足可禦火。（亥・鳥・四六）

鳷：陟利切，音至，鳥聲o上二字文同而音釋異。（亥・鳥・四六）

④ 塷：郎古切，音魯，沙也o與土部壚字義不同。（亥・鹵・六十）

壚：同滷。（丑・土・四八）

⑤鉐：裳職切，音石，鍮鉐，銅屬o與石部硷字有異。（戌・金・四）

硷：魚音切，音吟，礹硷。（午・石・七六）

⑥㝉：古文宅字，宅必相土故从土。（寅·宀·七）

垞：o按此字與宀部㝉字畫同而音異義異。（丑·土·四一）

「譎譼、䮛駯、鴃鴂、堶墮、銔碒、垞㝉」各組兩字的組成部件都相同，但音義不同，《字彙》也往往注明彼此的差異所在。

陸、〈辨似〉之檢討

一、〈辨似〉之價值

1·就字書編輯來說，《玉篇》雖附有〈分毫字樣〉，卻與正文無關；《類纂》《字彙·辨似》字例雖多前有所承，但各字的內容主要仍依據內文，內文也多有說明，對使用者來說，有其便利性。《正字通》將〈辨似〉改列爲卷首，《康熙字典》則在《字彙》的基礎上再增列字例，均可見二書對〈辨似〉的重視。

2·就〈辨似〉內容來說，字形判分亦有獨到之處，如213 己已巳之別，《字學指南》作：「巳，音以，左無缺；已：音紀，左微缺。」《字義總略》則作：「己：身己；巳：音以，已同。」《字彙》則改以不連、微缺、無缺爲判分，而這個區分延用至今。

3·就〈辨似〉與異體關係來說，《字彙》全書收入六千餘字的異體[15]，〈辨似〉所列各種字形相近的情形，往往也是異體產生的原因之一，呂瑞生先生歸納《字彙》異體，建立兩百一十五則異體字例[16]，其中如「亻彳、冫氵、扌木、宀穴、氏氐」等組，也是〈辨似〉辨析的對象，如果說異體字例是辨識異體字的推擴參考，辨似則是異體字例的節制。《字彙》也瞭解這種規律，因此口部口字下注云：「按口與欠相通，如嗛歉、嗩歕、嘯歗、嘆歎、唉欸、喘歂、嗑㰤、呿㰦、呴欨之類皆相通者也。」因此，可以根據這種特性，建立異體字例，再透過異體字例，便可充分掌握異體字的變化。但是，這種字例也不可以無限推擴，因此，梅膺祚又接著說：「然亦多不通者，如嘔爲歌，而歐爲吐，呦爲鳴而㰶爲愁，喻爲譬而歈爲歌，噣爲味而歜爲怒，各自爲義，至於吹之一字，則兩用矣，古人制字未可執一論也。」从口與从欠是否可以相通，仍然要進一步對各字深入瞭解，才能做出是否爲正異體字的判斷。

二、〈辨似〉之缺失

1、字形差異在毫髮間，只有在刻意區分之下才能區分出來，因此〈辨似〉的字形與內文並非完全相同，如007 爿，內文將第二筆豎撇改作豎劃作「丬」；011 犮，〈辨似〉作友字加點，內文則改爲犬字加撇作「犮」，作爲構字部件時，則「拔、髮」从「犮」，「紱、跋」从「犮」，兩者皆有；又如016 曰，內文字頭仍作「曰」，上畫不連左，但作爲構字部件時，如「曹、會、曾」等字，或

---

15 詳見巫俊勳《字彙編纂理論研究》頁一〇三，輔仁大學中研所博士論文，民九十年。

16 詳見呂瑞生《字彙異體字研究》第七章第三節，文化大學中研所博士論文，民八十九年。

作爲他字注語時，則多作「曰」；再如224月 月月 月之別，內文也沒有清楚呈現出來；又如057 氐 底二字，內文則作「氐、底」，〈辨似〉所列爲錯字。因此，〈辨似〉所辨的差異，並未在內文中完全實施，也就造成部分規定是「字理有別，運用無差」的情形。

2．就字例之說解方式來說：〈辨似〉的目的即在呈現兩字間形近的差異，〈辨似〉在部分字例下點出兩字之差異，讓讀者清楚明瞭兩字之差異，的確能達到規範的作用。但是〈辨似〉大部分都僅釋音義，兩字的差異必須由讀者就所列的字形判斷，便有誤差的可能。如049谷谷，兩字的差異只是上兩筆相距的距離而已，若不特別注明，很難判分。

3．就字例編輯方式來說：《海篇心鏡．字義總要》依義、依形分爲兩大部分，字組間的關聯不言自明，但各類間卻無編排次第；《字彙．辨似》以筆劃編排有其便利性，但是字組間的關聯性卻隱而不見，如：009 攴支－056 扙技、046 襾西－100 垔垔、061 兔兔－131 冤冤、093 叚叚－203 鍜鍛，前者是後者的組成部件，但是分列兩處；又如「116 祏袥、145 袷祫、150 祴裓、156 祖袒、167 禂裯、169 祼裸、176 褚褚、178 禔褆、179 禊褉、180 禕褘、187 褫褫、198 禪襌」示衣之別，「136 惕惕、137 揚揚、138 場塲、146 暘暘、155 敭敡、164 禓裼、177 踼踼、193 鍚錫、202 餳餳」昜易之別，「151 傅傳、165 溥溥、166 慱傳、172 搏摶、175 尊尃」尃專之別，也因筆劃不同分列各處，彼此的關聯性便不易呈現。〔清〕王在鎬《辨字通考》[17]便針對上述缺失，凡僅一例者依筆劃編排，有多組形近條件相同者則依形類聚；〔清〕易本烺《字辨證篆》[18]則先依辨義所在的部位，再依部件的名稱編排，則編排方式即已指出差異之所在。兩書均可視爲〈辨似〉的改良方法。

4．字例可再補充收入：

（1）就形近層次來說，前述筆劃之別者，往往是部件之別的差異所在，亦即當兩字形近時，若作爲他字的構字部件，也會形成另一組形近字；反過來說，當兩字形近時，差異所在的部件也是一組形近字，如：

① 009 攴支－056 扙技
② 018 从从－055 夾夾—112 陜陝、158 睞睞
③ 040 朿束－070 剌刺、110 敕敕、113 逨速
④ 046 襾西－100 垔垔
⑤ 061 兔兔－132 冤冤
⑥ 069 昜易－136 惕惕、137 揚揚、138 場塲、146 暘暘、155 敭敡、164 禓裼、177 踼踼、193 鍚錫、202 餳餳

上述六組，前者都是後者差異的所在，兩者都是形近字，〈辨似〉都收入有助於釐清辨義之所在。但是收入並不全面，如193 澧澧，其別來自豊豐；194 鍊鍊，其別來自東柬，〈辨似〉並未收入豊豐、東柬，則有增補的必要。

[17] 王在鎬《辨字通考》序於道光二十二年，《續修四庫全書》所收。
[18] 易本烺《字辨證篆》序於道光癸巳年，《續修四庫全書》所收。

（2）就相同形近條件的字組來說，〈辨似〉有些字組，不燀其煩，廣為收入，如收入示衤之別十二組，昜易之別九組，専專之別六組。但是有些則僅收少數一、二組做代表，如扌木之別，《佩觿》收入二百組，〈辨似〉僅收「032 打朾、157 掾椽」兩組；人彳之別，《海篇心鏡》收入七十組，〈辨似〉僅收 123 俳徘一組；艸竹之別，《海篇心鏡》收入二百零三組，〈辨似〉則收入 190 蕈簟、205 藉籍、207 蓊篛 三組，〈辨似〉所收組數顯然太少。

（3）就相同部件組合方式不同來說，〈辨似〉僅收入 196 褺褻一組，《字彙》內文此類之例眾多，如衣部仍有衶衷、衮衳、衾衿、衺衸、裸裹、褓褒、襱襲等多組，又如前述之譪譪、駯犕、鴃鴂、堭墲、鉐碒、㡯垞等組，〈辨似〉也可考慮收入。

（4）就內文注釋來看，仍辨析不少字形相近而〈辨似〉未收之例，如前述「弓弓、辛辛、采宷」等，〈辨似〉也有補行收入的必要。

5．不應收而收入：辨似既希望「無魚魯之謬」，若為異體字則無收入之必要，如「褎、褏」二字為異體，〈辨似〉收入 223 組則無必要。

三、〈辨似〉內容之調整

以今日教育部所定標準來看，〈辨似〉有些條例已不適用：

1．合併：如 049 谷㕡之別，《標準字體》將兩者合併：「凡筆形為谷者，代表山谷的谷，與口上阿二義，此二義篆形本見區別，但後來隸楷寫法多所相混，且口上阿的㕡罕用，故一律取谷形，上兩筆不接，次兩筆相接。」又如 139 望朢二字，今日則變成正異體字，以望為正字，朢為異體。

2．改變區分方式：如 016 曰，〈辨似〉以上畫缺為辨異所在，今日標準字體則以字形寬窄為判分；又如 224 月 月冃 月之別，今日則从肉作「月」，其餘一律簡化作「月」。

柒、結論

楷書由少數的筆劃組合成眾多的漢字，造成字形相近的結果勢所難免，字書除了肩負規範字形的功用外，對字形辨似的工作也應略盡責任，《字彙》卷末所附〈辨似〉與內文的釋形分析，對字形辨似的認識，少寫一些別字，的確有一定程度的幫助。再者，字形相近容易寫錯，長此以往，便形成異體字，因此，形近的特性又是異體字產生的原因之一，而〈辨似〉的提出，也是對異體的一種節制。

辨析形近字的目的即在減少寫錯別字，但是當字形的區分愈瑣細時，即會造成「字理有別，手寫難分」的結果，即使《字彙》本身也難以避免。再者，楷書字形的區分，所要依據的原則是什麼，兩字若只是筆劃之差，當然錙銖必較，如果只是作為構字部件，在不影響辨義的情況下，是不是可以考慮忽略其間的差異，如「月、肉、舟、丹」，就單字來說，不容相混，做為構字部件時，「肌、胡」从肉，「期、朗」从月，「服、勝」从舟，「青、睛」从丹，依《字彙》

規定應寫作「肌胡、期朗、服勝、青睛」，四組判然有別；依教育部標準字體則作「肌胡、期朗、服勝、青睛」，从月、从舟、从丹三者無別；若依細明體，則作「肌胡、期朗、服勝、青睛」，四組都作「月」，細明體是現今電腦最通行的字體，也沒有產生任何辨義上的困擾，那麼〈辨似〉224 月 月月 月 之別，便有檢討的必要。

因此，《字彙》對字形辨似所做的努力，是值得肯定的，但是辨似的內容也突顯楷書字形演變所存在的問題。即使今日教育部已制定標準字體，標準字體也還有討論的空間。從唐代到今日都存在相同的問題，一套字理與書寫完全相應的楷書字形系統或許只存在理想世界，承認「字理有別，書寫無差」或許也是一種解決的辦法吧！

參考資料

王在鎬　辨字通考　續修四庫全書所收　上海古籍出版社
朱光家　字學指南　四庫存目叢書所收　台南莊嚴出版社
朱彝尊　曝書亭全集　四部備要所收　臺灣中華書局
呂瑞生　字彙異體字研究　文化大學串研所博士論文，民八十九年
巫俊勳　字彙編纂理論研究　輔仁大學中研所博士論文，民九十年
周文德　形近字的成因、特點及其類型　重慶師專學報綜合版　1998 年第 3 期
易本烺　字辨證篆　續修四庫全書所收　上海古籍出版社
張位　問奇集　續修四庫全書所收　上海古籍出版社
梅膺祚　字彙　國家圖書館善本書室藏梅氏原刊本
郭忠恕　佩觿　四庫全書所收　臺灣商務印書館
都俞　類纂古文字考　四庫存目叢書所收　台南莊嚴出版社
顧充　字義總略　四庫存目叢書所收　台南莊嚴出版社

附表一：《字彙·辨似》收字來源對照表

說明：

1．本表所參照各書內容，《玉篇》爲卷首之〈四聲證疑〉與〈分毫字樣〉；《佩觿》中、下兩卷；《字義總略》爲元集二字辨、三字辨、四字辨、五字辨部分；《類纂》則是卷首之〈辨疑略指〉；《字學指南》卷一之〈辯體辯音〉；《海篇心鏡》則是上層〈分毫字義〉。

2．凡字形相同者，以「v」表示，若比較字數不同或字形不同則直接標示，若有兩組相近類型則前者以粗體表示。

字次	玉篇	佩觿	字義總略	類纂	問奇集	字學指南	海篇心鏡	字彙
001		v						丁：丙丁。 丅：古下字。
002		v	v	v		v	v	刃：忍去聲，鋒刃。 刅：與創同，傷也。
003	v		v			v		歹：戴上聲，好歹之歹。 歺：顏入聲，殘骨也。
004		v	v	v		v		少：音撻，步字从之。 少：老少之少。
005		v						叉：音嗏，交手。 叉：古爪字。
006	v	v	v					厺：音突，不順也，育疏等字从此。 云：云爲
007						v		丱：古猛切石中金未冶者。 丱：音慣，束髮如兩角。
008		v		v		v		殳：音殊，兵器。 叒：音沒，入水取也。
009	v	攴 攴 朩	v			v	v	攴：音朴，擊也。 支：音枝，出也，又庶也。
010		v	v			v		市：音費，蔽市。 市：市井
011			v		v	v	v	友：朋友。 犮：音拔，犬走貌
012	v	v	v	v	v	v		无：音無，易多用之 旡：音寄，飲食逆氣不得息也。
013			v			v	v	丏：音勉，避箭短墻。 丐：音蓋，乞也
014	v	丯 丰						丯：音鋒，豐夆邦等字从此。 丯：音害，耒耕害憲等字从此。
015		v		v				木：樹木。 朩：品去聲，麻片
016			v	v		v		冃：音冒，中畫兩傍缺。 曰：音月，口上缺。
017	v	v	v	v		v	v	壬：音挺，下畫長。 壬：十幹名，中畫長
018		v						从：古從字。 从：即兩字
019		v	v					不：音卜，非也。 不：岸入聲，木折復生旁支
020			v			v		疋：音雅，正也。 疋：音蔬，足也。
021			v			v	v	玉：音獄。 玊：音速，玉玊點有上下之辨
022			v			v	v	叱：音化，開口貌。 叱：音尺，呵叱。
023						v		𡛷：與妣同。 妐：音叱，女不謹。
024			v			v		仚：人入山爲仙。 仚：音軒，輕舉貌。
025	v		v			v		刋：音茜，切也。 刊：看平聲，削也，　干戈之干
026		v	v			v	v	凥：即居字，下从几席之几。 尻：考平聲，脊梁盡處
027			另 另 𠇂			v	v	另：音令，割開又孤另。 另：與冎同
028	v	v	v			v		伏：音代，海中地名。 伏：音服，俯伏。
029			v			v	v	帆：音奇，地名。 帆：音凡，舟上幔。
030		v	v			v	v	氾：與泛同，从卩。 汜：音祀，水決復入爲汜。
031		v	v	v		禾 禾		禾：音雞，稽秳等字从此。 禾：音和，禾穀
032	v	v				v		打：打擊。 朾：音汀，門根。
033	v	v	v	v	v	v		四：數名。 罒：與網同
034	v		v		v		v	宂：繁宂之宂。 穴：巢穴之穴。
035		v	v					仝：即同字，从人。 仝：即全字，从入。
036			v	v		v		臼：求上聲，下連，諂滔等字从此。 臼：音匊，下不連，舉叟等字从此。
037	v					v		回：回轉之回。 囬：古面字。
038		v	v			v		医：與篋同。 医：音意，盛弓矢器。
039			汏 汰 汏			v		汏：音獺，洗米。 汰：音泰，沙汰。
040		v	v	v		v	v	朿：音次，木芒。 束：音叔，約束。
041		v	v	v		v		糸：音覓，細絲。 系：音係，緒也，繼也
042			v			v	v	忍：音詣，怒也 忍：人上聲，安於不仁
043								冲：鑿冰之聲 沖：和融之意
044						v		𡆧：古囱字，曾會等字从此。 㘨：古淵字。
045		v	v	v		v	v	次：音刺，次第 次：音前，口中液。
046	v	西 襾 覀	v	v	v	v		襾：音罅，覆也。 西：東西。
047		v	v			v		圮：音痞，毀也。 圯：音夷，橋也。
048		v	v	v			v	刕：音離，割也。 劦：音協，同力也。
049	v	v	v	v		v		谷：山谷。 谷：強入聲，口上阿。

050			v			v		沂：音夷，水名。 泝：與溯同。
051						v		皂：皂斗，即橡也。 皀：音香，穀 。
052		v	v		v	v		肓：音荒，膏肓。 盲：音萌，目無童子。
053						v		甹：聘平聲，輕財任氣。 㽕：音由，倒木生條。
054		v	v			v		戾：音代，輕車傍椎。 戾：音例，乖戾。
055		v	v	v		v		夾：減入聲，左右持也。 夾：音閃，盜攘物。
056	v		v			v		技：音朴，打也。 技：技藝。
057		疷 底 厎	v		v	v	厎 底	厎：音指，礪石。 底：音邸下也。
058		v	汩 汩 泪 洎			v		汩：音骨，沒也，从日月之日。 汩：音聿，水流，从子曰之曰。
059	v	v	v			v	v	沐：沐浴。 沭：音術，水名。
060			v	v		v		丣：古卯字。 丣：古酉字。
061		v	v				v	免：眠上聲。 兔：土去聲，器名。
062			v					卲：从卩，高也。 邵：从邑，姓也。
063		v	v		v	v		肜：音容，祭名。 彤：音同，赤色。
064		v						串：音釧，穿也。 丳：音產，炙肉器。
065			v			v		胖：匹絳切，脹也。 胖：音盤，又音判，安舒。
066			v			v	v	紈：音求，引急也。 紈：音完，紈絝。
067		v				v	v	芝：靈芝。 芝：音販，艸浮水貌。
068	v		v			v	v	屇：音田，穴也。 屆：音介，至也。
069		v	v	v		v	v	昜：音易，又音亦。 昜：音羊，古陽字。
070	v	v	v		v	v	v	刺：音次，諷刺。 剌：音辣，乖也，戾也。
071			v			v	v	糾：音九，絞也。 糾：侖上聲，黃色絲。
072			v			v	v	虯：音求，龍無角者。 蚪：音斗，蝌蚪。
073		v	v			v		妹：音昧，女弟後生者。 妺：音末，妺嬉。
074				v		v		門：門戶，兩戶相對爲門。 鬥：斗去聲，兩王共國則鬪。
075			v			v		斨：音鏘，斧也。 斨：音昔，分破也。
076			第 苐 弟			弟 苐 苐		弟：兄弟。 苐：音題，草名。
077		v	v	v		v		券：音勸，契券。 劵：音倦，疲也。
078			v	v		v	v	隹：音加，鳥之短尾。 佳：音加，又音皆。
079		v	v			v	v	盂：音干，盤也。 盂：音于，飯器。
080						v		幸：慶幸。 㚔：音獺，小羊。
081		v	v			v		受：承受。 受：音到，姓也。
082			v			v		郄：音却　从卩音節。 郄：音隙，从邑。
083								玫：音梅，玫瑰。 玟：音民，石似玉。
084		v						岡：居郎切，山脊。 罔：妄上聲，誣也。
085	v					v		販：攀上聲，販睛。 販：音泛，販賣。
086		v	v			v	v	狊：扃入聲，犬視貌。 臭：拙去聲，氣之總名。
087	v	v	v				v	苗：禾苗，从田。 苖：音笛，出名，从由。
088		v	軌 軓 軏			v		軌：音癸，車轍。 軓：音范，軾前橫木。
089			v			v	v	捍：音足，收早熟禾。 捍：捍衛。
090			v			v		觓：音求，角貌。 斛：斗斛。
091		v	v			v		洚：音洚，洪水。 浲：音逢，水名。
092		v	v			v		苜：音木，苜蓿，草名。 苜：音耄，目不正，从丫。
093	v	v	v	v	v	v		段：團去聲，體段，片段。 叚：真假之假从此。
094		v	v			v	v	泿：音銀水名。 浪：郎去聲，波浪。
095		v	v		v	v	v	冑：从冃，甲冑。 胄：从肉，世胄。
096								勅：音尺，制書。 勑：音賴，勞勑。
097	v	v	v			v		蚩：音闡，蟲伸行也，上从艸省。 蚩：音鴟，妍蚩，上从㞢。
098		v				v	v	秩：音夫，黑稻。 秩：音姪，序也。
099			v			v	v	扃：音駉，門鐶鈕。 扄：音賞戶耳也。
100			v			v		垔：音因，上城具，从東西之西。 垔：音樹立也，从襾，音罅。
101								冠：音官，冠冕。 寇：音扣，司寇。
102	v					v		眙：笞去聲，視也。 貽：音夷，遺也。
103						v	v	財：貨財。 財：與得同。
104						v		窋：諄入聲，物將出貌。 窟：坤入聲，孔穴。
105		v	v			v		趺：音孚，趺坐。 跌：音絰，足失據。
106			v			v	v	垻：音霸，堰也。 埧：音具，堤塘。
107		v	v			v		耹：音琴，音也。 聆：音陵，聽也。
108		v				v	v	浙：音哲，江名。 淅：音昔，汰米。
109						v		昚：古慎字。 脊：背脊。
110			v			v		敇：音策，擊馬。 敕：音赤，制書。
111			v			v		釚：音求，弩牙。 鈄：俞上聲，姓也。
112		v	v		v	v		陜：音洽，陜隘。 陝：音閃，地名。
113	v		v			v		速：與迹同。 速：音肅，疾也。

114		v	v			v	v	厝：與措同。 厝：音籍，漢陵寢名。
115	v	v	v			v	v	紙：音只，楮紙。 紙：音低，絲滓。
116		v	祏 袥 柘 拓			祏 袥 拓 柘	v	祏：音石，藏木主石室。 袥：音託，衣袥。
117		v	v			v		朕：天子自稱。 眹：陳上聲，目童子。
118	v					v		挺：汀上聲，直也。 挻：音羶，取也。
119	?	v	v			v	v	冢：音腫，冢宰。 冡：音蒙，覆也。
120		v	v			v	v	逄：音龐，姓也。 逢：音馮，遇也。
120		肝 盱 盰 旰	v		盱 旰	v	旴 旰 盱 盰	旴：音虛，日始出。 旰：音幹，日晚。 盱：音　，張目望也。 盰：音幹，目多白。
121			v		v		v	祇：音岐，地名。 衹：音低，短衣。
122		v	v			v		宷：古審字，釋悉等从此。 宩：僚宩，彩菜等字从此。
123		v					v	俳：俳優。 徘：徘徊。
124	v	v			v	v		班：班列班分。 斑：斑文。
125		v						圓：音旋，規也。 圓：方圓。
126		v	v					奘：戴上聲，大也。 奘：戴上聲，健犬。
127		v					v	凊：七正切，溫凊。 清：七情切，清濁。
128		v						這：籀文誕字。 這：音彥，迎也。
129	v	v	v			v	v	凍：東去聲，水凍。 涷：音冬，暴雨。
130			v		v	v		修：修理。 脩：束脩。
131	v	掐 稻 搯	v		v	v		掐：嵌入聲，爪刺。 搯：音滔。
132		冕 冕	v			v		冕：音免，冕旒，無點。 冕：有點爲冕。
133			v			v		帢：音掐，士之帽。 幍：音叨，亦士帽。
134			v			v		屝：音費，草履。 扉：音非，戶扉。
135			v			v	v	訢：與欣同。 訴：告訴。
136			v	v		v		惕：音剔，怵惕，憂也。 愓：音宕，放縱也，又音商，直疾貌。
137			v			v		揚：挑揚。 揚：飛揚。
138		v				v		埸：音亦，疆埸。 場：音長，祭神所也。
139			v		v			望：仰望之望。 朢：朔望之朢。
140		媱 婬 娙	v	v				婬：音淫，姦婬。 媱：音姚，美好貌。
141					v	v		疌：音沓，速也。 疐：音致，躓也。
142	v		v			v	v	啇：音的，本也。 商：音傷，商賈。
143	v					v		脛：形去聲，脚脛。 眐：額上聲，直視貌。
144		v	v			v	v	軝：音奇，車轂。 軧：音邸，大車後。
145		v	v		v	v	v	祫：音洽，祭名。 袷：音夾，衣無絮也。
146		v	v			v		晹：音釋，日覆雲暫見。 暘：日出暘谷。
147			v		v	v	v	壺：音胡，酒器。 壼：音悃，內壼。
148		v						湇：音泣，幽溼。 湆：亦音泣，肉汁。
149	v		v		v	v	v	欹：音衣，歎美。 攲：音欺，偏也。
150		v				v	v	祴：音該，樂章。 裓：音革，釋典：行戒衣。
151		v	v		v	v	v	傅：音附，師傅之傅。 傳：音椽，相傳。
152		v						腎：辰上聲，水藏。 䁂：音限，晚䁂無畏視。
153	v					v		髡：音坤，去髮 髧：醰上聲，髮垂貌。
154			v			v		絙：音桓，緩也。 絚：亙平聲，大索。
155		v	v			v		敡：音異，輕簡。 敭：與揚同。
156						v	v	梪：音豆，祭器。 裋：音孺，短衣。
157		v	v			v		掾：音硯，官屬。 椽：音傳，屋椽。
158			v			v		睫：音接，目旁毛。 睒：音閃，睒睒，目光。
159						v		雁：與鴻同 䧹：與鷹同。
160						v		揵：音虔，以肩舉物。 犍：音堅，牛之健強者。
161					楝 棟 揀	v		棟：音凍，棟梁。 楝：音煉，川楝子。
162	v	v						綏：音雖，安木。 緌：音蕤，纓也。
163						v		慄：音栗，懼也。 憟：音速，憟慚，承上　色。
164	v	v			v	v		裼：音昔，袒裼。 禓：音羊，道神。
165		v	v			v	v	溥：音普，徧也。 漙：音團，露多貌。
166						v		愽：邦入聲，普也，又局戲。 慱：音團，憂勞。
167		v	v			v	v	禇：音諸，爲牲祭求充肥也。 裯：音儔，單被。
168	v		v			v		寘：與置同。 窴：音田，塞也。
169	v		v		v	v	v	祼：音貫，祭也。 裸：羅上聲，露體。
170			頃 項 頲 頊			v	v	頲：庭上聲，直也，从壬。 頊：音旭，敬謹貌，从玉。
171	v	v				v	v	暖：與煖同。 睻：音暄，大目。
172		榑 搏 摶	v		v	v	v	搏：音博，擊也。 摶：音團，聚也。
173						v		䡖：音貌，引也。 輗：音倪，轅端橫木。

174		篿 蓴 蒪	v			v	v	蒪：音魄，芭蕉。 蓴：音純，蓴菜。
175	v	v				v	v	睹：音杵，姓也。 褚：音杵，綿絮裝衣。
176		v	v			v		踼：音惕，以足蹩物。 踼：音宕，趺也。
177		v	v			v		禔：音支，福也。 禔：音題，衣厚也。
178						v	v	禊：音係，祓禊。 褉：音歇，褉襦。
179		v					v	禕：音衣，美也。 褘：音揮，后夫人祭服。
180			v		v	v		瘐：音與，囚以饑寒死。 瘦：搜去聲，瘠也。
181			v			v		墫：與蹲同，酒器，从土。 壿：與蹲同，舞貌，从土。
182					v	v		歐：謳上聲，吐也。 毆：音區，逐也。
183			v			v		鼏：與冪同，覆食巾。 鼎：與扃同，以木貫鼎。
184			v			v		慹：音執，怖也。 慹：音世，情態。
185						v		菑：古災字。 薔：音詳，薔薇。
186		v	v			v	v	禠：音司，福也。 褫：音耻，奪也。
187					v	v		漦：音時，涎也。 犛：音梨，犛牛。
188		v	v	v		v		賣：買賣。 賫：音欲，衒也。
189	v		v		v	v	v	蕈：尋上聲，菌生木上。 簟：恬上聲，竹席。
190						v	v	曉：天曉。 曉：音甌，深目貌。
191			v			v		彊：彊弱之彊。 疆：封疆之疆。
192	v	v	v			v		錫：銅錫之錫，又賜也。 鍚：音羊，馬額前飾。
193	V	v				v		澧：音里，水出衡山。 灃：音風，水出扶風。
194		v	v			v	v	鍊：音東，車轄。 鍊：連去聲，冶金。
195		v					v	麈：音主，麋屬。 麎：音圭，鹿屬。
196			v			v		褻：音褋，重衣。 褻：音屑，私服。
197	v	v	v		v	v		禪：音蟬，釋家有禪說。 襌：音單，薄衣。
198	v	v	v		v	v		鍾：酒器。 鐘：鐘磬。
199		v						螽：螽斯。 蠭：古蜂字。
200			v			v		睫：音忒，瞖睫，欲睡貌。 聽：耳聽。
201			v			v		鯗：音鴆，魚名，似蝦赤文。 鯗：音想，魚腊。
202			v			v	v	餳：夕平聲，飴也。 餳：音唐，亦飴也。
203		v	v			v		鍛：端去聲，鍛鍊。 鍜：音遐，錏鍜。
204			v			v		燹：先上聲，野火。 㹜：音乖，犬也。
205		v					v	藉：席也。 籍：籍貫，簿籍。
206						v		鎡：音志，田器。 鎡：音屑，亦田器。
207		v	v			v	v	薾：音你，華艸盛貌。 籋：音聶，箝也。
208			v			v		夒：音猱，貪獸。 夔：音逵，書夔，夔齊慄。
209			v		v	v		騫：音牽，虧也。 鶱：音軒，飛也。
210			v			v		鑣：奧平聲，溫器。 鑣：音標，馬銜外鐵。
211			v			v		蘞：音杴，草味辛。 蘞：廉上聲，白蘞，藥名。
212		几 几 八 凡 几	儿 八 几 凡	几 儿		几 凡 八 儿		儿：人字在下之文。 八：音殊，短羽飛聲，無剔，殳字从此。 几：几席之几，有剔。
213	己 巳	己 已 巳 ㄢ	己 巳 㔾	已		巳 已	己 已	己：人己之己，上方處不連。 已：已止之已，上微缺。 巳：辰巳之巳，上不缺，俗以有鉤挑爲人己，巳止字無鉤，挑爲辰巳字，非。
214	毋 母	v	v	v	母 毋		毋 母 毋 田	母：父母之母。 田：古文冠字。 毋：音無，禁止之詞。
215	夘 卯		夘 卯					卯：音輕，卿字从此。 夘：音淵，即宛字。 卯：寅卯之卯。
216	芃 艽	芃 艽	艽 芃 艽		芃 艽	v	v	艽：音求，荒野。 芃：音蓬，草盛貌。 芄：音完，芄 草。
217		v	况 況			况 況		况：發語之詞，从二。 況：寒水也，又譬擬。 况：亦寒水，从冫，多混用此。
218	辨 辧				辨 辧 辯 瓣			辧：致力。 辨：判也，別也。 辦：亦判別，又牀幹。
219	戊 戌	戊 戉 戌	戊 戉 戌 戍	戊 戉 戌 戍	戊 戌	V	戊 戉 戌 戍	戊：茂務二音，幹名。 戉：音越，斧戉。 戌：音恤，辰名。 戍：邊戍。
221		延 延 延 辿	V			V	延 延	延：音川，安步。 延：音貞，行也。 延：同上。 延：音沿，長也。
222		芊 芊	羋 芊 芊 芋		芊 芊		芊 芊	芊：音干，艸名。 芊：音千，艸盛貌。 羋：古羊字。 芊：音米，姓也。
223			v			v		裒：音抔，聚也，又減也。 褒：音包，俗作襃。 褎：音又，袖也。 褏：同上。
224		月 月 冃 ⺝		月 月 冃 ⺝	月 冃	v	月 冃	月：日月之月，內畫缺右。 冃：即丹字，清靖靜等字从此。 月：肉字傍，內畫連。 ⺝：舟字傍，勝朝前等字从此。 冂：　冒字傍二畫居中。
225				囟 囪		v		囟：音信，頂門。 囪：與㥋同。 鹵：古西字。 卤：音赤，姓也。 卣：音調，草木實垂。

論楚國金文的特殊句型

—以「以事紀年」及「某為之」為例

賴昭吟

東海大學中國文學研究所

提要

本論文藉由目前所見的楚國金文中，以「以事紀年」及「某爲之」二例，與他系(國)金文進行比較，從中了解楚國金文與他國金文句型之間的差異。並試著探討此二特殊句型產生變異的原因，及所造成的影響。透過楚國金文特殊句型的研究，希望能從另一個角度思考，了解楚國金文在語法上的特殊性。

關鍵字：楚國、金文、文例、句型

壹、前言

在討論楚國金文的特殊句型之前，首先我們需要先對「楚國金文」及「特殊句型」等名詞下一個定義。

李學勤在〈楚青銅器與楚文化〉一文中，其所定義的「楚文化」，乃引述夏鼐先生在中國考古學會第二次年會開幕式上對「楚」字定義四種說法中的第一種，其表示的意義是比較廣泛的，指楚這個地區的青銅文化[1]。本文所定義的楚國，與李先生所指不盡相同，而與夏鼐所定義的第二種較爲相近，爲國名或地方性的王朝名，指周代的楚國而言。在兩周時期的楚國，將與日常生活相關的紀錄，鑄刻在青銅器上的銘文，我們稱之爲「楚國金文」。

「特殊句型」則是相對於兩周金文常態句型中所見非常態的句型而言。這種非常態的句型，習見、多見或僅見於楚國金文，但卻少見或未見於西周及春秋以降諸國金文。

---

1 〝1980 年，夏鼐先生在中國考古學會第二次年會開幕式上說：「什麼是楚文化？先要搞清楚所謂楚文化的『楚』字是什麼意思。我想這『楚』字可以有下列不同的涵義：(1)地區名，即所謂楚地。…就地理範圍而言，不同的時代，楚地的範圍大小不同。古代的楚文化，不限于今日湖北省境內，還包括湖南、安徽及河南的南部。(2)國名或地方性的王朝名，即周代的楚國。這楚國根據文獻記載，從西周初年到公元前 223 年被秦國所滅，大約存在了八百年。…(3)民族名，即所謂楚民族。古代楚國境內，除了主體的楚民族之外，應該有文化不同的一些少數民族。…(4)文化名，即考古發現顯示的文化面貌。」現在我要講的，是有關楚文化青銅器的一些問題。我說楚文化，意義是比較廣泛的，大致相當于夏鼐先生所說的第一種，即楚這個地區的青銅文化。〞李學勤(1998 年 10 月)：〈楚青銅器與楚文化〉，《綴古集》，上海：上海古籍出版社，頁 46。

以下藉由討論楚國金文兩類特殊句型，以了解楚國青銅器銘在語言上的特殊性。

貳、以事紀年

兩周金文的紀年方式，多見以「序數紀年」，如：

西周·〈廿七年衛簋〉	隹廿又七年三月既生霸戊戌…
春秋·越·〈者汈鐘〉	隹戉(越)十有九年，王曰…
戰國·中山·〈中山王譻鼎〉	隹十四年，中山王譻詐(作)鼒(鼎)…

相同的，以序數紀年的方式，亦見於楚國金文：

春晚·〈𨜒子受鐘〉	隹十又四年三月
戰早·〈楚王酓章鐘〉	隹王五十又六祀[2]

另外，在戰國中期以後的楚國金文，有「以事紀年」的特殊紀年方式[3]。其紀年法爲：以楚國某件重要大事，作爲在鑄刻銘文時，紀錄時間的標準。劉彬徽在〈楚國紀年法簡論〉中提到：楚國「以事紀年」法的記載內容又可分爲「戰爭」紀年法、「某客問王」紀年法、「其他」紀年法三種紀事方式[4]。楚國金文「以事紀年」的文例[5]，依此三種分類方式，目前可見於以下諸器：

一、戰爭紀年

(一)、戰國中期·〈鄂君啓節〉

大司馬卲剔(昭陽)[6]散(敗)晉帀(師)[7]於襄陵之戢(歲)，夏𡰥之月，乙亥之日。王仉(處)於莪郢之游宮。大攻(工)尹脽以王命命𠔽(集)尹恕(悼)䊪、裁(緘)尹逆、裁(緘)𠊜(令)阢為䣄(鄂)君啟之𧸖(府)賨(商)鑄金

---

2 《爾雅·釋天》:〝夏曰歲，商曰祀，周曰年。〞。「祀」即「年」義。

3 石泉主編(1997年6月)：《楚國歷史文化辭典》，武昌：武漢大學出版社，頁15。

4 劉彬徽(1988)：〈楚國紀年法簡論〉，《江漢考古》2，頁60-62。

5 〝所謂文例，指的是字或詞在句中的用法。〞朱歧祥先生(1998年12月)：〈訓釋古文字的方法—文例研究〉，《第二屆國際暨第四屆全國訓詁學學術研討會論文集》，頁101。

6 《史記·楚世家》稱「柱國」，銘文中稱「大司馬」當爲其舊職。據《戰國策》:〝昭陽為楚伐魏，覆軍殺將，得八城，移兵而攻齊。陳軫為齊王使昭陽，再敗賀戰勝，起而問楚之法:「『覆軍殺將』，其官爵何也？」昭陽曰:「官為上柱國，絕為上執珪。」。〞。楚國之法，破軍殺將者，官以「上柱國」。銘文中尚稱大司馬，表示仍爲舊職，乃在昭陽未升上柱國之前。

7 實指魏師。據《史記·楚世家》:〝楚懷王六年，楚使柱國昭陽將兵而攻魏，破之於襄陵，得八邑。〞。又:《史記·魏世家》:〝十二年，楚敗我襄陵。〞可證節銘所言「敗晉師」，實際上是「敗魏師」之誤。

節・屯三舟為一舿，五十舿，歲罷返[8]。…

劉信芳認爲此器應以「王處於蔵郢之游宮」爲「以事紀年」的事件[9]，其說恐非是[10]。此器應以「大司馬昭陽敗晉師於襄陵」爲紀年之事。

(二)、戰國晚期・〈楚王酓忎鼎〉

楚王酓忎(悍)[11]戰(戰)隻(獲)兵銅，正月吉日[12]，窒(室)鑄鐈鼎之盍(蓋)，以供戠(歲)禜(嘗)。

出土於安徽壽縣朱家集李三孤堆，共二件。此器以「楚王酓忎戰獲兵銅」爲紀年之事。對比〈鄂君啓節〉銘，可知此鼎完整的紀年銘文應爲〝楚王酓忎戰獲兵銅之歲〞，以下的「正月吉日」，作爲時間補語，補充說明「楚王酓忎戰獲兵銅」的月份及日期。

二、某客問王紀年

(一)、戰國中期・〈郾客銅量〉

郾(燕)客[13]臧嘉餌(問)王於蔵郢之戠(歲)，亯月己酉之日…

---

[8] 舟節銘作「屯三舟爲一舿，五十舿，歲罷返。」，車節銘作「車五十乘，歲罷返。」。

[9] 〝所謂「蔵郢」就是在郢都附近舉行柴祭的處所，在這兒建有楚王的游宮。祭祀等活動具有一定的周期，或與重大軍事活動有關，所以昭固墓竹簡和〈鄂君啟節〉用蔵郢紀年。〞。劉信芳(1987 年)：〈釋「蔵郢」〉，《江漢考古》1，頁 78-83。

[10] 其一：劉說以周原甲骨〈H11：4〉證明楚的先祖擔任「火正」，爲主持柴祭儀式的職官，所以「蔵」字上從艸，讀音與柴同。然卜辭中的「蔵」字是否與相當於楚金文中的「蔵」字，劉文並未說明。周原甲骨〈H11：4〉一片，可讀爲：〝其敗楚〞、〝乙丑賨，師以舟賨〞，此二句紀錄的事件並不相干，應分屬兩句，不可以連讀。（詳參朱歧祥先生(1997 年 7 月)：《周原甲骨研究》，台北：學生書局，頁 6)。其二：「蔵郢」一詞在〈郾客銅量〉一器中也提及，何琳儀認爲應是地名，與「郢」都有別，其說可從。(何琳儀(1988)：〈長沙銅量補釋〉，《江漢考古》4，頁 97-101)。其三：以「某事之歲」紀年是楚器特有的紀年方式。既言「某事之歲」，下文就沒有必要再添加另一事作爲紀年的標準。所以，劉氏以爲〈鄂君啓節〉是以「大事紀年」和「郊祀紀年」兼而有之的紀年方式，恐有畫蛇添足之嫌。故本文不採用劉說，以「大司馬昭陽敗晉師於襄陵之歲」爲節銘的大事紀年。

[11] 忎即悍，酓忎爲楚王名。學術界已公認「酓忎」爲楚幽王名，公元前 237 年至 228 年在位。見劉彬徽(1996 年 10 月)：《楚系青銅器研究》，武漢：湖北教育出版社，頁 360。

[12] 「吉日」，好日。此文例目前僅見於南方楚系的楚、徐、吳、越諸國，未見於西方秦銘。詳見拙著(2002 年 1 月)：《楚金文文例考》，台中：東海大學中文系碩士論文。

[13] 「郾」字形右下垂的一筆應與「邑」旁合一，理解爲「[illegible]」，即「晏」字。此字應釋爲「郾」，即爲燕國的「燕」字。李零(1988 年)：〈楚燕客銅量銘文補正〉，《江漢考古》2。

1984 年湖南省博物館從廢銅中檢選。器如杯，圓筒形。鈕測外壁銘文 6 行[14]，共 58 字[15]。此器以「燕客臧嘉問王於蕆郢」爲紀年之事，完整的紀年銘文應爲〝燕客臧嘉問王於蕆郢之歲〞。

(二)、戰國中期・〈大府鎬〉

秦客王子齊之戢(歲)，大廈(府)為王□飤□鎬 。集脰。

此器以「秦客王子齊」爲紀年之事。但鎬銘僅紀錄主語「秦客王子齊」，以下省略所發生的事件，完整的紀年銘文應爲〝秦客王子齊某事之歲〞。

三、其他紀年

(一)、戰國中期・〈羕陵公戈〉

膚(擄)贏(熊)[16]之歲。

武漢市文物商店收集，銘文 2 行，共 14 字[17]。年代約在戰國中晚期[18]。此器以「擄熊」爲紀年之事，省略「擄熊」的主語。戈銘完整的紀年銘文應爲〝某人擄熊之歲〞。

(二)、戰國中期・〈陳往戈〉

陳𨑓(往)之歲

---

[14] 石泉主編：《楚國歷史文化辭典》，頁 71。

[15] 石泉主編之《楚國歷史文化辭典》，該條書寫者判定此器有 56 字，劉彬徽《楚系青銅器研究》判定此器爲 58 字；二者差異在於合文和隸定的不同。前者認爲此器中含有「享月」、「之日」、「七十」、「廿」四個合文，合文只算一字，計算爲 56 字；劉彬徽將「享月」、「之日」計算爲四字，「廿」爲一字，「七十」一字/詞(若依《楚國歷史文化辭典》隸定)闕疑，計算爲 58 字。按：此當從劉說。「享月」、「之日」是兩個可分開的字形，故計算爲四字；「廿」字下有合文號，讀爲「二十」，但字形只有一個，故只計算爲一字。而《楚國歷史文化辭典》所隸定，此器最後二字爲合文「七月」，器銘在句首已指出時間爲「享月」，如何又在句末加上「七月」，二者在時間上是有衝突的；且金文紀錄時間的習慣大都置在銘文首，不放在最後。故從劉說認爲銘文共有 58 字。

[16] 黃錫全(1992 年 10 月)：〝《左傳・宣公八年經》：「夫人嬴氏薨」，《公羊傳》、《穀梁傳》嬴作熊。「葬我小君敬嬴」，《公羊傳》、《穀梁傳》敬嬴作頃熊。前列第一字膚，應假為虜即擄。《說文》：「膚，獲也」。「膚嬴」應讀為「擄熊」，即「獲熊」。〞。《湖北出土商周文字輯證》，武昌：武漢大學出版社，頁 40。

[17] 劉彬徽：《楚系青銅器研究》，頁 368。

[18] 林清源先生(1997 年 12 月)認爲是戰國中晚期器：《楚國文字構形演變研究》，台中：東海大學中文系博士論文，頁 278；何浩(1989 年)認爲是戰國晚期器：〈羕器、養國與楚國養縣〉，《江漢考古》2，頁 63-66。

此器以「陳往」爲紀年之事。但戈銘僅紀錄主語「陳往」，以下省略所發生的事件。戈銘完整的紀年銘文應爲〝陳往某事之歲〞。

從上面對楚國金文「以事紀年」文例的探討，我們可以歸納出楚國金文「以事紀年」句型的特徵爲：

(1)句首有一主語，主語下承接動詞及賓語，形成「主—動—賓」結構，說明整個事件發生的經過或過程。其中紀錄最完整的銘文爲〈鄂君啓節〉、〈燕客銅量〉及〈楚王酓忎鼎〉；而〈大府鎬〉、〈陳往戈〉省略事件；〈蒹陵公戈〉省略主語。

(2)紀錄事件之後所承接的時間補語，通常爲「之歲」一詞；若無「之歲」一詞，則紀錄月、日，以表時間；

(3)楚國金文「以事紀年」的文例，皆出現在戰國中期之後。而以「之歲」句型當爲紀年的方式，目前僅見於楚國金文，未見於春秋以降他國器銘。

相同的句型，亦見於楚簡：

大司馬昭陽敗晉師於襄陵之歲
齊客陳豫賀王之歲
魯陽公以楚師後城鄭之歲
齊客監匿逅楚之歲
宋客盛公聘□於楚之歲
東周之客許緝致胙於紀郢之歲
大司馬卓滑救郙之歲

更可證明以「某事之歲」當爲以事紀年的文例，爲楚國的特殊句型。

以「之歲」當爲紀年的句型，目前雖僅見於楚國金文，但在西周金文中，便有類似「以事紀年」的文例出現：

〈麥尊〉	隹天子休于麥辟侯之年。(句末)
〈小克鼎〉	隹王廿又三年九月，王在宗周，王命善夫克舍令于成周遹正八師之年。(句首)
〈陵貯簋〉	王令東宮追以六師之年。(句末)

這些「以事紀年」文例，與楚國金文的紀年句型有以下的不同之處：

一、　語序：或有置於銘文句首，或有置於銘文句末，語序並不固定。

二、　句型：不用「之歲」，而用「之年」。或有「以事紀年」及「序數紀年」兼而有之的文例，如〈小克鼎〉是。

過渡到春秋以降金文，則可見齊器以「某立(蒞)事歲」當爲紀年的特殊句型。

〈公孫𢈪壺〉　公孫𢈪立事歲，飯者月…
〈陳喜壺〉　陳喜再立事歲…
〈國差𦉜〉　國差立事歲，咸于亥…
〈丘關釜〉　□□立事歲，禝月丙午…
〈陳純釜〉　陳猶立事歲，𩞁月戊寅…

然而無論是西周金文的「之歲」或齊器的「立事歲」句型，「以事紀年」的特殊紀年方式，絕不見於西方的秦銘[19]。或有以秦器〈大良造鞅升〉銘的〝齊遣卿大夫眾來聘〞為大事紀年，此升完整銘文為：

十八年，齊遣卿大夫眾來聘，冬十二月乙酉，大良造鞅爰積十六尊(寸)五分尊(寸)壹為升。重泉。[20]

銘文句首的〝十八年〞為序數紀年。對比同屬秦器的〈商鞅戟〉，其銘為〝十三年，大良造鞅之造戟〞，可知承接在升銘句首〝十八年〞後的〝齊遣卿大夫眾來聘〞及〝冬十二月乙酉，大良造鞅爰積十六尊(寸)五分尊(寸)壹為升。〞，指的是在秦孝公十八年所發生的兩件事，並非指以〝齊遣卿大夫眾來聘〞一事作為升銘的紀年。馬承源將〈大良造鞅升〉斷句為：〝十八年，齊遣卿大夫眾來聘。冬十二月乙酉，大良造鞅。爰積十六尊(寸)五分尊(寸)壹為升。重泉。〞[21]，當可更清楚的理解此條銘文的紀年句型。

由此判斷，在春秋以降諸國金文中，「以事紀年」的文例，僅見於楚、齊二國，未見於西方秦銘。但以「某事之歲」呈現紀年的句型，目前僅見於楚國金文。

另外一個值得討論的問題是：楚國金文「以事紀年」的句型既然前有所承於西周金文，那麼何以要將西周金文的「之年」改為「之歲」呢？我們提出以下幾個可能發生的原因：

(一)、用夏曆。《爾雅．釋天》有：〝夏曰歲、商曰祀、周曰年〞一說。從西周金文在紀年文例的用字上來看，《爾雅》的「周曰年」是可以得到印證的。曾憲通〈楚月名初探〉一文中言：〝楚在戰國時已用夏曆，即以建寅之夏正為歲首。[22]〞，若依曾先生所言，楚國在戰國時用的是夏曆；這就替楚金文在「以事紀年」

---

[19] 所謂西方秦銘的概念，源自於王國維：〈戰國時秦用籀文六國用古文說〉一文，其將戰國文字分為東土六國及西土秦國二系，與何琳儀(1989 年 4 月，北京：中華書局)：《戰國文字通論》中，所指位於西方的秦系文字相同。

[20] 此說法、器名、及銘文隸定、標點，皆依李學勤：〈秦孝公、惠文王時期的銘文〉，《綴古集》，頁 136。

[21] 馬承源主編(1990 年 4 月)：《商周青銅器銘文選》卷四，北京：文物出版社，頁 612。其定此器名為〈商鞅方升〉。

[22] 曾憲通(1993 年 8 月)：〈楚月名初探〉，《楚地出土文獻三種研究》，中華書局，頁 344。(與饒宗頤合著)

文例上不承襲西周使用「之年」，而改用「之歲」找到一個很有可能的解釋，因爲改用夏曆的緣故，而「夏曰歲」，所以楚金文不用「之年」而用「之歲」，就可能是因循夏曆的緣故。

(二)、星歲紀年。星指歲星，歲指太歲。楚國以星歲紀年在考古材料和文獻中都極爲罕見。唯有《離騷》中提到屈原的生年：〝攝提貞于孟陬兮〞，句中的「攝提」指的就是星歲紀年。既然在文獻中發現楚國有以「星歲紀年」的方式，那麼，楚國金文是否有可能受到其影響，將「太歲紀年」的「歲」字，引申爲一般紀年的用字。

以上的假設，是針對戰國中期以後的楚國金文，以〝之歲〞當爲「以事紀年」的句型，而不用「年」字所提出可能發生的原因。儘管目前我們並不能解決這個問題的癥結，但透過對問題的假設，至少可以試著解決楚國金文在用「歲」字作爲紀年文例上的問題。

參、某為之

楚金文在幽王器銘[23]中，銘文句末見有「某爲之」一類的句型：

戰國晚期・楚王酓忎諸器

〈蓋〉　冶帀專秦、差苛膽為之

　　　　冶師盤野、差秦忎為之

〈器〉　冶師褩圣、差陳共為之

〈盤〉　冶師紹圣、差陳共為之

〈冶師勺、匕〉冶專秦、苛膽為之

〈冶師盤野作匕〉冶盤野、秦忎為之

〈冶紹圣作匕〉冶紹圣、陳共為之

戰國晚期・鑄客器

〈太后脰官鼎〉鑄客為大句脰官為之

〈王后少府鼎〉鑄客為王句小府為之

〈王后六室器〉鑄客為王句六室為之

〈集腏大器〉　鑄客為集𩰫(腏)、[illegible]𩰫、[illegible]𩰫(腏)為之

〈集脰器〉　鑄客為集脰為之

〈集醻器〉　鑄客為集醻為之

〈集既器〉　鑄客為集既鑄為之

〈御室匜〉　鑄客為御䞕為之

---

[23]「酓忎」即幽王名；鑄客諸器出於幽王墓，故二者皆爲幽王時器。見劉彬徽：《楚系青銅器研究》，頁 363。

春秋以後諸國金文，常見有「物勒工名」的句式。

所謂「物勒工名」，是指春秋戰國以後，諸國在銅器銘文，尤其是兵器銘文上，往往發現銘文句末有鑄刻人名的句式，這些所鑄刻的人名，就是當時鑄造銅器的鑄工的工頭[24]。而將這些鑄造銅器工頭的名字鑄刻於銘文正文之後，就是「物勒工名」。

「物勒工名」的形式，常見於燕、秦、晉諸系兵器銘文。多是由三級監造[25]所組成的形式，但也有增多為四級監造[26]，或省略為二級或一級的形式[27]。各級的主管或官名因各系之間的職稱不同因而有所不同。

楚國金文與齊系金文相同，戰國以前，基本上是屬於「物勒主名」的形式，且多言「自作」，如：

西晚‧〈楚公冢鐘〉　楚公冢自作寶大林鐘
春中‧〈鄧公乘鼎〉　鄧公乘自作飤䵼
春晚‧〈王子啟疆鼎〉　王子啟疆自作食䵼

這些器銘明言為器主自作[28]。直至戰國晚期，才出現「物勒主名」綴以「工名」的形式：

戰晚‧〈羕陵公戈〉　羕陵公伺□所郜，冶己女
〈造府之右冶鼎〉□造府之右，冶□盛

其中的〝羕陵公伺□〞和〝□造府之右〞是「主名」，〝己女〞和〝□盛〞是「工名」。另外，楚國金文的〈酓忎〉諸器，也是以「主名」綴以「工名」的形式呈現。如鼎銘句首的〝楚王酓忎〞是「主名」，以下的冶币〝專秦〞、差〝苛𦛗〞是為「工名」。

由此可知，楚國金文一般都是「物勒主名」的形式，後綴以「物勒工名」

---

24 何琳儀：〝所謂製造者並非直接製器者，因為打製兵器並非一道工序，直接製造者也絕非一人…；在等級森嚴的戰國，製遭兵器工匠的身分相當低賤，他們的名字絕不會留在貴族武士所用的武器上。所謂「物勒工名」的「工」應是工頭，具有一定的社會身分。〞《戰國文字通論》，頁 112。

25 三級是指名義監造、具體主辦者、實際監造者三級。秦器的名義監造者又可分為中央監造和地方監造兩種。詳見《戰國文字通論》中對各系「物勒工名」的分析。

26 秦器在始皇時期則為相邦→寺工→丞→工四級。同上注，頁 157。

27 如燕系器：〝燕兵器多省簡三級形式為二級形式或一級形式。〞。同上注，頁 96。

28 楚金文中除上述明言「自作」，為器主自作的器銘之外，還有器主自作言「某鑄」的形式，時間由西周晚期至春秋晚期：西周晚期〈楚公逆鐘〉；春秋早期〈楚嬴盤〉；春秋中期〈申公彭宇簠〉、〈申王之孫叔義匿〉、〈楚子暖簠〉、〈以鄧鼎〉、〈𢉏兒盞〉；春秋晚期〈王子吳鼎〉、〈王子嬰次鐘〉、〈敬事天王鐘〉、〈倗〉器、〈王子午鼎〉、〈王孫誥鐘〉、〈王孫遺者鐘〉、〈楚王領鐘〉、〈楚子棄疾簠〉、〈王孫𦅫鐘〉、〈褱鼎〉。

的形式，多出現在戰國晚期。楚金文在戰國晚期的幽王器銘上的「某爲之」文例，即是楚幽王器銘上特有「物勒工名」的句型。

以「某爲之」作爲「物勒工名」的文例，目前僅見於戰國晚期的楚金文，尙未見於他器。

「某」爲名詞，指器銘中的工名，在「物勒工名」的完整句中當爲主語；「爲」爲動詞，鑄作製造之意；「之」爲稱代詞，指被鑄的某器，在句中當爲賓語。「某—爲—之」是金文中習見標準的「主—動—賓」結構。「某爲之」句型的詞位，在楚國金文中置於句末。

幽王〈鑄客〉器中，「某爲之」句型的完整文例是「某爲某爲之」。主詞是第一個「某」字，承接的「爲某」是修飾前面的「某」字，其組成的文法結構爲「某(主)—爲某(修飾詞)—爲(動)—之(賓)」。「某爲某爲之」句型在幽王諸器多爲獨立出現的句子，前面沒有其他的記事銘文。

「某爲之」中的「某」字可簡單的只指工名，如〈酓忎〉諸器：冶帀〝專秦〞、差〝苛腦〞；也可在後面加修飾詞，指爲某人作器的工名，如〈鑄客〉諸器：〝鑄客為大句脰官〞。這種「某爲某爲之」的文例，銅器銘文往往有標示守藏的作用[29]。(以下仍是以「某爲之」統稱「某爲某爲之」一類的句型)

一般他系金文中的「物勒工名」，僅列出工名的部分。我們若將「某爲之」句型分成「某」及「爲之」兩個部分，則主詞「某」字即相對於他系金文中的「物勒工名」的部分。也就是說，在春秋戰國以後，諸國器銘上的「物勒工名」，在「某爲之」文例中，指的只是「某」字，「爲之」是楚金文的幽王器銘承接「物勒工名」之後再加上去的。

春秋以後的金文，在器銘上鑄刻「物勒工名」是常態的句式。戰國晚期的楚金文既然在器銘上亦作「物勒工名」句型，何以要在工名之後再添加「爲之」一詞，相對於一般的戰國金文而言，這並非是常態的文例。

戰國中期以後，楚國金文中發現有與「爲之」相同語法的「V—之」的文例，見於以下諸器：

戰中．	〈曾姬無卹壺〉	後嗣用之，職在王室
	〈王命龍節〉	飲之
	〈燕客銅量〉	某以命攻尹穆丙、工差競之

除了金文，相同的語法也見於楚簡：

〈包 2.136〉	執事人為之
〈信 1.09〉	天下為之
〈包 2.120〉	小人命眪以傳之

[29] 李零：〈楚燕客銅量銘文補正〉。

〈包 2.133〉　　会郯之慶孝百宜君命為搏之

這些「V—之」句型的文例，出現在戰國中期，當時楚國金文上的銘文仍是「物勒主名」的形式。到了戰國晚期以後，楚金文除了「物勒主名」之外，兼有「物勒工名」的形式，再受到楚國出現在戰國中期「V—之」句型文例的影響，就形成了楚金文在戰國晚期以「某爲之」作爲「物勒工名」的句型。出現在戰國中期的楚國金文及楚簡上的「V—之」文例，對於戰國晚期以「某爲之」作爲「物勒工名」的楚國金文而言，在時間的鋪排上，是可以成立的。

因此，我們可以說，戰國晚期幽王器銘中出現的「某爲之」句型，是由「物勒工名」的形式，且受到戰國中期楚國「V—之」句式的影響所結合而成的。

至於「某爲之」的句型和金文在句末習見的「永寶用之」或「永保鼓之」一類的祈語，語法同爲「V—之」，兩者之間是否相關？我們以爲應當是沒有的。因爲「永寶用之」是祈語，而「某爲之」是物勒工名，兩者在功能上是不同的；且「永寶用之」一類的祈語從春秋到戰國之間的楚金文中皆可見，當是句末的常態用例。如果「某爲之」是受到祈語「永寶用之」的影響，那麼應當不會晚至戰國晚期才見有以此爲「物勒工名」的句型出現。所以，「永寶用之」的句型雖然也是「永寶—V—之」，但卻與「某爲之」文例無關，兩者不能拿來比較。只能說有「某爲之」文例的楚國金文中，尚未發現有「永寶用之」一類的祈語出現。

「某爲之」文例在目前所見的金文中，僅見於戰國晚期楚國的幽王器銘中，不見於他器，當是戰國晚年楚幽王銅器銘文「物勒工名」的習用語。此例不見於西周金文，亦不見春秋以降他系諸國[30]。

從以上論述中，我們可以得到幾個結論：

1. 楚金文在春秋時期銘文與他國器銘不盡相同，多屬於「物勒主名」形式；到了戰國中期以後，才有「物勒主名」兼「物勒工名」的形式；
2. 「某爲之」是戰國晚期幽王銅器群(即〈酓忎〉器及〈鑄客〉諸器)對「物勒工名」的特殊句型；
3. 「某爲之」句型乃是「物勒工名」加上「V—之」句式所產生的「物勒工名」的形式；
4. 「某爲之」句型受到楚國戰國中期以後「V—之」句式的影響；
5. 「某爲之」句型目前僅見於戰國晚期楚器，不見於他國金文，爲楚國金文戰國晚期的特殊用語。

---

[30] 朱歧祥先生：〝「某為之」一例多見於楚銘，屬春秋以降南方習用語。此例絕不見於秦銘。〞見〈論訓釋古文字的方法—文例研究〉。朱先生之言「某爲之」多見於楚銘，說法至確。然從上述可知：「某爲之」並非〝屬春秋以降南方習用語〞，而僅見於戰國晚年的楚幽王銅器群，應屬於幽王器銘習用語。

肆、結論

由以上討論「以事紀年」及「某爲之」兩條文例，可以發現楚國金文在紀年及物勒工名的句型上，相較於西周及春秋以降諸國金文，確有其特殊性。這樣的論證說明了對楚國金文的句型進行研究，能夠了解楚國語言的緣由；並藉由地下材料與古籍的二重證據，更能清楚的呈現楚國語言本來的面貌。

伍、參考書目

石泉主編(1997 年 6 月)　《楚國歷史文化辭典》，武昌：武漢大學出版社。

朱歧祥(1997 年 7 月)　《周原甲骨研究》，台北：學生書局。

(1998 年 12 月)　〈訓釋古文字的方法—文例研究〉，《第二屆國際暨第四屆全國訓詁學學術研討會論文集》。

李零(1988 年)　〈楚燕客銅量銘文補正〉，《江漢考古》2。

李學勤(1998 年 10 月)　〈楚青銅器與楚文化〉，《綴古集》，上海：上海古籍出版社。

〈秦孝公、惠文王時期的銘文〉，《綴古集》。

何浩(1989 年)　〈羕器、養國與楚國養縣〉，《江漢考古》2，頁 63-66。

何琳儀(1988)　〈長沙銅量補釋〉，《江漢考古》4。

(1989 年 4 月)　《戰國文字通論》，北京：中華書局。

林素清(1997 年 7 月)　〈從包山楚簡紀年材料論楚曆〉，《中國考古學與歷史學之整合研究》，台北：中研院史語所會議論文集之四。

林清源(1997 年 12 月)　《楚國文字構形演變研究》，台中：東海大學中文系博士論文。

周何總編(1995 年 5 月)　《青銅器銘文檢索》，台北：文史哲出版社。

馬承源主編(1990 年 4 月)《商周青銅器銘文選》卷四，北京：文物出版社。

曾憲通(1993 年 8 月)　〈楚月名初探〉，《楚地出土文獻三種研究》，中華書局。

黃錫全(1992 年 10 月)　《湖北出土商周文字輯證》，武昌：武漢大學出版社。

劉信芳(1987 年)　〈釋「葳郢」〉，《江漢考古》1，頁 78-83。

劉彬徽(1988)　〈楚國紀年法簡論〉，《江漢考古》2，60-62。

(1996 年 10 月)　《楚系青銅器研究》，武漢：湖北教育出版社。

賴昭吟(2002 年 1 月)　《楚金文文例考》，台中：東海大學中文系碩士論文。

談《老子》中的「孩」字

馮勝君

吉林大學古籍所古文字教研室主任

提要

本文透過戰國楚文字中的「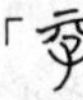（娩）」字經常被誤釋爲「孩」字這一現象，提出今本《老子》中的「孩」字有可能是「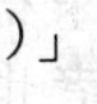（娩）」字的誤讀，並對相關文句作了重新解釋。

關鍵詞： 孩

在戰國楚系文字中，有一個從亓從子的字，寫作「」。它的異體從字，寫作「」。它們出現在以下辭例當中：

（1）口以不能食，以心。　　望山 M_1，第三十七號簡

（2）教之以正（政），齊之以刑，則民有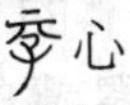心。

郭店楚簡，《緇衣》第二十四號簡

（3）之述也，強之工也。

郭店楚簡，《成之聞之》第二十三號簡

上引第一條材料《望山楚簡》第八十九——九十頁注【二〇】說：「一七號、三七號簡似是從『字』從『亓』。『亓』、『其』古通，『其』字古音與『亥』相近。《淮南子．時則》：『爨其燧火』，高誘注：『其，讀荄備之荄。』《易．明夷》：『箕子之明夷』，陸德明《釋文》引劉向本『箕子』作『荄茲』。《孟子．萬章下》：『晉平公于亥唐也』，《抱樸子．逸民》『亥唐』作『期唐』。『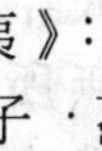』和『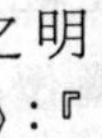』可能都是『孩』（《說文》以爲『咳』字古文）的異體。據簡文文義，此字當與心疾有關，疑當讀爲『駭』。《說文》：『駭，驚也。』」[1]。另外，上引第二條材料中的「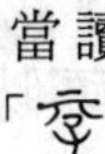」字，也有人認爲應讀爲「駭」[2]。

但李零在討論郭店楚簡簡文時，將上引第二條材料中的「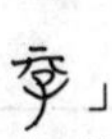」隸定作「免」，謂：「『免』，整理者不釋，以爲相當今本『遯』字。案此字又見《成之聞之》簡 23，疑是『娩』字的古寫，『免』與『遯』含義相近。」

---

[1] 湖北省文物考古研究所、北京大學中文系：《望山楚簡》，中華書局，1995年，北京。

[2] 魏宜輝、周言：《讀〈郭店楚墓竹簡〉劄記》，《古文字研究》第二十二輯 232－233 頁，中華書局，2000年，北京。

[3]並將上引第三條材料中的「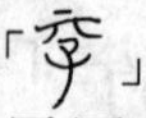」讀爲「勉」[4]。李零雖然沒有說明他將「悉」當作「娩」字古寫的原因，但這一觀點還是迅速引起了學術界的重視。李家浩在此基礎上對古文字材料（目前來看，都是楚系文字材料）中的「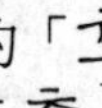」字以及從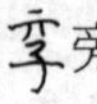旁的字的用法重新作了討論，認爲第一條材料中的「」應讀爲「悗」，通「悶」[5]。並對郭店楚簡《緇衣》中的「免心」同今本《緇衣》中的「遯心」的關係作了如下論證：

> 朱彬《禮記訓纂》說，「民有遯心」即「孔子所謂『免而無恥』者也。」按朱彬所引孔子語，見於《論語·爲政》：「道之以政，齊之以刑，民免而無恥。」劉寶楠《論語正義》在引《緇衣》鄭玄注「遯，逃也」之後說：「彼言『遯』，此言『免』，義同，《廣雅·釋詁》：『免，脫也。』謂民思脫避於罪也。」簡本《緇衣》的「悉（娩）」，當從《論語》讀爲「免」[6]。

因此，從文義上看，將「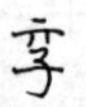」釋爲「娩」，當無疑問。

2001 年底，上海博物館藏楚簡《緇衣》公佈，其中在郭店簡《緇衣》中寫作「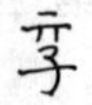」的那個字在上博簡中寫作「免」[7]，這應該就是李零先生對「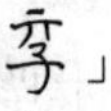」字釋讀的依據吧。

以上論述說明了這樣一個問題，即戰國楚系文字中的「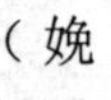（娩）」字是很容易被誤釋爲「孩」字的。這使我們聯想起了《老子》中「孩」字的釋讀問題。在《老子》中「孩」字共出現兩次，第一次出現在今本第二十章：

> 唯之與阿，相去幾何？善之與惡，相去何若？人之所畏，不可不畏。荒兮，其未央哉！衆人熙熙，如享大牢，如春登臺。我獨泊兮其未兆，如嬰兒之未孩。儽儽兮，若無所歸。衆人皆有餘，而我獨若遺。我愚人之心也哉，沌沌兮。俗人昭昭，我獨昏昏。俗人察察，我獨悶悶。澹兮，其若海。飂兮，若無止。衆人皆有以，而我獨頑似鄙，我獨異於人，而貴食母。

---

3 李零：《郭店楚簡校讀記》，《道家文化研究》第十七輯 486 頁，三聯書店，1999 年，北京。

4 同上 513、514 頁。

5 湖北省文物考古研究所、北京大學中文系：《九店楚簡》146 頁，中華書局，2000 年，北京。

6 同上頁注 6。

7 馬承源主編：《上海博物館藏戰國楚竹書（一）》57 頁第十三號簡，上海古籍出版社，2001 年，上海。

第二次出現在今本第四十九章：

聖人無常心，以百姓心爲心。善者吾善之，不善者吾亦善之，德善。信者吾信之，不信者吾亦信之，德信也。聖人在天下歙歙，爲天下渾其心。百姓皆注其耳目，聖人皆孩之。

對於以上兩章中的「孩」應當如何訓釋，歷來衆說紛紜。今本第二十章中的「孩」字，多數學者據《說文》以「孩」爲「咳」之或體，訓爲「小兒笑也」。今本第四十九章中的「孩」字，高亨是這樣解釋的：

按「孩」借爲「閡」。《說文》:「閡，外閉也。」〈漢書·律曆志〉「閡藏萬物」，顏注引晉灼曰:「外閉曰閡。」聖人皆孩之者，言聖人皆閉百姓之耳目也。上文云「歙歙爲天下渾其心」，即謂使天下人心胥渾渾噩噩而無識無知也。此文云「百姓皆注其耳目，聖人皆閡之」，即謂閉塞百姓耳目之聰明，使無聞無見也。此老子之愚民政策耳。「孩」、「咳」一字，因其爲借字，故亦作「駭」作「咳」。〈晏子·外篇〉第八:「頸尾咳於天地乎！」孫星衍曰:「咳與閡同。」亦以「咳」爲「閡」。[8]

「孩」是否應讀爲「閡」且不論，但高亨對「百姓皆注其耳目，聖人皆孩之」一句意思的把握是大體正確的。

對於「孩」字的訓釋，于省吾獨闢蹊徑，創爲新解：

按近人有以《說文》義訓《老子》此語者。嬰兒生數月即能笑，豈待二三歲乎？且訓爲如嬰兒之未笑，俚淺無謂。若讀「孩」如字，如嬰兒之未孩，嬰兒豈不可稱「孩」乎？至「聖人皆孩之」，尤爲不辭。按古從亥從其之字，每音近字通。《書·微子》:「我舊云刻子」，《論衡·本性》「刻子」作「孩子」;《易·明夷》六五「箕子之明夷」,《漢書·儒林傳》趙賓作「荄茲」,《釋文》:「劉向云：今《易》『箕子』作『荄茲』」;《淮南子·時則》:「爨其燧火」，高注:「『其』讀爲該備之『該』也」。其、期古亦通。《詩·頍弁》:「實維何期」,《釋文》:「『期』本亦作『其』」;《易·繫辭傳》:「死其將至」,《釋文》:「『其』亦作『期』」；漢武梁祠畫像：「樊於其頭」，「期」作「其」。期、朞古同字，後人強分爲二，誤矣。《書·堯典》:「朞三百有六旬有六日」，僞傳:「匝四時曰朞」,《說文》:「稘，復其時也」引《堯典》「朞」作「稘」。《大

[8] 朱謙之:《老子校釋》197頁，中華書局，1984年，北京。

戴禮·本命》:「期而生臏」,注:「期年天道一備」。《齊語》:「桓公令官長期而書伐」,注:「期,期年也。」《漢書·律曆志上》:「當期之日」,注:「謂十二月爲一期也」。「如嬰兒之未咳」,應讀作「如嬰兒之未期」,言嬰孩尙未期年,天真未漓也。上言「衆人熙熙,如享太牢,如春登臺,我獨泊兮其未兆」,此言如嬰兒之未期,自言其似未期年之幼兒,不與衆人之所樂也。「聖人皆咳之」,應讀作「聖人皆期之」。期謂期會。《廣雅·釋詁》:「期,會也。」上言「聖人在天下,歙歙爲天下渾其心,百姓皆注其耳目」,猶言百姓引領以待,聖人皆期會之,使其如願以償也。自來解者,不知咳、期之音借,而二句之義,如在漆室之中,已二千餘年矣[9]。

于省吾先生的觀點所具有的啓發性在於他揭示了《老子》中的「孩」字有可能是一個從「其」的字的誤讀或誤釋。

結合上文所說的戰國楚系文字中寫作從「亓(其)」的「⿱亓子(娩)」字很容易被誤釋爲「孩」字,似乎可以得出這樣一個結論,即《老子》中的「孩」字很有可能也是「⿱亓子(娩)」字的誤釋。

從文義上講,把《老子》中的「孩」改爲「娩」,原文扞格難通之處渙然冰釋。

先看上引第二十章,「我獨泊兮其未兆,如嬰兒之未娩」。其中「泊」字,帛書《老子》甲本同,乙本作「博」。景龍碑、遂州本、傅奕本作「魄」。應以「魄」字爲是。《國語·晉語三》:「公子重耳其入乎?其魄兆於民矣。」也是以魄、兆連言。魄,一般來說是指人的精氣,也引申爲指人的耳目之聰明。《周禮·春官·大宗伯》注:「形魄歸於地」賈公彥疏:「耳目聰明爲魄」。兆,謂出現、形成。上引《國語·晉語三》韋昭注:「兆,見也。」《荀子·王制》:「相陰陽,占祲兆。」楊倞注:「兆,萌兆。」《老子》的這句話是說「我的精氣、聰明尙未萌兆,就像在母體中尙未分娩的嬰兒一樣」。所以下文說「儽儽兮,若無所歸。衆人皆有餘,而我獨若遺(匱)。[10]」沌沌、昏昏、悶悶等形容詞也正是以母體中嬰兒的無知無覺、混沌蒙昧狀態爲譬。

從本章的用韻情況來看,過去讀「孩」爲本字或讀爲「期」,與上文的哉、熙、台同爲之部字。現在我們改釋爲「娩」,則與下文協韻。免,有的古音學家歸入元部,有的則歸入諄部。望山簡中的「娩(悗)」與「悶」相通,悶也是諄部字。因此,娩與歸、遺、沌、昏、悶是脂、諄合韻。

---

[9] 於省吾:《雙劍誃諸子新證》235—236頁,中華書局,1962年,北京。

[10] 朱謙之:《老子校釋》82頁引於省吾說,中華書局,1984年,北京。

《老子》第四十九章：「百姓皆注其耳目，聖人皆娩之。」娩，應讀爲「免」。娩、免是一對同源詞[11]。免，應讀爲「矇」。前面說過「悗」、「悶」相通，而「門」、「蒙」又相通。《孟子·離婁下》：「逢蒙」，《荀子·王霸》、《呂氏春秋·聽言》作「蠭門」。《漢書·古今人表》作「逢門子」。可證免、門、蒙聲系相通。又免、曼聲系相通。《史記·孔子世家》：「郰人挽父之母」，《禮記·檀弓》挽作曼。《楚辭·遠遊》：「玉色頩以脕顏兮」，《考異》：「脕一作曼」。曼、蒙聲系亦相通。《爾雅·釋草》：「厘，蔓華。」郭注：「一名蒙華」。可證免、曼、蒙聲系相通。另外，免、滿、蒙聲系也相通，可參看《古字通假會典》155、226頁。

《說文》：「矇，童矇也。一曰，不明也。從目蒙聲。」《廣雅·釋詁三》：「矇，盲也。」《詩經·大雅·靈台》：「矇瞍奏公」，毛傳：「有眸子而無見曰矇」。

「百姓皆注其耳目，聖人皆娩（矇）之」這句話是說百姓用其耳目之聰明，聖人則使之盲聵。這同我們上面討論的《老子》第二十章的含義是十分相近的。

[11] 王力：《同源字典》585－586頁，商務印書館，1982年，北京。

字根與語根——

以《周禮》「六祈」為中心的祭禮語彙釋例

程克雅

東華大學中國語文學系助理教授

提要

本文旨在申述「字根」與「語根」二用語的基本概念、源流、相關術語、方法、條例，以釐清其於語言文字學的考釋原理模式，以及實際經典注釋中呈現的方法反思。因此，將就許慎、鄭玄二家所釋祭禮語彙的形、音、義爲比較互證的基點，並回歸原典及釋義的文脈、語境，驗證在實際釋例中顯見的相關說明，就以下步驟一一說明之：首先，申述「字根」與「語根」二用語在語言文字學考釋方法上的重要性；其次，就名義問題探究「字根」與「語根」二概念的源流，並說明何謂字根，何謂語根；復就今人多以「以形索義」釋「字根」，以「因聲求義」釋「語根」的現象，回顧前人研究成果回顧成果中的運用模式及差別，環繞著與祭禮相關的語彙進行名義與語言符號系統相應的考述；並就相關術語分析「字根」「語根」概念的分野，提出本篇所依循的研究方法，分從「字根」「語根」概念的條例與判斷標準，看諧聲與非諧聲字根乃至於語根的判斷標準與釋例，析論字根與語根的關聯與運用，實具有概念的歧異和方法的不同。

關鍵詞：字根、語根、諧聲偏旁、鄭玄、《三禮注》、許慎、《說文解字》

壹、前言

「字根」與「語根」二語是考辨釋讀中國語言文字形音義所常用的術語，用於典籍研究論述範疇嘗見於章太炎《小學略說》和黃季剛《文字聲韻訓詁筆記》中所論及的相關術語。爲「語原」，爲「本字」，爲「萌俗」[1]。自許慎，鄭玄以下，古代注釋與語文學家沿用者甚多，故至今研究語言文字形音義考釋者，亦常運用二語，以爲概念基礎[2]。然而在漢代經師說解中，乃遞承古人用語而來，多未明確定義，相關術語以及實際的條例，須經釋例分析與判斷標準的確立才能釐清其源流，爲學術研究提出明確的定義，避免混淆穿鑿，提出方法論的省思，並建立可循的析論、釋義模式。

其次，今日學者用「字根」「語根」二詞，多以「以形索義」釋「字根」；以「因聲求義」釋「語根」,「字根」的相關術語包括「字源」、「同源字」等；「語根」的相關術語也包括「詞源」、「同源詞」等。但傳統文字學中面對「分別文」、「古今字」、「累增字」、「異體字」不同稱謂和名義，以及「右文說」在「形聲兼義」、「會意兼聲」的考與辨別中是否可以用同樣的概念來論述其運用，實有釐清的必要。

今日可見之語言文字考釋方法論述甚眾，所有的術語或概念其實都應回歸原典，重勘舊注爲根柢，並參酌專書注解之實際狀況爲驗證。故本文亦將由此角度檢驗既有之「字根」「語根」概念，並進而提出釋例，就方法學與方法論的角度加以析論。

本文之研究將先對祭禮中的語彙有關「字根」「語根」注釋文獻中，所見之二詞加以考察，從許慎、鄭玄異義之本文與注釋文脈中，初步研求其本義；同時整理現有對二詞之各種解釋，並比較之；最後，釐清二概念的條例和運用模式，以提出區辨的依據和方法概念的差異。

一、 名義問題：何謂「字根」？何謂「語根」？

「字根」與「語根」二詞用於語言文字學的術語與近現代西洋語文學術語

[1] 用於典籍研究範疇的「字根」與「語根」二詞，可以追溯源自於鄭玄《儀禮注》中「用古文，今文出注；用今文，古文出注。」的文字抉擇中所蘊涵的語源問題；以及許慎《說文解字》中，說釋字形所涉及的「古文」、「重文」、「互訓」、「聲訓」「讀若」等現象和術語中蘊涵的字源和語源問題。

[2] 以許慎、鄭玄二經師遞承古人的概念與實際解釋爲例，「字根」與「語根」二詞在相關術語方面的探究，包括陸宗達 1982〈傳統字源學初探〉（《語言論文集》北京：北京出版社）；以及王寧：〈淺論傳統字源學〉（《中國語文》1984：5）等單篇論文外，還有王力《同源字典》，陸宗達，王寧合著之：《訓詁與訓詁學》；王寧所撰《訓詁學原理》宋永培：《說文解字與文獻詞義學》（開封：河南人民出版社，1994。）《當代中國訓詁學》（廣東教育出版社，廣州，1998。）等專著，均一致的將字源學與語源學的問題和討論視爲新訓詁學中的相問論題。

介紹，並沿用到古漢語語言文字考釋上，有密切的關係。[3]之前常見的概念則散見於傳統的典籍注釋及訓詁學的專著中，而眾多術語在「字根」與「語根」之概念意義來說，應是具有原初本義，以為訓詁實踐的出發點。故在考察其做為藉文字形音釋義術語之涵義之前，應當先探求其做為一般性用法的相關術語之原初本義。

（一）「字根」概念的源流

字根的概念源流，在古代的字書中亦多有近似者，其用法亦皆與此義相合，如許慎謂：

> 倉頡之初作書，蓋依類象形，故謂之文，其後形聲相益，即謂之字。文者，物象之本；字者，言孳乳而寖多也。[4]

陳新雄先生(1995)也說：

> 所謂字根，即形聲字最初聲母，其字根可能是象形字、指事字、會意字。字根為象形字者如：窯：余昭切，喻紐，从羔聲；羔：古牢切，見紐，从照聲；照：之少切，照紐，从昭聲；昭，之遙切，照紐，从召聲；召，直少切，澄紐，从刀聲；刀，都牢切，端紐，為象形字。[5]

由以上所舉之例證可以發現「物象之本」、「字原」、「部首」、「漢字形傍」等，皆指近似於「字根」的概念，指的是語文考釋中某個重要、特定的「原初字形」，某種特定的「形符」。[6]故「字根」一詞之涵義大概可以推定為：分析字形和探討形義關聯性的原初形體，也就是分析字形時的最小成文單位。[7]

（二）「語根」概念的源流

再進一步追索「語根」一詞的概念，最常見的是語源一詞，章太炎《國故論衡・小學略說》即有云：

> 余以寡昧，屬茲衰亂，悼古義之淪喪，愍民言之未理，故作《文始

---

[3] 以西洋語文學的術語與概念源流來看，受到德國語言文字學家馬克思・穆勒（Max Müller）影響而撰《文始》及《小學略說》的章太炎，以及黃季剛《聲韻文字訓詁析論》中，均將之視為研究詞義，探討訓詁的綱領。

[4] [漢]許慎：《說文解字・敘》（臺北：漢京出版社，1980.2 台景印初版），頁 1。

[5] 見陳新雄先生《訓詁學》（頁 279）。

[6] 可參考唐蘭《古文字學導論》(濟南:齊魯書社,1981)高明《中國古文字學通》(北京:文物,1987)，林澐《古文字研究簡論》(吉林:吉林大學,1986)，及裘錫圭《文字學概要》(北京:商務,1988)中的定義及實際字例。

[7] 依董妍希《金文字根研究》（師範大學國研所碩士論文，季旭昇教授指導，2001 年）回顧高明〈古文字的形傍及其形體演變〉（《古文字研究》第四輯）、周何先生《中文字根孳乳表稿》（臺北：國字整理小組）等著作中所據以執行研究的字根概念。

》以明語源，次《小學答問》以見本字，述《新方言》以一萌俗。[8]

今人謝碧賢《文始研究》中以四項要點說明章太炎撰著的動機[9]，其一是「以古韻爲基礎，循雙聲相轉、疊韻相迆之理探求語根」；其二是「立初文，準初文以爲語根。」其三是「所以正右文之聲，並說明形聲字聲符假借及無聲字多音之理。」其四是「本書要例推變易、孳乳二條。」在這四項並列式的說明之下，也看出了章氏論語源的原理是有兩重不同的標準的，也就是除了字形的標準之外，還要兼顧到聲義同近的標準。在〈小學答問〉中可以看出他對「本字」的重視，實際上已經超出了字形的範圍，章氏又謂：

> 近世言小學者眾矣，經典相承多用通假，治雅訓者，徒以聲義比類相從，不悉明其本字。[10]

章太炎對字根的重視，可見於《文始・敘例》所說「形體聲類，更相扶胥。」；以及〈語言緣起說〉「諸言語皆有根。」他認爲應並重漢語的形體與音韻，在〈小學略說〉中則又說：

> 大凡惑拼音者，多謂形體可廢，廢則言語道窒，而越鄉為異國矣；
>
> 滯形體者，又以聲音可遺，遺則形為糟粕，而書契與口語益離矣。[11]

章太炎《訄言・訂文》〈 轉注假借說〉中則推闡語言文字的關係，爲變易及孳乳的理論基礎提出解說：

> 字之未造，語言先之也，以文字代語言，各循其聲，方語有殊，名義一也，其音或雙聲相轉，或疊韻相迆，則為更制一字，此所謂轉注也。孳乳日繁，即又為之節制，故有意相引申，音相切合者，義雖少變，則不為更制一字，此所謂假借也。[12]

章太炎在《文始》中屢以孳乳、變易之理求源，也就是詞源學的研究，如「聿、笏，同一語原。」[13]，章氏習用語原（語源）一詞，在此探討章太炎的同源字（詞）的研究，也就以語源學爲主，去涵蓋著文字字根與本字的探討。《文始・敘例》中自述整理許慎《說文》初文、準初文的成果，即是這一概念下的實踐，他說：

> ・・・于是刺取《說文》獨體，命以初文，其諸渻變，及合體象形
>
> 、指事，與聲具而形殘，若同體複重者，謂之準初文，都五百十字
>
> ，集為四百五十七條，討其類物，比其聲韻；音義相讎，謂之變易

[8]見章太炎《國故論衡・小學略說》。
[9]見謝碧賢著《文始研究》，輔仁大學碩士論文，1985，臺北。
[10]見章太炎〈小學答問〉。
[11]見章太炎〈小學略說〉。
[12]見章太炎《訄言・訂文》〈轉注假借說〉。
[13]見章太炎《文始・二》頁 42 上(1910 年《章氏叢書》上冊，台北：世界書局，1992 年 4 月再版)。

，義自音衍，謂之孳乳。畢而次之，得五六千。[14]

章氏整理《說文》的基本原則是透過音義關係系聯詞族，建立音義體系，又在書前申述十項略例，提出判斷與繫聯同源詞的標準。所以「語根」的涵義，實則在於注重比較聲音形式和意義相關的原初形式。

二、 前人研究成果回顧

（一）主張「字根」「語根」二語須予以區別

字根與語根的研究探討屬於語源學的範疇，然而二者有區別的必要，章太炎《文始》中曰：

> 取義於彼，見形於此者，往往而有，非可望形為論，是以往學者拘泥字根，傅會引申推敲，而未能正語根之源。[15]

以字根的視角看本字或語源問題，則隨字拘牽，不能真正解決語根問題，更無法確切的釋義，然而二者之間有關聯，是由於字詞語彙中的用例一致，所以可以互相參酌，也不無交集的可能，這也就是張世祿所謂：

> 漢字「字源學」和漢語「詞源學」有相互啟發相互促進的作用。．．．這兩者之間，必須加以區別，不能用來相互替代。[16]

高名凱《普通語言學》一書中則說：

> 在研究漢語語義演變的時候，我們必須注意一個問題，就是字源學與詞源學的不同，．．．字源的解釋可能就是詞源的解釋，至少能幫助我們明了一些語言意的演變情形。[17]

從以上兩位學者的說法來看，字源學和詞源學必須分別，理由是字根的概念繫屬於字源學的研究；語根的概念則繫屬語源學的研究，二者之間容或有交集，也許考釋的出發點不同但結果近同；也許考釋的出發點相同而結果兩歧。周光慶亦說道：

> 語言有語言的系統與根源，文字有文字的系統與根源，決定了文字的系統與根源，而文字的系統與根源，在一定意義上反映了語言的

[14]見章太炎《文始．敘例》頁 1~9。1910 年《章氏叢書》上冊，台北：世界書局，1992 年 4 月再版，頁 49～190。

[15]章太炎《文始》(臺北：世界，1970 年初版)。

[16] 見張世祿《漢語詞源學的評價及其他－與岑麒祥先生商榷》(收錄於《張世祿語言學論文集》(上海：學林，1984 年初版)。

[17]見高名凱著：《詞源學與俗語詞源學》(收錄於《普通語言學》第十五章(上海：東方書店 1954-1955 年，初版)。頁三六九

系統與根源。[18]

區別語源字源二者的概念，也就是字根與語根的基本探究法則分途的開始。

（二）前人多以「以形索義」釋「字根」；以「因聲求義」釋「語根」

「字根」「語根」二詞語已成為現代語言文字學研究者經常使用之專有名詞，而考釋的方法條例中，也涉及相關的術語，例如：語言文字學專門辭典也都收入「字根」「語根」詞條，重要性不言而喻。同時近年的語言文字研究者也都以二詞為題，形成探究語言文字及系統字義的基本視點，多以「以形索義」解釋「字根」；以「因聲求義」解釋「語根」，並基於這兩個概念進一步考釋文字語言涵義。[19]可見以字形、字音為分野來解釋此語是目前極為普遍的現象，但是若以學術術語的角度，當追溯「字根」「語根」的意義內涵及其源流，以釐清「字根」「語根」在考釋文字，釐定音義時的作用和功能。

（三）「字根」概念的相關術語

「字根」一詞在關於文字符號系統的取象來源討論裡都常提及，一般都把字根與字源或字形的發展，以及文字孳乳與變異等過程等同視之[20]。但這是較不嚴謹的聯想，在古人「右文說」中多半如此用。若以較嚴格之觀點解釋，則字根之定義與其中若干與語根重疊的現象就有所不同，尤其在清代乾嘉學者的語文考釋與聲義關係的論述中，文字形符問題常是刻意撇清的因素。

在姚孝遂〈古漢字的形體結構及發展階段〉一文中，提及文字體系由藉形表意發展到利用文字符號的聲音特徵記錄語言，因此以歷史發生上屬較早期的漢字：甲骨文、金文而言，具有大量的「通假」現象，使其表義的功與作用皆不再單純。故謂：

> 許慎據小篆的形體，把文字分為獨體與合體，在當時的條件下，是一個非常了不起的發現，許慎把漢字分成五百四十部，相當於我們今天所說的基本形體，《說文》所說的九千多字，都是由這五百四十個基本形體構成的，許慎認為是由基本形體所孳生出許多的形體，也就是說，由基本形體的互相組合，是孳生的文字符號的一種主要手段，這一論斷是非常正確的。‧‧‧實際上就其作用而言，文字在其生過程，中為了少通假的現象，為了因應用不同的符號形體來表達不石的概念，為使符號簡單而且便於掌握，充分利用原有的基本形體，組合成新的符號，這是文字孳生發展的一種手

---

[18] 周光慶〈從同根字看語文字之系統與根源〉(《華中師院學報》，1984：5，p.110)。
[19] 如陸宗達、王寧、宋永培、鄒曉麗等人的著作即明顯的依以上兩種區分，進行字形與字音各別與意義關聯的論述。
[20] 在一般訓詁學或是廣義的文字學著作中，「字根」通常涵蓋「字原」、「字源」、「右文」等

段，・・・符實際上並沒有太多的表意作用；・・・多意詞的存在本身就否定了所謂形符的真正表意作用。[21]

因此，在接下來的討論中，由字根而延伸出的相關概念，包括「字原」、「字源」、「形傍」、「聲傍」、「形符」、「聲符」、「偏旁」、「右文」等，皆可視作探究字根時的同近義術語。以區分純就字形論字根及文字孳乳與就語言衡量形義關係上的分野。

（四）「語根」概念的相關術語

關於語根，則又稱為詞根或語原（即語源），在漢字以最小表義單位可以是一個詞的現象下，又容許與字源的念相通用，所以，秀過同源詞或同源字的漢語語義研究，同樣屬於歷史詞彙學的範疇，陳新雄先生嘗謂：

所謂語根，乃語言之根源，語根相同，音義自然相同矣。
字根相同，語根亦往相同。
字既有根，字根相同之字，聲義多相近，因此推求語根時，應先行推其字根。但若字根雖同，而義或別有所受，則當求語根，以補其不足也。[22]

王鳳陽在張希峰《漢語詞族叢考・序》中曰：

以古代的根詞或核心詞為基礎，描述它的繁衍，孳乳的過程，就是闡釋漢語詞族；・・・現代詞追本溯源要聲音和意義。・・・漢民族使用的是表意文字，所以漢語詞源的追求可以從文字，詞的聲音，和詞的意義三方面著手。

章太炎在乾嘉以來學者王念孫、程瑤田及阮元等人「聲轉」與「聲義關係」的研究成果上，標舉「語根」，建立語言文字引伸之例。章氏在《國故論衡》中提出〈語言緣起說〉，認為「同一聲類，其義往往相似」；在《文始》中，提出「孳乳」、「變易」觀念，同時批評宋人王子韶「右文說」，建立了以古韻二十三部成韻圖與古聲二十一紐之雙聲說的理論。這是以音系為基礎，研究語源學，以《說文解字》之「初文」本義推究音義衍化的根據。依此觀點，可羅列更多相關術語，並進一步了解彼此之間的關係。

貳、研究方法

前文中已經提到，字根與語根的探究是語源學的問題，但在漢語的字根與

說法。

21 姚孝遂〈古漢字的形體結構及其發展階段〉(《古文字研究》第四輯,北京:中華,1980 年 12 月。)頁 28～31。

22 見陳新雄先生《訓詁學》(臺北：學生書局，1995 年)頁 241

語根研究中卻糾纏著不同的術語，因此釐清的觀念方法與研究範疇的定位，則須進一步加以說明。首先，語源學（etymology）在西方發展源流上稱之爲真詮學（希臘語 etymon「真」；logols「言語」）其方法與目的是探討語詞的真正涵義，屬於歷史詞彙學的範疇。[23]王寧認爲，其研究是以共時的詞源比較互證爲第一序問題，而歷時的詞義演變源流的探究則是其次須處理的問題。

王力則主張：

「同源字的研究是新訓詁學。」[24]

高名凱說：

「許多文字學家所討論的訓詁問題，其實是字源問題。」[25]

姚孝遂也在評議章太炎的立場上提出方法論的反思：

> 章太炎是位了不起的語言學家，精通聲韻訓詁之學，號稱國學大師，．．．他的《文始》一書，是一部探求語源、詞根的專著，可惜的是，他只是迷信《説文》，以為小篆就是漢字的本源；許慎的説解就是金科玉律，小篆以前的漢字形體．．．抱著不承認的態度，因，此他所據以推求語源，詞根的出發點就不是完全可靠的，他的許多推論是錯誤的。．．．要通過漢字的形體去求得它的字義是行不通的，固然這些文字形體來源都是象形符號，但發展的結果是漢字的性質和作用已經改變了。只是一個單純的語音符號。[26]

根據姚孝遂關於文字有關性質變化的說明，可以現字根研究有必要朝向以下方向：第一，有些形義根本不合的字體，與文字前後發展之（因果）關係，則是「字根」必須考慮的要素；第二，有些字根雖然於中呈現形音義關聯，但卻未必可以涵蓋全部的文字現象，則必須強調其時代性。

因此，就研究對象的區別來看，字根是純就字形符號的構成部份，進行分析時的最小單位，據形系聯的基礎是在許慎部首觀念上修正，並拓展而延伸至其未能釐清的古文字,這方面既有的研究成果已包括在周何教授主導編著之《中文字根孳乳表稿》及徐中舒主編之《漢語古文字字形表》(1980) 達世平編《古漢常用字字源字典》(1989)等，在學位論文方面則有季旭昇先生之博士論文—

---

[23] 王力:《同源字典》（臺北：文史哲出版社，1983 年 7 月初版）；任繼昉《漢語語源學》（重慶市 ：重慶出版社, 1992 初版）皆從這個角度認知語源學的意涵，並延用在詞彙學，語意學上的探究，故王力:《中國語言學史》中也說道:「語源學的原始意義是真詮學，(希臘語 ETYMOLOGY，真的；LOGOLS，話）西洋上古時著名哲學家蘇格拉底、柏拉圖等都探討過語詞的真正意義，柏拉圖且寫了他的專著“CRATYLE”《對話集》。」（山西人民出版社 1981 年 8 月第 1 版），頁 369。

[24]王力:《同源字典》（臺北：文史哲出版社，1983 年 7 月初版）。

[25] 見高名凱著:《詞源學與俗語詞源學》（收錄於《普通語言學》第十五章（上海 ：東方書店 1954-1955 年，初版）頁 369。

[26] 見姚孝遂〈古漢字的形體結構及其發展階段〉(《古文字研究》第四輯,北京:中華,1980 年 12 月。)頁 34～35。

《甲骨文字根研究》(周何先生指導，師大國文所，1990 年）與李宗焜博士論文—《殷墟甲骨文字表》(裘錫圭指導，北大古文獻研究所所，1993 年)；以及李佳信（2000）和董妍希(2001)等碩士論文的研究。分別在甲骨文、金文及篆文等方面建立古文字構形系統研究的基礎，證明甲骨文、金文以迄於戰國文字在孳乳與變易規則上的相承與關聯，並有俾於藉已知釋未知的字系統之建立。這與語根的探究有基本的差異，語根的探究，則是就語音爲循線釐析的根據，在研究範疇上是推求到語源學的研究與同源詞的探討，著重的是音義的關係。在這方面的既有成果則包括日人藤堂明保《漢字語源詞典》(1965)、周緒全《古漢語常用詞源流詞典》(1991) ;學位論文方面則有姚榮松先生(1982)，董俊彥(1971)及林英津(1985)，李妍周(1995)之博士論文，以及李昭瑩(1997)吳美珠(1999)與羅珮菁(2000)等碩士論文。在以拉丁語系探究醫學語彙語根現象的〈醫學字彙詞源之探討及語意的轉變：專業術語之學習策略〉一文中,羅珮菁強調了語言研究視角下對於專有詞彙的語根研究掌握條件：

> 醫學術語即是與醫學相關的專有詞彙。醫學術語之特性與一般字彙略有不同，因其字彙本身的組合即已表達該字的精確意義。極大部份的醫學術語，除單音外，餘均由一個字根 (raiz) 或合體字 (forma combinada) 再加上字首 (prefijo) 或字尾 (sufijo) 相互連綴而成的。根據詞源學的研究，90%的醫學術語係源於希臘文或拉丁文。
>
> 學習西班牙語的學生不難發現到其字的組合特質與醫學術語不謀而合。根據系統分類法(Clasificacion Genealogica)，西班牙文本屬印歐語系(Familia Indoeuropea) 中的一員，其親屬關係(Relacion de Parentesco) 如同醫學詞源學，可追溯至希臘文和拉丁文，承襲了相同的特徵。就形態分類而言(Clasificacion Morfologica)，西班牙語與梵語、拉丁語、和希臘語等一般，同屬於變形語的一種(Lenguas flexivas o funcionales)。是故，不論在字的組成亦或是語意上，便可藉著掌握字源，分析字素，辨識字首、字尾、字根，再運用造字的原則，降低對一個新詞彙的陌生感，進而推敲其意，提升學習效果。基於上述認知，本論文主旨乃以醫學術語為基本語料，再就醫學字彙為例，依彙集之語言現象為原則，將該字彙作整體分析與研討。除了探究該字的結構與形成外(Morfologia)；更著重於其詞源及語意的探討(Etimologia y emantica)。進而藉比較詞源意義、現今醫學使用定義及一般大眾認知的語意等，予以理出語意轉變之相關現象(Cambios Semanticos)。

由不同文化背景中的語根理解，反窺目前字根與語根的研究兩歧，不難發現，已經形成各自不同的研究領域，然而在字形符號系統反映語言音義的條件上，仍然需要有系統的掌握和了解，因此，專門術語或特定事類語彙在語源學的領域去統合字根與語根的觀念，仍有發展及研究的正面涵義。

故本文即就實際的釋例爲分字根與語根系統及關聯的基礎，進而以《周禮》

中的祭名語彙「六祈」爲中心，看其實際的相關字根、語根之釋例。

參・以《周禮》「六祈」為中心的釋例

在實際探究字根與語根所形成的系統性與反映的關聯實例而言，以《周禮》「六祈」爲中心的考察，是一組六項祭名爲基礎的相關語彙，其涵義均具有祓除災害的內容，其次這六種祭祀均爲號呼告神，祈求消災，而《周禮・春官・大祝》的經傳注釋中，有以下的記載：

> 《周禮・春官・大祝》：「掌六祈以同鬼神示，一曰類，二曰造，三曰禬，四曰禜，五曰攻，六曰說」

鄭玄《注》曰：

> 「祈，嘄也，謂為有災變，號呼告神以求福。天神人鬼地祇不和，則六厲作見，故以祈禮同之。鄭司農云：『類、造、禬、禜、攻、說，皆祭名。』類，祭上帝，社稷等；造，祭祖禰之廟；禬，禳厲疫之祭；禜，禳水旱之祭；攻，鳴鼓攻日食；說，陳辭請求消災。」

由鄭注所，說以上的祭祀皆有禳災，也就是祓除不祥的意思，其中，祈、攻、說三事均同時包含著有陳辭之內容，因此與禱祝的性質近似而對象不同。茲分就字根與語根的尋繹方法分別分析如後。

一、 字根的判斷標準與釋例

以字根解釋音義固然不妥，然而字根之意義在語言文字的符號系統中，當以實際用例爲材料，進一步考察分析諧聲與非諧聲字根在觀察上的區分及其涵義。

(一)「字根」概念的條例與判斷標準

就已得到通解的釋文實例來看「字根」概念的基礎、釋字時的條例以及判斷標準，可先就「饗、享（亯）、獻」這一組同源詞的現象來加以說明：

首先，在古文字的用例來看，何琳儀（1999）曾考釋曰：

> 享字甲骨文作「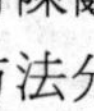」象宗廟之形，於宗廟祭祀，故有進獻之意，或作「」（粹 1315）。
>
> 西周金文作「」（令簋）、「」（師寰簋）或於口內加短橫為飾。
>
> 戰國文字承春秋金文，或變「」「」為「」形，秦文字隸變為享、亨。
>
> 《天星觀楚簡》4208：「享祭惠公。」字作「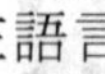」；《天星觀楚簡》3201：「享祭口門。」字作「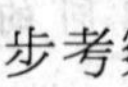」；《包山楚簡》103「享月」字作「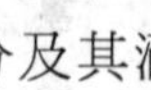」，享月即楚之六月，《爾雅・釋天》作「痟」。

享字或作「禧」「𥛚」，《天星觀楚簡》4209：「龍禱大享，享，从示，享聲。」《睡虎地秦簡》28：「享而食之。」字作「享」[27]

其次，就字書詞書與傳世典籍的用例來看：

《說文》：「亯，獻也。从高省，曰象進熟物形」

《說文》：「饗，鄉人飲酒也。」

《廣韻》：「饗，歆饗。」

《儀禮．少牢饋食禮》：「尚饗。」

《國語．晉語》一：「將弗克饗為人而已。」《注》：「饗，食也。」

《國語．晉語》四：「君其饗之。」《注》：「饗，食也。」

《爾雅．釋詁》：「享，獻也。」

《廣雅．釋詁》二：「獻，進也。」《周禮．天官．鼈人》：「春獻鼈蜃，秋獻龜魚。」

《詩經．小雅．天保》：「是用孝享。」《傳》：「享，獻也。」。

《詩經．小雅．楚茨》：「以享以祀。」《箋》：「享，獻也。」。

《穀梁傳．莊公四年》：「夫人姜氏饗齊侯。」《注》：「享，食也，兩君相見之禮。」

《左傳．隱公元年》：「有獻於公。」

《荀子．正論》：「稱遠近而等貢獻。」

《荀子．大略》：「聘問也，享獻也，私覿私見也。」

《淮南子．說山》：「先祭而後饗。」《注》：「饗，食也。」

《管子．侈靡》：「安鄉樂宅享祭。」

然後，再就釋義的分歧來看：

段玉裁《說文解字注》：「《毛詩》之例，凡獻於上曰亯；凡食其獻曰饗。」

戴侗《六書故》：「經傳饗為饗食之饗，因之為歆饗；享為享獻之享，因之為享祀。」

在第二組的釋例中，就「燕、妟、晏、宴」一組同源詞現象加以說明：

首先，在古文字的用例來看：

《董鼎》「匽」作「晏」从女从日，會晏安之意，與安字構形相仿。（何琳儀，1999）

《長陵盉》：「妟繡。」讀纓緻。

《者汈鐘》：「妟安。」讀妟安。

何琳儀《戰國古文字典》釋妟字字形云：

戰國文字承襲金文，日旁或省作o、口等形，或與女旁借筆作妟。

其次，就字書詞書與傳世典籍的用例來看：

《說文．宀部》：「宴，安也。」

賈公彥《儀禮．燕禮．疏》：「案上下經注，燕有四等：《目錄》云：『諸

[27] 此處相關的字例及說解轉引自何琳儀《戰國古文字典》（北京：中華，1999）頁620-621。

侯無事而燕，一也；卿大夫有王事之勞，二也；卿大夫有事而來，還與之燕，三也；四方聘客與之燕，四也』。」

《左傳·宣公十六年》:「王享有醴薦，宴有折俎，公當享，卿當宴，王室之禮也。」

《國語·周語·中》:「親戚宴饗，則有餚烝。」

《詩經·毛傳》:「燕，安也。」

然後，再就釋義的分歧來看，燕享二事在禮書中時常並舉，但二者的事義和場合是相關卻又各自有別，與現在習見的同義複詞「饗宴」的意思渾然不分不同。胡培翬《儀禮正義》即曾辨說：「饗主於敬；燕主於歡。」

第三組釋例是饋（遺）、歸、餽（餉、饁、饟）。

首先，在古文字的用例來看：

《望山楚簡》1.28:「言歸備玉一環。」字作「 」。

《天星觀楚簡》30.1:「歸三玩練車馬。」字作「 」。

《包山楚簡》218:「罷良月良日歸之。」字作「 」。

何琳儀釋其字形曰：

歸，甲骨文作「 」(甲 3342)，从帚𠂤聲。西周金文作「 」(天令彝)，或从追作「 」，與三體石經《僖公》「 」吻合。或作「 」(應侯鐘) 𠂤旁上加「↓」字綠「 」字而類化。．．．春秋金文作「 」(歸父盤)，𠂤旁訛作「 」形。戰國文字承襲西周金文，或省辵為止作歸，為小篆所本；或省𠂤作「 」，《正字通》「 ，同歸」

一般歸字意爲女嫁，或回歸之義，何琳儀又據楚簡說其字及詞義曰：

楚簡歸，亦作饋，遺，餽。《包山簡》(129;131):「 於 之 」。讀為歸胙，指獻食祭儀之後分頒祭肉。

其次，就字書詞書與傳世典籍的用例來看：

《說文》：「饋，餉也，從食貴聲。」

段玉裁《注》:「饋之言歸也，故歸多假歸爲之．．．。」

《儀禮·聘禮》：「歸饔餼五牢。」鄭《注》：「今文歸或為饋。」

《周禮·天官 ·膳夫》：「凡王之饋，食用六穀。」

鄭玄《注》：「進物於尊者曰饋。」

《淮南子·詮言訓》：「饋，進食也。」

《說文》：「餉，饋也。从食向聲。」

《說文》：「周人謂餉為饟，从食襄聲。」

《爾雅·釋詁》：「饁、饟、饋也。」

《儀禮·特牲饋食禮》鄭《注》曰：「祭祀自熟始曰饋食，饋食者，食道也。」

《儀禮·特牲饋食禮》：「命佐食徹尸俎，俎出於廟門。」

《儀禮·有司徹》：「祝告利成，乃執俎以出於廟門外，有司受歸之。」

特牲與少牢饋食禮儀式中皆有將尸之俎以饋尸的部份，稱爲「饋尸俎」，歸，即饋也。

《周禮·春官·大宗伯》：「以肆獻祼，享先王，以饋食，享先王。」

鄭玄《注》：「肆者，進所解牲體，謂薦熟時也。獻，獻醴，謂薦血腥也，祼之言灌，灌以鬱鬯，謂始獻尸求神時也，．．．饋食者，著有黍稷，互相備也。」

凡祭祀始以熟食黍稷者，謂之饋食：天子，諸侯之祭先王，先祼，次獻醴，薦血腥，次薦熟獻食；而大夫士之祭，則無祼，薦血腥，朝踐之事，祭自饋食始，故曰饋食禮。[28]然後，再就釋義的分歧來看：進獻食物稱爲饋，又爲歸；凡祭祀始以熟食黍稷，稱爲饋食之祭。繼以上語源及典籍用例的考察，將涉及相關的詞彙依其字形附注音義，表列如下：

<table>
<tr><td colspan="2">被釋字</td><td>饗:xiang
曉紐陽部</td><td>享(亯)：
xiang</td><td>晏妟 ieng
影紐元部</td><td>宴 ieng
影紐元部</td><td>饋
giuə i
群,微</td><td>餽
giuə i
群,微部</td></tr>
<tr><td>字
形
的
變
化</td><td></td><td></td><td>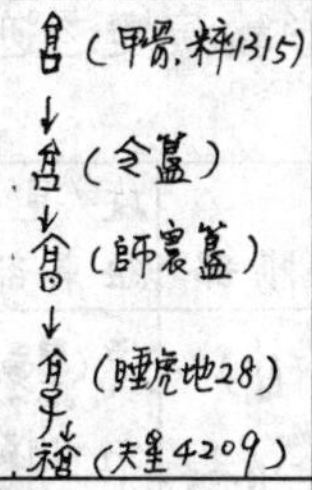</td><td colspan="2">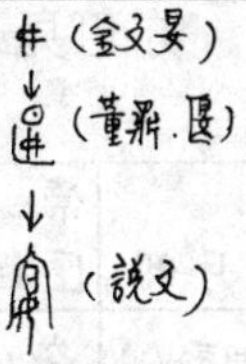</td><td colspan="2">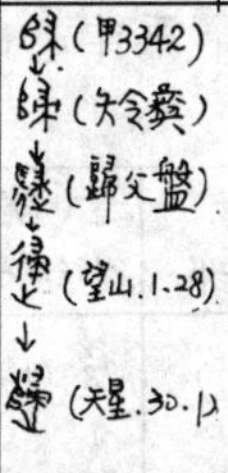</td></tr>
<tr><td colspan="2">同源詞</td><td colspan="2">獻:xieng/曉紐元部</td><td colspan="2">燕:ieng/影紐元部</td><td colspan="2">歸:kiuə i/見,
微部</td></tr>
</table>

(二)諧聲與非諧聲字根的釋例

首先，無疑的，諧聲字根指的是那些既表音又表義的聲符。字根有時與音韻並無關聯，可是形成字族依然有一定規則，必有其故。可能的原因有二，一是音義相通，一是形近音近義通。這二者也正是形聲字判斷其孳乳與變易條件的重要原則。茲列舉反映諧聲字根的釋例如下：

[28] 見池田末利 1987〈《周禮.大宗伯》所見の祖神儀禮－肆獻祼饋食考〉(收入池田氏 1987) 頁 645~681。

被釋字	旻	晏	宴	郾	匽	燕
上古音	影紐元部	影紐元部	影紐元部	影紐云部	影紐元部	影紐元部
同源詞	匽	安	旻	晏	偃	讌；
上古音	影紐元部	影紐元部	影紐元部	影紐元部	影紐元部	影紐元部

由以上的一組釋例來看，可以互為轉相訓釋的同義詞，在音義相同相通的情況下，實為具有共同語源的同源詞，而且音義關聯也反映在諧聲字根上。再就反映非諧聲字根的釋例來看：

被釋字	燕	享,亯,亨	饗	歸	晏	偃
上古音	影紐元部	曉紐陽部	曉紐陽部	見紐微部	影紐元部	影紐元部
同源詞	晏（郾）	獻	獻	饋（餽）	安	纓
上古音	影紐元部	曉紐元部	曉紐元部	群紐微部	影紐元部	影紐元部

由以上不屬諧聲字根的字例來看，只有音義的聯繫，而不具字形形符的相同相近，因此必須超出文字字的囿限，方能正確表達「音義相通」的涵義在「語根」或「通假」條件上的現象，不然不能得其確解。

以《周禮》「六祈」為中心的字根考釋，亦可見形義演變之迹：

被釋字	類：來紐微部	造（就，至）從紐覺部	禬 見紐月部	禜 匣紐陽部	攻／見紐東部	說／透紐月部
字形的變化	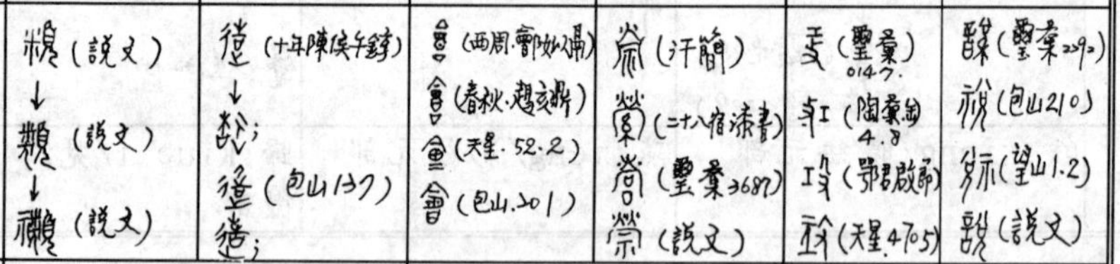					
同源詞	禷：來紐微部		會：匣紐月部		祱：透／月部（又：銳）	

二、語根的判斷標準與釋例

在上兩節的討論中，探討了字根與語根的不同釋例，也說明了二者的不同研究條例與法則，而就二者間有重疊的部份來看，又可以就概念的岐異和方法的不同為了解基礎，並進一步看待其關聯和運用。

在釋字義的原理和方法中，語根的探求須先有經籍的證例、經過假借的破讀及同源字的判斷等兩方面，才能印證語根的認定為正確無誤。

(一)「語根」概念的條例與判斷標準

在上一節的討論中，清楚的比較了與二者的差異，也說明了語根的概念和文字符號兼表音義的形聲字類型有密切的關係，以單純的形聲字構形而言，即可依據其對於聲義關係與二者偏重之不同區分，其類型爲三：第一類是形聲字聲符兼義、第二類是形聲字聲符不兼義，第三類是雖爲形聲字的構形，但實爲轉注等三類，在這三類的區分之下，語根的探求也有相對應的條例及判斷標準。如「核義素」具有「中空」涵義的詞彙，茲就其詞例和音韻，依王力的古聲紐與先秦二十九韻部名稱之上古音系統，列舉如下：

被釋字	空	窖	孔	喉	壙	壑
上古音	溪紐東一	見紐覺二	溪紐東一	匣紐侯一	溪紐陽一	曉紐鐸一
訓釋字	竅	藏	通	咽	塹	溝
上古音	溪紐藥四	從紐陽一	透紐東一	影紐真四	清紐談三	見紐侯一

王力在《同源字典》中提到同源字的判斷標準，即形成他對同源字的定義，也是在其具體釋例中執行的語源探求方案。他說：

> 凡音義皆近，音近義同，或義同音近的字，叫做同源字，．．．同源字常常是以某一概念為中心，而以語音的細微差別（或同音），表示相近或相關的幾個概念。[29]

以上所舉有中空義的六組具有經典訓釋證例的同源詞，同時具備繫聯的三項要素：一是音義關係，二是共同概念核心，三是語音細微差別。因此，具體的分析語根與同源詞的發展情況，此三項要素也須一一加以驗證。

所謂「語根」，另一個相近的概念是「詞根」，在透過名物詞的解析實例中，指的是以歷史的推源溯流爲主，繼之以平面的繫源而呈現的語源現象，也就是同源詞的現象，在實際的釋例中，形成「詞族」，祭禮相關語彙，以其意近，而又關係著原初人民宗教思想的內容，所以在推源溯流的實際例證上，音韻關係與語義詮解間的必要聯繫就應運而爲重要的概念，例如以下以后土神崇拜，各種祭法，具見典型的祭禮語彙中，語根與語源反映：

被釋字	土	焚	柴	餟	祼	壤
上古音	透紐魚部	滂紐文部	牀紐支部	端紐月部	見紐元部	日紐陽部
同源詞	社	燔（膰）	祡	酹	灌	禳
上古音	禪紐魚部	滂紐元部	牀紐支部	來紐月部	見紐元部	日紐陽部

[29]見王力：《同源字典》（臺北：文史哲出版社，1983 年 7 月初版）。

以上的六則釋例其經典用例及釋義，在字書與古籍異文中往往互見，同時也具有字形與音義訓詁上的交互聯繫，在前人既有的同源詞研究中已成定論，也是據以抉發根與語根關聯條例的典型實例。

(二)語根的釋例

以六祈名及其同源詞間的音義關係來看，茲列表如下：

被釋字	類	造（就）	禬	禜（雩）	攻	說
上古音	來紐微部	從紐覺部	見紐月部	匣紐陽部	見紐東部	透紐月部
同源詞	禷	至	會	營		挩
上古音	來紐微部	章紐質部	匣紐月部	喻紐耕部		透紐月部

以上的六則釋例其經典用例及釋義，亦即禮書中所謂祈，有六祈之名目：

《周禮．春官．大祝》：「掌六祈以同鬼神示，一曰類，二曰造，三曰禬，四曰禜，五曰攻，六曰說。」

鄭玄《注》：「祈，嘄也，謂為有災變，號呼告神以求福。」

六祈即六種祭名，均有號呼告神以求消災之意。同樣在祭典中有呼告之意的是六祝，屬於有禱祠之祭，先就類，禷，禡，造這一組相關的祭名來看：

《周禮．春官．小宗伯》：「大災，及執事禱祠於上下神示。」

鄭玄《注》：「求福曰禱，得求曰祠。」

《周禮．春官．女祝》：「掌王后之內祭祀，凡內禱祠之事。」

鄭玄《注》：「內祭祀，六宮之中竈，門，戶。禱疾求瘳，祠，報福。」

《周禮．春官．小宗伯》：「凡天地之大災，類社稷，宗廟，則為位。」

鄭玄《注》：「禱祠禮輕，類者，依其正禮而為之。」

類祭為有災禍時祭於天神、社稷、宗廟。再就禬、禳之祭來看：

《周禮．天官．女祝》：「掌以時招、梗、禬、禳之事，以除疾殃。」

鄭玄《注》：「除災害曰禬，禬，猶刮去也。」

禬為六祈之一，屬除災之祭，主要在祓除厲疫。再就禜、雩、營之祭來看：

鄭玄《周禮．春官．大祝．注》引鄭司農云：「禜，日月星辰山川之祭也。」

《周禮．地官．黨正》：「及四時之孟月吉日，則屬民而讀邦法，以糾戒之，春秋祭禜亦如之。」

鄭玄《注》：「禜，謂雩禜水旱之神，蓋亦為壇位，如祭社稷云。」

《春秋左傳．昭公元年》曰 ：「日月星辰之神，則雪霜風雨之不時，於是乎禜之；山川之神，則水旱癘疫之災，於是乎禜之。」

孔穎達《疏》：「日月山川之神，其祭非有常處，故臨時營其地，立攢表，用幣告之，以祈福祥也。」

禜祭即禳除風霜雨雪水旱疫癘，祭祀日月山川星辰，同爲六祈之一，禜祭有時分春秋爲之，亦有不定時之祭者。因禜祭無常處，臨時營其地而祭之，故名禜。再就造（至）祭與類祭，宜祭來看：

鄭玄《周禮．春官．大祝．注》：「祈，嘄也，謂為有災變，號呼告神以求福，杜子春云：『造，祭於祖也。』」

《禮記．王制》：「天子將出，類乎上帝，宜乎社，造乎禰。」

《鄭玄．注》：「類，宜，造皆祭名，其禮亡。」

孔穎達《疏》云：「造，至也，謂至公祖之廟也。」

有大災及君將出之時告祭於祖廟，謂爲造祭。再就攻，說二祭來看：

鄭玄《周禮．春官．大祝．注》：「攻，說，則以辭責之；禜，如日食以絲縈社。攻，如其鳴鼓然，董仲舒〈救日食祝〉曰：『炤炤大明，瀸瀸無光，奈何以陰侵陽，以卑侵尊。』是之謂說也。」

攻爲日食鳴鼓之祭，說爲陳辭以求消災之祭，依鄭玄解釋，日食所行祭祀包括禜，攻，說三祈。而這三祈在儀式行爲上類似禱祠，或是禱祝之類具有陳辭性質的祭祀，又與所謂的六祝有別。六祈是著眼於除災的名義；而六祝則是著眼於祝辭等言說的名義。

肆、字根與語根的關聯與運用

一、 概念的歧異和方法的不同

由以上所進行的釋例可見，依據字根，語根二者所立概念本身主形，主音的立場不同，乃有概念上的歧異；隨之而至的問題，是這兩組相關概念包含的內涵外延之歧異，也取決了應用在語彙考釋上的方法，隨之也有不同。

就字根的考察來看，在純就字形爲依據的考察中，即可以見到有諧聲與非諧聲兩種現象，其中的因素即可能包含字形本身孳乳變易以及外在的異文假借或字形訛變；再就語根的考察來看，在純就字音爲依據的考察中，即包含異文假借或是同源詞的不同因素。因此，同一語彙的形、音、義條件涉及相同事義時，反映著一定程度的同字根與同語根的條件，可以依此尋繹出其關聯詞彙的系譜，經過字根與語根各別因素的分而建立可信的詞族，分析其語彙的運用與語義的轉變情況。

二、關聯與運用：詞彙學與文化闡釋的交會

字根與語根之間確實具有交集和關聯，在名物詞的相關語源探求中可以看到呈現出字根與字義語義的印證，也可以看見當求取語根時，拘牽字形字根而造成的問題，文字與語言可以相會通，理由正如瑞典語言學者索緒爾說的：

> 語言和文字是兩個不同的符號系統，後者唯一的存在理由，是在於表現前者。[30]

由這一說法審視漢字符號系統，雖說同源詞不須拘牽於形體，但仍然包含著有字形關係的同源字，相對的，在親屬語系中考見的同源詞則通常跨越不同的文字系統。如章太炎所說：

> 義之相同相近者，由一音之變；義之相對相反者，亦常由一音之變。[31]

造成歧異之關鍵在於字根與語根之涵義實各自包含了其他的重要因素，例如約定俗成的語文系統使用現象與歷史，區域變化在內，這也正是呂叔湘所謂漢字形音義三者並非盡善盡美的理由。[32]

字根與語根的探究十九世紀乾嘉以來學者投注的大量研究，而有了相應的成果，也隨著二十世紀以來，出土文物促使古文字研究釋讀的興盛；以及在西方語言的借鏡下，方言調查與基於音韻基礎的語源研究相對形成各自不同的獨立領域，因此就研究範疇而言，字根與語根的區分，只是二十世紀詞彙學的歷史前驅，在許威漢《二十世紀歷史詞彙學》論及此一部份，曾開列了四項專門研究成果：一是雅學；二是《方言》學；三是字（詞）源；四是《說文》學。而在八０年代後期以來，則在九個項目中，有兩個主要面向是直接與古代經典研究接軌：一是訓詁學向詞彙學發展的新動向；另一項則是從文化語言學角度對詞語意義進行深入研究，至於九０年代以來，則就現代學者在語言文化的變

---

[30]見瑞典．德．索緒爾著，高名凱譯《普通語言學教程》（北京市：商務印書館，1980）頁 35

[31] 見章太炎《國故論衡．轉注假借說》（《章氏叢書》，臺北：世界，1970 年初版）。

[32] 見呂叔湘：《語文常談》（北京市：三聯書店，1980 年第 3 刷）

異性探討中，論述語言接觸造成詞彙新變，反映不同文化特點，新概念促使詞彙與語義變化的因素等，都是詞彙學的各時代研究全面興盛的觀察焦點，因此，如欲對語言文字的意義溯流探源，字根的追索與語根的判斷，詞族的系聯，將是特定詞彙事類構成文化闡釋題中的基礎與開端，故也可視爲詞彙學與文化闡釋交會的方法依據。

伍、結語

總結以上所論，對「字根」與「語根」定義已可較清楚而完整的說明，而經由祭禮語彙釋例的研究，更可顯見以「字根」或「語根」達成古代典解釋與文化闡述的旨趣，在方法和形式上是各別歧異的，但如就其應用的層面來，則字根與語根實際的區辨標準和交集對於專門術語研究仍有其重要性，其條仃及系統性值得抉發，以利於文化語言學與詞義詮釋的推展。

透過上述的討論，可以正確的釐清「由形索義」和「因聲求義」的方法意涵，其實並不僅就「字根」「語根」等相關術語就可以達致完整的考察及說明，同時也不同於以往語文學研究中利用「字根」「語根」做爲復原某一時代音韻系統的目的。透過對祭禮語彙實際的「字根」「語根」研究對照分析，可以了解藉字形或音韻釋義，不論是在斷代字形學或音韻現象的描述、字形及音韻歷史演變規律的解釋、或形義／音義闡釋的依據等方面，都是個別貫串的方法步驟，而各具有一致的意義與具體的功能。以上的方向與層次都可以清楚呈現清人至近現代學者研究「字根」「語根」，不僅只從字形，也不僅只從音韻，描述、構擬或復原的角度來理解「於形索義」「因聲求義」的功能，以免忽略學者的學術關懷，仍然是在他們極爲重視的「語意解釋」方面。

《說文解字》脈絡下清代學者的相關著作，固然有考鏡文字字形、語音系統的基本要求和目的，但透過對其實際釋義中「於形索義」、「因聲求義」方法的探討，卻更能觀察到清人聲韻研究中，以語文學方法達成釋義目標的特色。這種特色以具體的考察脈絡，普遍爲當時的學者所重視，並以一定的方法步驟進行釋義實踐，成爲現代語言文字學中解釋方法的一環，也形成一定的貢獻，對後來從語文學開展出爲獨立的文字學或語言學研究有影響力。從二者釋字義語意論據的有效性著眼，可以重新分別了解於形索義與因聲求義的條例和作用，也就是對古漢語文字釋義借重在字根的孳乳上，著重古文字的分域斷代，講求字形演化變易；古漢語語源涵義的推求則著重語根的孳乳上，強調構擬上古音系、漢魏音系方法概念，在申明語言音義源流上的重要性，區分了字根與語根，才能從而觀察企圖由字形、音讀解語義，而推向文化闡釋，並與字根、語根這兩個不同的概念和作法，在特定的古典語彙事類釋義中運用形義／音義相通的原理，延伸應用於新出文獻的實際考釋，進一步提出其意義與局限。

參考書目

[漢]鄭玄撰，[清]段玉裁注：《說文解字注》（臺北市 ：蘭臺書局 1970，年初版）。
[五代]徐鍇撰；[五代]朱翺反切：《說文解字繫傳》（臺北：商務印書館，1979 年）。
[清]王筠：《說文釋例》（臺北：世界，19 年初版）。
[清]王筠：《說文句讀》（臺北：廣文書局，19 年初版）。
[清]朱駿聲：《說文通訓定聲》（臺北：世界書局，19 年初版）。
張日昇，林潔明合編：《說文通訓定聲目錄周法高音》（臺北：中華，19 年初版）。
[東漢]劉熙撰[清]畢沅疏證：《釋名疏證》（臺北：藝文據經訓堂叢書影印，百部叢書集成 1969 年月初版）。
[東漢]劉熙撰[清]王先謙補：《釋名疏證補》（上海：上海古籍據華東師範大學圖書館藏清光緒二十二年(1896)思賢書局刻本影印，續修四庫全書 1995 初版）。
[漢]鄭玄注，[唐]賈公彥疏：《周禮正義》（臺北：藝文，1989 年初版）。
[漢]鄭玄注，[唐]賈公彥疏：《儀禮正義》（臺北：藝文，1989 年初版）。
[漢]鄭玄注，[唐]孔穎達疏：《禮記正義》（臺北：藝文，1989 年初版）。
[晉]杜預注，[唐]孔穎達疏：《春秋左傳正義》（臺北：藝文，1989 年初版）。
[晉]郭璞注，[宋]邢昺疏：《爾雅正義》（臺北：藝文，1989 年初版）。
[唐]玄應撰，周法高編：《玄應一切經音義》（臺北：中研院史語所專刊之四七，《玄應一切經音義反切考》附冊，1962 年 7 月初版）。
田潛：《一切經音義考引說文箋》（臺北：藝文，1988 年 3 月初版）。
[魏]張揖撰，[清]王念孫疏證：《廣雅疏證》（濟南：山東友誼書社，1991 年初版）。
[清]王引之：《經義述聞》（濟南：山東友誼書社，1991 年初版）。
[清]阮元：《經籍纂詁》（臺北：明倫出版社，1976 年景印初版）。
章太炎：《文始》（臺北：世界，1970 年初版，1992 年再版）。
唐蘭：《中國文字學》（上海：上海古籍出版社，2001 年）。
唐蘭：《古文字學導論》（濟南：齊魯出版社，1981 年初版）。
蔣善國：《形聲字的分析》（北京：文字改革出版社，1959 年 9 月初版）。
蔣善國：《漢字學》（上海：教育出版社，1987 年初版）。
王力：《同源字典》（臺北：文史哲出版社，1983 年 7 月初版）。
王力：《漢語語音史》（北京：中國社科出版社，1985 年初版）。
王力：《龍蟲並雕齋文集》（北京：中華出版社，1980 年月初版）。
呂叔湘：《語文常談》（北京市 ：三聯書店, 1980 年第 3 刷）
[日]藤堂明保：《漢字語源詞典》（東京都：學燈社，1965 年初版）。
[日]藤堂明保：《中國語音韻論》（東京都：江南書院，1957 年初版）

[日]藤堂明保：《中國語言學論集》（東京：汲古書院，昭和62年3月；1987年3月初版）。
杜學知：《文字學論叢》（臺北：正中書局，1971年4月初版）。
杜學知：《文字孳乳考》（臺北：世界書局，1975年初版）。
周何等編：《中文字根孳乳表稿》（臺北：國立中央圖書館，年月初版）。
戴君仁：《中國文字構造論》（臺北：世界，1979年10月初版）。
龍宇純：《中國文字學》(再訂本)（臺北：學生，1982年9月初版）。
王初慶：《中國文字結構析論》（臺北：文史哲出版社，1986年10月初版）。
韓耀隆：《中國文字義符通用釋例》（臺北：文史哲出版社，1987年2月初版）。
全廣鎭：《兩周金文通假字研究》（臺北：學生，1989年10月初版）。
全廣鎭：《漢藏語同源詞綜探》（臺北：學生，1996年初版）。
倪海曙：《現代漢字形聲字字匯》（北京：語文，1982年初版）。
董俊彥：《說文語原之分析研究》（師大國文所碩士論文，19年6月）。
陸宗達，王寧：1994《訓詁學與訓詁方法》山西教育出版社，太原。
王寧：1996《訓詁學原理》中國國際廣播出版社，北京。
何琳儀：《戰國古文字典--戰國文字聲系》（中華書局，北京，1999年）。
余迺永：《上古音系研究》香港：中文大學出版社，1985年。
許進雄：《古文諧聲字根》臺北：臺灣商務，1995年。
錢玄：《三禮辭典》，南京：江蘇古籍出社，1993年。
錢玄：《三禮名物通釋》，南京：江蘇古籍出版社，1985年。
錢玄：《三禮通論》，南京：江蘇古籍出版社，1997年。
許進雄：《中國古代社會：文字與人類學的透視》臺北：臺灣商務，1988年。
許進雄：《簡明中國文字學》臺北：學海，2000年。
宋永培：《說文解字與文獻詞義學》開封：河南人民出版社，1994。
《當代中國訓詁學》，廣東教育出版社，廣州，1998。
《說文與漢語上古詞義研究》巴蜀書社，成都，2000。
李玲璞，臧克和，劉志基：(《古漢字與中國文化源》〈緒論篇〉pp.3~34;〈祭祀篇〉pp.175~214，貴州人民出版社，貴陽，1997年)。
臧克和：《說文解字的文化說解》(湖北人民出版社，1994年)。
鄒曉麗：《基礎漢字形義釋源：說文解字部首今讀本義》(北京出版社，1990年)。
吳煥瑞：《說文字根衍義考》（師大國文所碩士論文，1970年）。
李維棻：《釋名研究》（臺北：大化書局，1979年）。
徐芳敏：《釋名研究》（臺北：臺大文史叢刊，1989年）。
季旭昇：《甲骨文字根研究》（臺北：臺灣師大博士論文，周何教授指導，1990年）。
陳雅雯：《《說文》分別文的孳乳觀研究》（輔大國文所碩士論文，王初慶教授指導，1992年）。

李佳信：《《說文》小篆字根研究》（師大國文所碩士論文，季旭昇教授指導，2000年）。
劉興均：《周禮》名物詞研究（成都：巴蜀書社，2001年）。
董妍希：《金文字根研究》（師大國文所碩士論文，2001年6月）。
方光華：《俎豆馨香:中國祭祀禮俗》（陝西人民出版社，西安，2000年）。
羅珮菁：《醫學字彙詞源之探討及語意的轉變：專業術語之學習策略》（Estudio Semantico-Morfologico de Terminos Medicos en Relacion a su Etimologia recolatina-Cambios Semanticos : Estrategias para el aprendizaje del ecnicismo medico ）（輔大西語所碩士論文，康華倫 Valentino Castellazzi 指導，2000年）
Morris, Peter T., A Pleasure in Words, Taipei, Bookman Book, 1992.
Parker, Frank y Kathryn Riley, Linguistics for Non-Linguists: A primer with Exercises, 2a ed., Boston, Allyn and Bacon, 1994.
[傅戎金] Fromkin,Victoria & Robert Rodman，語言學新引 [Introduccion al lenguaje]，台北，文鶴，1999 (trad. 黃宣範，ed. original: Victoria romkin & Robert Rodman, An Introduction to Language, 6a ed, Los－Angeles, Holt, Rinehart and Winston, 1998.).
余光雄 (Yu, Kuang Hsiong)，英語語言學概論，增訂版，台北，書林出版社，1993.
張世祿編（Chang Shi Lu, ed.），語言學概論，台北，台灣中華書局，1958。
橋那森・卡勒 (Jonathan Culler)，索緒爾，台北，桂冠，1992 (trad. 章景智，titulo original: Saussure). III. Articulos 《宗教學導論》（麥克斯・穆勒著，陳觀勝譯，1989年版），上海人民出版社，上海。
《宗教的起源與發展》（麥克斯・穆勒著，金澤譯，1989年版），上海人民出版社，上海。
周光慶〈從同根字看語文字之系統與根源〉(《華中師院學報》，1984：5，p.110)。
姚榮松：〈高本漢漢語同源詞說評析〉（《臺灣師大國文學報》第九期，臺北，1980年）。
姚榮松：〈古代漢語同源詞研究探源—從聲訓到右文說〉(《臺灣師大國文學報》第十二期，臺北，1983年)。
姚榮松：〈黃季剛先生之字源、詞源學初探〉（《臺灣師大國文學報》第十九期，臺北，1990年）。
陸忠發〈試說《說文段注》的同源研究在漢語語源研究史上的地位〉古籍整理研究　1998年2期
王貴元〈漢字構形系統及其發展階段〉中國人民大學學報　1999年1期
張世祿〈漢語同源詞的孳乳〉揚州師範學院學報　1980年3期
吳安其〈漢藏語同源問題研究〉民族語文　1996年2期
胡從增〈《說文》　部有關字義探源〉語言研究　1985年2期

陸宗達 1982〈傳統字源學初探〉《語言論文集》北京：北京出版社。
王寧：〈淺論傳統字源學〉(《中國語文》1984：5)。
鍾敬華：〈同源詞判定的語音標準問題〉(《復旦學報》1：p.64～68，72，1989年)。
裘錫圭：〈談談《同源字典》〉(《古代文史研究新探》南京：江蘇古籍，1992年6月)。
黎千駒：〈淺談系聯同源字的標準〉(《古漢語研究》1：p.49~55，又收入《語言文字學》，1992年7月：p.146~152)。
葉國良：〈從名物制度之學看經典詮釋〉(《國立中央大學人文學報》第二十，二十一期合刊，1999年9月至2000年6月)。
元鴻仁：〈略論漢字字義與和音的聯繫〉(《方言源考與訓詁新探》，蘭州，甘肅人民，1999年6月。)。

論異體字例及其運用

呂瑞生
嶺東技術學院資管系副教授

提要

異體字例者，指「異體字中常見之偏旁演變例」，乃就文獻中所見異體字，將偏旁變化相同者歸納整理成例，用以明異體變化，而收見一知十，執簡御繁之效。

蓋古代字書中，未見明言「異體字例」之作，然據此觀念整理文字者，則偶有所見，如《干祿字書》、《五經文字》……等。及至近代，教育部所編《異體字字典》，特於附錄列一「異體字例表」，方以明確態度，處理此一異體字之重要觀念。

本文除略論異體字例，及其觀念之發展外。其要者，則在闡析異體字例之實際用途，藉由實證，說明異體字例於閱讀古籍、考證文字、校勘文獻等各方面之運用及其助益，以提供相關領域研究者參考，並留意此一觀念之效用。

關鍵詞：異體字　　俗字　　校勘學

壹、前言

教育部國語會於近年編輯完成《異體字字典》，並先後有光碟版與網路版問世，在此一異於傳統方式發行之字典中，不僅收字數量冠於歷來字書[1]，其編輯內容亦有甚多創新之處，《異體字例表》即爲其一。

「異體字例」一詞，古書並未見，《異體字字典》於《異體字例表》編製原則中，則將其定義爲「異體字例指異體演變中，相同偏旁所具有之一致情形，而可歸納成例者。」由此可知，所謂「異體字例」，簡言之即「異體字中常見之偏旁演變例」。而此種「異體字例」觀念，其發展狀況如何？本文將試加探討。又此種觀念有何重要性，《異體字字典》編製此表有何作用？本文亦舉實例，說明若能善加運用「異體字例」，將可解決不少古籍中存在之問題。

貳、「異體字例」觀念之發展

古代字書，並未有「異體字例」之稱，然以此觀念整理文字者，則散見於諸多文獻中，如唐顏元孫《干祿字書》序曰：

> 偏傍同者，不復廣出。[2]

---

[1] 依《異體字字典》九十年十一月網路版正式三版「使用說明」所載，共收字約一〇六〇九四字。

[2] 唐顏元孫著《干祿字書》(叢書集成新編第三五冊，台北新文豐出版社，民國七十四年元月)，

而其書「平聲」則載錄：

聡、聦、聰：上、中通，下正，諸從忩者並同，他皆仿此。[3]

亙、氐：上通，下正，諸從氐者並準此。[4]

此即爲顏氏整理異體俗字後，觀察所得之字例。其他如唐張參《五經文字・木部》曰：

㑹、會：從曾省，上《說文》，下石經，凡字從會者放此。[5]

宋陳彭年等重修《廣韻・上平・六脂》曰：

祗：敬也。俗從亙，餘同。[6]

遼僧行均《龍龕手鑑・文部》下注曰：

此字與支、攴部俗字相濫。[7]

宋處觀《精嚴新集大藏音・心部》下注曰：

心部與巾部偏旁互參，為寫經者簡略不定，請臨文詳用。[8]

元李文仲《字鑑・卷一・十七真》曰：

臣：……凡臧、臥、臨、宦、堅、賢之類从臣，偏旁俗作𦣞誤。[9]

明梅膺祚《字彙・未集・肉部》曰：

肙：……口即古圍字，涓、睊等字从此，俗作㒵非。[10]

觀各書之注語，體例雖有不同，然其觀察異體現象，歸納同類偏旁變化之精神則一致。由此可見，凡對異體字有深入接觸者，「異體字例」之觀念，皆會有所萌生。至於將異體偏旁彙整觀察，並歸納成篇者，並無專著，唯宋孫奕有類似整理之舉，其《履齋示兒編・卷十八・字說》中，曾列出二十七個俗字偏旁之變化，如：

虛、虔、處……皆從虍，而俗皆從𠂆。
決、減、滅……皆從水，而俗皆從冫。
參、繆、謬……皆從㐱，而俗從尒。[11]

頁六一九。

[3] 同註二，頁六一九。

[4] 同註二，頁六二〇。

[5] 唐張參著《五經文字》(叢書集成新編第三五冊，台北新文豐出版社，民國七十四年元月)，頁六四一。

[6] 宋陳彭年等重修《廣韻》(台北黎明文化事業公司，民國七十六年三月九版)，頁五一。

[7] 遼行均撰《龍龕手鑑》(四部叢刊續編第八冊，台北台灣商務印書館，民國六十五年六月)，頁二一。

[8] 宋處觀撰《精嚴新集大藏音》(明嘉興藏本，國家圖書館藏)，卷一，頁三。

[9] 元李文仲撰《字鑑》(澤存堂本，國家圖書館藏)，卷一，頁十二。

[10] 明梅膺祚撰《字彙》(上海辭書出版社影印出版，一九九一年六月一版)，頁三七三。

[11] 宋孫奕撰《履齋示兒編》(叢書集成新編第八冊，台北新文豐出版社，民國七十四年元月)，

則幾乎可見「異體字例」整理之雛形，且其所指出之各俗寫偏旁，不僅大部分可見於宋元俗字中，其內更不乏今日仍爲人使用者，可見孫氏所整理之字例，自有其價值所在。

及至近代，曾師榮汾於《字樣學研究》中，曾提出「異體字例整理之觀念」，而異體字例觀念之重要，遂由此獲得闡發，曾師於書中云：

> 吾國文字形體變異，歷史久遠，文獻浩博，整理工作既鉅且艱，若有一法可紀理群絲，得其脈絡者，非字例之歸結而何？得一氐可作互之例，於是伍、庢、胵、鴟、諸字，視而能知其各為低、底、胝、鴟等字；得一因可作囙之例，於是絪、烟、茵、裀等字，不正為絪、烟、茵、裀之變乎？此所以異體字例之歸結，可視為異體資料整理之綱領，綱舉而目張，領振而毛理，細心尋繹其例，不唯異體整理可執簡馭繁，於古書之研讀亦必有所助益矣。[12]

曾師並據《廣韻》俗字，歸結出如「凡从氐者，俗多从互。」、「凡从㐱者，俗多从尔。」、「凡从韋者，俗多从革。」……等例，之後曾師又續於《字彙俗字研究》與《龍龕手鑑之俗字研究Ⅱ》中，進一步對異體字例進行諸多探討，從而提出「整理俗字字例，以求約定俗成標準」，是確定俗字字形之重要原則[13]。而拙著《字彙異體字研究》中，則專章討論《字彙》異體字例，將《字彙》所收異體字，整理成二一五例之《字彙異體字字例表》，並具體說明異體字例應有下列數項重要性：

> 一、 異體字例為辨識異體字之重要參考
> 二、 異體字例為統理異體字之重要綱領
> 三、 異體字例為確認異體字之重要證據
> 四、 異體字例為考釋異體字之重要線索[14]

而教育部亦將近年編輯《異體字字典》成果，彙整爲有四二七例之《異體字例表》加以發表，異體字例觀念至此乃漸受重視。相信在此一觀念日漸成熟後，其運用與發展將愈形蓬勃。

參、異體字例之運用

「異體字例」既是彙整文獻中異體資料而成，溯推回文獻，自可用於辨識、考校文獻中之異體，羅振玉於《增訂碑別字序》中曾曰：

頁一八四。

[12] 曾榮汾著《字樣學研究》（台北台灣學生書局，民國七十七年四月初版），頁一五五至一六二。

[13] 曾榮汾著《龍龕手鑑之俗字研究Ⅱ》（國科會專題研究成果報告，民國八十七年十月），頁四六至四八。

[14] 見拙著《字彙異體字研究》（中國文化大學中研所博士論文，民國八十九年六月），頁一二三至一二八。

伯兄佩南先生，采輯碑版別構諸字之不載字書者，放吳氏玉搢《別雅》之例，為《碑別字》五卷，既成以示玉，玉受而讀之，竊以為小學之支流，校勘家之秘笈也。[15]

碑別字爲「小學之支流，校勘家之秘笈」，則異體字例乃異體別字中之精華，更應値得小學家與校勘家，甚至一般讀者重視。以下乃試以教育部所編《異體字例表》，與拙著《字彙異體字例表》爲例，說明其於閱讀古籍、考證文字、校勘文獻上之運用。

一、異體字例於閱讀古籍上之運用

吾國文字屢經變遷，受文字構造法則、文字書寫變化與人爲觀念之影響，產生大量異體字[16]，而此諸多異體字則廣見於各種古籍文獻中，如碑刻、墓誌、法帖、刊本、寫卷等，因此今日於研讀古代文獻時，總會遇見各式各樣異體字，進而影響閱讀之順暢，又緣於異體字數量眾多，如欲逐字認識，實非一朝一夕可成之事，故若能有一較快捷有效率之方法，則將爲助多矣。異體字例乃歸納異體字中，常見之演變形體所得，若能掌握此常見之演變例，不啻掌握進入異體字廣大範疇之重要鎖鑰，對於解讀古今文獻，當可適度發揮其功效。如《字彙·丑集·口部》「口」字下注曰：

按口與欠相通，如嗛、歉；噴、歕；嘯、歗；嘆、歎；唉、欸；喘、歂；嗑、歚；呿、㰦；呴、欨，皆相通者也。[17]

對讀者而言，由梅氏此一注語，即可知「口」旁與「欠」旁通用，故「口」部之字常有與「欠」部相通者，因此，往後讀者若遇此情形，即可由此一字例，而推知其正字。

再以《字彙異體字例表》爲例，二百一十餘例中，其所統納之異體字，即有七百五十餘字之多，若再推擴而出，則其可涵括之文字，將不知凡幾。如《字彙》收「⿰日𡰥」（同昵）、「⿰犭𡰥」（同狔）二字，故「𡰥」可爲「尼」之異體字例，推而廣之，則「凡從尼者，或可作𡰥。」今《宋元以來俗字譜》書中「尼」、「呢」、「妮」、「泥」等字，分別作「𡰥」、「⿰口𡰥」、「⿰女𡰥」、「⿰氵𡰥」等形，正可由此推得。又如《字彙》亦收「栾」（俗欒字）、「恋」（俗戀字）二字，故「亦」可視爲「䜌」之異體字例，今亦證之《宋元以來俗字譜》，除「栾」、「恋」二字皆爲「欒」、「戀」之俗字外，尚有「变」（變）、「湾」（灣）、「峦」（巒）、「挛」（攣）、「蛮」（蠻）、「銮」（鑾）、「鸾」（鸞）、「弯」（彎）等數字，其偏旁亦皆可據此字例推衍而得，故由此可知異體字例之效用矣。

因此掌握異體字例，就辨識異體字而言，可知一例而識多字，達到事半功倍之效，對閱讀古代文獻具有相當大之助益。以下乃舉宋、元、明刻本序文各

[15] 羅振玉、羅振鋆編《增訂碑別字》（台北古亭書屋，民國五十九年初版），頁一。
[16] 見拙著《字彙異體字研究》，同註十四，頁四四至四七。
[17] 同註十，頁六九。

一，圈出各篇異體字，校以教育部《異體字例表》中字例，並統計其出現比率，以見異體字例運用於閱讀古籍上之效果。

（一）《陶淵明集・序》（四部叢刊第三三冊影印宋刊巾箱本）

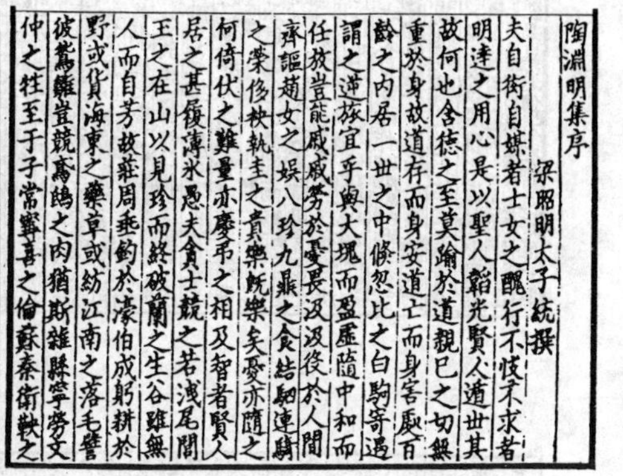
陶淵明集序
梁昭明太子統撰
夫自衒自媒者士女之醜行不忮不求者
明達之用心是以聖人韜光賢人遁世其
故何也含德之至莫踰於道親己之切無
重於身故道存而身安道亡而身害處百
齡之內居一世之中倏忽比之白駒寄遇
謂之逆旅宜乎與大塊而盈虛隨中和而
任放豈能戚戚勞於憂畏汲汲役於人間
齊謳趙女之娛八珍九鼎之食結駟連騎
之榮侈袂執圭之貴樂既樂矣憂亦隨之
何倚伏之難量亦慶弔之相及智者賢人
居之甚履薄冰愚夫貪士競之若泄尾閭
玉之在山以見珍而終破蘭之生谷雖無
人而自芳故莊周垂釣於濠伯成躬耕於
野或貨海東之藥草或紡江南之落毛譬
彼鴛雛豈競鳶鴟之肉猶斯雜縣寧勞文
仲之牲至于子常寧喜之倫蘇秦衛鞅之

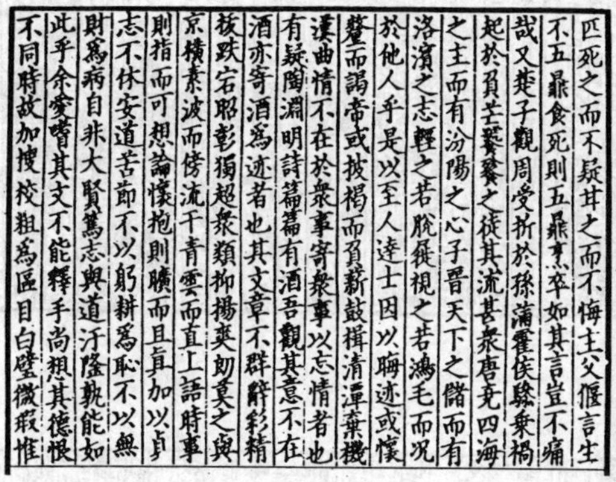
匹死之而不疑甘之而不悔主父偃言生
不五鼎食死則五鼎烹卒如其言豈不痛
哉又楚子觀周受折於孫滿霍侯驂乘禍
起於負芒饕餮之徒其流甚衆唐堯四海
之主而有汾陽之心子晉天下之儲而有
洛濱之志輕之若脫屣視之若鴻毛而況
於他人乎是以至人達士因以晦迹或懷
釐而謁帝或披褐而負薪鼓楫清潭棄機
漢曲情不在於衆事寄衆事以忘情者也
有疑陶淵明詩篇篇有酒吾觀其意不在
酒亦寄酒爲迹者也其文章不群辭彩精
拔跌宕昭彰獨超衆類抑揚爽朗莫之與
京橫素波而傍流干青雲而直上語時事
則指而可想論懷抱則曠而且真加以貞
志不休安道苦節不以躬耕爲恥不以無
財爲病自非大賢篤志與道汙隆孰能如
此乎余愛嗜其文不能釋手尚想其德恨
不同時故加搜校粗爲區目白璧微瑕惟

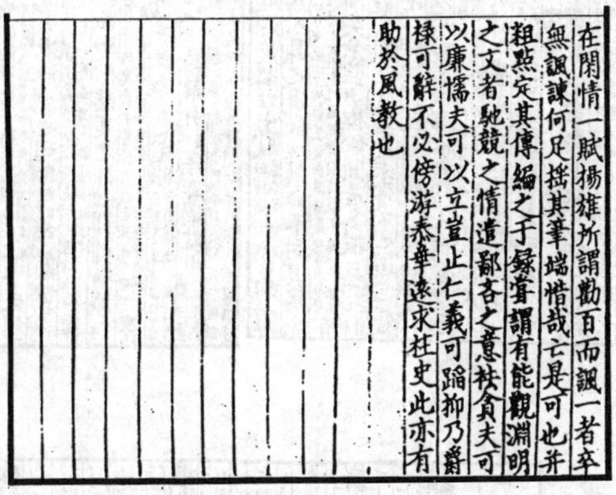
在閑情一賦揚雄所謂勸百而諷一者卒
無諷諫何足搖其筆端惜哉亡是可也并
粗點定其傳編之于錄嘗謂有能觀淵明
之文者馳競之情遣鄙吝之意袪貪夫可
以廉懦夫可以立豈止仁義可蹈抑乃爵
祿可辭不必傍游泰華遠求柱史此亦有
助於風教也

案：此文有世、德……等異體共四十八字[18]。其中可用教育部《異體字例表》推而得知者，有「陶」（第一九〇例[19]）、「世」（第八三例）、「巳」（第二〇例）、「寄、倚、騎」（第一八一例）、「虛」（第三三五例）、「娛」（第一四八例）、「結」（第一一一例）、「濠」（第三六五例）、「鴛」（第九三例）、「縣」（第三〇〇例）、「濱」（第三六三例）、「脫」（第一五六例）、「釐」（第二八二例）、「拔」（第八七例）、「執」（第一六四例）、「惟」（第一九例）、「蹈」（第二五九例）等十九字，比率約佔百分之四十。

[18] 其中扣除筆畫長短、筆勢略異而不影響文字判斷者與重覆出現之字。另有部份應爲訛誤字，此處亦廣計之。其餘二例亦同。

[19] 此異體字例序號，依教育部《異體字字典》九十年十一月網路版正式三版之「異體字例表」所載，以下各例亦同。

（二）《文選・序》（元古迂書院刊本）[20]

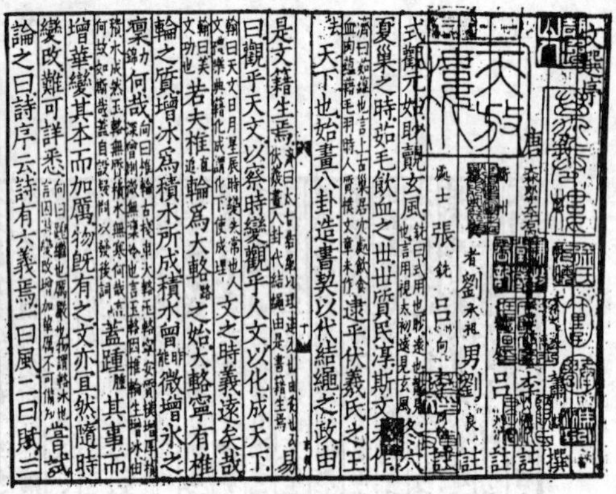

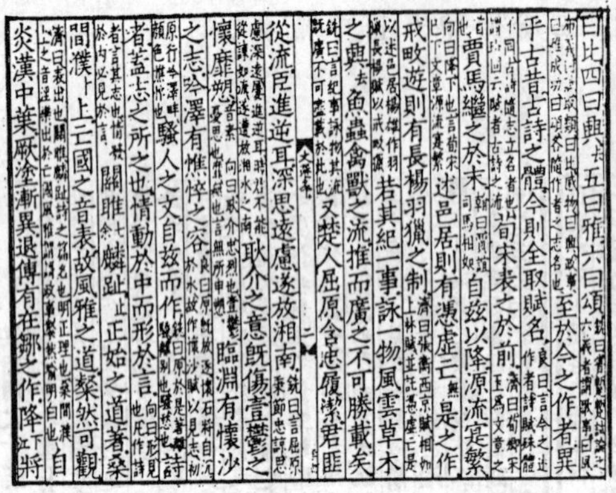

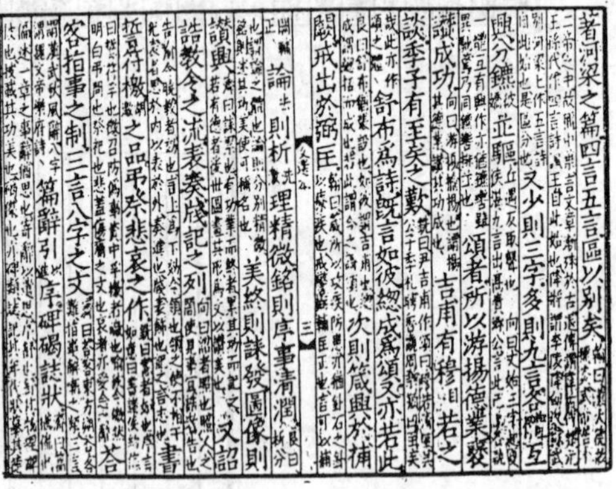

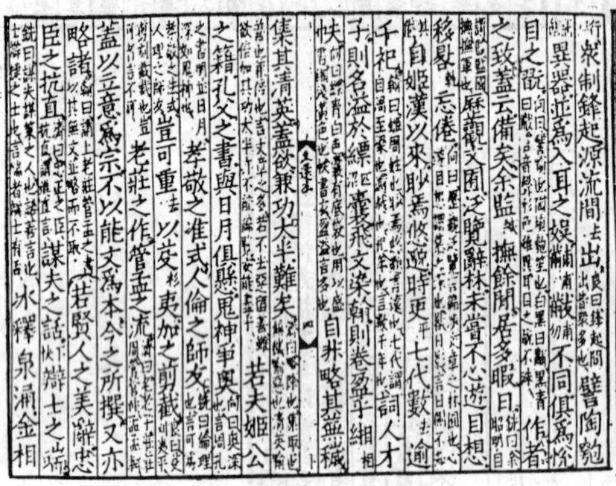

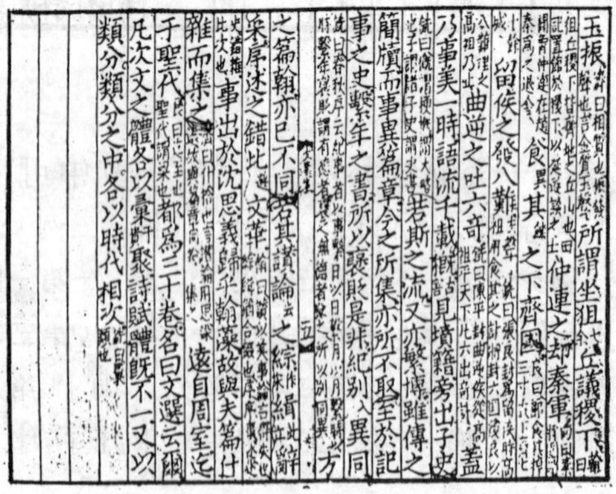

案：此文有世、契、繩、察、遠、氷、宜……等異體共五十一字，其中可據

[20] 《增補六臣注文選》（台北漢京文化事業公司，民國六十九年七月初版），頁一至三。

教育部《異體字例表》類推者，有「丗」(第八三例)、「淳」(第一六四例)、「契」(第六例)、「繩」(近第三四八例)、「察」(第三〇三例)、「宜」(第一五例)、「憑」(第三一五例)、「虛」(第三三五例)、「獵」(第三九二例)、「紀」(第二〇例)、「潔」(第六例)、「既」(第二一一例)、「鬱」(第一二六例)、「葉」(第二一七例)、「總」(第三〇六例)、「讚」(第四一九例)、「指」(第一二二例)、「悅」(第一五五例)、「姬」(第一四〇例)、「數」(第二九八例)、「盈」(第二二一例)、「穢」(第三五二例)、「振」(第一四二例)、「却」(第二三一例)、「博」(近第二四九例)共二十五字，比率約佔百分之四十九。

（三）《文心雕龍・序志篇》(四部叢刊第一〇九冊影印明刊本)

序志第五十
文心者言爲文之用心也昔涓子琴心王孫巧心
心哉美矣夫故用之古來文章以雕縟成體豈效
騶奭之羣言雕龍也夫宇宙綿邈黎獻紛雜拔萃
出類智術而已歲月飄忽性靈不居騰聲飛實制
作而已夫有肖貌天地稟性五行擬耳目於日月
方聲氣於風雷其超出萬物亦已靈矣形同草木
之脆名踰金石之堅是以君子處世樹德建言豈
好辯哉不得已也余生七齡乃夢彩雲若錦則攀
而採之齒在踰立則常夢索源不遮先哲之誥無
益後生之慮蓋文心之作也本乎道師乎聖體乎
經酌乎緯變乎騷文之樞紐云亦極矣若論文叙
筆則品別區分原始以表時釋名以章義選文以
定篇敷理以舉統一篇以上綱領明矣至於剖情
析采必籠圈條貫摛神性圖風勢以包會通以閱
聲字崇替於時序褒貶於才略怡暢於知音耿介
於程器長懷序志以馭羣篇下篇以下毛目顯矣
位理定名彰乎大易之數其爲文用四十九篇而
已夫銓序一文爲易彌綸羣言爲難雖復輕採毛
髮深極骨髓或有曲意密源似近而遠辭所不載
亦不可勝數及其品列成文有同乎舊談者非雷
同也勢自不可異也有異乎前論者非苟異也理
自不可同也同之與異不屑古今擘肌分理唯務
折衷按轡文雅之場環絡藻繪之府亦幾乎備矣
但言不盡意聖人所難識在瓶管何能規矩茫茫
往代既沈余聞渺渺來世諒塵彼觀也
贊曰生也有涯無涯惟智逐物實難憑性良易
傲岸泉石咀嚼文義文果載心余心有寄

案：此文有涓、邈、拔……等異體共十九字，其中可據教育部《異體字例表》類推者，有「涓」(第一四九例)、「邈」(第二七四例)、「拔」(第八七例)、「閱」(第一五五例)、「數」(第二九八例)、「密」(第一六一例)、「茫」(第一七例)、「既」(第二一一例)、「憑」(第三一五例)等九字，比率約佔百分之四十七。

由上舉三例可知，教育部《異體字例表》中字例，用於推知古籍中之異體，所佔比率其實相當高，應可有效幫助辨識古籍中之異體字。

二、異體字例於考證文字上之運用

吾國文字，數量眾多，以《康熙字典》爲例，即收有四萬七千零三十五字[21]，然實際字數，當更甚於此。其中有正字，有異體，有音義未明之字。正字者，依字書記載，可知其音義。而異體字部分，雖字書皆注出其對應正字爲何，然若欲進一步了解其演變之跡，則往往不可得，至於音義未明之字，縱使查出

[21]清陸以湉《冷廬雜識》卷二「字典」云：「字典十二集，二百十四部，旁及備考、補遺，合四萬七千三十五字。(原注：古文字一千九百九十五，不在此數。)」

其字，卻依然無法得知解答，遇此二困難，若能善用異體字例觀念，當可解決部分問題，茲分別舉例說明其運用成效。

（一）異體字之考釋

異體字變化多端[22]，不易掌握其演變之跡，尤其當一字之偏旁，變化爲另一偏旁時，更往往讓人摸不著頭緒，不知其爲何字，故考釋異體字時，需從各種方向尋其演變線索。異體字例爲歸納變化相同之異體字所得，故透過群類之觀察，往往可提供重要之考釋線索，其例如下：

1、「耳」、「身」之變

《字彙・酉集・身部・頁七一》：「⿰身甹，俗聘字。」

案：《說文・十二上・耳部》曰：「聘，訪也。从耳甹聲。」則「聘」與「身」何干，其偏旁爲何以「身」代「耳」？若純由此線索思考，則此異體字演變真相，恐將不得而知。然若以「異體字例」觀念考之，則其演變痕跡將輕易得見。蓋《字彙》所收異體字中，偏旁由「耳」變「身」者，尚有「⿰身寧」（俗聹字）、「躭」（俗耽字）、「⿰身冉」（俗聃字）、「⿰身戠」（俗職字）等字，則知「耳」演變爲「身」應爲一常見之異體字例，而依此線索考諸各字，於《隸辨・卷二・覃韻》「耽」字下〈衡方碑〉，可見有作「躭」者，編者顧藹吉注曰：「《五經文字》云：『耽，從耳。作躭者譌。』諸碑從『耳』從『身』之字，相混無別。」[23]故知，因隸書中「耳」、「身」寫法形體相近，遂常見混淆，明乎此，則「聘」之變爲「⿰身甹」，其真相乃大白矣。

2、「方」、「扌」之變

《字彙・卯集・手部・頁三六》：「扵，俗於字。」

案：《說文・四上・烏部》「於」爲「烏」之古文，則「於」字與手何關，其偏旁何以改從「扌」。茲由《字彙》異體字例之歸納得知，「遊」之俗字作「⿺辶⿰扌斿」；「游」之俗字亦作「⿰氵⿰扌斿」，二字中之「方」皆變爲「扌」，故可推知「方」演爲「扌」應爲一異體字例。而據此考之文獻，則「方」之作「扌」由來已久，《漢簡文字類編・方部》所收「施」字即作「⿰扌㐌」[24]，此乃書寫筆勢之便而造成，再循此線索旁徵其他資料，則《歷代書法字源・方部》引王羲之〈十七帖〉，其「於」字書爲「扵」[25]，偏旁即作「扌」，故此字楷定後即爲「扵」。至此，此字演變之跡，乃再次借異體字例觀念，而得以明其演變脈絡。

由上述二例可知，異體字之考釋，異體字例往往具有關鍵地位，若能善加

[22] 如拙著《字彙異體字研究》即依異體字之變化與特質，分爲「形體變化類」、「結構變化類」、「書體變化類」、「部件變化類」、「古今字類」、「區域異體字類」等六大類二十小類。見其書頁七四至一一四。

[23] 清顧藹吉著《隸辨》（台北世界書局，民國七十三年十月五版），卷二，頁七一至七二。

[24] 王夢鷗編《漢簡文字類篇》（台北藝文印書館，民國六十三年十月初版），頁五〇。

[25] 《歷代書法字源》（台北藍燈文化公司，日期未詳），頁六九六。

利用，當為一考釋文字之重要利器。

（二）音義未明字之考釋

字書之編輯，或為求廣博，或為求存古，故常見收有音義未明之字者，如《康熙字典》凡例所云：

> 《字彙補》一書，考校各書，補諸家之所未載，頗稱博雅，但有《字彙》所收，誤行增入者，亦有《正字通》所增，仍為補綴者，其餘則專從《海篇大成》、《文房心鏡》、《五音篇海》、《龍龕手鑑》、《搜真玉鏡》等書，或字不成楷，或音義無徵，徒混心目，當無實用。[26]

然此種音義無徵之字，容或有「徒混心目，當無實用」之情形，但若還諸文字使用實況，則此類文字，亦往往經見於古籍文獻中，此時若能詳加考釋，明其所由，於解讀古籍應有相當助益。以下乃就《康熙字典》所稱「凡無可考據，有音無義，或音義全無者，為作備考一卷。」[27]之「備考」文字為例，運用異體字例觀念，考釋其中有疑義之字，以說明異體字例於文字考釋上之作用。

1、「乞」、「𠧧」之變

> 《康熙字典·備考·子集·卜部·頁四》：「𠧧，《字彙補》『丘吉切，音乞。』」

案：此字《字彙補·子集·卜部·補字》曰：「丘吉切，音乞，義闕，見《篇海》。」然查明成化丁亥年刊本《改併五音類聚四聲篇》，「乙」部、「卜」部皆未收此字，而《漢語大字典·卜部》此字之下並未釋義，只引《改併四聲篇海·乙部》中《川篇》之語：「𠧧，音乞。」與上引《字彙補》之說法。至於《中文大辭典·卜部》則釋曰：「義未詳。按疑為『乞』之訛。」已略推「𠧧」可能為「乞」之訛字。故知各字書處理此字，有其困難而未定之處，今試以異體字例觀念推證之，以求其解答。《康熙字典·備考》中收有如下數字：

> 《未集·肉部·頁二九》：「⿰月𠧧，《篇海類編》『同肐』。」
> 《戌集·革部·頁四〇》：「⿰革𠧧，《篇海類編》『同⿰革乞』。」
> 《亥集·齒部·頁四七》：「⿰齒𠧧，《龍龕》『同齕』。」

由此數例可推知，「𠧧」亦應「同乞」，為「乞」之異體字，今《異體字例表》第三十七例即收有此例。再據此尋查其他字書，則於《干祿字書·入聲》可見：「𠧧、乞：上俗下正。」[28]之語，則「𠧧」為「乞」之異體當無疑矣，諸字書當可據以增補。

2、「互」、「玄」之變；「氐」、「玄」之變

---

[26] 張玉書等《康熙字典》（台北泉源出版社，民國八十一年三月），凡例頁四。
[27] 同註二六，備考，頁一。
[28] 同註二，頁六二二。

《康熙字典・備考・寅集・幺部・頁十二》:「玄,《字彙補》:『匣故切,音互。《釋典》呼作低字。』」

案:此「玄」字,《字彙補》之釋語如《康熙字典》所引,而《中文大辭典・幺部》則釋曰:「義未詳。《字彙補》:『匣故切,音互。』又《漢語大字典・卜部》則只引《字彙補》說法,未再有任何釋語,至於教育部新編之《異體字字典》則未收錄此字,可見此字各字書亦皆難詳考其義。今亦以異體字例觀念爲線索,考其來源。

蓋此字依《字彙補》釋語,可分兩部分觀之,一爲「匣故切,音互。」,其義則未詳;一則爲「《釋典》呼作低字。」茲分別考證如下。

(1)「互」、「玄」之變

依釋語,「玄」音「互」而無義。以異體字例觀念考之,則《康熙字典・備考》中,收有如下從「玄」偏旁,而其正字與「互」旁相關之字。

《卯集・木部・頁十七》:「柆,《篇海類編》『同枑』。」

《巳集・犬部・頁二一》:「狕,《五音篇海》『同狟』。」

據此可推知「玄」應爲「互」之異體,再依此線索考之其他字書,則《字鑑・去聲・十一暮》有「互,俗作『玄』。」之說法[29]。蓋「互」之寫法若急筆書之,則易成「彑」,今《歷代書法字源》引王羲之〈澄清堂帖〉即寫作「彑」[30],其形若加以楷化則成「玄」,而「玄」與「玄」形近,或受其類化而成「玄」,故知「玄」當爲「互」之異體。

(2)「氐」、「玄」之變

依釋語所言「『玄』,《釋典》呼作低字。」,則「玄」似應爲「低」之異體,然「玄」與「低」二者形體相去甚遠,「玄」如何成爲「低」之異體?今亦以異體字例觀念考之,以求其真相。《康熙字典・備考》中,從「玄」旁,而正字與前述「互」旁無關者,有如下數字:

《丑集・土部・頁六》:「坛,《篇海類編》『同坻』。」

《寅集・山部・頁十》:「岻,《篇海類編》『同岻』。」

《寅集・弓部・頁十七》:「弦,《篇海類編》『同弤』。」

《午集・疒部・頁二三》:「痃,《篇海類編》『同疷』。」

《未集・耳部・頁二八》:「胘,《篇海類編》『同眡』。」

《未集・舟部・頁三〇》:「舷,《篇海類編》『舩字之譌』。」

《酉集・邑部・頁三六》:「邟,《龍龕》『同邸』。」

《戌集・革部・頁四〇》:「鞃,《篇海類編》『同鞋』。」

---

[29] 同註九,卷四,頁七。
[30] 同註二五,頁四七。

《亥集・魚部・頁四四》:「鮌,《五音篇海》『同魱』。」

《亥集・鳥部・頁四四》:「⿰玄鳥,《篇海類編》『與鴟同』。」

由此眾多之例類推，則「玄」當是為「氐」之異體，今《異體字例表》第一○○例即收有此例，再依此求之其他佛經類字書,《龍龕手鑑・卷一・人部》曰:「伭，通。低，正。」《精嚴新集大藏音・卷中・牛部》曰:「牴、⿰牛玄，上正。」則又可證佛經文獻中亦常以「玄」旁代「氐」旁。然而「氐」又如何「呼為低字」？考《漢書・食貨志下》有「封君皆氐首仰給焉」句，顏師古注曰:「氐首，猶俯首也。」[31]又有「其賈氐賤減平者，聽民自相與市。」句，注曰:「貴即為卬，賤則為氐。」[32]則「氐」當為「低」之義矣，故《正字通・辰集・氏部》乃曰:「氐，……又與低同。」故據此可知「『玄』,《釋典》呼作低字。」實因「玄」為「氐」之異體，而「氐」又同於「低」也。

3、「氐」、「丘」之變

《康熙字典・備考・酉集・言部・頁三三》:「⿰言丘,《龍龕》『音詆。』」

案：此處「⿰言丘」字亦有音無義，考之《康熙字典・備考》，從「丘」旁之字如下：

《卯集・手部・頁十五》:「⿰扌丘,《龍龕》『同抵』。」

《午集・示部・頁二六》:「⿰礻丘,《篇海類編》『同祇』。」

以異體字例觀念視之，則「丘」為「氐」之異體字例，今《異體字例表》第一○○例，及《字彙異體字例表》第六十一例，皆為此例，故「⿰言丘」亦當為「詆」之異體。考《龍龕手鑑・卷一・言部》:「⿰言丘，俗。詆，正。」而《改併五音類聚四聲篇・卷三・言部》引《龍龕》曰:「⿰言丘，音詆，義同。」則可證「⿰言丘」確為「詆」之異體，唯《康熙字典》於引文時，並未還原至《龍龕手鑑》，且引文亦有所遺漏，遂使「⿰言丘」成一有音無義之字。考「丘」演變之跡應如下，《說文・十三下・氐部》：「⿱氏一，至也。从氏下箸一，一，地也。」「⿱氏一」隸變為「互」（《隸辨・卷六》），又變為「丘」（見《歷代書法字源・人部》「低」字引〈隋龍藏寺碑〉偏旁[33]）形已似「丘」，故其演變過程當為⿱氏一→互→丘→丘。《隸辨・卷三・旨韻》引〈楊君石門頌〉「詆」作「⿰言互」，其形已似「⿰言丘」矣。

4、「氐」、「弖」之變

《康熙字典・備考・酉集・言部・頁三三》:「⿰言弖,《搜真玉鏡》『音詆。』」

案:《康熙字典》之說法應源於《四聲篇海》，今亦以異體字例觀念考之。《康熙字典・備考》從「弖」旁之字如下：

---

31 漢班固撰《漢書》(台北鼎文書局，民國六十八年二月初版)，頁一一六二至一一六三。

32 同註三一，頁一一八一至一一八二。

33 同註二五，頁七五。

《丑集・土部・頁六》:「坘,《龍龕》『同坻』。」

《未集・肉部・頁二九》:「胐,《龍龕》『同胝』。」

則可推知「氐」應爲「氐」之異體字例，故「訆」應爲「詆」之異體。查《龍龕手鑑・卷一・言部》，即列「訆」爲「詆」之俗字。蓋此字例之演變，據《隸辨・卷六・氐》所言：「氐，《說文》作『𢀖』，從氐從一，筆跡小異，亦作『𢀖』，變作『𢀖』、『𢀖』。」「𢀖」形已近「氐」，則「氐」或從此演變而來。

由以上各例可知，若能善用異體字例觀念考釋文字，則可藉以得知字書中諸多懸而未決，音義難明之字。

三、異體字例於校勘文獻上之運用

古代文獻之流傳，載具由甲骨、銅器、簡帛而紙張，記載方式則由刀刻、範鑄、筆寫而印刷，在一再變易下，流傳之古籍文獻，遂易致訛，所謂「書三寫，魚成魯，虛成虎。」是也。兼之書體屢經變遷，影響文字字形，故同一著作，往往因版本不同，而有文字差異，爲求得最接近原著，最順文理之文字，遂有校勘之學。蓋形成不同版本間文字之差異，因素甚多，其中因使用異體字而造成之參差，當爲重要原因之一，若又因導源於異體而造成之訛形，則其差異與影響更是重大，往往不僅使文義不通，更有誤導原意之情形。因此，源於異體而致誤之校勘問題，若能運用異體字例觀念來尋求線索，得其正確文字，將是甚妙之法，如下述《字彙》「歆」字之例即是。

《字彙》一書於明末清初甚爲流行，故其時有眾多版本流傳，但自《康熙字典》刊行後，其書遂逐漸銷聲匿跡，而難覓一善本，時至今日最常見者，則爲大陸影印出版之「靈隱寺刊本」[34]與「寶綸堂刊本」[35]，二刊本於《辰集・欠部・頁六七》「歆」字下皆注曰：「同歆。」細審其字形，則正字與異體相同，顯然其中有所謬誤，再校以其他版本，則康熙間所刊之「鏡月堂刊本」[36]亦有同樣情形。遇此，若未有其他善本可續校，則錯誤將難以更正，然如能善用異體字例觀念分析，則問題將可迎刃而解。蓋《字彙》中收有「昬，俗昏字。」、「殙，俗殙字。」二字，就異體字例原則觀之，「昬」可爲「昏」之異體字例，今教育部《異體字例表》第一九五例亦收有此例，則據此可推論，上述各本應爲「歆，同歆。」之訛誤，茲復以國家圖書館所藏初刻本校之，則確爲如此。故由此可略知，異體字例於校勘上之效用矣。

陳垣於《校勘學釋例》書中曾提出對校、本校、他校與理校四種校書方法，其理校之法下有云：

---

34 清康熙戊辰（二十七年）刊，上海辭書出版社影印出版，一九九一年六月一版

35 《續修四庫全書》影印華東師範大學藏本，上海古籍出版社，一九九五年三月。

36 李添富教授藏本。

段玉裁曰：「校書之難，非照本改字不譌不漏之難，定其是非之難。」所謂理校法也。遇無古本可據，或數本互異，而無所適從之時，則須用此法。此法須通識為之，否則鹵莽滅裂，以不誤為誤，而糾紛愈甚矣。故最高妙者此法，最危險者亦此法。[37]

蓋校書之難、之危險有若此者，故最須證據以推勘訛誤，異體字例因有諸多效能，故古人於校勘文獻時，亦常使用此種觀念，尤其在最需證據之理校法中，往往可見其運用實例。以下乃舉數例，說明異體字例於校勘上之運用。

（一）「爾」、「尓」之變；「尓」、「㐱」之變

陳垣《通鑑胡注表微·校勘篇第三》曰：「『晉安帝義熙二年，禿髮傉檀求好於西涼，西涼公暠許之。沮渠蒙遜襲酒泉，至安珍。』注曰：安珍，即酒泉郡安彌縣也。後人從省書，以『彌』為『弥』，傳寫之譌，又以『弥』為『珍』。右二條均理校，其說甚精。」[38]

案：晉安帝一條，胡三省以「珍」乃「彌」之譌變，陳垣則稱讚其說甚精。蓋此乃以異體字例觀念校之者，依胡氏說法「彌」之訛爲「珍」，應有三變，一爲「爾」之變「尓」，二爲「尓」之變「㐱」，三爲「弓」之變「王」，其中有二例可由字例觀念證之，即「爾」之變「尓」，見《異體字例表》第三六八例，而「尓」之變「㐱」《異體字例表》雖未見，然《異體字例表》第一〇三例與《字彙異體字例表》第六九例皆爲「㐱」之變「尓」，故若相互混用，以「尓」爲「㐱」可能性甚高，故就此二者之變化而言，胡氏推斷頗可信從。

（二）「豕」、「犭」之變

清王先謙《魏書校勘記》曰：「薛野腊傳：『腊』當作『豬』，因俗作『猪』，從犭旁，又轉作月旁。猶『豚』作『狆』，又轉作『肫』耳。」[39]

案：此例亦以異體字例爲校者，「腊」之變「豬」其變有二，一爲「豕」之變「犭」，一爲「犭」之變「月」。「豕」之變「犭」，可見《字彙異體字例表》第十七例，蓋因形符義近而代換也。

（三）「耎」、「需」之變

清王念孫《讀書雜志·卷五之二》「涅儒」曰：「念孫案：『涅』當為『逞』，『儒』當為『偄』，皆字之誤也」小注：「《幼官篇》「藏溫偄」，宋本『偄』誤作『儒』，今本又誤作『濡』，凡隸書從『耎』之字，多誤從『需』，若碝之為礝，麇之為麢，蝡之為蠕，皆是也。」

[37] 陳垣《校勘學釋例》（北京中華書局，一九五九年十二月第一版），頁一四八。
[38] 陳垣《通鑑胡注表微》（《資治通鑑》第十一冊，台北洪氏出版社，民國六十九年十一月），頁四四。
[39] 清王先謙《魏書校勘記》（叢書集成新編第六冊，台北新文豐出版社，民國七十四年元月），頁六八〇。

[40]

案：王氏證「耎」之變爲「需」，舉「碝之爲礝，麌之爲麢，蝡之爲蠕」爲例說明，即是異體字例觀念之呈現，今《異體字例表》第三六七例爲「需」變「耎」之例，則二者或相混而用也。

（四）「厶」、「口」之變

王念孫《讀書雜志·卷三之六》：「段宏：濮陽段宏。念孫案：索隱本「段宏」作「段客」，注曰：『《漢書》作段宏。』據此，則史記本作『段客』，而今本作『段宏』，則後人據漢書改之也。凡隸書『厷』字或作『右』形，與『各』字相似，故從『厷』從『各』之字傳寫往往相亂。」[41]

案：此例王氏亦以異體字例觀念校勘文字之訛變。「宏」之訛爲「客」，其變有二：其一爲「厷」變爲「右」，即部件「厶」訛爲「口」，蓋「口」、「厶」相混，乃隸書常見之例，如《隸辨·卷一·東韻》引〈曹全碑〉「雄」作「⿰右隹」，《卷四·用韻》引〈魏孔羨碑〉「頌」作「⿰台頁」，《卷一·鍾韻》引〈孫叔敖碑〉「松」作「⿰木台」，即將「厶」混爲「口」，而亦有「口」書爲「厶」者，如《卷三·寑韻》引〈帝堯碑〉「品」作「⿱口⿰厶厶」，《卷五·薛韻》引〈衡方碑〉「悅」作「⿰忄兊」，而今《異體字例表》第三二例亦爲此。其二爲隸書「右」偏旁多作「⿸𠂇口」形，如《隸辨·卷四·嶝韻》引華山廟碑「佑」皆作「⿰亻⿸𠂇口」，其形與隸書「各」旁作「名」形似，如《卷五·鐸韻》引〈史晨奏銘〉「雒」作「⿰名隹」，故易相混。

（五）「力」、「刀」之變；「巠」、「至」之變

王念孫《讀書雜志·卷二之一》：「到秦……念孫案：作『到』者，『勁』之譌。……凡隸書從『力』之字，或譌從『刀』，故『功』譌作『切』，『勮』譌作『劇』，『劫』譌作『刦』，從『巠』之字，或書作『至』，因譌而為『至』，故『痙』作『痓』，『輕』譌作『輊』，『力』與『刀』，『巠』與『至』形並相近故『勁』譌作『到』，《史記》韓世家：『不如出兵以勁之。』『勁』譌作『到』，正與此同。」[42]

案：「勁」譌爲「到」，其變多矣，然王氏以異體字例觀念考之，則說理詳明，甚可信從。蓋此例演變過程可分二，一爲「力→刀→刂」；一爲「巠→𡍮→至」。前者「力」變爲「刀」可見《異體字例表》第七例，爲筆畫長短之誤，其後又因隸楷之變，而楷化爲「刂」；後者「巠」變爲「𡍮」亦爲異體字例，見《異體字例表》第一四五例，後因「至」形常見，而譌爲「至」。故兩兩譌變，「勁」遂成「到」矣。

---

[40] 清王念孫《讀書雜志》（台北廣文書局，民國六十年），上冊，頁四二七。
[41] 同註四十，頁一六〇
[42] 同註四十，頁三七。

（六）「它」、「也」之變

清張文虎《校刊史記集解索引正義札記·卷四·晉世家第九》：「五蛇：中統本作『虵』。」[43]

同書《卷四·田敬仲完世家第十六》：「陳厲公他：凌本作『佗』。」[44]

同書《卷五·蘇秦列傳第九》：「嘑沱：集解『其川嘑沱。』：周禮作『虖池』。」[45]

同書《卷五·酷吏列傳第六十二》：「他囚：毛本『他』作『佗』。」[46]

同書《卷五·龜策列傳第六十八》：「白蛇：中統、舊刻、吳校金板作『虵』。」[47]

案：以上各例或爲他校，或爲對校，其變化主要爲「它」、「也」之相混，然張氏並未說明各異文間之關係。自異體字例角度觀之，則各本正、異體之關係，將可淸楚呈現。此字例可見《字彙異體字例表》第二五例，其相混原因，緣自「它」、「也」二字古文形體相近，故常有混用情形，《隸辨·卷六·它》即曰：「它：……從它之字，蛇變作虵，佗變作他，沱變作池，皆譌從也。也本作　，與　形相似，故致譌爾。」

《顏氏家訓·勉學篇》曰：「校定書籍亦何容易，自揚雄、劉向方稱此職爾。觀天下書未遍，不得妄下雌黃。」[48]校勘古籍自是非易，欲觀遍天下書更是困難，然若方法運用得當，亦可達事半功倍之效，異體字例乃用科學方法整理所得，於校勘古籍時若能善用此種利器，當可迅速掌握諸多文字演變線索，而有助於考校出正確文字。

肆、結論

「異體字例」乃歸納異體偏旁形變資料後，所得之常見通例，有此通例可藉之運用於閱讀古籍、考證文字、校勘文獻，且收效宏著。然而異體字例之整理與運用，目前可謂還處於初步階段，尙有甚多值得開發之處，如異體字例表之彙整即是其一。就目前所見之異體字例表而言，教育部編輯之《異體字例表》所收字例，乃大多侷限於傳統字書載錄之異體，而《字彙異體字例表》則僅囿

[43] 淸張文虎《校刊史記集解索引正義札記》（《史記附編》台北鼎文書局，民國七十九年三月），頁四〇一。
[44] 同註四三，頁四四四。
[45] 同註四三，頁五一四。
[46] 同註四三，頁七〇七。
[47] 同註四三，頁七二九。
[48] 北齊顏之推《顏氏家訓》（《諸子集成》本第八冊，上海上海書店，一九八六年七月第一版），頁一九。

於《字彙》一書，故若能再針對各種古文獻，如碑刻、墓志、法帖、寫卷、抄本、刻本等，加以整理歸納，則其運用當可更廣更精，進而發揮更大功效。

參考書目

１、王先謙　民國七十四年元月　《魏書校勘記》(叢書集成新編第六冊)　台北新文豐出版社

２、王念孫　民國六十年　《讀書雜志》　台北廣文書局

３、王夢鷗　民國六十三年十月初版　《漢簡文字類篇》　台北藝文印書館

４、行均　民國六十五年六月　《龍龕手鑑》(四部叢刊續編第八冊)　台北台灣商務印書館

５、呂瑞生　民國八十九年六月　《字彙異體字研究》　中國文化大學中研所博士論文

６、李文仲《字鑑》(澤存堂本)　國家圖書館藏

７、林尹等　民國八十二年十月九版　《中文大辭典》　台北中國文化大學出版部

８、段玉裁　民國七十四年九月　《說文解字注》　台北黎明文化公司

９、徐中舒等　一九八六年十月第一版　《漢語大字典》　湖北辭書出版社

１０、班固　民國六十八年二月初版　《漢書》　台北鼎文書局

１１、孫奕　民國七十四年元月　《履齋示兒編》(叢書集成新編第八冊)　台北新文豐出版社

１２、張參　民國七十四年元月　《五經文字》(叢書集成新編第三十五冊)　台北新文豐出版社

１３、張文虎　民國七十九年三月　《校刊史記集解索引正義札記》(《史記附編》本)　台北鼎文書局

１４、張玉書等　民國八十一年三月　《康熙字典》(同文書局本)　台北泉源出版社

１５、張自烈　清康熙十年刊十七年劉炳修補重刊　《正字通》　台灣大學藏

１６、陳垣　一九五九年十二月第一版　《校勘學釋例》　北京中華書局

１７、陳垣　民國六十九年十一月　《通鑑胡注表微》(《資治通鑑》第十一冊)　台北洪氏出版社

１８、陳彭年等重修　民國七十六年三月九版　《廣韻》　台北黎明文化事業公司

１９、處觀　《精嚴新集大藏音》(明嘉興藏本)　國家圖書館藏

２０、教育部編　九十年十一月網路版正式三版　《異體字字典》　教育部

２１、梅膺祚　一九九一年六月一版　《字彙》　上海辭書出版社影印出版

２２、曾榮汾　民國七十七年四月初版　《字樣學研究》　台北台灣學生書局

２３、曾榮汾　民國八十七年十月　《龍龕手鑑之俗字研究Ⅱ》　國科會專題

研究成果報告
２４、曾榮汾　民國八十八年十月　《廣韻俗字研究》　國科會專題研究成果報告
２５、顏元孫　民國七十四年元月　《干祿字書》（叢書集成新編第三十五冊）台北新文豐出版社
２６、蕭統編李善等註　民國六十九年七月初版　《增補六臣注文選》　台北漢京文化事業公司
２７、韓道昭　明成化丁亥重刊本　《改併五音類聚四聲篇》　國家圖書館藏
２８、羅振玉、羅振鋆編　民國五十九年初版　《增訂碑別字》　台北古亭書屋
２９、顧藹吉　民國七十三年十月五版　《隸辨》　台北世界書局
３０、《歷代書法字源》　台北藍燈文化公司

從《說文解字集斠》看《惠氏讀說文記》之性質

朱小健

北京師範大學

提要

本文以北京師範大學圖書舘藏馬敘倫録瑞安林同莊所藏方雪齋過録本胡菊圃《說文解字集斠》中惠士奇、惠棟父子校注《說文》語與《小學類編》所收《惠氏讀說文記》相比勘，對《記》之性質試作探討。認爲《記》之說多承《集斠》。不僅校注語全同者佔到 36%，就是校注語有差異的 83 條中，絶大多數也是在《集斠》基礎上更改字詞、生發推衍，是《記》與《集斠》淵源極深。我們既可藉《集斠》探究《記》之性質，亦可憑《集斠》校《記》之譌誤，還《記》之原貌。

關鍵詞： 說文學　惠氏讀說文記　校勘

壹、考辨源起

馬敘倫先生自 1912 年起多年用力於《說文解字六書分纂》（後改名《說文解字六書疏證》）[1]，曾囑其內弟王馨伯、門人毛由庚等過録瑞安林同莊所藏方雪齋過録本胡菊圃《說文解字集斠》，因嫌其譌誤甚多，複於 1919 年 3 月親自過録一本（以下簡偁「《馬本》」）[2]。其書首有胡重記云：

> 《說文解字》二惠氏校本，余假之金孝廉馥泉（孝柟），馥泉假之汪孝廉筆山（如淵），乃紅豆齋主人遺墨也。二胡氏校本，餘假之馮編修鷺庭（集梧），云購之京師琉璃廠市，亦其手迹也。惠名士奇，號半農，其子名棟，字定宇，號松崖，世所共知；胡名士震，字東標，號竹厰，乾隆壬午舉人，終翰林待詔，其子名仲澐。胡於惠爲同邑後進，然實未嘗見紅豆之書也。沈茂才書琳（世枚）從餘問奇字，乃以五色筆録於簡端。緑筆圈點，依惠本，半農語別以黃，松崖語別以緑。藍本圈點，依胡本，竹厰語以墨

[1] 參馬叙倫《我在六十歲以前》，60 頁，三聯書店，1983。
[2] 今藏北京師範大學圖書馆。

書之，其藍字則胡氏父子語錯雜莫辨矣。余研朱細勘，間附已見，未免敝帚千金之誚。嘉慶三年重五日，錢塘胡重記於嘉興沈氏之經畬堂。

按胡菊圃《說文解字集斠》（以下簡偁《胡本》），著錄於錢泰吉《曝書雜記》，題作《胡菊圃校勘說文》。錢氏云：

秀水胡菊圃丈重，精於《說文》，其所著書，凡十種，金君孝相（枏？）爲刻《說文字原韻表》。菊圃嘗得惠半農、松崖父子及惠氏同邑人胡竹厰孝廉士震與其子仲澐所校汲古閣本《說文》，其弟子沈茂才世枚以五色筆錄於簡端，間附菊圃校語。今在吾友金岱峰衍宗處，余方借錄。[3]

《馬本》係汲古閣板《說文解字》刻本，15.7×20cm，7行行14字。以彩筆錄二惠氏、二胡氏、胡重之校注及圈點，間附馬敘倫按語。《胡本》至爲罕見，是《馬本》實爲今人窺惠氏父子校注《說文》語之要途。

本文僅就《馬本》所過錄惠氏父子校語，與《小學類編》[4]所收《惠氏讀說文記》（丁福保《說文解字詁林》所收據此，以下簡偁《記》）比勘，對《馬本》、《記》之性質試作探討。

貳、《馬本》所錄惠氏校注述例

《馬本》所錄惠士奇語以黃筆過錄，標明「半農曰」字樣（其首見條標「惠半農曰」，又偶有不標「半農曰」者，且又有1條以黑筆過錄，均詳下）；惠棟語以綠筆過錄，標明「定宇曰」字樣（其首見條標「惠定宇曰」）。

《馬本》所錄惠氏父子校語共165條，其中惠士奇語158條，惠棟語7條。校語集中在卷一至卷五，僅有1條見於卷八，且用黑筆過錄，似爲後添。

165條中，不見於《記》者23條，其中21條爲標明「半農曰」者，2條爲標明「定宇曰」者。

與《記》全同者59條，其中56條爲標明「半農曰」者；3條未標作

---

[3] 《曝書雜記》卷一，十二頁，校經山房叢書本。
[4] 清李祖望輯，咸豐二年（1852），江都李氏半畝園刻本。

者，然以黃筆過錄，應爲惠士奇語。其不標「半農曰」者，蓋因一行中有兩字需注，爲求校語與原文對應於一行，不再重複「半農曰」，僅以〇隔開二條。

其餘 83 條，雖均見於《記》，然所注語多有出入。約有數類：

一、 與《記》所注意同，僅個別字詞有別。其中：

1、有字形不一者。如：

刏[5]

《馬本》：半農曰：刏，吳音讀若避。《玉篇》作刉，乃《周禮》刉衈之刏。九祈切。

《記》：刏，吳音讀若避。《玉篇》作刉，乃《周禮》刉衈之刏。九祈切。

健按：二本注同，唯刉、刉（黑體加下劃線__者，下同）字形異。張氏澤存堂本《宋本玉篇》作「刉」，《馬本》長。

刑

《馬本》：半農曰：《廣韻》引《說文》云：刑，罰辠也。荆，剄也。《初學記》引《說文》曰：刀守井也。　水之人入井，荆於川，刀守之，割其情也。罔言爲詈，守刀詈爲罰。罰之爲言网也，陷於害也。注曰：井　人則人樂之不已，則自陷於川。故加刀謂之荆，欲人謹以全命也。詈以刀守之，則不動矣。今作罰，用寸。寸丈尺也。今《說文》無此語。又舊有注，亦未知注者何人。

《記》：《廣韻》引《說文》云：刑，罰辠也。刑，剄也。《初學記》引《說文》曰：刀守井也。飲水之人入井，陷於川，刀守之，割其情也。罔爲詈，守刀詈爲罰。罰之爲言內也，陷於害也。注曰：井飲人則人樂之不已，則自陷於川。故加刀謂之荆，欲人謹以全命也。詈以刀守之，則不動矣。今作罰，用寸。寸丈尺也。今《說文》無此語。又舊有注，亦未知注者何人。

健按：《馬本》作「辠」、「荆」、「罔言」、「罰」長，《記》作「陷」、「內」長。

[5] 此爲《說文解字》字頭。遇《馬本》、《記》校注語鍼對《說文解字》說解語而發者，則酌引《說文解字》之相關說解，餘皆僅列字頭。下同。

2、有增減字詞者。如：

[illegible]

《馬本》：[illegible]今作芟，形聲兩失。

《記》：[illegible] 今作芟，音刪，形聲兩失。

《記》增「音刪」，說無不同。

福

《馬本》：祝福，《內經》作祝由。《玉篇》䄂　云：古文福。

《記》：祝福，《內經》作祝由。《玉篇》䄂云：古文福。福，讀也。

《記》增「福，讀也。」（今本《說文解字詁林》漏「古文福。福，讀也。」中「福福」二字。

匋

《馬本》：匋，今作陶；古作缶。

《記》：《玉篇》云：今作匋。古作缶。

《記》補出《馬本》所據，然張氏澤存堂本《宋本玉篇》作「匋，今作陶」，《馬本》長。

臣

《馬本》：半農曰：古讀臣爲牽。

《記》：古讀爲牽。

《記》減「臣」字。

眣

《馬本》：半農曰：《公羊傳》曰：眣晉大夫使與公盟也。何休云：以目通指曰眣。此云目不正，疑瞚誤爲此。云開闔目數搖，亦非通指。

《記》：《公羊傳》曰：眣晉大夫使與公盟也。何休曰：以目通指曰眣。此云目不正，疑瞚誤爲眣。下瞚訓開合目數搖，亦非通指。

《記》改「此云開闔」爲「眣下瞚訓開合」，語義無區別。

3、有《記》合《馬本》父子二條爲一者。如：

苟

《馬本》：半農曰：從𦍌省、從包省、從口爲苟。從艸、句聲爲苟；或作茍；乃苟且之茍。今皆作苟，則《儀禮》賓爲苟敬又何說乎？

定字曰：《說文 ·茍部》茍字下云：自急敕也。從　省、從包省、從口。口猶慎言也。音紀力切。竊疑苟敬之苟當從此音。苟敬者，自急敕也。二字同部，義亦當同也。

《記》：苟或作茍，乃苟且之苟。茍部之茍，從羊省、從包省、從口。下云：自急敕也。從口，猶慎言也。音紀力切。今皆作苟，則《儀禮》賓爲苟敬又何說乎？竊疑苟敬之苟當從茍部。苟敬者，自急敕也。二字同部，誼亦當同也。

健按：《馬本》惠氏父子分別作注，惠士奇語在前，惠棟語在後。《記》則合二爲一。

二、　有《馬本》與《記》迥異者。其中：

1、　有《記》增廣多注者，此別於前列字詞增加，爲校語意義增加者。如：

趄

《馬本》：半農曰：　田今作爰田。

《記》：趄田今作爰田。秦和鐘曰：剌剌趄趄。今有傖父以爲爰田字當從此，可謂謬妄。楊慎創爲是說，後人信而從之。

《馬本》僅列異體，《記》則考之金石文字，多有生發。

延

《馬本》：半農曰：延，俗作疏。

《記》：《月令》云：其器延以達。俗本作疏。

《記》補充說明《馬本》校注所據文獻用例。

屰

《馬本》：半農曰：今作逆。

《記》：今作逆，非。

《馬本》僅指出異體，《記》則又下斷語。

臤

《馬本》：半農曰：漢碑賢作臤，後人加貝。然則有貝者臤乎？

《記》：《孝經》曰：臣（健按：當作臤）者，堅也。校官碑云：

親臤寶知。袁良（健按：當作良）碑云：優臤之寵。皆以臤爲賢。《記》指出《馬本》漢碑出處，又補《孝經》例。

2、 有《馬本》、《記》各注一端者。如：

棄，……從𠫓。

《馬本》：半農曰：𠫓，古突字。

《記》：《易·離》九四，𠫓如其來如，焚如，死如，棄如。言不孝子當焚死而棄之也。

《馬本》注字形，《記》則注文獻用例。

顨

《馬本》：半農曰：巺、顨字異音義同。

《記》：今《易·顨卦》改作巽，乃王弼之妄。

健按：《馬本》弘通，《記》似膠著。

3、有《記》刪節《馬本》者。如：

友

《馬本》：定宇曰：今焦山周鼎銘：王呼史𦫳作冊。𦫳，古文友，乃史友也。諸君皆譯爲端。

《記》：焦山古鼎銘：王呼史　作冊，乃　史友也。

健按：此條《馬本》爲惠棟語，《記》則刪去末句評語。

4、有《記》誤，可據《馬本》校之者。

（1）有《記》僅列許說，漏惠說者：

觢，一角仰也。從角，㓞聲。《易》曰：其牛觢。臣鉉等曰：當從契省乃得聲。尺制切。

《馬本》：半農曰：㓞，古音契。

《記》：觢，一角仰也。《易》曰：其牛觢。

《馬本》以綠筆在「也從角㓞聲」下加圈，在「從契省」下加線（依例當爲惠棟所加），是指明惠士奇所注係鍼對徐鉉等認爲「從角㓞聲」有誤而發。今本《記》漏惠氏校語，僅列許慎原文（今本《說文解字詁林》同《記》，亦漏）。是《馬本》可補《記》之漏。

（2）有《記》一分爲二者。

毒

《馬本》：半農曰：《玉篇》⿱屮毋今作每；⿱屮毒今作毒；皆失其形。

《記》（「每」條下）：《玉篇》⿱屮毋今作每。

《記》（「毒」條下）：俗作毒，皆失其形。

《馬本》所論，雖涉「每」、「毒」二字，然本係一條校語，故云「（每、毒）皆失其形」，《記》將《馬本》此條分作兩條，然則「毒」條下之「皆」字無著落矣。

（3）有《記》誤移它字下者：

叀

《馬本》：半農曰：叀，今作專。

《記》：疐即躓。

疐

《馬本》：半農曰：疐即躓字。

健按：《記》「疐」下無注，其「叀」下之注語，應在「疐」下。丁福保已察其誤，故於《說文解字詁林》「叀」下《惠記》條後注曰：「案此條疑當在後『疐』下。」則《馬本》可爲丁氏說之確證。

迾

《馬本》：半農曰：迾遮也。讀若厲，與烈通。

遮

《記》：迾遮也。讀若厲，與烈通。

《記》「遮」下之注顯係誤移自「迾」下。

三　結語

一、《馬本》所録惠氏校注語，六卷以下僅1條，應非惠氏校注《說文》完本。其爲馬氏不滿門人録本之譌而親自過録者，《馬本》中時見「某字上朱圈誤加　倫」等字樣（當因其時無今之改正液之故），可見馬氏於此書用力之勤，用心之細，[6]是其極重此書。且其所録二胡氏語至卷終，不應於惠氏語反有遺漏。可知《胡本》當亦非惠氏校注《說文》完本。胡菊圃所見，雖非完本，然應爲惠氏父子治《說文》過程中所校

[6] 《馬本》録後兩個月，「五四運動」爆發，馬氏負責北大教職員會，全身心投入運動，一時無暇治《說文》。（參馬叙倫《我在六十歲以前》，60頁—66頁，三聯書店，1983。）

本之一，其雖非《記》之稿本，實可謂《記》之前身。惠氏父子當另有校《說文》之完本，惜哉今不得見也。

二、比勘《馬本》與《記》，《記》之條目遠多於《馬本》，然二書共有之條目，則《記》之說多承《馬本》。不僅校注語全同者占到 36%，就是校注語有差異的 83 條中，絕大多數也是在《馬本》基礎上更改字詞、生發推衍，是《記》與《馬本》淵源極深。惠氏家學，以漢儒爲歸，追求述而少作。惠棟治《說文》，自是秉承家學。我們由《馬本》與《記》之比勘，甚至可以推斷，《記》爲惠棟述聞之作。如：

　　㐭

　　《馬本》：半農曰：《玉篇》㐭音他感切。

　　《記》：《玉篇》㐭音他感切。　《木部》棪字下亦云三年導服。近有妄人作字書謂許氏爲誕。棟按：導本古文禫。鄭注《士喪禮》云：禫，或爲導。知導服即禫服也。許氏所據，《儀禮》古文。

此條《記》在《馬本》基礎上多有生發，然其以小字列「棟」之案語，可見未列「棟案」之語，當爲述其父說。準此，則《記》爲惠棟述其父說之作無疑。又如：

　　饗

　　《馬本》：半農曰：鄉人　酒謂饗，然則鄉　酒即古之饗。先儒謂饗禮亡，非也。

　　《記》：鄉人　酒謂饗，然則鄉　酒即古之饗禮。先儒謂饗禮已亡，非也。

二本相比，《記》增「禮」、「已」二字，其說無異。而惠棟在《九曜齋筆記》中又說：

　　饗，《說文》曰：饗，鄉人　酒也。家君曰：鄉人　酒謂之饗，然則鄉　酒即古之饗禮。先儒謂饗禮已亡，非也。[7]

此則明言其說承自其父。《惠氏讀說文記》之名「記」，抑或即「記父說」之意歟？是《記》可視爲惠氏父子共作矣。

三、惠棟著《惠氏讀說文記》，世人皆曉；惠士奇校注《說文》語，

---

[7] 轉引自李開《惠棟評傳》，南京大學出版社，1997。

則鮮爲人知。今人論惠氏家學，於惠士奇之《說文》學亦無評說。[8]《馬本》是我們探求惠士奇之語言文字學的寶貴材料。我們既可借《馬本》探究《記》之性質，亦可憑《馬本》校《記》之譌誤，還《記》之原貌。如前舉「翯」例，惠棟不可能僅列許說，可知今《記》實爲手民所誤。

四、將《記》視爲惠氏父子共作，無損惠棟「吳派」首領地位，又更突出了其以述爲作的特色。而還惠士奇《說文》學之本來面目，從而對影響有清一代學術的惠氏家學作出正確評價，對文字學史研究亦具重要意義。李開先生《惠棟評傳》謂惠棟於許慎《說文》多有是正。其所舉「朘」、「草」、「譴」、「眣」、「褱」等例[9]均見於《馬本》，我們早該將這些創見的「版權」歸還給惠士奇了。

以上管見，未敢自專，謹求教於各位方家。

參考文獻

丁福保，1938，《說文解字詁林》。

李祖望輯，清鹹豐二年（1852），《小學類編》，江都李氏半畝園刻本。

李開，1997，《惠棟評傳》，南京大學出版社。

馬敘倫，1983，《我在六十歲以前》，三聯書店。

錢泰吉，《曝書雜記》，校經山房叢書本。

[8] 參李開《惠棟評傳》附《惠士奇評傳》，南京大學出版社，1997。

[9] 李開《惠棟評傳》，439頁，又443頁以下，南京大學出版社，1997。

說文篆文訛形釋例三則—「妬」、「半」、「乘」

杜忠誥

國立台灣師範大學國文系

提要

（一）「妬」字右旁或从「石」，或从「戶」，其孰爲正形，自唐代以迄清代文字學者，皆糾擾莫辨。今由地下出土古文字字例，配合聲韻學與訓詁學，可以確證「妬」字本形乃从「石」，而非从「戶」。千餘年來之懸案，孰是孰非，得以裁斷。

（二）《說文》「半」字篆文作「从八从牛」。唯據春秋晚期侯馬盟書及戰國時代之六國古文字資料顯示，「半」字原本「从八从斗」，並不从「牛」，「牛」形係由「斗」旁訛變而來。又，《說文》十四上斗部有「𣁽」字，此係在「半」字本形淹晦後，別加形符，以復其「分斗爲半」之初誼，原是「半」之後起形聲字。許書既誤分「𣁽」、「半」爲異部之兩字，又以「从八从牛」釋「半」，完全是誤據訛形穿鑿爲說。

（三）「乘」字甲骨文本作从大从𣎵，象人張開兩足立於木上歧枝之形，所从歧枝均作「𣎵」或「米」形，不从「木」。其作　木者，訛。徐中舒主編《甲骨文字典》，乃謂「从爲木之訛」，實謬不然。今本《說文》篆文作「从入桀」，所云「入」者，乃「大」字古隸多寫作「个」，以省減其半形以致訛。

關鍵字：

妬、妒、連合、異體、半、𣁽、穿突、訛變、乘、𣎵、省減、隸變、形體學、動態發展。

一、說「妬」

《說文解字》十二下女部釋「妬」：「婦妒夫也。从女戶聲。」篆文作「妒」。

（表一）「妬」字歷代形體演化一覽

《說文》「妬」字，在《大徐本》與《小徐本》中，右旁均从「戶」作「妒」。今所見桂馥《說文解字義證》、王筠《說文解字句讀》、朱駿聲《說文通訓定聲》，諸本均依二徐本作从「戶聲」之「妒」。唯段注本獨排眾議，以爲「戶非聲」，而改从「石聲」作「妬」。究竟誰是誰非，以孰爲正？也唯有依賴地下出土的古文字資料，方能作出適切的評斷。

甲骨文「妬」字作「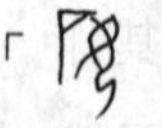」(《甲骨文合集》282，表一～3)，从女从「石」，不从「戶」。所从之「石」旁作「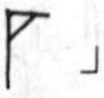」，乃甲骨文之通用寫法。字下或增从「口」爲繁文。甲文中此字繁簡兩體並見，於義無別。西周金文只見〈馭方鼎〉的一個字例，字形則承襲甲文中　口的繁文。此外，在西漢馬王堆帛書〈縱橫家書〉，也發現有兩個「妬」字的用例，一個是〈縱橫家書〉「秦不妬得」的「妬」字；另外一個是〈老子乙前古佚書〈稱〉〉「隱忌、妬妹[1]、賊妾，如此者，下其等而遠其身」的「妬」字。兩例均从女石聲，構形與甲、金文同。後漢碑刻中未見有「妬」字，故馬王堆帛書中的兩個字例，算是自春秋以迄兩漢，近千年間僅見的兩個「妬」字用例。以上所舉从女从石的四個字例，年代都在《說文》成書前的兩三百年以上，有此四例，已足以確證从女「从石」作「妬」爲其本形。今本《說文》「妬」字篆文「从戶」作「妒」。所从之「戶」，乃「石」之訛。

1 馬王堆漢墓帛書整理小組依《荀子・大略篇》，讀「妹」爲「昧」，亦猶今言「妬媢」。見該書【壹】，頁 84，第 21 條注釋。

朱駿聲在《說文通訓定聲》書中，雖將「妬」字系屬在戶部之聲首下，沿承了二徐本「从戶」的篆文訛形。但他在「妒」字條下說：「字亦作妬，从石聲。」可見他對於這個「从戶」的「妬」字篆文，也曾經懷疑過，只是一時未能定其真罷了。錢大昕在〈舌音類隔之說不可信〉一文中，指出「古無舌頭、舌上之分。知、徹、澄三母，以今音讀之，與照、穿、床無別也。求之古音，則與端、透、定無異。」[2]「妬」字所从之「石」，中古音雖讀爲禪紐，其上古音卻有「端」、「透」、「定」三讀。朱氏在《說文通訓定聲》豫部第九，所錄衍「石」聲者，有「石」、「祏」、「碩」、「䄷」、「鼫」（以上五字，讀爲禪紐）、「斫」、「袥」、「磔」、「跖」（以上四字，讀爲章紐）、「橐」、「柘」、「拓」、「欜」（以上四字，讀爲透紐）、「蠹」（讀爲端紐）[3]，共十四字。卻把「妬」（端紐）字遺漏了，當爲增補。

此外，如「庶」、「度」、「席」三字，由於形體訛變之故，以致在隸、楷書中的字形上，看不出其爲「从石」之意，而實際上則是「从石」構形之字。除了前述的十五字外，「庶」、「度」、「席」三字，也當在衍「石聲」之列[4]。

朱駿聲既已針對《說文》衍石聲諸字，進行全面的爬梳，明知衍石聲之字，古亦有「端」、「透」二讀，卻又不敢認這個「从石」得聲的「妬」字，不免失之交臂。段玉裁卻以「柘、橐、蠹等字，皆以石爲聲」，兔起鶻落，一眼看準「戶非聲」，將各本訛作「从戶」聲的「妬」字篆文，改而爲「从石」的正形。在自唐、宋以來，舉世都認爲「妬」字應是从「戶聲」，幾乎呈一面倒的情勢之下，他卻能以其卓識，獨排眾議，實在令人讚嘆。

對於「妬」字「从石」之義，明人張自烈說：「方俗謂婦不孕爲石婦，猶言石無土，不生物也。」今俗亦有「石女」之稱，大凡女人之不孕者，尤易於對他女之生子者起妬忌之心。故張書以「女無子爲妬」[5]，應即「妬」字之本義。至於對容貌與才德之妬忌，則爲「妬」之引申義。許氏「婦妬夫」之訓，正是「妬」之引申義，非其朔誼。

然而，這個妬忌之性，似乎是人類與生俱來的大病痛，故常與「嫉」

---

[2] 見《十駕齋養新錄》卷五，頁 137，收在《嘉定錢大昕全集》第七冊內。江蘇古籍出版社，1997 年 12 月。

[3] 以上有關聲紐，參考陳復華、何九盈《古韻通曉》。北京，中國社會社學出版社，1987 年 10 月。

[4] 請參閱筆者所撰博士論文《說文篆文訛形研究》第六章第五節，「說庶、度、席」。

[5] 見張自烈編，廖文英補《正字通》　部「妬」字條下注，頁 307。北京，國際文化出版公司。1996 年 1 月。

字連言（《尙書秦誓》只作「疾」）。佛家唯識百法則以「嫉」字名之。乃指對他人德行之善與才色之美，所生起的一種不悅之精神作用[6]。又有所謂《嫉妬新婦經》，簡稱《妬婦經》。實則，嫉妬的問題，不僅女人有之，男人也有。按照許說，婦人之妬爲「妬」，男人之妬爲「媢」（《說文》訓「媢」爲「夫妬婦」），這種說法是毫無根據的。「媢」、「妬」二字，古義之訓解多相通，並無男女的性別差異。如《大學》：「媢疾以惡之」，鄭玄注：「媢，妬也。」以妬」釋「媢」，足證妬、媢同義。申鑑《潛夫論・賢難篇》：「夫國不乏於妬男，猶家不乏於妬女也。」男、女之妬，同用「妬」字，亦可證「妬」字原無男、女之別。王充《論衡・論死》有「妬夫媢妻，同室而處。淫亂失行，忿怒鬥訟」的一段話[7]。這「妬夫」，究竟是指嫉妬性重的「夫」呢，還是指「妬夫」的「妻」？這「媢妻」，究係指嫉妬性重的「妻」呢，抑或指「媢妻」的「夫」？依鄙見，妬、媢二字於此是互文見意，若視爲同義形容詞，作「嫉妬性重」解，則文從字順，語意朗豁，故知「媢」乃「妬」之別稱。若拘牽許訓，以「妬」、「媢」當動詞解，視「妬夫」爲婦人之行爲，而「媢妻」爲丈夫之行爲表現，便嫌迂曲而不可通。

實則，「媢」字原只作「冒」。《尙書・秦誓》：「人之有技，冒疾以惡之。」「冒疾」字並不从女，可見「媢」、「嫉」二字之所以从女，都是後起的分別字，與「妬」字之自創制伊始即从女構形者迥別。或者「冒」字从，原本只是取其「覆蓋」之意，因與「妬」字連言，而作「妬冒」。《荀子・大略篇》說：「蔽公者謂之昧，隱良者謂之妬。奉妬昧者，謂之交譎。交譎之人，妬昧之臣，國之薉孽也。」大抵凡有妬心者，不論其所妬對象爲男爲女，爲德藝或姿容，往往會昧著自己的良心，連帶引生掩藏覆蓋，「違之俾不通」之念，故妬者必冒，而冒者必妬。此處之「妬昧」，實即王充《論衡》「妬夫媢妻」的「妬媢」二字的一音之轉。「妬媢」之「媢」，原本只作「冒」，其後因受「妬」字所从女旁類化之故，乃另增女旁而孳乳爲「媢」。許氏強分「妬」字爲「婦妬夫」；「媢」爲「夫妬婦」。猶如其釋「隹」爲「鳥之短尾總名」，釋「鳥」爲「長尾禽總名」，都不免刻舟求劍，穿鑿太過，此亦漢人訓詁之通病。若必欲收此後起的別加意符之形聲分別字，依許書

---

6 參《佛光大辭典》，頁 5441。高雄，佛光出版社，1989 年 6 月。

7 此段文字，顏之推《顏氏家訓・書證篇》引作「妬夫媢婦生，則忿怒鬥訟。」見王利器《顏氏家訓集解》，頁 414。台北，明文書局，1984 年 1 月。

通例，當以「妬」、「媢」二字互訓爲宜。

至於作爲聲符的「石」旁，又何以會訛作从「戶」呢？此中既有形體上的訛化問題，也跟聲符「石」旁的音讀有關。在北魏馮迎男墓誌銘中，「妬」字右旁所从之「石」，「口」上已多出一筆，上筆作撇勢，形同「姤」字。六朝時人不僅「作妬字誤而爲姤」，甚至當時學者如裴駰、徐野民、鄒誕生等人，還曾有「以姤音妬」的錯誤說法[8]。「石」字在「口」上或增筆爲飾，乃春秋、戰國古文字中習見的現象。如〈包山楚簡〉的「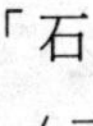」字，所从「石」旁，「口」上即增一横筆，作「」；或增兩短横，作「」。曹魏正始〈三體石經〉「石」字作「」，跟北魏碑刻文字「石」旁的寫法相似，都是傳承自東周以來楚系文字增冗的古老寫法。而在年代稍早的〈司馬　妻孟敬訓墓誌銘〉中，「性寡妬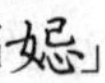」的「妬」字，「石」旁的「口」形左邊，省寫了一個短竪，即借用左側之長撇以爲共筆。一旦把「口」上冗增的一横刪去，便與「戶」形無別。又因原本作爲「妬」字聲符的「石」旁，在六朝時期，其讀音已有轉變。換句話說，由「石」（shi）的讀音，已看不出它跟「妬」（du）的讀音，會有什麼聲韻上的關係。且新訛成的「戶」旁屬魚部陰聲；「妬」字屬鐸部入聲，「魚」、「鐸」同屬段玉裁第五部，且陰、入對轉，古音相近。由於聲化的關係，遂被後人誤以爲此字就是「从戶」得聲，而心安理得地廣泛承用下來。

「妬」字由从「石」訛化爲从「戶」之過程，依漢字形體演變規律，大致可得如下之推索：

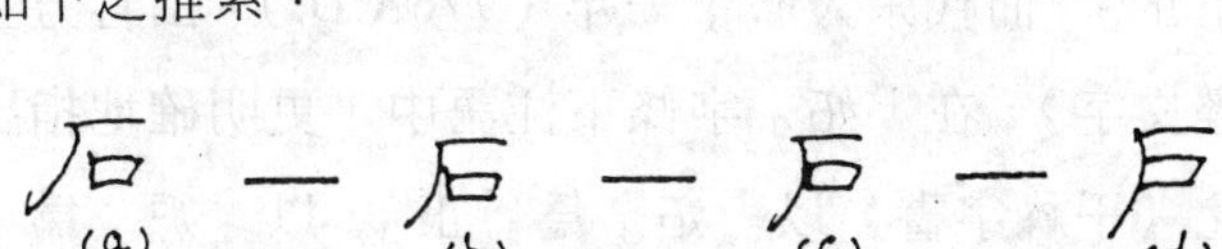

b 形，石之「口」旁向左邊長撇靠近；c 形，「口」旁左竪與長撇碰觸而連合；d 形，「口」旁省去左竪，即借長撇倚爲共筆之勢，便成「戶」形。在南北朝的碑刻文字中，雖未發現有「从戶」的「妬」字字例，但像〈司馬　妻墓誌〉的「妬」字寫法，實已開後來「妬」字訛爲「从戶」之先聲。

漢字在漫長的隸變演化過程中，不只从「石」之字訛爲从「戶」，从「戶」的字也常訛爲从「石」。如肩髆之「肩」字，原本从肉，象肩膀之形。〈石鼓

[8] 並見顏之推《顏氏家訓‧書證》，頁 301，及清人趙曦明註。台北，漢京文化事業公司，1981 年 4 月。

文・車工鼓〉「射其豣蜀」之「豣」字，从豕从肩，作「 」，應即《說文》豕部訓爲「三歲豕」之「豜」字[9]。所从「肩」旁，上部筆畫微有勒蝕。就形體看來，似不从「戶」，隸變後則多寫作「从戶」[10]。〈居延漢簡〉「肩」字，則更訛爲从「石」，寫作「 」[11]，是爲「戶」、「石」以形近互訛之另一例證。此外，在被規整化的章草書中，「戶」、「石」兩字的寫法接近。如松江本《急就篇》第二「石敢當」之「石」，以及第十五「鐘磬」之「磬」字，所从之「石」，並寫作「 」（表二～1,2）；而在第十四「承塵戶簾」（表二～3）與第十九「門戶井竈」（表二～4），兩處的「戶」字，均寫作「 」，除了第二筆的起筆處略微向左靠以外，整個字的寫法，與「石」幾乎同形；第十五「肩臂」之「肩」字，漢、魏以後多寫作从「戶」。所从「戶」旁寫法，並與上舉者同（表一～5）。這「戶」、「石」兩字草法的形似，也不免會助長从其構形的文字形體的淆亂現象。

就今日可以考見的文字資料中，从「戶」的「妬」字，始見於唐人的韻書與字書中。故知「妬」字之訛爲从「戶」，大致也當在南北朝至隋、唐之際。在唐代早、中期，「从石」的「妬」字與「从戶」的「妒」字，已處在兩形共存的情勢中。學者之間對於這兩個字形的孰正孰訛，也是各說各話，缺乏共識。其以「从石」爲正形的，有《干祿字書》與《五經文字》二書；以「从戶」爲正形的，則有《刊謬補缺切韻》一書。成書年代約在唐玄宗即位後不久的顏元孫《干祿字書》（去聲），「妒、妬」兩形並收，其下注云：「上通下正」。而代宗大曆十一年（776A.D.），由官方主導，張參負責編成的《五經文字》，在「妬」字條下注語中，更明確地指出：「作妒者，非。」這就比《干祿字書》以「妬」爲「正」，以「妒」爲「通」的鄉愿手法，要高明許多。成書年代（807A.D.）比《五經文字》稍晚的慧琳《一

---

[9] 今經典引《詩經邠風》「並驅從兩豜兮」，「豜」多作「肩」。見段玉裁《說文解字注》，頁459，「豜」字下註。台北，黎明文化事業公司，1974年9月。

[10] 許書四下肉部，以「肩」爲肩髆（今作膀）字，篆文作「 」。釋形爲「从肉，象形」。又在「肩」字下，出一从戶的俗體重文「 」。實則，正篆所从之「 」，乃是西漢以前「戶」旁的慣常寫法。與許書所錄「俗」體所从之「 」，原本同形。都由「 」之形體，小變其筆勢演化而成。左豎上端筆勢右曲，便成正篆所从之形；右豎筆上端下縮，使上橫與第二個橫筆之間，上下離析，便成重文俗體所从之形。漢印文字中，已兩形互見。《說文》所錄俗體，乃以隸變後的隸、楷書字形篆化而成。疑此重文是後人妄增，當刪。於此可見正篆所从，作爲整體之「 」形，雖與〈石鼓文〉「豣」字所从不同，應是許書原本「戶」旁篆文寫法。今各本凡从「戶」之字，最上面的兩個橫畫都相離析，多訛作「 」或「 」，應是經唐、宋以後熟習楷法之學人改寫使然。

[11] 見王夢鷗《漢簡文字類編》，頁23。台北，藝文印書館，1974年10月。

切經音義・大寶積經》,「妬心」條下引《說文》云:「从女戶聲也,經從石作妬,誤也。」[12]在王氏《刊謬補缺切韻》書中,所引《說文》對於「妬」字釋形,只作「从女戶」,似當會意字看待。但到了慧琳書中所引《說文》,則於「戶」下又增一「聲」字,顯然是誤以「戶」爲聲符。二書同引《說文》,而說解不同(前者爲會意,後者爲形聲),唯其篆文之同爲「从戶」之訛形則同。

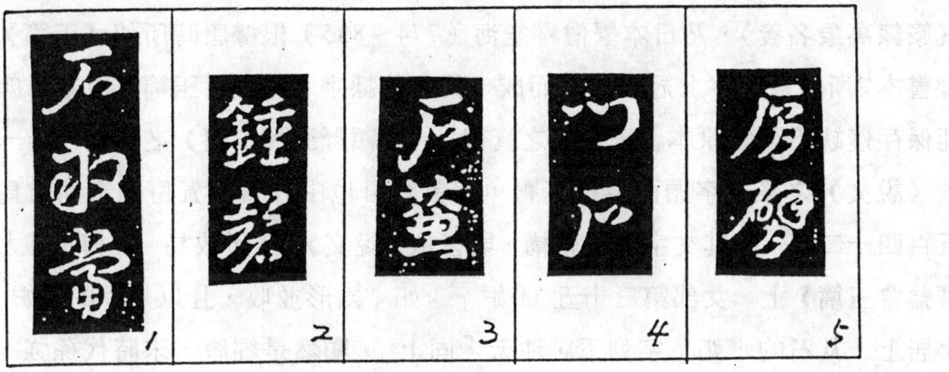

(表二)「戶」與「石」之章草形體比較

至於成書年代早在唐中宗即位(684A.D.)前後的王仁昫《刊謬補缺切韻》,則於「妒」字下注:「當故反,嫉也。按《說文》『婦妒夫,從女戶。』俗从石,通。」[13]值得注意的是,王氏書中所引《說文》,「妬」字已作「从女戶」,如王書所言無誤,則說明了「从戶」的「妬」字訛形,不僅在唐初已經存在,並且早已被文字學家改寫入《說文》書裡。如此說來,成書於五代、宋初之際的二徐本,對於《說文》「妬」字篆文之訛作「妒」形,也是其來有自了。

經過以上的梳理探討,能夠明確判定的是,在許書成書前的大約三百年之〈馬王堆帛書〉用例中,「妬」字仍存「从石」之古形。而在許書完成的五百年後之初唐學人所引《說文》書中,「妬」字篆文則已成爲「从戶」之訛形。在許慎生存的後漢時期之各類文字資料中,尚未發現任何「妬」字之用例。因此,自唐、宋以來的《說文》傳本中,「从戶」的「妬」字篆

12 見該書卷十三,頁7。上海,古籍出版社,1988年1月。
13 見《十韻彙編》十一暮下,頁588。台北,學生書局,1984年3月。

文訛形，到底是許書原本之誤，抑係後人傳寫之訛？對於此一問題，似乎不易作出直接的回答。不過，我們透過相關實物資料之考察，从戶的「妒」字訛形，唐代初葉方纔出現。在北朝的墓誌銘以及相關載籍中，也都只有从「后」(「石」旁之訛）的訛形，从「戶」的訛形則尚未出現。疑「妬」字之訛爲从戶，應當就在南北朝以後，以迄隋、唐之際的百餘年間，而不太可能早於南北朝以前。

此外，《篆隸萬象名義》書中，「妬」字仍作从石的古形（表一～10)。《篆隸萬象名義》，乃日本學僧釋空海（774～835）根據唐時所傳《玉篇》隸書本[14]所抄錄，字上冠以古篆而成。其分部隸字，全依《玉篇》原本，頗能保存殘缺不全的原本《玉篇》之真貌[15]。而顧野王《玉篇》之編撰，雖一改《說文》之篆文字頭而爲楷真書，部首數目也由許書的五百四十部增爲五百四十二部。然其文字形體結構，則皆依《說文》，無所改易。今傳世《大廣益會玉篇》上，女部第三十五，「妒」、「妬」兩形並收，且以从戶的「妒」字居上，从石的「妬」字列下，注云「同上」。顯然是經唐、宋時代孫強、陳彭年等人，根據當時《說文》傳本从戶的「妬」字訛形增補改寫而然。今由弘法大師《篆隸萬象名義》「妬」字之仍存古形，既可看出《玉篇》被改易的情形，也可作爲原本《說文》「妬」字篆文應作从石的正形之間接證明。

值得一述的是，同屬唐代前期的《五經文字》與《刊謬補缺切韻》，二書對於「妬」、「妒」的這一組異體字的處理態度，何以竟會如此的截然對立呢？這主要是各書編者（群）的編撰動機不同所致。如張參在《五經文字》書前的〈序例〉中說：「今則采《說文》、《字林》諸部，以類相從，務於易了，不必舊次。自非經典文義之所在，雖切於時，略不集錄，以明爲經不爲字也。」[16]這「爲經不爲字」一句，既明確表示了該書的編纂目的所在，也爲我們點出唐代早期的學術界，已存在「爲經」與「爲字」的兩種不同方向的文字學研究態度。故由張參主導編撰的《五經文字》，其書雖然主要仍以《說文》爲據，惟若遇有「古體難明，眾情驚懵」處，也會根

[14] 唐時稱漢隸爲八分，而稱楷真書爲隸。見拙撰〈從睡虎地秦簡看八分〉，「伍、八分與隸書之糾葛」一節。載中華書道學會《出土文物與書法學術研討會論文集》，陸-16～陸-21。1998年12月。

[15] 見楊守敬《古逸叢書》所收原本《玉篇》書後跋語。載《篆隸萬象名義》書前「出版說明」所引。台北，台聯國風出版社，1975年5月。

[16] 此處所據，乃《五經文字》拓本之影印本，未著出版社單位及出版年月。

據《字林》及《石經》遺文，由張參與國子監內二三儒者商量而「共決之」，也未必全遵許書[17]。對於「妬、妒」兩個異體字的處理，便是一個顯例。

二、說「半」

《說文》二上半部釋「半」：「物中分也，从八从牛。牛爲物大，可以分也。」篆文作「半」。

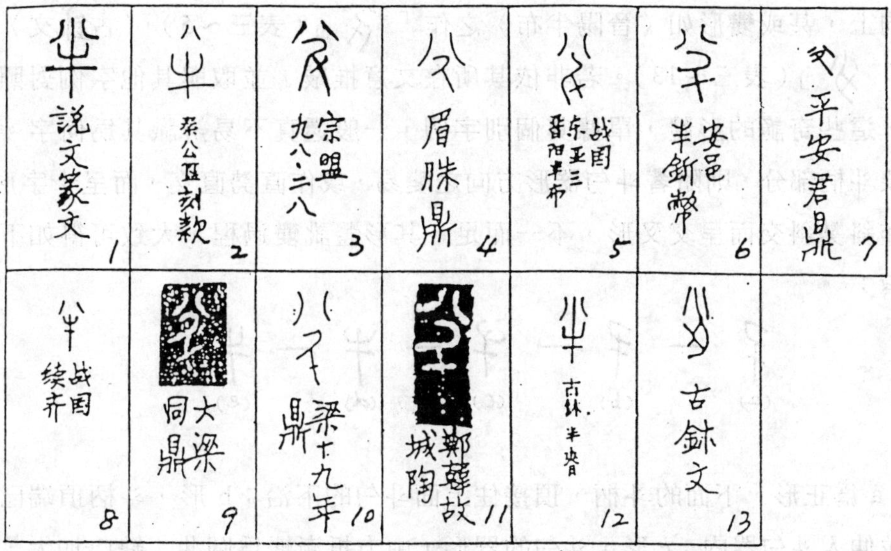

（表三）「半」字歷代形體演化一覽

在商、周甲骨、金文中，未見有「半」字之用例。直到春秋末期的晉國〈侯馬盟書〉[18]中，始見有「半」字。不論是獨體的「半」字，或从「半」構形之字，大抵皆「从八从斗」，作「⿱八斗」，不从「牛」。

綜覽戰國時代的古文字資料，「半」字多作从八从「斗」，同於〈侯馬盟書〉。只有〈秦公簋〉蓋之刻款及少數古印文从八从「牛」，同於《說文》篆文。〈秦公簋〉屬於春秋中期前後之器物，年代雖較〈侯馬盟書〉稍早，但此處所收「半」字字例，並非該器銘原文，乃器蓋上另外加刻之款識文字：「西一斗七升大半升，蓋」（見圖一）。於一般銅器上加刻容量標誌銘文，是戰國晚期流行的一種風氣[19]。故〈秦公簋〉刻款「半」字爲「从八从牛」，其時代卻反較春秋末期的〈侯馬盟書〉爲晚。換句話說，「从八从斗」

---

[17] 見《五經文字·序例》，同註16。

[18] 見〈侯馬盟書及其發掘與整理〉，載《侯馬盟書》，頁2。台北，里仁書局，1980年10月。

[19] 見何琳儀《戰國文字通論》，頁155。北京，中華書局，1989年4月。

的字例，要遠早於「从八从牛」之字例。由於自春秋末期以來，直到戰國時代的東方列國文字資料顯示，「半」字幾乎一面倒地「从八从斗」構形。因此，我們懷疑「半」字从八「从牛」之「」字，係由「从斗」之「」形訛變而來。

首先就「半」字之形體演化上看，上部从「八」，基本未變。其所从「斗」旁的斗勺（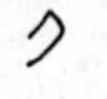）部分之缺口方向，或左或右，或向左下，或向右上，又或向上，甚或變形如〈晉陽半布〉之作「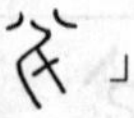」（表三～5），〈古鉩文〉之作「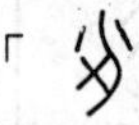」（表三～13）。若非依其所在文意推敲，並取與其他字例對照比勘，這些奇詭的形體，單據其個別字例，一般還真不易辨識其爲何字。至其象斗柄部分，則隨著斗勺器形方向之變易，或作直勢直交，而呈十字形；或作斜勢斜交而呈交叉形，不一而足。其形體訛變過程，大致可得如下之推索：

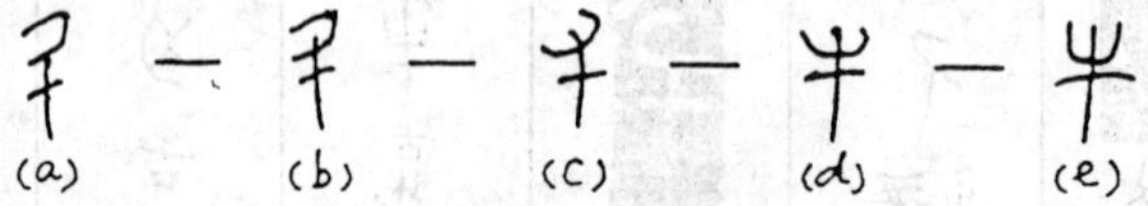

a 爲正形，下面的斗柄，頂接住上面斗勺的下沿；b 形，斗柄頂端已觸破並伸入斗勺器內；c 形，斗勺的器形，由方折漸變爲圓曲，缺口加大，由原本朝向左下方，改變爲朝向左。d 形，斗勺缺口更轉而爲向上，已跟「牛」字篆文形近。e 形，再經規整化，將斗柄拉成垂直方向，便與「牛」字之篆文完全同形。

「半」字所从之「斗」，斗柄上端突入斗勺器內，在先秦古文資料中，不乏其例。茲舉其犖犖大者，以爲印證：

（一）〈侯馬盟書〉之「」字所从——春秋末期的〈侯馬盟書〉，是目前所能見到「半」字「从八从斗」的最早古文字資料。盟書中从「半」之「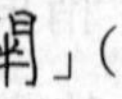」（含「半」字形體）共一〇九例，均屬宗盟類。如編號一五六：一、有「敢不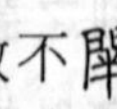（判）其腹心」，盟書中或只作「半」，意爲剖判，「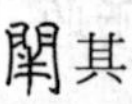其腹心」，意即剖明心腹，布其誠意[20]。其所从之「半」，歸納之有「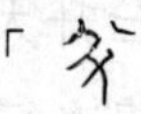」(a)；「」(b)；「」(c）三種形體（表四～4,5,6）。a 爲正體，斗柄上端與斗勺部分相接；b 與 c 爲訛體，b 之斗柄已突入斗勺部分之下沿，c 之斗柄並連斗勺之上沿而貫穿之。就〈侯馬盟書〉的書寫風格基本統一看來，極有可能

[20] 見《侯馬盟書》，頁 28，，〈侯馬盟書類例釋注〉。同註 18。

是同一書手所寫。即便不是同一書手所寫，而一時之間，在「斗」字形體結構上，由斗柄與斗勺下沿相接之正形，經由與斗勺下沿相交，而至貫串斗勺上下兩沿而穿突出去。由正而訛，三形同時並見，書寫者對於文字六書結構之規範，幾乎到了全然不顧的地步。所謂「文字異形」，委實令人咋舌。無論如何，其皆爲「从八从斗」構形，則至爲明確。

（二）〈郭店楚簡〉之「畔」字所从——〈郭店楚簡‧老子甲種〉第三零簡有「夫天多期（忌）韋（諱），而民爾（彌）畔（叛）」之句，「畔」字作「」，从田半聲（表四～3），形符與聲符作上下相疊，與《說文》篆文之左右並列者不同，當是爲適應竹簡幅寬不大，作上下相疊，易於安排書寫之故。聲符「半」旁所从之「斗」，作「」，斗柄上穿，並接抵於斗勺之上沿，與〈平安君鼎〉之「斗」字（表三～7）同形。至於斗柄上著一短横與否，並不影響字義。於此不僅可以確證，「半」字之本形，原應是「从八从斗」，作「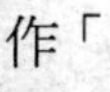」。八，有「分」的意思，从八从斗，即分斗爲「半」之意。《說文》篆文「半」字所从之「牛」，明係從「斗」訛變而來，同時，亦可證明筆者前所述及〈天星觀楚簡〉的「」字，確係「斗」字，而非「升」字。《古文字類編》將其列在「升」字條下，是不對的。

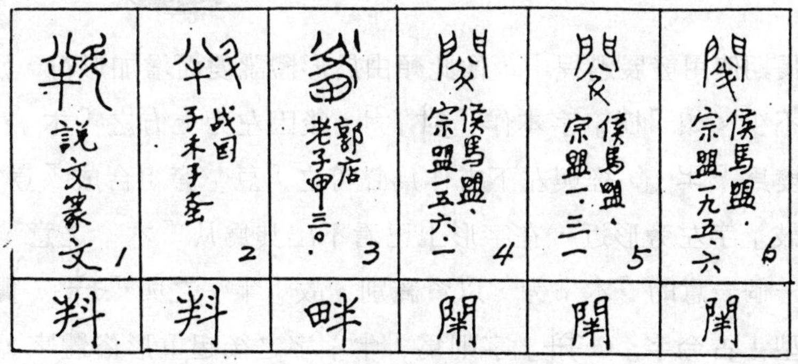

（表四）　「半」構形諸字形體一覽

此外，《說文》十四上斗部有「料」字，釋曰：「量物分半也。从斗从半，半亦聲。」《漢書‧項羽本紀》有「士卒食半菽」之句，孟康注云：「半，五斗器也。」段注引《廣韻》「料，五升」之注，以正其非，並云：「今按，半即料也」[21]。故知「半」之本義，爲容量半斗（五升）之器，後引申爲凡物之「半」的通用字。

[21] 見段玉裁《說文解字注》，頁 725。台北，黎明文化事業公司，1974 年 9 月。

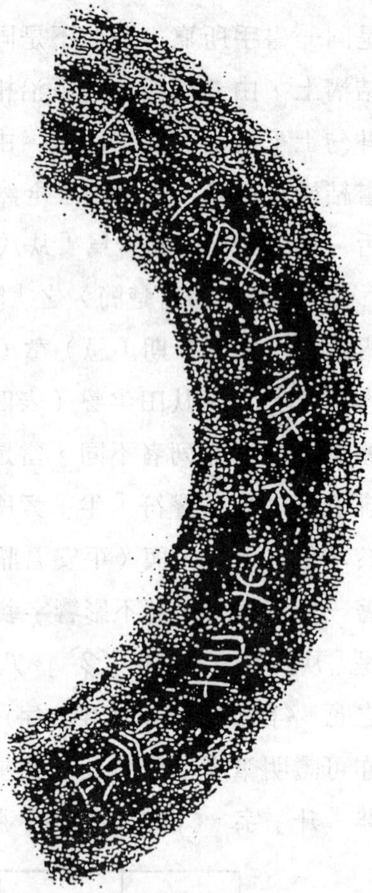

「半」字在戰國時代多作爲量制單位，〈睡虎地秦簡·秦律十八種〉第六十簡的〈倉律〉，有「食飢（餓）囚，日少半斗」的規定，其中的「少半斗」，即「小半斗」，比半斗還小，亦即三分之一斗[22]。全句意謂「配給受飢餓之懲罰的囚犯之口糧，每天三分之一斗」。又如〈秦公簋〉蓋之刻款：「西一斗七升大半升，蓋。」（圖一）所謂「大半升」，即三分之二升的意思。吾人由「𣁽」之从「斗」，亦可反證「半」字之原本从「斗」，後因「斗」旁訛成與「牛」同形，於字形上已看不出其爲从「斗」之意，乃再加一形符「斗」旁，以明其爲「分斗爲𣁽」之造字初誼。故「𣁽」字乃「半」之後起形聲字。

漢字在長期使用發展過程中，像此類由於形體訛變而增加形符，別構新體的情形不少。如「樹」字本作「尌」[23]，後因左旁上方之「木」，在隸變過程中訛變爲「屮」，經與左下方作爲聲符之「豆」旁組合成「壴」，遂與鐘鼓之「鼓」字左旁形近，在字形上已看不出其爲从「木」之意，乃復於左旁別加一個表意的「木」旁，以資識別。故「半」之與「𣁽」，實爲音義全同之典型「古今字」，「𣁽」字則爲「半」字之後起重形俗體字，只是由於形變之故，後人不易識取罷了。段氏云「半，即𣁽也」，確不可易。何琳儀教授曾疑从八从斗之「𣁬」（案，實即「半」）字，爲「𣁽字省文」[24]，這是倒果爲因的說法。

許書誤分「𣁽」與「半」爲異部之兩字，又以「从八从牛」釋「半」，

---

[22] 見《睡虎地秦墓竹簡》頁 53 注釋。北京，文物出版社，1978 年 11 月。

[23] 西漢阜陽雙古堆出土之〈蒼頡篇〉，第三十簡簡文中「尌埶稷穜」之「尌」字作「 」，足見此字別加木旁形符的時代，不會早於此簡之書寫年代，當在漢文帝以後。參見安徽省阜陽漢簡整理組〈阜陽漢簡·蒼頡篇〉，刊在《文物》1983 年第二期，頁 26。

[24] 見何著《戰國古文字典》，頁 1057。北京，中華書局，1998 年 9 月。

謂「牛爲物大，可以分也。」完全是根據戰國以後訛變的形體立說，不知「半」字本不从「牛」，其所从之「牛」旁，乃由「斗」旁之斗柄上端，穿突斗勺器內，輾轉訛變而來。

三、說「乘」

《說文解字》五下桀部釋「乘」：「覆也。从入桀。桀，黠也。軍法：『入桀曰乘。』，古文乘，从几。」篆文作「」。

甲骨文「乘」字，作「」或「」（表五～3,4）。「从大从𣎵」，象人張開兩足立於木上歧枝之形。許氏訓「覆」，乃其引申義。所从之歧枝，均作「𣎵」或「」形，上部叉開，以便乘騎。凡人爬到樹上，必據其叉開之枝幹間，以爲乘立支撐之地，正合「乘」字構形初恉。若主幹上穿作「」形，便難騎乘。人乘其上，必觸礙下檔，不合情理。陳邦懷說：「从𣎵，象木無頭形，蓋伐木餘也。古者伐木，人乘木上，爲乘之初誼。」[25]「伐木餘」之說，乃依許氏「櫶」（蘖）字古文「𣎵」的訓解。實則，除了伐木之外，不管是少年耍玩，或上樹採摘果實，都有可能產生人乘木上之景象，不一定非「伐木」不可。

再說，若強指「乘」字所从之「𣎵」爲「伐木餘」，則上樹伐木之後，固是「乘」字，難道上樹之後，伐木之前的狀態，便非「乘」字？且果如「伐木餘」之「𣎵」（蘖），主幹既被斬絕，旁無歧枝可攀倚，恐亦無人敢於「乘」騎，此事非來自鄉間者恐不易曉。故「乘」字所从之「𣎵」，雖與「櫶」字古文同形，其制字取義並未盡同。如陳氏把「乘」字所从之「𣎵」，牽合《說文》「櫶」字古文，一概釋爲「伐木餘」，終嫌迂曲不可通。

至於徐中舒主編《甲骨文字典》，謂「　爲木之訛」[26]，所言並無根據。今案姚孝遂主編《殷墟甲骨刻辭類纂》「乘」字條下，所錄的一百三十八條詞例，「乘」字从「木」作者，唯見六例。其餘一百三十二例，均作上部叉開的「𣎵」或「」形。這摹作从木的六個字例，經檢視原拓，《甲骨文合集》一一四二三正的兩例，字畫都有漫漶壞損，其中「… 王勿望乘比」一條的「乘」字。由於「木」旁中部斷裂，上部叉開的兩筆之間的一筆，到底是筆畫還是骨花，亦甚可疑；另一條「… …望乘」之「乘」字，所从之「𣎵」，上部

[25] 見于省吾主編《甲骨文字詁林》，頁 298，「乘」字條下所引。北京，中華書局，1996 年。
[26] 見該書頁 634。四川辭書出版社，1988 年。

（表五）「乘」字歷代形體演化

作無頭之叉開狀，仍可清楚辨析[27]，其非从「木」甚明。另四條被摹寫作从「木」形的字例[28]，都是從《小屯南地甲骨》摹來。其中前三條都在「〈屯〉一三五」的一骨版上（圖二），第一條作「木」形，另兩條均作「木」形，真不知摹寫者是在怎樣的情況下摹寫這幾條的？不僅「木」形跟《殷墟甲骨刻辭類纂》所摹迥異，而且後兩條（「于祖乙告望乘」與「于大甲告望乘」）「乘」字上部的「大」形，都只作「人」，與篆文「入」字同形。但從大量卜辭字例，可以確定這個似「入」的形體決不會是「入」，應是要寫「大」旁而漏刻了表示雙手的左右兩筆[29]。

圖二

[27] 見該書第四冊，頁 1637。郭沫若主編，北京，中華書局，1982 年。
[28] 見該書上冊，頁 108。吉林大學古籍研究所叢刊之六，中華書局，1989 年 1 月。
[29] 見該書上冊，第一分冊，頁 22。北京，中華書局，1980 年 10 月。

最後一條爲「〈屯〉二二三四」的殘片[30]（圖三），句中當作人名用的「望乘」之「乘」字，「大」旁僅存上部的體幹與象兩手部分，連象兩足的筆畫都看不見，更別說是「大」下所从的「木」形是作何模樣！然而摹寫者既未曾對「乘」字的甲骨文形體作深入的考察，又依其主觀意識，而無中生有地自我作古一番。摹本之不可盡信，於此可見一斑。

（圖三）

經此爬梳，甲骨文中「乘」字一百三十八個字例，幾乎找不到一個可以明白確定爲从「木」的字例。這不僅證明了《甲骨文字典》「乘」字條下「　爲木之訛」的說法，與甲骨文字的實際情況並不相符。也更加肯定「乘」字之本形，爲从大从「　」（或「　」），而非从大从「木」。同時，還可以反證寫作从「木」，實乃从「　」之訛。儘管从「　」與从「木」，意雖相近而仍有差別，至少在甲骨文「乘」字構形中，是分別甚嚴的。

金文「乘」字的形體，大抵承襲甲骨文，或於雙足處各增「　」符爲繁文，此亦古文字發展之常例。如〈格伯簋〉的「乘」字，「大」旁雙足處所从的「　」形，實即「舛」形之訛變（表五～6）。如〈克鐘〉、〈格伯簋〉、〈匽公匜〉諸銘的「乘」字，所从之「　」形，均已訛爲从「木」（表五～5,6,8）。惟〈多友鼎〉、〈虢季子白盤〉（表五～7）、〈公貿鼎〉等，則仍存从「　」之古形（表五～7）。戰國以後，凡从「大」之字，多寫作「　」或「　」形。〈中山王墓刻石〉作「　」，既省去所騎立之「木」形，兩足部的「　」符也貫穿上面的手部，此乃三晉系與楚系文字的特別寫法，秦系文字無此形體。〈公乘壺〉的「乘」字（表五～9），不僅省略「　」形，且把原本安置在足部的兩個「　」符，移寫到上面的手部來，跟表示手部的左右兩筆形成「共筆」狀態。〈江陵望山二號簡〉易「木」形爲「車」形（表五～11）。蓋字義已轉換爲「車乘」之「乘」，故形體也隨字義而轉變。

至於〈鄂君啓車節〉「乘」字作「　」（表五～10），與許書所錄「乘」字「古文」作「　」（表五～2）者形近。就形體演化上看，「　」下所从的「　」，實即由「　」旁中豎由長而短，由短而刪去，漸次發展演變而來。原本表示叉開的木上兩個斜出短筆，已連合爲一短橫，並與下部離

[30] 見該書上冊，第一分冊，頁 362。同註 29。

析爲二。到了魏〈三體石經〉中的古文，則並此短横而刪削之（表五～25）。如此一來，其原本从騎木形之意已不可復見。許書所云「从几」，乃據已訛之形體立說，不可信從。王筠就曾懷疑「从几二字，蓋後人加之」[31]，足見卓識。段氏以爲許慎以「覆」釋乘，乃「加其上」之意，故云：「凭几者，亦覆其上，故从几。」[32]以「几」爲几案之「几」，不免強爲牽合。王筠已評其爲「不可通」[33]。桂馥則說：「几當爲冂，莫狄切。」以「几」爲許書訓「覆也」之「冂」。文獻不足，諸家又急於求解，而不知其竟爲訛形，即使博通如段、桂諸家，也不免要陷於穿鑿射覆，遑論其他。王筠曾說：「古文多不可解。」[34]面對這個詭異的形體，對於段、桂兩家的說法不表贊同，自己又實在提不出什麼更好的解釋，最後也只好用「闕疑」了結此案。在無可奈何之下，這算是相對較爲理性的做法。

在〈睡虎地秦簡〉簡文中，「乘」字屢見，上部所从之「大」，已將「大」之形體減半，省作「人」形，形近篆文「入」字（表五～13-15），而實乃「大」字之半體，許慎卻誤以爲「从入」。「乘」字所从之「舛」旁，乃因字中原本有从象正面人形的「大」旁而增加之繁文形符，今「大」旁訛省爲「人」符，而被誤認作「入」。其下的「舛」旁既已無所依附，乃轉而跟其下的「木」形結合，而另成一新形體「桀」字，爲《說文》篆文之所本。故知被許氏引爲部首的「桀」字，應自「乘」字分化而來。

至於像表一～14,15 兩個「秦簡」文字，「人」形下的左右兩個「夂」旁互相觸連，中間一筆共用，已爲漢、魏隸、楷書「乘」之字形開了濫觴。惟其下部所从之「米」，則仍存甲骨文字古形之真，此一古形在漢印文字中也有所沿承。西漢時期的簡帛文字，雖承秦簡文字形體增損變化而來，卻是「乘」字形體發展最爲混亂的階段（表五～16-19）。直到後漢碑刻中，字下的「木」旁中豎，與其上部由左右觸連共用的一筆相接合，再跟最上面「人」形中部的上突部分，上下串連爲一體，原本由左右兩個夂旁碰連後，演化成「卉」形，上與由「大」旁省變而來的「亠」形中間的上突部分接合，下與「木」形之中豎貫串爲一，而形成〈熹平石經〉的「乘」之形體（表五～23）。「人」形隸變後或演化爲「亠」，上面一點若向左下

[31] 見《說文解字句讀》，頁 195，「乘」字「古文」下注。北京，中華書局，1988 年。
[32] 見段玉裁《說文解字注》，頁 240。台北，黎明文化事業公司，1974 年。
[33] 同註 31。
[34] 同註 31。

方映帶而稍稍引長之，再省去上部的一個橫畫，便近於〈趙寬碑〉「乗」的字形（表五～24）。

值得注意的是，這個〈趙寬碑〉中「乘」的隸書字形，自漢代歷經魏、晉、六朝，以至唐、宋、元、明的楷書時代，持續沿用了一千餘年，都未曾改變。其間唯一的小小形體變動，是「木」旁上方狀似艸字頭的「卄」形，或分開書寫而作「十十」形，如此而已（並見表六）。這個由漢隸變爲今楷的「楷變」過程，歷時之久，在漢字發展史上，恐怕是無出其右了。在唐、宋時期，如張參《五經文字》（表六～5）、宋本《玉篇》、司馬光《類篇》等相關字書中，雖有多種異體並列，基本上仍以《說文》篆文與「古文」，以楷體寫定，作「椉」與「𠅞」爲主，再加上自漢隸沿承下來的「乗」或「乗」（表五～31,32,33）。即使今日的日本「常用漢字」中的「乗」字，也仍是沿用承襲自遣唐使從中國所帶回去的唐時通行之「乗」字形體。今天海峽兩岸普遍行用从「北」从「禾」構形之「乘」字楷書字形，其正式出現在字書中，以明代張自烈所輯《正字通》爲最早，惟今所見清康熙年間廖文英補刻本，仍以漢隸古形的「乗」字作爲字頭，而在該字條下注釋文字之末云：「俗作乘，舊本从北作乘，並非。」[35]於此可知張氏所編原本《正字通》已將這個从「北」的「乘」字收入書中，作爲字頭（表六～8）。故此一字形之出現，大致當在宋、明之際。到了清康熙五十五年（1716 A.D.）發行的《康熙字典》中，才被正式扶正爲字頭而現身。這個从禾从北的楷書之訛形，其正式出現究在何時，已難確考。但跟它形體相近的「乖」字，則早在漢代的〈郭仲奇碑〉中已經存在了。到底今楷「乘」字形體之出現，是否曾受到「乖」字形體類化之影響，也是一個難解的謎。

今楷「乘」字所从的「北」形，就形體學的動態發展角度上看，其形體來源不難推索：當「木」上的「卄」形，被分開寫作「十十」後，兩個短橫向外側不斷移動，便漸次演成「丬卜」形。這個形體再跟其下「木」旁的橫畫觸連後，看來便隱約像似「北」形。當从「北」的形體被獨立書寫後，所餘的「禾」形，也能成文。不管在書寫者或觀讀者的心理上，似乎也都可以感到心安，而居之不疑地加以承用了。

---

[35] 見《正字通》　部，頁 91。明・張自烈編，清・廖文英補。北京，國際文化出版公司。1996 年 1 月。

北魏 魏靈藏造像 1
晉 集字聖教序 2
唐 孔子廟堂碑 3
唐 雁塔聖教序 4
唐·五經文字 5
宋本 玉篇 6
類篇 7
明·正字通 8
清 康熙字典 9
康熙字典 字頭 10
教育部 標準字體表 11
漢·郭仲奇碑 12
唐·昭仁寺碑 乖字 13

（表六）「乘」字歷代形體演化

《康熙字典》古文溯源舉隅

李淑萍

國立中央大學中文系助理教授

提要

《康熙字典》集古代字書之大成，蒐羅許多古文資料，並逐一詳註其出處，實爲後世檢閱者提供便捷之法。今以〈《康熙字典》古文溯源舉隅〉爲題，針對《康熙字典》輯錄歷代字書古文之情形，舉例溯其本原、演其流變。論述過程，或輔以地下出土之甲骨、金文資料，或徵引歷代字書、韻書，進行考訂，期能追本溯源，明其所以。

關鍵詞

說文、康熙字典、古文、歷代字書

壹・前言

《康熙字典》中載錄歷代字書中的古文資料，其蒐羅可謂閎博，唯其古文資料不經統整分析，且未溯源探究，略嫌粗略。筆者嘗譔〈《康熙字典》古文例淺析〉一文，討論《康熙字典》載錄古文之體例問題。今復以〈《康熙字典》古文溯源舉隅〉爲題，針對《康熙字典》輯錄歷代字書古文之情形，舉例溯其本原、演其流變。論述過程，或輔以地下出土之甲骨、金文資料，或徵引歷代字書、韻書，進行考訂，期能追本溯源，明其所以。其中引用《說文》古文資料，前人已多有論述[1]，或有詳徵博引者，若有合於本文所需，則引錄入文，以爲證據，並於文末詳標出處，以還原著者考訂古文之功。其次，復以《康熙字典》所錄古文諸體，分門別類，進行歸納，彙整歷代字書中的古文資料，標舉古文之原始出處，以補《康熙字典》之缺失與不備，俾學者查檢字書，考究古文源流之用。

貳・古文溯源例

《康熙字典》輯錄古文之形式，除了本字下注明古文異體外，復照古文之偏旁筆畫分載於各部各畫中，並詳註所出何書，便於後人查索考證[2]。《康熙字典》成書於清初，未見甲骨出土文物，輯錄古文只能據歷代傳鈔刻印之典籍、字書、韻書，資料有限，考訂無據，故譌脫不備，在所難免。

《康熙字典》書前〈凡例〉之一云：

---

[1] 如商承祚《說文中之古文考》、許師錟輝《說文重文形體考》……等。

[2] 詳見《康熙字典》書前〈凡例〉之十。

> 六書之學，自篆籀八分以來，變為楷法，各體雜出，今古代異，今一以《說文》為主，參以《正韻》，不悖古法，亦復便於楷書。考證詳明，體製醇確，其或《字彙》、《正字通》中偏旁假借、點畫缺略者，悉為釐正。

由於文字形體古今丕變，「篆籀淵源，猝難辯證[3]」，《康熙字典》遂提出「今一以《說文》爲主」的標準，以六書原理析釋形義，釐正前代字書《字彙》、《正字通》之謬誤，由此可知《康熙字典》析釋形構，仍是將許慎《說文解字》奉爲最高準則[4]。

下文將舉數例，首先羅列其本字下之古文眾體，標註見於他部各畫之古文出處，以明原書之意。其次，引錄《說文》之說，或采甲骨、金文之資料，考索其字形流變，驗徵《康熙字典》引用字書、韻書之出處，以溯其源頭，訂其譌脫。《康熙字典》本爲字書之屬，就文字學立場而言，所謂古文，應著重於文字形構之演變，以形體變化爲主，不應含有章句訓義之古文通作的情形[5]，故以下所舉諸字，係針對《康熙字典》書中所存歷代字書、韻書之古文眾體在形體上的變化而言，暫且不論史傳中古文通假之字例。

一、「乃」字

《康熙字典》丿部一畫「乃」字，有古文「𠄎、𠧧、𢎕、𢎗」等四個字形。其中：

「𠄎」字另見亅部一畫㊫，其下云：「《玉篇》古文乃字。」

「𠧧」字另見卜部六畫㊫，其下云：「《字彙補》古文乃字。」

「𢎕」字另見弓部七畫㊫，其下云：「《字彙補》古文乃字。」

「𢎗」字另見弓部二畫㊫，其下云：「《說文長箋》古文乃字。」

說明：

《說文》：「𠄎[6]，曳詞之難也，象氣之出難也。凡乃之屬皆从乃[7]。」同部又有「𠧪，驚聲也，从𠄎省卤聲。」𠧪字，隸變作「廼」。

乃字甲骨金文作（乙五六八九）、（後下三六·三）、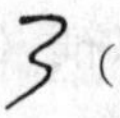（己鼎）、（者沪鐘），廼字之甲骨金文作（前六·六一·七）、（前四·三五·一）、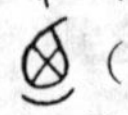（盂鼎）、（毛公鼎），二字形義有別，後世經傳始譁用。吳大澂云「，盂鼎，

---

[3]《康熙字典·凡例》語。

[4] 詳見拙作《〈康熙字典〉及其引用〈說文〉與歸部之探究》，頁二二。中央大學中研所博士論文，民國八十九年六月。

[5]《康熙字典》書中的古文定義，包括了字書、韻書中的古文、本字、俗字、譌字，及典籍章句訓詁的古文，其範圍不可謂不大。然就文字學立場而言，所謂古文，應著重於文字形構之演變，故應剔除俗字、譌字及典籍中之通假字。詳見拙作〈《康熙字典》古文例淺析〉，頁二〇二，第十二屆中國文字學全國學術研討會論文集。

[6] 本文所用篆體，係據逢甲大學宋建華教授所製「說文標篆體」，謹致謝忱！

[7]見《圈點段注說文解字》，頁二〇五。

鹵與乃同[8]。」段玉裁注「迺」字下云：「鹵者，籀文西字，以西爲聲也。……驚聲者，驚訝之聲，與乃字音義俱別，《詩》《書》《史》《漢》發語多用此字作迺，而流俗多改爲乃[9]。」日人高田忠周亦云：「《說文》乃，曳詞之難也，象气之出難，古文作𠄎，籀文重三作𠄎。經傳以迺爲之，迺即鹵字[10]。」其說並是。

後出字書、韻書仍經傳之譌，並列二字之古文，如《玉篇》「乃」字下云：「𠄎，古文。𠄎、籀文。迺，亦與乃同[11]。」《集韻》云：「乃，或作乃、迺。古作𢎗、𠄎、𠧪、卤[12]。」至於《康熙字典》「𠧪」字下注明「《字彙補》古文乃字。」實乃轉載自《集韻》一書[13]。

是知，《康熙字典》乃字古文中，「𠄎」與「𢎗」字係據《說文》小篆與古文字形隸定而來。又西字古文作卤，籀文作鹵，篆文作𠧪，故「卤」「𠧪」二形乃脫胎自「迺」字古籀文，而稍變其形體也。

二、「厥」字

《康熙字典》厂部十畫「厥」字，有古文「𠂢、𣅽、𨈐、身、𣅽」等五個字形。其中：

「𠂢」字另見氏部二畫增，其下云：「《唐韻》古文厥字。」

「𣅽」字不見本書他部。

「𨈐」字另見身部一畫增，其下云：「《篇韻》古文厥字。」

「身」字另見身部一畫增，其下云：「《字彙補》古文厥字。」

「𣅽」字另見日部四畫，其下云：「《集韻》厥古作𣅽。」

說明：

《說文》：「𠂢，木本也，从氏丅，本大於末也。讀若厥[14]。」所謂「木本也」即樹根之義。清儒王筠云：「詞雖不甚可解，其意則謂氏之弧筆，貫一直下者，本也。至地上則生枝葉，芘蔭甚廣，是大於末也。大於末，猶言至末乃大耳[15]。」段玉裁於「𠂢」字下注云：「《說文》作身，按《玉篇》亦作身，隸變也[16]。」又《說文》：「厥，發石也，从厂欮聲。」段玉裁注云：「發石，故从厂，引伸之，凡有撅發皆曰厥。……若〈釋言〉曰：『厥，其也。』此假借也。假借盛行而本義廢矣[17]。」

𠂢字甲金文作 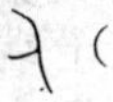（甲二九〇八）、（京津二五一二）、（盂鼎）、（攻

[8]見《說文古籀補》卷五，頁二四。

[9]見《圈點段注說文解字》，頁二〇五。

[10]見《古籀篇》卷六，頁十六，總頁四五〇。台灣、大通書局印行。

[11]見《大廣益會玉篇・上篇》，卷九，乃部第九十三，頁八七，總頁四四。

[12]見《宋刻集韻》卷五・上聲五・海韻第十五，頁三二，總頁一〇二。北京、中華書局印行

[13] 《字彙補》𠧪字下云：「《集韻》古乃字。〇亦作卤。」

[14]見《圈點段注說文解字》，頁六三四。段注云：「各本無丅本二字。」王筠所據即無丅本二字者。

[15]見《說文句讀》卷二十四，頁二十七。

[16]見《圈點段注說文解字》，頁六三四。

吳王鑑），與《說文》篆形略近。甲骨金文無厥字。厥與氒二字本義不相涉，惟許叔重謂氒字「讀若厥」，二者讀音相同，本可假借通用，故吳大澂云：「（氒字）漢人讀爲厥，遂改作厥，今彝器無厥[18]。」是也。

由於厥字本義廢而借義行，後出字書遂將厥、氒二字相諢不別，如《玉篇》身字下云：「居月切，木本也，今作厥[19]。」《廣韻》厥字下云：「其也，亦短也，《說文》曰：『發石也。』……氒，古文[20]。」《集韻》厥字下云：「《說文》發石也。一曰其也。又姓。古作𣱵，通作氏[21]。」《集韻考正》「𥄎，古文尚書皆作𥄎。」《字彙補》身部有「身，古文厥字，見《字學指南》。」、「身，《篇韻》古字厥[22]。」二字等等。

是知，《康熙字典》古文諸形乃據前代字書、韻書而錄，惟「昏」一字不見於書中他部，亦不見於前代重要字書、韻書中，未知編者據何資料而輯，其與「氒」並列，疑因形近而亦列爲古文也。

三、「友」字

《康熙字典》又部二畫「友」字，有古文「𠬛、㕛、䎘、艸、𦒻」等五個字形[23]。其中

「𠬛」字另見又部二畫，其下云：「《玉篇》古文友字。」

「㕛」字另見又部六畫，其下云：「《玉篇》古文友字。」

「䎘」字另見羽部六畫㊫，其下云：「《五音集韻》古文友字。」

「艸」字另見艸部二畫㊫，其下云：「《集韻》友古作艸。」

「𦒻」字另見羽部六畫㊫，其下云：「《集韻》友古作𦒻。」

說明：

《說文》：「，同志爲友，从二又相交。，古文友。，亦古文友[24]。」友字甲骨文作 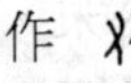（前七・一・四）、（前七・八・二）、（前七・一・四）字从二又構形，與《說文》小篆同；或从二又从二作㕛，與《說文》古文略同。近人商承祚云：「甲骨文同篆，又作㕛，像兩手相連助，與并象二人相并，義一也。此乃㕛之誤析[25]。」

又友字金文或作 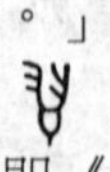（無叀鼎）、（師遽方尊）、（趞曹碑）、（牆盤），字从甘友聲，疑即《說文》形所本。然清人朱士端云：「字疑誤，从

[17]見《圈點段注說文解字》，頁四五一。

[18]見《說文古籀補》，卷五，頁二四。

[19]見《大廣益會玉篇・下篇》，卷二十一，氏部第三百四十一，頁一一，總頁一〇二。

[20]見《宋本廣韻》入聲卷五，月韻，頁一六，總頁四七八。

[21]見《宋刻集韻》入聲卷九，月韻第十，頁二十六。總頁一九四。

[22]見《字彙補》酉集，頁二九。總頁二一八。

[23]《康熙字典》「友」字下脫一「艸」之古文字形。蓋艸部四畫㊫中有「𦬖」字，下云：「《玉篇》古文友字。《集韻》古文作𦬖。」據此書之體例，筆者以爲友字下古文應補「𦬖」字。

[24]見《圈點段注說文解字》，頁一一七

[25] 見《說文中之古文考》，頁二五。學海出版社印行。

二又，不从羽，从羽無義[26]。」近人羅振玉則云：「友古文作𦐔，从羽乃从𠬞傳寫之譌，从𠙵又爲甘之譌也，師遽方尊作𦐔。卜辭有作𠬞者，亦友字[27]。」其說可從。

據查《玉篇》友字下云：「于九切，同志爲㕛，今作友。……𠬞、𦐔並古文[28]。」又《集韻》云：「（友字）古作丳、𦐔[29]。」二書所列古文皆承《說文》古文字形而變也。

故知，《康熙字典》列「㕛、𠬞、𦐔、丳、𦐔」爲友之古文，俱有所本，率皆由《說文》小篆及古文字形隸定而稍變其形，是也。

四、「及」字

《康熙字典》又部二畫「及」字，有古文「𠄎、𨒅」等兩個字形。其中：
「𠄎」字另見弓部一畫增，其下云：「《玉篇》古文及字。」
「𨒅」字另見辵部十畫，其下云：「《玉篇》古文及字。」
說明：

《說文》：「𠬪，逮也，从又人。乁，古文及，秦刻石及如此。弓，亦古文及。𢓊，亦古文及[30]。」及字甲骨金文作 （前六・六二・七）、（後上二二・三）、（京三八三六）、（保卣）、（昌鼎）、（中山王鼎），俱象以手及人，以明追及之意，爲《說文》篆文所本。又金文或作 （𩰫叔盨）、（毛公鼎），爲《說文》古文𢓊所本。清儒朱駿聲云：「及，逮也，从又从人，會意，與隶同意。……又作𨒅。𨒅疑逮字之異體[31]。」以𨒅、逮二字形義相近，而出以臆測之詞，未允[32]。

據查《玉篇》及字下云：「渠立切，逮也。𠄎，古文[33]。」《集韻》則云：「極入切，《說文》逮也，徐鍇曰：及前人也。古作𠄎、𨒅，秦刻石文作乁[34]。」二書所列古文皆承《說文》古文字形而變也。

《玉篇》僅載古文「𠄎」字未見「𨒅」字，而《康熙字典》「𨒅」字下云：「《玉篇》古文及字。」有誤，當改作「《集韻》及古作𨒅」方是。

五、「唐」字

《康熙字典》口部七畫「唐」字，有古文「啺、𩣡、𣈛」等三個字形。其

---

[26] 見〈說文𦐔爲古文友辨〉，引自《說文解字詁林》，冊三，頁一〇五六。
[27] 見《增訂殷墟書契考釋》，中卷，頁二一～二二。
[28] 見《大廣益會玉篇・上篇》卷六，頁六十五，總頁三十三。
[29] 見《宋刻集韻》卷六，上聲下，有韻第四十四，頁三十一，總頁一二四。
[30] 見《圈點段注說文解字》，頁一一六。
[31] 見《說文通訓定聲》臨部第三，頁七十八。世界書局印行。
[32] 詳見許師錟輝《說文重文形體考》，頁二八六。
[33] 見《大廣益會玉篇・上篇》卷六、頁六十五，總頁三十三。
[34] 見《宋刻集韻》卷十，入聲下，緝韻第二十六，頁三十一，總頁二二一。

中：

「啺」字另見口部九畫，其下云：「《說文》古文唐字。」

「 」字另見矢部九畫㊪，其下云：「《集韻》唐古作 。」

「 」字另見口部十六畫㊪，其下云：「《集韻》唐古作 。」

說明：

《說文》：「，大言也，从口庚聲。，古文唐，从口易[35]。」唐字甲骨金文作（人二九九一）、（甲一五五六）、（唐子祖乙爵），竝从庚从口，爲《說文》唐字小篆所本。文獻中成湯之湯，甲骨文皆作唐字，如《齊侯鎛鐘》：「虩虩成唐」，成唐當即成湯，蓋以聲類求之，唐从庚聲，湯从昜聲，古音同部[36]，故借唐爲湯，可也。其金文或作（唐鹵鉨，古鉨選）、（銅鼓文），字从口昜聲，爲《說文》唐字古文所本。

據查《集韻》唐字下云：「《說文》大言也。又國名。亦姓。古作啺、 、 [37]。」《廣韻》亦云：「啺、 ，並古文[38]。」又考《唐字鉨十鐘》作，字从口鍚聲也，疑即《廣韻》、《集韻》「 」字所本，而省其口也。

是知，《康熙字典》列「啺、 、 」等古文字，乃據《說文》、《廣韻》、《集韻》等書而錄，惟「 」一形不見於甲骨金文，疑爲後人譌增。

六、「國」字

《康熙字典》口部八畫「國」字，有古文「囗、囯、囶、戜、𥡴」等五個字形。其中：

「囗」字另見口部一畫，其下云：「《字彙》古文國字。」

「囯」字另見口部五畫，其下云：「《玉篇》古文國字。」

「囶」字另見口部六畫，其下云：「《玉篇》古文國字。」

「戜」字另見玉部八畫㊪，其下云：「《佩觿集》古文國字。」

「𥡴」字另見禾部廿五畫㊪，其下云：「《字彙補》古文國字。」

說明：

《說文》：「，邦也。从囗从或。」又「，邦也，从囗，戈以守其一。一，地也。，或或从土。」段玉裁云：「邑部曰：邦者，國也。蓋或、國在周時爲古今字，古文衹有或字，既乃復製國字[39]。」

《玉篇》國字下未列任何古文字形，只云：「國，古或切，小曰邦，大曰國[40]。」且《佩觿集》云：「戜、戜：上于逼翻，與域同。下居墨翻，即邦戜字，

[35]見《圈點段注說文解字》，頁五九。

[36] 唐字，从口庚聲，徒郎切，發聲屬定紐。啺字，从口昜聲，與章切，發聲屬喻紐，而喻紐爲定紐之變聲，且二字收韻同屬陽聲央攝。

[37]見《宋刻集韻》平聲卷三，唐韻第十一，頁三十八，總頁六十四

[38]見《宋本廣韻》平聲卷二，唐韻，頁二十四，總頁一七八。

[39]見《圈點段注說文解字》，頁二八〇及頁六三七。

[40]見《大廣益會玉篇・下篇》，卷二十九，口部第四百六十八，頁六十九，總頁一三一。

與國同[41]。」亦無古文之語，然《集韻》云：「國，骨或切，《說文》邦也，古作戜，唐武后作圀[42]。」圀、戜二字並見於《集韻》。故知《康熙字典》口部六畫「圀」字下云：「《玉篇》古文國字。」玉部八畫(增)「戜」字下云：「《佩觿集》古文國字。」引用字書厸誤也。

國字甲骨文不从囗，與或爲一字。其甲骨金文作 （後下三九・六）、（保卣）、（彔卣）、（王孫鐘）、（秦公鐘），爲《說文》篆文所本。又國字或作 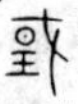（三體石經・僖公），則爲《集韻》古文所本，而稍變其形也。

據查《字彙》口部「囗」字下云：「又古作國字。……古國字皆作囗，蓋倉頡所制也。今文國字从囗从或，義取戈守囗下一地也。內囗而外又囗，複矣。」又「國」字下云：「《說文》从囗或聲，徐曰：囗其疆境也。或，亦域字。俗作囯，非[43]。」又口部五畫中有「圶」字云：「古文國字」，知《康熙字典》「囗」、「圶」古文二形出自《字彙》一書，是也。

「圀」字不見於《玉篇》，《集韻》亦只云「唐武后作圀」，而《正字通》口部六畫「圀」字下則云：「同國。唐武后作圀。武氏好改新字，有言國中或，或，惑也，乞以武鎭之，改爲國，復有言武在囗中，與困何異？改爲圀。今不從[44]。」明言「圀」字製字之由，可備參考。

又《六書統》國字下云：「國，古惑切，諸侯所封之地也。从囗从或，言各有畺或也。、，或从大在中，大，人也。戜，古文从或从土，或其土也。囸，或从囗从方，方百里七十五十里也。圶，或从囗从八从土，八方之土也[45]。」則申明古文諸形構字會意之旨，可從。

又「」字未見於甲骨金文，只見錄於《字彙補》一書，據查《字彙補》禾部「」字下云：「《談薈》古國字[46]。」，爲《康熙字典》所本，是也。

七、「司」字

《康熙字典》口部二畫「司」字，有古文「𤔲」一個字形。其中「𤔲」字另見爪部十三畫，其下云：「《說文》籀文辭字。　又《字彙補》古文司字。」說明：

《說文》「司，臣司事於外者，从反后[47]。」許叔重以司字从反后構形，分后、司爲二字，然古文正反無別，司與后本應爲一字。司字於甲骨金文作 （前二・一四・三）、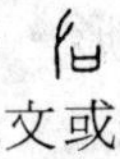（後下九・一三）、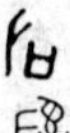（後下一〇・一）、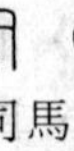（牆盤）可證。

又司字金文或作 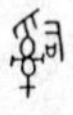（盠方彝）、（柳鼎）、（大司馬簠），隸定作𤔲，

[41]見《佩觿・卷下》，頁四三。澤存堂藏版。現存國家圖書館。
[42]見《宋刻集韻》入聲卷十，德韻第二十五，頁二十八，總頁二一九。
[43]見《字彙》丑集，頁八十五及頁八十七。上海辞書出版社。
[44]見《正字通》丑集，頁二〇七。
[45] 見《六書統》卷四，頁四十四。臺北臺灣商務印書館。《四庫全書珍本八集》。
[46]見《字彙補》午集，頁一四九。上海辭書出版社。
[47]見《圈點段注說文解字》，頁四三四。

與《說文》辭字籀文同形。嗣字从𤔔司聲。𤔔象兩手理絲之形，訓治之意。

據查《玉篇》、《類篇》、《集韻》、《正字通》均分司、嗣爲二字，而無古文之語，《字彙》爪部「嗣」字下逕云：「籀文辭字[48]。」，《字彙補》補其音義云：「又古司字，出《周大司徒・卣銘》王俅曰：古文嗣、司同用。」魯實先生亦云：「（司字）從口乁聲，以示言告之義，而爲詞之初文。……職司之字，於西周彝器多從司聲作嗣[49]。」諸說可証。

是故，《康熙字典》以「嗣」爲司之古文，乃源自前出字書《字彙補》所載，而與西周銘文相符，是也。

八、「宅」字

《康熙字典》宀部三畫「宅」字，有古文「宺、厇」兩個字形。其中：
「宺」字另見宀部六畫，其下云：「《玉篇》古文宅字。」
「厇」字另見广部三畫，其下云：「《廣韻》古文宅字。」
說明：

《說文》：「人所託凥也。从宀乇聲。，古文宅。，亦古文宅[50]。」宅字於甲骨金文作 （乙六四〇四）、（菁七・一）、（何尊）、（晉公盦）、（中山王鼎）、（江陵楚簡），厷从宀乇聲，爲《說文》小篆所本。東周金文或从宀从土、乇聲（如者沪鐘作 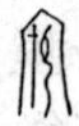），徐鍇云：「宅必相其土，故從土[51]。」故知，从土以示人所居之地也。

又宅字或作 、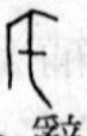（宅陽幣）、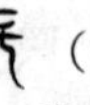（三體石經、多方），从广乇聲。魯實先生云：「從广之字，於卜辭彝銘作、，與宎屋之，都象屋脊與牆壁。……因此知宀、广同義，所以可互通[52]。」故宅、厇二字可通。

據查《玉篇》云：「宅，除格切，人之居舍曰宅。宺，古文[53]。」《廣韻》亦云：「宅，居也……。厇，古文[54]。」確有古文「宺、厇」二形。是知，《康熙字典》據《玉篇》、《廣韻》二書所錄之古文，實乃源自《說文》，而與甲骨金文相符，是也。

九、「恖」字

《康熙字典》心部八畫「恖」字，有古文「䘏」一個字形。其中「䘏」字另見血部九畫增，其下云：「《唐韻》古文恖字。」

---

[48]見《字彙》，頁二七二。
[49]見《文字析義》頁一〇九五。
[50]見《圈點段注說文解字》，頁三四一。
[51]見《說文解字繫傳・通釋第十四》，頁一四八。
[52]見《文字析義》，頁一九一。
[53]見《大廣益會玉篇・中篇》，卷十一，宀部第一百三十八，頁三，總頁五四。
[54]見《宋本廣韻》，入聲卷五，陌韻第二十，頁三十三，總頁五一二。

說明：

《說文》：「惄，飢餓也。一曰憂也，从心叔聲。《詩》曰：『惄如朝飢』。」段玉裁注云：「餓當作意，〈釋言〉曰：『惄，飢也。』李巡云：『惄，宿不食飢也。』〈周南〉傳曰：『惄，飢意也。』爲許所本[55]。」惄字之金文作 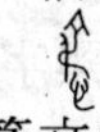（王孫鐘）、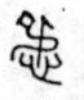（邾公華鐘）、（王子午鼎），左从心叔聲，與《說文》篆文同形。

《唐韻》一書已佚，《玉篇》、《類篇》、《集韻》亦皆未列「䏂」字，然《廣韻》「惄」字下則云：「心之飢也，憂也，思也……。䏂，古文[56]。」其古文字形爲《康熙字典》所本，惟「䏂」、「惄」二字，聲韻俱遠，疑爲「㥿」字之譌。

蓋《集韻》以「䏂」爲愵字之或體[57]，而《說文》：「愵，憂皃，从心弱聲。讀與惄同。」許書凡言「讀與某同」者，謂音義相同也，故段玉裁注云：「《毛詩》『惄如輖飢』，《韓詩》作愵，如《方言》『愵、憂也』。自關而西，秦晉之間或曰愵。古惄、愵通用[58]。」惄从叔聲，爲舌聲泥紐，㥿从忍聲，爲舌聲日紐，日紐古歸泥紐，二字雙聲，是也。

是故，《康熙字典》以「䏂」爲惄之古文，無義可說，疑爲「㥿」之譌。其列爲古文，但循前代字書而載錄罷了。

十、「瘡」字

《康熙字典》疒部十畫「瘡」字，有古文「創」一個字形。其中「創」字另見刀部十畫，其下云：「又《玉篇》古文瘡字[59]。」

說明：

《說文》：「刅，傷也，从刃从一。創，或从倉。」段玉裁云：「從刀倉聲也。凡刀創及創瘍字皆作此，俗變作刅、作瘡，多用創爲刱字[60]。」刅、創二形均未見於甲骨金文，其中創从倉聲，聲不示義，乃由刅字所孳乳之後起俗體[61]。徐鉉則曰：「今俗別作瘡，非是也[62]。」瘡字不見於《說文》，是爲又晚於「創」之後起字。據查《玉篇》云：「瘡，楚羊切，瘡痍也，古作創[63]。」《禮記・雜記下》：「身有瘍則浴，首有創則沐[64]。」又《論衡・幸偶》：「氣結閼積，聚爲癰；潰爲疽創，流血出膿[65]。」是其證也。

---

[55]見《圈點段注說文解字》，頁五一二。

[56]見《宋本廣韻》，入聲卷五，錫韻第二十三，頁三十九，總頁五二三。

[57]《集韻》云：「愵，或作㥿。」詳見《宋刻集韻》入聲卷十，錫韻第二十三，頁二十二，總頁二一六。

[58]見《圈點段注說文解字》，頁五一八。

[59]《康熙字典》於刀部十部中以「創」爲字頭，列有「戧、剏、刅」三古文。「創」字下別立一義，云：「又《玉篇》古文瘡字。」

[60]見《圈點段注說文解字》，頁一八五。

[61]見許師錟輝《說文重文形體考》，頁三一九。

[62]見《校定說文解字》，頁九十三

[63]見《大廣益會玉篇・中篇》，卷十一，疒部第一百四十八，頁十，總頁五七。

[64]見《禮記注疏》，卷四十二，頁一五，總頁七四二。《十三經注疏》，藍燈出版社。

[65]見《論衡》，卷二，頁二，總頁五九。中國子學名著集成編印。

《集韻》則循《說文》之說，以「創」爲「刅」之或體，另列「瘡、痏也」，分創、瘡爲二字也[66]。「創」爲《說文》刅字之後起俗體字，其後借作他義，且借義盛而本義泯，其後又製「瘡」字，專訓瘡痏義，創、瘡二字義訓遂分。故知《康熙字典》據《玉篇》而另立「創」字別義，以爲瘡之古文[67]，是也。

十一、「簋」字

《康熙字典》竹部十一畫「簋」字，有古文「匭、朹」兩個字形。其中：「匭」字另見匚部十一畫，其下云：「《唐韻》《玉篇》《集韻》𠫭古文簋字[68]。」「朹」字另見木部二畫，其下云：「《說文》古簋字。」

說明：

《說文》：「簋，黍稷方器也。从竹皿皀。𠤳，古文簋，从匚食九。匭，古文簋，从匚軌。朹，亦古文簋。」段玉裁於古文「匭」下注云：「各本从匚飢，飢非聲也。从匚从食，九聲[69]。」簋字甲骨金文作 （乙八八一〇）、 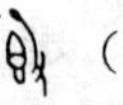（菁一〇・一五）、 （令簋）、 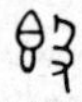（不䚷簋），字从殳从皀會意，知典籍中常用之簋字，甲骨金文皆如此作，形構與《說文》殳部「毁」字同，簋與毁實爲一字，許慎誤分爲二字耳。又《說文》所列古文匭、匭、朹三形，均未見於甲骨金文，三字並从九得聲，聲不示義，皆由簋所孳乳之後起形聲字[70]。

據查《玉篇》簋字下未列有任何古文字形，其匚部中有匭、匭二字，木部中有朹字，音切訓義均有別於簋字[71]，《康熙字典》云：「匭，《玉篇》古文簋字」，是引用出處有誤也。又《廣韻》「簋」字下云：「簠簋祭器……。朹，古文。」於「匭」字下云：「古文，《說文》云匭、匭皆古文簋字[72]。」《集韻》亦云：「古作匭、朹，通作匭[73]。」《廣韻》、《集韻》均保存了《說文》古文字形，惟各本《說文》簋字古文从匚飢作匭[74]，其中偏旁几字篆形與人字相諢，故《廣韻》、《集韻》遂譌从人作匭，《康熙字典》兼采二形，於匚部匭字下云：「古文簋字，註詳竹部十一畫。亦作匭。」

《康熙字典》簋字下僅列古文「匭、朹」二形，若據《說文》所載，實應補「匭」字，並將此三字注明爲《說文》古文，以溯其本原，方是。

十二、「良」字

[66]見《宋刻集韻》平聲卷三，陽韻第十，頁三九，總頁六三。
[67]《康熙字典》刀部十畫中又以「創」爲字頭，另列「戧、刱、刅」爲古文。
[68]匚部十一畫字頭作「匭」，其下云：「亦作匭」。
[69]見《圈點段注說文解字》，頁一九五～一九六。
[70]詳見許師錟輝《說文重文形體考》，頁五七三～五七六。
[71]分見《大廣益會玉篇》，總頁七〇、頁八〇、頁六二。
[72]見《宋本廣韻》，上聲卷三，旨韻第五，頁八，總頁二四八。
[73]見《宋刻集韻》上聲卷五，旨韻第五，頁十三，總頁九三。
[74]此從大徐本爲說。

《康熙字典》艮部一畫「良」字，有古文「𡰯、𥬉、𠮙」三個字形。其中：
「𡰯」字另見尸部三畫，其下云：「《玉篇》古文良字。」
「𥬉」字另見竹部七畫㊯，其下云：「《玉篇》古文良字。」
「𠮙」字另見口部三畫，其下云：「《五音集韻》古文良字。」
說明：

《說文》：「，善也。从畗省，聲。，古文良。，亦古文良。，亦古文良[75]。」良字甲骨金文作（乙二五一〇）、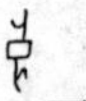（乙二三七四）、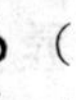（季良父簠）、（季良父盉），字形為《說文》小篆所本。又良字金文或作（中山王壺）、（齊侯匜），疑即《說文》古文所本[76]。

、二形，甲骨金文未見，僅存於《說文》中，後出字書據之隸定而稍變其形，如《玉篇》云：「良，力張切。良、善也。𡰯、𥬉，並古文[77]。」又《六書統》良字下云：「𠮙、𡰯、𥬉，並古文[78]。」是也。

《康熙字典》良字下列古文「𡰯、𥬉、𠮙」三形，均因《說文》古文字形而稍變其形，實應將此三字注明為《說文》古文，以溯其本源，方是。

十三、「終」字

《康熙字典》糸部五畫「終」字，有古文「𣊫、𤽗、𣧩、𠕓、𡧋、𢍃、𣆶、𤾆、夂」九個字形。其中：
「𣊫」字另見日部十一畫㊯，其下云：「《集韻》終古作𣊫。」
「𤽗」字另見白部五畫，其下云：「《字彙》古文終字。」
「𣧩」字另見歹部五畫，其下云：「《玉篇》古文終字。」
「𠕓」字另見冂部二畫㊯，其下云：「《字彙補》古文終字。」
「𡧋」字另見宀部三畫㊯，其下云：「《海篇》古文終字。」
「𢍃」字另見廾部七畫㊯，其下云：「《字彙補》古文終字。」
「𣆶」字另見日部九畫㊯，其下云：「《集韻》終古作𣆶。」
「𤾆」字另見白部七畫，其下云：「《集韻》終古作𤾆。」
「夂」字另見夂部一畫，其下云：「《集韻》終古作夂。」
說明：

《說文》：「，絿絲也。从糸冬聲。，古文終[79]。」終字甲骨金文作（京津二五九七）、（乙三六八）、（此簋）、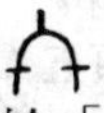（臧孫鐘），俱象於繩末繫上繩結之形，為《說文》終字古文所本。段玉裁於「終」字下注云：「有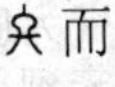而後有，冬而後有終，此造字之先後也。其音義則先有終之古文也。」又云：「有

---

[75] 見《圈點段注說文解字》，頁二三二。
[76] 許師錟輝云：「（齊侯匜）上體所从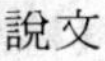，乃畗之異體而省。古文第三形，由此形而譌變，字當从畗省聲，與篆文同。」詳見《說文重文形體考》，頁六九〇。
[77] 見《大廣益會玉篇‧中篇》，畗部第二百一十，頁四七，總頁七〇
[78] 見《校訂五音集韻》平聲卷五，陽韻第一，頁六，總頁六七。北京中華書局出版
[79] 見《圈點段注說文解字》，頁六五四。

[illegible]而有[illegible]、[illegible]，而後有[illegible][80]。」說明終字演變之由，是也。冬字从古文終（[illegible]）得聲，篆文終从冬得聲，爲後起形聲字也[81]。

據查《玉篇》終字下云：「極也，窮也，死也。宊，古文。」未見「⿰歹冬」字，而另於歹部「⿰歹冬」字下云：「之戎切，殁也。今作終[82]。」《康熙字典》據之而以「⿰歹冬」爲終字之古文。其餘字書、韻書，如《集韻》終字下云：「《說文》緑絲也。一曰盡也。又姓。古作⿱夂冬、宊、⿱彡冬、⿱白冬，隸作夂[83]。」《字彙》白部五畫「⿱白夂」字下云：「古終字，亢倉子所製。」七畫「⿱白冬」字下亦云：「古終字，亢倉子所製[84]。」《字彙補》冂部「⿵冂夂」字下云：「古終字，見《說文長箋》。」廾部「⿱⿵冂夂廾」字下云：「《集韻》古終字。〇亦作⿱夂冬、⿱彡冬、⿱⿵冂夂廾。[85]」各書所載諸形率皆由《說文》[illegible]、[illegible]、[illegible]諸形譌變、累增筆畫而成，其中「夂」字《集韻》視爲隸書，而《康熙字典》俱采爲古文，非也。

《康熙字典》終字下列「⿱夂冬、⿱白夂、⿰歹冬、⿵冂夂、宊、⿱⿵冂夂廾、⿱彡冬、⿱白冬、夂」九個字形，若據諸字書、韻書所載，實應補「宊」字而刪「夂」字，並補釋《說文》古文之形，以明字形演化之流變，方是。

據上列所舉諸例，可知《康熙字典》引用之古文字形，多半由《說文》古、籀、篆形演變而成，是也。雖然《康熙字典》引用出處未能溯及源頭，然它保存歷代文獻中的古文資料，廣蒐徵引，遍及經傳[86]，提供後人明悉歷代字書、韻書對《說文》古文的保留情形，實功不可沒也。

参・古文形體之類型

綜觀《康熙字典》全書輯錄古文的情形，約可分成以下數類：歷代字書、韻書所載，凡云古文者，則多兼採備錄，此其一也。《康熙字典》書中古文字例泰半屬之。以今字爲字頭，而將《說文》古、籀、篆文隸定之形列爲古文者，此其二也。如「冰」之古文「⿰仌水」字、「四」之古文「兕」字、「穴」之古文「⿵冂八」字、「前」之古文「⿱艹⿰舟刂」字、「錯」之古文「鍇」字……屬之；又見於經史典籍之傳註，將典籍通用假借、古今異時之字列爲古文，此其三也。如「端」之古

[80]見《圈點段注說文解字》，頁六五四。
[81]見許師錟輝《說文重文形體考》，頁五二七。
[82]分見《大廣益會玉篇》，總頁一二四、總頁五八。
[83]見《宋刻集韻》平聲卷一，東韻第一，頁七，總頁四。
[84]見《字彙》午集，頁四五～四六，總頁三〇七。
[85]分見《字彙補》，總頁一三、總頁六四。
[86] 據筆者初步統計，《康熙字典》引用古文出處除吾人熟知之重要字書、韻書外，尚有《五音集韻》、《六書正譌》、《篇韻》、《正韻》、《六書本義》、《唐韻》、《韻寶》、《金石韻府》、《筆乘》、《五音篇海》、《六書統》、《同文備考》、《字義總略》、《說文先訓》、《字學三正》、《六書略》、《韻學集成》、《直音》、《韻會小補》、《韻經》、《轉注古音》、《海篇》、《宋庠・補音》、《奇字韻》、《字林》、《佩觿集》、……等，近六十種。詳見拙作〈《康熙字典》古文例淺析〉文末附錄〔引用書傳古文次數一覽表〕。頁二〇三，第十二屆中國文字學全國學術研討會論文集。

文「峀」字、「雍」之古文「邕」字、「隨」之古文「追」字、「韻」之古文「均」字、「惡」之古文「亞」字、「茄」之古文「伽」字……屬之。以後出俗譌之字爲古文者，此其四也，如「壽」之古文「蒿」字、「地」之古文「墬」字、「疾」之古文「㾚」字、「繅」之古文「線」字、「廇」之古文「畱」字、「交」之古文「䢒」字……屬之。

《康熙字典》全書十二集列有古文之字頭將近一千三百字，所收錄的古文異體更多達二千二百字，相較於《說文》收錄古文四百餘字，數量上顯然大幅增加。以下將就《康熙字典》輯錄古文字形中，針對其形體結構的變化，作進一步歸納。擬依「依書體筆勢定形」、「省減形體」、「增益形體[87]」、「改易形體」、「其他（難以歸類之屬）」等項，統攝諸多古文異體，各項之下又依實際情形另分細目，舉例證之，冀求眉目清晰、有條不紊。

一、依書體筆勢定形

所謂「依書體筆勢定形」，指古文字形乃依照該楷體字之古文、籀文、篆文等書體筆勢而定形者。《康熙字典》書中此類字例甚夥，如乃字之古文「⺄、弓」、丁字之古文「个」、且字之古文「㠯」、五字之古文「㐅」字、侈字之古文「㑨」、保字之古文「㔮」、史字之古文「叓」、冰字之古文「仌」、卉字之古文「芔」、「卯」之古文「丣」字……等等；另有依古籀篆形定體而譌變其形者，如「呼」之古文「㕻」字、「南」之古文「峷」字、「地」之古文「墬」字、「冬」之古文「㚬、臭」字、「卯」之古文「丣、卝」字……等，皆屬之。

二、省減形體

所謂「省減形體」，指古文字形乃依該楷體字形構省減部分筆畫或偏旁者，如「祖」之古文「祖」字、「祝」之古文「祝」字、「滋」之古文「滋」字、「茲」之古文「兹」字……等，爲「省減筆畫」之屬；又如「歌」之古文「可、哥」字、「淵」之古文「㳄」[88]、「儉」之古文「佥」字、「匝」之古文「也」字、「咽」之古文「㕣」字……等，爲「省減形符」之屬。上舉即「省減形體」之類，是也。

三、增益形體

所謂「增益形體」，指古文字形乃依該楷體字形構增益部分筆畫或偏旁者，如「癸」之古文「癸」字、「茲」之古文「兹」字、「力」之古文「㔹」字、「匸」之古文「㔷」字、「周」之古文「周」字……等，爲「增益筆畫」之屬。又如「獄」之古文「圄」字、「宅」之古文「宅」字、「本」之古文「夲」字、「段」之古文

[87] 本文所謂省減形體、增益形體，係就《康熙字典》所載古文眾體相較於字頭之形體言，暫不論及漢字演化之先後原則。

[88] 《說文》㳄字爲淵之或體。許師錟輝云：「或體㳄，甲金文未見。川象兩岸，㳄象水回帀之形，此獨體象形也。其後又加水旁作淵。」見《說文重文形體考》，頁二二〇。

「殿」字、「牙」之古文「𤘪」字、「司」之古文「𤔲」字、「北」之古文「𧈧」字、「化」之古文「[illegible]」字、「乾」之古文「漧」字、「允」之古文「𣅁」字……等，為「增益形符」之屬；又如「乎」之古文「虖」字、「唐」之古文「𡗛」字……等，為「增益聲符」之屬。上舉即「增益形體」之類，是也。

四、改易形體

所謂「改易形體」，指古文字形乃依該楷體字形構改易偏旁者，如「杯」之古文「𠥜」字、「柙」之古文「𡇩」字、「氣」之古文「気」字、「盤」之古文「鎜」字、「宅」之古文「厇」字、「僕」之古文「[illegible]」字、「昏」之古文「昬」字、「動」之古文「[illegible]、𨔝」字……等，為「改易形符」之屬；又如「惎」之古文「[illegible]」字、「漿」之古文「[illegible]」字、「然」之古文「[illegible]」字、「瘠」之古文「[illegible]」字[89]、「爺」之古文「[illegible]」字、「杴」之古文「[illegible]」字、「圢」之古文「[illegible]」字、「沬」之古文「湏」字……等，為「改易聲符」之屬；又如「[illegible]」之古文「楡」字、「垸」之古文「[illegible]」字、……等，為「改易形符、聲符」之屬。上舉即「改易形體」之類，是也。

五、偏旁移位

所謂「偏旁移位」，指古文字形乃依該楷體字之偏旁形體移易位置者。《康熙字典》書中心部中頗多此類之字例，如「怩」之古文「𡰥」字、「惟」之古文「[illegible]」字、「惕」之古文「[illegible]」字、「惻」之古文「[illegible]」字，其他部首如「李」之古文「杍」字、「和」之古文「咊」字、「腆」之古文「[illegible]」字、「朏」之古文「[illegible]」字、「朔」之古文「[illegible]」字、「洛」之古文「[illegible]」字、「熾」之古文「[illegible]」字……等，為「偏旁移位」之屬，是也。

六、其他

《康熙字典》所列古文中，有許多形構與本字譌變至極，難察其構字會意之旨，但憑字書、韻書所載者，如「國」之古文「[illegible]」字、「不」之古文「[illegible]」字、「冒」之古文「[illegible]、[illegible]」字、「勝」之古文「[illegible]、[illegible]」字、「君」之古文「[illegible]」字、「善」之古文「[illegible]」字、「卯」之古文「[illegible]」字、「囊」之古文「[illegible]」字……等，皆屬之。

肆・結語

高明先生云：「漢字在未完全定形之前，同一個字存在多樣寫法[90]。」說明了早期的漢字形體很不固定，同字異體的情形十分普遍。同樣的情形也發生在由篆變隸，文字定體之後，歷代典籍為保留《說文》古、籀、篆文的形體，各

---

[89] 《說文》以「[illegible]」為膌字之古文。見《圈點段注說文解字》，頁一七三。

[90] 見《中國古文字學通論》，頁一八四。仰哲出版社。

依其隸定、隸變或譌變之體而保存於書中。在定體的過程中，產生了許多形近的異體古文。《康熙字典》集其大成，而將之統統收錄於帙中，因此同一個字也就有了各種不同寫法的古文。

綜合以上所言，《康熙字典》載錄古文，其不足之處約有以下數耑：引用資料未能溯及源頭，致違書中體例，其弊一也。引用出處譌舛，誤甲書為乙書，其弊二也。引用資料脫誤，以或體隸書為古文，其弊三也。引用資料未加說明，致使古文構字之旨未明，其弊四也。未見徵於前代典籍，臆造字體，其弊五也。

雖然《康熙字典》載錄古文的最大缺失是未溯源於《說文》，不過，該書廣採《說文》以降，漢、魏、唐、宋、元、明各代之字書、韻書及典籍，類聚各種古文異體，或能突顯其「博采群書、靡有遺逸」的特點，同時也保存了許多早已亡佚的文獻資料，此亦其價值之所在也。

參考文獻

丁度等人，《宋刻集韻》，北京中華書局，一九八九年五月。
王力，《康熙字典音讀訂誤》，北京中華書局，一九八八年三月。
王筠，《說文解字句讀》，北京中華書局，一九八八年七月。
司馬光，《類篇》，北京中華書局，一九八四年十二月。
朱駿聲，《說文通訓定聲》，藝文印書館，民國六十四年八月。
高明，《中國古文字學通論》，仰哲出版社。
高田忠周，《古籀篇》，大通書局，民國七十一年九月。
徐鉉，《校定說文解字》，香港中華書局，一九九六年二月。
徐鍇，《說文解字繫傳》，香港中華書局，一九八七年十月。
許慎著，段玉裁注，《段注說文解字》，書銘出版公司，民國七十五年九月。
張玉書，《康熙字典》王引之校改本，上海古籍出版社，一九九六年一月。
張玉書等人，渡部溫訂正，嚴一萍校正，《校正康熙字典》，藝文印書館，民國六十二年十二月。
張自烈，《正字通》，上海古籍出版社，《續修四庫全書》據清康熙二十四年清畏堂刻本影印。
許錟輝，《說文重文形體考》，臺北文津出版社，民國六十二年三月。
梅膺祚、吳任臣，《字彙、字彙補》合刊本，上海辭書出版社，一九九一年六月。
陳彭年，《新校正切宋本廣韻》，黎明文化事業公司，民國七十一年十月。
楊桓，《六書統》，臺北臺灣商務印書館。《四庫全書珍本八集》。
魯實先，《文字析義》，魯實先編輯委員會印行，民國八十二年六月。
蔡信發，《說文商兌》，萬卷樓圖書有限公司，民國八十八年九月。
蔡信發，《歷代重要字書俗字研究—〈康熙字典〉俗字研究》，八十四年國科會專題研究成果報告。

羅振玉，《增訂殷墟書契考釋》，臺北藝文印書館，民國五十八年十二月。
韓道昭著、甯忌浮校定，《校定五音集韻》，北京中華書局，一九九二年九月。
顧野王，《大廣益會玉篇》，北京中華書局，一九八七年。
李淑萍，《〈康熙字典〉及其引用〈說文〉與歸部之探究》，中央大學中文研究所博士論文，民國八十九年六月。
李淑萍，〈《康熙字典》古文例淺析〉，「第十二屆中國文字學全國學術研討會」論文集，民國九十年三月。

《康熙字典》同體字組研究—造形篇

張意霞

蘭陽技術學院共同科國文組

提要

所謂「同體文字」指的是由兩個或兩個以上形體相同的符號或文字所組合、堆疊而成的文字。

本師　孔仲溫教授〈《說文》「品」型文字的造形試析〉一文中，曾對《說文》中同三體文字的造形做過一番探討，而個人也曾在漢字文化國際學術研討會中發表〈《說文》同二體文字的造形分析〉，以探討《說文》中同二體文字在早期古文字時的造形、演化的方向及同二體文字造形的類別等，期望能對其後同體文字的深入研究有所助益。

本文除延續之前對同體文字方面的研究外，也試著把文字演進的時程拉長，選用清《康熙字典》爲材料，來探討同體文字造形的演變，並將《康熙字典》中的同體文字以字組的方式，來探討其本字與同體文字間音、義方面的關連與變化。限於篇幅，今先探討造形的部分。

關鍵詞：同體文字、造形、子形、康熙字典。

壹、前言

大多數的漢字屬於一字一音的方塊文字，其中有一些由兩個或兩個以上形體相同的符號或文字所組合、堆疊而成的，這類的文字，裘錫圭先生稱之爲「重覆同一偏旁的表意字」[1]，王鳳陽先生稱之爲「重疊象意字」[2]，林尹先生稱之爲「同體會意」[3]，名稱並不一致。本師　孔仲溫教授曾發表〈《說文》「品」型文字的造形試析〉[4]，對《說文》中同三體文字的造形做過一番探討，而個人也曾在大陸漢字文化國際學術研討會中發表〈《說文》同二體文字的造形分析〉，文中均稱此類文字爲「同體文字」，於是本文亦延續先前論文中的名稱，不另做更動。

由於同體文字以重複同一形體的組合爲主，所以本文採樣時是以重複的最小單位爲子形，例如：「心、心心、惢」字組中，「心」即爲子形，「心心」爲同二體文字，「惢」爲同三體文字；又如「木、林、森、槑、𣡕」中最小單位爲「木」，

---

[1] 請參見裘錫圭 1990 年 4 月北京第 2 次印刷，《文字學概要》P.133，北京：商務印書館出版。

[2] 請參見王鳳陽 1992 年 11 月第 2 次印刷，《漢字學》P.371，吉林：吉林文史出版社出版。

[3] 請參見林尹 1987 年 12 月臺初版第十三次印刷，《文字學概說》P.122，台北：中正書局出版。

[4] 請參見本師　孔仲溫 1989 年 11 月 12 日，〈《說文》「品」型文字的造形試析〉，《中國文字學會議論文》P.1，臺灣：中國文字學會。

則「𣡕」、「𣡗」爲同六體和八體文字，而不將「𣡕」、「𣡗」視爲「林」的同三體和同四體文字。

此外有一點必須先澄清的是同體文字並非全部都是會意字，個人在〈《說文》同二體文字的造形分析〉一文中曾提過同體文字中有象形字，如：「𦑝」、「羽」等，也有指事字，如：「夵」、「三」等。[5]本文除延續之前對同體文字方面的研究外，也試著把文字演進的時程拉長，選用清《康熙字典》爲材料，來探討同體字造形的演變，並將《康熙字典》中的同體文字以字組的方式，來探討其本字與同體文字間音、義方面的關連與變化。不過由於篇幅過長，今先就《康熙字典》同體字組中有關造形部分加以分析研究，而有關子形與字組間字義的演變，以及字音方面的關連與變化，則將另篇討論。

貳、《康熙字典》與《說文》同體字在數目上的差異

《說文解字》書成於東漢安帝建光元年（西元 121 年），《說文》保存了大量的古字古義，全書共收篆文 9353 字，重文 1163 字；而《康熙字典》書成於清康熙五十五年（西元 1716 年），收字極多，有 47035 字[6]，兩部字典相差了 1595 年 37682 字，而兩者在同體字的數目上有著很大的變化及差異，今列表比對如下：

同體字別／同體字數	同二體	同三體	同四體	其　他	總計
《說文解字》	89	40	6	0	135
《康熙字典》	224	116	36	同五體 2 同六體 4 同八體 2	384
相差數目	135	76	30	8	249

從以上列表可以觀察到同二體的增長最多，其次是同三體的增長，同四體的增長約有七倍，但在字數上仍爲數不多，而同四體以上字數的增長更少，同五體中有「𤐚」、「𠾂」；同六體有「𡿭」、「𢆸」、「𣡕」、「𥶻」；同八體有「𣡗」、「𥳑」等，不過若不以最小單位子形視之，則「𡿭」、「𢆸」可視爲「巛」、「幵」的同二體，而「𣡕」、「𥶻」可視爲「林」、「竹」的同三體；「𣡗」、「𥳑」可視爲「林」、「竹」的同四體，因此確定爲同五體的只有「𤐚」、「𠾂」。其中《說

[5] 請參見拙作 1998 年 8 月 9~11 日，〈《說文》同二體文字的造形分析〉，丹東：《漢字文化國際學術研討會：臺灣地區論文集》P.43，北京師大漢字研究所、遼寧人民出版社。

[6] 本段數據請參見中國大百科全書總編輯委員會《語言文字》編輯委員會 1988 年 4 月第 2 次印刷，《中國大百科全書・語言文字》，上海：中國大百科全書出版社出版。

文》有而《康熙字典》沒有的只有「𣅀」、「𢧐」、「𤐫」、「从」、「𣥠」五個字[7]，足見同體文字的穩定性是很高的。此外個人在〈《說文》同二體文字的造形分析〉中曾有以下的說法：

> 《說文》同二體文字的造形在先秦時期，無論在數目、位置的經營、文字的方向性等各方面都呈現著不定形的狀態，但若與同三體「品」型文字相較，卻已算是較為穩定的。雖然也有經過演變後選用了同三體文字，如:「𦍋」、「羴」、「𦍎」均為多羊之意，現今卻「羴」行而「𦍋」、「𦍎」俱廢，可是還是以同二體文字的留存率較高。[8]

同二體在《康熙字典》中增長 135 個字，而同三體字數則增長 76 個，兩者差距有 59 個字，所以不僅在《說文》中同二體的留存率較高，在後世同體文字的增繁中，也以同二體的造形爲數較多。

參、《康熙字典》同體文字造形演化方向蠡測

在古文字中，小篆算是最晚出的，所以它的結構比其他古文字更爲固定，與今文字先後相承，因此在以小篆爲主的《說文》中的同體文字，到了以今體楷書爲主的《康熙字典》中並沒有很大的變化。有關中國文字的演化方向，李孝定先生曾在〈中國文字的原始與演變〉一文中提到：

> 1、早期文字所具有的不定型特質——包括偏旁位置多寡不定、比畫多寡不定、正寫反寫無別、橫書側書無別和事類相近之字在偏旁中多可通用等。
> 2、簡化和繁化——在文字的演化過程中，太繁的文字往往加以減省，而太簡的文字則增筆以利辨識。
> 3、漸趨定型的傾向——文字的約定俗成，不外乎整齊劃一的趨勢和行款的講究勻稱。
> 4、訛變。[9]

清朝時期楷書的文字造型已成熟，所以並不似早期文字具有不定型的特質，但簡化、繁化的趨勢及訛變，仍爲《康熙字典》同體文字造形演化的方向，以下分述之：

一、因文字簡化而形成同體文字

[7] 請參見本文【附錄一】。

[8] 請參見拙作 1998 年 8 月 9~11 日，〈《說文》同二體文字的造形分析〉，丹東：《漢字文化國際學術研討會：臺灣地區論文集》P.50，北京師大漢字研究所、遼寧人民出版社。

[9] 節錄自李孝定 1992 年 7 月第二次印刷，《漢字的起源與演變論叢》P.170-182，台北：聯經出版事業公司出版。

誠如李孝定先生所說：「在文字的演化過程中，太繁的文字往往加以減省，而太簡的文字則增筆以利辨識。」簡化和繁化一樣，都是漢字演變的重要方向，所以在《康熙字典》中有些同體文字是經由簡化而形成的。例如：

1、午集備考田部有一個「⿰男男」字，《字彙補》云：「同嬲。」女部嬲字《廣韻》云：「奴鳥切，音嬈，擾也。」「嬲」字省去中間的女字，即形成簡化字「⿰男男」。

2、丑集備考口部有「喆」字，《字彙補》云：「居陵切，音兢。」由於「喆」與「古」義並無關連，因此應由「兢」字簡化而來。

二、因文字繁化所產生的同體文字

龍宇純先生在《中國文字學》一書中曾說：

> 有時字形過於簡單不易辨識，或同物異名，而皆用表形法製字，為求其彼此間區別，而採取複重寫法，前者如甲骨文星字作[illegible]，後者如小篆艸、卉二字，一從二屮、一從三屮，而屮初亦與艸同字，本身便是草的結合形象，情形同甲骨文星字。[10]

就《康熙字典》的同體文字而言，增繁可說是最常用的演化方式，例如：

1、丑集補遺口部有一個由「串」所增繁的「⿰串串」字，「串」是物相連貫的意思，而《字彙補》云：「⿰串串，楚簡切，音產，炙肉具也。」所以「⿰串串」是由「串」義引申會意而來，爲「串」所增繁的同體文字。

2、子集下八部有一個由「秉」所增繁的「⿰秉秉」字，「秉」是持的意思，《說文》云：「⿰秉秉，从手禾兼持二禾也。」徐曰：「會意。秉持一禾，兼持二禾，可兼持者莫若禾也。」因此「⿰秉秉」是由「秉」義引申會意而來，爲「秉」增繁的同體文字。

三、 同體文字的訛變現象

訛變是文字演化的另一個因素，訛變的原因很多是因爲古今文字形體演化時的錯誤，如「[illegible]」字在甲金文中原是「[illegible]」、「[illegible]」，但到了古璽文字中卻成了「[illegible]」、「[illegible]」、「[illegible]」；「羽」字在甲骨文中作「[illegible]」，到了小篆卻因形近訛誤而成了「[illegible]」，使得原本只是單一形體的字訛變爲同二體的文字。這些訛變的字有些還勉強猜得出它們的原始造形與造意，有些則完全失去初創時的形義了。

在《康熙字典》中也有一些同體文字因訛變而產生形義上的誤差，例如：

1、辰集中木部「某」字下有同二體古文某的「槑」字，《說文》中作「⿰某某」，《韻會》云：「或亦作槑。」到了《康熙字典》中則成了「槑」，從這個同二體造形上，實在很難再看出本形「某」字的音義。

2、子集下十部的同三體「卉」字，《韻會》記載《復古編》云：「古芔从三屮，今作卉，三十卄也。」「卉」若從三「十」，則《說文》中「草之總名」的本義就不顯明了。

---

[10] 請參見龍宇純 1987 年 9 月第五版，《中國文字學》P.100-101，台灣：學生書局。

肆、《康熙字典》同體字組造形的類別

同體文字重複結構中的最小單位稱爲「子形」,《康熙字典》中共有同體字組 204 組，其中「片」與「爿」因左右方向的不同，並列爲「㸮」字的子形，所以子形共有 205 個。由於《說文》同二體的子形類別在拙作〈《說文》同二體文字的造形分析〉第 48 頁至第 50 頁中已分析過，並得到「古人喜歡用實義子形來堆疊」的結論，爲觀察《說文》前後同體文字衍生的特色是否相同，今扣除《說文》同二體的子形 69 個，還有 136 組同體文字的子形。此外因爲訛變與簡化，使得小部分的同體字義與子形已差距甚遠，但比例很少，並不足以影響分類的結果，大部分的同體字義仍衍生自結構上的子形，所以要分析同體字組的造形類別，可從子形的意義上下手。

綜析上述 136 組同體字組的子形，大致上可以分爲實義子形和虛義子形兩大類：[11]

一、實義的子形

所謂「實義」是指本義爲實體，在六書中屬象形的。這一類的同體文字有 55 個，僅佔 136 組同體子形中的 4/10。以下乃就這些子形的本義加以分析：

1、屬於礦物類的有「石」、「甴」、「金」共 3 字。

2、屬於天象地理類的有「日」、「月」、「雲」、「申」(電的古文)、「雷」、「𠂢」(水之衺流別也，從反永)、「泉」共 7 字。

3、屬於植物類的有「米」、「片」、「木」、「马」(草木之華未發，函然)、「來」共 5 字。

4、屬於蔬果類的有「果」、「卤」共 2 字。

5、屬於人體類的有「力」(象人筋有條理之形)、「子」(上像頭，中像臂，下象包在繈褓中的腳)、「心」、「齒」、「足」、「骨」、「首」、「而」(鬚)、「己」(象人腹)、「𠂓」(古文手)、「歺」(剔骨之殘)、「毛」、「牙」、「面」、「冄」共 15 字。

6、屬於禽類的有「乙」(燕)、「鳥」共 2 字。

7、屬於獸類的有「兔」、「牛」、「羊」、「彐」(豕之頭)、「馬」、「鹿」共 6 字。

8、屬於蟲類的有「易」、「虫」共 2 字。

9、屬於器物宮室食品類的有「刀」、「工」、「門」、「車」、「矛」、「巾」、「倉」、「舍」、「弓」(瑞信)、「井」、「且」(几足有兩橫，一地也。)、「昔」(乾肉)、「巢」共 13 字。

二、虛義的子形

所謂「虛義」是指本義抽象而不可見。這一類的同體文字有 82 個，佔 136 組同體子形中的 6/10 強。在這 81 個虛義子形中指事有 23 個；形聲有 10 個；

---

[11] 有關六書的分類，請參見林尹 1987 年 12 月臺初版第十三次印刷，《文字學概說》，台北：中正書局出版，以及江舉謙 1970 年一月初版，《說文解字綜合研究》，台中：東海大學出版。

會意最多，有48個。以下乃就這些子形的本義加以分析：

1、表數字類的有「千」（指事）、「廿」（指事）共2字。

2、表狀態類的有「厶」（自營爲厶，指事）、「互」（低，指事）、「小」（物之微也，从八从丨，見而分之，會意）、「用」（可施行，會意）、「古」（識前言者，會意）、「寒」（會意）、「春」（會意）、「天」（指事）、「太」（指事）、「囚」（會意）、「吉」（从士口，會意）、「白」（从入合二，會意）、「飛」（鳥伸頸展翅，指事）、「甲」（指事）、「先」（指事）、「因」（从口大，會意）、「老」（會意）、「舌」（會意）、「明」（會意）、「邑」（會意）、「奇」（會意）、「美」（形聲）、「幽」（會意）、「風」（形聲）、「秦」（會意）、「區」（會意）、「启」（會意）、「眉」（从尸自，會意）、「厚」（會意）共29字。

3、表動作類的有「予」（用手推物給人，指事）、「尸」（象臥之形，指事）、「分」（會意）、「丂」（相糾繚，指事）、「去」（人相違，从大凵聲，形聲）、「串」（會意）、「秉」（會意）、「享」（五官致貢，會意）、「帚」（會意）、「直」（十目視匿，會意）、「若」（會意）、「辜」（形聲）、「興」（會意）、「隶」（及也，从又从尾省，會意）、「毋」（止之，从女內有一畫象姦之形，禁止之勿令姦。指事）、「丞」（會意）共16字。

4、表聲音氣味類的有「牟」（从牛象其聲气从口出，指事）、「空」（形聲）、「啻」（口歫惡聲，會意）、「香」（會意）、「僉」（會意）、「号」（指事）、「竟」（會意）、「盖」（會意）、「欠」（指事）共9字。

5、表示位置的有「、」（有所絕止，、而識之，指事）、「各」（右的本字，會意）、「爪」（指事）、「介」（從人位於八之中，指事）、「比」（會意）、「爻」（交也，指事）、「爿」（牀之省，形聲）、「左」（會意）、「市」（形聲）、「兀」（高而上平，指事）、「某」（會意）、「堯」（會意）、「岕」（形聲）、「原」（會意）共14字。

6、表身份的有「男」（男子力於田，會意）、「士」（事也，數始於一終于十，从一从十；會意）、「尹」（握事者，指事）、「臣」（事君也，象屈服之形，指事）、「羌」（會意）、「羔」（形聲）、「客」（形聲）、「夏」（會意）、「眞」（仙人變形登天，會意）、「真」（會意）、「兄」（會意）共11字。

從以上的分析中，個人觀察到一個現象：若以東漢爲界來看《說文》之前與之後同體文字的變化，可發現到實義子形與虛義子形間的消長。在《說文》之前實義子形是同體文字主要增繁的對象，在69個《說文》同二體文字子形中，實義子形與虛義子形所佔的比例爲3：2，但是到了《康熙字典》時，如果扣除《說文》同二體文字的69個子形，則在剩餘的136個子形中，實義子形與虛義子形所佔的比例則變成2：3，其中形聲字的同體現象還是不多，而會意字的增長則是最多的。

本師　孔仲溫教授在《文字學・六書的次第》中曾說：

雖說象形、指事的先後難定，個人則以為象形文比較沒有依存性，具獨立性，容易創造，也容易辨認傳達，在整體的造字先後而言，先於指事的可能性較高。至於會意與形聲，就文字發展的進程來看，先表意的文字，再進入形聲雙衍的階段，比較合乎發展的趨勢，我們可以看出在甲骨文裡，會意字的數量要比形聲字多，但形聲結構後來卻發展成漢字結構的主流，目前的漢字，百分之九十以上是形聲字，因此可以推知會意字的發展應比形聲字要來得早。[12]

而分析所得「先實後虛」的增長結果，也可以拿來印證本師　孔仲溫教授對六書次弟的蠡測。

伍、結語

石定果先生在《說文會意字研究》中曾對同體文字產生的原因做出下列的說明：

1、表示複數——同體複重會意字中，有一部分表示的是複數的概念。
2、表示強化——同體重複也表示意義有所強化的一種手段。
3、表示派生新義——有些同體複重字表示的意義是獨體字意基礎上派生出來的。
4、關係位——同體重複會意字常常借助各構件的位置關係來表示某種意義。這種位置關係雖然是空間的概念，但並未形諸某種符號，但卻是造意中不可或缺的因素，我們在分析會意字結構時稱之為關係位。[13]

其中第一項的「表示複數」應爲同體文字產生的主要原因，因爲在同體文字造形演化方向的探討中，大家可看出「繁化」仍是同體文字產生的主要方式，但其他的因素也是值得考慮的。因爲中國人習慣以「三」表示多數，正如《說文》「三」下云：「於文一耦二爲三，成數也。」但從《康熙字典》的同體文字字數看來，同三體的字並非最常出現的，而且也有同四體以上的文字產生，所以除了結構的穩定外，字音與字義的影響也是不可忽視的，因此下回將討論子形與同體文字間字音、字義的關係，以及這樣的關連對同體文字造形是否會產生影響。

至於實義子形與虛義子形的消長，也可看出六書中「四體」的發展。同體文字基本上是注重於造形，因此像許多字共用一個形符，僅從聲符的不同來做

[12] 請參見林慶勳、竺家寧、本師　孔仲溫等編著，1995 年 9 月初版，《文字學》P.170，臺灣：國立空中大學。
[13] 節錄自石定果 1966 年 5 月第一版，《說文會意字研究》P.161-164，北京：北京語言學院出版社出版。

區隔的形聲字，從一開始在同體文字中就明顯地量少，而指事字則一直保持穩定的成長。至於在文字初創時，具有實體的象形字則是同體文字的上上之選，但當有限的實義子形逐漸減少後，合體爲意的會意字也就成了理所當然的接班人，成爲現代創造同體文字最佳的題材。

參考文獻

于省吾：1996 年 5 月北京第一刷，《甲骨文字詁林》，北京：中華書局。

孔師　仲溫：1989 年 11 月 12 日，〈《說文》「品」型文字的造形試析〉，臺灣：《中國文字學會議論文》，中國文字學會主辦。

王初慶：1993 年 9 月 4 日二刷，《中國文字結構析論》，臺灣：文史哲出版社。

王鳳陽：1992 年 11 月第 2 次印刷，《漢字學》，吉林：吉林文史出版社出版。

北京故宮博物院：1994 年 6 月二刷，《古璽文編》，北京：故宮博物院。

石定果：1966 年 5 月第一版，《說文會意字研究》，北京：北京語言學院出版社出版。

江舉謙：1970 年一月初版，《說文解字綜合研究》，台中：東海大學出版。

李孝定：1992 年 7 月第二次印刷，《漢字的起源與演變論叢》，台北：聯經出版事業公司出版。

林　尹：1987 年 12 月臺初版第十三次印刷，《文字學概說》，台北：中正書局出版。

林慶勳、竺家寧、孔師　仲溫：1995 年 9 月初版，《文字學》，臺灣：國立空中大學。

段玉裁：1991 年 8 月增訂八版，《說文解字注》，臺灣：黎明文化事業公司。

張意霞：1998 年 8 月 9~11 日，〈《說文》同二體文字的造形分析〉，《漢字文化國際學術研討會：臺灣地區論文集》，丹東：北京師大漢字研究所、遼寧人民出版社。

裘錫圭：1990 年 4 月北京第 2 次印刷，《文字學概要》，北京：商務印書館出版。

【附錄一】　《康熙字典》中未成組的同體字表

編號	最小單位子形	同二體	同三體	同四體	其他
01			彡 0291：《說文》428		
02			州 0252：《說文》574		
03			鱻 1523		
04		仌 0059：《說文》576			
05		卯 0087：《說文》436：752			
06		丱 0007			
07		芻 0949：《說文》044			
08		競 0801：《說文》102			
09		豐 1539			
10		䶖 1535			
11		𦣝 0617：《說文》114			
12		鬥 1385：《說文》093			
13		𣏟 1523			
14		𩁹 1523			
15		䀀 1523			
16		𥺅 1523			
17		𣗥 1485			
18		丅 1438：《說文》476			
19		丽 1438：《說文》476			
20		丽 1438			
21		𤳳 1300：《說文》577			
22		譻 1116			
23		競 1105			
24		舛 0945：《說文》117			
25		肆 0900			
26		𢑱 0290：0899			
27		𢂔 0262：0625			
28		𤆍 0504			
29		棊 0483			
30		𠬪 0469			
31		燚 0469			
32		𡆥 0425			
33		劦 0340			
34		𢇁 0095：0290			
35		幵 0268：《說文》390			
36		絲 0225			
37		㗊 0138：0142			
38		羽 0882：《說文》060			
39		非 0087：《說文》752			
40		北 0085：《說文》687			

41		⿰匆匆 0079			
42		⿱匆匆 0079			
43		競 0053：《說文》410			
44		⿰屮屮 0007			
		㚘：《說文》700			
		⿱戠戠《說文》727			
			⿱㗊⿰奐奐《說文》504		

《康熙字典》同體字組表

字組編號	最小單位子形	同二體	同三體	同四體	其他
001	丶 0008：《說文》216		丶丶 0008		
002	𡿨 0251：《說文》573	巜 0251：0581：《說文》573	巛 0251：《說文》574		𡿭 1523（備考）
003	厶 0092：《說文》116	厸 0092：1206 𠫔 0092：0269	厽 0092：《說文》744	𠫬 0092	
004	幺 0269：《說文》160	𢆶 0270：0653：《說文》160			
005	一 0001：《說文》001	二 0014：《說文》687	三 0004：《說文》009	亖 0015：《說文》744	
006	乙 0011：《說文》747	乙乙 0012：0431			
007	了 0013：《說文》750		𠄏 0013：《說文》205		
008	人 0019：《說文》369	从 0020：《說文》390 仌 0020	众 1474（補遺） 㐺 0023 𠈌 0023 𠆭《說文》391	𠈏 1002	𠆲 0037
009	入 0053：《說文》226	𠓛 0054：《說文》226			
010	八 0055：《說文》049	𠔁 0055：0066：《說文》049			
011	刀 0063：《說文》180	刅 0064：0069	刕 0065		
012	力 0074：《說文》705	㔖 0074	劦 0074：《說文》708		
013	匕 0080：《說文》388	北 0080：《說文》390			
014	十 0083：《說文》089	廿 0083：《說文》089	卅 0084：《說文》090 卅 0084 卉 0084：《說文》045	卌 0084	
015	又 0093：《說文》115	𠬢 0093：《說文》117 双 0093	叒 0093：《說文》275	叕 0094	
016	千 0083：《說文》089	𠦃 0084			
017	各 0102：《說文》059	𠷎 0094			
018	口 0099：0144：《說文》054	吅 0102：1077：《說文》063	品 0116：《說文》085 𠮛 0116	㗊 0128：1300：《說文》087	噐 0137
019	土 0151：《說文》688	圭 0152：《說文》700	垚 0156：《說文》700	𡋬 1477	
020	士 0170：《說文》020		壵 1519（備考）		
021	夕 0174：《說文》318	多 0174：《說文》319 𡖅 0174：《說文》319 𡖐 0174			
022	大 0176：《說文》496	夶 0177：0518：《說文》390	𡘙 1520（備考）		
023	𤣥 1524（備考）	玆 1524（備考）			
024	女 0182：《說文》618	奻 0183：《說文》632 𡚬 0183：0188	姦 0188：《說文》632		
025	子 0205：《說文》749	孖 0205	孨 0207：《說文》751 𡦂 1479（補遺）		𡥈 1521（備考）
026	小 0224：《說文》049		𡮐 0225 尛 1522（備考）	𡮬 1522（備考）	

027	尸 0227：《說文》403	𡰥 1522（備考）			
028	山 0235：《說文》442	屾 0235：《說文》446	𡶐 1523（備考）		
029	工 0253：《說文》203			𢀖 0230：0254：《說文》103	
030	己 0254：《說文》748	𢀳 1523（備考）			
031	巾 0255：《說文》360	𢁒 1523（備考）			
032	干 0267：《說文》087	幵 0268：《說文》722			
033	弓 0284：《說文》645	弜 0285：《說文》648	𢐀 1525（備考）		
034	丏 0284：《說文》647	𢎗 0087			
035	𢎘 0284	𢐆 1525（備考） 弱 0288			
036	示 0232：《說文》002	祘 0769、《說文》008			
037	豕 0233：《說文》599	豩 0233			
038	𡳾 0233：《說文》022		𦬁 0233：《說文》022		
039	尹 0227：《說文》116	𡰯 1522（備考）			
040	予 0013：《說文》161	𠬛 0013			
041	井 0014：《說文》218	𠁼 1482（補遺）			
042	介 0019：《說文》049		𠆤 1514（備考）		
043	分 0064：《說文》049	𠔾 1514（備考）			
044	天 0176：《說文》001		𡗗 1520（備考）	𡘗 1520（備考）	
045	夫 0176：《說文》504	㚘 0178：《說文》504			
046	太 0176：《說文》570		𡙁 1520（備考）		
047	廿 0084：《說文》089	卌 0085：0275			
048	心 0303：《說文》506	𢗰 1526（備考）	惢 0319：《說文》520		
049	戈 0339：《說文》634	戔 0340：《說文》638			
050	戶 0342：《說文》592	𢨋 0343 戼 0343：《說文》752 𢩠 1526（備考）	𢨟 1527（備考）		
051	手 0344：《說文》599	𢪋 0350：《說文》104			
052	斤 0407：《說文》723	斦 0407：《說文》724			
053	日 0417：《說文》305	昍 0419	晶 0425：《說文》315		
054	月 0432：《說文》316	朋 0432	𣍄 1529（備考）	朤 0434	
055	木 0437：《說文》241	林 0444：《說文》273	森 0462：《說文》274		𣡕 1529（備考） 𣝅 1529（備考）
056	朩 0437：《說文》339	𣏟 0444：《說文》339			
057	欠 0493：《說文》414	𣢟 0494	𣤶 0493：0497		
058	爪 0616：《說文》114		𤓯 1532（備考）		
059	歹 0506：《說文》163	𣦼 0256：0507			
060	止 0501：《說文》068	𣥖 0504 𣥗 0504 𣥜 0504 𣥠 0504 𣥡《說文》068	𣦶 0504	𣦷 0504：《說文》068	
061	比 0518：《說文》390	𣬈 0518：0519			

062	毛 0519：《說文》402	⿰毛毛 0520	毳 0522：《說文》403		
063	水 0531：《說文》521	沝 0540：《說文》573	淼 0560 ⿰沝沝 0561	⿱沝沝 1486（補遺）	
064	爻 0618：《說文》129			㸚 0618：《說文》129	
065	火 0593：《說文》484	炏 0595 炎 0595：《說文》491	焱 0603：《說文》495	燚 0612	
066	片 0621：《說文》321 爿 0619：《說文》322	⿰爿片 0087：0619			
067	牙 0623：《說文》081	⿰牙牙 1533（備考）			
068	牛 0625：《說文》051	⿱牛牛 0627 牪 0627	犇 0630	⿱牪牪 1533（備考）	
069	犬 0633：《說文》477	㹜 0635：《說文》482	猋 0640：《說文》482		
070	旡 0051：《說文》410	⿰旡旡 0053：《說文》410			
071	且 0005：《說文》723			⿰且且 1513（備考）	
072	兄 0051：《說文》410	⿰兄兄 0053			
073	去 0092：《說文》215		⿰去去 0092		
074	可 0100：《說文》206	哥 0118：0499：《說文》206			
075	古 0099：《說文》089	⿰古古 1517（備考）			
076	囚 0144：《說文》281			⿰囚囚 1518（備考）	
077	左 0253：《說文》202	⿱左左 1523（備考）			
078	巿 0256：《說文》230	⿰巿巿 1481（補遺）	⿱巿⿰巿巿 1481（補遺）		
079	玄 0653：《說文》161	玆 0653：《說文》161			
080	瓜 0674：《說文》340	㼌 0674：《說文》341			
081	生 0682：《說文》276	甡 0683：《說文》276			
082	用 0683：《說文》129		⿱用⿰用用 1535（備考）		
083	田 0684：《說文》701	畕 0688：《說文》704	畾 0694	⿱畕畕 0695：1300	
084	甲 0686：《說文》747		⿱甲⿰甲甲 1489（補遺）	⿱⿰甲甲⿰甲甲 1535（備考）	
085	申 0686：《說文》753	⿰申申 0688：0689			
086	白 0713：《說文》367	㿟 0715	皛 0717：《說文》367		
087	目 0726：《說文》131	䀠 0731：《說文》137	⿱目䀠 0743		
088	矛 0749：《說文》726	⿰矛矛 0750			
089	石 0755：《說文》453	砳 0757	磊 0762：《說文》457	⿱砳砳 1538（備考）	
090	禾 0776：《說文》323	秝 0779：《說文》332			
091	立 0798：《說文》504	竝 0798：《說文》505			
092	先 0052：《說文》411	兟 0053：《說文》411		⿱兟兟 1514（備考）	
093	兂 1476（補遺）	⿰兂兂 0157：0162	⿱兂⿰兂兂 1474（補遺）		
094	因 0145：《說文》280		⿱因⿰因因 1518（備考）		
095	吉 0103：《說文》059	喆 0125 ⿱吉吉 1477（補遺）	嚞 0119：0140：《說文》057		
096	牟 0625：《說文》052	⿰牟牟 1533（備考）			
097	百 0713：《說文》138	皕 0716：《說文》139			
098	兀 0051：《說文》409	⿰兀兀 0006			
099	米 0834：《說文》333	⿰米米 1539（備考）			

100	糸 0843：《說文》650	絲 0092：0852：《說文》669			
101	羊 0878：《說文》146		羴 0882：《說文》149		
102	老 0888：《說文》402	⿰老老 0889	⿱老⿰老老 1540（備考）	⿱⿰老老⿰老老 1540（備考）	
103	而 0889：《說文》458	⿰而而 0890			
104	耳 0893：《說文》597	聑 0895：《說文》599	聶 0897：《說文》599		
105	至 0930：《說文》590	臸 0930：《說文》591			
106	臣 0927：《說文》119		臦 0927：《說文》119 ⿰臣臣 1541（備考） ⿰臣臣 1541（備考）		
107	舌 0934：《說文》087	⿰舌舌 1542（備考）	⿰舌舌 0936 ⿱舌⿰舌舌 0936		
108	虫 1004：《說文》669	蚰 1010：《說文》681	蟲 1026：《說文》682		
109	朿 0438：《說文》321	棘 0460：《說文》321 棗 0460：《說文》321			
110	屮 0032：《說文》022	艸 0945：《說文》022	芔 0947：《說文》045	茻 0970：《說文》048	
111	串 0008	⿰串串 1476（補遺）			
112	余 0027：《說文》050	⿱余余 1474（補遺）：《說文》050			
113	克 0052：《說文》323	兢 0053：《說文》410			
114	呆 0439	槑 0456：《說文》250			
115	男 0687：《說文》705	⿰男男 1535（備考）			
116	見 1061：《說文》412	覞 1063：《說文》414	⿱見⿰見見 1544（備考）		
117	言 1073：《說文》090	誩 1092：《說文》0102 ⿱言言 1545（備考）	譶 1112：《說文》0102 ⿰言⿰言言 1496（補遺）	⿱⿰言言⿰言言 1545（備考）	
118	豕 1122：《說文》459	豩 1125：《說文》460	⿰豕⿰豕豕 1127		
119	貝 0399：1132：《說文》281	賏 1136：《說文》285	贔 1141		
120	赤 1142：《說文》496	赫 1142：《說文》496			
121	足 1149：《說文》081	⿰足足 1154	⿱足⿰足足 1163		
122	車 1167：《說文》727	⿰車車 1497（補遺）	轟 1177：《說文》737	⿱⿰車車⿰車車 1547（備考）	
123	辛 1178：《說文》748	辡 1179：《說文》749			
124	⿱舌口 0120	⿰⿱舌口⿱舌口 1497（補遺）	⿱⿱舌口⿰⿱舌口⿱舌口 1548（備考）		
125	邑 1195：《說文》285	⿰邑邑 1548（備考）			
126	享 0016	⿱享享 1521（備考）			
127	來 0029：《說文》233	⿰來來 0483			
128	兔 0053：《說文》477		⿱兔⿰兔兔 0053：1145：《說文》477		
129	宜 0211：0212：《說文》344	⿰宜宜 0212：0219：《說文》344	⿱宜⿰宜宜 1521（備考）		
130	帚 0258：《說文》364	⿰帚帚 1523（備考）			
131	或 0340：《說文》637	⿱或⿰或或 0342：《說文》098			
132	奇 0178：《說文》206	⿰奇奇 0801 ⿰奇奇 1476（補遺）			
133	昔 0420：《說文》310	⿰昔昔 0428			

134	易 0420：《說文》463	⿰易易 1528（備考）			
135	明 0419：《說文》317	朤 0428			
136	東 0441：《說文》273	⿰東東 0483：《說文》273			
137	果 0444：《說文》251	⿰果果 1529（備考）	⿱果⿰果果 1529（備考）	⿱⿰果果⿰果果 1529（備考）	
138	直 0728：《說文》640		矗 0749		
139	秉 0777：《說文》116	⿰秉秉 0056：0786：1103			
140	空 0791：《說文》348		⿱空⿰空空 0798：1523（備考）		
141	羌 0879		⿱羌⿰羌羌 1540（備考）		
142	舍 0934：《說文》225		⿱舍⿰舍舍 1514（備考）		
143	虎 1001：《說文》212	虤 1003：《說文》213			
144	金 1223：《說文》709		鑫 1254	𨰻 1550（備考）	
145	門 1257：《說文》593		⿱門⿰門門 1550（備考）	⿱⿰門門⿰門門 1550（備考）	
146	𨸏 1273：《說文》738	𨺅 1283：《說文》744			
147	隹 1292：《說文》142	雔 1295：《說文》149	⿲隹隹隹 1299 雥 1299：《說文》149		
148	㡀 0290：《說文》460	⿰㡀㡀 0290：《說文》461			
149	客 0212：《說文》344	⿰客客 1521（備考）	⿱客⿰客客 1521（備考）		
150	幽 0270：《說文》160	⿰幽幽 1515（備考）			
151	春 0421：《說文》048			⿱⿰春春⿰春春 1528（備考）	
152	某 0447：《說文》250	⿰某某 1522（備考）			
153	泉 0546：《說文》575		灥 0592：《說文》575	⿱⿰泉泉⿰泉泉 1531（備考）	
154	若 0951：《說文》044		⿱若⿰若若 1000		
155	面 1311：《說文》427	⿱面面 1312 ⿰面面 1312	⿱面⿰面面 1312		
156	頁 1327：《說文》420	⿰頁頁 1335：《說文》426	⿱頁⿰頁頁 1338		
157	風 1339：《說文》683	⿰風風 1341	⿱風⿰風風 1343	⿱⿰風風⿰風風 1343	
158	飛 1343：《說文》588		⿱飛⿰飛飛 1343		
159	首 1355：《說文》427	⿰首首 1554（備考）			
160	香 1356：《說文》333	⿱香香 1357 ⿰香香 1554（備考）	⿱香⿰香香 1358		
161	羑 0879：《說文》148	⿰羑羑 0882			
162	倉 0035：《說文》226	⿰倉倉 1514（備考）			
163	原 0090：《說文》575		⿱原⿰原原 0091：《說文》575		
164	夏 0173：《說文》235		⿱夏⿰夏夏 1519（備考）		
165	真 0733	⿰真真 0056			
166	眞 0732：《說文》388	⿰眞眞 0056			
167	秦 0779：《說文》330		⿱秦⿰秦秦 0147：0790		
168	羔 0879：《說文》147	⿰羔羔 1540（備考）			
169	骨 1375：《說文》166	⿰骨骨 1378			
170	區 0083：《說文》641	⿰區區 0083			
171	馬 1361：《說文》465	⿰馬馬 1371 ⿱馬馬 1371	驫 1375：《說文》474 ⿲馬馬馬 1375		
172	巢 0252：《說文》278	⿰巢巢 1523（備考）			

173	魚 1393：《說文》580	[illegible] 1408：《說文》587 [illegible] 1556（備考）	鱻 1408：《說文》587	[illegible] 1408	
174	鳥 1408：《說文》149	鳥 1556（備考）	𪇰 1433		
175	鹿 1436：《說文》474		麤 1440：《說文》476		
176	堯 0162：《說文》700	[illegible] 0170			
177	寒 0217：《說文》345		[illegible] 1521（備考）		
178	辛 1178：《說文》748	[illegible] 1548（備考）			
179	雲 1300：《說文》580		[illegible] 1309	[illegible] 1500（補遺）	
180	雷 1300：《說文》577		靐 1309	𩇦 1309	
181	僉 0043：《說文》225	[illegible] 0050：0043			
182	[illegible] 1460：《說文》079	[illegible] 1464			
183	興 0933：《說文》106		[illegible] 1493（補遺）	[illegible] 1542	
184	龍 1464：《說文》588	龖 1465：《說文》588	龘 1465		
185	号 0102：《說文》206	[illegible] 1517（備考）			
186	隶 1291：《說文》118	[illegible] 1291			
187	启 0106：《說文》058	[illegible] 0344：1308			
188	𠂢 0010：《說文》575	[illegible] 1513（備考）			
189	卣 0086：《說文》320		[illegible] 0086：《說文》320		
190	眉 0229：《說文》404		[illegible] 1522（備考）		
191	冊 0056：《說文》458	册 0904			
192	彐 0290	[illegible] 1525（備考）			
193	毌 0516：《說文》632	[illegible] 0518			
194	[illegible] 0284：《說文》319	[illegible] 0284			
195	[illegible] 0270	[illegible] 0271：《說文》652 𢇍 0271：《說文》652			
196	[illegible] 0228	孱 0208			
197	卩 0086：《說文》435	𠨍 0087：《說文》435	[illegible] 1516（備考）		
198	个 0001：0006：0019：《說文》196	竹 0805：《說文》191	[illegible] 0008：0054		[illegible] 1539（備考） [illegible] 1539（備考）
199	竟 0799：《說文》103	競 0801			
200	虫 1004		[illegible] 1544（備考）		
201	玉 0654：《說文》010	珏 0656：《說文》019			
202	[illegible] 1143：《說文》064		[illegible] 1497（補遺）		
203	盖 0722		[illegible] 1537（備考）		
204	甴 0063：《說文》690		[illegible] 1519		

註：格中加底色的爲《說文》中的同體字，沒有註明《說文》的都是《康熙字典》的頁碼，但若只有《說文》頁碼，表示這個同體字《說文》有而《康熙字典》中沒有。

《說文段注》假借字例依聲託事之探究

李綉玲

國立中正大學中文所碩士班

提要

自東漢許慎提出假借界說「假借者，本無其字，依聲託事，令長是也。」以降，由於此界說十分精簡扼要，引發後來學者眾議紛陳。其中關於「有無本字」依聲託事的「假借」與「通假」的爭議，基於「本無其字」與「本有其字」之間，由於文字發展的歷史背景，產生了界線不清的模糊區域，因此很難去判斷到底是「無本字」的「假借」，抑或「有本字」的「通假」。因此本文並不將「假借」與「通假」強分爲二，擬採用廣義的假借來涵蓋通假。立基於此觀點，本文將著眼於《說文段注》一千三百八十六組先秦兩漢假借字例的「依聲」與「託事」，探討假借字與被借字的「古音」關係，以及叚借義與假借字與被借字「意義關聯與否」的課題，期能呈現一具體清晰的面貌。

關鍵詞：依聲、託事、介音、本義、引申義

壹、前言

「假借」爲六書之一，「六書」一詞，最早見於《周禮》[1]，但《周禮》只指出「六書」這個名詞，並未說出其具體名稱。最早將「假借」之名標示出來的是西漢末年劉向、劉歆父子[2]，至東漢許慎，不但提出「假借」之名，並爲之闡釋與舉例；此書一出，歷來對其有極多的研究與推崇，而清儒段玉裁更是其中之巨擘[3]。許慎《說文解字》一書詮釋「假借」十分簡單扼要[4]，段氏由於尊許並爲之作注[5]，造成「假借」此一概念存在著混淆不清的盲點，以致後學對於

[1] 《周禮‧地官司徒‧保氏》:「保氏掌諫王惡，而養國子以道，乃教之六藝：一曰五禮；二曰六藝；三曰五射；四曰五馭；五曰六書；六曰九數。」引自《十三經注疏》，台北，藝文印書館，卷 14，頁 212。

[2] 《漢書‧藝文志》:「古者八歲入小學，故周官保氏掌養國子，教之六書，爲象形、象事、象意、象聲、轉注、假借，造字之本也。」引自《百衲本二十四史》，台灣商務印書館，卷 30，頁 440。(《漢書‧藝文志》是抄錄劉向父子的《別錄》與《七略》而成。)

[3] 《說文段注》自嘉慶二十年刊成以來，天下風行，後學專事考訂者逾四十家，約可分爲「匡段」、「訂段」、「補段」、「申段」、「箋段」等五類。詳見胡樸安:《中國文字學史》，北京，商務印書館，1998 年，頁 299。

[4] 許慎《說文解字‧敘》云:「假借者，本無其字，依聲託事，令長是也。」見（清）段玉裁:《說文解字注》，台北，漢京文化事業有限公司，1983 年 9 月，頁 756。

[5] 段氏云:「託者，寄也，謂依傍同聲而寄於此。則凡事物之無字者皆得有所寄而有字，如漢人謂縣令曰令長，縣萬戶以上爲令，減萬戶爲長；令之本義發號也，長之本義久遠也。縣令、縣長本無字，而由發號久遠之義引申展轉而爲之，是謂叚借。……大氐叚借之始，始於本無其字，及其後也，既有其字矣，而多爲叚借；又其後也，且至後代譌字亦得自冒於

「假借」的名義與範疇眾議紛陳。其中關於「有無本字」依聲託事的「假借」與「通假」的爭議，基於「本無其字」與「本有其字」之間，由於文字發展的歷史背景，產生了界線不清的模糊區域[6]，因此很難去判斷到底是「無本字」的「假借」，抑或「有本字」的「通假」。因此本文並不將「假借」與「通假」強分爲二，擬採用廣義的假借來涵蓋通假[7]。立基於此觀點，本文將著眼於《說文段注》假借字例的「依聲」與「託事」，探討假借字與被借字的「聲音」關係，以及叚借義與借字「意義關聯與否」的課題。

貳、 依聲

「假借」的方式，是漢字十分特殊的借形依音表義的現象，使有音有義的語言，透過語音相同或相近的條件，得以寄形託事，而被寄之字，因而產生新義。既是循音所記，不當去音過遠，理應音同或音近。龍宇純先生曾指出段玉裁注《說文》時，談及假借，語常簡短，表面雖言某二字古音同部，實際聲母亦密切相關[8]。又如王力先生＜訓詁學上的一些問題＞[9]一文所云：

> 同音字的假借是比較可信的；讀音十分相近（或者是既雙聲又疊韻，或者是聲母發音部位相同的疊韻字，或者是韻母相近的雙聲字）的假借也還是可能的，因為可能有方言的關係；至於聲母發音部位很遠的疊韻字與韻母發音部位很遠的雙聲字，則應該是不可能的。而談古音通假的學者們卻往往喜歡把古音通假的範圍擴大到一切的雙聲疊韻，這樣就讓穿鑿附會的人有廣闊的天地，能夠左右逢源，隨心所欲。

意即言假借必須著眼於聲與韻雙方之同近，僅以聲母或韻母單方面之同近條件，自是不足爲訓，否則勢必造成無聲不可轉，無韻不可通之假借流弊。基於此，本文將針對段注《說文》所言的一千三百八十六組先秦兩漢假借字例的上古音關係作一探究[10]，並對照段氏的簡明說法，以更完整的古音面貌具體的呈現出來。

一、 音同（698 組）

本文所言借字與被借字的音同關係，除傳統所謂之「雙聲疊韻」,「介音」的相同亦爲條件之一[11]；意即二字「聲紐、韻頭、韻腹、韻尾」相同，才謂之

叚借。博綜古今，有此三變。」見同註 3，頁 756 – 757。

[6] 黃季剛先生云：「文字隨言語、音聲而變易；因聲音之變易而假借遂亦有變易。爲時既遠，聲變日繁，其所假借之字竟與本字日遠而不易推矣。」見黃季剛先生口述、黃焯筆記：《文字聲韻訓詁筆記》，台北，木鐸出版社，1983 年 9 月，頁 53。

[7] 本文所謂之廣義的假借，是指所有的「依聲託事」，涵蓋「本無其字」與「本有其字」。

[8] 詳見龍宇純＜有關古書假借的幾點淺見＞，收錄於《訓詁論叢》第三輯，台北，文史哲出版社，1997 年 5 月，頁 9。

[9] 見王力《龍蟲並雕齋文集》第一冊，北京，中華書局，1980 年 1 月，頁 339。

[10] 本文上古音值的擬測依據王力先生：《漢語語音史》，中國社會科學出版社，1985 年 5 月。

[11] 王力先生認爲「一個上古韻部，到了中古分化爲幾個韻，那麼，中古這幾個韻的字的韻母在上古必然不完全相同，或者是韻頭不同，或者是主要元音不同。」而王力先生採用的是

「音同」。檢示段注《說文》叚借字例的古音關係，發現此「音同」叚借最爲常見，据個人統計，共有六百九十八組，約佔總叚借字組的百分之五十。段氏爲其所舉「音同」字例有時也作簡短說明，如某二字「音同」、「同音假借」、「古音同某某切」。舉例說明如下：

（一） 音同

《說文・卷十二・糸部》：

純，絲也，从糸屯聲。

段注：

《論語》「麻冕，禮也，今也純。」孔安國曰：「純，絲也。」此純之本義也，故其字从糸。按『純』與『醇』音同，『醇』者，不澆酒也，叚『純』為『醇』字。（同註4，頁643）

「醇」與「純」二字，《廣韻》常倫切。古音擬作［ʑi̯uən］，皆爲舌面濁擦音「禪」紐、合口三等「文」部字，皆屬段玉裁古音十三部。

（二）同音假借

《說文・卷十三・糸部》：

絬，衣堅也，从糸舌聲。……《論語》曰：「絬衣長，短右袂。」

段注：

<鄉黨篇>文，今《論語》『絬衣』作『褻衣』。衣部曰：「褻，私服也。」然則《論語》自訓私服，而作『絬』者，同音假借也。（頁656）

「褻」與「絬」二字，《廣韻》私列切。古音擬作［si̯ăt］，皆爲舌尖清擦音「心」紐、開口三等「月」部字，皆屬段玉裁古音十五部。

（三）古音同某某切

《說文・卷六・木部》：

枓，勺也，從木斗聲。

段注：

勺下曰「所以挹取也。」與此義相足。凡升斗字作『斗』，枓勺字作『枓』，本不相謀，而古音同『當口切』，故『枓』多以『斗』為之。<小雅>「維北有斗，不可以挹酒漿。」……<大雅>「酌以大斗。」皆以『斗』為『枓』。<考工記>注曰「勺，尊斗也。尊斗者，謂挹取於尊之勺。」……此等本皆假『斗』為『枓』。（頁261）

「枓」「斗」二字，《廣韻》當口切。古音擬作［to］，皆爲舌尖清塞音「端紐」、開口一等「侯」部字，皆屬段玉裁古音四部。

二、音近

前一種，其介音擬測系統如下：

開	（一等）-ø-	（二等）-e-	（三等）-i̯-	（四等）-i-
合	（一等）-u-	（二等）-o-	（三等）-i̯u-	（四等）-iu-

本文所言之「音近」叚借，謂其聲與韻雙方必須相同或相近。檢視《說文段注》此類叚借字例，歸納出以下四種情形：

（一）聲韻畢同（103組）

此類借字與被借字的上古聲紐與韻部皆同，唯「介音」不同，形成同韻部字等呼有所分別。分析《說文段注》因介音不同，但聲韻畢同的假借字例，据個人統計，共有一百零三組，約佔總叚借字組的百分之八。本文依其等呼同異，歸納出下列情形：

1、開合口相同，「等」相異

（1）同屬洪音

《說文‧卷14‧金部》：

鍰，鋝也，从金爰聲。《書》曰「罰百鍰。」

段注：

<考工記>作『垸』，其假借字。（頁708）

「鍰」，《廣韻》戶關切，古音擬作［roɑn］。「垸」，《廣韻》胡玩切，古音擬作［ruɑn］。二字皆爲舌根濁擦音「匣」紐字，段玉裁古音十四部。「鍰」與「垸」雖同爲「元」部合口字，但一爲「二等」，一爲「一等」。

（2）同屬細音

《說文‧卷8‧欠部》：

欭，嚘也，从欠因聲。

段注：

口部曰「嚘者，語未定貌。」……<王風>「中心如噎」。<傳>曰「噎謂噎嚘不能息也。」『噎』憂即『欭』嚘之假借字。（頁413）

「欭」，《廣韻》乙翼切，古音擬作［i̯et］。「噎」，《廣韻》烏結切，古音擬作［iet］。二字皆爲喉清塞音「影」紐字，段玉裁古音十二部。「欭」與「噎」雖同爲「質」部開口字，但一爲「三等」，一爲「四等」。

（3）一為洪音，一為細音

《說文‧卷3‧攴部》：

敏，疾也，从攴每聲。

段注：

眉殞切，古音在一部。<生民>詩「履帝武敏。」<釋訓>「敏，拇也。」謂『敏』為『拇』之假借，拇，足大指也。（頁122）

「拇」，《廣韻》莫厚切，古音擬作［mə］。「敏」，《廣韻》眉殞切，古音擬作［mi̯ə］。二字皆爲雙唇鼻音「明」紐字，段玉裁古音一部。「欭」與「噎」雖同爲「之」部開口字，但一爲「一等」，一爲「三等」。

2、開合口相異，「等」相同

此類音近的假借字例只出現同屬「細音」的情形。

《說文‧卷7‧日部》：

昱，日明也，从日立聲。

段注：

日明各本作明日，今依《眾經音義》及《玉篇》訂。……凡經傳子史『翌』日字皆『昱』日之叚借，『翌』與『昱』同立聲，故相假借。（頁 306）

「昱」，《廣韻》於六切，古音擬作 [ʎi̯uək]。「翌」，《廣韻》與職切，古音擬作 [ʎi̯ək]。二字皆為舌面前邊音「喻四」字，段玉裁古音七部。「昱」與「翌」雖同為「職」部三等字，但一為「合口」，一為「開口」。

3、等呼皆相異

《說文•卷 5•虍部》：

虞，騶虞也，尾長於身，仁壽也。食自死之肉，从虍吳聲。

段注：

『騶虞』《山海經》《墨子》作『騶吾』，漢＜東方朔傳＞作『騶牙』，皆同音假借字也。（頁 209）

「虞」，《廣韻》遇俱切，古音擬作 [ŋi̯uɑ]。「吾」，《廣韻》五乎切，古音擬作[ŋɑ]。「牙」，《廣韻》五加切，古音擬作 [ŋeɑ]。三字皆為舌根鼻音「疑」母字，段玉裁古韻五部。此三字雖皆屬「魚」部，但「虞」為合口三等，「吾」為開口一等，「牙」為開口二等。

（二）聲同韻近（124 組）

1、介音相同

檢視此類「聲同韻近並且介音相同」的叚借字例，發現其「韻近」有以下六種情形：一為主要元音相同、韻尾相近（5 組），二為主要元音相同、韻尾不同（34 組），三為主要元音與韻尾皆相近（14 組），四為韻尾相同、主要元音相近（20 組），五為韻尾相同、主要元音相去稍遠（7 組），六為韻尾不同，主要元音相近（6 組），總計八十六組。以下試舉韻尾相同、主要元音相近的例子說明之：

《說文•卷 4•羽部》：

翟，山雉也，尾長，从羽从隹。

段注：

按翟羽，經傳假『狄』為之；狄人字，傳多假『翟』為之。（頁 138）

「翟」，《廣韻》徒歷切，古音擬作 [diok]。「狄」，《廣韻》徒歷切，古音擬作[diĕk]。二字皆屬舌尖濁塞音「定」紐，同為開口四等字；但一為「沃」部字，一為「錫」部字。「沃、錫」二部皆以舌根塞音 [k] 收尾，其主要元音相近，一為舌面後半高元音 [o] ，一為舌面前半高元音 [e] 。

2、介音相異

檢視此類「聲同韻近並且介音相異」的叚借字例，發現其「韻近」有以下六種情形：一為主要元音相同、韻尾相近（2 組），二為主要元音相同、韻尾不同（8組），三爲主要元音與韻尾皆相近（7組），四爲韻尾相同、主要元音相近（12），五爲韻尾相同、主要元音相去稍遠（2組），六爲韻尾不同，主要元音相近（7組），總計三十八組。以下試舉韻尾相同、主要元音相去稍遠的例子說明之：

《說文・卷12・手部》：

抈，折也，从手月聲。

段注：

《晉語》「其為本也固矣，固不可抈也。」韋云：「抈，動也」按依韋注，是謂此『抈』為『扤』之假借字也。（頁608）

「扤」，《廣韻》五忽切，古音擬作［ŋuǝ̆t］。「抈」，《廣韻》魚厥切，古音擬作[ŋi̯uăt]。二字皆爲舌根鼻音「疑」紐字，段玉裁古音十五部。但「扤」爲合口一等「物」部字，「抈」爲合口三等「月」部字；「月、物」皆以舌尖塞音［t］收尾，但其主要元音相去稍遠，一爲舌面半高半低央元音［ǝ］，一爲舌面前低元音［a］。

總計介音相同或相異的「聲同韻近」段借字例共有一百二十四組，約佔總段借字組的百分之九。

（三）聲近韻同

1、介音相同（212組）

据個人統計，此類「聲近韻同並且介音相同」的段借字例，共有二百一十二組，約佔總段借字組的百分之十五。

《說文・卷六・貝部》：

贅，以物資錢，从敖貝。

段注：

若今人之抵押也。……按<大雅>傳曰「贅，屬也。」謂『贅』為『綴』之假借也。（頁281）

「綴」，《廣韻》陟衞切，古音擬作［ti̯uāt］。「贅」，《廣韻》之芮切，古音擬作［ti̯uāt］。二字皆爲合口三等「月」部字，段玉裁古音十五部。此外，「綴」爲舌尖前清塞音的「端」紐字，「贅」爲舌面前清塞音的「照」紐字，二聲紐的發音方法相同，發音部位相近。

2、介音相異（113組）

据個人統計，此類「聲近韻同並且介音相異」的段借字例，共有一百一十三組，約佔總段借字組的百分之八。

《說文・卷10・犬部》：

猗，犗犬也，从犬奇聲。

段注：

犬曰猗，如馬曰騬、牛曰犗、羊曰羠。……有叚為『加』字者，<小雅>「猗于畝丘」是也。（頁473）

「加」，《廣韻》古牙切，古音擬作［keɑi］。「猗」，《廣韻》於離切，古音擬作［i̯ɑi］。二字皆爲「歌」部字，一爲開口二等，一爲開口三等，皆屬段玉裁古音十七部，。此外，「加」爲舌根清塞音的「見」紐字，「猗」爲喉清塞音「影」紐字，二聲紐的發音方法相同，發音部位相異。

（四）聲韻畢近

1、介音相同（49 組）

檢視此類「聲韻畢近並且介音相同」的叚借字例，發現其「韻近」有以下六種情形：一爲主要元音相同、韻尾相近（2 組），二爲主要元音相同、韻尾不同（15 組），三爲主要元音與韻尾皆相近（7 組），四爲韻尾相同、主要元音相近（19 組），五爲韻尾相近、主要元音相去稍遠（2 組），六爲韻尾不同，主要元音相近（4 組），總計四十九組。以下試舉韻尾相同、主要元音相近的例子說明之：

《說文・卷 2・辵部》：

述，循也。从辵术聲。

段注：

述循疊韻。……古文多叚借『遹』為之，如《書》「祇遹乃文考。」《詩》「遹駿有聲。」……＜釋言＞＜毛傳＞皆曰「遹，述也」是也。（頁 70）

「述」，《廣韻》食聿切，古音擬作［d̑i̯uət］。「遹」，《廣韻》餘律切，古音擬作［ʎi̯uĕt］。「述」爲合口三等「物」部字，「遹」爲合口三等「質」部字；物質二部皆以舌尖塞音［t］收尾，主要元音一爲舌面半高半低央元音［ə］，一爲舌面前半高元音［e］，二者元音相近，皆屬段玉裁古音十五部。在聲紐方面，「述」爲舌面前濁塞音「神」紐字，「遹」爲舌面前邊音「喻四」字，二紐的發音部位相同，發音方法相異。

2、介音相異（52 組）

檢視此類「聲韻畢近並且介音相異」的叚借字例，發現其「韻近」有以下六種情形：一爲主要元音相同、韻尾相近（4 組），二爲主要元音相同、韻尾不同（15 組），三爲主要元音與韻尾皆相近（10 組），四爲韻尾相同、主要元音相近（14 組），五爲韻尾相同、主要元音相去稍遠（2 組），六爲韻尾不同，主要元音相近（7 組），總計五十二組。以下試舉韻尾不同、主要元音相同的例子說明之：

《說文・卷 11・水部》：

濯，澣也，从水翟聲。

段注：

有叚『洮』為『濯』者，如鄭注＜顧命＞之『洮』為澣衣成事是也。（頁 564）

「濯」，《廣韻》直角切，古音擬作［deok］。「洮」，《廣韻》土刀切，古音擬作［t′o］。「濯」爲開口二等「沃」部字，「洮」爲開口一等「宵」部字，皆屬段玉裁古音二部。此二字一爲以舌根塞音［k］收尾的入聲字，一爲以元音［o］收尾的陰聲字，韻尾有所不同；其主要元音相同，皆爲舌面後高元音［o］。在聲紐方面，「濯」爲舌尖濁塞音「定」紐字，「洮」爲舌尖清塞音「透」紐字，二紐的發音部位相同，發音方法相近。

總計介音相同或相異的「聲韻畢近」叚借字例共有一百零一組，約佔總叚借字組的百分之八。

三、音異

本文將僅具聲母或韻母單方面同近的叚借字例歸爲「音異」叚借現象，据筆者的統計，此類音異叚借共有三十五組，約佔總叚借字組的百分之二。檢視《說文段注》音異的叚借字例，發現其有下列四種情形：

（一）聲異韻同

1、介音相同（10 組）

《說文・卷 12•瓦部》：

甗，甑也，一穿。……讀若言。

段注：

山之似甗者曰甗。………《爾雅》「小山別，大山曰鮮。」《詩》<皇矣>同。字作『鮮』者，『甗』之假借。（頁 638）

「甗」，《廣韻》魚蹇切，古音擬作［ŋi̯an］。「鮮」，《廣韻》相然切，古音擬作［si̯an］。二字皆爲開口三等的「元」部字，段玉裁古音十四部。但在聲紐方面，一爲舌根濁鼻音「疑」紐字，一爲舌尖清擦音「心」紐字，二聲紐的發音部位與發音方法皆相異。

2、介音相異（6 組）

《說文•卷 12・手部》：

挾，俾持也，从手夾聲。

段注：

若《詩》《禮》之「挾矢」，《周禮》之「挾日」，音皆子協反。……《禮》注：「方持弦矢曰挾。」為矢與弦成十字形也，皆自其交會處言之。古文《禮》「挾」皆作「接」，然則「接」矢為本字，「挾」矢為叚借字。（頁 597）

「接」，《廣韻》即葉切，古音擬作［tsi̯ɑp］。「挾」，《廣韻》胡頰切，古音擬作［riɑp］。「接」爲開口三等「盍」部字，「挾」爲開口四等「盍」部字，皆屬段玉裁古音八部。二字聲紐，一爲舌尖清塞擦音「精」紐字，一爲舌根濁擦音「匣」紐字，二紐發音部位與發音方法皆相異。

（二）聲異韻近（13 組）

此類只出現介音相異的情形。

《說文•卷七•鼎部》：

鼏，……以木橫貫鼎耳舉之。

段注：

貫當作毌，許亦从俗也。禮經十七篇多言「扃、鼏。」注多言今文扃為鉉，古文鼏為密。按『扃』者，叚借字；『鼏』者，正字。（頁 319）

「鼏」，《廣韻》莫狄切，古音擬作［miĕk］。「扱」，《廣韻》古螢切，古音擬作［kiueŋ］。二字的古韻部相近，一爲入聲的「錫」部開口四等字，一爲陽聲的「耕」部合口四等字，二部的主要元音皆爲舌面前半高元音［e］，其韻尾，「錫」部以舌根塞音［k］收尾，「耕」部以舌根鼻音［ŋ］收尾，發音部位相近；「鼏扃」二字皆屬段玉裁古音十一部。在聲紐方面，此二字一爲雙唇鼻音「明」紐字，一爲舌根塞音「見」紐字，二紐的發音部位與發音方法皆相異。

（三）聲近韻異

1、 介音相同（1組）

《說文•卷 14•且部》：

且，所以薦也，凡且之屬皆从且。……又以為几字。

段注：

又以為几字者，古文叚借之法。（頁 716）

「几」，《廣韻》居履切，古音擬作［ki̯ei］。「且」，《廣韻》子魚切，古音擬作［tsi̯ɑ］。二字的聲紐相近，一爲舌根不送氣清塞音「見」紐字，一爲舌尖不送氣清塞擦音的「精」紐，二紐發音部位不同，發音方法相近。在韻部方面，「几」爲開口三等「脂」部字，「且」爲開口三等的「魚」部字，二部的主要元音相去較遠，一爲舌面前半高元音［e］，一爲舌面後低元音［ɑ］；其韻尾，一爲以舌面前高元音［i］收尾，一爲以舌面後低元音［ɑ］收尾，二元音的舌位高低與舌位之前後亦相去甚遠。此外，「几」字爲段玉裁古音十五部，「且」爲段玉裁古音五部，二部亦相隔甚遠。

2、 介音相異（4組）

《說文•卷 1•屮部》：

屮，草木初生也，象丨出形有枝莖也。古文或以為『艸』字，讀若徹。

段注：

凡云古文以為某字者，此明六書之叚借。以，用也；本非某字，古用之為某字也。如古文以洒為灑埽字……以哥為歌字，以詖為頗字……文以爰為車轅字。皆音古時字少，依聲託事，至於古文以『屮』為『草』字……此則非屬依聲，或音形近相借，無容後人效尤者也。（頁 21）

「草」，《廣韻》采老切，古音擬作［tsʻu］。「屮」，《廣韻》丑列切，古音擬作［tʻi̯ăt］。二字的聲紐一爲舌尖前送氣清塞擦音「清」紐字，一爲舌尖中送氣清塞音「透」紐字，二紐的發音部位與發音方法皆相近。但此二字的韻部相異，「草」爲陰聲「幽」部開口一等字，「屮」爲入聲「月」部開口三等字，二字的主要元音相異，一爲舌面後高元音［u］，一爲舌面前低元音［a］，；二字的韻尾也相去甚遠，一爲以舌面元音［u］收尾，一爲以舌尖塞音［t］收尾。此外，「草」字屬段玉裁古音三部，「屮」字屬十五部，二部相隔甚遠；依照段氏「同類爲近，異類爲遠」的古韻分部原則[12]，也可證之。況且，段氏也明言此例非屬依聲，或音形近相借，屬叚借變例[13]，因此無容後人效尤也。

（四）聲同韻異（1組）

此類只出現介音相同的情形，且僅有一組。

《說文・卷3・㸚部》：

爾，麗爾，猶靡麗也。

段注：

後人以其與『汝』雙聲，假為爾汝字。（頁128）

「汝」，《廣韻》人渚切，古音擬作［ni̯ɑ］。「爾」，《廣韻》兒氏切，古音擬作［ni̯ei］。二字聲同，皆爲舌面前鼻音「日」紐字，段氏古音十五部。在韻部方面，「汝」爲開口三等「魚」部字，「爾」爲開口三等「脂」部，其主要元音一爲舌面後低元音［ɑ］，一爲舌面前半高元音［e］，二者相去較遠；「魚、脂」二部雖皆爲以元音收尾的陰聲韻，但［i］爲舌面前高元音，無論在舌位前後或舌位高低，仍與舌面後低元音［ɑ］相去甚遠。

參、託事

自許慎<說文解字・敘>叚借界說舉「令長」爲例以降，引發歷來學者對於「依聲託事」是否涉及意義關聯的熱烈探討[14]。段氏由於尊許並爲之作注，造成其說解叚借限於矛盾境地，往往寓引申於叚借之中，或言某二字是由於音同「義異」的叚借。鑑於此，本文將嘗試探究《說文段注》叚借字例所蘊涵之叚借義現象，分析經由「依聲託事」，當叚借義藉由音同或音近的條件而寄生在叚借字上，其在寄生之時，與叚借字意義的關聯如何？期能呈現一清晰面貌。在研究方法上，本文以《說文》所載本義爲據，並旁徵甲金文，以明本字與借字的本義；另一方面亦證諸典籍異文與注疏，俾求上下文義理通義順，以明叚借義。据筆者分析，《說文段注》叚借字例的假借義與借字存在著意義無關與意義相關兩種現象，試舉例說明如下：

一、假借義與借字無意義相關

---

12 段氏<六書音均表三>云：「今韻二百六部，始東終乏。以古韻分之，得十有七部。循其條理，以之咍職德爲建首。蕭宵肴豪音近之，故次之。幽尤屋沃燭覺音近蕭，故次之。侯音尤近，故次之。魚虞模藥鐸音近侯，故次之。是爲一類。……《易大傳》曰：『方以類聚，物以群分』是之謂矣。學者誠以是求之，可以觀古音分合之理，可以求今韵轉移不同之故，可以綜古經傳假借轉注之用，可以通五方言語清濁輕重之不齊。」見同註4，頁829。

13 《說文・卷2・疋》：「疋，足也。……古文以爲《詩》大雅字，亦以爲足字。」段注：「此則以形相似而叚借，變例也。」見同註4，頁84。

14 歸納起來，基本上可分成三派：一爲主張叚借有意義關聯者，二爲主張叚借無意義關聯者，三爲主張叚借兼備有意義關聯與無意義關聯者。詳見孔仲溫：《類篇字義析論》，台北，台

1、段明言義別之假借

段氏曾於《說文・卷四・鳥部》「雝」篆下言及轉注與假借之別，其云[15]:「異字同義，謂之『轉注』；異義同字，謂之『假借』。」此外，段氏說解假借字例時，偶有就形音義附加說明假借之因，在字義方面，或言「義異（別）」、或言「於義無取」、或言「義各有當」。舉例說明於下：

（1）段言「義異」之假借

例：《說文・卷十二・手部》

拳，手也。从手，　聲。（頁 594）

《說文・卷十二・手部》

捲，气執也。从手，卷聲。

段注：

謂作气有執也，此與「拳」音同而義異。<小雅・巧言>：「無拳無勇。」<毛傳>曰：「拳，力也。」<齊語>：「桓公問曰：『於子之鄉，有拳勇股肱之力秀出於眾者。』」韋云：「大勇為拳。」此皆叚「拳」為「捲」。（頁 608）

（2）段言「於義無取」之假借

例：《說文・卷六・邑部》

郃，左馮翊郃陽縣。从邑，合聲。（頁 286）

《說文・卷九・勹部》

匌，帀也。从勹合，合亦聲。

段注：

<釋詁>曰：「敆、郃，合也」，「郃」乃地名，於義無取，當為「匌」字之假借也。（頁 433）

（3）段言「義各有當」之假借

例：《說文・卷七・米部》

糜，糝糜也。从米，麻聲。（頁 332）

《說文・卷十・火部》

爢，爛也。从火，靡聲。

段注：

古多叚糜為之。糜訓糝，爢訓爛，義各有當矣。《孟子》：「糜爛其民而戰之。」《文選・答客難》：「至則糜耳。」皆用叚借字也。（頁 483）

2、段未明言義別之假借

段氏說解假借字例，絕大多數未明言假借義與借字意義關聯與否。本文以《說文》所載之字義爲本，並旁徵典籍異文或注疏，俾推求上下文義理通義順，

灣學生書局，1994 年 1 月，頁 148–156。

15 同註 4，頁 149。

求得這些假借字例的假借義多數與借字本義無涉。舉例說明如下：

例：《說文•卷十二•女部》

媾，重婚也。从女，冓聲。《易》曰：「匪寇婚媾」。

段注：

重婚者，重疊交互為婚姻也。杜注《左傳》曰：「重婚曰媾。」按字从冓者，謂若交積材也。(頁 616)

《說文•卷三•言部》

講，和解也。从言，冓聲。

段注：

和當作龢，不合者調龢之；糾紛者解釋之，是曰講。……《史記》<虞卿>、<甘茂>二傳，《漢書•項羽傳》皆假「媾」為「講」，古音同也。(頁 95)

《說文假借義證•卷五•言部》「講」篆下[16]：

「講」明訓和解，「媾」當為「講」之假借。……「講」、「媾」俱从「冓」聲，古音同。

按：

(1) 假借義「講和」本字用例

《漢書•卷三十一•陳勝項籍傳第一》[17]：

羽與范增疑沛公，業已講解，又惡背約，恐諸侯叛之，陰謀曰：「巴、蜀道險，秦之遷民皆居之。

蘇林曰[18]：

講，和也。

(2) 假借義「講和」借字用例

《史記•卷七十六•平原君虞卿列傳第十六》[19]：

趙王召樓昌與虞卿曰：「軍戰不勝，尉復死，寡人使束甲而趨之，媾者，以為不媾軍必破也。」

(南朝宋) 裴駰《集解》[20]：

求和曰「媾」。

(唐) 司馬貞《索隱》[21]：

「媾」亦「講」，「講」亦和也。

上述《漢書》一例爲本字的用例，《史記》一例爲借字的用例，兩相對照並經由後人注解，可明假借義「求和」爲借字「媾」的假借義，與其

---

[16] 見（清）朱珔撰、余國慶、黃德寬點校：《說文假借義證》，安徽，黃山書社，據清光緒己亥古閣刊本影印，1997 年 3 月，頁 151。

[17] 見楊家駱主編：《新校本漢書集注》第三冊，台北，鼎文書局，頁 1809。

[18] 同註 17，頁 1810。

[19] 見楊家駱主編：《新校本史記三家注》第三冊，台北，鼎文書局，頁 2371。

[20] 見同註 19。

[21] 見同註 19。

本義「重婚」無涉，二者之間並無意義關聯。

例：《說文•卷三•言部》

諼，詐也。从言，爰聲。

段注：

＜魏風＞：「終不可諼兮。」＜傳＞曰：「諼，忘也。」此「諼」蓋「藼」之假借。……＜伯兮＞詩作「諼草」，＜淇奧＞詩作「不可諼」，皆假借也。（頁96）

《說文•卷一•艸部》

藼，令人忘憂之艸也。从艸，憲聲。《詩》曰：「安得藼艸。」

段注：

＜衛風＞文，今《詩》作「焉得諼艸。」（頁25）

段氏在《說文•卷三•言部》「諼」篆下注云：

「藼」本令人忘憂之艸，引申之凡忘皆曰「藼」。……許稱「安得藼艸」，蓋三家詩也。（頁96）

按：

（1）借字「諼」本義用例

《公羊傳•文公三年》[22]：

此伐楚也，其言救江河，為「諼」也。

（漢）何休注[23]：

諼，詐。

（2）借字「諼」假借義用例

《詩•衛風•淇奧》[24]：

有匪君子，終不可諼兮。

＜傳＞曰[25]：

諼，忘也。

《毛詩傳箋通釋•衛•淇奧》[26]：

＜傳＞：「諼，忘也。」瑞辰按：《說文》「藼，令人忘憂之草也。」或从煖作「蕿」，或从宣作「萱」，……是知凡《詩》作「諼」訓忘者，皆當為「藼」及「蕿」、「萱」之假借。若「諼」之本義自為詐耳。

---

[22] 見（漢）公羊壽傳、何休解詁、（唐）徐彥疏：《春秋公羊傳注疏》，十三經注疏本，台北，藝文印書館，重刊宋本《公羊注疏》附校勘記，1997年8月，卷13，頁167。

[23] 同註22。

[24] 見（漢）毛亨傳、鄭元箋、（唐）孔穎達疏：《毛詩正義》，十三經注疏本，台北，藝文印書館，重刊宋本《毛詩注疏》附校勘記，1997年8月，頁127。

[25] 同註24。

[26] 見（清）馬瑞辰：《毛詩傳箋通釋》。（楊家駱主編，《國學名著珍本彙刊》，台北，鼎文書局，1973年9月。）

上述《公羊傳》一例爲借字「諼」本義的用例，《詩•衛風•淇奧》一例爲其假借義的用例，兩相對照，可明假借義「忘也」與借字「諼」的本義「詐也」無涉，二者之間並無意義關聯。

據本文統計，《說文段注》假借字例之假借義與借字無意義關聯者，總計一千三百四十六組，約佔總假借字組的百分之九十七。此顯示段氏所舉假借字例之假借義絕大多數純屬「依聲」而寄生的字義，它與被寄生文字的本義、引申義無涉；此也印證段氏所謂「異義同字」之假借理論。

二、假借義與借字存在意義相關

歷來論述引申義的學者由各個不同角度爲其下定義，例如黃季剛先生於《文字聲韻訓詁筆記》一書中云[27]：

> 於字之聲音相當，意義相因，而字形無關者，謂之引申義。

黃季剛先生以爲引申義在字音方面必須與本義有某種程度的關聯，在意義上則因襲本義而來，在字形上，已無法像本義一樣可與本形相應。

又如王寧先生《訓詁學原理》一書所云[28]：

> 詞義從一點出發，沿著本義的特點所決定的方向，按照各民族的習慣，不斷產生相關的新義或派生同源的新詞，從而構成有系統的義列，這就是詞義引申的基本表現。

王寧先生認爲受不同民族生活制約的人們，接觸到的事物不同，觀察事物的心理與方法也不同，因此所捕捉的事物特點也存在著不同程度的差異，對於詞義的引申方向也就不完全一致。

再如胡楚生先生於《訓詁學綱要》一書所言[29]：

> 詞義的發展，由本義引申為他義，是源於人們的聯想作用的。……聯想的思想雖然是偶然的，但也並非完全沒有軌跡可尋，一般說來，心理學家們曾為聯想的思想找出四種法則。一是接近律，觀念（包括時間與空間）接近的事物，容易導致聯想。二是類似律，凡性質類似的事物，也容易導致聯想。三是反對律，凡性質相反的事物，也容易導致聯想。四是因果律，凡有因果關係的事物，也容易導致聯想。

胡楚生先生論及引申義是由於人們的聯想作用，由本義延伸出來的，彼此之間的意義，必然有某種程度的內在聯繫，並非全無軌跡可尋。

關於引申義的分類，孔仲溫先生於《類篇字義析論》一書中，從諸家對引

---

[27] 見同註 6，頁 47。
[28] 見王寧：《訓詁學原理》，北京，中國國際廣播出版社，1996 年 8 月，頁 54。
[29] 見胡楚生：《訓詁學大綱》，台北，華正書局，1989 年 3 月，頁 20–21。

申方式的角度、觀念，分析歸納出五種類型[30]。本文探討《說文段注》假借字例假借義與借字存在的意義關聯，以第二種類型爲據，這個類型是依循王寧先生於《訓詁學原理》一書，所論及的詞義引申規律而來。王寧先生指出引申的規律有兩種類型，一爲理性的引申[31]，包含時空、因果、動靜、施受、反正的引申；二爲狀所的引申[32]，包含同狀、同所與通感的引申。

1、段氏將詞義的引申當作假借（無本字的假借）

（1）同狀的引申

王寧先生定義爲「不同事物的外部形狀（包括形狀、性能、功用等等）相似，可以共名或同源。」[33]

例 1：

《說文・卷十・犬部》

類，種類相似，唯犬為甚。从犬，頪聲。

段注：

說从犬之意也。類本犬相侣，引伸假借為凡相侣之稱。（頁 476）

「類」義爲犬相侣，用爲凡相似之稱，爲意義擴大的引申義。段氏以「引申假借」說之，含混引申與假借而無別。

例 2：

《說文・卷十・犬部》

猛，健犬也。从犬，孟聲。

段注：

叚借為凡健之稱。（頁 475）

「猛」義爲健犬，用爲凡健之稱，亦爲意義擴大的引申義。段氏以「假借」說之，含混引申與假借。

例 3：

《說文・卷十四・内部》

禽，走獸總名。从厹，象形，今聲。

段注：

<釋鳥>曰：「二足而羽謂之禽，四足而毛謂之獸。」許不同者，其字从厹，厹為獸迹，鳥迹不云厹也。然則倉頡造字之本意謂四足而走者明矣，以名毛屬者名羽屬，此乃稱謂之「轉移假借」，及其久也，遂為羽屬之定名矣。（頁 739）

段言「禽」在倉頡造字之初是指「四足而毛」的走獸，《爾雅》卻以

30 一爲依邏輯方式分類，二爲依運動規律分類，三爲依遠近關係分類，四爲依屬性不同分類，五爲依意義與詞性分類。詳見孔仲溫：《類篇字義析論》，台北，台灣學生書局，1994 年 1 月，頁 121–125。

31 理性的引申，意指「相關的兩個義項意義關係合乎邏輯，合乎理性。」引自同註 28，頁 55。

32 狀所的引申，意指「基于具體事物的物狀關係而無法與邏輯相符合的引申。」引自同註 28，頁 57。

33 見同註 28，頁 57。

名毛屬者名羽屬，段稱之爲「轉移假借」，實爲意義轉移之引申。

例 4：

《說文•卷十•犬部》

犯，侵也。从犬，㔾聲。

段注：

本謂犬，叚借之謂人。（頁 475）

例 5：

《說文•卷九•石部》

碑，豎石也。从石，卑聲。

段注：

<檀弓>：「公室視豐碑，三家視桓楹。」注曰：「豐碑，斲大木為之，形如石碑。」……按此<檀弓>注即<聘禮>注所謂窆用木也。非石而亦曰碑，假借之稱也。（頁 450）

上述二例亦爲詞義轉移之引申現象，段氏以假借說之。

（2）因果的引申

王寧先生定義爲「作爲原因的事物與作爲作爲結果的事物意義往往相通。」[34]

例：

《說文•卷十•犬部》

獨，犬相得而鬥也。从犬，蜀聲。

段注：

犬好鬥，好鬥則獨而不群，引申假借之為專壹之稱。<小雅•正月>傳曰：「獨，單也。」《孟子》曰：「老而無子曰獨」，《周禮•大司寇》注曰：「無子孫曰獨」，《中庸》《大學》皆曰：「慎其獨。」戾獨等字皆假借義行而本義廢矣。（頁 475）

「獨」本爲犬好鬥之義，因好鬥而獨而不群。意指作爲原因的「好鬥」導致「孤獨」的產生，因果之間有相通之處。

（3）動靜的引申

王寧先生將動靜的引申分爲三類[35]，一爲動作與其所產生的狀態和事物相

關，前者是動詞，後者是形容詞；二爲工具與使用它的動作相關，前者是名詞，後者是動詞；三爲物件與專門施于它的動作相關。

例：

《說文•卷八•衣部》

襄，漢令，解衣而耕謂之襄。

[34] 見同註 28，頁 56。
[35] 詳見同註 28，頁 56。

段注：

引申之為除去。……凡云攘地、攘夷狄皆「襄」之假借字也。

（頁 394）

《說文•卷十二•手部》

攘，推也。从手，襄聲。

段注：

引申之使人退讓亦用此字，如攘寇、攘夷狄是也。（頁 595）

段於「襄」篆下言假借，於「攘」篆下言引申，前後說法相齟齬。「攘地、攘夷狄」應爲「攘」之引申義，「攘」本義爲推也，產生的狀態爲使人退讓，二者相關。

2、段氏說解假借字例混淆同源與假借（有本字的假借）

（1）段氏的假借論

段氏＜說文解字敘＞注云[36]：

段借者，古文初作，而文不備，乃以同聲為同義。……託者，寄也，謂依傍同聲，而寄於此。則凡事物之無字者，皆得有所寄而有字。……是謂假借。

段氏於《說文•卷一•一部》「丕」篆下注云[37]：

「丕」與「不」音同，故古多用「不」為「丕」，如「不顯」即「丕顯」之類，於六書為假借。凡假借必同部同音。

又於《說文•卷一•示部》「祇」篆下注云[38]：

凡假借必取諸同部。

又於《說文•卷十一•水部》「洒」篆下注云[39]：

洒、灑本殊義而雙聲，故相假借。凡假借多疊韻或雙聲也。

段氏所言之假借爲廣義之假借，不論是「本無其字」或是「本有其字」因語文習慣、倉促用字、書寫訛誤，只要是通過語音的條件，無意義之關聯，而借用他字形以寄託字詞的意義，皆屬假借。

（2）段氏的同源論

甲、段氏運用諧聲偏旁說明同源

例：《說文•卷一•艸部》「芋」篆下注云[40]：

口部吁，驚也；《毛詩》：「訏，大也。」凡于聲多訓大。芋之為物，葉大根實，二者皆堪駭人，故謂之芋。

《說文•卷十四•𧾷部》「眞」篆下注云[41]：

---

[36] 同註 4，頁 756。
[37] 同註 4，頁 1。
[38] 同註 4，頁 3。
[39] 同註 4，頁 563。
[40] 同註 4，頁 24。
[41] 同註 4，頁 384。

凡積、鎮、瞋、謓、傎、填、詹、嗔、滇、鬒、瑱、瀰、慎，皆以真為聲，多取充實之意；其顛、畋字以頂為義者，亦充實上升之意也。

乙、後人提出段氏說解之侷限

王力先生評之[42]：

清代語文學家得力於聲音之學，對於同源字的研究超越前人。……例如段玉裁在他的《說文解字注》中說：「<小宰>「傳別」，故書作「傳辨」；<朝士>：「判書」，故書判為辨，大鄭辨讀為別。古辨、判、別三字義同也。」這種地方是很好的發現，但是段玉裁他們為文字所束縛，不能從語言看問題，他們對於同源字的探討，受到很大的侷限。

李妍周評之[43]：

段玉裁《說文解字注》開始注意語言的全面、系統的探索，使傳統訓詁學從理論到內容再到方法都獲得了新發展。……但他並沒有能徹底擺脫字形的束縛，因此他的結論也只是一部份是正確的，而絕大多數形聲字是不合用的。

綜上評論，可知利用字形（諧聲偏旁）來系聯同源詞，不失爲研究同源詞之簡便方式；然而此種方式並非全能，仍有其侷限性，其只能系聯一部份同源詞。因此進行同源詞之研究，只要是具備相同或相近的語言型態及詞義關聯，即可進行同源詞的系聯工作，如此才能不爲漢字形體所拘。

（3）同源與假借之釐清

張覺先生云[44]：

通假，是一種用字現象，它只涉及到採用什麼書寫符號的問題。……同源，則是一種詞匯的孳乳現象，它只涉及到音義相關的某些詞是否由同一語源孳生問題。

李國英先生云[45]：

凡同源通用字應列入引申義項，源字與孳乳字之間應該是古本字和後出本字的關係。凡同音借用字應列入通假義項，被借字與借字之間應該是本字和借字的關係。

可見假借爲一種音同或音近之替代，沒有意義上之任何關聯；而同源詞彼此之間在聲音上的關係雖同爲音同或音近，但其在詞義上仍需相同或相近，此爲二者必須釐清之處。

（4）段氏混淆同源與假借

---

[42] 見王力：《同源字典》，台北，文史哲出版社，1991年，頁39。
[43] 見李妍周：《漢語同源詞音韻研究》，台灣大學中文所博士論文，1995年6月，頁13。
[44] 見張覺：<論通假與同源之關係>，《語言研究》1988年第二期，頁142。
[45] 見李國英：<試論同源通用字與同音借用字>，《北京師範大學學報》，1989年第4期，頁57。

甲、同組假借字例，段一言引申，一言假借

例 1：

伴（薄半切）buɑn、胖（普半切）p´uɑn

A. 伴、胖音近（聲紐發音部位相同、發音方法相近），一爲雙唇不送氣清塞音幫紐，一爲雙唇送氣清塞音滂紐、同屬元部。

B. 均有大義。

C. 《說文・卷二・半部》

胖，半體也，一曰廣肉。从肉半，半亦聲。

段注：

此別一義。胖之言般也，般，大也。《大學》「心寬體胖」，其引申之義也。（頁 50）

《說文・卷八・人部》

伴，大皃。从人，半聲。

段注：

《大學》注：「胖猶大也」，胖不訓大，云猶者，正謂胖即伴之假借。（頁 375）

例 2：

孫（思渾切）suən、愻（蘇困切）suən

A. 孫、愻音同，均爲舌尖清擦音心紐、文部。

B. 均有順義。

C. 《說文・卷十二・系部》

孫，子之子曰孫。从系子，系，續也。

段注：

《爾雅・釋親》文也。子卑於父，孫更卑焉，故引申之義為孫順、為孫遁。（頁 642）

《說文・卷十・心部》

愻，順也。从心，孫聲。

段注：

《論語》「孫以出之，惡不孫以為勇者。」皆愻之假借。（頁 375）

例 3：

震（章刃切）ti̯ən、娠（章刃切）ti̯ən

A. 震、娠音同，均爲舌面清塞音照紐、文部。

B. 均有動義。

C. 《說文・卷十一・雨部》

震，劈歷振物者。从雨，辰聲。

段注：

引申之凡動謂之震。（頁 572）

《說文・卷十二・女部》

娠，女妊身動也。从女，辰聲。《春秋傳》曰：「后緡方娠。」

段注：

方娠者，方身動去產不遠也，其字亦叚震為之。(頁 614)

例 4：

釗（止遙切）tįu、劭（寔照切）ʑįu

A. 釗、劭音近（聲紐發音部位相同、發音方法不同），一爲舌面清塞音照紐，一爲舌面濁擦音禪紐、均爲宵部。

B. 均有勉義。

C. 《說文・卷四・刀部》

釗，刓也。从刀金。

段注：

金有芒角，摩弄刓之。<釋詁>曰：「釗，勉也。」其引申之義也。(頁 181)

《說文・卷十三・力部》

劭，勉也。从力，召聲。

段注：

《爾雅》、《方言》皆曰「釗，勉也」，釗當是劭之叚借字。(頁 699)

例 5：

帖（他協切）t´iap、耴（他協切）t´iap

A. 帖、耴音同，均爲舌尖清塞音透紐、同屬盍部。

B. 均有帖妥義。

C. 《說文・卷七・巾部》

帖，帛書署也。从巾，占聲。

段注：

帛署必黏黏，引申為帖服、為帖妥。(頁 359)

《說文・卷十二・耳部》

耴，安也。从二耳。

段注：

凡帖妥當作此字，帖其叚借字也。(頁 593)

例 6：

医（於計切）įei、翳（於計切）įei

A. 医、翳音同，均爲喉塞音影紐、同屬脂部。

B. 均有蔽義。

C. 《說文・卷十二・匸部》

医，臧弓弩矢器也。从匸矢。春秋國語曰：「兵不解医。」

段注：

＜齊語＞文。今《國語》作翳，叚借字。(頁 635)

《說文•卷四•隹部》

翳，華蓋也。从羽， 聲。

段注：

翳之言蔽也，引申為凡蔽之稱。(頁 140)

例 7：

聚（才句切）dzi̯ɔ、坙（才句切）dzi̯ɔ

A. 聚、坙音同，均爲舌尖濁塞擦音從紐、同屬侯部。

B. 均有會合義。

C. 《說文•卷八•㐺部》

聚，會也。从㐺，取聲。

段注：

古亦叚坙為聚。(頁 387)

《說文•卷十三•土部》

坙，積土也。从土，聚省聲。

段注：

引申為凡聚之稱，各書多借為聚字。(頁 690)

例 8：

慅（蘇遭切）su、騷（蘇遭切）su

A. 慅、騷音同，均爲舌尖清擦音心紐、同屬幽部。

B. 均有動義。

C. 《說文•卷十•心部》

慅，動也。从心，蚤聲。

段注：

＜月出＞:「勞心慅兮。」＜常武＞:「徐方繹騷。」＜傳＞曰：「騷，動也。」此謂騷即慅之叚借字，二字義相近，騷行而慅廢矣。(頁 513)

《說文•卷十•馬部》

騷，摩馬也。从馬，蚤聲。

段注：

摩馬如今人之刷馬，引申之義為騷動。＜大雅•常武＞傳曰:「騷，動也。」是也。(頁 690)

例 9：

順（食閏切）di̯uən、訓（許運切）xi̯uən

A. 順、訓同爲文部疊韻。

B. 均有順義。

C. 《說文•卷九•頁部》

順，理也。从頁川。

段注：

凡訓詁家曰從，順也、曰愻，順也、曰馴，順也，此六書之轉注；曰訓、順也，此六書之假借。（頁 419）

《說文・卷三・言部》

訓，說教也。从言，川聲。

段注：

說教者，說釋而教之，必順其理。引申之凡順皆曰訓。（頁 91）

例 10：

衰（所追切）ʃi̯uəi、㾓（所追切）ʃi̯uəi

A. 衰、㾓音同，均爲舌葉清擦音山紐，同屬微部。

B. 均有等衰義。

C. 《說文・卷八・衣部》

衰，艸雨衣，秦謂之萆。从衣象形。

段注：

以艸為雨衣，必層次編之，故引申為等衰。（頁 397）

《說文・卷七・疒部》

㾓，減也。从疒，衰聲。

段注：

減亦謂病減於常也。凡盛衰字引申於㾓，凡等衰字義引申於㾓。凡<喪服>曰衰者，謂其有等衰也，皆㾓之叚借。（頁 352）

例 11：

迮（側伯切）tʃeak、乍（鋤駕切）dʒeak

A. 迮、乍音近（聲紐發音部位相同、發音方法相近），一舌葉濁塞擦音床紐，一爲舌葉清塞擦音莊紐，同屬鐸部。

B. 均有等衰義。

C. 《說文・卷二・辵部》

迮，迮迮，起也。从辵，乍聲。

段注：

《公羊傳》：「今若是迮而與季子國。」何云：「迮，起也。」倉卒意。按《孟子》：「乍見孺子將入於井。」乍者，倉卒意，即迮之叚借也，引申訓為迫迮。（頁 71）

《說文・卷十二・亾部》

乍，止亡之詞也。从亡一，一、有所礙也。

段注：

乍者，有人逃亡而一止之，其言曰乍，皆咄咄逼人之語也。王與止亡者皆必在倉猝，故引申為倉猝之稱。……《孟子》

「今人乍見孺子將入於井」，……文意正同。（頁634）

例12：

甡（所臻切）ʃen、駪（所臻切）ʃi̯ən

A. 甡、駪音近（韻尾相同、主要元音相近），均爲舌葉清擦音山紐，其韻部，一爲真部，一爲文部。

B. 均有眾多義。

C. 《說文•卷六•生部》

甡，眾生竝立之皃。从二生。

段注：

<大雅>毛傳曰：「甡甡、眾多也。」其字或作詵詵、或作駪駪、或作侁侁、或作莘莘，皆假借也。（頁274）

《說文•卷十•馬部》

駪，馬眾多皃。从馬，先聲。

段注：

<皇皇者華>云：「駪駪征夫。」<傳>曰：「駪駪，眾多之皃。」按毛不曰馬者，以《詩》言人也，其引申之義也，許言馬者，字之本義也。（頁469）

例13：

槙（都年切）tien、顛（都年切）tien

A. 槙、顛音同，均爲舌尖清塞音端紐，同屬真部。

B. 均有頂端義。

C. 《說文•卷六•木部》

槙，木頂也。从木，真聲。一曰仆木也。

段注：

<大雅>：「人亦有言，顛沛之揭。」……故毛曰：「顛、仆，沛、跋，揭、見根貌。」是《毛詩》之顛，槙之假借也。

（頁249）

《說文•卷九•頁部》

顛，頂也。从頁，真聲。

段注：

引申為凡物之頂。……顛為冣上，倒之則為冣下。故<大雅>「顛沛之揭」，<傳>曰：「顛，仆也。」（頁416）

例14：

絑（章俱切）ti̯ɔ、朱（章俱切）ti̯ɔ

A. 絑、朱音同，均爲舌面清塞音照紐，同屬侯部。

B. 均有赤義。

C. 《說文•卷十三•糸部》

絑，純赤也。《虞書》丹朱如此。从糸，朱聲。

段注：

凡經傳言朱皆當作絑，朱其叚借字也。（頁 650）

《說文・卷六・木部》

朱，赤心木，松柏屬。

段注：

朱本木名，引申假借為純赤之字。（頁 248）

乙、段明言義近之假借

例 1：

鬻（以灼切）ʎi̯ok、瀹（以灼切）ʎi̯ok

A. 鬻、瀹音同，均爲舌面邊音余紐，同屬沃部。

B. 均有煠義。

C. 《說文・卷三・䰜部》

鬻，內肉及菜湯中薄出之。从䰜，翟聲。

段注：

今俗所謂煠也。玄應曰：「江東謂瀹為煠。」……鬻今字作瀹。（頁 113）

《說文・卷十一・水部》

瀹，漬也。从水，龠聲。

段注：

此蓋謂納於污濁也。……《孟子》曰：「瀹濟漯」，言浚治其污濁也。瀹與鬻同因而義近，故皆假瀹為鬻。（頁 562）

例 2：

愯（息拱切）si̯ɔŋ、竦（息拱切）si̯ɔŋ

A. 愯、竦音同，均爲舌尖清擦音心紐，同屬東部。

B. 均有懼怕義。

C. 《說文・卷十・心部》

愯，懼也。从心，雙省聲。

段注：

與竦音義略相近。（頁 500）

《說文・卷十・立部》

竦，敬也。从立，从束。

段注：

敬者，肅也。＜商頌＞傳曰：「竦，懼也。」此謂叚竦為愯也。（頁 562）

例 3：

瀀（於求切）i̯u、優（於求切）i̯u

A. 瀀、優音同，均爲喉塞音影紐，同屬幽部。

B. 均有富饒義。

C. 《說文•卷十一•水部》

漫，澤多也。从水，憂聲。

段注：

與優義近。＜瞻卬＞傳曰：「優，渥也。」優即瀀之假借矣。（頁 558）

《說文•卷八•人部》

優，饒也。从人，憂聲。

段注：

食部饒下曰飽也。引申之凡有餘皆曰饒。《詩•瞻卬》傳曰：「優，渥也。」＜箋＞云寬也。＜周語＞注曰：「優，饒也」，＜魯語＞注曰：「優，裕也。」其義一也。（頁 375）

例 4：

竆（居六切）ki̯uk、鞫（居六切）ki̯uk

A. 竆、鞫音同，均爲舌根清塞音見紐，同屬覺部。

B. 均有窮義。

C. 《說文•卷七•宀部》

竆，窮也。从宀，𥷚聲。

段注：

＜毛傳＞於＜谷風＞、＜南山＞、＜小弁＞皆曰：「鞫，窮也。」鞫皆竆之叚借也。……《詩》借鞫為竆，義相近也。（頁 341）

《說文•卷十•㚔部》

簐，窮治辠人也。从㚔人言，竹聲。

段注：

按鞫者，俗簐字。……引申之凡窮之稱，＜谷風＞、＜南山＞、＜小弁＞傳曰窮也，＜公劉＞傳曰究也，＜節南山＞傳曰盈也，究、盈亦窮之意。（頁 497）

例 5：

竺（張六切）ti̯uk、篤（冬毒切）tuk

A. 竺、篤音近，均爲舌尖清塞音端紐，同屬覺部，但一爲合口三等，一爲合口一等。

B. 均有義。

C. 《說文•卷十三•二部》

竺，厚也。从二，竹聲。

段注：

《爾雅》＜毛傳＞皆曰：「篤，厚也。」今經典絕少作竺者，惟＜釋詁＞尚存其舊，叚借之字行而真字廢矣。篤，馬行鈍遲也，聲同而義略相近，故叚借之字專行焉。（頁 681）

《說文•卷十•馬部》

篤，馬行頓遲也。从馬，竹聲。

段注：

馬行箸實而遲緩也。古叚借篤爲竺字，以皆竹聲也。（頁 465）

丙、段雖未言引申或義近，實際上是同源

例 1：

黑（乎北切）xək、羥（於真切）i̯ən

A. 黑、羥音近（主要元音相同、韻尾不同），一爲職部，一爲文部。

B. 均有黑義。

C.《說文‧卷十‧黑部》

黑，北方色也，火所熏之色也。（頁 487）

《說文‧卷四‧羊部》

羥，群羊相積也。一曰黑羊也。

段注：

許意黑羊曰羥，借為凡黑之稱。（頁 146）

例 2：

（馨皛切）xio、皦（古了切）kio

A. 瀀、優音近（聲紐發音部位相同、發音方法相近），一爲舌根清擦音曉紐，一爲舌根清塞音見紐，同屬宵部。

B. 均有白義。

C.《說文‧卷七‧白部》

，日之白也。从白，堯聲。（頁 363）

《說文‧卷七‧白部》

皦，玉石之白也。从白，敫聲。

段注：

<王風>：「有如皦日。」<傳>曰：「皦，白也。」按此段皦為 也。（頁 364）

例 3：

倬（竹角切）teok、菿（都導切）to

A. 倬、菿音近（主要元音相同、韻尾不同），一爲沃部，一爲宵部，同屬舌尖清塞音端紐。

B. 均有大義。

C.《說文‧卷一‧艸部》

菿，艸大也。从艸，到聲。（頁 41）

《說文‧卷八‧人部》

倬，箸大也。从人，卓聲。

段注：

<小雅>：「倬彼甫田。」<傳>曰：「倬，明皃。」<大雅‧棫樸>：「倬彼雲漢。」<傳>曰：「倬，大也。」許兼取之曰

箸大。《韓詩》:「葪彼甫田」,音義同也。假葪為倬也。(頁370)

例4:

層(昨棱切)dzəŋ、增(昨棱切)dzəŋ

A. 層、增音同,均爲舌尖濁塞擦音從紐,同屬蒸部。

B. 均有增義。

C. 《說文・卷八・尸部》

層,重屋也。從尸,曾聲。

段注:

引申為重疊之稱,古亦叚增為之。(頁401)

《說文・卷十三・土部》

增,益也。從土,曾聲。(頁689)

例5:

驖(他結切)t´iet、鐵(他結切)t´iet

A. 驖、鐵音同,均爲舌尖清塞音透紐,同屬質部。

B. 均有黑義。

C. 《說文・卷十・馬部》

驖,馬赤黑色也。从馬,戴聲。

段注:

漢人或叚鐵為之。(頁462)

《說文・卷十四・金部》

鐵,黑金也。从金,戴聲(頁702)

例6:

倞(渠敬切)giaŋ、競(渠敬切)giaŋ

A. 倞、競音同,均爲舌根濁塞音群紐,同屬陽部。

B. 均有彊義。

C. 《說文・卷八・人部》

倞,彊也。从人,京聲。

段注:

<周頌>:「無競維人。」<傳>曰:「競,彊也。」……按<傳><箋>皆謂競為倞之假借字也。(頁369)

《說文・卷三・誩部》

競,彊語也。从誩二人。(頁102)

肆、結語

綜觀《說文段注》叚借字例的聲音關係,其音同(指聲紐、介音、主要元音、韻尾皆同)與聲韻畢同(指介音不同、聲紐與主要元音、韻尾皆同)的叚借總計八百零一組,佔總叚借字組的百分之五十八;而聲同韻近、聲近韻同、聲韻畢近的叚借字例總計五百五十四組,佔總叚借字組的百分之四十。總計《說文段注》百分之九十八的叚借是藉由音同或音近的聲音關係，符合「依聲」爲叚借必要條件的要求，此也顯示段氏古音學雖受時代局限，較爲疏漏；然其所舉叚借諸例，絕大多數仍屬可信。其中「音近」叚借字例雖有百分之五十有「等呼」的差異，經由本文分析，發現其等呼差異或「開合口相同、等相異」，或「開合口相異、等相同」的叚借字組約佔總音近字組的百分之九十六；至於「等呼皆異」的音近叚借有二十六組，僅佔總音近字組的百分之四，可見介音不同的音近假借其等呼存在著「異中求同」的現象。至於百分之二的聲異假借，純就聲韻關係而言，較爲薄弱，仍需驗諸其他典籍注疏或異文，才能進一步加以歸屬。

至於《說文段注》叚借字例在「託事」方面，據本文統計，假借字例之假借義與借字無意義關聯者，總計一千三百五十二組，約佔總假借字組的百分之九十七。此顯示段氏所舉假借字例之假借義絕大多數純屬「依聲」而寄生的字義，它與被寄生文字的本義、引申義無涉；此也印證段氏所謂「異義同字」之假借理論。關於假借字例之叚借義與借字存在意義關聯者總計三十四例，約佔總假借字組的百分之四。此類應視爲一種文字孳乳的現象，而非音同或音近替代的假借。

參考文獻

于省吾主編、姚孝遂按語（民八十五）：《甲骨文字詁林》，北京，中華書局。

（漢）毛亨傳、鄭元箋、（唐）孔穎達疏（民八十六）：《十三經注疏・詩經》，台北，藝文印書館重栞宋本《毛詩》。

（漢）公羊壽傳、何休解詁、（唐）徐彥疏：《十三經注疏・公羊傳》，台北，藝文印書館重栞宋本《公羊》。

王力（民六十九）：《龍蟲並雕齋文集》，北京，中華書局。

王力（民七十四）：《漢語語音史》，北京，中國社會科學出版社。

王寧（民八十五）：《訓詁學原理》，北京，中國國際廣播出版社。

孔德明（民九十三）：《通假字概說》，北京，北京廣播學院出版。

王初慶（民八十三）：＜說文段注引申假借辨＞，收於《訓詁論叢》，台北，文史哲出版社。

孔仲溫（民八十三）：《類篇字義析論》，台北，台灣學生書局。

朱珔撰、余國慶、黃德寬點校（民八十六）：《說文假借義證》，安徽，黃山書社影印清光緒己亥古閣刊本。

（魏）何晏注、（宋）邢昺疏（民八十六）：《十三經注疏・論語》，台北，藝文印書館重栞宋本《論語》。

李傳書（民八十六）：《說文解字注研究》，湖南，湖南人民書版社。

（清）段玉裁（民七十二）：《說文解字注》台北，漢京文化事業有限公司（經韵樓本）。

（清）馬瑞辰撰、楊家駱主編（民六十二）：《毛詩傳箋通釋》，收於《國學名著珍本彙刊》，台北，鼎文書局。

陳新雄（民七十二）：《古音學發微》，台北，文史哲出版社。

黃季剛口述、黃焯筆記（民七十二）:《文字聲韻訓詁筆記》，台北，木鐸出版社。

（漢）趙岐注、（宋）孫奭疏（民八十六）:《十三經注疏•孟子》，台北，藝文印書館重栞宋本《孟子》。

楊家駱主編:《新校本漢書集注》，台北，鼎文書局。

楊家駱主編:《新校本史記三家注》，台北，鼎文書局。

蔡信發（民八十六）:《說文部首類釋》，台北，萬卷樓圖書有限公司。

李國英（民七十八）：＜試論同源通用字與同音借用字＞，《北京師範大學學報》第 4 期。

龍宇純（民八十六）：＜有關古書假借的幾點淺見＞，收於收於《訓詁論叢》第三輯，台北，文史哲出版社。

姚榮松（民七十一）:《上古漢語同源詞研究》，師範大學國文研究所博士論文。

吳美珠（民八十九）:《說文解字同源詞研究》，淡江大學中文所碩士論文。

異體字考釋法析述

曾榮汾

中央警察大學教授

提要

異體字是與正字同音義而異形的資料，大概可以分為兩類：一為合乎六書構造原理者，一為無法以六書原理分析者。其中或古、或隸、或俗、或訛，紛亂雜陳，遍滿經傳。若從文字史觀點來看，異體正為文字孳乳實況；究諸數量，則又遠超過正字，正為研究文字不可忽視之大宗。此亦文字學中當旁分「俗文字學」、「異體字學」之所由。筆者以為要研究異體字，首在定形，次在考釋。形定之後，方可就形論理，或因六書，或因形歧，逐形考究，則異體學理自可得矣。本文即以分析異體考釋方法為主旨，仿古文字考釋，歸納原則，舉例印證，以求異體孳乳脈絡之明白，更向完整異體字學研究邁進一步。

關鍵詞：異體字　文字學　異體字考釋

壹、前言

文字既是約定俗成，何須考釋？那是因為文字形體流變，代見殊異，不經考釋無從得識。考釋者，析形辨字之謂。根據許慎〈說文解字敘〉記載，漢宣帝時曾召通《倉頡》讀者，張敞從受之，可知漢代已有專識古文的專家。考釋古文最有名之例，當推孔安國隸定孔壁古文。根據《漢書・藝文志》：

> 古文《尚書》者，出孔子壁中。武帝末，魯恭王壞孔子宅欲以廣其宮，而得古文《尚書》及《禮記》、《論語》、《孝經》，凡數十篇，皆古字也。……孔安國者，孔子後也，悉得其書，以考二十九篇，得多十六篇。安國獻之，遭巫蠱事，未列於學官。

此事亦見於《史記・儒林傳》：

> 孔氏有古文《尚書》，而安國以今文讀之，因以起其家。

此處所謂的「以今文讀之」，即有文字考釋的意思。唐・孔穎達《尚書正義序》描述此事時說：

> 至魯共王好治宮室，壞孔子舊宅，以廣其居，於壁中得先人所藏古文虞

> 夏商周之《書》及《傳》、《論語》、《孝經》，皆科斗文字……悉以書還孔氏。科斗書廢已久，時人無能知者，以所聞伏生之書，考論文義，定其可知者爲隸古定。

據此，更能明白《史記》「以今文讀之」，乃「以隸定古」。以漢代通行文字去考釋壁中古文，正如今日以楷書去考釋甲金文字一樣。

長久以來，「考釋」之法，一直是古文字研究者不可或缺的學術功夫。未經考釋之古文字，如同「天書」一般，何能達「前人垂後，後人識古」的文字功能？然一經適切考釋，即若商代甲骨文，距今約三千年，仍然可以一目了然，與古人作心靈交會。此即文字考釋的重要。羅振玉《殷虛書契考釋・序》曾說：

> 予讀詩書及周秦之間諸子及太史公書，其記述殷事者，蓋寥寥焉。孔子學二代之禮，而曰：杞宋不足徵。殷商文獻之無徵，二千餘年前則已然矣。吾儕生三千年後，乃欲根據遺文，補苴往籍，譬若觀海，茫無津涯。予事稍久，乃知茲事始有三難：史公最錄商事，本諸詩書，旁覽《系本》，顧考父所校，僅存五篇，《書序》所錄，亡者逾半，系本一書，今又久佚，欲稽前古，津逮莫由，其難一也。卜辭文至簡實，篇恆十餘言，短者半之，又字多假借，誼益難知，其難二也。古文因物賦形，繁簡任意，一字異文，每至數十，書寫之法，時有凌獵，或數語之中，倒寫者一二，兩字之名，何書者七八，體例未明，易生炫惑，其難三也。今欲祛此三難，勉希一得，乃先考索文字，以爲之階。

嚴一萍先生《甲骨學・第五章》更清楚的指出：[1]

> 研究甲骨，首重文字。能夠認識甲骨文字，纔可以考辨殷商歷史，但在進窺殷商文化的全貌，識字之先，必須先作考釋。

正是因爲由文字方能識內容，也方能顯現文獻之價值，而考釋正爲其中津梁。古文字如此，異體字何嘗不也是如此？

貳、考釋異體字之重要

中國文字也許是採用形符的關係，容易孳乳許多異體。甲金文已多旁歧，隸變、楷化後，歧衍更多。或因創造自由，或因取象不同，或因孳乳類化，或因書寫變異，或因書法習慣，或因訛用成習，或因諱例成俗，或因政治影響，或因適合音變，或因方俗用字，或因行業用字等等[2]，凡此皆會造成閱讀文獻的

---

[1] 767 頁。
[2] 異體滋生之因，可參考拙作《干祿字書研究》395 頁。

困難。有些俗雜異體，見載字書，有些則只能由上下文去加以推斷。以敦煌寫卷文字情形爲例，潘師石禪曾歸納其中情況有六：[3]

1. 字形無定
2. 偏旁無定
3. 繁簡無定
4. 行草無定
5. 通假無定
6. 標點符號多異

所描述的重點，由一至四指的都是字形歧異情形。這些字不經考定，很容易誤判。試舉《無常經講經文》(伯 2305)書影爲例，參〔**附圖 1**〕，書影中的文字若不經解讀，實有部分無法識認，一經解讀後，文中文字如下：

刀山耀日	劍樹凌雲
何曾安樂	業大燒身
動說十劫五劫	不曾快活逡巡
爭如淨土	菩薩爲鄰
閑向八德池中弄水	悶來七重樹下遊春
或登寶殿	或禮經文
或驅孔雀	或臂加凌
或來昇瑞採	或去入祥雲
或即晨登寶殿	或時夜禮慈尊

此種情形於俗刻小說資料上亦十分普遍，試舉《明成化唱本詞話叢刊・石郎駙馬》書影爲例，參〔**附圖 2**〕：[4]

文中多俗字，經考釋後，則釋文如下：

命無存。當時二人便乃跪下告言：「將軍饒我殘生性命。我對將軍實說，我們二人並無一文錢物。我乃是東京大唐木樨宮國姑公主教咱下書到三關石駙馬，取討人兵。」強人見說，心中十分歡喜。便領二人前去帳下參見本主。唱：

先鋒拏住推車客　要討買路寶和珍　卻見二人言此事
不覺心中吃一驚　只道推車買賣客　誰知卻是自家人

---

3 見潘師〈敦煌卷子俗寫文字與俗文學之研究〉，刊《木鐸》第九期 25-40 頁。
4 鼎文書局，民 68 年 6 月初版。

急忙向前忙施禮　言稱莫怪小人身　先鋒便下忙相接
接領推車兩個人　來至三關大寨內　帳前便見石官人
二人方下低頭拜　便拜本主石官人　拜罷起來平身立
將書呈上本官身　石郎接得書在手　肚裡思量八九分
欲待拆開書來看　坐下諸多頭目人　上頭坐下劉知遠
下頭坐著姓桑人　左邊坐下柴總管　右邊坐著趙先鋒
諸位朝官來坐定　都在三關大寨門　話分兩頭牢記取
不覺紅日又西沉　石郎一見天色晚　散了諸多頭目人

宋元以來小說刻本多俗字，《宋元以來俗字譜》所收的字形資料即由此而得。李田意氏輯校《拍案驚奇》一書時，曾於序說：

> 在明人的小說中，許多字的寫法和現在頗有不同之處。

所以他在書後附了一個對照表，參〔附圖3〕。
由此數例更可以得知，縱非如古文字形體差異那麼大，異體字的普遍行用，確實造成閱讀文獻的困難。古文字既須考釋，異體字亦須加以認定，否則將使學術傳播產生阻礙，對前人智慧遺產亦將無法悉盡了解。潘師石禪於〈敦煌俗字譜序〉曾說：

> 然則敦煌寫本之俗字，何爲獨見重視乎？良由敦煌漢文寫本二三萬卷，皆四世紀至十世紀經典、文學、宗教、史地、美術、音樂、社會、經濟、法制、民俗之重要資料，又皆彼時手寫僅存之孤本。倘不通曉其俗字條理，則解讀無從。

潘師之言雖直指敦煌文獻，然由此類推，可知其他文獻亦有類似情形。此即異體字應當予以重視，並就此可推衍出「異體字考釋」之學術領域。

參、異體字考釋法析論

異體字如何考釋？嚴一萍先生《甲骨學》一書中曾歸納考釋甲骨文的方法：[5]

1考察文字本身的演變，此即由許書以溯金文，由金文以窺書契之意。這是主要的方法。
2由甲骨本身字形之比較而得之。
3分析偏旁點畫，以求文字之構成，合以聲韻訓詁，推測其涵義所得。

---
[5] 790頁。

4由卜辭辭例之比較而得之。
5由甲骨之綴合以證明而得之。
6由地下遺象之印證而得之。
7由辨析合文而得之。
8由辨認析書及一字重形而得之。

嚴先生這八例針對甲骨文而來。異體字固然不像甲骨文那般複雜，但以中古俗字資料而言，其上承甲金文有之，下爲後代正字者有之；以量而言，自隸變而降，更是居中國文字歷代之冠；就文字流變史觀之，則正爲文字孳乳實況。根據筆者淺見，異體字考釋也可歸納如下方法：

1依六書原則析辨
2依形變結構解析
3依異體字字例推究
4依文獻資料旁徵
5依聲韻線索考證
6依隸變原則類推
7依上下文義推測
8依其他異體字滋生之因觀察

茲即就此數例，析述如下。所舉例子以《龍龕手鑑》所載俗字爲主。

1·依六書原則析辨

異體字之演變或有合乎六書原則的字，當可依六書條例加以解析。如：

(1)《龍龕手鑑·卷四·肉部》：「腮：俗。蘇來反。正作顋。」謹案：《廣韻·咍韻》：「顋，顋頷，俗又作腮。」頷即頤的意思。也就是今所謂「腮幫子」，臉頰的意思。字本從頁，以屬人體的一部分，故又創從肉的「腮」。

(2)《龍龕手鑑·卷四·肉部》：「脈，俗。脉，今。莫戹反。血～也。幕也。……正作𧖴、衇。二。」

謹案：《說文·𠂢部》：「衇，血理分邪行體中者，從𠂢從血。　脈，衇或從肉。　𧖴，籀文。」《龍龕手鑑》以小篆、籀文爲正，以小篆重文脈爲俗，以脉爲今。所謂「今」者，乃當時通行寫法之謂也。依「脈」字結構，正字從血，重文從肉，義類相近，故可互通。

2·依形變結構解析

異體字之辨，雖可求諸六書，然此類俗字較之於單因形變而異的字，畢竟少數。這是因為異體字形成，以形變為要。大部分的異體字，都是由正字形體產生變化而得。所以欲究俗字，可從俗字本身字構析辨，得其形變之由。如：

(1)《龍龕手鑑・卷三・大部》：「奞，俗　奪、奪，二正。」

謹案：奪字篆文作奪，本從又，後世或從寸，俗字改從木，下半遂成「集」字。考其形變之由，恐因「大」字下形構「隹」近於「集」字，故而相混。

(2)《龍龕手鑑・卷四・肉部》：「肉，如六反。骨肉也。或俗作宍。」

謹案：肉之作宍，全由形變而來。碑刻「肉」字或作肉、宍、宍，[6]正是因為肉字的篆體肉，隸變可作作肉、肉，訛作肉，省作宍、宍，上遂從宀，下遂似「六」，或逕從「六」。

3・依異體字字例推究

異體字字例是整理異體字形體的綱領，凡同偏旁，多見類似的演變。若依字例推究，則依形理緒，甚易得其津要。

(1)《龍龕手鑑・卷二・草部》：「蓨，俗　蓨，正。悅吹反。藍蓼莠也。又音隋。二。」

謹案：凡從隋者，俗或作有。如：隋作陏、惰作惰、隨作随。蓋書寫省筆所致。

(2)《龍龕手鑑・卷四・歹部》：「殄，俗　殄，正，徒典反。絕盡也。」

謹案：凡從入㐱者，俗字或作尒。如《字彙》，珍作珎，胗作胗等。蓋隸書書寫成習所致。《金石文字辨異・平聲・支韻》引〈北齊天統三年造像記〉，「彌」可作「弥」，正是因為「爾」可以寫作「尒」，再依此「尒」可作「㐱」俗字例溯推，「彌」遂可作「弥」。

4・依文獻資料旁徵

考證異體字，旁徵文獻甚為重要。文獻足徵，則不惟俗字字形可定，字形演變亦往往可究。

(1)《龍龕手鑑・卷四・雜部》：「虧，俗　虧，正。去為反。傷也、落也……。」

謹案：虧字見《說文・亏部》，重文從兮，《龍龕手鑑》取重文為正。俗字左半邊省寫為「虛」，與「虛」字俗寫同。考其原因，一則以書寫變異，二則以「虧」本具「虛」義，所以形變成「虛」後遂約定下來。《干祿字書・平聲》：「虧、虧：上俗下正。」正可為證。

---

[6] 皆見《金石文字辨異》。

(2)《龍龕手鑑・卷四・頁部》:「頺，俗　頹，正。杜回反。暴風也，又無髮也。」謹案：頹字，《說文》本作「穨」，從禿貴聲。義爲「禿貌」，後世多行用「頹」，且以之爲正。顧藹吉《隸辨・平聲・灰韻》引《侯成碑》:「梁木圮～。」字形作頺，變「禿」爲「秀」。顧氏云:「頺本從禿，碑變從秀。」唐・顏元孫《干祿字書・平聲》云:「頺、頹：上通下正。」顏氏所謂「通」者，乃經籍習用字，非指通假，仍當視爲異體。考其來由，據《說文・禿部》云:「禿，無髮也。從儿上象禾粟之形，取其聲。」段玉裁注云:「按粟當作秀，以避諱改之也。……此云象禾秀之形取其聲，謂取秀聲也。皆會意兼形聲也。其實秀與禿古無二字，殆小篆始分之，今人禿頂亦曰秀頂，是古遺語。凡物老而椎鈍皆曰秀，如鐵生衣曰銹。」若依段說，則從秀之頺，亦古出之形，其來有自。

5・依聲韻線索考證

異體字形成，有時是變化聲旁而得，所以考證俗字可依聲旁變化得其線索。

(1)《龍龕手鑑・卷四・足部》:「蹹：俗　踏：正。他合反。～著地也。」謹案：《龍龕手鑑》此處俗字當爲「蹋」字變體。《說文・足部》:「蹋，踐也。從足𦐇聲。」段玉裁注：「俗作踏。」是《說文》本作「蹋」，後世通用從沓之「踏」，反以爲正。《集韻・入聲・合韻》:「踏，踐也。或作蹹、蹋。達合切。」即是如此。考沓、𦐇兩偏旁音近，《廣韻・入聲・合韻》:「沓，徒合切。」又盍韻:「𦐇，吐盍切。」一音之轉，通讀無別。偏旁遂能代換。明代《字彙・足部》:「蹋，達合切。音踏。」正是混讀二字之音。《龍龕手鑑・卷四・足部》另收有「蹋」字:「蹋、蹹：徒合反。蹹也。又踐也、履也。」與「踏」音唯清濁之別。當可說明「蹋」、「踏」二字於當時已見音義相混，蹋字另有「蹹」義，原有踐踏義漸由「踏」字取代，「踏」字遂成爲表「踐踏」義之正字。文字孳乳實況果能藉由正俗交替而窺之。

(2)《龍龕手鑑・卷四・辵部》:「逌，俗　遊，正。音由。～放，循歷也。」謹案：遊字未見《說文》，段玉裁於《說文》「游」字重文「逕」下注云:「俗作遊。」若考其形構，從辵斿聲。《廣韻・平聲・尤韻》:「遊，以周切。」俗字改「斿」爲「卣」。《廣韻・平聲・尤韻》:「卣，中樽。……以周切。」音同「遊」。偏旁音同，故可代換，「遊」遂可作「逌」。

6・依隸變原則類推

異體字演變頗受隸變過程影響，由篆轉隸，化曲爲直，化圓爲方，形體諸多改變，異體由是生焉。考證異體字，究之於隸變，或可尋得線索。

(1)《龍龕手鑑・卷二・草部》:「蒪，毗連反，或去聲。正作篇。」

謹案：隸變過程中，從艸、從竹相混，顧藹吉《隸辨・偏旁・竹》云：「个个，《說文》作竹，象形。隸變如上。亦作竹，經典相承用此字。……或作艹、艸，與艸無別。字在上者，作⺮。或作艹、艸，亦作艹、艹，與從艸之字無別。」然則，從竹之篾，自可歧異為從艸之蔑。

(2)《龍龕手鑑・卷二・草部》：「蔷，俗　薔，正。疾良反。～薇也。又音色，菜蓼也。」

謹案：從嗇之字，隸變或作啬。顧藹吉《隸辨・偏旁・嗇》云：「嗇，《說文》作嗇，從來從㐭，隸變如上。亦作啬、啬。……。」然則，薔可作蔷，乃隸變所致。諸從嗇者，皆然。

7・依上下文義推測

考釋異體字可依文獻上下文推究。有些異體字未必見收於字書中，若遇此時，則上下文義的推敲成為唯一線索。依線索覓蹤，再佐以文字學理推證。推究確鑿者，置於文獻任何一處皆見穩妥。

如：清北平聚卷堂抄本子弟書《入塔𠱁羅漢》：參〔附圖4〕

其中第一行第一字「𠁥」，殊為奇怪，《宋元以來俗字譜》未見收錄。茲據上下文推之，上文提及白娘娘因受法海逼迫，急難中召喚山精水怪來相助。待精怪出現後，白娘說：「奉請𠁥兄無別故，皆因是法海禿廝，又遇薄倖男。」說完情事後，下接此頁。由此頁的「𠁥精靈」，與「烏合𠁥」來判斷，並上文語義，此字當為「眾」字。推此字構，當與「中」字有關。借「中」字的形音來當「眾」字。於是「奉請𠁥兄」，即為「奉請眾兄」；「𠁥精靈」即為「眾精靈」；「烏合𠁥」即為「烏合眾」。

8・依其他異體字滋生之因觀察

異體字滋生的原因很多，拙作《干祿字書研究》一文曾歸納為十一點：創造自由、取象不同、孳乳類化、書寫變異、書法習慣、諱例成俗、政治影響、適合音變、方俗用字、行業用字等。[7]因此考釋俗字，除了上述之形變、音變等線索外，也可以從避諱、政治、方俗、行業等因素去考量。避諱者，若如避唐太宗諱，改「民」為「氏」；政治影響者，如武則天之創「曌」為「照」；方俗者，如《桂海虞衡志》所錄「𡘫」之為「穩」；行業用字，如古漏糖業之用「𫞦」為「罐」字。[8]

再如《龍龕手鑑・卷二・草部》：「𦬔，音菩提二字。」又：「𦫸，莫朗反。草木冬生不死也。又音菩薩二字。」此二字，嚴格來說，並非文字，較之古文

---

7 《干祿字書研究》395-406頁。

8 例皆見《干祿字書研究》。

字中之「合文」更爲減省，然《龍龕手鑑》既已收錄，猶視之如字，故仍當考釋。因此，若欲考究此二字時，自難以一般文字考釋之法推究，反宜以當時寫卷俗寫書例分析。因當時佛經大量使用「菩提」、「菩薩」等詞，所以書例上以此省寫形體代之。不妨視爲當時佛經寫卷之「專業用字」。

肆、結語

上文舉《龍龕手鑑》俗字爲例，說明異體確可以加以考釋。考釋時，縱推字史，旁參佐證，以形爲緒，借聲理緒，較之於古文字考釋自見特色。

中國文字縱橫數千年，形體歧衍，紛雜錯亂。自古以來雖代見字樣釐訂，然因創造自由，古今參差等因由，致使異體叢生，無一代能免。因此，從文字學觀點來看，六書條例固屬重要，正字字樣理當承繼，然偌大數量的異體更存留文字演進的實況，於字史探究上，異體字例顯非六書所能盡括，正俗推衍，亦非異代不變，異體種種情由，是否更當爲文字學領域之研究重點？

更何況，在小學三領域中，聲韻學乃爲推究語音流變沿革，訓詁學乃爲窮究詞義流變體系，而文字學豈非爲析辨字形演變之脈絡而設？異體字既爲文字孳乳實況之資料，欲究字史，捨異體則莫由。因此，發展異體字考釋正爲研究全面字史之基礎，也是今日重新確定文字學領域的重要指針。本文所舉考釋諸例，所用材料或嫌偏狹，若更能上溯古文字，旁參豐富之碑刻、寫卷等資料，則析述內容必更確實，唯本文用心旨在拋磚引玉，後之轉精者更待來人。

參考文獻

1.教育部（民 90 版），異體字字典
2.邢澍（民 59 版），金石文字辨異，古亭書屋
3.顧藹吉（民 65 版），隸辨，聯貫出版社
4.潘重規（民 67），敦煌俗字譜，石門出版社
5.潘重規（民 6），敦煌卷子俗寫文字與俗文學之研究，木鐸第九期
6.嚴一萍（民 67），甲骨學，藝文印書館
7.曾榮汾（民 71），干祿字書研究，文大博士論文
8.曾榮汾（民 85），字彙俗字研究，國科會專題計畫報告
9.曾榮汾（民 87），龍龕手鑑俗字研究，國科會專題計畫報告
10.曾榮汾（民 88），廣韻俗字研究，國科會專題計畫報告

〔附圖１〕

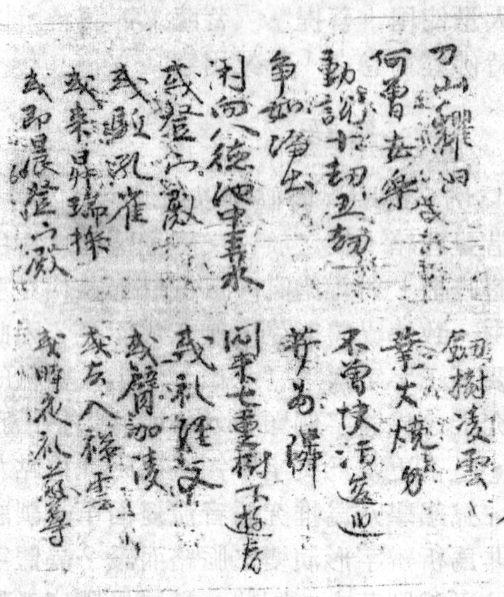

〔附圖２〕

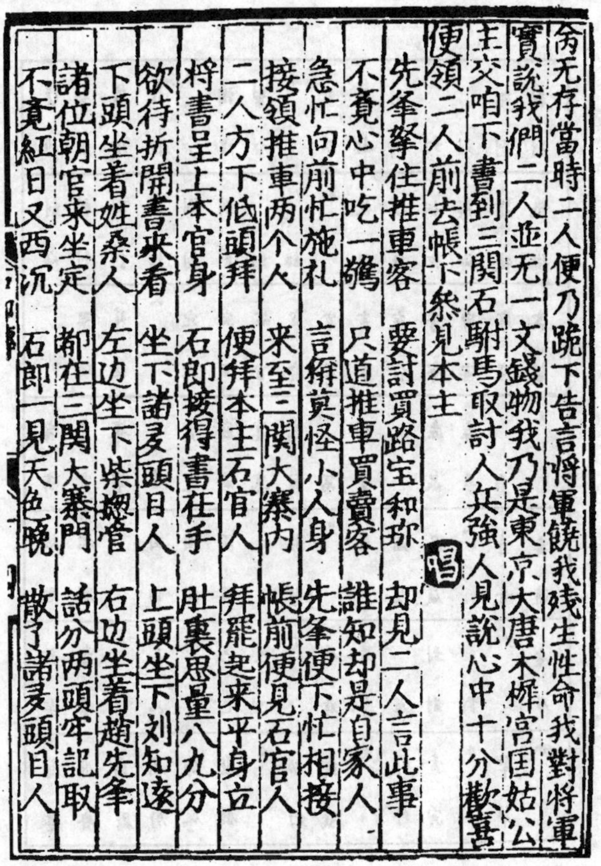
爺无存當時二人便乃跪下告言將軍饒我残生性命我對將軍
實說我們二人並无一文錢物我乃是東京大唐木樨宮国姑公
主交咱下書到三關石駙馬取討人兵強人見說心中十分歡喜
便領二人前去帳下參見本主
先夆拏住推車客　要討買路宝和弥　唱　却見二人言此事
不覔心中吃一鷩　只道推車買賣客　誰知却是自家人
急忙向前忙施礼　言稱莫怪小人身　先夆便下忙相接
接領推車兩个人　来至三關大寨内　帳前便見石官人
二人方下低頭拜　便拜本主石官人　拜罷起来平身立
將書呈上本官身　石郎接得書在手　肚裏思量八九分
欲待折開書来看　坐下諸多頭目人　上頭坐下刘知遠
下頭坐着姓桒人　左边坐下柴總管　右边坐着趙先夆
諸位朝官来坐定　都在三關大寨門　話分兩頭牢記取
不覔紅日又西沉　石郎一見天色晚　散了諸多頭目人

〔附圖3〕

上列者爲今本用字，下列者爲《尙友堂本》用字。

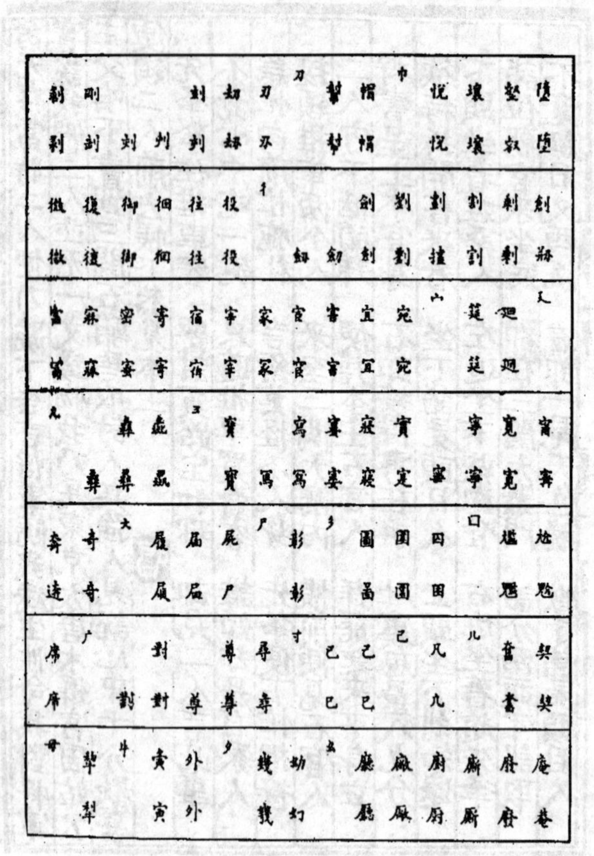

〔附圖4〕[9]

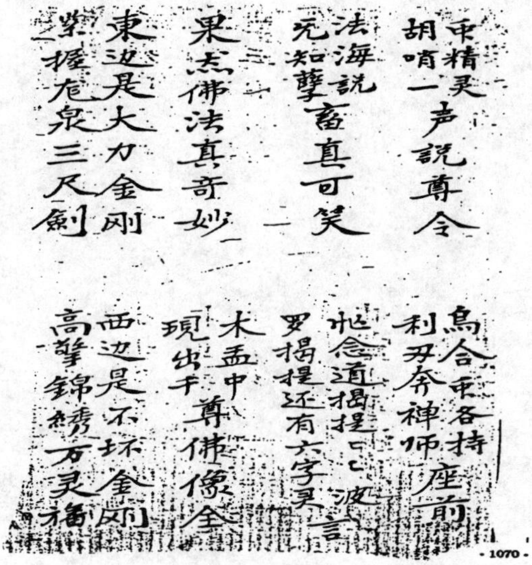
乖精灵
胡哨一声説尊令
法海説
无知孽畜真可笑
來去佛法真奇妙
東边是大力金刚
兜援危泉三尺劍
烏合乖各持座前
利刃斧禅师
怛念道揭提已波言
罗揭提还有六字真言
木孟中尊佛像全
现出千
西边是不坏金刚
高擎錦綉万灵旛
1070

[9] 書影摘錄自潘江東《白蛇故事研究》，1070頁。

由上博詩論「小宛」
談楚簡中幾個特殊的從肙的字

季旭昇

國立臺灣師範大學國文系

提要

《上海博物館藏戰國楚竹書·孔子詩論》[1]有「少[⿱夗肙]，丌（其）言不亞，少又恁安（焉）」，「少[⿱夗肙]」即「小宛」，何琳儀先生以爲「[⿱夗肙]」字爲「肙」的繁化字，可信。在這之前，李家浩先生把《包山楚簡》[2]的「[⿰革肙]」釋爲「鞙」、《望山楚簡》[3]的「肙」釋爲「駌」、「絹」釋爲「絹」；李運富先生把《包山》的「有悁」讀成「有悁」、「悁」訓「仇怨」，「絹、肙」讀成「絹」[4]；李零先生把「[⿰肙阝]」讀成「宛」[5]；孔仲溫先生也主張《包山》「有悁」就是「有怨」，《望山》的「肙緂」、「絹緂」即「絹紬」[6]。但各家都沒有辦法證明字形原委，所以學界並不能完全接受。現在，由於《上博，孔子詩論》「小宛」的出現，以上這些字形都可以得到證明。從這個角度出發，戰國楚系文字中有一些從「肙（肙、肙）[7]」這個偏旁組成的字，似乎都可以重新釋讀。除了肯定「[⿱夗肙]」讀成「宛」、「悁」讀成「怨」、「[⿰革肙]」讀成「鞙」、「[⿰肙阝]」讀成「宛」、「絹」及「肙」讀成「絹、駌」外，還可以推知「[⿱肙肙]」、「[⿰骨肙]」應讀爲「婉」。

本文在書寫「肙」的各種寫法時，無論是單獨寫、或作偏旁用，隨字形隸定時或作「肙」、或作「肙」、或作「肙」（不代表其上從「占」）、或作「[⿱夗肙]」、或作「[⿱夗肙]」：但在引文時往往從各家隸定，不作硬性的統一。

關鍵字：肙、小宛、包山、望山、郭店、婉、怨、絹、駌、宛

---

[1] 馬承源主編《上海博物館藏戰國楚竹書》，上海古籍出版社，2001.11。以下簡稱《上博》。

[2] 湖北省荊沙鐵路考古隊，《包山楚簡》27頁，文物出版社，1991.10。以下簡稱《包山》。

[3] 湖北省文物考古研究所、北京大學中文系編《望山楚簡》，北京，中華書局，1995.6。以下簡稱《望山》。

[4] 李運富《楚國簡帛文字構形系統研究》114頁，岳麓書社出版，1995。

[5] 李零〈讀《楚系簡帛文字編》〉147頁，第89條，1999。

[6] 孔仲溫〈郭店楚簡《緇衣》字詞補釋·釋悁〉，《古文字研究》第二十二輯，244頁，2000.7。

[7] 據戰國和漢代文字，「肙」字有兩種寫法，一爲肙（含肙、肙），一爲肙。本文在需要區分的時候，在字形上會做較嚴格的區別。

一、《上博．孔子詩論》的「䏍」

《上博．孔子詩論》第8簡有「少䏍，丌（其）言不亞，少又忎安（焉）」，同書考釋云：

> 「䏍」字，《說文》所無，从兔下有二肉。據以上所排序之詩，此「少䏍」或當為《小宛》，但另簡篇名有《亩丘》，詩句引文與《宛丘》相同。不可能「宛」作「䏍」，又再作「亩」。簡本、今本兩字並待考。

案：《上博》此字作「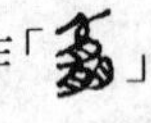」，其上部所從，接近已往所知的「兔」、「象」字，下部所從爲二「肉」。究爲何字？從〈孔子詩論〉的文例來看，非常清楚。〈孔子詩論〉第8簡云：

> 《少（小）旻（旻）》多惓＝（疑矣），言不中志者也。《少䏍》，丌（其）言不亞（惡），少又忎（仁）[8]安（焉）。《小弁》、《考（巧）言》則言讒人之害也。

《上博．孔子詩論》此處〈少旻（旻）〉、〈少䏍〉、〈少叀（弁）〉、〈考（巧）言〉四篇相連，與今本《毛詩》全同，因此「少䏍」應該就是〈小宛〉，毫無問題。《上博》考釋者馬承源先生不敢完全肯定「䏍」字即「宛」字的原因，一則是「䏍」的字形不好解釋；一則是今本《毛詩》同一個「宛」字，在《上博》簡中〈小宛〉篇作「䏍」，而〈宛丘〉篇作「亩」，也不好解釋。

今本《毛詩》同一個「宛」字，在《上博》簡〈小宛〉篇中作「䏍」，而在〈宛丘〉中篇作「亩」，是否不合理呢？其實是不會的。戰國文字中同一字寫成不同的形體，或者假借不同的字是很常見的。「亩丘」的「亩」是「备」（邍）的省形，我已有考證[9]，今本《毛詩》〈宛丘〉、〈小宛〉同用「宛」字，並不妨礙《上博》〈少䏍〉、〈亩丘〉分別用不同的字。

至於《上博》「䏍」字的字形，何琳儀先生〈滬簡詩論選釋〉云：

> “少肙”，《考釋》認爲與《詩》之《小宛》相當，可以信從。然而未能釋出“肙”字，尚隔一間。《詩論》該字原篆作“䏍”，其上部所從偏旁可能有誤，參見《詩論》18“悁”作“”形。此字上部所從“卜”屬“無義偏旁”，參見上文1號簡。以此類推，《詩論》該字似可讀“肙”。至於該字下部所從二“肉”，可能屬繁化現象。“宛”、“肙”均屬元部，故“少肙”可讀“小宛”，見《詩．小雅．小宛》。[10]

案：何文所考甚是。所指出「䏍」字上从「肙」（旭昇案：嚴格隸定當作「肙」），可從。此字

---

[8] 忎，李學勤〈上海博物館藏楚竹書《詩論》分章釋文〉隸定作「仁」。《國際簡帛研究通訊》第二卷第二期，2002年1月。

9 參季旭昇〈讀郭店、上博簡五題：舜、河滸、紳而易、牆有茨、宛丘〉120頁，《中國文字》新27期，藝文印書館，2001.12。另何琳儀也有相同的說法，見「簡帛研究網站」首發〈滬簡詩論選釋〉，2002年1月11日，網址：webmaster@bamboosilk.org。

[10] 何琳儀〈滬簡詩論選釋〉，「簡帛研究網站」首發，2002年1月11日。

上部偏旁的訛變比較複雜，嚴格依形隸定當作「⿱⿱厶月⿰肉肉」，見本文最末一節的分析。至其字形，應是從三「⿱厶月」，下二「⿱厶月」省爲二「肉」。《上博・性情論》有「⿱肙⿰肙肙」（嚴格隸定當作「⿱⿱厶月⿰⿱厶月⿱厶月」），從三「⿱厶月」；《郭店・性自命出》作「⿰⿱厶月⿱厶月」（嚴格隸定當作「⿰月⿱厶月」），從二「⿱厶月」（此字圖版不清楚，據考釋隸定），對比來看，「⿱肙⿰肉肉（⿱⿱厶月⿰肉肉）」、「⿰⿱厶月⿱厶月（⿰月⿱厶月）」都是「⿱肙⿰肙肙（⿱⿱厶月⿰⿱厶月⿱厶月）」之省。

二、《包山楚簡》的「鞙」

把「⿱肙⿰肉肉」字上部的那個偏旁釋爲「肙」，最早是由李家浩先生在〈包山楚簡研究（五篇）〉中提出的：

> （《包山》273）左半從「革」是沒有問題的，右半《包山》釋作從二「彖」，非是。此偏旁可與下錄漢代篆文「鋗」、「捐」二字所從「肙」旁比較：
>
> 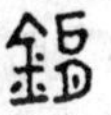　《漢城漢墓發掘報告》251 圖一六六.1
>
> 　《漢印文字徵》12.10
>
> 上揭之字（）的右半顯然是從二「肙」，應當是「鞙」的繁體。……「鞙」是一種牛名……應當讀為「犍」，《說文》新附：「犍，犗牛也。」玄應《一切經音義》卷十四引《通俗文》：「以刀去陰曰犍。」[11]

嚴格隸定，上引這些字所從的偏旁應該隸定作「⿱厶月」。此字在《包山楚簡》中隸定爲「⿰革⿰彖彖」。李零先生在〈讀《楚系簡帛文字編》〉一文中以爲此字從二「彖」：

> （「⿰革⿰彖彖」）應釋「⿰革⿰系彖」，「⿰系彖」通肆，古音為心母質部字，辭例為「⿰革⿰系彖牛之鞾」、「⿰革⿰系彖虩」，均為皮革名。……簡文此字疑即「犀」字。「犀」是心母脂部字，與「⿰系彖」音近可通。[12]

案：「彖」字楚系文字目前似乎未見（《楚系簡帛文字編》743 頁有「彖」字作「」，但字形與見於秦系文字「⿺辶⿱穴彖」字右下的「彖」形不合。何琳儀先生改釋爲「劃」，見《文物研究》八輯）[13]目前並沒有其他證據說明「彖」形可以寫成像《包山》此字所從的字形。而《包山》此形所與《上博・孔子詩論》簡 8「⿱肙⿰肉肉」字所從的偏旁完全相同，配合漢印「鋗」字所從來看，這個偏旁釋爲「肙」是相當合理的。據此，是李家浩先生釋爲此形爲「⿰革⿰肙肙」，即「鞙」，

[11] 李家浩〈包山楚簡研究（五篇）〉頁 21-26，「香港第二屆國際中國古文字學研討會論文」，1993.10。但是會後出的論文集中，因爲大會字數的限制，李先生把這一篇選了其中的第一則刊登，並對標題作了改動，其它幾則等以後有機會再發表。

[12] 李零〈讀《楚系簡帛文字編》〉143 頁、第 46 條，《出土文獻研究》第五集 139-162 頁，1999.8。

[13] 據何琳儀壬午上元來函。

讀「犍」，比較合於楚系文字的習慣。

三、《上博・性情論》的「𢜕（𩰫）」及《郭店・性自命出》的「䐃（𩰫）」

《上博・性情論》第26簡云：

門內之絧（治）谷（欲）亓（其）𢜕也。

釋文云：

門內，指「親戚」。絧，讀為「治」。𢜕，讀為「逸」。《說文》：「逸，失也。」《廣雅・釋詁》：「逸，去也。」意為門內之親，多恩情，存在私恩，所治欲去公義。這與《郭店楚墓竹簡・六德》提出的「仁內義外」說是相近的。此句簡文與下文「門外之絧（治）谷（欲）亓（其）折也」并舉。類似內容也見於《郭店楚墓竹簡・六德》：「門內之絧紉弇宜（義），門外之絧宜（義）斬紉。」《大戴禮記・本命》：「門內之治恩掩義，門外之治義斷恩。」《孔子家語・本命解》：「門內之治恩掩義，門外之治義掩恩。」《禮記・喪服四制》：「門內之治恩揜義，門外之治義斷恩。」孔穎達疏：「『門內之治恩揜義』者，以門內之親，恩情既多，揜藏公義，言得行私恩，不行公義。若《公羊傳》云『有三年之喪，君不呼其門』是也。『門外之治義斷恩』者，門外，謂朝廷之間，既仕公朝，當以公義斷絕私恩。」《禮記・喪服四制》孫希旦集解：「呂氏大臨曰：極天下之愛，莫愛於父；極天下之敬，莫敬於君。敬愛生乎心，與生俱生者。故門內以親為重，為父斬衰，親親之至也。門外以君為重，為君斬衰，尊尊之至也。內外尊親，其義一也。」

𢜕，《郭店楚墓竹簡・性自命出》作「䐃」。

按：把「𢜕」字釋爲「逸」，事實上是靠不住的。《郭店・性自命出》第58-59簡同句作「門內之絧，谷（欲）亓（其）䐃也」，該書考釋者依形隸定而未釋。李零先生認爲此字「照片模糊不清，從釋文隸定的字形看，應是『逸』字」[14]，他也沒有說明此字爲什麼可以釋爲「逸」。

《郭店楚墓竹簡・六德》33簡有「㣽其志，求敉（養）新志」，「㣽」字，釋文僅依形隸定而未加考釋；黃德寬、徐在國先生釋「豫」[15]；劉國勝先生釋「逸」[16]；顏世鉉先生釋「從象、谷聲，讀爲欲」[17]。《上博》考釋釋「𢜕」爲「逸」，可能是受了李零先生釋「䐃」爲「逸」、劉國勝先生釋「㣽」爲「逸」的影響吧，因爲這三個字都從同一個偏旁「肙」。

---

[14] 李零〈郭店楚簡校讀記〉501頁，《道家文化研究》第十七輯，三聯書店，1999.8。
[15] 黃德寬、徐在國〈郭店楚簡文字考釋〉頁106-107，《吉林大學古籍整理研究所建所十五週年紀念文集》，長春・吉林大學出版社，1998。
[16] 劉國勝〈郭店竹簡釋字八則〉頁42，《武漢大學學報》（哲學社會科學版），1999.5。
[17] 顏世鉉〈郭店楚簡六德箋釋〉482頁，《中央研究院歷史語言研究所集刊》第七十二本第二分，2001.6。

劉國勝先生把《郭店楚墓竹簡·六德》的「𢔶」字釋爲「逸」，是有道理的，《三體石經·多士》「逸」字作「𨔶」，去掉左旁的「爿」形後，與《郭店楚墓竹簡·六德》的「𢔶」字形構大體相同。但是，把「𦍿」、「䏍」和「𢔶」看成是一個字，事實上卻是證據不足的，除非「𦍿」和「𢔶」確實都從「肙」（「肙」）聲，而「肙」（「肙」）聲又可以讀爲「逸」。可是目前並無證據「肙」（「肙」）聲又可以讀爲「逸」

顏世鉉先生〈郭店楚簡淺釋〉引李家浩先生對《包山楚簡》273 簡「䩍」字的考釋，隸定《郭店·性自命出》此字爲「䏍」，讀作「弇」[18]：

> 䏍字《郭簡》隸作𦟝，圖版不清，不過〈六德〉簡三三有「䏍其志，求養新（親）之志」。……此字下旁所從當是「▽」，可能是《說文》之「㕣」。……右邊偏旁疑是「肙」，包山楚簡二七三有「𩋑牛之韇」，首字所從與簡文同，李家浩先生釋作「䩍」。從「㕣」及從「肙」之字古音皆在元部。此字可能讀作「弇」，弇是影紐談部，談元旁轉。〈性自命出〉的䏍當作弇。

案：「𦍿」、「䏍」兩字，照片都不太清楚，但都還可以看得出部分字形（文末所附字形表 C1、C2 兩形，是我從照片仔細觀察後，以意摹補的）。依其字形，隸定爲「𦍿」、「䏍」應該是可信的。

上引諸說，把「𦍿」、「䏍」讀爲「逸」、讀「䏍」爲「弇」，恐都有可商。從《上博》的「𦍙（𦍙）」從「肙」看來，「𦍿（𦍿）」、「䏍（䏍）」這兩個字都從「肙」得聲，「𦍿（𦍿）」從三「肙」、「䏍（䏍）」從二「肙」。《上博·孔子詩論》的「𦍙（𦍙）」既讀爲「宛」，則《上博·性情論》的「𦍿（𦍿）」、《郭店·性自命出》的「䏍（䏍）」可以讀做「婉」。「肙（同肙）」（烏縣切）的上古音屬影紐元部、「宛」、「婉」（於阮切）的上古音屬影紐元部，二字聲韻畢同。「門內之治欲其婉，門外之治欲其折」，意思是：「對門內的親人要講恩，處事要婉轉；對門外的其他人要講義，處事要制斷。」

四、《郭店》、《上博》、《包山》的「悁」

楚簡有「悁」字，見以下各處，依文義，都應該讀爲「怨」：

> 《郭店·緇衣》10：「日尻（暑）雨[19]，少（小）民亦佳日悁（怨），晉冬旨（耆）滄，少（小）民亦佳（惟）日悁（怨）。」

> 《郭店·緇衣》22：「君不與少（小）悔（謀）大，則大臣不悁（怨）。」

[18] 顏世鉉〈郭店楚簡淺釋〉394 頁，《張以仁先生七壽慶論文集》，臺灣學生書局，1999。

[19] 日尻雨，依李家浩隸定，參〈讀《郭店楚墓竹簡》瑣議〉，《中國哲學》第二十輯《郭店楚簡研究》P348，1999.1。

《郭店·尊德義》18：「不黨則亡惕（怨）。」

《郭店·尊德義》34：「誹則民不惕（怨）。」

這些「惕」字寫作「」、「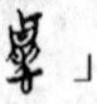」等形（參字形表 C1－4），其上部都寫成「肙」形，依文義讀成「怨」，毫無問題。其「肙」形和《上博·孔子詩論》第 8 簡的「」上部雖筆法小異，但應該是來自同一個字。據此，《郭店》這些 1「惕」字應該是從「心」、「肙（肙）」聲的字。

有趣的是，〈緇衣篇·性自命出〉的這兩個「惕」字，在《上博·紂衣》簡 6 中寫成「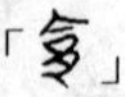」（姑稱惕A形）、「」（姑稱惕B形）。《上博》考釋分別隸定爲「命」、「令」，比對《郭店·緇衣》及楚簡其它的「惕」字，我們知道寫成像「命」的惕A形其實是「惕」的省「心」之形，它是從「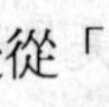」這種寫法的「惕」省訛而來的，下部的「肉」形訛成「卩」形。依形隸定，它最多只能隸定爲「肙」，不可以隸定爲「命」。《上博》的「命」字一般不這麼寫的——《上博·紂衣》簡 8 有「命」字作「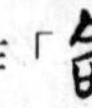」，「口」形與「卩」形作左右並列，不作上下排列，可見寫成像「命」的惕A形只能視爲「肙」的訛形，或《上博》簡的特殊寫法。至於寫得像「令」的惕B形，無疑的，只能說成是惕A形的進一步訛變，把「口」形也給省掉了。

同樣的情形也見《上博·紂衣》12 簡，該簡「則大臣不惕」的「惕」字作「」，和簡 6 的「惕」字惕B形一樣，也是「肙」的訛省之形，除了下部的「肉」形訛成「卩」形之外，再進一步連「口」形也省掉。依形隸定，它最多只能隸定爲「肙」，《上博》考釋隸定作「令」，顯然也是不適當的。「卩」形和「肉」形的互訛，可參看《上博·紂衣》1 簡「則忠敬不足而富貴已逃」，「已」字作「」，字形近「肉」；同樣的句子，在「郭店·緇衣」20 簡中寫作「」，字形近於「卩」。看來這兩種形體，因爲書寫筆勢的關係，在楚系文字中是有可能互訛的。

晉系文字《侯馬盟書·詛咒類》105.3 有「眾人惌死」句，其「惌」字作「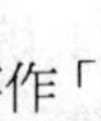」，从「心」，《侯馬盟書》釋文以爲上部爲「宛」字。案：《說文》卷七下：「宛，屈草自覆也。从宀、夗聲。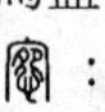：宛或从心。」段玉裁注：「(《周禮·考工記》) 函人爲甲，眡其鑽空，欲其惌也。鄭司農云：『惌，小孔皃。惌讀爲「宛彼北林」之宛。』按：『爲』當作『如』，先鄭不云『宛』、『惌』同字，許乃一之。」無論「宛」、「惌」是否爲一字，《侯馬盟書》此字釋爲「惌」，文義並不恰當，不如隸定作「怨」，《說文》卷十下「怨」字古文作「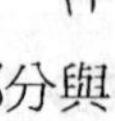」，字形與《侯馬盟書》更接近。而且《侯馬盟書》的這個字形去掉「心」旁後，其餘的部分與《上博·緇衣》作「命」形的惕A（即「怨」）字幾乎全同，可見得這樣的寫法在東周不是楚國才有的現象。

更有進者，這種字形在傳世古文中其實是一直保留著的。《三體石經·無逸》「怨」字作「」；《汗簡》中之一第四十葉有「」字，郭忠恕注云：「怨，見《尙書》、《說文》。」夏竦《古文四聲韻·去聲·願韻》下所收「怨」字中，《古老子》作「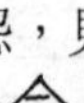」、《古孝經》作「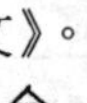」、《古尙書》又《說文》作「」、《籀韻》作「」。對於這些字形，我們已往都不得其解，

黃錫全先生《汗簡箋注》云:「《說文》怨字古文作……、《三體石經·無逸》作……。此从『冂』小異，是郭見本作『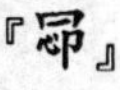』，仿《說文》作古。」[20]對相關字形的舉證非常詳細，但是並不能說明這個字形的結構到底是怎麼形成的。當然，這是當時所掌握材料的限制，任誰也無法解決。今天對比《上博》和《郭店》的字形，我們終於了解這一系列的「怨」字，扣除「心」旁剩下的部分，其實是從《上博·性情論》寫成像「命」、「令」二形（尤其是「令」形）的「肙」字逐漸訛變而來的，像「令」形的上部寫成「△」或「口」，其下則寫成類似「卩」的各種訛形。

《上博·孔子詩論》第3簡有「𡩡」字，也讀成「怨」：

> ☐也。多言難而𡩡（悁）退（懟）者也，衰矣少矣。

同書考釋云：

> 𡩡，从肙从心，或省作𡨦，从肙从心,見第十八簡。𡩡、𡨦同為一字。以肙為聲符，有學者釋為「怨」，或可讀為「悁」，悁、怨一聲之轉，也可讀為「惌」。《廣韻》有此字，曰「枉也」。《集韻》:「讎也，恚也。本作怨。……」

這個字的字形寫成「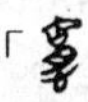」，《上博》考釋讀爲「悁」，其實不算錯，但又說「也可以讀爲惌」，這就沒有必要了。「惌」是「宛」的異體，在這兒讀成「惌」，對文義並不合適。其實以楚簡的用字習慣來看，其上的「宀」應該是裝飾性的部件，可以直接讀成「怨」（說詳下）。

《上博·孔子詩論》第18簡有「𡨦」字：

> 因〈木苽（瓜）〉之保（報），㠯（以）俞（喻）丌（其）𡨦（捐）者也。

同書考釋云：

> 木苽，即《詩·國風·衛風·木瓜》原篇名。保，今本作「報」。詩云:「投我以木瓜，報之以瓊琚。匪報也，永以為好也。」下文有「報之以瓊瑤」、「報之以瓊玖」等句。是說投之者薄、報之者厚。俞，按辭義當讀為「愉」，厚報以愉薄投者。𡨦，讀為「捐」，字从宀从肙（旭昇案：當作「悁」；或作「从肙从心」），「肙」為基本聲符，通作「捐」。投之以木瓜之「投」，義與「捐」相通。《說文》云:「投，擿也。」《集韻》云:「棄也。」《說文》言「捐」曰:「棄也。」是「投」、「捐」義相近。[21]

「𡨦」字寫作「」，與《上博·孔子詩論》第3簡其實是同一個字。考釋認爲「『肙』爲基本符」，這是不錯的，但是讀爲「捐」，就沒有必要了。從楚簡的用字習慣來看，也應該讀爲「怨」（說詳下）。《上博·孔子詩論》第19簡：

[20] 黃錫全《汗簡箋注》282頁，武漢大學出版社，1990.8。
[21] 《上博》（一）148頁。

□志，既曰天也，猶又（有）𡩋（捐）言。木苽又（有）竊惌而未㝵（得）達也。

考釋云：

首句辭殘，文義未全，是與《木瓜》篇組合評述若干篇詩中的另一篇評。《木苽》篇辭意也未全。

這個字形寫作「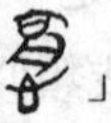」，與18簡的「𡩋」分明是同一個字。《考釋》只括號注明「捐」，而未作任何解釋。從楚簡的用字習慣來看，也應該讀爲「怨」（說詳下）。《上博・孔子詩論》第27簡：

孔子曰：七衒智難。中氏君子。北風不𢆶（絕），人之怨子立不

考釋云：

七衒，即今本《詩・國風・唐風》篇名《蟋蟀》。「七」與「蟋」為同部聲母通轉字。「衒」釋為「衛」，古文作「衛」。……中氏，篇名，今本《詩》中未見。……北風，今本《詩・邶風》之《北風》同此篇名。不𢆶，讀為「不絕」。古文「絕」作「𢇍」，簡文為其半，為「絕」之別體。詩句云「北風其涼，雨雪其雱」，又云「北風其喈，雨雪其霏」，此為第一、第二章起首之詩意。下句斷殘，文義不全。

「怨」字寫作「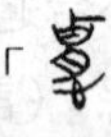」，考釋直接隸定作「怨」。李學勤先生〈上海博物館藏楚竹書《詩論》分章釋文〉把以上諸篇彙在一起：

（第三章）孔子曰：《蟋蟀》知難。《仲氏》君子。《北風》不絕，人之情（怨）子，立不……27……志，既曰"天也"，猶有情（悁）言。《木瓜》有藏惌（願）而未得達也。因木瓜之保（報），以俞（抒）其情（悁）者也。《杕杜》則情，喜其至也。[22]

經過這樣的彙整，我們很清楚地可以看出這些「情」都應該讀爲「怨」：「北風不絕人之怨」，今本《毛詩・邶風・北風》末章云：「莫赤匪狐，莫黑匪烏。」其有怨，應可察知。李學勤先生依《上博》原讀，把這一段讀成「《北風》不絕，人之情（怨）子，立不……」，恐有可商。周鳳五先生〈《孔子詩論》新釋文及注解〉讀爲「〈北風〉，不繼人之怨。〈子立〉，不」，顯然以爲「子立」是詩篇名，但並沒有指是相當於今本《毛詩》的那一篇。[23]

案：「子立」當是詩篇名。依本簡文例，〈蟋蟀〉、〈中氏〉、〈北風〉都是篇名，下綴若干字以爲評語，因此第四句的「子立」應該也是詩篇名，以音理求之，「子立」應該就是〈子衿〉。立，力入切，上古音在來紐緝部；衿，居吟切，上古音屬見紐侵部，二字聲母屬複聲母 gl ，韻則爲陰陽對轉。「子立」即〈子衿〉，當無疑問，可惜其下文已殘，只剩一「不」子，不知其評語爲何。

[22] 李學勤〈上海博物館藏楚竹書《詩論》分章釋文〉，原載《國際簡帛研究通訊》第二卷第二期，2002年1月。

[23] 周鳳五〈《孔子詩論》新釋文及注解〉，發表於「簡帛網站」。

「既曰『天也』，猶有悁言」，《上博》隸定爲「捐言」，不知其意爲何？李零先生〈上博楚簡校讀記（之一）——《子羔》篇"孔子詩論"部分〉說：

> "既曰天也，猶有怨言"，"言"下有句讀，原書點句號，這裏點逗號。"怨"，原作"悁"，此字也見於下簡，原書讀"捐"，然簡文多用爲"怨"字（參看下文簡3"怨懟"之"怨"，其寫法完全一樣）。《木瓜》見今《衛風》，但今《木瓜》無怨天之辭，其他各篇也沒有這類話，有之，唯《鄘風·柏舟》，作"母也天只，不諒人只"，疑文有誤，或孔子對《木瓜》別有解釋，和今天的理解不同。另外，我也考慮過，"既曰天也，猶有怨言"，是不是論它前面的另一篇詩，"怨言"下面確實應點句號，但下文簡18"《木瓜》之報，以輸其怨者也"，仍然是說《木瓜》有發泄怨言的含義，看來點句號也不合適。這裏，只能把問題提出，俟高明教之。[24]

案：李零先生後說有理，「既曰天也，猶有怨言」，應該是指〈鄘風·柏舟〉。《毛詩·柏舟·序》：「柏舟，共姜自誓也。衛世子共伯蚤死，其妻守義，父母欲奪而嫁之，誓而弗許，故作是詩以絕之。」因此詩中說：「母也天只，不諒人只。」「天只」即「天也」。本詩的爭議雖然不少，但都集中在衛世子蚤死與否的問題，至於本詩詩旨爲貞婦自誓，則是各家都同意的。

對〈木瓜〉篇的評語，《上博》把「捐」讀爲「棄」，以爲與「投」同釋爲「棄」。文義不明。李零先生說：

> 《木瓜》見今《衛風》，但今《木瓜》無怨天之辭，……我也考慮過，"既曰天也，猶有怨言"，是不是論它前面的另一篇詩，"怨言"下面確實應點句號，但下文簡18"《木瓜》之報，以輸其怨者也"，仍然是說《木瓜》有發泄怨言的含義，……"藏願"，上字原從宀從臧（"臧"字的古體），下字原從心從元，後者簡文多用爲"願"字，原書於簡14注爲表示貪、愛之義的"忨"字，可商，今讀爲"藏願"。

案：此說有理，結合李學勤先生的釋文，《上博》簡此處應讀爲「〈木瓜〉有藏願，而未得達也。因木瓜之報，以抒其怨者也。」至於〈木瓜〉篇有什麼怨，已無法考知。今所見《毛詩》、《魯詩》都以爲〈木瓜〉是贈禮相報之詩[25]，沒有任何怨言。由此看來，《上博·孔子詩論》的觀點不但和《毛詩》有很多不同，和《三家詩》可能也有很大的差異，《詩經》在戰國時代，恐怕已經是眾說紛紜，莫衷一是了。

以上見於《郭店》、《上博》的這些「悁（怨）」字，其實也見於《包山》。《包山》2.138反云：

> 匄𨓚之戠敘於𨓚之所誁。與其戠，又悁，不可誁；同社、同里、同官，不可誁；

---

[24] 李零〈上博楚簡校讀記（之一）——《子羔》篇"孔子詩論"部分〉，「簡帛網站」發表文章。

[25] 魯說參王先謙《詩三家義集疏》卷三下三十一葉，世界書局版。

匿至從父兄弟，不可誅。

「愪」字作「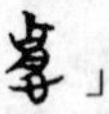」，《包山楚簡》對這個字並沒有解釋。陳偉先生《包山楚簡初探》只說「有愪」是不可當證人的原因之一[26]，也沒有解釋什麼是「有愪」。張桂光先生釋「愪」爲「惰」，意爲「懮恐、不平靜」，釋「與其戕，又愪，不可誅」句爲「證人被逼來了，又懮恐、不平靜，因而未能作證」。李運富先生《楚國簡帛文字構形系統研究》以爲「肙」即「肙」、「有愪」就是「有悁」，「悁」訓「仇怨」，簡文意謂「與乙方有仇怨之人，不可爲甲方作證說話」[27]。孔仲溫先生認爲本句可以釋爲「有怨隙的人，在審判時不可爲證」[28]。以《郭店》、《郭店》「愪」字讀都爲「怨」來看，楚系文字「愪」字可以讀爲「怨」，「有愪」就是「有怨」。《包山》2.138 反此簡的意思大概是（舒）擬請的證人由於「和當事人有怨、同社同里同官、親近的從父兄弟等關係，不能充當證人」。

五、《包山》的「鄁」

《包山》還有一個「鄁」字，見以下各簡：

1.鄁陸午之里人藍訟登賒尹之里人苛鱈。(092)

2.鄁人軛紳訟軛駁（093）

3.僕以詰告子鄁公，子鄁公命鄦右司馬彭懌爲僕笶等（志），以畬会之敼客、会郧之慶李[29]百宜君，命爲僕轉（搏，捕也）之，得苛冒，趄卯自殺。敼客、百宜君既以至命於子鄁公：「得苛冒趄卯自殺。」子鄁公詎之於会之敼客，囟斷之。（133-134）[30]

4.左尹以王命告子鄁公：命湝上之戠獄爲陰人舒旭䢅。(139 反)

5.沅昜牒尹鄁余。(164)

6.鄁人鄺酉。(183)

7.鄁人舒夏臣。(183)

鄁，字形作「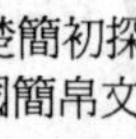」(2.92)、「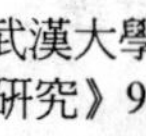」(2.164)、「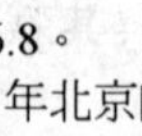」(2.139)、「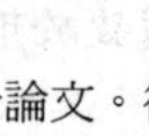」(2.134) 等形，張桂

[26] 陳偉《包山楚簡初探》143 頁，武漢大學出版社，1996.8。
[27] 李運富《楚國簡帛文字構形系統研究》96-97 頁，1995 年北京師範大學博士論文。後由岳麓書社出版，頁碼見 112-115。
[28] 孔仲溫〈郭店楚簡《緇衣》字詞補釋，釋愪〉，《古文字研究》第二十二輯，245 頁，2000.7。
[29] 李，一般隸定作李，不確。參鄭剛〈戰國文字中的陵和李字〉，中國古文字研究會第七次會議論文，1986 年。
[30] 本條據李家浩先生 2002.3.1 來函隸定。

光先生隸定作「鄁」[31]；顏世鉉先生《包山楚簡地名研究》採用張桂先生光及《望山楚簡》考釋對「肙（絹）」的解釋，以為此字可以隸定為「鄁」，通胄，胄讀作育：

> 古有淯水，《水經．淯水》：「淯水出弘農盧氏縣攻離山，東南過南陽西鄂縣西北，又東過宛縣南。又屈南過淯陽縣。又南過新野縣西，又西南過鄧縣東。南入沔。」《讀史方輿紀要》卷五十一，南陽府南陽縣「淯水」條云：「府城東三里，俗名白河。」也就是流經今河南湖北兩省的白河。故包水楚簡的鄁（鄁）地應與古淯水（即鄂君啟節的油水，今白河）有關。此地應在此古淯水附近，也就是在今白河附近。
>
> 從簡 92、139 反來看，鄁地與登（鄧）、陰兩地當相去不遠，而登、陰兩地也都在今白河附近。三地的地望所在，正合乎簡文所呈現的地緣關係。

案：據本文前面的考察，「鄁」字上部不從「由」，因此把「鄁」字隸定為「鄁」，基本上是有待商榷的，由此通到淯，也還有問題。李零先生在〈讀《楚系簡帛文字編》〉中指出：「字……不从胄，應即楚宛邑。宛在今河南南陽。」[32]但是，他也沒有明白地說出，為什麼此字應該讀成「宛」。現在我們從《上博》「䏍（鶡）」字讀為「宛」來看，「鄁（鄁）」應該就是「郳」，也就是「宛」，這是鐵案如山，不容懷疑的了。《讀史方輿紀要》記宛城為南陽府治，「春秋時楚邑。……《秦紀》：『秦昭王十五年，白起攻楚取宛。』」前顏文引《水經．淯水》：「淯水出弘農盧氏縣攻離山，東南過南陽西鄂縣西北，又東過宛縣南。」宛地在南陽縣，也在今白河附近，和登、陰兩地相去不遠，與簡 92、139 反的記錄可以吻合。

六、《望山》、《包山》中的「肙」、「絹」

《望山》、《包山》「肙」、「絹」字，例見以下簡文：

1.女乘一乘：……肙緂聯縢之鞏肙。軒反，絹緂聯縢之紳。(《望山》2.2)[33]

2.肙緂聯縢之□（《望山》2.22）

3.紫絹之綎，蠶萬之純，蠶萬之韗絹。(《包山 2.267》)

4.紫絹緄[34]。(《包山 2.268》)

5.紫絹之綿。(《包山 2.275》)

---

[31] 張桂光〈楚簡文字考釋二則〉，《江漢考古》1994 年 3 期。

[32] 李零〈讀《楚系簡帛文字編》〉147 頁，第 89 條。

[33] 依《望山楚簡》新的編號。「緂」字，劉釗隸作「緆（繆）」字，以為「緆（繆）」是一種絲織品，「可做為衣服等物的鑲邊」見〈釋楚簡中的緆（繆）字〉，《江漢考古》1999 年第 1 期 57－61 頁。但通觀「緂」字的文例，可能大部分都還是應該讀為「緂」。這個問題還有待更深入的研究。

[34] 李家浩〈楚墓竹簡中的昆字及从昆之字〉，《中國文字》新廿五期，1999.12。

《望山》肙、絹互作，如「肙緅聯縢」或作「絹緅聯縢」，字形作「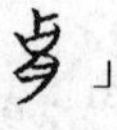」、「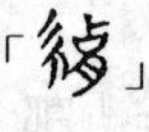」，由朱德熙、裘錫圭、李家浩三先生參與考釋的《望山楚簡》云：

> 戰國文字『甾』、『由』、『占』等偏旁往往相混，疑「肙」為从「肉」「甾」聲之字，「肙緅」當讀為「緇紬」，即黑色之紬。[35]

案：戰國楚文字「由」字多作「」（胄字所從），楚系「肙」及從「肙」的字似乎未見這麼寫的，因此「肙」字上部不從「由」應該是可以確定的。至於「肙（絹）」是否從「甾」、「占」，還不能完全肯定。

李運富先生在《楚國簡帛文字構形系統研究》中主張「肙、絹」都應讀爲「絹」，「紩絹」即「生絹」，「肙緅」即「絹綢」。另外，《望山》簡 8 的「生結之裡」和「紩絹之綎」同例，也應該讀成「生絹之裡」[36]。

李家浩先生在〈楚墓竹簡中的昆字及从昆之字〉一文中，更正了《望山》的說法，把「肙、絹」讀作「絹、䮝[37]」，李先生在該文注 8 中說：「『紩絹』和『肙緅』的釋讀，見李家浩《戰國楚墓竹簡中的『肙』字及从『肙』字之字》（未刊）[38]。

孔仲溫先生也說：「望山二號墓遣策的『肙緅』、『絹緅』就是『絹紬（今綢字）』，《說文》云：『絹，繒如麥稍色。』段注：『自絹至綟廿三篆，皆言繒帛之色……稍者麥莖也，繒色如麥莖青色也。』因此『絹紬』意指如麥莖青色的繒紬。」[39]

案：三家都從「肙」讀爲「肙」的角度去解決這幾條，但說各不同。「紩絹」即「生絹」，大概沒有問題。「肙緅」、「絹緅」應讀爲什麼較好？楚系遣冊中這一類句子中，在「緅」前的那個字通常是個形容詞，李家浩先生讀爲「䮝」，較合文例，「肙緅」即「䮝紬」，即黑色的紬。孔仲溫先生讀爲「絹」再通爲「稍」，意爲「如麥莖青色」，意思也很好，但不如直接把「肙（絹）」讀爲「稍」。至於李運富先生以爲《望山》簡 8 的「生結之裡」和「紩絹之綎」同例，也應該讀成「生絹之裡」，從字形上來說，似乎證據還嫌不足。「生結之裡」的「結」字所從的「占」形和《望山》其他單獨出現的「占」字相同（參《望山》1.9），《望山楚簡》考釋把「結」解爲「纖」，文義可通[40]。因此，李運富先生直接把「結」形釋爲「絹」，似乎還嫌證據不足。

七、字形的分析

---

[35] 湖北省文物考古研究所、北京大學中文系編《包山楚簡》115 頁，北京，中華書局，1995.6。
[36] 李運富《楚國簡帛文字構形系統研究》114 頁，岳麓書社出版。
[37] 䮝，紆物切，音ㄩˋ，上古音在影紐月部，與「肙」聲母相同，韻爲陽入對轉。《集韻》：「玄黃也。」
[38] 據筆者向李先生請問，李先生說他這篇稿子不準備發表。
[39] 孔仲溫〈郭店楚簡《緇衣》字詞補釋，釋情〉，《古文字研究》第二十二輯，245 頁，2000.7。
[40] 《望山楚簡》118 頁，注 37。

「肎」字以及從「肎」的字，因爲字形和「占」、「兔」、「象」等字形非常接近，所以長期以來未能被認出，甚至於被誤認爲是從「由」、「甾」。因此在字形分析方面，似乎有必要做進一步的討論。

李家浩先生以爲：據戰國文字和漢代篆文，「肙」有「」、「」兩種寫法，前者從「口」，後者從「㠯」。後匂文字的「肙」也有兩種寫法，作「肙」、「肓」，它們分別與古文字「」、「」相對應。爲了區別這兩種不同寫法的古文字「肙」，應該把从「口」的「」隸定作「肙」，把从「㠯」的「」隸定作「肓」。古文字「允」作（班簋），其頭部與字頭部相同。上古音「肙」屬影紐元部，「允」屬喻母文部，聲韻皆近。頗疑古人把所从的「ㅂ」寫作「允」字頭的，是爲了使其聲符化；下所從「」旁的左右筆畫,大概兼充下所从旁。寫作从「占」的、，應該是的訛體。楚國文字往往在文字上加「𠆢」或「△」，如「集」作「」、「」。或作、或作，與此同例。類寫法的「肙」，還見於《包山》131、136號簡字所从。應該是的變體。因的寫法與「兔」或「象」作者形近，遂訛誤作、等[41]。

綜上所述，我們以爲這個字形本應作「」（《信陽》「絹」字偏旁），後來可能因爲聲化的關係，寫成A，（《包山》「稍」字偏旁）；因爲書寫的關係，或者也有可能受到「象」字的影響，類化（或訛變、別嫌等）爲B「」（《包山》「鞙」字偏旁），再訛變爲C「」（《上博》「鼂」字偏旁）、D「」（《上博．孔子詩論》「悁」字偏旁）、E「」（《包山》「鄁」字偏旁）、F「」（《包山》「鄁」字偏旁）、G「」（《包山》「鄁」字偏旁）。再進一步訛變則作H「」（《上博．孔子詩論》「悁」字偏旁）。由D簡化則作I「」（《上博．紂衣》「悁」字偏旁），再進一步簡化則作J「」（《上博．紂衣》「悁」字偏旁）。當然，以上的演化路線實際上可能不是這麼簡單，各種字形之間的影響可能是交互進行的。

楚簡「肎」形的上部和「由」形完全不同，「由」是「胄」的初文，楚系多作「」、「」形，參《楚系簡帛文字編》632-634頁「胄」字條。因此把「肎」形釋爲「胄」是不對的。

楚系文字「妻」字上部的「甾」形、「貴」字上部的「臾」形作「」、「」兩形（參《楚系簡帛文字編》858頁「妻」字、520「貴」字偏旁），其第二形與「肎」形的上部相同；楚系「占」字和「肎」形上部的寫法一樣（參《楚系簡帛文字編》281-283頁「占」字）。但是，「甾」、「占」似乎沒有和「肉」形結合爲字的。「貴」字的下部也沒有從「肉」的。換句話說，「甾」、「占」、「臾」沒有和「肉」形結合的。

在和「肎」相關的字形中，最棘手的是「象」形。《郭店》「象」字作「」，和「肎」形非常接近；楚系「豫」字作「」《楚系簡帛文字編》750頁「豫」字偏旁），其右旁與

[41] 據李家浩先生2002.3.1來函。

「肙」形幾乎完全相同，文字學家都同意「豫」字右旁從「象」。「象」與「肙」僅有的不同是「象」頭作「」，末筆向下彎；而「肙」頭作「」，末筆不向下彎。是否這是「象」與「肙」的不同呢？少數末筆有點向下彎又不太彎的，就很難判斷了。

在戰國文字中，「兔」形和「象」形常常不易分辨。楚系文字似未見「兔」或從「兔」的字，所以「肙」形和「兔」形的關係，目前還難以探討。

「肙」形應該就是「肙」，我們可以從「猒」、「厭」字得到旁證。「猒」字在西周金文〈沈子它簋〉中作「」[42]，《說文》釋形爲「从甘肰」，從金文來看，顯然不可信，它應該是「從犬、肙」（肙可能具有聲符的功用），高鴻縉先生《中國字例》以爲「從犬口含肉會意」。劉釗先生說：

> 金文猒字……皆从肙从犬，而肙字則為从口从肉，字早期並不从甘，从甘乃後世的變形音化，這與敢字本从口，金文或改為从甘的音化相同。猒字从肙从犬，分析其構形有兩種可能，一種可能是「肙」字本即「猒」字初文，象口啖肉形，故字有飽義。一種可能是肙與犬組合成會意字，會「犬以口啖肉形」，但犬與肙字筆劃不連，似乎是一個不好解釋的現象。如果是第二種可能，那麼肙字就應該是從猒字截取部份構形分化出的一個字。字音仍沿猒字讀音，但有些變化，古音猒在影紐談部，肙在見紐元部，但从肙得聲的娟就在影紐，聲為喉牙通轉，韻皆為陽聲。[43]

《郭店．緇衣》篇46簡「我龜既猒（厭）」的「猒」字作「」，「肙」旁寫成「肙」了。但同樣屬楚系的《包山》2.219簡中，從「猒」的「厭」字作「」，所從的仍然是「肙」旁，不作「肙」旁。[44]「𦆵」字所從「猒」形中的「肙」，也不作「肙」[45]。又，李家浩先生指出：「包山竹牘271號簡所記正車車馬器有『多，𩏂（緂）之綎』。……『綎』作，『口』旁作『』。『肙』所从『口』寫作『』或『』，與此情況相同。」[46]由這些錯綜的現象來看，戰國楚文字「肙」、「肙」同形，應該是沒有什麼問題的。當然，這也反映了戰國楚人意識中的「猒」字是「從犬從肙」，而非「從甘肰」。

本文承李家浩先生、何琳儀先生、袁國華先生惠賜寶貴意見，特此致謝。

2002年2月6日完稿。

2002年3月22日修訂。

---

[42] 參《金文編》314頁735號。
[43] 參劉釗《古文字構形研究》211頁。
[44] 參《楚系簡帛文字編》730頁。
[45] 參《楚系簡帛文字編》944頁。
[46] 據李家浩先生2002.3.1來函。

附一・字形表

A1 包 2.131(䋣)
B 包 273
C1 上.孔 8
C2 郭.性 59
C3 上.性 26
D1 郭.緇 10
D2 郭.緇 22
D3 郭.尊 18
D4 郭.尊 34
D5 上・紂 6
D6 上・紂 6
D7 上.紂 12
D8 侯馬 105.3
D9 三體石經.無逸
D10 汗簡中之一 40 葉
D11 古文四聲韻.古老子
D12 古文四聲韻.古孝經
D13 古文四聲韻.古尚書
D14 古文四聲韻.籀韻
D15 上.孔 3
D16 上.孔 18
D17 上.孔 19
D18 上.孔 27(悁)
D19 包 2.138 反
E1 包 2.92
E2 包 2.93
E3 包 2.134
E4 包 2.139 反
E5 包 2.164
E6 包 2.183
F1 望 2.2
F2 望 2.2
F3 望 2.22
F4 包 2.267
F5 包 2.268
F6 包 2.275

附二・參考書目

王先謙　《詩三家義集疏》卷三下三十一葉，世界書局版。

孔仲溫　2000　〈郭店楚簡《緇衣》字詞補釋・釋悁〉，《古文字研究》第二十二輯，244 頁，2000.7。

何琳儀　2002　〈滬簡詩論選釋〉，「簡帛研究網站」首發，2002 年 1 月 11 日。

李家浩　1993　李家浩〈包山楚簡研究（五篇）〉頁 21-26，「香港第二屆國際中國古文字學研討會論文」，1993.10。但是會後出的論文集中，因爲大會字數的限制，李先生把這一篇選了其中的第一則刊登，並對標題作了改動，其它幾則等以後有機會再發表。

李家浩　1999　〈楚墓竹簡中的昆字及从昆之字〉，《中國文字》新廿五期，1999.12。

李運富　1995　《楚國簡帛文字構形系統研究》96-97 頁，1995 年北京師範大學博士論文。後由岳麓書社出版，頁碼見 112-115。

李零　1999　〈郭店楚簡校讀記〉501 頁，《道家文化研究》第十七輯，三聯書店，1999.8。

李零　1999　〈讀《楚系簡帛文字編》〉143 頁、第 46 條，《出土文獻研究》第五集 139-162 頁，1999.8。

李零　2002　〈上博楚簡校讀記（之一）——《子羔》篇"孔子詩論"部分〉，「簡帛網站」發表文章，2002.1.4。

李學勤　2002　〈上海博物館藏楚竹書《詩論》分章釋文〉，原載《國際簡帛研究通訊》第二卷第二期，2002 年 1 月，簡帛網站 2002. 1. 16。

周鳳五　2002　〈《孔子詩論》新釋文及注解〉，發表於「簡帛網站」，2002.1.16。

季旭昇　2001　〈讀郭店、上博簡五題：舜、河滸、紳而易、牆有茨、宛丘〉120 頁，《中國文字》新 27 期，藝文印書館，2001.12。

馬承源主編　2001　《上海博物館藏戰國楚竹書》，上海古籍出版社，2001.11。簡稱《上博》。

張桂光　1994　〈楚簡文字考釋二則〉，《江漢考古》1994 年 3 期。

陳偉　1996　《包山楚簡初探》143 頁，武漢大學出版社，1996.8。

湖北省文物考古研究所、北京大學中文系編　1995　《包山楚簡》115 頁，北京・中華書局，1995.6。

湖北省文物考古研究所、北京大學中文系編　1995　《望山楚簡》，北京・中華書局，1995.6。簡稱《望山》。

湖北省荊沙鐵路考古隊　1991　《包山楚簡》27 頁，文物出版社，1991.10。簡稱《包山》。

黃德寬、徐在國　1998〈郭店楚簡文字考釋〉頁 106-107，《吉林大學古籍整理研究所建所十五週年紀念文集》，長春・吉林大學出版社，1998。

黃錫全　1990　《汗簡箋注》282 頁，武漢大學出版社，1990.8。

劉釗　1999　〈釋楚簡中的緫（繆）字〉，《江漢考古》1999 年第 1 期 57－61 頁

劉國勝　1999　〈郭店竹簡釋字八則〉頁 42，《武漢大學學報》（哲學社會科學版），1999.5。

滕壬生　1995　《楚系簡帛文字編》，湖北教育出版社，1995.7。

鄭剛　1986　〈戰國文字中的陵和李字〉，中國古文字研究會第七次會議論文，1986 年。

顏世鉉　1999　〈郭店楚簡淺釋〉394 頁，《張以仁先生七壽慶論文集》，臺灣學生書局，1999。

顏世鉉　2001　〈郭店楚簡六德箋釋〉482 頁，《中央研究院歷史語言研究所集刊》第七十二本第二分，2001.6。

簡帛網站　網址：webmaster@bamboosilk.org。

十三月對甲骨文排譜的重要性

魏慈德

東華大學中國語文學系助理教授

提要

本文主要敘述十三月對不載周祭的賓組卜辭在排譜時的重要性，包括利用月數的差數來計算是否當放入一個十三月，以及對於那些可能插入十二月及一月間的十三月事件利用微細斷代法來判斷其是否可排入同一年內。

關鍵詞：排譜、十三月、微細斷代法、賓組卜辭

前言

下面我所要討論的內容，是關於甲骨文排譜的一些方法問題，我準備以殷墟小屯一二七坑甲骨為材料，舉例說明「十三月」對那些不載周祭的賓組卜辭，在排譜時的重要性（指排卜辭事件的「相對年代」)，及如何利用它來聯繫同版及異版同事的卜辭。

一　卜辭的排譜方法

關於甲骨文的排譜，最早且規模最大的著作為董作賓先生的《殷曆譜》，以賓組卜辭來說，其在〈日譜一・武丁日譜〉中就排了武丁廿八年七月到卅二年十二月的一連串卜辭。他之所以排出這一段時間的卜辭記事，乃因發現了一組五卜的成套卜辭，其上記載了四邑被災的事件，接著從這些卜辭中得出「十一月丙子」和「十三月丙申」兩個干支，更以之求其〈年曆譜〉，後定其為武丁廿九年所發生的事。

關於董先生排譜時所使用的方法，其自言是以「年曆譜」為據，「新方案」為綱，所謂「新方案」即指「兩種原則」和「六種方法」。上舉從四邑被災的成套卜辭中求出其為發生在武丁廿八年的事件，這一例子正是運用了六種方法中的「同文異版」和「異版同文」。[1]如果我們把

[1] 兩種原則為「分期」與「復原」，六種方法為「同文異版」、「同版異文」、「同事異日」、「同日異事」、「面背相承」、「正反兩貞」。《殷曆譜》下冊卷九。中央研究院歷史語言研究所專刊之廿三。民國八十一年九年。把董作賓這種方法運用的最好的例子是蕭良瓊在〈卜辭文例與卜辭的整理和研究〉中的排譜，其亦提出六種新方法，其為：一、從已知文例，使碎片復原，並推知新文例。二、從卜辭文例通讀全版，弄清同文、同對卜辭和骨臼刻辭的關係。三、從文例補足殘辭。四、從文例補殘、糾誤、釋字、解辭。五、從文例找出同文各版間聯繫，編大事記。六、大事記所反映的商代社會的新方法。《甲骨文與殷商史》第二輯，上海古籍出版社，1986年6月。

他的方法分成「以年曆譜為據」階段和「以六種方法為綱」階段的話，則前一階段的目的可以說是拿已係聯出的某一群同一時期內的卜辭記事來符合商紀年，以得出某事是發生在某王世的某年，如董先生說的伐土方和舌方之事是起於「武丁廿九年」，這個「武丁廿九年」即是「以年曆譜為據」所得的結果。因此我們可說這一階段的目的在求得卜辭排譜時的「絕對紀年」。而「以六種方法為綱」階段的排譜，則是運用卜辭文例和行款上的特性以及其上的記事和記年來係聯，以得出卜辭中那些事件是在同一時間內發生的，如蕭良瓊先生在〈卜辭文例的整理和研究〉中利用了合 13362 正反等幾版有「同文」「同對」「邊面對應」關係的卜辭，得出了武丁某年的二月發生了「子由⿴囗工（蘊）」，四月發生了「有奉芻自益」，五月發生了「方圍于蚁」，七月發生了「舌方圍于我奠」的事件。[2]所以這一階段在求得卜辭所載事件時間上的前後關係，因此我們可說這一階段的目的在求得卜辭排譜的「相對紀年」。

求諸卜辭排譜的「絕對紀年」時，因為會牽涉到所用年曆紀年的準確度，因此其結果常存在著不確定性，[3]而求「相對紀年」時則牽涉到的層面比較小，只要有記年記月的依據，再輔之以「同版同文」、「異版同文」等記事，通常就不會有太大的誤差。而對於那些發生在不相連的月份的事件，則只要能判斷出其是否可相容於一年之中，就可以將之係聯，而判斷的方法，首先要知道殷商曆月和曆日的規律，其次則可利用夏含夷先生的微細斷代法。

二　關於賓組卜辭時期的曆月

關於殷曆的概況較為今人所知是在卜辭中出現周祭的記載之後，許進雄和常玉芝先生都曾嘗試從周祭卜辭中復原出黃組卜辭的祀譜，[4]

---

[2] 蕭良瓊將「⿱口止」「⿱口癶」都釋成「征」，但卜辭中「⿱口止」「⿱口癶」有別，唐建垣提出「⿱口止」後不加「于」，而「⿱口癶」後加「于」，因此要將「⿱口癶」釋為「圍」以和「征」區別。見〈從「于」字用法證甲骨文⿱口止⿱口癶之不同〉《中國文字》第 28 冊，台灣大學中文系，民國五十七年六月。

[3] 所根據的年表不同，通常結果就不同，如董作賓在排〈交食譜〉時先是用奧泊爾子的交食圖表及牛考慕的殷代交食表，後來又參考了德效騫的「西元前十一至十四世紀安陽及中國所見月食考」對前說作修正。而近人所作的月食表還有劉寶林的〈公元前一五〇〇年至公元前一〇〇〇年月食表〉，年表部分則有張培瑜的《中國先秦史曆表》等。

[4] 如許進雄在〈第五期五種祭祀祀譜的復原－兼談晚商曆法〉(《大陸雜誌》第七十三卷五期，又見《古文字研究》十八輯）及常玉芝在《商代周祭制度》中便復原了帝乙一至七祀；帝辛一至十祀及廿祀的祀譜。中國社會科學出版社，1987 年 9 月。後來常玉芝再提出晚商周祭卜辭中有文丁周祭卜辭的存在。〈黃組周祭分屬三王的再論證〉《文史哲》2001 年 3 期。而許、常兩人所提的帝辛廿年祀譜則為裘錫圭所否定，並以為廿祀所援以為證的「唯王▽祀」乃是「唯王曰祀」的意思。〈關於殷墟卜辭中的所謂廿祀和廿司〉《文物》1999 年 12 期。而李學勤亦受常說影響，其在〈殷商考古書評三篇〉中的「賽克勒氏藏商代青銅禮器」曾說「肆簋，舊稱戊辰彝，我曾二次有機會觀察。其第三行銘文第六字，拓本上每每多一短橫痕跡，很象是『二』。看本書 521 頁拓本和銘文照片，實是『一』字，足以釋疑。過去學者以此器紀時為廿祀十月戊辰或十二月戊辰，都不切合，應當更正。這樣，本器的武乙配妣戊㫑日，與已見黃組卜辭的廿祀各版，及另一件青銅器，均不契合，不能屬於同王，所以商末至少有三王有廿祀以上，這在商代年代學上至關重要。」《殷都學刊》1988 年 1 期。

進而推算出商末的實際曆法。但對於那些不載周祭的賓組卜辭，其曆法的情形至今就仍令人無法掌握。若依常玉芝先生在《殷商歷法研究》中利用卜辭干支所歸納出的幾點賓時期的殷曆特性來看，包括存在有少於廿九日的小月（合 10976），[5]大於卅日的大月（合補 4939）[6]和月份大小相間（合 6）但時有連大月和連小月的現象。而其更以從周祭卜辭架構出的黃組卜辭曆法來看賓組時期的曆法，提出「由晚期的黃組卜辭仍有大於三十天的大月和小於三十天的小月來看，整個殷商時期的曆月都是以觀察月象為準的太陰月。」[7]但他也明確提出年末置閏的十三月以賓組卜辭最多，而黃組卜辭則未見的看法。對於商末曆法是否一定比賓組時期精確這一點，許進雄先生就表示了不同的意見，其以為「……由上節的討論可確定帝乙三祀十一月到七祀五月之間不可能有閏月。商人既已有置閏的常識，到了晚商反而任由月份不與季節相應，那大半是在嘗試新方案，有新的事物可為季節的指標。這個新的標志可能就是祭祀周期。一個卅六旬的祭祀周期與一個太陽年的日數相當。尤其約兩年一次的卅七旬周期，使一祀的日數與太陽年更形接近，足以有效的反映季節的更遞。也許因此，晚商銅器銘文常標明所值祀組，一若後世以仲春、孟夏等標明季節。不過，月份不與季節掛鉤畢竟有些不方便，故後來就多置閏月給予補正，這是很容易算出來的」。[8]

因此，賓組時期的曆月，不一定會比黃組卜辭的曆月不規律，尤其是從「十三月」出現的次數以賓組卜辭最多，而黃組卜辭未見這一點來看，認為賓組卜辭時期主要實行「歸餘於終」的置閏方法，基本上是可信的。[9]

而在商代，年末置閏是否有連續置二個閏月以上的情形出現？關於卜辭中是否有十四月的存在，常玉芝先生曾舉了合 21897(前 8.11.3)和合 22847（續存 1.1492）兩個例子說明殷曆有十四月。前一個例子，金祥恆先生在〈甲骨文無十四月辨〉中已辨明，後一例子則「四」字上下一劃仍有可能是骨痕，因為在卜辭中僅此一見，未見他例。[10]且此

[5] 該版為乙 5329，上有「辛未卜，爭貞：生八月帝令雨」、「丁酉雨，至于甲寅，旬有八日。九月」卜辭，常玉芝以為「『生八月』即下個月八月，因此卜日辛未日是在七月；驗辭記錄九月的丁酉日至甲寅日連續下了十八天雨。辛未日距丁酉日廿七天，如果假設辛未日是七月的最後一天，丁酉日是九月的首日，那麼八月也只有壬申日至丙申日的二十五天。則該版表明殷曆月還有少於廿九天的小月。」《殷商歷法研究》頁 290。吉林文史出版社，1989 年 9 月。然卜辭所記的九月也可能是指下了十八天後的「甲寅」這一天，並非絕對能用以證明「丁酉」也必在九月之內，因此這個辭例尚無法證明殷曆月有少於廿九天的小月。

[6] 合補 4939 為合 16644 加合 16649 加合 16660。為蔡哲茂先生綴合，見《甲骨綴合集》38 組。此辭證明二月是個有癸亥、癸酉、癸未、癸巳四個癸日的大月。

[7] 常玉芝《殷商曆法研究》頁 299。

[8] 許進雄〈第五期五種祭祀祀譜的復原－兼談晚商曆法〉《古文字研究》十八輯，235 頁。

[9] 常玉芝《殷商曆法研究》頁 303、306。

[10] 關於十四月的討論，金祥恆先生在〈甲骨文無十四月辨〉中舉前 8.11.3（合 21897）和

版並不屬於賓組卜辭，因此在這一時期，可以說沒有「十四月」的顧慮。

接著來看夏含夷先生的微細斷代法，這個斷代法的功用主要在於利用兩個或兩個以上的干支，配合月份來推算出其可不可能並存於同一年內。方法是計算出每個干支的正月一日參數量，若彼此的正月一日參數量相容，則表示其可以並存於同一年，若不相容則表示其不會發生在同一年。[11]而此種方法的假設前題有二，一是假設殷曆是大月卅日，小月廿九日；二是假設殷曆以年終置閏為主。

如果依常玉芝的觀點來看，殷曆並非固定大月卅天，小月廿九天，有時多時少的情形出現，而且年末置閏只是常例而非絕對，因此這些論點都使得微細斷代法的功能大大的打了折扣。然而這個方法並非全然不可接受，尤其在能確定該年有年末置閏的情形和在考慮一段小於十五個月以下的時間內來使用的時候，其所得的結果是可以被接受的。[12]其中的原因便是每一個微細斷代法所得出的干支可能範圍都在一個月的天數左右，也就是說有卅天的估量，在同一年中縱使每個月可能會有大於卅天或小於廿九日的未知天數，但這些例外天數斷不可能加起來會超過卅天，除非是插入一個閏月而不知，所以在已知當年有閏月的情形下，微細斷代法所得的結果便可以被接受。

三　十三月與微細斷代法的配合

下面舉出利用微細斷代法配合十三月來排譜的例子。

（一）戠囲卜辭

在《殷墟文字丙編》（《丙編》）第一版（合 6834）中記載了一件

明 1568 二例，證明卜辭並無十四月。《金祥恆先生全集》台北藝文印書館。此外，是否存在十四月的討論亦可見李學勤〈談叔失方鼎及其它〉，其言「關於商到西周曆日中的『十四月』，很多學者曾搜輯研究，最新的成果見常玉芝先生的《殷商曆法研究》一書，認為說明當時『置閏仍不準確，仍有失閏現象』是很對的。仔細核查，殷墟甲骨『十四月』確切可據的只有《甲骨文合集》22847 出組卜辭（存 1.1492）：「戊午卜咼貞：王賓大戊戠，亡囚？在十四月。」商代青銅器銘文也僅有《殷周金文集成》4138 簋銘：「癸巳，㚸賞小子☐貝十朋，在口自，惟㚸令伐尸（夷）方霉，用作文父丁障彝，在十月四。」「夷方霉」事見於黃組卜辭，時在商末。至於西周的『十四月』，惟有叔方矢鼎這一例。這樣看來，此種失閏的情形是非常希罕的。《文物》2001 年 10 期。

[11] 可詳見夏含夷〈殷墟卜辭的微細斷代法〉甲骨文發現一百周年學術研討會論文集，1999 年 5 月，中研院史語所、台灣師範大學合辦。而關於微細斷代法的探討，可以參見拙作《殷墟 YH 一二七坑甲骨卜辭研究》政治大學中國文學研究所博士論文，20001 年。

[12] 夏含夷在〈殷墟卜辭的微細斷代法〉中曾言「在本文的分析中，由於所討論的時期不超過十五個月，所以我將不考慮可能存在的大月相接的情況」。所謂連大月的情形依許進雄所言為「一個月的日數是根據月球繞地球一周而定的，平均一個月廿九日半而有餘，那是古代的人也容易觀察得到的。故以大月卅日、小月廿九日交替安排是古代常見的曆法。但精確的曆法又得修正其間的差距，即每隔十四到十六個月份，又得置一連大月，才能適當反映月相。」〈第五期五種祭祀祀譜的復原〉。

商王「𢦏（殺）⿱冖田」之事，辭末並有驗辭注明這次「𢦏⿱冖田」事件是發生在一個干支為「甲子」的日子（「癸丑卜，爭貞：自今至于丁巳我𢦏⿱冖田。王固曰：丁巳我毋其𢦏，于來甲子𢦏。旬㞢一日癸亥⿱丄丄弗𢦏，之夕向甲子允𢦏」，刻辭字體為大字填朱），同版上還記載著另一件發生於三月的「伐⿱夊止」事件。而同樣貞問「𢦏⿱冖田」事件的卜辭，又見於《丙編》558（合 6830），其辭為「壬子卜，⿰𡿧攴（㱿）貞：我𢦏⿱冖田。王固曰吉，𢦏，旬㞢三日甲子允𢦏。十二月」刻辭字體為粗字填褐，且在「十二月」字末有劃去卜兆裂紋的記號，又在骨面上（原乙 5201 部分）隱約可見被括削的「三月」字樣。[13]從這一版可知「𢦏⿱冖田」事件的卜問是在十二月。而這一事件還可見於丙編 124（合 1027），其上有「戊午卜，⿰𡿧攴（㱿）：我其乎⿱亼口⿱冖田𢦏」（即「我其乎⿱亼口𢦏⿱冖田」之意），字體為中鋒填褐，而且卜辭注明這是一件發生於「一月」間的事。

這三塊龜版上所載的「𢦏⿱冖田」卜辭，干支相同、時間相近，字體又都填色，因此許多學者如彭裕商、劉學順、夏含夷先生就都曾指出其所載是同一件事。並且三人都或多或少地嘗試加以排譜，[14]咸認為這三版卜辭是記載了賓組時期武丁某年的十二月到三月的事件。然而能夠具體指出在這年的十二月到一月間當插入一個閏月的卻只有夏含夷，其並舉了合 33082「辛酉卜，王：翌壬戌𢦏⿰示由。十二月。☐令⿱亼㕣先以侯步。十三月。☐在尤。十三月」辭為證，認為這條載有十三月的歷組卜辭正好可以補足賓組𢦏⿱冖田卜辭所缺載的「十三月」，而這個「𢦏⿰示由」事件正是賓組的「𢦏⿱冖田」事件。

關於歷組卜辭中的方國「⿰示由」是不是賓組中的方國「⿱冖田」這一問題，裘錫圭和彭裕商先生都曾提到過，前者認為賓組的「⿱冖田」在自歷間組中作「⿱⿵冖口田」，而後者則指出自歷間組及歷組一類的「⿰示由」又可作「犻」、「猶」，都是同一方國的不同寫法。[15]而今日學者們普遍認為歷組卜辭的「犻」即賓組卜辭中的「獋」，因此要把歷組的「⿰示由」當作是「⿱⿵冖口田」，而視為賓組的「⿱冖田」，還有待更多的證據來說明。

其次，劉學順在這段時期的二月和三月中，排入了合 6863「丁卯卜，⿰𡿧攴貞：王辜缶于旬。二月」、合 6864「庚辰卜，⿰𡿧攴貞：王辜缶于旬。二月」、合 6867「丁酉卜，⿰𡿧攴貞：王叀辜缶𢦏。三月」三辭。因此在這段十二到三月的時期中，我們可以得到以下干支：十二月：壬子（丙 558）。一月：戊午、己未（丙 124）。二月：丁卯（合 6863）、庚辰（合 6864）。三月：丁酉（合 6867）、庚申（丙 1）。

然在這一年的十二月和一月間要加入一個十三月是正確的，因為

---

13 張秉權《殷墟文字丙編》下（二），考釋第 52 頁。

14 見彭裕商《殷墟甲骨分期研究》上海古籍出版社，1996 年 12 月。劉學順《YH127 坑賓組卜辭研究》中國社會科學院歷史研究所博士論文，1998 年 5 月。夏含夷〈殷墟卜辭的微細斷代法〉。

15 裘錫圭《古文字論集》302 頁；彭裕商《殷墟甲骨分期研究》101 頁。

如果從干支來計算的話，十二月的定點為壬子，而三月的第一天一定早於或等於丁酉，從壬子到丁酉之間相差 44 個干支，在這四十四天中必須要容納一月和二月的天數（約 59 天），因此十二月的壬子到三月的丁酉間則只能是 44 加 60 的天數。如此之後，這個 104 天必須分配到一月、二月以及十二月壬子以後的天數中，假設十二月在壬子後還有廿八天，則剩下的七十多天必須是整個一月加上二月的天數，但這樣的天數遠遠大於六十天，因此其間就必須要插入一個十三月，也就是說夏含夷先生主張其間有一個十三月閏月是正確的。

如果我們來計算以上這些干支的正月一日參數量，一月戊午及己未的正月一日參數量為分別為（26-55）和（27-56）；二月丁卯、庚辰的正月一日參數量為（6-35）、（19-48）；三月丁酉及庚申的正月一日參數量為（6-35）、（29-58）。而十二月壬子的參數量若算至十三月一日則為（50-19），算至一月一日則為（20-49），其皆合於一個正月一日是 29-35 間（即壬辰到戊戌間）開始的月份。

（二）𠭯各化卜辭

在和𠭯各化有關的卜辭中，我們可以找到幾個時間的定點，包括：(1)丙 269（合 5439）「癸亥卜，爭貞：𠭯各化亡囚，甾王史。十月」，同版有「甲子卜，㱿貞：今十月凡至」。[16](2)乙 3422「丁未卜，爭貞：𠭯各化亡囚。十一月」。(3)丙 273（合 6649）的𣊭辭「王𣊭曰：吉。𢦏之日允𢦏𢦏方。十三月」[17]和同版的「辛酉卜〼」和「𠭯各化𢦏𩰫暨[illegible]（[illegible]）」。(4)丙 627（合 10171）的「丙辰卜，穷貞：𠭯各化𢦏𩰫」，同版上有「戊申卜，爭貞：帝其降我暵。一月」辭。[18](5)乙 7288「辛亥卜，內貞：今一月𠭯各化其㞢至」，對貞句為「貞：𠭯各化其于生二月㞢至」。

從上舉丙 269 可以得到十月的「癸亥」和「甲子」兩個干支，乙 3422 可得十一月的「丁未」，丙 627 可得一月的「戊申」、乙 7288 可得一月的「辛亥」。其中丙 627 一月戊申的當月一日參數量為 16-45，乙 7288 一月辛亥的當月一日參數量為 19-48。

對於這些𠭯各化卜辭，彭裕商和劉學順先生都主張其為數月內所發生的事，但對事件發生的時間排序則有些差異，[19]而我們從這些卜辭

---

[16] 該版可再加綴乙 2439、乙 2472、乙 3461 等，見《殷墟甲骨文字戊編》，待版中。

[17] 關於「𢦏」和「𢦏」二字，李學勤以為是同字異構，其言「𢦏𢦏方是書寫者故意於同一字採用不同的寫法，以免被誤會為重刻。這三字仍可讀為『捷戴方』」。〈甲骨文同辭同字異構例〉《江漢考古》2000 年第 1 期。

[18] 合 10171 版為丙 627 加上北圖 5213、5214、5215、5221、5225、5227、5235、5239、5245、5248，其中北圖的這十塊殘甲可能為出自 127 坑，而後來遭遺失者。

[19] 彭譜和劉譜的差異有：1.丙 317、丙 141、丙 508 卜辭的排定時間劉譜以為是在十月，彭裕商則排在十二月到閏十三月之間。2.兩譜對排入十一月的卜辭看法不同，劉譜幾乎把和𠭯各化有關的卜辭都排入此月，而彭譜則多排入十二月到一月之間，如丙 508、乙 5395、丙 141、

時間上的密集和事類的互相可以聯係來看，也可作這樣的推論。其次，根據上面的卜辭，我們雖能得到十月、十一月和一月的當月的干支，但記載十三月的丙 273 辭則缺少一個當月干支，因其雖載明「𢦏戋方」是發生在十三月，但不見貞辭和命辭。而幸運地，在丙 134 的𡆥辭中（「王𡆥曰：叀既三日戊子允既𢦏戋方）和合 6650 的卜辭命辭中（「丙辰卜貞：甾化各受㞢又三旬㞢二日戊子𡴘𢦏戋方），[20]記載了這個「𢦏戋方」的日子為「戊子」，因此我們便知𢦏戋方是發生於武丁某年十三月的戊子這天。

若我們把十三月戊子的次月（正月）一日參數量算出，其為 26-55，而上舉的兩個一月干支的參數量 16-45 和 19-48，因此可得三個正月一日參數量。若再把丙 269 的十月癸亥、甲子及乙 3422 的十一月丁未的當月一日參數量往後算到次年一月（其間含一個卅天的十三月）則為 30-59、31-60、44-13，這些數目皆合於一個正月一日起於 44-45 之間（丁未到戊申）的年份，這也間接證明這個十三月是可以放在此年當中的。

（三）翌丁未王步卜辭

以上是兩個有十三閏月的例子，下面這一例是沒有十三閏月的例子。

在丙編的 249 版（合 6948）上有一條「翌丁未王步」的卜辭，其同樣也見於丙編的 485 版（合 6949）上，[21]這兩版甲骨分別是一塊龜甲的上半和下半，其字體近似，都是屬於略小稍方折形，為賓組卜辭早期的字體。因此鄭慧生先生就曾一度將這兩版龜甲加以綴合，但由於這兩版無法密合只能遙綴，並且後來在覆核實物的情形下確定這個綴合並不正確。雖說如此，但也可知很早就有學者發現了這二版龜甲在字體、事類及鑽鑿各方面的相似性。[22]

若從這兩版卜辭所問的事類來看，可發現丙 249 上的「癸卯卜，㱿貞：乎雀𢓊伐亘𢦏。十二月」和丙 485 上的「壬寅卜，㱿貞：乎雀𢓊伐亘」（同版上有附記月份的「貞：今十二月我步」卜辭）所指為同一事件。而丙 485「貞：今十二月我步」的對貞句為「貞生一月王步」，說明了這個十二月之後便是一月，其間並沒有插入一個閏「十三月」。其次，丙 485「壬寅卜，爭貞：翌丁未王勿步」的對貞句為「貞：王

丙 317、丙 69、丙 273、丙 134 的排譜。

[20] 丙 134 可再加綴乙補 2089、乙補 5853；合 6650 則可再加綴乙 7155、乙補 1700 等等，均可參見《殷墟文字丙編》。

[21] 丙 485 可加綴乙補 954，加綴後左上角的卜辭「壬寅卜，爭貞：翌□未□勿□」中的缺字正可補入「丁」、「王」和「步」三字。此為林宏明綴合。

[22] 見鄭慧生《甲骨卜辭研究》中的〈甲骨綴合八法〉。河南大學出版社，1998 年 4 月。可並見《殷墟 YH 一二七坑甲骨卜辭研究》。

叀翌乙巳步」，以卜辭近稱用「叀」，遠稱用「于」的語法來看，這個「乙巳」當是「丁未」的前二天。又丙 249 的十二月癸卯和乙巳只差二天，和丁未只差四天，故我們有理由假設在丙 485 的占問中，殷王先是占問「貞：今十二月我步」或是「貞：于生一月步」，後來決定於十二月間「步」，因此又考慮了十二月的乙巳和丁未二天，因而再占問是要「翌丁未王勿步」或是要「叀翌乙巳步」。

從上所列舉的卜辭中，我們可得到十二月的癸卯、乙巳、丁未三個干支。這三個干支相差僅僅四天，而且是在同一個月內，因此對於我們在排譜這一段時間的事件時的功用並不大，但這個不插閏十三月的年卻可以給我們在排其它譜時多增加一些線索。

例如丙 249 同版上載有「壬寅卜，㱿貞：婦好冥妫。壬辰向癸巳冥隹女」辭，這次冥妫的記載是一二七坑賓組卜辭婦好三次冥妫中較早的一次，[23]而我們從上面的推論可知這個十二月後並不接閏月，因此合 2653 所問的「癸酉卜，亘貞：生十三月婦好來」辭，就不會是這一個時期的卜問。又上面曾討論過的甾各化，其在賓組卜辭中活動的時間約半年，其時正好跨越一個有十三月的年份，且其在卜辭中曾和婦好同版，可見於丙 317（合 6653）、丙 508（13713）。而當我們知道婦好「壬辰向癸巳冥妫」這一年後並不接一個閏十三月，因之我們在考慮婦好和甾各化活動的相對時間時，就必須把甾各化和這次婦好冥妫放置在不同的年份中。

最後，附帶討論一下卜辭中的「步」。「步」的意思，商承祚以為「所謂王步于某者，涉于某者，非王步行徒涉也，以車曰步，以舟曰涉耳」。饒宗頤先生則提出「步為祭名，《大戴禮誥記》『主祭于天曰天子，天子崩，步于四方，伐于四山』」。[24]卜辭中的卜步卜辭大概可分為卜日和卜地兩種，卜日通常問「易日」，卜地則多問「亡災」。卜步兼及易日的卜辭，早期作「干支卜翌干支王步易日」的句式，如合 11274「丙寅卜，內：翌丁王步易日」，晚期則多作「干支卜王步干支易日」，如合 32941「甲辰卜，王步戊申易日」。關於「易日」的意思，最早島邦男在《殷墟卜辭綜類》的「通用、假借、同義用例」中已指出「易日」和「啟」及「不雨」有通用的現象，後來李學勤先生更據胡厚宣的說法提出「易日」就是「啟」，也就是出太陽。[25]

卜步卜辭中有一類可能和戰爭有關，如英 130「貞：于辛未命子晝步」、屯南 866「癸（甲）午貞：告晝其步祖乙」，前者問命子晝步之事，後者則問于祖乙告子晝其步之事。而合 6461「庚寅卜，賓貞：今者王

[23] 我認爲在一二七坑賓組卜辭的婦好三次冥妫紀錄的順序該是丙 249（十二月）－丙 247－丙 245（五月）。可參見《殷墟 YH 一二七坑甲骨卜辭研究》。

[24] 見《甲骨文字詁林》頁 762，北京中華書局，1996 年 5 月。

[25] 李學勤〈「三焰食日」卜辭辨誤〉《傳統文化與現代化》1997 年第 3 期。又見《夏商周年代學札記》遼寧大學出版社，1999 年 10 月。

其步伐夷」正說出了步與伐之間的關係。屯南 29「甲申卜：令以示先步」「弜先，뮤王步」，更道出了殷人戰爭時載先王神主以行的情形，因此句貞問「是要讓示先行，還是要隨著王一起走」。[26]因此丙 485「今十二月我步」、「貞于生一月步」及「壬寅卜，爭貞：翌丁未王勿步」「貞：王叀翌乙巳步」可能都是貞問和「乎雀衔伐亘」這件事有關的事。

結論

以上利用賓組卜辭有年終置閏的特性，簡單的介紹了三種用十三月來排譜的方法，包括利用月份天數的差數來證明十二月到一月之間是否當插入一個十三月，以及對於一些可能插入十二月到一月間的十三月事件，利用微細斷代來檢驗其是否可並存於同一年。甚而在已知當年有十三月或無十三月的情形下，把同一人或相同事類的卜辭給區別開來。

[26] 張玉金《甲骨文語法學》頁 84，學林出版社，2001 年 9 月。

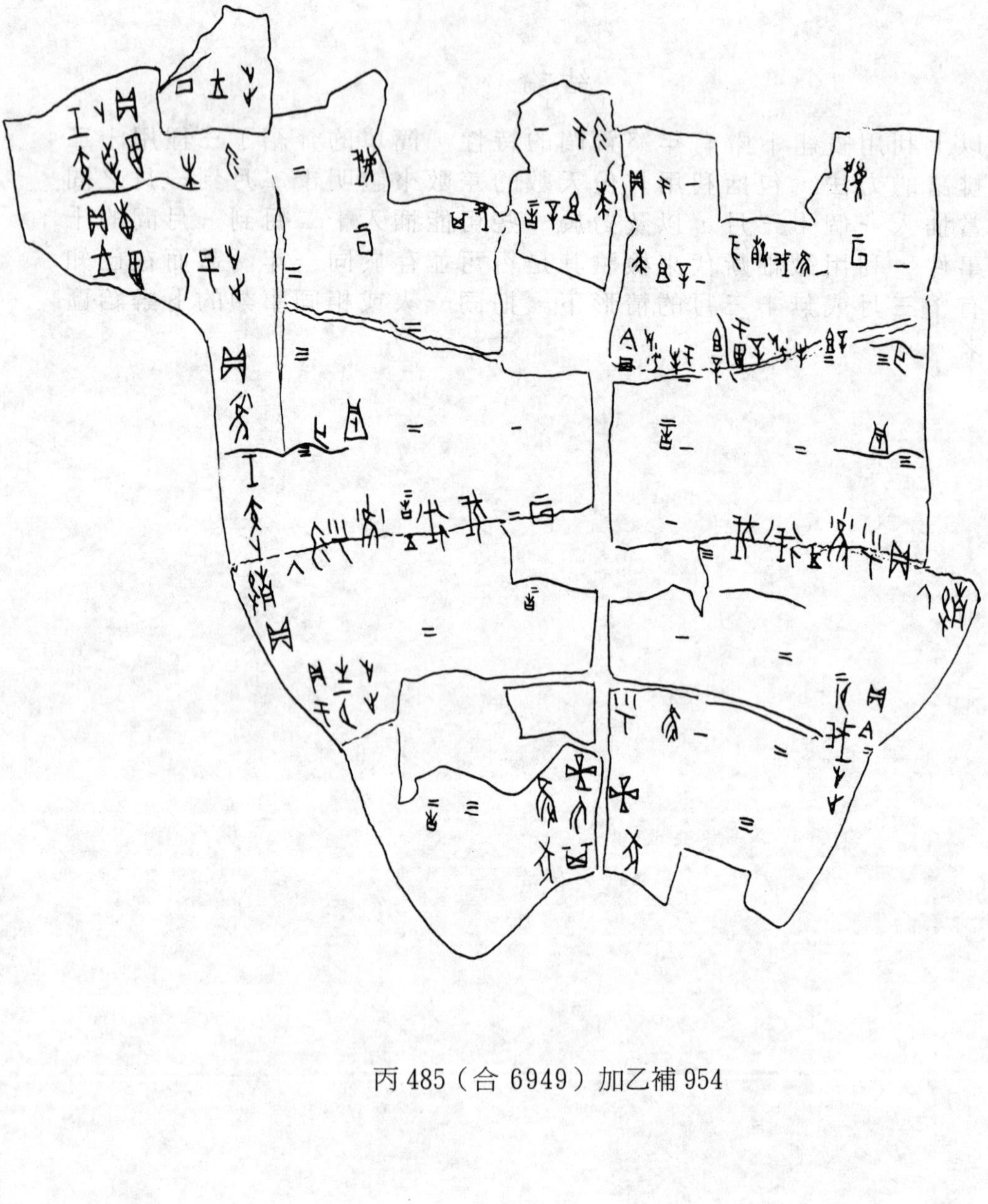

丙 485（合 6949）加乙補 954

仲⿰女丮臣𠂇盤銘文考釋

林聖傑

東吳大學中研所博士班

提要

西周早期《仲⿰女丮臣𠂇盤》有銘文 16 字，卻有 4 字收於《金文編》附錄下，屬於「偏旁難於隸定」與「考釋猶待商榷」者，歷來僅有零星文字考釋，通篇未見學者立說。本文嘗試從「異字共用部件」的角度釋出「⿰女丮」字，再考察「⿰女丮」字的本義以及在卜辭與金文的的用法，提出「⿰女丮臣」是一種身份詞的假設，並根據《麥方尊》、《說文》等文獻旁證，進而根據上海博物館近年新收的《白大祝追鼎》的人名結構例，確立本銘器主為「仲⿰女丮臣𠂇」，本器是器主為仲氏宗廟所製的禮器。

關鍵字

金文、異字共用部件、⿰女丮臣、人名結構例

壹、前言

傳世器有《仲⿰女丮臣𠂇盤》一件，《殷周金文集成》(以下簡稱《集成》)定時代為西周早期，收於第 16 冊 10101 號，有銘十三字。[1]此銘最早著錄於：清人潘祖蔭《攀古樓彝器款識》上 53，潘氏之前，舊藏於崇樸山之處，[2]今藏地不明，也未見器影。盤銘雖僅十三字，但歷來著錄均未見考釋，今試為之，就教方家。

貳、釋文

中(仲)⿰女丮臣𠂇

⿰户戈(肇)佮(迨)以金，用

乍(作)中(仲)⿱宀缶(寶)器。

1 中國社會科學院考古研究所編，《殷周金文集成》第 16 冊(北京：中華書局，1994)，頁 123。

參、考釋

中，卜辭與金文均有「」與「中」兩形，羅振玉據卜辭辭例認爲有斿的中字是中正的中，沒有斿的是伯仲的仲。[2]故本銘「中」可釋爲「仲」。仲在金文人名常作行次解，此處作爲氏名。(詳見下文)

，《金文編》收於附錄下667，潘祖蔭釋爲「弛」[3]，方濬益謂「字象人側面臂脛之形，傳形子字也。」[4]，李孝定先生以爲「此字明是單體象形字，方氏析字形是也，而謂是『子』字則非，它說以爲从某从某者皆誤，至究是後世何字，未能審也。」[5]《集成》與《殷周金文集成釋文》[6]則將與其右上方釋爲「𢦏」。

今按：字當從《集成》所釋。「𢦏」，金文作「」(《集成》2702《嬰方鼎》)、「」(《集成》888《寡史𢦏甗》)。本銘「𢦏」字與第二行「伐」字所从之戈有共用部件的現象，但是「戈」形與「丮」形距離較遠，因此容易將𢦏字偏旁「丮」誤爲獨體象形。林澐《古文字研究簡論》對古文字的簡化規律提出「併劃性簡化」一類，就是指文字共用筆畫或部件的現象。[7]若就兩個字以上共用部件，可稱爲「異字共用部件」。這種異字共用部件的例子，一般都以「合文」形式出現，本銘𢦏字與伐字共用「戈」這一部件，但是兩字並非「合文」，而是因爲相涉的銘文在行款位置相近下，共用同一部件所致，這種現象是比較少見的，有可能是書手筆誤所致。

《說文》有「𢦏」字，許慎訓爲「擊踝也，从丮戈。讀若踝。」不少古文字學者均指出：𢦏字若依《說文》訓解，則在卜辭與金文的例句中很難講得通。[8]從字形上來看，𢦏字象人屈膝跽坐，兩手持舉戈兵，作護衛之勢，其本義應是「護衛」，《說文》訓爲「擊踝」可能是有問題的，字形與「擊」或許有關，由於「讀若踝」是聲訓，因此有學者提出「擊踝」的「踝」可能是注文誤入正文所造成。[9]這種說法的確實有其可能，換言之，《說文》可能原訓𢦏爲「擊也」。然而，即使這種假設不誤，「擊」也不應該是𢦏的本義，理由

2 見羅振玉，《增訂殷虛書契考釋》(臺北：藝文印書館，1981)卷中，頁14。
3 見潘祖蔭，《攀古樓彝器款識》(臺北：臺聯國風出版社)，一冊，頁五四《仲弛盤》。
4 見方濬益，《綴遺齋彝器考釋》(臺北：臺聯國風出版社)，上冊，卷七，頁三《仲子臣盤》。
5 參見李孝定、周法高、張日昇，《金文詁林附錄》(香港：中文大學出版社，1977)，頁2548。
6 中國社會科學院考古研究所編，《殷周金文集成釋文》第6卷(香港：中文大學中國文化研究所，2001)，頁97。
7 林澐，《古文字研究簡論》(吉林：吉林大學出版社，1986)，頁71—85。
8 參見于省吾主編，《甲骨文字詁林》(北京：中華書局，1996)頁423—426諸家說解。
9 馬敘倫《說文解字六書疏證》引霍世休之說，云：「擊踝也，當作擊也。按：擊踝也者，讀者以𢦏讀若踝，旁注踝字於𢦏下，與釆下曰辨別也同例，傳寫誤入正文。」(卷六頁五十四)

是：戈爲長兵，若欲有效擊伐，持戈者必先縱身揚舉，然而卜辭的㘸全部是屈膝跽坐，商代晚期金文的㘸字人形也多半是屈膝跽坐，只有極少數爲立姿，據此，㘸是否可以訓爲「擊」需要再仔細探究。

嚴一萍先生曾經根據同版對貞卜辭「貞㚻以有取　貞㘸弗其以取」(《甲骨文合集》3481，以下簡稱《合集》[10])一从女一从丮之例，並證以《說文通訓定聲》㘸字下云：「字亦作㚻、作戜。《廣雅・釋詁三》㚻，投也，又戜擊也，又作𢦏。」，謂㘸字「訓以擊義，怡然理順。」[11]嚴先生的引證正好爲上述論述作一個力的說明，「㚻」與「㘸」同版對貞，說明「㚻」爲「㘸」的異體，「㚻」字从女，亦作屈膝跽坐，若以人體力學而言，以跽坐揚戈擊伐所造成的殺傷力遠不及於縱身揚舉，且戈爲長兵，舉伐者在跪姿下雖然仍可揚戈砍伐，但是從這種姿勢來看，警戒護衛應是主要的目的，擊伐反而其次，因此訓㘸以擊義，恐怕是以引申義爲本義。至於《廣雅・釋詁三》訓㚻爲「戜擊」，正可說明前述《說文》注文誤入正文的假設應該是有根據的。「㘸」的本義當爲護衛人身安全，引申之則可作爲警戒。

就卜辭的文義來看「㘸」，卜辭云：

(一)　貞：基方㘸

　　　貞：基方不其㘸　　　　　　　　　(《合集》8445)

(二)　其㘸戈一斧九....　　　　　　　　(《合集》29783)

(三)　貞：猶其㘸....　　　　　　　　　(《合集》8631)

(四)　....貞：余勿乎囗敦𢀛，㘸囗既　　(《合集》7018)

上舉四例中，(二)有「護衛」之義[12]，(一)、(三)、(四)有「警戒」之義。(四)條似乎是卜問不要迫近𢀛方，對方已有警戒。由於卜辭㘸字多殘辭，如就銅器銘文說之，㘸字在金文中約有下列諸義：

(一)、作人名，如：

《林㘸鬲》：「林㘸乍父辛寶尊彝」　　　　(《集成》613)

《寡史㘸甗》：「寡史㘸乍旅彝」　　　　　(《集成》888)

(二)、假爲「祼」，作灌祭，如：

[10] 中國社會科學院歷史研究所編，《甲骨文合集》十三冊 (北京：中華書局，1979)。

[11] 嚴一萍，〈續釋戎〉，《中國文字》第五卷，頁 1922—1924。

[12] 有學者釋此句㘸字爲祭祀儀杖隊，作爲名詞，也有「護衛者」之意。參見：趙誠，《甲骨文簡明詞典—卜辭分類讀本》(北京：中華書局，1988)，頁 253。

《二祀邲其卣》：「既㚸于上下帝」　　　　(《集成》5412)

《縣妃毁》：「易(賜)女(汝)婦：爵、㚸之柲、周(琱)玉黃口。」　(《集成》4269)

(三)、身份稱號或職官名。如：

《小子夫父己尊》：「㚸商(賞)小子夫貝一朋。用乍父己障彝。」

(《集成》5967)

《征角》：「丁未，㚸商(賞)征貝，用乍父辛彝。」

(《集成》9099)

《孝卣》：「丁亥，㚸易(賜)孝貝，用乍且丁彝。」

(《集成》5377)

《鳳作且癸毁》：「㚸易(賜)鳳玉，用乍且癸彝。」

(《集成》3712)

《梟婦觚》：「甲午，梟婦易(賜)貝于㚸，用乍辟日乙障彝。」

(《集成》7312)

李學勤云：「這五器的銘文字體、文例，以及一部分可以查到的器形，都表明屬於晚商，㚸大約是職官名。」[13]裘錫圭先生則較為保留，對這些不同族屬，卻又皆記載受㚸賞賜，懷疑「㚸」不是私名而是一種稱號。[14]

《小子罍毁》：「癸巳，㚸商(賞)小子罍貝十朋，才(在)上□。隹(唯)㚸令伐人方，罍賓貝，用乍文父丁障彝。才(在)十月四。」　(《集成》4138)

《嬰方鼎》：「丁亥，㚸商(賞)又(有)正嬰貝，才(在)穆，朋二百。嬰長㚸商(賞)，用乍母己障鬲。」　(《集成》2702)

今按：上述七器分屬於晚商到西周初的四個氏族，且根據王獻唐先生的研究指出：、分屬前後世代[15]，可見㚸並非一時一人之私名，而是某種有相當權力的身份稱號，從《小子罍毁》記載「㚸令伐人方」，可以看出㚸是一種能號令軍事的職官。

13　李學勤，〈北京、遼寧出土青銅器與周初的燕〉，《考古》1975.5，頁274—279，270。

14　裘錫圭，〈關於商代的宗族組織與貴族和平民兩個階級的初步研究〉，《文史》十七輯(1983)，頁1—26。

15　王獻唐，〈黃縣㠱器〉，收錄於《山東古國考》，(山東：齊魯書社，1983)，頁92。

(四)、尚有爭議。例如：

《史墻盤》:「上帝、司(后)稷亢保，受(授)天子綰命，厚福豐年，方蠻(蠻)亡(無)不𡚬見。」　　　　(《集成》10175)

銘文中的「𡚬」，學者約有以下幾種解釋：

1、讀爲揚。

唐蘭謂𡚬字從丮，象人跪而揚兩手，應與玥字並讀爲揚。[16]

2、認爲是獻的本字。

徐中舒云：「𡚬，甲骨文、金文皆作跽而雙手舉戈上獻之形，當爲獻之本字」。[17]

伍仕謙謂：「𡚬字原始意義爲獻戈投降，引申爲獻納貢獻。」並對甲骨文同時有獻、𡚬兩字，提出「𡚬、獻兩字完全是一字兩形」的看法。[18]

3、讀爲獻。

于豪亮謂：「𡚬，《說文》云：『讀若踝。』就銘文當以歌元對轉讀爲獻。《詩・殷武》:『自彼氐羌，莫敢不來享，莫敢不來王』箋云：『享，獻也。世見曰王。成湯時氐羌來獻來見。』𡚬見即『來獻來見』之獻見。」[19]

劉宗漢則就周代方蠻與中央政權的關係，引《逸周書》的〈伊尹朝獻〉、〈王會〉兩篇中的「諸侯朝獻」與《駒父盨蓋》「氒獻氒服」作爲「𡚬見」讀爲「獻見」的歷史根據。[20]

4、讀爲悈，訓爲急。

裘錫圭謂「古文字從丮從廾往往無別，疑𡚬也可作戒字用，在此似可讀爲悈」，並引《爾雅・釋言》訓悈爲急。謂「悈見」就是急來朝見。[21]

5、讀爲果，訓爲侍。

李學勤則謂：「𡚬，《說文》:『讀若踝』，此處讀爲果，《孟子・盡心下》

---

[16] 唐蘭，〈略論西周微史家族窖藏銅器群的重要意義─陝西扶風新出牆盤銘文解釋〉，《文物》1978.3，頁19─24，42。又收錄於《西周微氏家族銅器群研究》(北京：文物出版社，1992)，頁111─128。相同論述又見：唐蘭，〈論周昭王時代的青銅器銘刻〉，《古文字研究》第二輯(1981)，頁61。

[17] 徐中舒，〈西周墻盤銘文箋釋〉，《考古學報》1978.2，頁147。又收錄於《西周微氏家族銅器群研究》(北京：文物出版社，1992)，頁248─263。

[18] 伍仕謙，〈甲骨文考釋六則〉，《四川大學學報叢刊》10─《古文字研究論文集》(1982)，頁82─85。

[19] 于豪亮，〈牆盤銘文考釋〉，《于豪亮學術文存》(北京：中華書局，1985)，頁25─36。又收錄於《西周微氏家族銅器群研究》(北京：文物出版社，1992)，頁302─317。

[20] 劉宗漢，〈說「𡚬見」──「𡚬」類字研究之一〉，《古文字研究》第十九輯(1992)，頁544─521。

[21] 裘錫圭，〈史墻盤銘解釋〉，《西周微氏家族銅器群研究》(北京：文物出版社，1992)，頁264─283。又收錄於《古文字論集》(北京：中華書局，1992)，頁371─385。

注：『侍也。』金文𠭰臣義爲侍臣。本銘這句是說遠方的方國部落無不前來侍見。」[22]周法高先生從李說，但無論述。[23]

6、讀爲踝，訓爲踵。

于省吾認爲「𠭰之讀爲踝訓爲踵」[24]，「銘文是說，方蠻無不接踵來見。」

7、讀爲謁，訓爲朝見。

李零根據𠭰與謁兩字爲聲母相近的陰入對轉字，而《孫子·用閒》與《墨子·號令》載王公近臣有所謂「謁者」，其功用爲「謁者侍令門外爲二曹，夾門坐，....客見，持兵立前，鋪(餔)食更，上侍者名。」謁者「持兵立前」與𠭰字字形同，因此考慮𠭰字最好讀爲謁。[25]

8、讀爲夥，訓爲盛大。

朱鳳瀚以《說文》曰𠭰讀若踝，疑在本銘中當讀爲夥。並據《方言一》：「凡物盛多謂之寇，齊宋之郊，楚魏之際曰夥。」認爲「方蠻無不𠭰見」謂順服方蠻之眾多。[26]

今按：諸家說解各有所長，但多僅就「方蠻亡不𠭰見」一句而論，較少全盤討論𠭰字。《史墻盤》銘云：「上帝后稷亢保，授天子綰命，厚福豐年，方蠻亡不𠭰見。」(據裘文斷句)這段頌辭意思近似《詩·周頌·桓》：「綏萬邦，婁豐年，天命匪解。」鄭《箋》：「綏，安也。」孔《疏》：「僖十九年《左傳》：『昔周饑，克殷而年豐。』是伐紂之後，即有豐年。」又《左傳·宣公十二年》楚莊文論武的功用時，亦引此詩。由此可見，周人有將豐年與外邦臣服相聯繫的觀念。據此，「𠭰見」一語，當有臣服之意。

然而就現有資料而論，卜辭與金文已有「獻」字，作爲「進獻」、「獻納」之意，如：《虢季子白盤》：「獻䤋于王。」因此𠭰不應再釋爲獻，或是僅根據文獻「來獻」、「獻見」等辭，在無旁證情況下讀𠭰爲獻。

金文有𠭰假爲「祼」之例，𠭰既然可以讀爲从果得聲的祼，當然也可以讀爲从果得聲的婐。《說文》：「婐，婉也。一曰女侍曰婐，讀若騧，或若委。从女果聲。孟軻曰：舜爲天子，二女婐。」今本《孟子·盡心下》婐作果。

---

[22] 李學勤，〈論史墻盤及其意義〉，《考古學報》1978.2，頁153—158。又輯於《新出青銅器研究》(北京：文物出版社，1990)，頁73—82。

[23] 周法高編，《金文詁林補》，中央研究院歷史語言研究所專刊之七十七，(1982)第二冊，頁907。

[24] 于省吾，〈牆盤銘文十二解〉，《古文字研究》第十五輯(1981)，頁1—16。又收錄於《西周微氏家族銅器群研究》(北京：文物出版社，1992)，頁284—301。

[25] 李零，〈古文字雜識〉，《國學研究》第三卷，(北京：北京大學出版社，1995)，頁271。

[26] 朱鳳瀚，〈有關𠭰其卣的幾個問題〉，《故宮博物院院刊》1998.4，頁13—16。

趙岐注：「果，侍也。」據此，㚸若讀爲婐，訓爲侍並無可疑。然而，前已從字形說明㚸的本義爲護衛，其引申有「侍」義並不奇怪，但是李先生以假借說之，謂㚸讀爲婐，訓爲侍，則較迂曲些。[27]《史墻盤》的「㚸見」確實可以訓爲「侍見」。

有一件商器也可以證明㚸字本義爲護衛。現藏於美國哈佛大學福格美術館的《鵌玉戈》[28]銘云：「曰𩰫王大乙才(在)林田鵌㚸。」李學勤曾指出：𩰫，在卜辭作爲祭名，王大乙當爲殷湯，鵌是器主名，應即是《鵌犀尊》的小臣鵌」。㚸在此亦可釋爲「侍」。玉銘可以理解爲：鵌記錄在林田這個地方，侍奉殷王享祀商湯。[29] 李先生結合文獻、金文人名結構與玉銘論述，其說大致可信。然而，作器者鵌如果真是《鵌犀尊》的小臣鵌，而本銘「㚸」字是指殷王在祭祀商湯時，作器者鵌的狀態，據《禮記・喪大記》：「君即位于阼，小臣二人執戈立于前，二人立于後。」可以推知㚸在此也應釋爲護衛，當然「侍」也是護衛工作的一部分。

李零從文獻上來考證㚸最好讀作謁，「㚸臣」即「謁臣」，這種說法也有一些問題。首先，㚸讀作謁，對字形並無交待；其次，李零也承認「謁者」是東周以來的王公近臣，掌管引進拜見，然而《麥方尊》：「侯易(賜)者(諸)㚸臣二百家」(《集成》6015)，雖是周王賞賜邢侯臣屬，但是如果二百家全是「謁臣」，未免也有些不可思議，《麥方尊》提及周初邢侯至宗周朝見周王，回程時周王賞賜許多物品與臣屬，「㚸臣二百家」是其中的一部分，從常理來看，這裡的「㚸臣」應是指單純的侍衛之士，並非東周之際，負責朝見與通報王公的謁臣。

綜上述，㚸字在商周銘刻除了作人名與假爲「祼」，作灌祭以外，多半可以訓以本義「護衛」或引申義「侍」。也可以作爲一種身份詞，這種身份詞在殷末金文多單稱「㚸」，到西周早期則稱「㚸臣」。(詳下文)可能是身處王公左右的緣故，因此在晚商時地位與權力並不低。

𠂇字，《金文編》收於附錄下 603，吳大澂疑爲父字，張孝達疑爲左字，方濬益則釋爲爪字。李孝定先生云：「方、張兩氏說字形近之，而字實不可識。

---

[27]一九八〇年至一九八一年間，陝西長安花園村十五號墓與十七號墓出土一批帶銘銅器，器主自名爲「歸㚸進」或「歸㚸」。李學勤認爲：「推測歸是封邑，㚸進是一名一字。」並指出「㚸在金文常讀爲『果』，意思是『侍』，這樣講的『果』，和『進』意義相呼應。『㚸進』是名字連稱，猶如《令尊》、《令方彝》的『夨令』。」此處李先生也是以假借爲說，參見：李學勤，〈論長安花園村兩墓青銅器〉，《文物》1986.1，頁 32—36。

[28] Max Lower，《中國古玉》圖 29，福格美術博物館(1975)。

[29] 李學勤，〈論美澳收藏的幾件商周文物〉，《四海尋珍》(北京：清華大學出板社，1998)，頁 240—249。

銘中此下二文並不識，故難通讀。」[30]

今按：此當是「𠂇」字，金文𠂇字作(《集成》4467《師克盨》)、(《集成》10176《散氏盤》)形，與本銘形近。

「仲[女丮]臣𠂇」一辭可以視為一個人名結構，進一步有兩種思考方向。一是將「[女丮]臣𠂇」視為字加名的組合，「仲[女丮]臣𠂇」為行次配字配名的結構，如《左傳・文公二年》的「孟明視」。另一種思考是：「仲」為氏名，「[女丮]臣」為一種身份，即《麥方尊》：「侯易(賜)者(諸)[女丮]臣二百家」(《集成》6015)，訓為「武衛之臣」[31]，「𠂇」為仲[女丮]臣的私名。

對於這兩種可能，筆者比較傾向於後者。理由是：《麥方尊》與本器的時代同為西周早期，「[女丮]臣」一辭應指相同的概念。承前述，「[女丮]」在殷末周初之際已是一種身份稱號，到周初則稱為「[女丮]臣」，義為「武衛之臣」。《說文》：「戣，周制侍臣執戣立于東垂，兵也。从戈癸聲。」(十二篇下三十七)又同書「鈗，侍臣所執兵也。从金允聲。〈周書〉曰：一人冕執鈗。讀若鈗。」(十四篇上十八)許慎兩次提及「侍臣」執兵以衛，又引《尚書・顧命》以證，可見許慎所理解的西周廟廷制度中是有一種武衛的侍臣，許慎所處的時代去古未遠，又是五經無雙的經師，其說法當較可信，而且許說與前述[女丮]字在商周銘刻中可訓為「侍」的用法完全相合。「[女丮]臣」當即《說文》的「侍臣」。

《尚書・顧命》所記為康王即位之儀式，文辭莊嚴富麗，王國維謂「後世得考周室一代之大典者，惟此篇而已。」[32]關於篇內所述廟堂之制與登進之禮，王國維先生已有詳考。至於篇中言諸侍臣手執七種兵器及所立方位，也有學者董理其序[33]，共有侍臣十二人執兵以衛。由於〈顧命〉的時代為西周早期，結合文獻與銘文來看，我們有理由相信「[女丮]臣」在西周早期是一種身份或官職。但是從這個時期《麥方尊》銘文「[女丮]臣」已成為賞賜物來看，其地位與權力恐怕已經遠不及商代晚期。[34]

「[女丮]臣」若作為一種身份或職稱，與行次字「仲」合為一個人名結構，

---

30 參見李孝定、周法高、張日昇，《金文詁林附錄》(香港：中文大學出版社，1977)，頁 2467。

31 參見于省吾，《雙劍誃吉金文選》(北京：中華書局，1998)上二，頁 21〈麥尊〉。

32 參見王國維，〈周書顧命考〉、〈周書顧命後考〉，《定本觀堂集林》(臺北：世界書局，1991 年)，頁 50—58，58—67。

33 〈顧命篇〉記康王入，有二干戈逆之，及其行禮，又有四人執戈夾東西兩階，可見是兩人守一階。在畢門內，又有兩人執惠對立守門，東堂與西堂分別有一人執劉與鉞，東垂與西垂分別執戣與瞿。參見陸懋德，〈書經顧命篇侍臣所執兵器考〉，《燕京學報》第三十八期(1950 年)，頁 103—119。至於當時侍臣所使用的兵器，可參看沈融〈《尚書・顧命》所列兵器名考〉，《文博》1992.1，頁 20。

34 《麥方尊》：「侯易(賜)者(諸)[女丮]臣二百家」部份學者將「[女丮]臣」視為奴僕之屬，如果是奴僕之屬，又怎能參與康王即位之典呢？從現有的資料來看，這種看法恐怕是不正確。

這種例子在金文辭例也曾出現，如：「伯大師」(《集成》2830《師訊鼎》)、「仲大師」(《集成》133《柞鐘》)，或「叔尹」(《集成》1925《叔尹方鼎》)等例。有學者曾經指出這類稱謂「好像是排行下加職官，文獻未見其例，還有待研究。」[35]近年來上海博物館收購一件《白大祝追鼎》，其銘云：

隹卅又二年八月初吉

辛子(巳)，白大祝追作豐

叔姬鬻彝，用旂(祈)多

福，白氏其眉壽

黃耇萬年，子子孫孫永寶享。

製器者自稱「白大祝追」，根據陳佩芬的考釋：「大祝」是個職官，見於《周禮・春官》，主要職司是號祝以致鬼神，「追」是大祝的私名。[36]陳文之說可從，但對於「白」與「白氏」並無說解。

今按：從《白大祝追鼎》來思考，可以確定器主自稱「白大祝追」與本銘器主自稱「仲㚬臣广」人名結構相同。[37]從受器者「豐叔姬」的人名結構來看，可知《白大祝追鼎》是「白大祝追」爲其妻所作。[38]器主在銘末又爲「白氏」祈福，可知「白大祝追」的「白」不是作爲行次，而是作爲作器者的氏名[39]，與本銘銘末「作仲寶器」同例，「仲」應是「仲氏」的省稱。從《左傳》來考察，春秋時公孫王孫確有以父之行次爲氏名，或加冠以出身之身分字王、公、子等，如：王叔桓公(文公三年)。[40]因此，我們有理由相信「仲㚬臣广」這種人名結構可以分析爲：

氏名+職官(身份辭)+私名(可以省略)

，《金文編》收於附錄下672，方濬益釋爲肇[41]。李孝定先生指出：「字右

---

[35] 參見李學勤〈先秦人名的幾個問題〉，《歷史研究》1991.5；又輯於《古文獻叢論》(上海：上海遠東出版社，1996)，頁128—136。

[36] 參見陳佩芬，〈新獲兩周青銅器〉，《上海博物館集刊》八(上海：上海書畫出版社，2000)，頁124—143。

[37] 與此相同的人名結構還可見《白大師釐盨》：「白大師釐乍旅盨，其萬年永寶用。」(集成4404)，作器者「白大師釐」，「白」爲氏名，「大師」爲官職，「釐」爲私名。

[38] 「豐」爲西周姬姓諸侯國，即文獻之「酆國」，「豐叔姬」既冠母家國名，又繫母姓，依照金文慣例，此係夫稱妻名的用法。關於金文女子稱謂可以參見：曹定云，〈周代金文中女子稱謂類型研究〉，《考古》1999.6，頁78—87。汪中文〈金文中的女子名號條例〉，《第十一屆中國文字學全國學術研討會論文集》民國八十九年，頁67—75。

[39] 李朝遠〈白大祝追鼎剩義〉，《中國文物報》2001年53月21日第7版。

[40] 參看方炫琛《左傳人物名號研究》，政治大學中研所博士論文，民國七十二年，頁20—26。

[41] 見方濬益，《綴遺齋彝器考釋》，(臺北：臺聯國風出版社)，卷七頁3。

所从於戶爲近，左旁不可考。」[42]今按：此字應隸定爲□，左旁所从爲戈，所从戈形與□字共用。

卜辭有□字(《合集》29693)，字形作□，从戈破戶形，從辭例上看，爲發動軍事行爲的動詞，當爲肇字初文。但是這個从戶的□字只出現一次，以往被學者釋爲□字的字形作□，這個字形數量較多，但是不从戶，因此朱鳳瀚先生提出：[43]

(一)□可能不是□字。

(二) 因□僅一見，而从戶从又的啓字常見，因此□可能是啓(□、□、□)字之異體。

(三) 不排除□是□字的變體。[44]

前述三項中，(一)、(三)的考慮有字形與辭例佐證，應是可信。但是(二)恐怕是有問題的。卜辭有□字(《合集》20988)，或作□(《合集》6461正面)，作爲開啓或晴朗無雲之意，有學者指出：數百條□字卜辭文例中均無从攴或从戈者。[45]然而，卜辭確有□字，辭云：「辛巳卜，貞夢亞雀□余刀若。」(《合集》21623)，從詞意上來看作爲動詞，可能是□字的異體，可惜僅一例。从攴是从又的訛變。

卜辭中□與□，一从戈一从又，兩者截然分明，並無混用。西周金文沿襲甲骨而下，習語「廣啓某身」之啓字右旁一律从又，絕無从戈或从攴；相對的，習語「肇井(刑) 先祖」的「肇」字，不論从口或从聿，右旁也一律从戈，不見从又或从攴，顯然各自成爲系統。[46]雖然卜辭中□字仍有疑問，但是直接認爲□字是啓字的異體，恐怕無法解釋上述各成系統的現象。令人困惑的是金文習語「肇作」字混淆了上述系統，有从攴作「□」(《集成》9585《內伯壺》)；或加聿聲作「肇」(《集成》2342《叔朕作南宮鼎》)；有从又作「□」(《集成》9889《□方彝》)；或加聿聲作「□」(《總集》2668《散季毀》)；有从戈聿聲的「肇」(《集成》2680《諶鼎》)；也有作「啓」(《集成》2066《訴鼎》)；或作「□」(《集成》6007《耳尊》)；或是「□」(《集成》3831

[42] 參見李孝定、周法高、張日昇，《金文詁林附錄》(香港：中文大學出版社，1977)，頁2563。

[43] 朱鳳瀚，〈論周金文中"肇"字的字義〉，《北京師範大學學報》(人文社會科學版)2000.2(總第158期)，頁18—25。

[44] 朱文在注文中又根據《合集》29393：□馬又正。與《合集》5825：丙申卜，貞□馬左、右、中人三百，六月。兩條卜辭均與征伐有關，且□與□的用法顯然一樣，因此不排除□是□字的變體。

[45] 張桂光〈古文字考釋十四則〉，《胡厚宣先生紀念文集》(北京：科學出版社，1998)，頁219。

[46] 張桂光〈古文字考釋十四則〉，《胡厚宣先生紀念文集》(北京：科學出版社，1998)，頁219。

《滕虎毀》)；或是「𦘠」(《集成》2410《甚諆鼎》)；或是僅存聲符作「聿」，如(《金文總集》1026《奄望鼎》)等，這種現象形成的原因爲何，仍有待進一步考察。

本銘戉字在此處應訓爲「始」。金文習見「肇作」，朱鳳瀚先生已指出其意義：

> 凡言「肇作」一般應是初嗣宗子之位不久(或從大宗本家分立新支而已為新支家長)時。在銘文上說明是初作，不僅表現了對首次鑄作宗廟禮器之重視，而且也是藉器銘將自己初主家祀之事記錄下來，以志紀念。

㑴，《金文編》收於附錄下 095，據形隸定可釋爲即佮字，李孝定先生云：「从彳从合，即許書會之古文。」「古文从彳从辵得通，佮、迨古爲同字，復孳乳爲二字耳。銘云：『佮以金』即『合以金』也。」[47]李先生所論甚是，《廣雅・釋詁三》：「迨，聚也。」《牆盤》：「迨受萬邦。」皆作聚合之意。「戉佮以金，用作中(仲)寶器」意謂首次聚合銅錫原料，用來作仲氏宗廟的禮器。「戉佮以金」與「肇作」在某種程度來說是相同的，因此，以朱鳳瀚先生的說法來思考，器主並非爲自己作器，而是爲「仲氏」而作。

肆、結語

本銘文字簡短，但是有不少問題值得探討，如「非合文之異字共筆現象」、「𠭯臣」的身份，以及「氏名配身份詞與私名爲人名例」等，對金文研究也許可以提供一點思考的方向。

2002 年 2 月 28 日三稿

後記：本文寫作過程蒙許師錟輝指導，陳昭容與許學仁兩位老師提供意見，以及金文資料工作室所有師長同伴的協助與鼓勵，謹此誌謝。

[47] 參見李孝定、周法高、張日昇，《金文詁林附錄》(香港：中文大學出版社，1977)，頁 1389。

仲⿰女凡臣盤

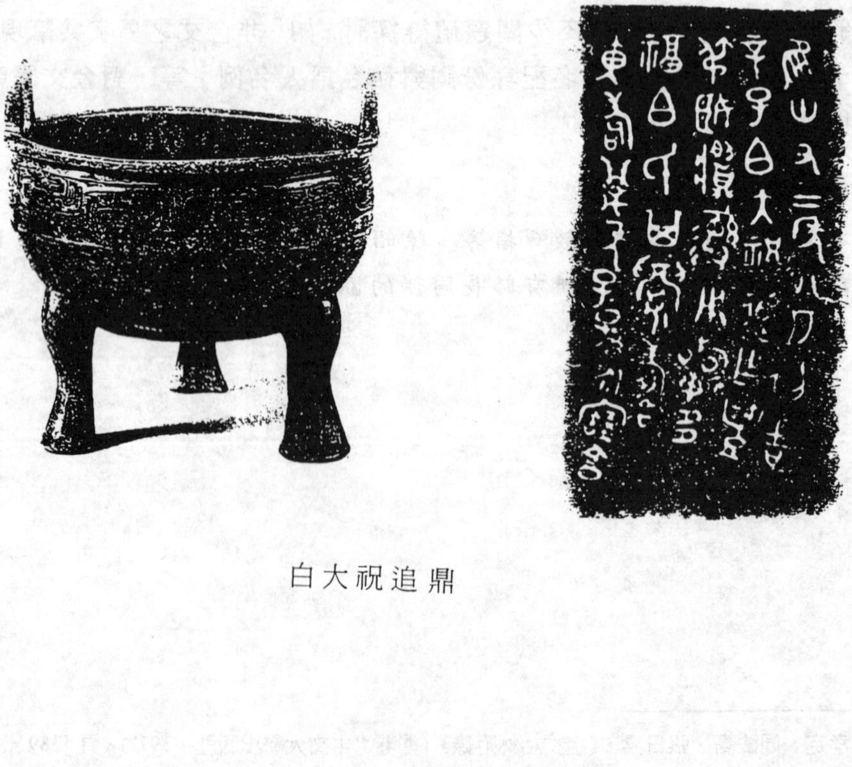

白大祝追鼎

中國古代有奴隸社會嗎？

——從文獻和甲金文看古代奴隸現象

王讚源

臺灣師範大學退休教授

提要

馬克斯提出社會發展五階段論，即：原始共產社會→奴隸社會→封建社會→資本主義社會→社會主義社會。郭沫若附和其說，直斷「夏商周是奴隸社會」，大陸思想史或哲學史之著作，皆受其影響。本文從地下物、《尚書》、《詩經》、《周禮》、《孟子》、《禮記》等文獻，指明郭說之無稽；進而糾矯郭沫若解釋銘文、《詩經》之謬誤或曲解；並分析甲、金文童、奴、妾、僕、臣、民諸字之構形，指出中國古代奴隸皆爲罪犯或俘虜，僅供勞役、侍役、僕役等煩辱之事，無關經濟是中國古代有奴隸但沒有奴隸社會。

關鍵詞：

引言

中國古代社會是有奴隸存在的，但不能因此說中國古代是奴隸社會。換句話說，中國古代是有奴隸的社會，但不能說中國古代是奴隸社會。這本來是很清楚明白的，可是有人竟然把兩者給搞混了！尤其是在馬克斯主義的社會五階段發展論介紹到中國來以後，大陸學界幾乎異口同聲的說：「夏、商、周是奴隸社會。」在學術上，這個問題必須講清楚，說明白。

一、中國有奴隸社會嗎？

馬克斯認爲社會發展的進程依序爲：原始共產社會→奴隸社會→封建社會→資本主義社會→社會主義社會。這就是聞名的社會五階段發展論。馬克斯依據這一模式解釋西方古代的歷史，並藉此建立其理論。

馬克斯在《資本論》說：

> 它（案：封建經濟）和奴隸經濟或殖民地種植園經濟要從這一點來區別：奴隸要用別人所有的生產條件來勞動，並且不是獨立的。所以這裡必須有人身的依附關係，有人身的不自由，有人身當作土地的附屬物定牢在土地上面的制度，有嚴格意義上的隸屬制度。[1]

---

[1] 馬克斯：《資本論》，郭大力、王亞南譯，一九五八年，人民出版社，北京，第三卷，頁 1032。

馬克斯還區別奴隸與農奴的不同爲：

> 奴隸並不曾出賣他自己的勞力給奴隸主，正如耕牛不出賣牠自己的服役給農民一樣。奴隸連同他自己的勞動力一次永遠出賣給他的主人了。……他本身是商品，可是勞動力卻不是他的商品。
>
> 農奴所出賣只是自己勞動力的一部分。並非他從土地所有主方面領得報酬，而是相反的，土地所有主從他那裡收得貢租。[2]

史達林則將奴隸制度與封建制度區分爲：

> 在奴隸制度下，生產關係底基礎是奴隸主佔有生產資料和佔有生產 工作者，這生產工作者便是奴隸主所能當作牲畜來買賣、屠殺的奴隸。
>
> 在封建制度下，生產關係底基礎是封建主佔有生產資料和不完全佔有生產工作者，這生產工作者便是封建主雖已不能屠殺，但仍可以買賣的農奴。[3]

一九四九年，范文瀾考察了《詩經．甫田．大田．載芟．良耜．噫嘻．臣工》之後認爲：「從這些詩篇看來，可以斷言西周領主與農民的關係是封建的關係。」[4] 不過，他又說：「夏商奴隸制度發展而不發達，周奴隸制度更不發展而封建制度卻發展很快。」[5] 依范文瀾的看法：夏商是奴隸社會，周朝則是封建社會。一九五六年，孫作雲提出＜從詩經中所見的西周封建社會＞，他認爲：「西周和春秋時代的農業生產者主要是農奴，而不是奴隸；因而，西周和春秋是封建社會。」[6]

然而，也在一九五六年，郭沫若根據史達林的說辭，拿奴隸主可以屠殺奴隸，來與中國的殉葬作比較，斷言「夏、殷、周三代的生產方式只能是奴隸制度」，而且把奴隸制的下限定在春秋與戰國之際[7]。並與主張「西周爲封建制」的范文瀾等人發生一場爭論，結果郭沫若的說法獲得肯定，於是「夏、商、周三代是奴隸社會」成爲此後大陸學界的「定論」，像馮友蘭的《中國哲學史新編》[8]，侯外廬的《中國思想通史》[9]，任繼愈的《中國哲學史》[10] 都受了郭沫若的影響。

但是，「殉葬」並非「奴隸社會」的充分證據。我們先從地下物考察：一九八三年十月，在陝西秦都雍城宮殿建築遺址上，發現了隋唐墓地四十九座，共

---

[2] 馬克斯：《僱佣勞動與資本》，一九五三年，三聯書店，北京，頁 9。

[3] 郭沫若：《奴隸制時代》，一九五六年，科學出版社，北京，頁 3。

[4] 范文瀾：《中國通史簡編》，一九四九年，人民出版社，北京，第一編，頁 144。

[5] 同注 4，頁 144。

[6] 孫作雲：《詩經與周代社會研究》，台北影印本，頁 124。

[7] 郭沫若：《奴隸制時代》，一九五六年，科學出版社，北京，頁 3，頁 25。

[8] 馮友蘭：《中國哲學史新編》，民國八十年十二月，藍燈文化公司，台北，第一冊，頁 63、64、65、68、87。

[9] 侯外廬：《中國思想通史》，一九五七年，人民出版社，北京，第一卷，頁 25。

[10] 任繼愈：《中國哲學史》，一九八五年四版，人民出版社，北京，第一冊，第一節。

殉葬一百廿一人[11]。沒有人會說隋唐時代是奴隸社會，然而卻存在著殉葬的事實，可見郭沫若以殉葬來證明奴隸社會，顯然理由不充足。

再從文獻上考察，《孟子．滕文公上》云：

夏后氏五十而貢，殷人七十而助，周人百畝而徹，其實皆什一也。徹者徹（取）也，助者藉（借）也。……詩云：「雨我公田，遂及我私」，惟助為有公田，由此觀之，雖周亦助也。

「貢」、「助」、「徹」是夏、殷、周三代田賦的名稱和制度 。「皆什一也」是說三代的田賦都抽取農民收成的十分之一。這只是前引馬克斯所說農奴的條件：「土地所有主從他（農奴）那裡收得貢租」。「雨我公田，遂及我私」是《詩經．小雅．大田》的詩句。孟子的解釋是「方里而井，井九百畝，其中爲公田，八家皆私百畝，同養公田，公事畢，然後敢治私事。[12]」依此「公田」爲井中的百畝，「我私」爲井旁的「八家皆私百畝」。「雨我公田，遂及我私」，就是「（八家）同養公田，公事畢，然後敢治私事」。「公田」的收成歸統治者，「我私」的收成歸農民。這豈不是馬克斯說的「農奴所出賣的只是自己勞動力的一部分」。可見由「貢」、「助」、「徹」的田賦制度，及「公田」之外還有「我私」，可知夏、殷、周並不是奴隸經濟，當然就不是奴隸社會。

又如《禮記．王制》云：

古者公田藉（借也）而不稅，市廛（房稅）而不稅（不徵貨物稅），關譏（查訊）而不征（無關稅），林麓川澤以時入而不禁，夫圭（潔也）田無征。用民之力，歲不過三日。田里不粥（賣也），墓地不請（求也）。

上文引孟子說「惟助爲有公田，……雖周亦助也」，可見〈王制〉篇的「古者公田藉而不稅之「古者」，指的是殷、周兩代。「田里不粥，墓地不請」，說的正是封建社會中土地不能自由買賣的情形。可見〈王制〉篇這段文字正說明了殷、周不是奴隸社會。

另外，《詩經．周頌．臣工》云：

命我眾人！庤乃錢鎛，奄觀銍艾。

「庤」，準備。「乃」猶其，你們。「錢」，鍤，挖土農具。「鎛」，鋤，除草農具。「奄」，忽、遽，不久。「銍」，穫。「艾」，通刈，穫。「銍艾」爲同義複詞，即收穫。三句詩翻成白話：「命令我的農民們！準備好你們的鍤鋤，努力除草，不久就可看到收成了。」馬克斯說：「奴隸要用別人所有的生產條件來勞動」，而詩句「庤乃錢鎛」，是農民要自備農具，也就是西周農民不用別人所有的生產條件來勞動。這就說明了西周農民不是奴隸，西周不是奴隸經濟，也就是說西周不是奴隸社會。

瞿同祖是不受馬克斯主義影響的學者，他於一九三六年就認爲殷代爲氏族社會，周代已是封建社會完成時期。他說：

---

11 一九八六年五月十三日，新華社發佈通訊。

12 《孟子．滕文公上》。

我國在周代以前，也已然有了封建的事實，但從周武王以政治的力量使全王國普遍的實行有系統的具體而嚴密的封建組織後，才入於封建社會完成時期。以同樣的眼光來看，封建崩潰的過程，也是逐漸的而不是突然的。在春秋戰國時代，有些方面已呈崩潰現象，但社會組織仍以封建制度為中心。因此我們不能說封建社會已經完全中止，直等到秦統一了天下，推翻了一切舊有制度，才結束了封建社會。[13]

剛逝世不久的台灣中央研究院院士張光直，他於一九八三年發表《中國青銅時代》一書說：

三代（夏商周）之間不但在王制上相似，而且至少商周都有貴族分封治邑的制度。

現代三代考古所指明的文明進展方式是「平行並進式」的，……在夏商周三代中夏商周三個國可能都是同時存在的，只是其間的勢力消長各代不同罷了。

實際上，照新的材料與新的研究已經很清楚的指明，這些（昭穆、宗法、封建）都是中國青銅時代大部時期中的中心制度。[14]

張光直這幾段文字說明了：夏、商、周三代大部分時期都實行宗法封建制度。換句話說，夏、商、周大部分時期是封建社會而不是奴隸社會。張氏始終置身於馬列意識形態之外，才能看清歷史事實。

馬克斯主義五階段社會發展論的模式，一直要到一九八六年才出現理智的反省，胡鐘達說：

在這四分之一世紀中，……只有義大利的 E．奇科蒂和薩爾維奧利這兩位馬克斯主義古史學家對西方古代奴隸制寫過專題研究著作，馬克斯主義史學對東西方古代社會性質的研究並無重大突破。馬克斯和恩格斯在生前就已肯定日爾曼人沒有經過奴隸社會這一階段，此後蘇聯史學家又肯定斯拉夫人沒有經過奴隸社會這一階段。列寧在這裡說「整個現代文明的歐洲都經過這個階段」，明顯地不符合歷史事實。至於說世界上其餘各洲的絕大多數民族也都經過這個階段，更是缺乏科學根據的。[15]

總之，中國古代社會是有奴隸的，但沒有奴隸社會。郭沫若把「社會有奴隸」或「有奴隸的社會」，說成「奴隸社會」，是犯了很大的錯誤。下一節我們要從文字的構造探討就會更明白。

二、從甲金文看中國古代奴隸現象

中國文字不是拼音文字，中國文字依構造分，有象形、指事、會意、形聲四體。象形爲「畫成其物，隨體詰詘」，象形是具體形狀，所以象形字可以見形

---

13 瞿同祖：《中國封建社會》，一九三六年，北平，一九七一年，萬年青書店，台北，〈導論〉，頁 7。

14 張光直：《中國青銅時代》，一九八三年，聯經出版公司，台北，頁 39、53、22。

15 胡鐘達：〈再評五種生產方式〉，《歷史研究》，一九八六年第一期，頁 36。

而知義。指事爲「視而可識，察而見意」，指事是抽象情狀，所以指事字也可以見字而識義。會意爲「比類合誼，以見指撝」，會意是會合諸文而得字義，所以會意字可以見字知義。形聲爲「以事爲名，取譬相成」，形聲的形文示義，聲文示音讀也兼示義，所以形聲字可以見字而知音識義。見形而知義或見字而知音識義，是中國文字的特色，這遠非拼音文字所能及。

中國文字見形而知義或見字而知音識義，所以要認識中國文字，可以透過「分析字形，以明本義」。另外，古人是先有意識再構文造字。有了自然現象、社會現象、文化現象與生活狀況，然後古人才根據意識造出象形、指事、會意、形聲四類文字。反之，我們也可以從文字構形考察古代的自然現象、社會現象、文化現象與生活狀況。這是中國文字獨特的功能。

一九八六年五月，西安斗門鄉有一批比殷墟早一千兩百年的甲骨文出土。同年十一月，又在浙江省發現早於夏朝三千年的「良渚文化」文字，其內容未發表，不得而知。目前我們知道最早的文字還是殷墟甲骨文。以下我們就甲金文有關奴隸的字，如童、妾、奴、僕，考察古代的奴隸現象。郭沫若曾考察過這四個字，只可惜他不是解錯，就是語焉不詳或無解說，我們逐一說明如下：

（一）童

《說文解字》（簡稱《說文》）：

> 童，男有辠（罪）曰奴，奴曰童，女曰妾，從䇂重省聲。童籀文童，中與竊中同從廿，廿以為古文疾字。

案：童於鼎銘作[16]，毛公鼎作[17]，番生簋作[18]，三字都從䇂。郭沫若誤以爲「辛、䇂實本一字」，他說：「於人頭上從辛。……此即黥刑之會意」[19]。「從辛」是錯誤的[20]；「黥刑之會意」則正確。郭說 是剞劂的象形文字，剞劂即刻鏤曲刀。童、妾的從䇂構形，是用䇂表示受刀墨之刑。魯實先教授說：「，乃從䇂大聲，以示黥刑加額。」[21]《白虎通》云：「墨其額」[22]，這是古代黥刑的制度。古時童、妾必施黥刑，警戒逃亡，所以字皆從䇂。像男奴的「臧」從戕爲聲，也用戕表示鐫黥的意思。

魯先生說：「從䇂大聲作者，聲亦兼義，乃其初文。其後謀合語言遷易，故雙聲孳乳爲東聲之，以其重在諧聲，無以示墨刑加額，是以別益形文之

---

16 羅振玉：《三代吉金文存》，一九七〇年，明倫出版社，台北，二卷 1 頁。

17 《三代，四卷 47 頁》

18 《三代，九卷 37 頁》

19 郭沫若：《甲骨文字研究》，影印本，一九二九年初版，一九五二年重印，頁 177、65、178、182。

20 魯實先：《文字析義》，真蹟影印本，一九九三年六月三十日，魯實先全集編輯委員，台北，釋　、　、辛，頁 39、619。

21 同注 20，頁 653，說童。

22 李昉：《太平御覽》，六百四十八引。

目，以示黥刑近目」[23]。魯先生的意思，，字形從辛大聲，大也兼義（大即人），是童的初文。後來「大」聲轉變爲「東」聲，爲了合於變聲後的語言，再造一個從辛從目東聲的，東只是諧聲，沒有表示墨刑加額，所以增加形文「目」，表示「黥刑近目」。〈晉令〉云：「奴婢亡，加銅青若墨黥，黥兩眼後，再亡黥兩頰上，三亡橫黥目下，皆長一寸五分，廣五分」[24]。因黥刑近目，故金文的童，從目爲形文。至於番生簋的童，目下有兩歧畫作，就是〈晉令〉「橫黥目下」的形象。毛公鼎的童，下面從土，乃古時方名與姓氏的繁文[25]，《說文》篆文童從土，即本於此，非從重。籀文童，辛下的，是目形的訛變，非從廿。

《說文》釋童的字義爲「男有罪曰奴，奴曰童，女曰妾」，正確不可易。釋童的字形爲「從　重省聲」，則錯一半，應說「從辛東聲」。銘文之，從辛大聲，爲童之初文，童爲的音轉轉注字。毛公鼎之，從辛、目東聲。番生簋之，從辛、目東聲。、是童的異體字。因童奴不冠，引伸年幼未冠者曰兒童。山無草木曰童山，童是禿的假借（禿屬謳攝透紐，童屬邕攝定紐，音近相通）。因童借爲童禿故孳乳爲僮，以保存童奴的初義。僮爲童的字義轉變而後再造的注解字。

（二）奴

> 《說文》：，奴婢皆古罪人。周禮曰：其奴男子入于罪隸，女子入于舂槀。從女、又。古文奴。

案：男奴女婢皆古時罪人，許慎釋奴的字義正確。男奴入于罪隸，《周禮·秋官》云：「罪隸掌役百官府與凡有守者，掌使令之小事。」女婢入于舂槀，《周禮·地官》云：「給此二官之役，舂人掌共（供）米物。槀人掌共外內朝禬食者之食。」可見犯罪的男奴女婢都在官府管制下供執役。

奴，甲文作、[26]，金文作[27]，與篆文同體。郭沫若只有一句「奴字從又」[28]，再無解說。魯實先教授說：「奴，從又女聲。從又以示執役，從女猶委如（二字）之從女，以示從人」[29]。以女德從人，爲人倫之常理，是故孟子曰：「以順爲正者，妾婦之道也」（〈滕文公下〉）。我們由聲韻考察，女、奴古音同屬泥紐烏攝[30]，二字同音。可見魯先生以奴爲形聲字，正確不可移；而《說文》解奴字形爲「從女又」，是誤把形聲字當會意字。至於《說文》所收古文從人作，既不能表示執役之義，又不見於卜辭、銘文，此字必爲晚周俗體，不是真古文。

---

23 同注 20，頁 653。

24 李昉：《太平御覽》，六百四十八引。

25 古方名有從山水土阜者，示山川方域，見魯實先：《殷契新詮·緒》，該書排版中。

26 劉鶚：《鐵雲藏龜》，第二百七十一葉；羅振玉：《殷虛書契前編》，卷四，第四十一葉。

27 羅振玉：《三代吉金文存》，五卷 4 頁。

28 郭沫若：《甲骨文字研究》釋臣宰，頁 65。

29 魯實先：《文字析義》釋奴，頁 1120。

30 曾運乾：〈古音三十攝表〉。

（三）妾

《說文》：有罪女子給事之得接於君者，從 女。春秋傳云：「女為人妾」。妾，不娉也。

案：妾於甲文作 [31]，克鼎作 [32]，伊敦作 [33]，《說文》釋形爲「從 女」，從 女表示女子受刀墨之刑，《說文》釋童曰：「男有罪曰奴」，依此，釋「妾」字義應爲「女有罪曰妾」。《說文》釋妾字義是就特例說的。引春秋傳則爲補充說明。伊敦從䇂作 ，上有一橫筆，是冗筆，無義，就像辛於甲文作 也作 ，這在甲金文多見 。

（四）僕

《說文》：給事者，從人丵，丵亦聲。古文從臣。

案：僕於甲文作 [34]，鼎銘作 [35]，旂鼎作 [36]，趞簋作 ，史僕壺作 [37]。甲文僕字是羅振玉認出的 [38]。魯實先教授說：「卜辭 言下之 （言）乃 （行貌）之古文，惟篆文上體小 ，而又復益夊爲形，廣韻作 ，又爲 之易。」甲文僕所從之言 ，與旂鼎、趞簋所從之言，都是䇂的假借（言 同屬安攝疊韻）。魯先生說：「卜辭之僕乃從言其 聲，以示刀墨之人，持箕帚以事灑掃奔走之役。」鼎銘僕所從的 爲戴的古文，所從之 像酒尊加勺之形，而爲酉的古文。魯先生說：「 乃從戴酉其會意，以示戴 奉酒執箕以供侍御。」史僕壺的僕作 ，魯先生說：「乃從 會意， （ 從䇂人會意，以刑人爲本義）讀如辟，以示刑人奉 缶以供勞役，是即篆文之僕。」[39] 篆文僕右上方作 乃銘文 的盜變。《說文》釋字形爲「從人 聲」，乃誤以會意爲形聲，而且不能表示僕役的意思。分析甲金文僕字的構形，所從的其（箕之初文）、 、缶、酉，皆爲從事雜役、勞役、侍御者用的器具，所以許慎釋僕字義爲「給事者」，正確無誤。

《尚書》的〈甘誓〉、〈湯誓〉兩篇並云：「予則孥戮汝」，意謂我要加罪給你們的妻子作爲僕妾。〈微子〉篇則曰：「商其淪喪，我罔爲臣僕」，意謂商朝亡國之後，周人不能容許我作爲臣僕。由此可見古代的僕妾，都因坐罪或虜獲，爲了警戒逋逃，故施刀墨以爲標記，所以童妾字皆從䇂。而甲文僕從言（言爲䇂的假借，同屬安攝），金文、小篆僕從 ，二者構字本來同意。

從童、妾、奴、僕四字的構形，就明白看出中國古代的奴隸現象無關經濟生產，也不見世襲痕跡。

（五）臣民

31 羅振玉：《殷虛書契前編》，四卷 25 葉 7-8 片。
32 吳 齋：《說文古籀補》。
33 同注 32。
34 羅振玉：《殷虛書契後編下》，二十葉 10 片。
35 羅振玉：《三代吉金文存》，二卷 9 頁。
36 同注 35，四卷 3 頁。
37 同注 35，十二卷 17 頁。
38 羅振玉：《殷虛書契考釋》，一九六九年，藝文印書館，台北，卷中，頁 25。
39 所引魯實先之言，俱見《文字析義》說僕，頁 657。

郭沫若爲了證明中國古代有奴隸制度，不但把奴、童、妾、僕四種人視爲俘虜，把這四字看作奴隸字，而且說：「臣民者固古之奴隸也」，甚至以「民」字「爲奴隸之總稱」。他解釋臣民的字形爲「臣目豎而民目横」，「臣象一豎目之形，人首俯則目豎」，「民乃象形文字，民作一左目形而有創物以刺之」，「民是横目而帶刺」[40]。郭沫若這些話真是滑稽多辯，逗人發笑！人俯首則不見目，怎能說目豎？我想郭沫若一定是蹲著看，不然就是想像力太豐富。

案：臣於甲文作 （這字目横，見《殷虛文字類篇》32 頁），於毛公鼎作 、令鼎作 、周公敦作 [41]，魯實先教授說：「臣象舉目仰視。」考察從臣的頤，字義爲「舉目視人皃」；從臣的𦣠，於甲文作 ，字從壬臣會意，表示「挺身遠視」。由頤、𦣠二字的從臣取義，可見魯先生說「臣象舉目仰視」，完全正確。又考訓「低頭」的顉、頫，皆從頁構形而不從臣，可見郭沫若的「人首俯則目豎」，更是不辨蔥蒜的胡言。《說文》云：「臣，事君者，象屈服之形」。「事君者」是臣的引伸義，許慎錯以引伸義爲本義，再以引伸義解釋字形。苟如許慎所說，不但字形不像，且無法解釋頤、𦣠二字的從臣取義。「臣僕」一詞，首見於《尚書．微子》，因爲僕役執事，須看主人的面使，故稱僕曰臣，這是臣的引伸義。後來承臣僕之義，孳乳爲「𦤴」，「𦤴」爲僕的古文（見《說文》僕字）。承臣僕之義，又孳乳爲「臧」，則以戕獲爲本義。臣的本義爲「舉目仰視」，引伸爲「臣僕」，爲免本義與引伸義混淆，故孳乳爲從臣的頤，「頤」義爲「舉目視人」，保存了「臣」的本義，以別於引伸義「臣僕」。所以說「頤」是「臣」的義轉（本義轉爲引伸義）的轉注字（先轉後注）。「頤」、「臣」兩字同義（即臣的本義），可以互注。猶如暮之與莫，僮之與童，箕之與其，㮙之與果，裘之與求，都是義轉的轉注之例。他如豬之與豕，塘之與隄，憾之與恨，麥之與來，繆之與綢，則爲音轉的轉注之例。

案：民字不見現有的甲文，金文則多見，1933 年，徐文鏡發表《古籀彙編》，已收「民」的銘文二十八字，如盂鼎作 ，秦公簋作 ，盄和鐘作 ，古鉢作 、 ，魯實先教授說：「民從毌從氏省會意，以示無姓氏者爲民」[42]。考毌於兮田盤作 ，毛公 鼎作 ；氏於甲文作 、 ，於毛公鼎作 ，國差𦉜作 。細審毌、氏於甲金文的構形，可知魯先生所謂「民從毌從氏省會意」，正確不可移易。《說文》云：「從古文之象」，於古文又無解說，可見許慎對民的構體不詳。郭沫若以爲「民字作左目形而有創物以刺之，民乃象形文字」，又說：「臣目豎而民目横，臣目明而民目盲。……（男囚）盲其一目以服苦役，因而命之曰民。此事於文獻雖無徵，……盲其一目，自是意中事矣。」

---

[40] 郭沫若：《甲骨文字研究》，釋臣宰，頁 62-68。一九四五年，《十批判書．古代研究的自我批判》，頁 38。

[41] 徐文鏡：《古籀彙編》，一九三三年八月初版，一九七一年台六版，台灣商務印書館，三下 30 頁。

[42] 魯實先：《說文正補》，釋民，見一九七四年，黎明文化公司出版《說文解字注》，附錄；又見《文字析義》，釋民，頁 543。

郭沫若解「民」的字型是誤以會意爲象形，其「目橫」、「目盲」之說，自己承認「文獻無徵」、「自是意中事」。可見他是「想當然耳」。郭沫若釋「民」的字義爲「奴隸之總稱」，更是臆測妄言。《左傳·隱公八年》云：「天子建德，因生以賜姓，胙之土而命之氏。」又云：「官有世功，則有官族。」可知古代因生地賜姓，因封邑而爲氏，姓氏皆受命於天子，世祿及於子孫。凡有姓氏者都在官常，故稱百官爲百姓，〈堯典〉云「平章百姓」，〈楚語〉云「百姓千品」，《史記·平準書》云「居官者以爲姓號」，由此可知姓氏非庶民所能有；且庶民無具體形象，不能以象形造字，所以「民從毌從氏省會意，以示無姓氏者爲民」。魯先生解字形釋字義，其精準有如此者，誠令人折服！

郭沫若說：「彝銘中入周以後多錫臣民之事」，他舉 令簋、盂鼎、周公簋、克鼎、井侯尊、令鼎、陽亥簋、不忌簋、齊侯鎛、子仲姜鎛等十器，指出臣民與器物同爲錫予之物，人物無別，「此臣民即奴隸之明證」。其實不盡然。郭沫若沒看懂夨令簋和盂鼎的銘文，引錄如下：

> 夨令簋云「姜賞令貝十朋，臣十家，鬲百人。」
>
> 盂鼎云「錫汝邦𤔲四伯，人鬲自馭至于庶人六百又五十又九夫。錫夷𤔲王臣十又三伯，人鬲千又五十夫。

「邦𤔲」，邦之有司，即邦國單位主管官吏。「伯」，正長。「馭」，車伕、馬伕。「夷𤔲王臣」，主治夷人的王朝官吏。「鬲」，孫詒讓釋爲俘虜，學者多引用其說，其實錯誤。「鬲」應是《大戴禮》、《尚書》所用「歷」的假借字（鬲歷同屬來紐益攝入聲，同音通用）。《大戴禮·子張問入官》：「歷者，獄之所由生也。」同書〈盛德〉篇云：「凡民之爲姦邪竊盜，歷法妄行者，生於不足。」《尚書·梓材》云：「肆往姦宄、殺人、歷人，宥。」這幾個「歷」，當「亂」解。歷法者即歷人，就是亂法的人，就是罪犯。所以夨令簋和盂鼎的「鬲」、「人鬲」就是罪犯或人犯。「人鬲自馭至于庶人六百又五十又九夫」，意即罪犯包括坐罪的官家車夫和庶人共六百五十九人」。罪犯固然是中國古代奴隸的一種，但眾民犯罪的少數，多數沒犯罪，郭沫若以「民爲奴隸之總稱」，不攻自破。再說罪犯也不是俘虜，郭沫若卻把「人鬲」等同「民」[43]，與「邦𤔲」、「王臣」一概視爲俘虜，這是錯誤昭彰。現存銘文錫臣僕的共有十三件，郭沫若只舉出八件，而善夫克鼎：「錫汝井家臣妾」，旂乍父乙鼎「公錫旂僕」，白克尊：「錫白克僕卅夫」[44]，𧇖簋：「錫汝尸（即夷）臣十家」，耳尊：「錫臣十家」[45]，這五件銘文乃郭沫若所未舉，可見他沒有看遍所有銘文。

郭沫若爲了證成奴隸制之說，不惜大膽斷言：

> 錫臣以家數計，可知奴隸乃家傳世襲。《詩》所謂「君子萬年，景命有僕。其僕維何？釐爾士女。釐爾士女，從以孫子」，所謂「僕」即臣僕，無勞

[43] 郭沫若：《十批判書·古代研究的自我批判》，一九四五年，慶華出版社，九龍，頁 39。
[44]《宣和博古圖》，六卷卅二頁。
[45] 容庚：《商周金文錄遺》，二〇六圖。其他銘文不作注者均見《三代吉金文存》。

古經學家破字為之解釋矣。[46]

「錫臣以家數計」，只能證明錫臣以爲奴隸人數眾多，但不能證明「奴隸乃家傳世襲」。二者無因果牽連，也非邏輯必然。郭沫若當然自覺到這一點，所以他又舉詩句爲證。然而，他舉詩斷章取義，又釋「僕即臣僕」，乃曲解爲說。在此郭沫若難免有作僞之嫌。中國文字未必用本義，有用引伸義，有用假借義，要依上下文義斷定。郭沫若引的詩句出於《詩經．大雅．既醉》，是群臣在飲宴中祝福周宣王的一首詩。要斷定「僕」的字義，至少要作如下引用：

君子萬年，永錫祚胤。

其胤維何？天被爾祿。

君子萬年，景命有僕。

其僕維何？釐爾女士。

釐爾女士，從以孫子。

「祚胤」，後嗣。「被」，通披。「景命」，大命、天命。「釐」，賜予。「女士」，即〈小雅．甫田〉「以穀我士女」的士女，《列女傳．啓母塗山傳》引詩正作士女。士女是單字並用，指男女，在此指子女言。「從」，跟隨。「永錫祚胤」、「天被爾祿」，是祝福宣王子嗣永享福祿。「景命有僕」這句承上啓下，一來祝福宣王保住王位擁有群臣，二來祝福宣王子嗣也永保王權擁有群臣。有君也要有臣，猶如有將帥也要有兵卒隨從。古代官位世襲，「釐爾女士」、「從以孫子」，是祝福天賜王臣世襲官祿，子孫連緜。推敲上下文義，「僕」應作「隨從」、「附屬」解，指王臣，即王朝官吏，不應作訓奴隸的「臣僕」解。苟如郭沫若訓「僕」爲奴隸，則飲宴祝福，氣氛不合，文理不通。試譯原詩如下：

君子萬歲！祝福您永遠有後嗣。

後嗣維何啊？老天要他們永享福祿。

君子萬歲！天命使您保有隨從。

隨從維何啊？賜他們擁有子女。

賜他們擁有子女，跟隨著子子孫孫。

以上分析，足見〈既醉〉這首詩是不能證明奴隸是世襲的。也就是說，郭沫若「奴隸乃家傳世襲」的斷言不能成立。

三、結論

歸結上述，我們從地下物發現隋唐時代有殉葬的事實，足以證明郭沫若以夏殷周有殉葬爲奴隸制度的判斷錯誤。再從《孟子》記載三代之貢、助、徹的田賦制度，證明夏殷周不是奴隸社會。由《禮記．王制》篇土地不能自由買賣的記載，說明殷周合乎封建社會。又由《詩經．臣工》明載農民自備農具，證明西周不是奴隸社會。而范文瀾依《詩經》所載證明周朝是封建社會。孫作雲又據《詩經》證明西周和春秋是封建社會。可見從地下物以及古籍文獻，可以

[46] 郭沫若：《甲骨文研究》，釋臣宰，頁 64。

證明夏殷周並不是奴隸社會。然而，中國古代社會是否有奴隸？答案是肯定的。《尚書》的〈甘誓〉、〈湯誓〉、〈微子〉三篇就載有中國古代的奴隸來源是坐罪和虜獲。而金文記載有賞賜罪犯的，如盂鼎、矢令簋；有賞賜俘虜的，如善夫克鼎、周公簋、古鼎、叔弓鎛、虢簋等，這些罪犯和俘虜都是周代的奴隸，但他們不從事生產，也無世襲之說，這是鐵證。我們再從根本的文字出發，考察有關奴隸字的童、奴、妾、僕在甲、金文的構形字義，無非是古代的男女罪犯，其從事的工作除供雜役、侍役、勞役，無關經濟生產，也不見世襲痕迹。而《周禮》有專門掌理罪隸、蠻隸、閩隸、夷隸、貉隸的官署，無論罪犯或俘虜僅供勞役、侍役、雜役等煩辱之事，不從事經濟生產，也無世襲記載。所以我們的結論是：中國古代的確有奴隸存在，但不能說中國古代有奴隸制度，更不能說中國古代有奴隸社會。

至於郭沫若視臣民爲古代的奴隸，以「臣民」爲奴隸字，還說「民乃奴隸之總稱」，荒謬昭著，徒留笑柄，不是出於無知，就是讒言欺眾。學術乃公器，學人宜引以爲戒！

第十三屆全國暨兩岸

中國文字學學術研討會論文集

編　　者：國立花蓮師範學院語教系
發 行 人：許錟輝
出 版 者：萬卷樓圖書有限公司
臺北市羅斯福路二段 41 號 6 樓之 3
電話(02)23216565．23952992
FAX(02)23944113
劃撥帳號 15624015
出版登記證：新聞局局版臺業字第 5655 號
網 站 網 址：http://www.wanjuan.com.tw
E-mail：wanjuan@tpts5.seed.net.tw
經 銷 代 理：紅螞蟻圖書有限公司
臺北市內湖區舊宗路二段 121 巷 28 號 4F
電話(02)27953656(代表號)　FAX(02)27954100
E-mail：red0511@ms51.hinet.net
承 印 廠 商：晟齊實業有限公司
定　　價：800 元
出 版 日 期：民國 91 年 4 月初版

ISBN 957－739－390－X